TARA DUNCAN
La Guerre des Planètes

타라 덩컨

11 행성들의 전쟁

TARA DUNCAN, La Guerre des Planètes

by SOPHIE AUDOUIN-MAMIKONIAN

TARA DUNCAN
La Guerre des Planètes

타라 덩컨

⑪ 행성들의 전쟁

펴 낸 날 ㅣ 2019년 10월 10일 초판 1쇄

지 은 이 ㅣ 소피 오두인 마미코니안
옮 긴 이 ㅣ 이원희
펴 낸 이 ㅣ 이태권
펴 낸 곳 ㅣ (주)태일소담
　　　　　서울시 성북구 성북로 66 성북동빌딩 3층 301호 (02835)
　　　　　전화 ㅣ 745-8566~7 팩스 ㅣ 747-3235
　　　　　e-mail ㅣ sodam@dreamsodam.co.kr
　　　　　등록번호 ㅣ 제2-42호(1979년 11월 14일)

ISBN 979-11-6027-169-0 04860
　　　 978-89-7381-830-3 (세트)

• 책값은 뒤표지에 있습니다.
• 잘못된 책은 구입하신 곳에서 교환해드립니다.
• 이 도서의 국립중앙도서관 출판시도서목록(CIP)은 서지정보유통지원시스템 홈페이지
　(http://seoji.nl.go.kr)와 국가자료공동목록시스템(http://www.nl.go.kr/kolisnet)에서
　이용하실 수 있습니다.(CIP제어번호: CIP2019038096)

www.dreamsodam.co.kr

TARA DUNCAN
La Guerre des Planètes

타라 덩컨

11 행성들의 전쟁

소피 오두인 마미코니안 지음 | 이원희 옮김

소담출판사

가장 어두운 순간에도 내가 갈 길을 밝혀주고 인도해준

내 인생의 빛 남편 필리프, 사랑해요.

나에게 젊음의 열정과 에너지를 불어넣어 주고,

게으름을 피우면 주저 없이 독려해주는

나의 경이로운 두 딸 디안과 마린,

엄마와 세실, 모두 사랑합니다.

— 소피 오두인 마미코니안

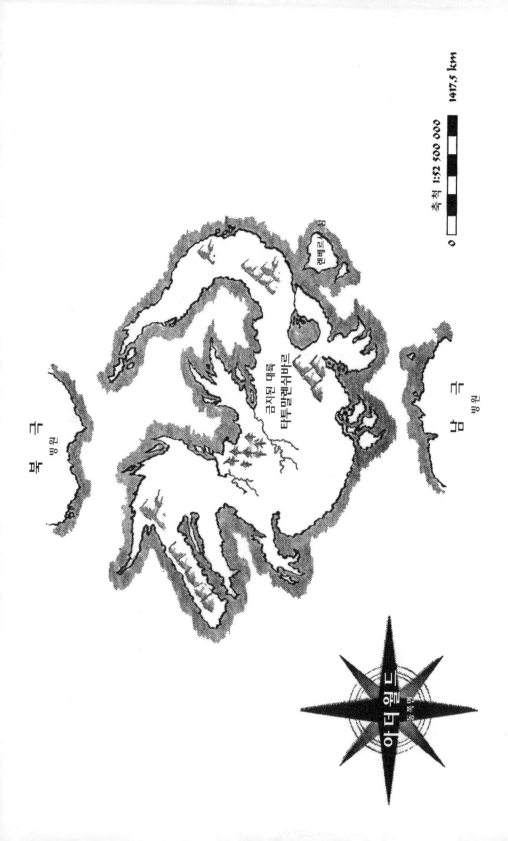

축척 1:52 500 000

0   1417.5 km

북극 방면

남극 방면

금지된 대륙
타루엘쉬바르

렌베르크

아더월드
동쪽바다

이전 줄거리

:: 『타라 덩컨 1』, 「아더월드와 마법사들」 ::

타라 덩컨은 자신의 탄생에 관한 비밀을 모른 채 프랑스의 타공 마을에서 할머니와 평화롭게 살고 있다. 어느 날 갑자기 나타난 마지스터의 공격으로 할머니 이사벨라가 중상을 입으면서 타라는 자신이 마법사라는 것과 아마존 정글에서 바이러스에 감염되어 죽은 줄 알았던 어머니 셀레나가 살아 있다는 사실을 알게 된다.

한편 마법의 세계를 지배하고, 마법 능력이 없는 인간들을 노예로 만들겠다는 야망에 불타는 마지스터는 악마의 힘을 지닌 사물들을 얻기 위해 타라를 납치하려고 혈안이다. 영문도 모른 채 마지스터의 끈질긴 추격을 받는 12세 소녀 타라는 영생하는 마법을 사용하다 잘못되어 사냥개로 변한 증조할아버지 마니투와 마법의 행성 아더월드로 피신한다.

아더월드의 랑코비트라는 나라에서 살게 된 타라는 페가수스와 정신적으로 결합되는 놀라운 경험을 한다. 아더월드는 수많은 종족의 마법사들과 수시로 풍경을 바꾸는 살아 있는 궁전, 뱀파이어, 키마이라, 하르퓌아, 유니콘 같은 전설의 동물들, 악마…… 등이 버젓이 활개를 치는 무시무시한 세계지만, 다행히 타라는 지구의 친구 파브리스, 공주의 신분인 무아노, 어린 도둑 칼리반 달 살란, 난쟁이 파프니르, 하프엘프 로빈 등을 만나면서 신기하기 이를 데 없는 마법의 세계에 빠져든다.

데미데루스의 직계 후손인 타라와 오무아 제국의 여제 리스베스만 악마의 힘을 지닌 사물에 접근할 수 있기 때문에 마지스터는 타라를 납치한다. 그러나 소녀 마법사는 친구들의 도움으로 억류되어 있던 어머니를 구하고, '실루르의 옥좌'를 파괴한다.

마지스터는 사라지기 직전 죽은 것으로 알고 있는 타라의 아버지가 사실은 오무아의 황제 단비우 탈 바르미 압 산타 압 마루이며, 따라서 타라가 아더월드의 오무아 제국을 계승할 후계자라고 밝히는데…….

:: 『타라 덩컨 2』, 「비밀의 책」 ::

칼이 살인죄로 고소되어 감옥에 갇히자 타라는 하는 수 없이 아더월드로 돌아간다. 땅신령들이 흉악한 마법사에게 억류된 식구들을 구해달라는 조건으로 칼을 탈옥시킨다. 그러나 땅신령들의 함정에 걸려든 칼이 치명적인 벌레에 감염되었기 때문에 타라와 친구들은 악당 마법사와 맞서 싸울 수밖에 없다. 마침내 문제의 마법사를 굴복시키고 땅신령들을 구하지만 칼의 무죄를 증명하기 위해서는 악마들의 세계 림보에 있는 조각상 재판관이 있어야 한다. 죽음을 무릅쓴 모험 끝에 그들은 목적을 달성하고 무사히 아더월드로 돌아온다.

그러나 이번에는 불과 며칠 사이에 아더월드를 정복한 영혼 약탈자의 기상천외한 공격에 맞서야 한다. 타라의 목숨이 위험해지자 마지스터가 그 싸움에 개입하게 되고, 드래곤으로 변신한 타라와 마지스터는 서로 협력하여 영혼 약탈자를 물리치기에 이른다. 일단 영혼 약탈자를 제거한 뒤에 마지스터는 림보로 홀연히 사라지고, 타라는 마지스터가 죽었다고 생각한다.

한편 자식이 없는 오무아의 여제는 타라가 자신의 후계자라는 걸 알게 되고, 타라를 아더월드로 데려가겠다고 주장한다. 거절하면 지구가 위험에 처하게 되는데…….

::『타라 덩컨 3』, 「저주받은 왕홀」::

폭탄 테러로 어머니가 부상당했다는 소식을 듣고 황급히 아더월드로 돌아간 타라는 림보로 영원히 사라졌다고 믿었던 상그라브들의 보스 마지스터가 돌아왔음을 알게 된다.

공간이동의 문 폭발 사고, 도서관의 좀비 살해 사건 등 테러 행위와 이상한 사건이 잇달아 발생하는 가운데 타라는 오무아의 궁전에서 공식적으로 여제 후계자 수업을 받기 시작한다.

여제를 함정에 빠뜨려서 악마의 힘을 지닌 사물들 중 '저주받은 왕홀'을 손에 넣은 마지스터는 아더월드에 있는 모든 마법사의 능력을 빼앗아버린 데 이어서 악마 군단을 앞세워 오무아 제국을 침략하고 드래곤들을 몰살하겠다고 선전포고한다.

여제와 황제가 포로로 잡혀 있기 때문에 타라는 여제 후계자로서 오무아 제국과 아더월드를 지키기 위해 또다시 온갖 위험을 무릅써야 한다. 하는 수 없이 타라는 각자의 조국으로 돌아가 있는 친구들을 오무아로 불러들이고 의문의 사건들에 얽힌 미스터리를 하나씩 풀어나간다. 그리고 마지스터가 심복인 여자 뱀파이어와 스파이를 궁전에 심어놓았음을 알게 된다.

타라는 이번에도 하프엘프 로빈, 지구 소년 파브리스, 면허 받은 도둑 칼리반, 난쟁이 파프니르, 개로 둔갑한 증조할아버지 마니투, 특히 놀라운 가지를 발휘한 '야수' 무아노의 도움, 그리고 상그라브들의 감옥에서 탈출한 스너피가 전해준 정보 덕분에 마지스터와 가공할 만한 악마 군단을 물리치기에 이른다.

한편 타라는 자신의 열네 번째 생일파티를 엉망으로 만드는 것을 시작으로 말썽을 일으키고 다니는 쌍둥이 남매가 놀랍게도 친동생들이라는 사실을 알게 된다.

여러 가지 이유로 타라의 유전자가 조작되었을 거란 의혹이 제기되면서 여제는 정밀분석을 지시한다. 로빈은 마침내 사랑을 고백하기 위해 타라를 만나러 가지만 소녀의 방은 텅 비어 있다. 후계자가 사라진 것이다…….

::『타라 덩컨 4』, 「드래곤의 배반」::

아더월드 오무아 제국의 실험실에서 드래곤과 유전학자가 맞서고 있다. 이 싸움의 결과에 지구의 미래와 어린 마법사들의 운명이 달려 있다. 그러나 학자가 사망하면서 사건은 오리무중에 빠진다.

한편 아더월드를 몰래 빠져나온 타라는 이집트의 한 박물관에서 양피지 문서를 훔치는 데 성공하지만, 유전자 조작으로 너무 강력해진 마법 능력 때문에 목숨이 위태롭다. 게다가 로빈을 공격한 하르퀴아들에게서 알아낸 정보 때문에 초능력 있는 지구 소년을 구하러 가지 않을 수 없는 상황에 처한다.

두렵지만 단호하게 결정을 내린 타라는 영국 스톤헨지 유적지로 향한다. 증조할아버지 마니투와 하프엘프 로빈, 난쟁이 파프니르, 야수 무아노, 파브리스, 칼의 도움을 받아 타라는 스톤헨지에 얽힌 비밀로 최대 위기를 맞는 지구를 구하고, 유전자 조작으로 인한 마법 능력의 수수께끼를 풀 수 있을까?

::『타라 덩컨 5』, 「금지된 대륙」::

마지스터가 지구에 사는 타라의 친구 베티를 납치하는 사건이 발생한다. 그런데 베티가 억류되어 있는 곳은 드래곤들이 접근을 금하고 있어서 아무도 들어갈 수 없는 대륙이다. 그러나 마지스터는 마법의 장벽을 넘어 베티를 가둬놓는 데 성공한다. 게다가 하르퀴아의 독에 감염된 베티를 살리려면 후계자의 피가 있어야 한다는데…….

마법 능력을 잃고 모처에서 비밀리에 요양하고 있던 타라는 지구의 친구를 구하기 위해 오무아의 황궁으로 돌아가고, 랑코비트에 있는 친구들을 소집한다. 그러나 오무아 여제의 음모에 걸려든 로빈이 행방불명된 상태다.

우여곡절 끝에 마법 능력을 되찾은 타라가 엘프 군단을 이끌고 마침내 금지된 대륙을 향해 출발한다. 그런데 거기서 발견한 것은 붉은 여왕이 지배하는 무시무시한 세계…….그리고 드래곤들이 비밀에 부치던 끔찍한 비밀을 알게 되는데…….

타라는 흉악한 붉은 여왕에게서 베티를 구해내고 철천지원수 마지스터를 궁지에 몰아넣을 수 있을까?

::『타라 덩컨 6』, 「마지스터의 함정」::

셀레나에게 접근하는 자는 누구든 죽이겠다고 선포하는 마지스터. 그 협박 때문에 타라는 마지스터가 유일하게 접근하지 못하는 드래곤들의 행성으로 어머니 셀레나를 피신시킨다.

그러나 뱀파이어들이 악마의 마법을 연구한다는 이유로 젠드라의 별과 크라에토비르의 반지를 보관하고 있다는 사실을 알게 된 타라는 크라살비로 향한다. 공식적으로는 약혼녀를 구해달라는 드라고쉬 선생님의 청을 받아들여서 셀렌바를 변호하러 가는 것이지만, 실은 크라에토비르의 반지를 훔쳐 마지스터를 제압하기 위해서다.

우여곡절 끝에 타라는 반지를 손에 넣지만, 이번에는 드래곤들의 여왕으로 선출된 샤름(셈 선생님의 약혼녀)의 대관식에 초청을 받는다. 타라는 오무아 제국의 사절단을 이끌고 드란보우글리스팬쉬르 행성에 도착하지만 쿠데타의 소용돌이에 휘말리게 된다. 위기 상황을 맞은 타라와 친구들은 드래곤들의 행성에 지금까지 알려진 열세 개의 악마의 사물 외에 두 개가 더 있다는 것과 일부 드래곤들이 지구를 정복하려는 엄청난 음모를 꾸미고 있었다는 사실에 경악한다.

타라에게서 멀리 떠나보내려는 속셈으로 위험천만한 해적 소탕 작전에 로빈을 들러리로 이용하는 여제 리스베스, 티라니크 수상과 마지스터의 관계를 밝히려다 살해당하는 엘레아노라, 짝사랑하던 엘레아노라를 잃은 칼의 슬픔, 마법의 힘이 약해 패밀리어를 잃고 실의에 빠져 있다가 돌연 마지스터와 함께 사라지는 파브리스…… 등 우정과 사랑, 모험과 배신이 얽히고설킨다.

한편 아버지의 유령을 소생시키겠다는 일념으로 타라는 양피지에 적힌 조제법에 따라 묘약을 만들지만, 중요한 실수를 저지르는 바람에 저승의 문이 열리고 수많은 유령이 분노의 고함을 지르면서 쏟아져 나오는데…….

::『타라 덩컨 7』, 「유령들의 습격」::

아버지를 소생시키는 묘약을 만들던 타라의 실수로 수많은 유령들이 습격해오면서 파멸의 위기에 처하는 아더월드.

순식간에 여제, 장관들, 모든 권력자들이 유령에 들리면서 아더월드는 유령들의 세상이 된다. 타라는 화를 면하지만, 타라가 보는 앞에서 로빈이 유령에 의해 죽고 만다.

유령들을 피해서 살아 있는 궁전에 숨어 있는 타라는 자포자기에 빠지고, 칼은 그런 친구에게 삶의 의욕을 불어넣기 위해 온갖 노력을 한다.

유령이 리스베스 여제를 장악하고 있는데 제국의 후계자까지 없다면, 타라의 강력한 마법이 없다면 아더월드를 구할 희망이 사라지는 것이다.

엘프족, 난쟁이족, 뱀파이어족, 인간족은 무자비한 침략자들에 대항하기 위해 레지스탕스를 조직하기에 이른다.

수배령이 내려지고 목에 현상금까지 걸린 타라는 유령들을 퇴치할 방법을 찾아 모험을 떠나는데…….

타라는 아더월드를 구해내고, 살아갈 의욕을 찾을 수 있을까?

::『타라 덩컨 8』, 「사악한 여제」::

유령들의 습격으로 아더월드를 위험에 빠뜨린 잘못 때문에 지구로 추방된 타라는 아더월드와 완전히 단절된다. 사랑하는 친구들과도 연락이 끊긴 채 무료하게 지내던 중, 열여섯 살이 되는 생일날 끔찍한 소식을 접한다.

마지스터의 상그라브들이 아더월드의 여러 나라 정부들과 심지어 타라와 절친한 친구들의 집을 동시다발로 공격하면서 부상자들이 속출하고 있다고…….

타라는 마지스터가 자신의 친구들을 없애려는 것이 목적임을 깨닫고 아연실색하지만 사실 범인은 마지스터가 아니었다. 그리고 밝혀지는 진실은 훨씬 최악인데…….

분노와 불안에 사로잡힌 타라는 위험에 빠진 아더월드를 구하기 위해 비밀리에 마법의 행성으로 들어가기로 작정한다. 그러나 공간이동의 문이 모두 봉쇄되어 있기 때문에 악마들의 세계, 림보를 경유해야 아더월드로 갈 수 있다.

림보에 도착한 타라 일행은 지구처럼 변한 악마의 행성에 이어 인간 모습의 악마들을 보며 경악하는데…….

타라와 마지스터를 없애려는 자는 과연 누구인가? 타라는 아더월드를 구할 수 있을까?

:: 『타라 덩컨 9』, 「검은 여왕」 ::

리스베스 여제가 황위를 물려주겠다고 선언하지만 타라는 이를 단호하게 거절한다.

그러던 중 마지스터가 나타나 악마의 사물들을 이용해 타라의 어머니를 살리자는 제안을 한다. 이에 악마의 사물을 어떻게 할지에 대한 회의가 열리고, 그 와중에 림보에서 타라가 마법을 사용한 뒤로 타라 몸속 어딘가에 웅크린 채 권력을 잡을 기회를 노리고 있던 검은 여왕이 불쑥 나타난다.

검은 여왕의 공격을 차단하기 위해 떨어진 체포령 때문에 아더월드에서 도망친 타라는 악마의 사물들에 접근하기 위해 지구의 아틀란티스로 떠나는데…….

타라를 위협하는 마지스터도 막아야 하지만, 동시에 몸속 어딘가에 살고 있는 검은 여왕과도 싸워야 한다.

검은 여왕은 악마의 힘을 지닌 존재일까, 아니면 타라 자신의 가장 어두운 내면일까? 그 어느 때보다 결연히 운명에 맞서야 하는 타라는 과연 검은 여왕을 제압할 수 있을까?

:: 『타라 덩컨 10』, 「드래곤 대 악마」 ::

리스베스 여제는 악마들의 방문을 허락하면서 아더월드를 일대 혼란에 빠뜨린다. 여제가 타라의 공개 구혼을 선언하자 마왕 아르칸즈와 블루 드래곤 셈 선생님이 청혼을 한다. 오랜 숙적인 악마와 드래곤들의 치열한 싸움이 예상되는 가운데, 엄청난 음모가 타라를 기다리고 있다. 음지에서는 정체불명의 킬러들이 활동하고, 그 첫 번째 희생양은 칼과 로빈이다.

한편 사냥꾼 셀렌바가 마지스터를 배신하고 느닷없이 자수를 하는데, 그 시기가 왜 하필 악마들이 오는 때일까?

타라의 반대에도 불구하고 여제는 악마들의 방문을 강행하고 아더월드의 두 달

중 하나인 타딕스에서 악마 사절단을 맞기로 하는데…….

타라는 아더월드의 미래가 걸린 타딕스로 향하면서 친구들 없이 혼자서 운명과 맞서 싸울 준비를 한다. 하지만 매직갱은 타라 몰래 타딕스로 잠입하는 데 성공하고 중력이 약한 달에서 일촉즉발의 위기를 맞는데…….

아르칸즈와 악마는 아더월드의 새로운 친구일까, 아니면 영원한 침략자들일까? 괴언 티리는 잿빛 달의 도시 타딕스를 구해낼 수 있을까?

:: 『타라 덩컨 11』, 「행성들의 전쟁」 ::

이 이야기는 이제부터 읽어야지요. 그럼 친애하는 독자 여러분, 재미있게 읽기 바랍니다. 준비하시고…… 읽기 시작!

일러두기

이 책의 본문에 표시된 *부분은 부록 '아더월드의 용어 해설'에 자세히 소개되어
있습니다.

⑪ 행성들의 전쟁

1

여섯 개의 행성

개인플레이 공간에서
여섯 행성들의 도발을 어떻게 대처하겠다고……

*

어찌나 정교한지 속이 빈 레드 다이아몬드처럼 보이는 붉은 크리스털 잔이 적어도 10센티미터나 테이블을 빗나갔다. 두툼한 회색 카펫에 깔아놓아 유난히 돋보이는 푹신한 검정 융단 위로 크리스털 잔이 떨어졌다. 레드와인이 쏟아졌지만 잔은 깨지지 않았다.

시중을 드는 에프리트는 날아다니면서 구시렁거렸다. 그러고는 마지스터가 크리스털 잔을 테이블에 닿기도 전에 왜 손에서 놓아버렸는지 정말 궁금했다. 원시안이 되었나, 아니면 뭐지?

물론 에프리트는 큰 소리로 말하지 않았다. 그랬다간 모가지가 날아갈 텐데. 마지스터는 마음에 들지 않는 이들을 가차 없이 내친다는 소문이 자자했다.

에프리트는 마지스터의 눈길이 머문 곳을 쳐다보다 소스라치게 놀

18

랐다.

　그 바람에 치우던 크리스털 잔들과 와인 병을 떨어뜨렸다. 경쾌한 소리를 내며 잔들이 깨지고, 콸콸 쏟아지는 와인이 카펫과 융단에 스며들었다.

　마스크를 쓴 마지스터와 다른 세계에서 온 붉은 악마는 크리스털 전광판에 방금 나타난 영상을 보면서 경악했다.

　우주 공간에서 커다란 사탕처럼 생긴 여섯 개의 행성들이 회전하고 있었다.

　"스위치 트랜드 칼룰 글로크, 아르 타빌 브루크[1]!" 에프리트는 트라둑투스 주문이 통역하지 못하는 언어로 소리쳤다.

　가죽과 나무, 시커먼 털로 이루어진 큼직한 안락의자에 앉은 마지스터는 너무 놀라서 잠자코 있었다.

　"브롤크 드 슬루르크." 에프리트가 이번에는 오무아 언어로 내뱉었는데 얇은 입술을 말아 올리고 실룩거리자 시커먼 송곳니가 드러났다. "우리 악마들의 행성을 이쪽으로 끌어다 놓다니! 저들이 미쳤군! 가봐야겠어."

　그렇게 말하고 에프리트는 사라졌다.

　수많은 행성에서 공공의 적 1순위이자 상그라브들의 보스이고 강력한 최고 마구스인 마지스터가 노발대발할 게 틀림없었다. 마지스터와 에프리트가 방금 전광판으로 본 장면은 보울리미-레마족이 그

....

1. 트라둑투스가 할 일을 못 하는 것으로 보아 그나마 번역하자면 다음과 같다. '내 조상들의 생식기관이여, 저게 대체 뭡니까?'

들의 행성들을 인간들과 드래곤, 기타 등등의 세계로 옮겨놓은 해괴한 영상이었다. 붉은 악마 에프리트들은 그들의 행성에 쳐들어온 보울리미-레마족을 배신하고 인간들과 손을 잡은 뒤로 아더월드에 올 수 있었다. 마지스터에게 오는 에프리트들은 계약을 맺는 데 규정이 아주 엄격했고, 악마들의 세계에 존재하지 않는 아주 값비싼 향신료 사프란으로 임금을 받았다. 그런데 지금 에프리트가 일방적으로 떠났다는 것은 계약을 파기하는 의미라 틀림없이 엄청난 손해배상을 치르게 될 일이었다.

하지만 마지스터는 에프리트가 달아나거나 말거나 아랑곳하지 않았다. 상그라브들의 보스는 아주 오랜만에 처음으로 뜻밖의 감정을 느꼈다.

두려움이었다.

지금까지 마지스터는 자신이 당한 고문에 대한 복수로 드래곤들을 몰살한 다음 은하계에 이어 세계를 정복하겠다는 의지를 불태우고 있었다.

나름 공정한 점령으로 불멸의 군주로 군림하면서 점령지의 사람들을 그 누구보다도 훨씬 잘 돌봐주겠다는 의욕이 충만했다.

그런데 또 다른 자들이 같은 야심을 품고 있다니. 마지스터는 몹시 불쾌했다.

전광판에 나타난 영상으로 보아 악마의 행성들이 도저히 믿기지 않는 고도의 기술을 이용하여 이동한 것이 틀림없었다.

시커먼 마법복 차림의 마지스터는 일어나서 칙칙한 서재를 성큼성큼 걸어 다니기 시작했다. 불안한 리듬에 따라 빨간색 원이 새겨진 가슴이 벌렁거리는 것 같았다. 여느 때 같으면 그의 비밀을 거의 다 아는 사냥꾼 셀렌바와 이야기라도 나눴을 것이다. 하지만 생식욕을 이기지 못하는 셀렌바는 틈만 나면 임신하려고 기를 썼다.

한심한 뱀파이어. 문득 재미있다는 생각에 마지스터가 입술을 실룩거리자 얼굴을 가린 마스크가 파란색으로 변했다. 그는 셀렌바의 선택을 받고 행복해하고 있을 드라고쉬(셀렌바가 얼마나 광적이고 잔혹한지 잊을 정도로 그녀를 사랑하는 유일한 뱀파이어)에게 잘해보라고 용기를 주고 싶었다.

셀렌바가 탈퇴하고 사라진 뒤, 마지스터는 그녀에게 겁을 주고 몹시 화가 나 있다는 걸 확실히 알려주기 위해 킬러 몇 명을 보냈었다. 그러면서도 내심 셀렌바가 다 떨쳐버리고 돌아올 거라고 생각했다.

셀렌바는 늘 돌아왔으니까.

셀렌바는 다시 정상적인 뱀파이어로 돌아가고 싶다고, 더는 두려움에 떨고 싶지 않다면서 더 이상 사람들을 해치지 않겠다고 결심했지만 결국은 늘 그랬듯 잔혹한 본성에 굴복했다. 그녀는 자신을 그 지경으로 만든 마지스터를 비난했다. 하지만 마지스터가 셀렌바를 처음 만났을 때 뱀파이어는 불만에 가득 차 있었다. 그렇지 않았다면 잔혹한 본성과 피에 대한 욕망을 이용하여 굴복시키는 마지스터를 결코 따르지 않았을 것이다.

마지스터와 셀렌바는 어떤 점에서 둘 다 상처받은 존재들이었다. 둘은 서로에게 거울이자 동시에 버팀목이었다. 둘은 서로에게 필요했다. 타라 덩컨의 어머니 셀레나가 마지스터의 여자가 아닌 죽음을 선택하면서 마지스터는 진정한 사랑을 잃어버렸다(아마바는 마지스터의 풋사랑이었고, 그 사랑의 대가로 끔찍한 고문을 당해야 했었다). 이런 까닭에 마지스터는 지금 특히나 셀렌바가 필요했다.

마지스터는 셀레나에게 모욕을 당했다고 생각하고 있었다.

그때였다. 갑자기 뭔가 이상한 일이 일어났다. 그가 밤낮으로 착용하는 악마의 셔츠가 뻣뻣해지는 것이 느껴졌다.

즉시 두려움이 엄습했다. 탄력성 있는 철 셔츠에 갇혀서 증오심과 복수심에 불타는 영혼들이 이따금 마지스터를 찾아올 때가 있기는 했다. 하지만 이런 식으로 반응한 적은 한 번도 없었다.

마지스터는 악마의 영혼들이 뭐라고 중얼거리는지 들어보려고 했다. 그런데 잘 안 들리는 중얼거림이어서 아무리 귀를 세워도 알아들을 수가 없었다. 한참을 그렇게 귀를 기울이다 보니 마침내 들렸다.

"스파리담." 겁에 질린 악마의 영혼들이 중얼거리고 있었다. "스파리담! 그들이 우리를 부르고 있어! 우리를 끌어당기고 있어!"

무슨 일인지 알아차린 마지스터는 얼어붙었다.

악마들이 복수심에 불타는 마지스터에게서 마법을 빼앗아가려 하고 있었다.

비밀 작전

능력을 넘어서는 복수를 하려면
어떻게 계획을 짜야 하나

*

인간이 비명을 질렀다.

실험실에 있는 악마 둘은 모른 체했다.

이건 첫 번째 비명이 아니었다.

마지막 비명도 아닐 것이다.

두 악마 중에서 흰빛과 보랏빛 머리털의 악마는 유연한 걸음으로
왔다 갔다 서성이고 있었다. 또 한 명의 악마는 다름 아닌 전 마왕 바
쉬였다. 인간과 똑같은 모습으로 몸을 변형시킨 악마라서 유연하게
걷는 것 말고 달리 할 수 있는 게 없는 건가? 바쉬는 트렁트니에르[2]

----

2. 여섯 개의 행성 곳곳에 있는 왕가의 거주지 수백 개 중 하나지만 '제2의 거주지' 기능을
하지는 않는다. 따라서 '트렁트니에르 거주지'는 '서른 번째 거주지'의 의미로 볼 수 있
다. 다만 악마들의 언어인 '트렁트니에르'를 번역할 정확한 어휘를 찾을 수가 없다.

거주지의 실험실을 성큼성큼 걸어 다니는 인간 모습의 아들을 쳐다보면서 도무지 마음에 들지 않았다.

인간 모습의 아들은 너무 각진 데가 많고 촉수도 없었다.

바쉬는 한숨을 쉬지 않았다. 일단 입이 많아서 조심하지 않으면 방귀 비슷한 소리가 연달아 날 터이고, 그 소리가 틀림없이 아들의 신경을 자극할 것이기 때문이었다.

바쉬는 시커먼 반점이 있는 보랏빛의 아주 기다란 혀를 내밀고 털북숭이 몸뚱이 곳곳에 있는 눈(눈꺼풀은 없다)을 핥는 것으로 만족했다. 수백 개의 눈이 있어서 놀라는 표시를 하는 것도 상당히 힘들었다. 전 마왕은 꼬물거리는 촉수들을 사용하여 갈색 털을 긁으면서 먼지나 더러운 것을 없앤 다음 매끈하게 가다듬었다.

바쉬는 아들 가브리엘이 격분해 있다는 걸 알고 있었다. 호리호리하지만 근육질 몸에서 풍기는 에너지가 대단했다.

젊은 악마 가브리엘이 동생 아르칸즈에게서 왕의 자리를 빼앗기 위해 불확실한 것들을 믿고 계획한 작전은 무참히 실패했다. 반면 인간 세계에 침입하려는 아르칸즈의 작전은 성공했다. 가브리엘은 전략적으로 우주선들을 배치하고 인간들을 공격하려고 했지만, 아르칸즈는 인위적인 문들을 작동해서 엄청나게 많은 인간들이 사는 아더월드까지 악마의 행성들을 이동시킬 수 있었다.

전 마왕은 그걸 생각하면서 흡족한 듯 수많은 입들을 실룩거렸다. 아르칸즈가 해낸 일은 정말 믿기지 않을 정도로 대단한 위업이었다.

그렇지만 전 마왕은 이 인간 잡종 아들들이 마음에 들지 않았다. 아들들을 이해하기가 너무 복잡했다. 보울리미-레마족은 기본적으로 단순한 정복자들이었다. 신중하고 평온하고 덜 호전적인 문명들을 메뚜기 떼처럼 덮쳐 초토화시킨 다음 더 푸른, 아니 더 시커먼─검은 태양이던 시절에는 주위의 모든 것을 더 시커멓게 물들이는─지역으로 이동하는 종족이었다.

그런데 지금 모든 전략과 음모, 복잡하게 뒤얽힌 상황들은 너무 인간적이었다. 물론 악마들은 수없이 변형에 변형을 거듭하면서 DNA를 개량했다. 100년 전까지만 해도 그들은 인간의 유전자를 그들의 DNA에 넣을 생각은 하지 못했었다.

그러다 약간 머리가 돌아버린 악마가 지구에서 들여온 어떤 영화를 보다가 가능한 한 소름 끼치게 보이려는 보울리미─레마들과 달리 인간들은 더욱더 아름다워지려 한다는 걸 알게 되었다. 그래서 그 악마는 악마들의 DNA에 인간의 아름다움을 접목시키겠다는 보고서를 올렸고, 마왕은 받아들였다.

처음에 나온 결과는 끔찍했다. 오랜 노력 끝에 이윽고 성공했지만 나쁜 의미에서였다. 인간 99퍼센트에 악마 1퍼센트. 이 1퍼센트의 악마는 인간보다 훨씬 힘이 세고 강할 뿐만 아니라 미치지 않고 악마의 마법을 사용할 수 있게 하려는 것이었다.

하지만 전 마왕은 이 모든 변형이 몹시 거북했다. 마치 인간들에게 패배한 것처럼 느껴졌다. 최초로 인간화된 악마들은 100만 명에 이르렀고, 그 유전자를 받고 태어난 아이들이 5만 명이었다.

이런 세세한 것은 알려지지 않아서 아르칸즈와 가브리엘은 누구에게서 태어났는지도 모르는 형제자매들이 아주 많다는 걸 모르고 있었다. 가브리엘과 아르칸즈는 마왕의 아들이기 때문에 자동적으로 여섯 행성에서 가장 높은 지위를 차지했다.

전 마왕은 악마들의 모든 행성을 통제할 수 있었다. 인간화된 젊은 악마들의 DNA 속에 작은 폭탄을 심어놓았기 때문이다. 폭발을 뜻하는 암호만 말하면 전 마왕은 즉시 인간화된 젊은 악마들을 지배할 수 있었다.

마음만 먹으면 젊은 악마들을 죽일 수도 있었다.

전 마왕은 그토록 싫어하는 인간들과 비슷한 모습으로 악마 종족을 변형시키더라도 최소한의 안전장치를 마련해놓고 싶었다. 그런데 아르칸즈는 이미 전 마왕이 이해할 수 없는 방식으로 행동했다. 전 마왕은 마지막으로 아들과 대화를 나눌 때 단호하게 일침을 가했었다.

인간들과 화해를 시도하겠다는 것은 분명히 문제가 있었다(전 마왕은 평화라는 개념을 어리석은 것이라고 생각했다).

하지만 이번 공격은 인간들이 한 것이었다. 정식으로 전쟁을 선포한 것이었다. 악마들이 다양한 세계를 정탐하고 도청한 바에 따르면 어디에서도 전쟁에 대해 언급하는 사람이 없기 때문에 이번 공격은 누군가의 비밀 작전이 틀림없었다.

물론 전 마왕은 검은 태양의 세계를 공격한 배후가 정확히 누구인지 아직 알 수 없었다. 그래서 그들은 나머지 다른 행성들이 전혀 모르고 있다는 전제하에 어떤 의심도 하지 않는 것처럼 행동해야 했다.

이 모든 일은 비밀에 부쳐야 했다. 하지만 악마들은 복수를 다짐하고 있었다. 5000년 전 악마들은 공격을 받고 림보로 도망쳐야 했고 수많은 악마들이 사망했다. 그런 악마들이 이번에 아더월드의 태양 주위로 진입하는 걸 보면서 인간들과 드래곤들은 엄청난 충격을 받앉을 게 틀림없었다.

벌어진 상황 앞에서 아르칸즈는 마지못해 굴복해야 했다. 그는 내키지 않지만 아버지가 옳다는 것을 인정했다. 전 마왕은 아들이 그 유명한 타라 덩컨에게 '사심'을 가졌다고 의심하고 있었다. 타라 덩컨이 누구인가. 물리적 의미뿐만 아니라 폭발력에서도 진짜 폭탄이 아닌가.

전 마왕은 아들 아르칸즈를 경계하여 두 가지 작전을 세우기로 결정했다. 하나는 아르칸즈와의 작전이고, 또 하나는 가브리엘과의 작전이었다.

만일의 경우까지 대비한 것이었다.

두 아들이 이해하지 못한 것은 5000년 전에는 인간들을 공격하는 것이 굉장히 재미있었다는 것이다. 그 전쟁에서 바다에 빠진 한 악마가 지구의 바닷물이 너무나 맛있는 '감로주'라는 걸 발견하고 놀라움을 금치 못했었다.

그래서 악마들은 지구로 돌아가 경이로운 바닷물을 마시는 걸 즐겼다. 그러다 아직 살아 있는 인간들을 잡아먹었는데 그것 또한 꽤나 재미있었다.

반면 림보로 쫓겨날 때는 전혀 재미있지 않았다. 드래곤들과 인간 마법사들의 연합작전에 처참하게 패배하는 굴욕을 당했기 때문이었다.

악마들은 격분했었다.

반면 현재 일어나고 있는 일은 훨씬 덜 즐거웠다.

전 마왕은 검은 태양의 활기를 주는 강렬한 광선이 그리웠다. 인간들을 잡아먹지 않고도 살아남을 수 있게 생체 기관을 바꿔야 했는데 그것도 아주 불만이었다.

그들 뒤쪽에서 울부짖던 소리가 갑자기 처절한 비명으로 바뀌더니 뚝 그쳤다.

잠시 후, 과학자 하나가 나타났는데 촉수가 있는 늙은 악마였다. 그는 촉수들을 흔드는 것으로 만족스럽다는 표시를 했다.

"인간이 죽었어요. 두 마법사들처럼."

"그래서요?"

"성공했습니다." 과학자가 간략하게 대답했다. "마법사들에게는 통하지 않았지요. 마법사들은 죽는 순간 즉시 영혼이 비욘드월드로 떠나기 때문에 낚아챌 수 없었거든요. 반면에 마법 능력이 없는 인간들에게는 통하네요. 이런 인간들의 영혼은 마법사들과 달리 육신을 떠나는 데 시간이 좀 걸리니까요."

과학자의 촉수 하나가 독성이 있는 검정 금속판을 내밀었는데 그 안에 갇힌 인간의 얼굴이 경련을 일으키면서 소리 없는 고함을 지르고 있었다.

"다른 악마의 사물들처럼 이걸 이용해서 마법을 만들 수 있습니까?" 가브리엘이 호기심이 동한 얼굴로 물으면서 검정 금속판을 만지지 않으려고 조심했다.

"네, 마마. 이 인간들의 영혼은 우리가 최초로 금속 안에 가두었던 악마의 영혼들보다는 힘이 약하지요. 그건 이 세계 태양들의 광선이 우리 검은 태양들의 광선만큼 강렬하지 않기 때문입니다. 86개의 영혼을 처리해야 옛날 악마의 영혼 한 개에 해당되지요. 우리 종족을

위협하는 것으로부터 방어하려면 수억 명의 인간들을 찾아서 죽음의
마법을 날리는 것과 동시에 궤도에 있는 우리 우주선들이 인간들의
영혼을 낚아채야 합니다. 최초에 악마의 사물들을 만들 때 했던 것처
럼요. 비록 그 과정은 더 느리고 약간 다르겠지만."

　오래 생각할 필요가 없었다. 그들은 수억이 아니라 수십억 인간들
의 영혼을 어디서 찾을지 알고 있었다.

　"훌륭합니다!" 가브리엘이 외쳤다. "고로 우리의 표적은 아더월드
가 아니라 지구예요!"

　전 마왕은 지구인들을 물리치는 것이 그리 간단하지 않다는 걸 알
기 때문에 아들을 칭찬했다. 현재 지구의 무기는 5000년 전의 무쇠
칼과 그리 위협적이지 않은 화살 같은 원시적인 무기들과는 거리가
멀었다. 수천 년이 흐르는 동안 전 마왕이 본 바에 따르면 인간들의
과학은 보울리미-레마족의 과학보다 급속히 발전했다. 하지만 보울
리미-레마족은 더 진보된 타 종족들에게서 훔쳐온 것으로 지구인들
이 상상도 하지 못하는 위업을 이룰 수 있었다.

　과학자는 검정 금속판을 들고 물러갔다. 가브리엘이 다시 왔다 갔
다 걸어 다니기 시작했다. 그들은 지구를 공격할 작전을 구상하고 있
었다.

　전 마왕은 드디어 지구의 맛있는 바닷물을 실컷 마실 수 있을 것이
다. 그뿐인가. 생을 마감하는 순간까지 목ㅡ비록 목은 없지만ㅡ까

지 푹 담그고 해수욕을 즐길 수 있을 터였다.

갑자기 가브리엘이 멈춰 서는 바람에 전 마왕은 공상에서 빠져나왔다.

"라 바쉬(제기랄)!" 가브리엘이 내뱉었다.

전 마왕의 눈썹 여러 개가 꿈틀거렸다. 전 마왕의 이름이 바쉬인데 대체 아들은 왜 이름 앞에 '라'를 붙였을까?

가브리엘은 아버지의 놀란 눈을 보면서 한숨을 쉬었다.

"그게 실은……(가브리엘은 욕설을 내뱉고 나서 악마의 언어로 다시 말했다) 아버지의 이름과 우리 행성에 들여온 지구의 반추동물 이름이 신경질 나게 발음이 비슷해서 그만…….."

전 마왕이 웃음을 터뜨렸다.

"아, 그래 안다. 소를 뜻하는 바쉬와 내 이름 바쉬, 나도 알고 있었다. 내가 이름을 바꾸면 좋겠니?"

가브리엘은 아버지의 제안에 놀라서 얼어붙었다. 그러고는 반쯤 허리를 숙이고 웅크리는 자세로 사과의 표시를 했다.

"아닙니다, 아버지. 바쉬는 요동치는 섬들을 정복하는 전사에게 아주 잘 어울리는 이름입니다. 저라면 감히 그런 용기를 낼 엄두도 내지 못했을 겁니다."

바쉬는 신경질적으로 혀를 찼다. 가브리엘이 대놓고 아버지를 무시하고 있었다. 아니 대놓고는 아니지만 바쉬는 아들이 진심으로 사과한 것이 아니라는 걸 잘 알고 있었다.

몇 년 전부터 악마들은 부모를 죽이는 것이 금지되었다. 침략 전술을 짤 때는 산전수전 다 겪은 노련한 지휘관들의 역할이 아주 중요하기 때문에 야심에 찬 신세대 젊은 악마들은 늙은 악마들을 죽일 수 없었다.

늙은 아버지 바쉬는 생각에 잠긴 아들의 보랏빛 눈을 보면서 그 법령을 서둘러서 통과시키길 정말 잘했다고 생각했다.

정말, 정말 잘한 일이었다.

가브리엘이 갑자기 미소를 지었다. 마치 아버지의 생각을 읽은 것처럼.

바쉬는 아무 내색도 하지 않았다.

"복수할 겁니다." 가브리엘이 냉랭한 목소리로 말했다. "그 망할 계집은 응분의 대가를 치를 겁니다."

아들이 돌연 화제를 바꾼 것이었다.

"어떤 계집?" 바쉬는 흥미로워하면서 물었다. "아들아, 누가 너한테 못되게 굴었어? 그 악마 계집이 누구냐, 감히 너한테?"

"악마가 아니에요, 아버지! 여성 악마들은 감히 그러지 못합니다. 그 같잖은 제국의 인간 계집입니다."

아아, 바쉬는 알아차렸다.

"타라 덩컨?" 예측하기가 너무 쉽기 때문에 바쉬는 대뜸 물었다.

그렇지만 가브리엘은 건방진 시선으로 아버지를 뚫어져라 쳐다보며 대꾸했다.

"타라 덩컨이요? 천만에요! 타라 덩컨은 어차피 죽음을 피할 수 없는 계집인데 내가 뭐 때문에 신경을 쓰겠습니까?"

바쉬는 뜻밖의 대답에 흠칫 놀랐다. 대체 아들이 누구를 말하는 거지? 바쉬의 촉수들이 마구 꼬물거리는 것으로 놀라움을 표시했다.

"마라 덩컨!" 성난 가브리엘이 무언의 질문에 내뱉듯 대답했다. "그 계집은 나를 실패하게 한 대가를 치를 겁니다!"

"그 계집을 죽이려고?" 바쉬가 식욕이 당기는 어조로 물었다. "인간들을 죽일 때 나는 기분이 아주 좋아. 인간들이 우리에게 한 짓을 생각하면 고문보다는 그냥 죽여버리는 것이 오히려 자비를 베푸는 거지."

"아뇨." 가브리엘이 사납게 부정했다. "차라리 죽는 게 더 낫다고 생각하게 만들 겁니다."

"아, 그러냐?"

"네, 믿으세요. 그 계집은 살아 있는 걸 후회하게 될 겁니다."

"알았다. 그리고……?"

"그 계집은 어린 인간 칼리반을 사랑해서 그랬던 겁니다."

바쉬는 어린 인간이 사랑하는 남자를 위해 NA 스피어를 훔쳤기 때문에 아들의 작전이 실패했다는 걸 알고 있었다. 가브리엘은 입에 거품을 물고 그걸 절대 잊을 수 없다는 얼굴이었다.

"감상에 빠져 사랑 타령이나 하는 계집!" 가브리엘이 격분했다. "그 사랑을 잃게 하고 나를 사랑하게 만들 거예요. 그런 다음 계집이 사는 행성이 파괴될 때 내 노예로 두어 영원히 나를 증오하여 복수할 날을 기다리면서 죽지도 못하게 할 겁니다. 이따금 나를 죽일 수도 있을 거라고 믿게 한 다음 그때마다 희망을 앗아갈 겁니다. 희망이 무참히 깨질 때까지. 그러고는 다른 인간들에게 날렸던 주문으로 영원한 고통을 겪게 할 겁니다."

하지만 바쉬는 아들과는 다른 계획이 있었다. 가브리엘이 열을 올리면서 말하는 사이 뒤쪽에서는 근위병들이 자세를 취하고 있었다. 바쉬는 아들을 다치지 않게 제압할 노련한 악마들을 미리 골라놓았었다.

"그사이 우리는 방어를 위해 최고 마구스 데미데루스가 훔쳐간 잃어버린 영혼들을 최대한 회수해야 한다. 우리가 가게 될 행성들에서 스파리담을 이용하여 잃어버린 영혼들이 응답하는지 보자. 스파이들을 배치해놨느냐?"

"네. 인간 용병들을 고용해놨습니다(가브리엘은 노골적으로 비웃으며 말했다). 그 인간들은 동족을 배신하는 건지도 모른 채 금에 매수되었습니다. 아더월드의 모든 나라와 마딕스, 지구에도 스파이가 여러 명 있습니다(이번에는 가브리엘이 흡족한 억양이었다). 용병들 말고도 우리가 접촉해놓은 잠정적 우군들이 있다는 건 아버지도 아시잖아요."

바쉬는 호기심이 동했다. 에프리트들 덕분에 새로운 우군들을 찾았지만 그들이 정말 도와줄지는 아직 미지수였다.

"그리고?"

"학대받았던 이들이었기에 가능했습니다. 어떤 처벌도 받지 않고 우리 행성 중 하나로 옮길 수 있는 권한을 준 것이 마음에 든 것 같습니다. 나는 불안하지 않습니다. 그들은 두려워하고 있어요. 두렵기 때문에 복종하는 겁니다. 그들에게 폭탄을 제공하여 우리가 선별해놓은 아더월드의 중요한 곳들에 폭탄을 설치하게 할 겁니다. 이제 폭탄을 설치할 장소들을 확인해야 하는데 아버지가 그를 소환해주시겠습니까?"

바쉬는 가장 작은 촉수 중 하나에 끼고 있는 반지를 작동했다.

즉시 삐딱한 노란색 눈에 갈퀴발톱 같은 이빨의 붉은 악마 에프리트가 그들 앞에 유형화되었다.

멜루덴리파쉬랄리반디르. 오랜 세월 오무아 황실을 지켜온 보디가드였으나 타라를 이용해 권력 찬탈을 시도했다가 림보로 추방되었던 에프리트였다.

바쉬는 림보의 감옥에서 멜루덴리파쉬랄리반디르를 끌어냈다. 이에프리트는 권력을 찬탈했다는 죄로 감옥에서 썩고 있었다. 에프리트들의 전 왕은 머리 위에 새빨간 불의 왕관을 다시 쓰고 있었다. 아첨이 아주 심한 에프리트였다. 멜루가 자신을 가두었던 에프리트들을 몰살해버리자 보울리미-레마족은 5000년 전에 배신했던 에프리트족이 이번에는 전적으로 협력해줄 것으로 믿었다. 멜루는 바쉬와 가브리엘 못지않게 복수심에 불타고 있었다.

특히 타라 덩컨에 대한 복수심이 컸다.

"우리는 최선을 다해 가급적 빨리 침략을 위한 우주선들로 무장하겠습니다." 멜루는 그것이 소환된 이유로 생각하고 자신만만하게 말했다. "이번에는 내 국민이 배신하지 않는다고 보장합니다."

"좋다, 용감한 멜루덴리파쉬랄리반디르." 전 마왕이 미소를 지었다. "나는 우리에게 필요한 인간들을 너무 손상시키지 않으면서 그 나라 정부에는 최대한 타격을 줄 수 있는 곳에 폭탄을 설치해야 된다고 말했다. 폭탄을 설치할 장소들에 대한 리스트를 만들었는가?"

멜루는 기다란 양피지를 나타나게 했다(멜루는 아주 전통주의자였다. 크리스털 판은 너무 현대적이라서 그의 취향이 아니었다). 양피지에 수많은 궁전들과 국회의사당들의 지도가 그려져 있었다.

"제가 사는 목적은 전 마왕님을 섬기기 위한 것입니다." 멜루는 허리를 굽혔다.

"좋아." 바쉬는 양피지를 받으면서 고마움을 표시했다. "이제 돌아가도 좋다. 다시 한 번 고맙구나."

멜루는 또다시 허리를 굽혀 인사를 하고 사라졌다.

전 마왕은 흡족했다. 그는 인간들의 적들을 가능한 한 많이 찾아놓았다.

가브리엘이 주먹을 불끈 쥐고 투덜거렸다.

"드래곤들의 행성은 너무 위험해서 침투할 수 없었습니다. 산티보르 행성도 진실의 입들이 즉시 우리를 느꼈기 때문에 불가능했고요. 따라서 아까 말씀드렸던 아더월드와 마딕스, 지구에 만족해야 될 겁니다. 현재로서는."

"그럼 아르칸즈를 불러서 지시를 내려야겠구나. 스파리담을 이용하여 가급적 빨리 잃어버린 영혼들의 위치를 파악하라는 명을 스파이들에게 내리라고. 그리고 우리에게 필요한 기계를 아더월드에서 가져오는 문제와 관련하여 인간들에게 선물을 보낼 생각이다."

아, 드디어 바쉬가 아들을 놀라게 하는 데 성공한 건가. 가브리엘이 그 자리에 멈춰 서서 아버지를 쳐다봤다.

"네? 선물이요?"

"근위대, 지금이다." 바쉬는 짤막하게 말했다.

미처 반응할 겨를도 없이 수많은 촉수들에게 붙잡힌 가브리엘은 바닥에 나자빠졌고, 무시무시한 갈퀴발톱들에 짓눌려서 옴짝달싹할 수 없었다.

"이게 무슨……."

바쉬는 말을 끊고 털이 많은 촉수로 아들을 가리켰다.

"그래, 선물. 아주 놀라운 선물이지. 인간들이 아주 마음에 들어할 거야."

"무슨 선물입니까?" 가브리엘은 몸을 뒤틀면서 소리쳤다. "아버지, 저한테 왜 이러시는 겁니까?"

"내가 선물이 뭔지 말 안 했던가?" 바쉬가 뜸을 들이면서 말했다.

"네, 아버지!" 꼼짝 못하게 해놓고 이런 말을 하는데 못 알아들을 정도로 가브리엘이 바보는 아니었다.

"아, 그랬구나." 전 마왕이 속삭였다. "선물은 바로 너야!"

바쉬의 명에 따라 악마들이 질질 끌고 가자 가브리엘은 심장이 터져라 악을 썼다. 전 마왕은 가장 긴 혀로 몸뚱이를 핥았다.

전 마왕의 아들, 인간들이 마음에 들어할 선물임에 틀림없었다. 바쉬는 드래곤들이 어떻게 생각할지도 정말 궁금했다.

3
하프드래곤 실버

상속을 받는다는 것이
반드시 좋은 것만은 아닌데

*

눈앞에 버티고 선 소녀는 건방지게 뒷짐을 지고 약간 건들거렸다. 마치 자신을 과시하고 싶은 마음과 수줍음 사이에서 망설이고 있다고 할까. 여덟 살 안팎의 아이였다. 핑크색 주름치마에 꽃 장식이 달린 벨트, 헤어밴드로 고정한 긴 금발의 소녀가 파란 눈으로 실버를 빤히 쳐다보는데 아주 흥미롭다는 얼굴이었다.

실버 일행이 와 있는 곳은 드래곤들의 행성 드란보우글리스펜쉬르였다. 환경으로 보나 뭐로 보나 인간이 살 만한 곳이 아닌데 어린 소녀가 있는 것이 좀 이상했다. 혹시 소녀도 실버와 마찬가지로 인간과 드래곤의 혼혈인 건가.

소녀는 실버가 방금 들어온 궁전의 부속실인 아주 널찍한 은빛 방에 맨발로 서 있었다. 가구는 없고, 크라살비에서 수입했는지 기하학

무늬의 두툼한 카펫과 곳곳에 거울 몇 개만 달랑 걸린 방이라서 소녀는 방문객의 눈길을 끌 수밖에 없었다.

소녀가 도톰한 장밋빛 입술로 미소를 지으며 실버를 향해 다가왔다. 마치 답삭 들어서 품에 안아주길 바라는 것처럼. 실버는 자신의 아이들도 이렇게 사랑스러울 수 있을까 생각하면서 본능적으로 소녀에게 몸을 숙였다.

그 순간 소녀는 뒷짐 지고 있던 손을 풀었다.

그리고 단도로 실버의 가슴을 찔렀다.

실버의 정신보다 몸이 더 빨리 반응했다. 실버의 정신은 아직 무슨 일인지 생각하는 중이지만, 몸을 덮은 보이지 않는 비늘들이 일어나 검정 가죽 손잡이의 단도를 무력화시키면서 목숨을 구해주었다. 단도는 심장을 찌르지 못하고 두툼한 검은색 카펫 위로 툭 떨어졌다.

소녀가 독한 욕설을 내뱉고 물러서더니 분한 듯 소리쳤다.

"오, 피와 창자여! 대체 너 뭐야, 사생아?"

실버 뒤쪽 머리 위에서 퉁명스러운 목소리가 대답했다.

"미안하지만 잘못 알고 있습니다. 우리 드래곤 공주 아마바쉬로우쉬바와 인간 마지스터의 결합은 분명히 문서로 기록되어 있습니다. 우리는 은빛별 실버쉬로우쉬부의 양부모 집에서 문서를 찾았습니다. 난쟁이들은 대부분 드래곤 언어를 사용하지 않기 때문에 무슨 내용인지 모르고 있었지만, 실버쉬로우쉬부는 합법적인 관계에서 태어난 아들이 맞습니다. 우리 고위 성직자들의 증언으로 비밀리에 작성된 문서도 찾았습니다. 고로 그 결합은 민사상으로나 종교적으로나 법적 하자가 없습니다. 따라서 나의 의뢰인에게 어떤 경우에도 '사생아'란 단어를 사용할 수 없습니다."

실버가 약혼녀 파프니르의 어머니 벨리르의 조언을 받아 고용한 블루 드래곤 변호사 볼루쉬론쉬부가 어둠 속에서 나타났다. 실버가 받는 상속분에서 상당한 비율의 보수를 받기로 하고 유산상속 반환 소송을 맡은 변호사였다. 소녀는 변호사를 무시하고 실버를 향해 내뱉었다.

"이 칼이 네 심장을 뚫었어야 쓸데없이 비용만 많이 나가는 긴 소송을 피할 수 있었는데……. 다시 묻겠다. 너 뭐야, 잡종?"

여덟 살쯤이라는 것 말고는 소녀에 대해 전혀 아는 것이 없는 실버는 '사생아'에서 '잡종'이라고 말을 바꾸는 모습을 재미있어하면서 변호사의 충고대로 차분하게 대답했다.

"나는 드래곤이자 인간이고, 드래곤 왕의 여동생이자 드래곤 공주인 아마바쉬로우쉬바의 아들 실버쉬로우쉬부입니다. 고로 나는 아마바쉬로우쉬바의 혈연 상속자이자 재산 상속자입니다."

그렇게 말하고 실버는 더 어둡고 날카로운 목소리로 덧붙였다.

"드래곤 혈통 덕분에 인간의 모습일 때도 이렇게 비늘이 뜻밖의 공격으로부터 보호해주지요."

갑자기 소녀가 부들부들 떨었다. 실버는 소녀가 울음을 터뜨리려는 거라고 생각했다. 하지만 소녀의 몸이 커지더니 거대한 그린 드래곤으로 변신했다. 제 딴에는 실버가 미처 반응하기 전에 먼저 불을 뿜어낸 것이었다.

실버 뒤에 있던 블루 드래곤 변호사는 괴성을 지르며 혹시라도 시커멓게 불에 탈까 봐 공중으로 펄쩍 뛰어올랐다.

실버의 비늘은 강하지만 불연성이 아니었다. 실버는 부상당하고 싶지 않았다. 그린 드래곤이 불을 내뿜으려는 순간 실버는 공중으로 날아올랐고, 거의 본능적으로 칼집에서 무기가 나왔다. 깜짝 놀란 그린 드래곤이 불을 내뿜을 기세로 머리를 쳐들었을 때 실버는 어디로도 피하지 않았다.

실버는 절묘한 타이밍에 그린 드래곤의 등으로 뛰어내렸다.

그리고는 차가운 칼날이 목에 닿는 걸 느끼고 부르르 떠는 그린 드래곤의 귀에 대고 속삭였다.

"이건 혈검입니다, 나를 죽이려는 정체불명의 드래곤 부인. 불굴의 전사들이 사용하는 검에 대해 들어본 적 있습니까, 나를 죽이려는 정체불명의 드래곤 부인?"

순식간에 공격자에서 공격받는 자로 바뀐 것에 아연실색한 그린 드래곤은 감히 대답하지 못했다. 목에 닿은 칼날 때문에 침도 삼키지 못할 것 같았다. 게다가 숨을 가쁘게 몰아쉬는 드래곤의 아가리에서는 불이 꺼져 있었다. 인간을 등에 태운 그린 드래곤. 블루 드래곤 변호사는 눈이 동그래져서 그 희한한 광경을 지켜보고 있었다. 실버는 소름 끼치게 날카로운 칼날로 그린 드래곤의 비늘을 쓰다듬으면서 말했다.

"이건 난쟁이들이 만든 검입니다. 특별히 우리 불굴의 전사들을 위해서요. 드래곤들의 가장 강한 비늘은 물론이고 그 어떤 것이든 완벽하게 베어버릴 정도로 날카롭지요. 당신들 드래곤을 상대로 정정당당하게 싸우기 위해 만들어진 무기입니다. 따라서 또다시 나를 공격할 경우에는 가차 없이 이 검을 사용하겠습니다, 나를 죽이려는 정체불명의 드래곤 부인. 나에게 세 번째란 없기 때문이죠."

그린 드래곤이 눈썹 하나 까딱하지 않자 실버는 날렵하게 펄쩍 뛰어서 변호사 앞으로 갔다. 실버는 비록 누더기 차림이지만 그린 드래곤 앞에서 정중하게 허리를 숙이고 위풍당당하게 말을 이었다.

"우리는 내 외고모할머니 그라바쉬로우렌쉬바를 만나러 왔습니다. 외고모할머니께 알려주시겠습니까?"

실버 뒤에서 블루 드래곤 변호사는 한숨을 내쉬었다. 예상보다 일이 훨씬 복잡해지고 있었다.

"걱정입니다, 실버쉬로우쉬부." 변호사가 나직하게 말했다. "아무래도 방금 당신의 외고모할머니를 공격한 것 같습니다."

실버는 흔들림 없이 냉정하게 그린 드래곤을 빤히 쳐다봤다. 그린 드래곤도 잘생긴 인간을 찬찬히 뜯어보고 있었다. 백금빛에서 황토빛, 캐러멜빛, 황금빛에 이르기까지 열 가지 빛깔이 아롱지는 긴 금발, 반짝이는 피부(이렇게 반짝이는 것이 정말 비늘인지 의심이 들 정도였다), 금빛 눈, 찢어진 옷. 실버는 검을 집어넣는 것으로 그린 드래곤이 전혀 두렵지 않다는 걸 보여주었다.

한순간 그린 드래곤은 실버를 공격할 뻔했지만 조금 전 인간이 내뱉은 냉랭한 경고가 기억났다.

그린 드래곤은 불굴의 전사에 대해 알고 있었다. 하지만 난데없이 나타난 아마바의 아들에 대한 정보가 거의 없어서 불굴의 전사라는 걸 모르고 있었다.

사실 실버가 상속분을 요구하지 않았다면 그라바쉬로우렌쉬바는 조카딸 아마바에게 아들이 있다는 것조차 몰랐을 것이다. 하지만 이렇게 버젓이 눈앞에 나타났으니 합법적인 상속자로 인정되면 실버는 자기 어머니의 금을 회수할 권리가 있었다. 그런데 유산상속권에 개입할 필요가 없는데도 드래곤들의 여왕으로서 이 만남을 받아들이게 강요한 그 멍청한 샤르맘니쉬라쉬바를 제외하고, 모든 드래곤들이 그렇듯 그라바는 금에 대한 집착이 비정상적인 수준이었다.

드래곤들의 왕 샨도우바릴로우바쉬부가 여동생 아마바를 죽인 것은 인간을 사랑한 것으로도 모자라서 가장 귀중한 보물의 방들 중 하나를 열어주고 악마의 셔츠를 보여준 죄였다. 그래서 아마바의 유산은 가문의 여러 드래곤들, 아마바의 오빠와 고모 셋이 나눠 가졌다.

훗날 샨도우가 살해되었을 때 그 유산은 딸 샤르맘니쉬라쉬바에게 상속되었다. 샤름은 최근에 드래곤들의 여왕으로 선출되었다.

여왕 샤름은 드래곤 궁정에서 조금 전, 은빛별 실버쉬로우쉬부의 권리를 기꺼이 인정하고 자기가 받은 상속분을 반환한다고 발표했다.

윽!

그 생각만 해도 어찌나 화가 나는지 그린 드래곤은 비늘에서 연기가 풀풀 났다.

이 일은 선례를 남기는 문제였다. 앞으로 또 누가 상속자라고 나타날지 모르는 일이 아닌가. 그래서 얼간이 잡종이 면담을 청했을 때 그라바는 와작와작 씹어 먹거나 불에 태워 죽이거나 무력화시키는 것으로 문제를 깨끗이 해결할 작정이었다.

그라바는 목에 닿았던 차가운 칼날을 떠올렸다. 빌어먹을, 아마바의 아들이 보통 재빠른 게 아니었다. 금을 빼앗아가려고 온 것이 아니라면 훌륭한 전사에게 찬사를 보냈을 것이다. 수천 년 전에는 그라바도 아주 빠른 건 아니지만 그래도 놀라울 정도로 날쌔다는 소리를 들었는데.

아무튼 실버는 범접할 수 없을 정도로 빠르고 강했다.

독? 흠, 그래. 좋은 생각이었다. 인간의 신체는 약하다는 평판이 있으니 어린 놈 하나 죽이는 것쯤이야 식은 죽 먹기지.

그때였다. 갑자기 그들 정면의 벽이 꿈틀거리면서 입체감을 띠더니 장엄하게 전진해오는 여섯 행성들이 나타났다. 이어서 여섯 행성들 옆에 근사한 레드 드래곤 샤름이 나타났다. 여왕의 금빛 눈이 매섭고 목소리에 불안이 가득했지만 어조는 단호했다.

"악마의 행성들이 우리 세계에 진입했다."

블루 드래곤 변호사와 그린 드래곤은 놀라서 딸꾹질을 했고, 실버는 침을 삼키다 사레들릴 뻔했다.

드래곤 여왕이 잠시 말을 중단하는 사이 행성들이 우주 공간에서 회전하고 있었다. 그런데 이상하게 행성들의 색깔이 다양했고, 아더월드나 지구와 달리 거대한 바다가 없는 행성들이었다.

샤름이 붉은 주둥이를 실룩거리더니 목소리를 높였다.

"계엄령을 선포한다. 지금부터 드래곤들의 모든 재산은 동결되고 국고로 전환된다. 우리의 군비 지원을 위한 것이다. 드래곤들이여! 전시 상황에 돌입한다!"

화면을 응시하던 그린 드래곤이 질겁하고 딸꾹질을 해댔다.

"안 되애애애애! 내 금!"

그러다 그린 드래곤은 기절해버렸다.

실버는 그린 드래곤을 차갑게 쳐다봤다. 입을 대고 인공호흡을 해주고 싶은 생각이 추호도 없었다. 실버는 고개를 들고 샤름 여왕의 3D 영상과 악마의 행성들을 쳐다봤다. 그러다 갑자기 실버가 웃음을 터뜨려서 블루 드래곤 변호사는 소스라치게 놀랐다.

"하하하!" 실버는 즐거워하면서 말했다. "내 유산 문제가 이렇게 해결되는군요!"

샤름

드래곤들의 여왕이라도
모든 이들이 복종하는 건 아닌데

*

리스베스는 바리우스의 품에 안겨 깊이 잠들어 있었다. 처음에는 이렇게 자는 것이 좀 불편했다.

바리우스는 코를 심하게 골았다.

어쩌다 한 번이라면 모를까, 리스베스는 누군가와 매일 밤 같이 자는 것에 익숙하지 않았다. 처음에는 바리우스의 다양한 코골이가 매력 있게 들렸지만 얼마쯤 지나자 잠든 그의 목을 졸라버리고 싶은 충동을 느꼈다. 더 이상 코 고는 소리를 내지 못하게.

바리우스는 다른 방에서 자라는 말을 들으려고도 하지 않았다. 그는 리스베스를 안고 잠들고 싶기 때문에 어떤 말도 통하지 않았다.

리스베스는 자신도 가급적 바리우스 곁에 있고 싶기에 이해를 못하는 건 아니었다.

다행히 리스베스는 극단적인 방법을 쓰지 않아도 해결할 수 있었다. 여제는 궁전의 샤먼들과 상의를 했고, 샤먼들은 밤마다 바리우스의 목에 해롭지 않은 주문을 걸기로 했다. 바리우스가 잠이 드는 즉시 목에 침묵의 장막이 만들어졌다가 잠이 깼을 때 사라지는 주문이었다. 완벽했다.

그러던 중 침실에서 이상한 소리가 들렸을 때 리스베스는 이렇게 생각했다. '슬루르크, 침묵 주문이 지워졌군. 코 고는 소리가 들리는 걸 보면.'

불행히도 그 소리는 깊은 잠에 빠진 바리우스가 내는 소리가 아니라 방금 켜진 커뮤니케이션 콘솔이 윙윙거리는 소리였다.

리스베스는 갑자기 심장이 쿵쿵 뛰어서 벌떡 일어났다. 비서 타트르와 파크르가 한밤중에 여제를 깨우는 것은 극히 드문 일이었다. 비서는 정말 혼자서는 해결할 수 없는 일이 일어났을 경우에만 이러는데…….

리스베스는 자는 동안 헝클어진 머리를 빗으라고 주문을 읊었고, 그사이 어깨가 드러나는 크림빛 실크 드레스, 틀어 올린 머리에 다이아몬드와 백금 왕관이 씌어졌다. 눈 깜짝할 사이에 몸단장이 끝났다. 여제가 부딪치는 일이 없게 가구들은 이미 비켜나 있었지만 그녀는 무언가가 발길에 채이지 않게 약한 불을 밝히라고 명했다.

리스베스가 다가가는 순간 콘솔이 내는 소리에 이번에는 바리우스가 잠을 깼다. 그가 일어났는데 검은색 머리털이 헝클어져 있고, 눈빛이 불안했다. 바리우스는 머리끝에서 발끝까지 차려입은 리스베스를 보고 더욱 불안한 얼굴이 되었다.

"……?"

침묵 주문이 아직 사라지지 않았기 때문에 바리우스는 짜증스러운 얼굴로 눈을 굴렸다. 그리고 주문이 사라지자마자 말했다.

"무슨 일이오?" 아직 잠이 덜 깬 목소리였다.

"모르겠어요. 나도 방금 알았으니까." 리스베스가 대답했다. "비서가 연락한 것으로 보아 긴급 사항이 있는 모양이에요. 당신을 깨우지 않으려고 내 집무실로 연락하라고 말할 참이었는데 이왕 일어났으니 당신도 옷 입어요. 악마들이 전쟁을 선포한 건지도 모르는데 대처해야죠."

악마들이 아더월드의 태양들 가까이에 행성들을 이동시켜놓은 뒤로 머리 위에 도사리고 있는 위험 때문에 초긴장 상태였다. 바리우스는 이런 때는 빨리 깨웠어야 하는 거라고 구시렁거리면서 전사답게 경계 태세를 취했다. 그는 주문을 읊었고, 늑대 머리의 문장이 선명한, 검은색 스팔렌디탈 가죽옷 차림이 되었다.

"전쟁 선포? 그건 아주 인간적인 방식이오. 악마들이 뭐 때문에 우리의 군사 협정을 준수하겠소? 나라면 재고 말고 할 것 없이 곧바로 공격할 거요. 더군다나 수적으로 우세할 경우에는."

바리우스가 지적했다.

리스베스는 인상을 쓰면서 안락의자에 앉아 절체절명의 사태에 맞서 싸울 각오를 했고, 바리우스는 여제 뒤에서 경계 태세로 서서 지시했다.

"매직컴 접속."

콘솔이 복종하자, 전자공학과 마법을 결합시킨 똑똑한 컴퓨터에 타트리스족 비서의 두 얼굴이 3D 영상으로 나타났다.

방금 일어나 피곤한 얼굴의 젊은 타트리스는 여제의 생각을 넘겨짚고는 곧바로 본론을 말했다.

"악마들 때문이 아닙니다, 폐하."

두 머리 중 하나인 파크르가 말했다.

리스베스 여제는 일단 안도하면서 무슨 말인지 생각했다. 한밤중의 연락이 악마들의 공격 때문이 아니라는 말인데.

"주무시는데 깨워서 죄송합니다, 폐하." 이번에는 타트르가 정중하게 사과했다. "드래곤들의 여왕 샤르맘니쉬라쉬바 전하로부터 연락이 왔습니다."

"샤름?" 리스베스 여제는 깜짝 놀랐다.

"네, 폐하." 파크르가 대답했다. "그레이 코드입니다."

그레이 코드는 가장 위급한 상황을 의미하는 블랙 코드 다음으로 긴급한 코드였다. 아주 중대한 상황이 틀림없었다. 리스베스는 속이 뒤틀리는 것 같지만 비서에게 연결하라고 손짓했다.

샤름의 거대한 몸이 눈앞에 나타났다. 붉은색 비늘이며 검은색 돌기가 어찌나 선명한지 드래곤 여왕이 방 안에 같이 있는 것 같았다. 집무실의 램프 불빛을 받아, 샤름이 숨을 쉴 때마다 비늘로 덮인 옆구리가 수축되었다가 풀어지는 것까지 선명하게 보였다. 리스베스는 드란보우글리스펜쉬르에서 곧장 전해지는 영상이라는 걸 알았다.

"안녕하십니까, 리스베스?" 샤름이 격식을 생략하고 인사했다. "우리에게 심각한 문제가 생겼습니다."

바리우스는 조소를 금할 수 없었다.

"며칠 전 우리 영역의 상공에 들이닥친 여섯 행성들에 대해 말하려는 것 아닙니까?"

샤름은 바리우스에게 눈길도 주지 않고 파충류의 금빛 눈으로 리스베스를 응시했다.

"호전적인 급진파가 내게 반기를 들고 당장 악마들의 행성들을 공격하자고 난리입니다."

리스베스는 벌떡 일어섰다.

"뭐라고요? 정신이 나가지 않고서야! 악마들은 우리를 공격하지 않았어요. 드래곤들은 우리의 동의 없이 전쟁할 수 없습니다!"

샤름은 송곳니를 다 드러내고 말했다.

"네, 압니다. 오늘 밤 마지막 회의에서 나도 그렇게 말했습니다. 하지만 현재 급진파가 절대적으로 우세합니다, 리스베스. 위기감이 고조되면서 나를 지지하는 쪽이 점점 더 열세에 놓여 있습니다. 악마들이 공격하려는 목적이 아니라도 우리에게 아무런 통지도 하지 않는다는 것은 우리를 도발하기에 충분한 이유가 됩니다."

흥분한 리스베스가 성큼성큼 걷기 시작하자 컴퓨터의 눈이 따라다녔다.

"미친 짓입니다!" 리스베스는 거칠게 내뱉었다. "광기나 다름없어요! 현재 악마들은 조용히 있는데……. 악마들이 애초 공격할 생각이었다면 우리 세계에 진입하는 즉시 기습 공격을 했을 겁니다. 우리는 준비가 되어 있지 않았으니 이내 굴복했을 테고요. 우리 군이 어디에 있는지 알고 있는 만큼 우리를 괴멸시킬 수 있었을 텐데 악마들은 그러지 않았어요. 우리에게 준비할 시간을 준다는 건데 이걸 전쟁할 의사가 있는 것으로 보기는 어렵습니다."

샤름이 응수했다.

"나도 그렇게 말했습니다. 하지만 셰니보우리쉬부의 옛 측근이자 전쟁을 주장하는 급진파의 수장 그라보우테리쉬부는 우리의 군사 병기를 늘리고 싶어하기 때문에 드래곤들의 불안을 부추기는 데 성공했지요. 그라보우가 대놓고 나를 여왕에서 해임시키겠다는 말만 하지 않았지 내가 드래곤군의 공격을 거부하면 지체 없이 내게서 왕권을 박탈할 겁니다."

리스베스는 멈춰 섰다.

"당신을 해임할 수도 있다는 뜻입니까?"

"네, 물론이지요. 드래곤들의 세계에서 왕은 선출되는 것이지 세속제가 아니거든요. 실제로 정말 똑똑한 드래곤에게는 왕의 자리를 제안하지도 않습니다."

리스베스는 이맛살을 찌푸렸다. 샤름은 권력 행사에 대한 생각이 아주 독특했다.

"따라서 전시 상황에는 내 아버님처럼 살생을 즐기는 노장 드래곤을 선출하는 경향이 있지요." 붉은 비늘의 여왕은 한숨을 내쉬었다. "나처럼 젊은 평화주의자는 전쟁이 났을 때 필요한 왕이 못 되지요. 반면에 그라보우테리쉬부는 노장파에 속하지요. 50만 살이 넘은 그라보우테리쉬부에 비하면 나는 역량이 턱없이 부족합니다. 악마들이 타딕스에서 많은 이들을 죽이려고 했던 것이 사실인 만큼 그라보우가 며칠 후면 전쟁하는 데 필요한 모든 동의를 받아낼 겁니다. 그 사건을 어찌나 많이 언급하는지 회의가 끝날 무렵에는 그 달의 이름 타딕스의 '타'자만 들어도 구역질이 날 정도였지요."

리스베스는 연민을 갖고 고개를 끄덕였다. 그라보우가 뭐라고 했을지 상상이 갔다. 리스베스였더라도 같은 주장을 했을 게 틀림없었다.

"하지만 아르칸즈가 평화를 지지하는 자신의 정파와 가브리엘의 정파 사이의 권력투쟁 때문이었다고 분명히 말했어요." 리스베스는 화가 나서 언성을 높였다. "그래도 현재 마왕은 아르칸즈니까요! 나는 아르칸즈가 막고 있기 때문에 악마들이 우리를 공격하지 않는 거라고 확신해요!"

리스베스는 드래곤의 주둥이로는 불가능해서 그렇지 샤름이 입술을 삐죽거렸을 거라고 생각했다.

"아르칸즈의 말이 그렇다는 거지 다른 증거는 없잖아요." 드래곤 여왕이 반박했다. "타딕스에서 일어난 일로 봐서는 신뢰하기 어렵습니다. 셈의 말로는 누가 적이고 누가 우리 편인지 분간하기 힘들었다고 했어요. 개인적으로는 나도 증거 불충분에 의한 무죄 추정의 특전을 아르칸즈에게 주고 싶지만, 다른 드래곤들은 절대 그렇지 않습니다."

"알겠어요!" 리스베스는 분개했다. "샤름, 한밤중에 나를……(그녀는 바리우스를 힐끔 쳐다보고 다시 말했다) 우리를 깨웠을 때는 뭔가 계획이 있다는 거니까 본론을 말씀하시죠. 약하고 순진한 척하지만 당신이 위험한 정치가라는 걸 알고 있습니다. 그래서요?"

깜짝 놀란 샤름이 눈을 깜박이다 웃음을 터뜨렸다.

"수명이 짧은 인간들은 요점만 빨리 말하길 좋아하는 걸 내가 또 잊었군요. 드래곤들은 좀 지나치게 장황하게 이야기하는 경향이 있죠. 그래요, 당신 말이 맞아요."

샤름이 잠시 말을 중단하는 사이 긴장한 리스베스는 손톱으로 손바닥에 구멍을 내지 않으려고 조심했다.

"드래곤들은 지구인들을 아주 싫어합니다." 샤름이 조심스럽게 말을 이었다. "인간들이 지구에서 마법을 퇴치하고 과학으로 대체한 뒤에 발전시켜온 눈부신 기술은 더욱 싫어하지요. 과학기술이 두렵기 때문이죠. 특히 강력한 핵 말이에요. 드래곤들은 무모한 자들의 지배를 받는 것이 정말 싫은 겁니다. 그리고 인간들이 악마의 위협에 어떻게 대항할지도 모르고요. 당신들에 대해서는 잘 알고 있으니 어떻게 다뤄야 하는지 알죠. 하지만 지구인들은? 지구인들에 대해서는 아는 것이 없어서 드래곤들이 불안한 겁니다."

리스베스의 쪽빛 눈이 휘둥그레졌다. 조카 타라 식으로 표현하면 이건 '대박'이었다.

"그래서요?" 리스베스는 신중하게 물었다. 다루기 쉽다는 말에 기분이 상했지만 꾹 참고 넘어갔다.

"그래서 생각한 건데요." 샤름이 아주 신중한 어조로 말했다. "악마들의 위협에 맞서서 오무아 정부가 지구인들과 동맹을 맺겠다고 하면 드래곤들이 공격 시기를 변경할 수 있을 겁니다. 우리 세계의 가장 강력한 두 행성이 악마들을 상대로 싸우는 위험을 무릅쓰는 것보다 훨씬 나으니까요. 물론 희망 사항이지 확신은 아닙니다. 공격을 잘했는데도 만약 우리가 패하면 그로 인한 전쟁 부담금은 수십억 지구인들에게 떠넘길 수도 있고요. 여섯 행성들을 상대로 싸우는 건데 당연히 상당한 피해를 입을 테니까요."

샤름과 리스베스는 입을 다물었다. 얘기를 꺼낸 샤름이나 잠자코 듣고 있는 리스베스에게나 썩 내키지 않는 제안임에 틀림없었다.

리스베스는 속으로 결정을 내렸다. 그녀는 샤름이 우군이라는 걸 알고 있었다. 그래서 우군과 정보를 나누고 있는 것이었다. 비록 비밀에 부치기로 맹세한 것도 있지만.

"다섯 행성이에요." 리스베스가 말했다.

"네?" 놀란 샤름이 일어났다. 컴퓨터는 거대한 드래곤의 얼굴을 놓치지 않으려고 재빨리 이미지를 축소시켜야 했다.

"악마들과 얘기했거든요." 여제는 설명했다.

뭐라는 거지? 샤름은 귀가 믿어지지 않았다. 샤름은 방금 들은 말이 이해되지 않아서 코를 찌푸렸다.

"아르칸즈와 얘기했다는 말씀이세요? 하지만……."

"아뇨." 리스베스는 말을 잘랐다. "나는 아르칸즈라고 말하지 않았어요. 악마들이라고 했지. 악마 신들을 말하는 거예요. 젤리소르, 흉측한 벤드룩, 그 밖의 모든 악마 신들."

샤름이 몸을 숙였는데 콧구멍에서 작은 불꽃이 쏟아졌다.

"뭐라고요?" 샤름이 소리쳤다. "악마 신들? 우리 국민을 그토록 학대했던 신들을 접촉했으면서 왜 우리에게 알려주지 않았습니까?"

"그 악마 신들이 내 특사와의 면담을 비밀에 부쳐달라고 요구했으니까요." 리스베스는 위엄 있게 대답했다. "특히 드래곤들이 아는 걸 원치 않았어요. 나는 약속을 지킨 겁니다."

경악한 샤름이 위압적인 붉은 엉덩이를 깔고 앉았다.

"오, 모든 신들이시여! 대체 무슨 얘기를 했습니까?"

"악마들의 강력한 동맹국 중 하나인 행성으로부터 평화 협상 제안을 받았지요. 악마 신들은 수가 아주 적지만 악마 신 하나가 거의 군대와 맞먹을 정도로 힘이 막강하다는 것, 그리고 전쟁할 생각이 전혀 없다는 것이 평화 협상을 제안한 이유였지요. 칼리반 달 살란이 내 특사로서 협상에 임했고요. 덧붙이자면 악마 신들이 특별히 칼리반을 지목했거든요."

여제가 이 미션을 부탁하기 위해 칼리반을 불러들였을 때 두 사람도 악마 신들이 특사를 지정한 이유가 의문이었다.

"몇 시간 전 우주선을 타고 출발했다니까 칼리반은 곧 돌아올 겁니다. 하지만 일이 잘돼도 다섯 행성들과는 싸워야 할 겁니다. 아무튼 다섯 행성들과의 전쟁은 너무 버겁기 때문에 전쟁보다는 거래를 하는 것이 훨씬 낫다고 생각해요. 악마 신들도 그렇게 생각하고요."

"아, 네. 나도 그렇습니다." 샤름은 여제의 실리주의에 분노를 가라앉히고 한마디 했다. "하지만 오무아의 여제 리스베스, 그래도 우리에게 즉시 알렸어야 했습니다. 내가 그런 귀중한 정보를 미리 알았다면 좀 더 강력하게 주장할 수 있었을 거예요! 그라보우의 술책에 맞서서 이겼을 겁니다!"

리스베스가 잠자코 있자 샤름은 한숨을 쉬었다.

"토해낸 불을 다시 삼킬 수도 없고…… 어쩔 수 없지요. 하지만 랑코비트의 면허 받은 도둑이 돌아오면 이번만은 즉시 알려주시기 바랍니다."

샤름은 리스베스를 향해 몸을 숙이고 속삭이듯 말했다.

"이제 지구의 문제가 남았네요. 무슨 일이 일어나고 있는지도, 얼마나 위험한지도 전혀 모르는 지구는 어떡하시겠습니까?"

리스베스도 몸을 숙이고 속삭였다.

"칼리반이 돌아오는 대로 곧 나와 후계자가 지구를 방문할 생각입니다. 며칠 유예 기간을 얻을 수 있게 적절한 조치를 취해주세요."

샤름이 만족한 얼굴로 일어나면서 미소를 지었는데 송곳니가 다 드러났다.

"네, 그러겠습니다. 하지만 그 대신 더 이상의 비밀은 안 됩니다. 이 세계의 운명이 우리의 협약에 달려 있어요, 리스베스. 연락 기다리죠."

샤름이 머리를 약간 숙이며 인사하는 사이 리스베스도 인사하면서 통신을 끊었다.

다시 나타난 비서가 여제의 명을 기다렸지만, 생각할 것이 많은 리스베스는 물러가라고 지시했다.

컴퓨터 화면이 꺼졌다.

리스베스는 바리우스를 향해 돌아섰다. 빌랭의 용병 바리우스는 불안한 표정이었고, 양미간에 주름이 져 있었다.

"리스베스, 나한테 칼리반 달 살란을 악마들의 행성으로 보냈다는 말을 하지 않았잖소!"

리스베스는 천진한 얼굴로 바리우스를 쳐다봤다.

"내가 안 했어요? 정신이 나갔나 보네요. 할 일이 너무 많아서 정말 정신을 못 차릴 지경이에요."

바리우스는 이를 악물었다. 리스베스는 국민이 2억에 이르는 제국을 혼자 다스리는 것에 익숙해 있었다. 물론 군대 문제는 황제에게 맡긴 지 오래되었지만, 샤름이 지적한 것처럼 오무아 제국의 여제는 공유하는 습관이 없었다. 하물며 전쟁의 뇌관이라고 여기는 정보에 대해서는 말할 것도 없었다.

아무튼 리스베스의 말이 거짓은 아니었다. 바리우스는 기분이 누그러졌다. 그는 시간이 흐르면서 리스베스에게 자신이 옆에 있다는 걸 상기시키는 것이 쓸데없음을 알았다. 리스베스는 바리우스의 존재를 충분히 알고 있었고 차츰 마음을 열어주었다. 하지만 크리스털 리스트들이 '전초전'이라고 부르는 기간에는 여제의 침묵이 훨씬 더 길어졌다. 이따금 바리우스는 예비 아내가 과중한 압박감에 시달리면서도 완전히 미쳐버리지 않기 위해 어떻게 극복해내는지 의문이 들 정도였다.

며칠 전 의회에서 고성이 오가는 열띤 회의가 끝난 뒤, 바리우스는 옆에 타라와 빨간 머리 파프니르가 있다는 걸 주의하지 않고 큰 소리로 불만을 내뱉은 적이 있었다. 난쟁이는 냉소적으로 한마디 했었다.

"그거야 이미 완전히 미쳐버렸기 때문이죠. 나라를 다스리는 것이 뭐가 좋다고. 나는 진짜 이해가 안 되지만."

"바리우스?" 리스베스는 남편의 침묵이 자존심이 상했기 때문이라고 생각하고 부드럽게 불렀다.

바리우스는 머쓱한 미소를 지어 보였다.

"아, 미안하오. 파프니르가 생각나서."

리스베스는 어리둥절했다.

"네?"

"아니, 아무것도 아니오. 난쟁이가 권력에 대해 했던 말이 생각나서…… 그래서 이제 어떡할 생각이오?"

"칼리반을 기다려야죠. 그리고 악마 신들이 진심으로 평화를 원하길 바라면서 그들과 퇴로를 마련한 다음 지구에 가서 알려야지요. 이 세상에는 생각보다 훨씬 많은 존재들이 있다는 사실을."

리스베스는 어두운 얼굴로 바리우스를 쳐다보면서 말을 맺었다.

"괴물들이 존재하는데 긴 송곳니를 가지고 있다고."

칼

미션으로 인한 물질적 손해를 전혀 계산하지 않고
무턱대고 수락한 걸 이제 와 후회한들 무슨 소용 있을까

*

이게 뭐지? 칼은 뭐라고 표현할 수 없는 것 앞에 서 있었다. 어디가 시작이고 어디가 끝인지 도무지 알 수가 없었다.

칼은 악마들의 나라에 와 있었다.

더 정확하게 말하면 악마 신들의 나라 자보르 행성에 와 있었다.

젤리소르, 흉측한 벤드룩, 다른 악마 신들.

웩! 시커멓게 입은 면허 받은 도둑은 속이 완전히 뒤집어져서 위장을 제자리에 붙들어 두려고 애를 쓰고 있었다. 까마득한 옛날부터 인간들의 악몽 속에 살아 있는 악마들이었다. 이 악마들은 지금 벌어지려고 하는 전쟁에 끼어드는 것은 보울리미-레마족을 위한 개죽음이기 때문에 휘말리고 싶지 않았다.

인간들은 보울리미-레마족에게 정복된 악마 종족들이 얼마나 다

양한지 모르고 있었다. 모습도 완전히 다르다는 것을.

마왕 아르칸즈가 악마의 행성들에 봉쇄령을 내렸지만, 악마 신들은 리스베스 여제에게 메시지를 보냈었다. 타딕스에서 리스베스를 비롯한 아더월드의 마법사들은 아르칸즈를 불러들이기 위해 주문을 읊는 과정에서 약간의 실수를 했고, 그때 나타났던 벤드룩은 뜻밖의 만남을 몹시 즐거워했었다.

리스베스는 메시지를 받고 깜짝 놀랐었다(사실 놀랐다는 건 정말 완곡한 표현이다). 그런데 악마 신들은 자신들에게 보낼 특사를 지목했는데 그것이 칼리반 달 살란이었다.

여제의 부름을 받은 칼은 잿빛 눈이 휘둥그레져서 비명을 지르듯 물었다.

"왜 접니까?"

리스베스 여제는 자기 역시 이유를 모르기 때문에 대답할 수 없었다. 그러면서도 타라에게 절대로 어디로 가는지 입도 벙긋하지 말라고 엄명을 내렸다. 타라는 악마들의 침략에 대비하는 문제로 너무 바빠서 친구의 목숨에 신경 쓸 겨를이 없었다. 칼은 얼굴을 찌푸렸지만 복종했다. 리스베스 여제를 그다지 좋아하지 않지만 정치적 식견을 존중하고 있었다. 그렇게 해서 칼은 소형 우주선에 올랐고, 방금 악마 신들의 행성에 도착했다.

칼은 '작다'는 말의 진정한 의미를 이날 비로소 알았다. 드래곤들도 크고 거인들도 크지만 악마 신들에 비하면 '어린애들'이었다.

칼이 놀란 것은 악마 신들의 키뿐만이 아니었다. 우글거리는 촉수와 입, 꼬물거리는 것들의 덩어리라고 할까. 아무튼 그 무엇과도 닮은 데가 없어서 모습을 묘사할 수 없었다. 악마 신들의 수는 적었다. 행성 전체에 고작 천 명이 넘을까 말까였으니.

악마 신들에게는 문제가 있었다. 아주 심각한 문제였다.

"보울리미-레마족이 우리 행성에 뭔가를 가져오더니……." 흉측한 벤드룩이 우렁찬 소리로 말했는데 악마 신들의 수장인 것 같았다. "우리가 미처 알아차릴 겨를도 없이 여기 아더월드의 우주 공간에 데려다 놨다. 그자들은 우리를 마치 하찮은 브라토욱3 자루처럼 여기에 옮겨놨어!"

"맞아!" 썩은 송곳니의 젤리소르가 맞장구쳤다. "하필이면 내가 에이스 풀 하우스를 잡은 바로 그 순간에!"

벤드룩은 34개의 눈으로 젤리소르를 쏘아봤다.

"우리에게 예고도 하지 않았어, 빌어먹을 슬라보르크드르4! 우리 몸이 살 수 있게 변형시키지도 않고 우리 행성을 무형화시켰다가 여기에다 유형화시켰지. 수천 년 동안 우리를 거들떠보지도 않던 것들이! 20년 전쯤에는 느닷없이 그자들이 우리의 태양을 바꾸기 시작했어. 우리에게 의견을 묻지도 않고, 늘 그런 식이야. 그런데 갑자기 뭔가 중대한 일이 일어났는지 좀 서둘러서 이주하는 느낌이 들었다. 요컨대 이제 우리는 우리 태양으로도, 너희들 태양으로도 영양을 섭취할 수가 없다. 그리고 그자들이 제공해준 변형시킨 식량마저 거의

•••••••••••••

3. 일종의 감자로, 빨간색이며 독한 마늘 냄새가 난다. 악마들은 호흡 곤란이 일어날지언정 브라토욱을 몹시 좋아한다. PS: 어차피 악마들은 호흡 곤란이 일어나든가 말든가 전혀 개의치 않는다.
4. 욕설. 자보르족의 생식기는 우리의 생식기와는 전혀 상관이 없기 때문에 번역이 불가능하다. 그나마 '항문'이 가장 가까운 표현이라고 할 수 있다.

바닥이 났다. 이건 우리가 옛날 방식으로 돌아가야 함을 의미하는 것이다."

칼은 이맛살을 찌푸렸다. 이건 아주 나쁜 소식이었다. 악마들은 5000년 전에 침략했을 때 검은 태양에서 쏟아지는 광선의 일정량을 매일 먹지 않고는 살 수 없다는 걸 깨달았다. 그래서 살아 있는 인간의 살을 먹는 것으로 대체했고, 거의 날마다 인간의 살을 먹었다. 벤드룩이 말하는 '옛날 방식'이란 그걸 의미하는 것이었다.

잠자코 듣고 있던 칼은 머릿속에서 떠나지 않는 의문을 풀기 위해 물었다.

"문제가 뭔지는 알겠어요. 그런데 내가 그 문제를 해결할 수 있나요? 왜 특별히 나를 지목했는지 궁금해요."

벤드룩이 뚫어져라 쳐다봐서 칼은 떨지 않으려고 이를 악물었다. 칼은 이것이 두려움이라는 걸 잘 알고 있었다. 칼은 이 두려움을 이용하여 아드레날린을 상승시키고 초스피드로 도망치는 것이 우선이라고 생각했다. 하지만 몸은 당장 도망치는 게 상책이라고 말하는데 머리는 어디로도 도망칠 데가 없다는 걸 알고 있었다. 칼은 감정을 억제해야 했다. 그럼에도 검은 여왕과 대결했을 때 비싼 대가를 치르고 뜻밖에 얻은 180센티미터의 키로 무지막지하게 큰 악마들을 상대하고 있는 자신이 한없이 작게 느껴졌다.

"너는 타라 덩컨과 친구잖아." 벤드룩이 위엄 있게 대꾸했다. "우리 행성에서도 타라 덩컨에 대한 소문은 듣고 있다. 타라는 오무아 제국의 후계자이고, 아더월드에서는 오무아 제국이 드란보우글리스 펜쉬르를 상대로 가장 크게 수출을 하는 나라이다."

"뭘 가장 크게 수출을 한다는 건지……?"

흉측한 벤드룩이 침이 질질 흐르는 수많은 입 위로 여러 개의 혀를 내밀었는데 정말 혐오스러웠다.

"그야 물론 소를 말하지!"

5분 후, 칼은 마침내 이 뚱돼지 악마들(칼은 젤리소르가 너무 지루한지 카드 한 벌을 꺼내는 걸 보고 더 이상 신으로 생각하지 않기로 했다)이 원하는 것이 무엇인지 이해할 수 있었다. 보울리미-레마족은 자보르족에게 인간 대 악마의 전쟁이 일어날 경우 그들과 동맹을 맺자고 요구했다. 물론 자보르족은 부정적으로 답했다. 그러자 보울리미-레마족은 자보르족이 협정에 조인하지 않는 한 자보르족의 신체를 아더월드의 태양에 적응할 수 있게 변형시키지 않겠다는 뜻을 시사했다.

자보르족이 싫어하는 것이 있다면 그건 무언가를 강제로 시키는 것이었다. 먹기 시합, 카드놀이, 수영장처럼 이용하는 호수에 떠밀어 넣기, 유치한 농담 따먹기 같은 사소한 놀이를 즐기는 단순한 자보르족은 기술력이 없어서 보울리미-레마족의 마법을 더 많이 사용하고 있었다. 타딕스에서 리스베스의 실수로 잘못 불렀던 벤드룩이 행성으로 돌아갈 수 있던 것도 마법을 사용한 것이었다.

그렇다고 자보르족이 악마의 마법을 좋아하는 것은 아니었다. 마법을 사용하면 온몸에 부스럼이 생기는 것이 문제였다.

부스럼은 시커멓고 끈적끈적한 일종의 농포를 말하는데 이것이 생기면 트로우크5 병에 걸린 것처럼 아팠다. 이런 것들을 고려하면 자보르족은 오히려 죽이기 쉬운 악마들이었다.

칼은 자보르족이 이런 식으로 자기들의 약점을 털어놓는 것이 이해가 되지 않았다. 게다가 뚱돼지 악마들의 보디랭귀지를 제대로 읽어내는 것은 거의 불가능했다. 하지만 얼마 후 칼은 마침내 자보르족이 아주 진지하다는 것을 알아차렸다.

아더월드에서 도움을 받는 대가로 그들은 전쟁에서 중립을 지키겠다는 약속을 하는 것이었다.

5000년 전 아더월드 쪽에 붙었던 에프리트들과 달리, 자보르족은 어느 쪽에도 붙지 않고, 싸우지도 않겠다는 것이었다. 칼은 이 세상에 이렇게 안일한 종족이 또 있을까 생각하면서도 한편으로는 동정이 갔다.

요컨대 자보르족은 생존을 위해 살아 있는 살을 먹을 필요가 있어서 오무아 제국에 날마다 소 천 마리를 보내달라는 것이었다. 그리고 그들이 키우는 육식동물에게 먹일 닭 수천 마리와, 살아 있는 식물을 먹여야 하는 가축을 위해 채소도 요구했다.

또한 달팽이도 요구했다. 뚱돼지 악마들은 달팽이가 입맛에 딱 맞는다는 걸 알았던 것이다.

· · · · · · · · · · · ·

5. 자보르 행성에는 다른 동물이 아주 극소수만 존재한다. 자연도태로 인해 가축을 제외하고는 자보르족이 거의 유일하게 살아남은 종족이다. 소리 없이 사냥하는 작은 괴물 트로우크가 존재하는데 심한 원시라서 오히려 아주 멀리 있는 것을 잡을 수 있다. 가까이에서 보면 트로우크는 털 빠진 쥐처럼 생겼고, 몹시 공격적이다. 자보르 행성에서 트로우크 병에 걸렸다고 하는 말은 '트로우크 떼에 쫓기다 산 채로 잡아먹히는 것 같다'는 표현이다.

자보르 행성은 사막이 아니지만 악마 신들이 모든 동물을 길들였기 때문에 야생동물이 그리 많지 않았다. 벤드룩은 남아 있는 몇몇 야생 동물들을 위해 살아 있는 식물을 투하해줄 생각이라고 덧붙였다.

이 행성에는 곤충이 없어서 그 문제는 신경 쓰지 않아도 되었다. 믿기 어려울 정도로 다양한 인간들의 행성에 비해 자보르족의 행성은 드래곤들의 행성과 약간 비슷했다. 지배적인 종들의 힘에 다른 종들은 자동으로 멸종되었다. 식물의 가루받이는 전적으로 바람으로 이루어졌다. 강력한 기류로 행성을 휩쓰는 바람이 씨앗의 분산을 도와주었다.

중립을 지켜주겠다는 조건을 생각하면 그리 비싼 대가가 아니었다. 아더월드의 학자들이 자보르족의 신체 기관을 바꾸는 방법을 찾길 기다리면 되는 것이었다. 물론 자보르 행성에 서식하는 동식물의 변화도 아울러서.

자보르족은 협상이 충족되었다고 판단되면 몸의 일부를 떼어주겠다고 했다.

신중한 칼은 자보르족의 제안을 리스베스 여제에게 미리 알릴 것이고, 큰 반대는 없을 것으로 예상한다고 대답했다. 칼은 뚱돼지 악마들에게 신체의 일부를 떼어낸 견본을 많이 달라고 요구했다. 그들이 촉수 몇 개를 잘라낼 때는 소름이 끼쳤지만 인상을 쓰지 않으려고 꾹꾹 참았다.

칼은 견고한 통들에 그것들을 모두 담았고 악마들로부터 가능한 한 빨리 달아났다.

이제부터는 모우르무르가 해야 할 몫이었다.

모우르무르

발명하는 거시기들을 완전히 제어하지 못하면
기적의 신에게 재앙을 성공으로 바꿔주길 비는 수밖에

*

'거시기 저시기 뭐시기'가 폭발했다.

이번만은 예상하지 못했다.

그 폭발력은 더군다나 예상하지 못했다.

그렇지만 오랜 경험을 통해 모우르무르 덩컨의 조수들은 미리 대비하고 있었다.

늙은 과학자가 발명에는 천부적인 재능을 타고났지만 작명에는 소질이 없었다. 모우르무르는 기분에 따라 '거시기', '저시기', '뭐시기'라고 불렀다. 거대한 실험실에 잔뜩 쌓인 발명품에는 '거시기 No.2657', '거시기 No.345', '저시기 번호 45890', '뭐시기 No.80321'……이런 식의 이름표가 붙어 있었다.

그래서 조수들은 늙은 발명가가 지시어를 여러 개 동시에 사용할 때는 그 발명품의 잠재적 폭발력을 가늠할 수 있게 되었다. 가령 '거시기'는 웬만한 폭발력, '거시기 저시기'는 더 위험한 폭발력, '거시기 저시기 뭐시기'는 의문의 여지없이 엄청난 폭발력을 의미하는 것이었다.

이런 까닭에 거대한 실험실 한쪽 구석에서 무언의 위협처럼 도사리고 있는 '거시기 저시기 뭐시기 No.1'의 파괴력을 아직 경험하지 않았는데도 조수들은 미리부터 두려움에 떨고 있었다.

모우르무르가 '거시기 저시기 뭐시기'와 그들 사이에 여러 가지 방벽을 설치했다고 주장했지만, 조수들은 파란색 특수 작업복을 보강했었다.

결과적으로는 그들이 대비를 잘한 것이었다.

"……." 한 조수가 모우르무르를 향해 무슨 말인가 했다.

"뭐라고?" 폭발 때문에 귀가 먹먹해진 모우르무르가 정신을 차리려고 애를 쓰고 있었다.

"……." 조수는 반복했다.

"뭐라고?"

조수는 짜증이 난 표정으로 눈을 굴리면서 모우르무르의 귀에 대고 레파루스 주문을 날린 다음 고함을 질렀다.

"이번에는 절대로 폭발은 없다면서요!"

"아이, 깜짝이야!" 모우르무르는 소스라치게 놀라며 호통쳤다. "왜 이렇게 소리를 빽빽 질러대, 난 귀머거리가 아니다!"

조수는 어이가 없다는 듯 한숨을 내쉬고는 다들 무사한지 확인하러 나갔다.

모우르무르는 옆에 서 있는 여자를 향해 돌아섰다. 짧은 백발에 당당한 체격, 몸에 딱 맞는 파란색 작업복, 작업복에 달린 보호용 모자로는 안심이 안 되었는지 헬멧까지 쓰고 귀를 보호하고 있었다. 그녀는 주위를 살피면서 조심스럽게 헬멧을 벗었다. 시커멓게 탄 천장과 벽에서 파편들이 아직도 떨어지고 있었다.

"사랑하는 히글 5, 괜찮아요?"

"나는 괜찮아요. 아직 무사한 게 엄청나게 운이 좋았던 거라고 생각하지만." 지하에서 지구를 지키는 아마존 부대의 전 사령관이 헬멧을 내려놓으면서 말했다. "당신, 머리가 잘못된 거 아니에요? 이게 무슨 괴벽입니까? 주변에 있는 것들을 모조리 폭발시켜야 직성이 풀려요?"

히글 5와 결혼하기로 굳게 마음먹은 모우르무르는 건물을 절반쯤 파괴할 정도로 강도 높은 실험을 할 때마다 그녀를 초대하기로 결정했었다. 히글 5는 왜 이런 초대를 하는지 이해가 되지 않았다.

모우르무르는 아마존 부대의 전 사령관이 폭발을 아주 좋아한다고 생각한 걸까? 그렇다면 그건 완전 오산이었다. 히글 5는 불가피하게 폭발이 필요한 경우가 있다고 생각하지만 그렇다고 좋아하는 건 아니었다.

천장에서 조각이 떨어지다 요란한 소리를 내며 박살이 났다. 강력한 진공청소기가 재빨리 먼지를 빨아들였고, 조수들은 마법을 날리면서 복구를 시작했다. 하지만 그들은 엄청난 연쇄반응을 일으킬지도 모를 '거시기 저시기 뭐시기'에 대해서 불안한 시선을 거두지 못하고 있었다.

히글 5는 머리 위로 떨어지는 게 없는지 확인한 다음 한숨을 쉬면서 말했다.

"도대체 이번에는 또 뭘 발명한 거예요?"

"글쎄 내 발명품이 폭발한 게 아니라니까요!" 화가 난 모우르무르는 정수리에만 봉곳이 남은 흰 머리털을 까치집처럼 마구 헝클어뜨리면서 대답했다. "쇠붙이 안에 갇힌 영혼들이 파괴되어 다시 악마들의 노예가 되지 않도록 악마의 사물들에 대해 연구하는 것 말고도, 악마 신들의 신체 조직을 무사히 변형시킬 수 있는지 그 방법을 찾고 있는 중이죠."

모우르무르는 파란 눈을 깜박였다.

"하지만 칼리반 달 살란이 가져온 젤리소르의 촉수 한 조각을 기계 안에 넣었는데 형질전환이 되지 않고 터진 겁니다."

"아, 그랬군요." 히글 5는 인상을 쓰면서 모우르무르의 작업복에서 벽의 파편을 떼어내 주었다.

"고맙소, 내 사랑." 모우르무르는 고마운 뜻을 표했다.

히글 5 뒤에서 그녀의 패밀리어들인 호랑이 한 마리와 치타 두 마리가 귀는 접었지만 흰자위를 드러내고 있었다. 몇 분 전 히글 5는 모우르무르가 전혀 위험하지 않다고 주장하는데도 다행히 패밀리어들을 보호하기 위해 튼튼한 방패를 불러냈었다. 패밀리어들은 주인보다 더 이 미치광이 발명가의 폭발을 싫어하고 있었다. 패밀리어들이 보내는 이미지 때문에 히글 5는 웃음이 터졌다.

"내 패밀리어들이 언젠가는 당신이 우리 모두를 죽일 거라고 하네요. 나도 그렇게 생각해요." 히글 5는 잠시 머뭇거리다 과감하게 말했다. "이젠 솔직히 말해야겠어요, 모우르무르."

어디서 잘못되었는지 알기 위해 복잡한 계산에 몰두해 있던 모우르무르는 머리 두 개쯤 키가 더 큰 히글 5를 향해 고개를 돌렸다.

"무슨 말인데요, 내 사랑?"

히글 5는 괴롭지만 인상을 쓰지 않으려고 노력했다.

아, 그놈의 '내 사랑'이라는 닭살 멘트도 모우르무르가 집어치워야 할 것 중 하나였다.

히글 5는 숨을 깊이 들이쉬다가 아직 완전히 없어지지 않은 먼지를 마시고 기침 발작을 일으킬 뻔했다.

"나는 당신이 무엇이 되었든 폭발시키는 게 정말 싫어요. 사람들이며 건물, 도시들……."

모우르무르는 충격을 받은 얼굴로 히글을 쳐다봤다.

"아, 그래요? 난 당신이 그걸 좋아한다고 생각했는데요?"

그제야 모우르무르는 그녀의 말을 이해하고 반박했다.

"하지만 나는 도시를 폭발시킨 적이 없어요! 적어도 아직까지는! 아니, 일부라면 몰라도 도시 전체를 폭발시키지는 않았소!"

"내가 지금까지 아무 말도 하지 않은 건 당신의 기발한 발명품과 폭발이 자주 우리의 목숨을 구해주었기 때문이에요. 내가 언제나 그 이유나 방법을 이해한 건 아니지만 사실은 사실이니까요. 당신은 실험할 때마다 나를 초대하는데…… 그게 굉장히 매력적으로 보인다고 생각하는 모양이지만 나는 전혀 그렇지 않아요."

"하지만 당신은 군인이잖소!" 뜻밖의 말에 놀란 모우르무르가 소리쳤다.

"네, 군인 맞아요." 히글 5는 군인과 폭발이 무슨 상관이 있다는 건지 모르겠다는 얼굴이었다.

"군인은 폭발을 좋아하잖아요!"

"천만에요."

"아, 그래요?"

모우르무르가 당황해서 어찌할 바를 모르자 히글 5는 불쌍한 생각이 들었는지 부드럽게 말했다.

"나는 맛있는 저녁 식사, 꽃, 로맨틱한 산책, 달빛에 물든 해변을 좋아해요. 군인들이라고 해서 전쟁을 좋아하는 건 아니에요. 명령을 따르다 보면 사람들을 죽이기도 하지만 가급적 죽이지 않는 것이 군인의 궁극적인 목적이에요. 그러니까 가능한 한 과격한 실험은 피하자는 거예요. 궁극적으로 우리는 평화, 안정, 평온, 그걸 위해 싸우는 거니까."

모우르무르는 마치 머리에 폭탄을 맞은 것 같은 얼굴이었다. 히글 5의 말이 폭탄이었나?

"아, 그래요?"

"네." 히글은 단호하게 대답했다. "따라서 나를 실험실에 초대하는 것은 좋은 생각이 아니에요. 저녁 식사 함께할까요? 오늘 저녁? 촛불 켜놓고? 브리양트의 빛도 좋아하지만 촛불은 로맨틱하잖아요. 당신이 나를 불러놓고 실험하지 않겠다고, 불을 내지 않겠다고 약속한다면."

모우르무르의 얼굴에 환한 미소가 번졌다. 그는 자신도 놀랄 정도로 히글 5를 사랑하고 있었다. 그는 키 높이 구두를 만들어야겠다고 생각하면서 발꿈치를 들어 그녀의 목덜미를 잡고는 애절한 키스를 했다. 그러고는 히글을 실험실에서 내보냈다.

모우르무르는 뭔가 실수를 한 게 틀림없었다.

가장 중요한 것은 어디서부터 잘못된 건지 알아내는 것이었다. 가능하다면 빨리. 소 때문에 오무아 제국을 파산시키고 싶지 않다면…….

아니, 아주 소중한 우군들을 잃고 싶지 않다면.

그리고 전쟁을 하고 싶지 않다면.

조수들이 모든 걸 복구하는 데 몇 시간이 걸렸고, 모우르무르는 책상 앞에 앉아 결과를 분석하는 중이었다. 그때 조수 한 명이 아주 창백한 얼굴로 뛰어 들어왔다. 모우르무르는 젊은 엘프가 뜻밖의 폭발 때문에 겁에 질린 거라고 생각했다. 하지만 엘프의 손에 들린 크리스털 판을 보고 그게 아니라는 걸 알아차렸다.

크리스털 판은 모우르무르가 무척 조심하면서 진행 중인 NA 스피어 분석과 관련된 것이었다.

분석 결과가 방금 나온 것이었다. 모우르무르는 엘프가 왜 토할 것 같은 얼굴인지 알아차렸다.

마법사들에게 죽음은 물론 유쾌하지 않지만 죽음을 피할 수는 있었다. 요컨대 데미데루스가 한 것처럼 정지된 시간 속에서 나이를 붙잡아둘 수 있었다.

게다가 마법사들은 죽으면 비욘드월드로 간다는 걸 알기 때문에 죽음을 그렇게 심각하게 여기지 않았다. 비욘드월드에서 무슨 일이 일어나는지 분명히 아는 건 아니지만 산 사람들 속으로 잠시 돌아온 몇몇 유령들의 증언 덕분에 사후의 세계도 꽤 멋지다는 걸 모두 알고 있었다.

하지만 NA 스피어의 경우는 아니었다. NA의 영향권 안에서는 영혼과 유령을 포함한 모든 생명이 순식간에 소멸되기 때문에 사후의 세계란 없었다. NA 스피어는 모든 생명과 에너지를 부정하는 생명의 절대적인 적이었다. 가공할 만한 역대 최고의 무기였다.

모우르무르는 발명을 정말 사랑했다. 동료 중 누군가가 새로운 것을 발명할 때마다 모우르무르는 세밀하게 연구 분석하지 않고서는 못 배기는 성격이었다.

그렇지만 모우르무르는 난생처음으로 그 무시무시한 NA 스피어를 우주선에 실어서 가능한 한 멀리, 생명이라곤 없는 어딘가로 당장 보내버리고 싶었다. 무책임하게 그런 살상 무기를 발명한 자의 계산대로 스피어의 활동 범위가 15광년에서 끝나기를 바라면서.

그게 아니라면…… 신들이여, 자비를 베푸소서.

타라

지구의 인간들에게 괴물들이 존재하기 때문에 죽게 된다는 걸
어떻게 설명해야 할까, 미치광이로 보이지 않으려면……

*

악마들이 그들의 행성들을 아더월드 두 태양 주위의 궤도에 올려놓
은 지 며칠이 흘렀다. 이제 모든 사람에게 주요 관심사는 전쟁이었다.
피할 수 없는 혈전.

그렇지만 특별한 일은 일어나지 않았다. 악마의 행성들은 태양 주
위의 궤도를 돌고 있을 뿐 그 어떤 연락도 취하지 않았고, 전쟁 선언
도 평화 선언도 아무것도 하지 않았다.

오무아 제국의 후계자도 다른 사람들과 마찬가지였다. 타라는 앞
으로 무슨 일이 일어날지 피가 마를 정도로 불안했다.

지금, 타라는 지구의 워싱턴 백악관에 있는 외교관들의 접견실 별
실에서 불안에 떨고 있었다.

타라 옆에는 고모 리스베스가 안락의자에 앉아 손가락으로 팔걸이

를 톡톡 치고 있는데 초조한 기색이 역력했다. 몸에 딱 맞는 짙은 회색 투피스, 투피스를 맨살에 입는 게 습관이지만 이날 리스베스는 아름다운 선홍색 블라우스를 받쳐 입어 세련미를 더했다. 리스베스는 미국 대통령과의 접견을 문제없이 성사시켰다(물론 마법을 사용해서 전혀 어렵지 않았지만). '공식적인' 접견이기 때문에 그들은 지구의 또 다른 세력을 대표한다고 소개했고, 백악관 측은 그들을 기다리게 했다. 사실 리스베스는 다른 외교관들과의 접견을 미루게 했기 때문에 오래 기다리지 않아도 되었다. 리스베스는 타라의 머리처럼 흰머리털이 두드러져 보이는 아름다운 금발을 한 갈래로 길게 땋아 왼쪽 어깨에 걸쳐놓았다. 리스베스는 이따금 뒤로 넘어간 머리 갈래를 어깨 위로 잡아당겼다.

리스베스는 예민한 상태였다. 그럴 만한 몇 가지 이유가 있었다. 수천 년 동안 마법사들은 인간들에게 존재를 숨겨왔다.

그런데 지금 리스베스는 모든 진실을 인간들에게 밝히려고 지구에 온 것이었다. 리스베스는 한순간 드래곤들을 데려오지 않은 걸 후회했다. 드래곤들은 뛰어난 협상가들이었다. 특히 팔뚝보다 더 긴 송곳니의 낯짝을 마주하고 있으면 상대의 대답이 뻔해지는 경향이 있었다. '네, 물론이죠. 기꺼이. 케이크와 커피라도 한잔하시겠습니까?' 하는 식으로.

하지만 리스베스는 지금 드래곤들, 특히 이름조차 기억 안 나는 그 라보우아무개를 기만하는 일을 하고 있기 때문에 드래곤들을 이 계획에 끌어들일 수 없었다.

리스베스는 조카 타라를 힐끔 쳐다봤다. 타라는 폭발하는 타딕스로부터 우주선들을 구해낸 뒤부터 상당한 스트레스를 받고 있었다. 타라는 무시무시한 힘을 보여준 뒤에 스스로 큰 충격을 받은 것 같았다. 이따금 리스베스는 타라의 몸에서 빛이 번쩍이는 느낌이 들었다. 타라가 마법을 너무 많이 소모했을 때와 비슷했다. 하지만 리스베스는 내색하지 않고 속으로 한숨을 쉬었다. 여제는 타라를 적군뿐만 아니라 같은 편도 파괴할 수 있는 살상 무기로 보고 있었다.

그래서 모두들 조카를 두려워하는 것이 짜증스러웠다. 리스베스는 사람들이 자기를 두려워하는 것에 훨씬 익숙해 있었다.

타라는 고모의 가시 돋친 생각을 전혀 모르고 있었다.

타라는 짙은 파란색 바지 정장을 선택했다. 물론 타라의 목덜미에 붙어 있는 체인지라인, 보디가드이자 코디네이터/분장사/무기고인 아티팩트가 모두 선택한 것이었다. 체인지라인은 지구에 와 있을 때 일어난 일들의 95퍼센트가 피를 보거나 비명 또는 추적하는 것이었기 때문에 타라가 만반의 준비를 갖추길 바랐던 것이다.

짙은 파란색 천이 약간 반짝이는 것은 얇은 쇠사슬 갑옷으로 보강했기 때문이었다. 만일을 대비한 것이었다.

타라는 '길들여진' 악마의 사물들, 즉 사고력이 있고, 악마의 마법을 지닌 팔찌들과 벨트, 만년필을 몸에 지니고 있었다. 이제는 구세주(너무 많은 이들이 기대하는 역할이라 타라는 절망스럽기까지 했다)가 되어줄 거라고 확신한 악마의 사물들이 타라와 떨어져 있길 단호히 거부했다. 타라가 이따금 멍한 표정을 짓는 것은 악마의 사물들이 정신적으로 말을 걸기 때문이었다.

악마의 사물들은 살아있는 돌과 경쟁을 벌이고 있었다. 살아있는 돌은 다른 아티팩트들이 타라의 머릿속을 점거하는 것이 마음에 들지 않았다. 그건 영혼의 동반자인 페가수스 갈랑도 마찬가지였다. 그래서 타라는 가끔씩 머릿속이 혼잡한 걸 느꼈다.

타라는 자신이 지닌 마법의 힘, 악마의 사물들이 가진 힘, 살아있는 돌의 힘을 합하면 거의 초신성의 힘에 가깝다는 걸 알고 있었다.

타라가 예민해져 있는 것(타라는 모르지만 고모와 거의 비슷한 수준이었다)은 막강한 힘에 대한 자제력을 잃을까 두려워서였다.

게다가 고모는 출발하기에 앞서 지구에서는 사람들을 두꺼비로 둔갑시키는 일이 절대 있어서는 안 된다고 거듭 당부했다.

두꺼비가 싫어서가 아니라 두꺼비의 작은 발로는 무기를 잡기 힘들 것이기 때문이었다. 여섯 명이 리스베스 여제와 타라를 경호했다. 전사 최고 마구스 셋과 티그족 친위대원 셋. 이들은 마법복과 제복을 입었지만 겉으로 보기에는 모두 넥타이를 맨 정장 차림이었다. 리스베스와 타라도 경호원들과 마찬가지로 일루시우스 주문으로 위장하고 있었다. 타라 덕분에 지구에서의 마법이 많이 강화되었기 때문에 마법이 덜 불안정했다. 타라는 대통령의 경호원들이 티그족 친위대원들의 네 개나 되는 팔과 갑옷, 백 개의 금빛 눈을 가진 공작이 새겨진 오무아의 제복을 발견할 경우 어떻게 대응할지 상상도 하기 싫었다.

일루시우스 주문 덕분에 티그족은 가무잡잡한 피부에 검은색 머리, 팔도 두 개로 완전히 정상인으로 보였다.

미국의 현 대통령은 버뮤다 삼각지대에서 대규모 작전을 벌이던 중 실버의 유령에게 장악되었던 고든 대통령이었다. 그 일이 일어난 뒤로 아더월드에서는 선견지명이 있는 여제의 명으로 지구인들에게 진실을 어떻게 밝힐 것인지 몇 가지 연구를 극비리에 추진했었다.

미국 대통령이 지금은 기억하지 못해도 이미 마법을 경험했기 때문에 어떻게 반응하는지 보기 위해 리스베스 여제는 미국에서부터 시작하기로 결정했다.

그러면 다른 나라의 모든 대통령들에게도 사실이 알려질 것이었다.

타라는 입장을 바꿔놓고 생각하면 신경발작을 일으킬 일이지만, 미국 대통령이 날마다 대처해야 할 수많은 심각한 문제를 고려하여 그런 반응을 보이지 않기를 진심으로 바랐다.

리스베스는 샤름과 나눈 대화를 타라에게 얘기해주었다. 타라는 지구인들을 끌어들이는 것이 좋은 생각도 나쁜 생각도 아니라는 것에는 고모와 의견이 일치했다. 인간들에게는 드래곤들이 악마들을 공격하는 걸 막고 싶어도 달리 뾰족한 수가 없었기 때문이었다. 타라는 주위 사람들 중 절반이 이따금, 아니 이따금 정도가 아니라 너무 자주 자기를 공포에 떨게 하는 걸 즐기고 있다는 생각이 들었다.

타라가 이런 생각을 하고 있을 때 대통령 보좌관 중 한 명이 별실의 문을 열고 들어오라고 했다. 타라는 얌전히 일어나서 고모를 따라갔다.

백악관에 있는 세 개의 타원형 접견실 중 하나였다. 19세기 미국의 모습을 역동적으로 표현한 멋진 벽지, 어두운 색 목재 의자들과 가구들, 대형 괘종시계, 웅장한 샹들리에, 게다가 바닥에 깐 청색과 금색의 대형 카펫은 의자 뒤쪽에 걸린 밝은 노란색 태피스트리들과 잘 어울렸다.

머리가 희끗희끗한 남자가 상냥하게 미소를 지으면서 그들을 맞아
주었다.

접견실의 문이 닫혔다. 그 즉시 리스베스는 일루시우스 주문을 사
라지게 하면서 동시에 주문을 날려 대통령의 통역관을 잠들게 했다.
이어서 오파쿠스 주문으로 접견실 밖으로 아무 소리도 새나가지 못
하게 했다. 대통령의 휘둥그레지는 눈길을 받으면서 리스베스 여제
일행은 어떤 세력의 대표자들로 꾸민 모습을 사라지게 하고 본래의
모습으로 돌아왔다.

미국 대통령이 고함을 지르기 시작했다.

동물이 겁을 먹으면 아무 소리도 못 내고, 인간이 겁을 먹으면 아무
말도 못 하는 경향이 있다. 그래서 이런 상황에서는 공격자들을 당황
하게 하고 특히 가까이 있는 이들에게 위험을 알리기 위해 있는 힘껏
소리를 질러야 한다.

지금 이 상황에서 대통령의 고함소리는 백악관의 많은 경호원들에
게 알리기 위함이었다.

타라는 대통령의 고함소리에 개의치 않고 트라둑투스 주문을 날렸
다. 오무아 제국의 친위대원들이 위쪽 두 손에는 박살기를 들고, 아
래쪽 두 손에는 검을 잡고 대통령을 에워싸는 사이, 타라와 리스베스
는 대통령 앞에 우아하게 앉았다. 행동가인 대통령은 고함을 지를 뿐
만 아니라 뛰어가서 필사적으로 문을 열려고 했다.

문이 꿈쩍도 하지 않자 대통령은 재빨리 호주머니에 손을 넣었다. 도움을 요청해봐야 문을 부술 방법이 없다는 걸 깨달았는지 그는 고함을 멈췄다.

"지구의 미국 대통령님." 리스베스는 감미로운 목소리로 말문을 열었다. "비상 버튼을 눌러봐야 소용없습니다. 작동하지 않게 해놨으니까요. 그리고 우리가 이 방에 들어오자마자 밖에 있는 경호원들은 다른 데로 가고 싶은 충동을 느꼈을 겁니다. 우리가 경호원들이 아무 일도 없다고 확신하고 문 앞을 떠나게 만들었거든요. 따라서 아무도 오지 않을 겁니다."

대통령은 절망했지만 내색하지 않으려고 애쓰고 있었다. 타라는 그의 넥타이가 아주 마음에 들었다. 대체로 타라는 넥타이를 좋아하지 않는데 작은 비행접시 무늬가 있는 이 진빨강 넥타이는 딸들이 골라주었을 게 틀림없었다.

타라는 멋진 넥타이라고 생각했다.

대통령이 심호흡을 하더니 거리낌 없이 대형 괘종시계 쪽으로 움직이기 시작했다. 리스베스는 한숨을 내쉬었다.

"이 방 곳곳에 숨겨놓은 권총을 잡아봐야 소용없습니다, 대통령. 나는 대통령이 권총을 싫어해서 서랍을 열어봐야 권총을 사용도 못하리라는 걸 알고 있습니다. 아니면 꺼내보시든가요."

대통령은 화가 나서 인상을 썼다. 이 테러리스트들이 어떻게 경비가 삼엄한 백악관의 비밀 중 하나를 알고 있는 거지? 테러리스트들은 일반적으로 고급 양복을 입지 않는데도 대통령은 이들이 테러리스트임을 대번에 알아차렸다.

대통령은 영문을 모르겠지만 이상하게도 젊은 여성 둘이 낯이 익었다.

"당신들…… 저들은 팔이 네 개잖아!" 대통령이 외쳤다. 티그족을 눈으로 보고도 머리는 아직 받아들이지 못하고 있었다.

너무 충격을 받은 대통령은 도저히 믿기지 않아서 소파에 털썩 주저앉았다.

우연처럼 소파 옆에 그 방의 색깔과 잘 어울리는 노란색 꽃이 가득한 큰 화병이 있었다. 지구의 대통령은 훈련이 잘된 사람이었다. 그가 무기로 사용할 수 있는 것이 손 닿는 데에 있었다.

"저들은 우리 행성의 수많은 종족 중 하나인 티그족입니다. 우리는 마법사들입니다." 타라는 대통령이 화병을 얼굴에 던지기 전에 설명했다. "우리는 아더월드라는 행성에 살고 있습니다. 간단히 설명하자면 석유 대신 마법을 에너지로 사용하는 행성이라고 할 수 있습니다. 버뮤다 삼각지대에서 수많은 배와 비행기들이 원인도 모르게 사라진 일로 바다에서 대규모 작전을 벌일 때 대통령께서는 기억나지 않겠지만 우리 쪽 마법사에게 납치된 적이 있습니다. 우리는 그날의 기억을 지워버리고 대통령을 보내드렸지만 이제 그 기억을 돌려드리겠습니다. 아니면 대통령께서 믿기 힘들 테니까요."

그 순간 리스베스는 르메모루스 주문을 날렸다. 창백해진 대통령이 고통스러운 듯 몸을 비틀면서 두 손으로 머리를 부여잡았다.

"아, 참." 리스베스가 조소적으로 말했다. "고통스러울 거라는 말을 깜빡했네요, 비마."

타라는 한숨을 내쉬었다. 리스베스는 비마법사들을 좋아하지 않아서 너무 얕잡아보는 경향이 있었다. 그들이 지구에 온 이유는 원하는 것이 있어서인데.

타라는 명령에 복종하라는 식으로 지구인들을 대하면 안 된다고, 지구인들은 그렇게 만만한 상대가 아니라는 걸 고모에게 어떻게 전할지 난감했다.

대통령이 힘겹게 침을 삼키면서 뚫어져라 쳐다보는데 눈이 튀어나올 것 같았다.

"대체…… 뭐 하자는 겁니까? 나는 이해가 안 돼……."

타라는 최근 몇 년 동안 일어난 일을 모두 설명했다. 물론 전부 다는 아니었다. 그걸 다 말하려면 몇 년이 걸리기 때문에 요약해서 말했다.

대통령은 머리가 아픈 듯 이마를 문질렀다. 이날 아침 대통령은 처리해야 할 일들만으로도 골치가 아팠다. 이란 사태, 북한의 핵 문제, 중국과 일본의 영토 분쟁, 한두 차례의 대형 허리케인 예고, 숨통을 조이는 예산 문제.

그런데 난데없이 나타나 자칭 마법사라고 하는 이들을 만나게 될 줄이야. 그런데 이 마법사들이 지구는 5000년 전에 이미 침략의 대상이었으며, 지금 또 한 번 침략을 당할 위기에 처해 있다고 설명하고 있었다. 그것도 아름다워지려고 인간화한 흉측한 괴물들이 침략해온다는 것이었다.

대통령은 아직은 좀 가물가물하지만 몇 가지 기억이 났다. '유령에게 장악되었고, 죽을 뻔했던 거 맞아. 지구도 함께. 아! 대서양 해저의 거대한 동굴에 아마존 부대가 있다고 했어.'

대통령은 숨을 들이쉬고 나서 외쳤다.

"그러니까 당신들은 내가 우리 국민에게 이 모든 사실을 설명하길 바라는 거요? 그리고 모든 지구인들에게도? 지금 공포 분위기를 조성하는 겁니까?"

"왜요?" 리스베스는 퉁명스럽게 대꾸했다. "사람들이 어떻게 나올 것 같은데요? 도망이라도 칠까 봐요? 어디로 도망치는데요? 당신들은 피신할 데가 전혀 없습니다."

대통령은 입을 멍하니 벌리고 있었다.

그는 아더월드인들의 냉철한 실용주의를 경험한 적이 없었다. 그는 막연히 잘될 거라고 생각하는 중이었다.

갑자기 대통령이 일어나서 인터폰이 놓인 작은 원탁 옆으로 갔다.

"국방부장관 마틴 뎀시를 불러야겠습니다. 확인할 게 있어서."

대통령의 목소리에 질문이 함축되어 있었다. '전화는 사용해도 되겠소?'

리스베스는 고개를 끄덕이며 통 크게 말했다.

"문을 열고 소리 지르고 싶으면 질러요." 리스베스는 웃음기 섞인 어조로 말했다. "그래봐야 아무도 듣지 못할 테니까. 그리고 나는 그걸 적대적인 신호로 받아들일 겁니다."

대통령은 고개를 끄덕였다. 물론 그럴 생각이었다. 리스베스가 그럴 거라 예상한 것도 당연했다. 빌어먹을!

마틴 뎀시는 이날 대통령과 약속이 없었는데도 백악관에 있었다. 따라서 마틴은 대통령이 외교관 접견실에서 만나자고 했을 때 놀랐다.

마틴은 대통령이 직접 문을 열어주자 더 놀랐다. 그리고 그가 들어서자마자 아무도 건드리지 않았는데 문이 '쾅' 닫혔을 때는 더더욱 깜짝 놀랐다.

하지만 이런 것들은 대통령이 심각한 얼굴로 어깨를 잡고 말할 때 놀란 것과는 비교도 되지 않았다.

"마틴, 내 뒤쪽을 보고 말해주게. 소리는 지르지 말고."

마틴은 대통령 뒤쪽을 보다가 눈이 휘둥그레졌다. 금발의 아름다운 여성 둘이 앉아 있고, 그 주위를 진홍빛과 금빛의 긴 옷을 입은 남자들이 둘러싸고 있었다. 마치 SF 소설에서 튀어나온 전사들 같았다.

"맙소사, 팔이 넷이잖아!"

마틴은 호기심 가득한 파란 눈으로 대통령을 돌아봤다.

"이식한 건가요? 아니면 인조? 맙소사, 누가 개발한 겁니까? 훌륭합니다! 몇 킬로그램까지 가능한 겁니까? 왜 아무도 나한테 알려주지 않았죠? 극비 사항입니까? 어느 부서에서 맡고 있습니까?"

대통령은 털썩 주저앉았다.

"당연히 이상하겠지. 마틴, 차라리 내가 미친 거라면 좋겠어. 자네 눈에는 보이지 않길 바랐는데. 뇌종양이나 뭐 그런 비슷한 것으로 인한 환영이길 바랐는데……."

마틴은 눈살을 찌푸렸다.

"무슨 말씀이신지……."

"저건 이식한 것도 인조 팔도 아니네." 대통령이 말을 끊었다. "자네에게 외계 종족 티그족을 소개하지."

마틴 뎀시는 강한 사람이었다. 백발에 날카로운 파란 눈, 시련의 흔적이 역력한 얼굴, 마틴은 책상 앞에 앉아 머리를 짜내는 관료가 아니라 직접 문제의 현장에 뛰어드는 행동파였다.

그런 마틴이 비틀거렸다.

"그럼…… ET? 외계인들이 어떻게 여기 있는 겁니까?"

마틴의 시선이 잠든 통역관에게 머물렀다. 마틴은 그제야 경계하는 자세로 눈살을 찌푸렸다.

"저들이 통역관을 제압한 겁니까? 경호원들은 왜 들어와 있지 않은 겁니까? 저렇게 이상한 모습을 하고 있는데…….."

마틴의 흥분한 뇌가 ET들이 대통령에게 어떤 방법으로 압력을 행사했는지 분석하고 있었다. 대통령은 한숨을 내쉬었다.

"내가 외계 종족이라고 말했지만 사실은 좀 더 복잡해. 뱀파이어, 트롤, 요정, 타트리스족 등을 제외하고는 대부분 지구 출신이라고 하니까."

"네?"

"앉게, 마틴. 여기 있는 젊은 여성이 모두 설명해줄 거야."

타라는 순순히 좀 전에 대통령에게 한 이야기를 두 번째로 반복했다. 두 남자가 시선을 교환하며 꿈인지 생시인지, 살을 꼬집어보지 않으려고 애를 쓰는 것 같았다.

"이 사람들이 내 기억을 지워버렸지." 대통령이 말했다.

"네, 〈맨인블랙〉에 나오는 신경마비 레이저와 비슷하다고 할 수 있죠." 타라는 한술 더 떴다.

두 남자는 멀뚱히 타라를 쳐다봤다. 오케이, 이들은 SF 장르의 영화 마니아가 아닌 게 분명했다. 타라는 입술을 깨물고 더는 말하지 않았다.

"이 사람들은 은하계 전체, 전 세계를 향한 위협을 앞두고 있기 때문에 나에게 기억을 돌려주려고 왔다는군." 대통령이 말했다. "악마들의 침략에 맞서 싸울 지구의 군대를 조직하고 우리끼리 잘해보라고."

마틴의 얼굴이 파랗게 질렸다. 점심을 먹기도 전인데 마치 큰 덩어리를 삼키다 목구멍에 얹힌 것 같은 얼굴이었다.

"마법에 대해서는 전혀 모르기 때문에 정보가 필요합니다. 악마들이 우주선을 갖고 있다고 했습니까? 그런데 우리가 어떻게 우주선들을 상대로 싸우겠습니까? 우리 비행기들이 도달할 수도 없이 높은 궤도에서 폭탄을 투하하면 우리는 아무것도 할 수 없는데요!"

지구의 모든 군대를 움직여야 하는 최악의 순간에 군대를 책임지고 있다는 것에 화가 난 마틴은 거칠게 나왔다. 수천 년 전에 드래곤들과 인간들이 가까스로 악마들을 이겼지만 지금 대거 몰려와 있는 악마들의 훨씬 강력해진 힘 앞에서는 속수무책일 것이 뻔했기 때문이다.

"'우주 방패'라는 전략방위계획이 있는 걸로 아는데요?"

타라가 물었다.

마틴은 더는 거칠어지지 않으려고 애를 쓰는 것이 역력했다.

"그건 소련이 쏜 장거리 핵미사일을 우주 공간에서 요격해 대기권 밖에서 폭발시키려고 착안한 계획이었지만 결과가 미미하여 이미 역사 속으로 사라졌어요. 폭탄 몇 개쯤은 발사할 수 있겠지만 엄밀히 말해 지구의 무기들로는 어림없어요. 우리가 놈들의 위치를 탐지할 수나 있겠어요? 지구에서 지구로 날아가는 미사일 궤도는 계산할 수 있지만, 컴퓨터들이 모든 장애를 고려하여 우주에서 지구의 궤도를 계산하는 시간 때문에 폭탄이 폭발하기까지는 시간이 최소한 여섯 배는 더 걸릴 겁니다."

"이상하게도 현재로서는 악마들이 우리에게 무기를 사용한 적이 없습니다." 리스베스는 날카로운 미소를 지으면서 말했다. "악마들은 우리와 마주 보고 싸우는 걸 좋아하지요. 그래야 우리를 잡아먹을 수 있기 때문에(이 말에 두 인간은 부들부들 떨었다). 하지만 악마들을 물리칠 수 없는 건 아니에요. 우리가 타딕스에서 악마들을 물리쳤거든요. 마법의 불과 검, 또 다른 무기로도 악마들을 쉽게 죽일 수 있어요."

"하지만 우리에겐 마법이 없습니다!" 흥분한 마틴이 성큼성큼 걸어 다니기 시작했다. "검을 상대로는 방어할 수 있겠지만 신체적으로 우리보다 훨씬 강하고 마법까지 사용하는 전사들과 어떻게 싸우겠습니까? 보나 마나 최악의 상황으로 치달을 뿐입니다."

마틴은 리스베스를 향해 위협적으로 삿대질하면서 말했다.

"그리고 우리 군대가 마법사들의 지시를 받게 될 거란 말은 하지 마시오. 악마들의 실체를 폭로하고 궤멸시키기 위해 우리를 총알받이로 이용할 생각이라면 당장 꿈 깨시죠!"

리스베스는 이 한심해 보이는 지구인 군인이 생각보다 훨씬 영리하다고 생각했다. 그녀가 내색하지 않았지만 지구인이 자신의 의도를 정확하게 짚었기 때문이다.

"그럴 리가요." 리스베스는 부드럽게 말했다. "우리는 파트너가 될 겁니다. 우리는 지구의 모든 자원이 필요할 것이고, 악마들이 쳐들어왔는데도 여러분이 아무것도 모르는 상태에서 화를 당하게 내버려둘 수 없기 때문에 알려주기로 한 겁니다."

'하필이면 왜 나야' 하는 표정으로 머리를 절레절레 흔들던 대통령이 고개를 끄덕였다. 어쨌든 대통령은 군의 최고 통수권자였다.

"알았소." 대통령이 일어나면서 말했다. "긴급 이사회를 소집하지요."

마틴은 질겁한 눈으로 대통령을 쳐다봤다.

"맙소사, 자신 있습니까?"

대통령은 인상을 썼다.

"더 정확히 말하면 우리 우방국들은 물론이고 다른 나라들에도 알려야지. 더 이상 주변국들과 분쟁이나 하고 있을 때가 아니라는 걸 알려야 하니까."

갑자기 대통령이 잔인한 미소를 지었다.

"그들의 신이 생각보다 훨씬 많은 피조물들을 창조했다는 걸 알면 파키스탄과 이란의 두 정상들이 어떻게 반응할지 정말 궁금하군. 누가 알아? 그들이 충격을 받고 우리와 함께 외계 종족 침략자들을 상대로 싸워줄지."

리스베스는 지구의 정치를 잘 모르지만, 다른 정치가들을 속이기 위해 지저분한 술책을 즐기는 작자도 있다는 걸 알고 있었다.

리스베스도 미소를 지었다.

그들은 방금 훌륭한 우군을 찾은 것이었다.

이것으로 혈전을 원하는 드래곤들을 막을 수 있을지 두고 보면 알 터였다.

기적 같은 일이 이루어졌다. 드래곤들은 아더월드인들이 사전에 알려주지 않았다고 공식적으로 항의했다. 하지만 한편으로는 드래곤들을 몹시 싫어하는 새로운 우방을 얻었고, 다른 한편으로는 악마들을 물리칠 수 있는 절호의 기회를 잡은 것에 만족했다.

이런 논리로 샤름은 평화주의자들을 설득했고, 악마들을 공격하겠다는 호전적인 급진파들을 일단 진정시킬 수 있었다.

샤름이 이겼다. 빠른 결단력의 승리였다. 샤름은 그라보우가 적이라는 걸 알고 있었다. 샤름은 의회에서 자신의 제안이 채택되었을 때 뚫어져라 쳐다보는 그라보우를 보면서 그런 확신이 들었다. 여건이 되었다면 주저 없이 샤름의 목을 치고도 남을 얼굴이었다.

샤름의 아버지는 아내가 사망한 후 미쳤고, 그 복수심이 악마들을 죽이고 싶은 동기를 부여했다. 하지만 그라보우는 악마들과의 전쟁에서 잃은 가족이 없었다. 그런데 왜 그토록 싸우고 싶어서 안달일까?

샤름은 그라보우에 대한 뒷조사를 단행했다. 그라보우가 왜 그렇게 나오는지 이유를 알아야 했다. 하지만 조사 결과 대수로운 것이 없었다. 그라보우는 특별히 악마들과 얽힌 문제가 없었다. 야심에 차서 더 많은 권력을 얻기 위해 전쟁을 이용하는 것 같았다. 샤름은 잘 기억해두었다. 권력에 미친 야심가들을 어떻게 다뤄야 하는지 잘 알고 있었다. 순수한 복수심이 이유였다면 훨씬 힘들었을 텐데. 샤름은 그라보우를 어떻게 처리할지 나름대로 결정을 내린 다음 지구인들과의 연합 작전에 몰두했다.

지구인들을 설득하는 일은 며칠이 걸렸다. 리스베스 여제는 드래곤들과 인간들을 타라에게 맡기고 아더월드로 돌아갔다.

타라는 독이 든 선물을 떠맡은 것 같았다.

미국인, 중국인, 거의 모든 나라의 사람들(남아프리카 원주민 줄루족은 그들의 땅 곳곳에 마법사들이 아무런 통제 없이 드나들 수 있는 공간이동의 문들이 있다는 걸 알고 싶어하지도 않고, 전혀 개의치도 않았다)은 뱀파이어와 드래곤, 늑대인간들을 보게 되는 걸 원치 않았다.

게다가 분명히 뱀파이어가 더 위험한데 희한하게도 대부분 자이언트 거미에게 더 거부 반응을 보였다. 드래곤보다도 자이언트 거미를 훨씬 더 두려워했다. 거미에 대해 해묵은 두려움이 있는 것처럼.

지구의 언론은 이제 무슨 일이 획책되고 있다는 걸 알았다. 각국 대사들은 흥분해 있었다. 그리고 타라는 이 상황을 믿지 못하는 대통령들에게 틀림없는 사실임을 설득하기 위해 여러 번 마법을 사용해야 했다.

타라는 힘이 되어주려고 미국으로 달려온 셈 선생님의 도움을 받았다. 마법복 차림의 노인이 블루 드래곤으로 변신했을 때 사람들의 반응은 한결같았다. 전설적인 괴물을 보고 공포에 사로잡히거나(귀빈들을 보호하기 위해 회의실 문을 걸어 잠가야 했다) 극도로 흥분해서 경계했다. 갑자기 온갖 소문, 온갖 전설, 온갖 동화가 의미를 찾게 되었다. 전설로만 여겨지던 동물들이 실제로 존재하는 것이 아닌가.

파브리스도 참석했다. 순수 혈통의 지구인이자 늑대인간이고 마법사이기도 한 파브리스는 어떤 의미에서 유일무이한 존재였다. 파브리스는 예전에는 붉은 여왕이 지배했고, 현재는 늑대인간들이 지배하는 옛 금지된 대륙, 즉 타투말렌쉬바르의 정부를 대표로 참석한 것이었다.

전 세계에서 동시에 방송되는 국제회의가 열릴 예정이었다. 전 세계의 방송을 동일 시간대에 맞추는 것은 악몽이었다. 방송 내용에 대해서는 말할 것도 없었다. 전 세계 각국의 동의를 이끌어내려면 뛰어난 외교술이 필요했고, 무시무시한 위협에 대한 설명만으로도 여러 나라를 예민하게 만들었다.

소문은 빨랐다. 이유도 모른 채 전 세계적 위기가 닥칠 거란 소문이 돌았고, 저널리스트들은 정보를 얻기 위해 미친 듯이 뛰어다녔다. 타라는 비밀회의에 참석한 모든 인간들에게 주문을 날렸다. 그래서 아무도 '디데이' 전에는 회의 내용을 발설할 수 없었다.

전 세계의 지구인들에게 지능을 갖춘 또 다른 종족들과 맞닥뜨릴 준비를 시키는 것은 사소한 일이 아니었다. 지구인들은 그것이 얼마나 세상을 공포의 도가니에 빠뜨릴지 이미 알고 있었다. 그래서 조용히 처리할 필요가 있었다. 수천 년 전부터 존재해온 마법사들이 왜 지금 그 사실을 밝히는지 그 이유도 설명할 필요가 있었다. 악마들이 우주를 침략했으니 이제 곧 공격해온다는 것을 이유로 들어야 했다.

그런데 문제가 생겼다.

악마들이 전혀 공격하지 않고 있었다.

현재 악마의 행성들은 아더월드 두 태양 주위의 궤도를 따라 도는 것으로 만족하고 있었다. 특별한 문제를 일으키지도 않았다. 드래곤들과 인간들은 우주선들을 보내 그 행성들 주위를 살폈지만, 악마들은 넘을 수 없는 일종의 장벽으로 행성들을 에워싸고 있었다.

그 행성들 중 하나는 색깔이 이상했다. 행성의 4분의 1이 살균이 되어 있다고 할까. 아무튼 뭐라고 규정하기가 쉽지 않았다. 모든 침입으로부터 행성들을 보호하는 장막이 불투명하기 때문이었다. 하지만 다른 행성들과 색깔이 확연히 다르다는 것은 아더월드인들에게 많은 의문을 불러일으켰다.

아더월드인들은 어떻게 이런 현상이 일어날 수 있는지 불안했다.

가장 놀라운 것은 현재까지 인명 피해가 전혀 없다는 점이었다. 악마들의 우주선들은 꼼짝하지 않았다. 드래곤들과 마법사들의 강력한 마법에도 불구하고 악마들의 보호 장벽을 뚫지 못했다. 타라는 아직 힘을 보태지 않고 있었다. 서로 죽이려고 달려드는 위험한 상황보다는 아무 일도 일어나지 않는 편이 더 낫다고 판단했기 때문이다.

악마들은 인간들의 많은 요청에도 묵묵부답이었다.

행성들 주위의 궤도에는 아더월드 군대의 우주선들만 있는 것이 아니었다. 상업 연합이 수많은 잠재적 고객들이 온 것을 보고 호시탐탐 기회를 엿보고 있었다. 먹잇감을 노리는 독수리 떼처럼 그 주위에 몰려와 있었다. 지구의 연합군 측은 신경이 쓰이지만 속수무책이었다. 그래서 그저 악마들이 몇몇 우주선을 폭파해서 모두 다른 데로 떠나길 바랄 뿐이었다. 정말 그럴 일이 일어나서는 안 되지만.

마침내 작전 개시일이 되었다. 각 나라의 수도에 국가 원수들이 카메라 앞에 섰다. 타라와 셈은 미국 대통령 옆에서 쇼를 준비하고 있었다. 다른 국가 원수들 옆에도 마법사 한 명과 인간 모습의 드래곤 한 명씩이 카메라가 비추지 않는 곳으로 물러서 있었다.

미디어를 통해 전대미문의 사건이 방송될 거란 예고를 들은 수십억 지구인들이 잔뜩 긴장하고 불안한 얼굴로 텔레비전 앞을 지키고 있었다.

화면에 검둥개 한 마리가 나타나자 사람들은 어안이 벙벙했다.

그런데 희한하게도 검둥개가 미소를 짓는 것 같았다.

"안녕하십니까?" 녹화된 검둥개의 말이 지구의 모든 언어로 통역되었다. "내 이름은 마니투 덩컨입니다. 아, 네. 나는 보시다시피 개가 맞지만, 아더월드에 있는 오무아 제국의 후계자 타라 덩컨의 증조할아버지(외외증조부)이기도 합니다. 이 모습은 내 본래의 몸이 아니라 잘못된 마법 주문에 희생된 것입니다. 내가 좀 서툴러서 이렇게 된 것입니다."

마니투의 말에 킥킥거리는 웃음소리와 질문이 쏟아졌다. 저게 농담으로 하는 거야, 뭐야? 하지만 많은 통치자들은 옆자리에 앉은 이들에게 불안한 시선을 던졌다.

"나는 여러분의 대통령, 왕, 어떤 칭호로 불리든 여러분의 통치자들이 느닷없이 미친 것이 아니라는 걸 확인시켜주고자 이 자리에 나왔습니다." 검둥개가 말을 이었다. "나는 트릭이 아니라 실존 인물입니다. 이제부터 여러분의 통치자들이 무슨 일이 일어나고 있는지 설명하실 겁니다."

검둥개가 사라지고 각국 통치자들의 모습이 나타났다.

"친애하는 국민 여러분." 대통령들/여성 대통령들/왕들/여왕들/아미르들/술탄들/기타 등등이 시작했다. "이제부터 내가 밝히는 사실에 국민 여러분의 모든 믿음이 흔들릴 것입니다. 그렇다고 두려워할 필요는 없습니다. 요컨대 우리는 언제고 이런 순간이 올 수 있다고 생각하고 있었습니다."

통치자들은 잠시 연설을 중단하고 엄숙한 얼굴로 수십억 텔레비전 시청자들을 응시했다.

"역사적인 순간입니다. 덩컨 씨가 방금 밝힌 대로 우주에는 우리만 존재하는 것이 아닙니다!"

너무 깜짝 놀랄 때 나오는 세계적으로 공통된 소리, 경악한 사람들의 입에서 딸꾹질이 새나왔다. 목이 메고 근육이 수축되었다. 뚱뚱한 배하며 순해 보이는 표정의 검둥개는 두려움을 주지 않았기 때문에 그 순간에는 공포감이 이렇게 크지는 않았는데.

"세상에는 여러 외계 종족들이 존재하며, 아주 오래전부터 인류와 공생하고 있습니다."

타라가 있는 미국에서는 이 대목에서 '51구역'(가장 비밀스럽고 폐쇄적인 지하기지로 미국이 그 존재를 분명히 부정하지도 않으며 지도에 표시되지 않는 장소로 알려져 있다. 51구역 근처에서 미확인 발광 비행 물체가 종종 목격된다고 한다. 추락한 UFO를 51구역으로 옮겨 우주인과 공동 연구를 하고 있다는 설이 유명하다—옮긴이)을 믿는 사람들이 만족스러워하는 말을 내뱉었다. "아하, 이럴 줄 알았어. 다 사실이었는데 은폐

했던 거야!" 이들은 기만당한 것에 분노했다.

"우리는 모르고 있었습니다만." 대통령들/여성 대통령들/왕들/여왕들/아미르들/술탄들/기타 등등이 분명히 말했다. "5000년 전 우리 지구의 과학 발전을 방해하지 않기 위하여 '타고난 능력'을 지닌 인간들이 모두 다른 행성, 즉 아더월드라는 행성으로 떠났던 것입니다."

연설자들은 사람들에게 방금 알린 사실을 이해할 수 있는 시간을 주기 위해 또다시 연설을 잠시 중단했다.

"'타고난 능력'이란 '마법'을 말하는 겁니다. 친애하는 국민 여러분, 과학 시대에 마법에 대해 말하는 것이 아주 우습게 여겨질 수 있으며, 이런 전제를 받아들이는 것이 힘들다는 것도 압니다. 하지만 마법은 존재합니다. 마니투 덩컨 외에 여기 참석한 이들이 그 증거입니다."

그 순간 인간 모습의 드래곤들이 변신하는 장면이 카메라에 잡혔다. 경악의 딸꾹질 소리와 함께 기절하거나 실신하는 사람들도 적지 않았다. 이어서 마법사들이 주문을 읊었고, 번쩍이는 빛에 휩싸인 모습으로 카메라 앞에 나타났다.

바로 그 순간 모든 사람이 달라졌다.

이날까지 지구인들은 이 세상을 조금밖에 모르고 있었고, 그들만 존재한다고 믿어왔다. 외계 종족은 하나가 아니라 여럿이며, 마법까지 존재한다는 사실은 사람들의 정신 상태를 송두리째 흔들어놓았다. 그렇다면 뭐든 가능하다는 것이 아닌가.

다음 말은 사람들을 환상에서 깨어나게 했다.

"오늘 이렇게 외계 종족에 대해 알리는 것은 불행히도 그럴 만한 이유가 있기 때문입니다. 지금까지 마법사들은 우리를 지키기 위해 그들의 존재를 숨겨왔습니다. 그런데 5000년 전 상당히 공격적인 보울리미-레마라는 종족, 일명 '악마'들이 지구를 침략하고 인간들과 드래곤들을 죽였습니다. 오늘 여러분에게 그간의 진실을 밝히게 된 이유는 다음 영상으로 보십시오."

대통령들/기타 등등의 모습이 화면 오른쪽 밑으로 축소되었고, 그 뒤쪽으로 태양 두 개가 나타났다. 이어서 갑자기 화려한 대형 우주선 같은 행성들이 우주 공간에 유형화되었다.

연설자들이 결론을 맺었다.

"마법사들이 사는 아더월드 행성의 두 태양 주위의 궤도에 올라와 있는 행성들입니다. 악마들이 돌아온 것입니다. 악마들이 수천 년 전에 했던 짓을 다시 반복한다면 그건 전쟁을 의미하는 겁니다. 우리의 행성 지구는 곧 전쟁 상태에 돌입할 것입니다!"

트위터, 페이스북, 텐센트, 네이버, 오르컷 등 온갖 소셜 네트워크 서비스 웹사이트들이 흥분의 도가니였다. 경악을 금치 못한 전 세계인들의 활동이 일시적으로 중단되었다. 헤아릴 수 없이 많은 질문이 쏟아졌지만 아무도 답변할 수 없었고, 사태는 수습되지 않았다. '빌어먹을, 사냥개가 말을 하다니!', '사람들의 몸을 장악하는 기생동물 같은 건가?', '타라 덩컨이 대체 누구야?', '무슨 후계자라고?', '아더월드 행성?', '오무아 제국?', '악마들?', '우리를 모두 죽여?' 등의 말들이 쏟아졌고, 특히 '두렵다' 이 표현은 세계 각국의 언어로 올라와 있었다. 전 세계인들의 공통된 감정은 역시 두려움이었다.

한편 프랑스 타공에서는 50대로 보이는 통통한 체격의 여자가 비명을 질렀다. 마치 함께 있으면 안심이 된다는 듯 마을의 한 카페에 모여서 방송을 지켜보던 사람들은 비명소리에 소스라치게 놀랐다.

하지만 여자가 두 번째로 내지른 소리는 분노의 비명이었다.

여자는 부리나케 카페를 나와 브주아 지롱의 성을 향해 달려갔다. 10분 후, 화가 난 여자는 땀에 흠뻑 젖은 채 숨을 헐떡이면서 대문 앞에 도착했고 문이 부서져라 쾅쾅 두드리면서 고함을 질렀다.

"오귀스트!"

브주아 지롱 오귀스트 백작 역시 웅장한 요새의 초록색 응접실에서 전 세계인들의 시선을 붙잡은 방송 ― 리얼리티 쇼 프로듀서들의 입을 다물지 못하게 하는 ― 을 보는 중이었다. 그는 입버릇처럼 자기 집의 두꺼운 벽과 완벽한 방음장치를 자랑하고 있었다.

하지만 격분한 여자의 고함소리가 귀에 들렸다.

오귀스트는 창백한 얼굴로 벌떡 일어났다.

그리고 대문을 향해 빛의 속도로 내려갔다.

가무잡잡한 피부에 까만 눈, 어깨쯤 내려오는 반들거리는 머리의 여자가 두 주먹을 허리춤에 대고 씩씩거리고 있었다. 여자는 당황하는 오귀스트의 얼굴에 당장이라도 주먹을 날릴 기세였다.

"카미유…… 무슨 일이에요?" 오귀스트는 약간 어물어물 물었다.

"당신 나한테 거짓말했어!" 카미유가 외쳤다. "몇 년 동안 계속 거짓말을 했어! 난 알고 있었다고! 뭔가 이상하다 했어! 이따금 당신

옷에 묻어 있는 초록색 침이며 불에 덴 자국, 의문의 상처하며 하나같이 다 이상했어. 난 알고 있었어! 당신은 마법사야!"

오귀스트는 대머리를 문지르면서 아주 새까맣고 숱진 눈썹을 꿈틀거렸다.

"그건 절대 아니오." 오귀스트는 대꾸했다.

"거짓말 마요!" 카미유는 으르렁거렸다. "방송을 봤는데……."

"내가 마법사들과 일하는 건 맞아요." 오귀스트는 난감한 얼굴로 한숨을 쉬었다. "하지만 나는 마법사가 아니오. 나는 마법사들이 이용하는 공간이동의 문을 지키는 문지기일 뿐이오. 분명히 당신은 모르고 있었는데……."

오귀스트는 여자의 손을 잡아끌면서 대문을 닫았다. 오귀스트는 일하는 사람들에게 휴가를 주었기 때문에 집에는 아무도 없었다. 오귀스트는 크림색 목재 거실로 카미유를 데리고 올라갔다. 에메랄드빛 소파가 놓여 있었다.

오귀스트는 카미유를 소파에 앉히고 말했다.

"미안해요. 당신의 마음을 아프게 하고 싶지 않았소. 내가 차츰 아내를 잊고 당신을 사랑하게 되었을 때는 내 아들 파브리스의 마음을 다치게 하고 싶지 않았어요. 아내는 이제 내 마음속에 소중한 추억처럼 남아 있소. 함께 산 지 겨우 3년 만에 아내가 죽었으니 나는 아내와 추억을 쌓을 만한 시간이 없었지요. 당신하고도 그런 것처럼. 그러다 깨달았소. 이 모든 것이 당신에게 위험할 수 있다는 걸. 이따금 내가 적들의 공격에 다쳤을 때는 특히. 그래서 무슨 일이 생기기 전에 당신을 멀리하기로 결심했던 거요. 순전히 당신을 보호하기 위해서."

오귀스트는 애정 어린 눈길로 카미유를 쳐다봤다.

"카미유, 내가 비밀을 감추려고 당신과 헤어졌다고 생각하는 거요? 나는 책임을 다하고 있는 거요. 그리고 우리 사이를 정리한 걸 당신이 홀가분해한다고 생각했는데……."

카미유는 훌쩍이면서 경멸 조로 내뱉었다.

"홀가분해한다고, 내가? 난 이해가 안 돼요, 오귀스트. 우리는 마음이 잘 통했고, 당신 아들은 집에 있지도 않았어요. 그리고 당신 아들은 나를 받아들이는 것이 문제가 될 나이도 아니고! 아니, 나는 당신이 나한테 뭔가를 감추고 있다고 생각하면서 기다린 거지 홀가분하게 생각한 게 아니라고요. 난 당신이 진실을 말해주길 기다렸단 말이에요!"

오귀스트는 한숨지었다. "나를 사랑하오?"

카미유는 소년처럼 얼굴이 빨개지는 오귀스트가 사랑스럽다고 생각했다.

"진심으로요." 카미유는 일어나서 보조개가 쏙 들어가는 미소를 지어 보였다.

"그럼 내가 당신의 작은 협박에 굴복하면 나를 용서해줄 거요?"

오귀스트는 불안한 얼굴로 카미유를 쳐다봤다.

"용서해줄 거요?"

"비밀은 지켜줄게요. 하지만 그 대신 우리가 함께 살길 원해요. 당신이 원하면 이 썰렁한 건물이든 내 집이든 상관없어요. 하지만 역겨운 외계인들이 당신과 나 사이를 헤치고 들어오게 내버려두진 않을 거예요."

오귀스트는 웃음을 터뜨렸다. 두 사람은 다정하게 키스를 나누며 모든 걸 완전히 잊었다.

다른 사람들은 즐길 여유가 없었다. 그렇지만 격한 반응의 결과들이 차츰 나타나기 시작했을 때 타라는 안도의 숨을 내쉬었다. 사람들은 할리우드 영화들과 과학을 통해 지구인들이 우주에서 유일한 종족이 아님을 워낙 많이 접했기 때문인지 생각보다 덜 충격을 받은 것 같았다.

그리고 마니투를 먼저 내세운 것은 신의 한 수였다. 사람들은 개를 좋아해서 위험하다는 인식이 거의 없기 때문이었다.

반면에 '전쟁'이란 말은 좋아하지 않았다. 군대는 누가, 뭐 때문에, 어디서 하면서 즉각적으로 반응했다. '외계인들을 어떻게 때려잡지?' 보통 사람들은 싸워야 한다는 생각만으로도 다리가 후들거리기 시작했고, 전 세계가 고함을 지르고 있었다. '전쟁? 농담하냐?'

무기를 만드는 기업들은 촛불을 켜놓고 꿇어앉아 하늘에 감사했다. 며칠 이내에 머리끝에서 발끝까지 무장하기 위해 사람들의 무기 주문이 쇄도할 것이기 때문이었다.

하지만 폭동의 조짐은 없었다. 어디에서도 필사의 도주는 없었다. 집단 이주도 일어나지 않았다. 어쨌든 지금으로서는 시기상조였다.

타라가 이런 생각에 빠져 있을 때 갑자기 전 세계의 모든 텔레비전 화면이 흔들렸다.

대통령들 대신 격분해 있음을 나타내는 검은색 마스크가 화면에
나타나서 정면을 응시하고 있었다. 잿빛 마법복 차림, 건장한 상체와
가슴에 새긴 빨간색 원.

타라는 딸꾹질을 했고 마니투는 짖어댔다. 모양은 좀 빠지지만 그
럴 만한 이유가 있었다.

마지스터였다!

마지스터

군대도 없는데 어떻게 총사령관으로 승진하나

*

흉포한 상그라브들의 보스가 왜 지구에 나타난 걸까? 그리고 도대체 어떻게 미디어를 장악했지? 텔레비전으로 상그라브들의 보스를 지켜보는 수십억 지구인들이 똑같은 의문을 제기했다. 엔지니어들이 텔레비전 화면에 난입한 마지스터의 영상을 통제하려고 했지만 잘되지 않았다.

분노의 빛을 번쩍이는 새까만 마스크 안에서 드디어 부드러운 목소리가 말했다.

"방송 장비를 다시 장악하려고 해봐야 소용없다. 트와일라잇**6** 존

---

6. 이 순간 텔레비전 화면의 하단 자막에는 "채식주의자 뱀파이어들이 등장해서 흥행에 성공한 영화 〈트와일라잇〉을 말하는 것이 아니라 '4차원 영역' 트와일라잇 존을 말하는 것"이라며 다음과 같은 해설이 달렸다. "텔레비전 방송을 장악하려고 해봐야 소용없다.

에 빠질 테니. 당신들은 나를 쫓아낼 수 없다. 당신들의 같잖은 과학 기술보다 내 마법이 훨씬 강력하니까."

마지스터가 결국 일을 저질렀다. 아더월드의 잠정적 동맹국들을 모욕했으니.

"나는 상그라브들의 보스 마지스터다. 방금 마법사들과 역겨운 드래곤들이 알려준 대로 우리는 마법을 자유자재로 사용한다. 악마의 행성들이 아더월드의 두 태양 주위에 진입했을 때 내 에프리트가 사라졌다. 그리고 악마들은 5000년 전에 우리를 전멸시키려고 만든 악마의 사물들 속에 갇힌 영혼들을 되찾아가려고 했다."

아하! 타라는 마지스터가 왜 그렇게 화가 나 있는지 이해가 되었다. 악마들이 그에게서 악마의 셔츠를 빼앗아가려고 했던 거야!

"물론 악마들은 성공하지 못했다. 악마의 셔츠는 나와 너무 일체가 되어 있어서 내 허락 없이는 마음대로 빼앗아갈 수 없기 때문이다. 그렇지만 그런 시도를 했다는 것 자체가 나는 몹시 불쾌하다. 따라서 나는 침략자들을 괴멸시키기 위해 당신들과 동맹하기로 결정했다."

이게 좋은 소식이야, 아주아주 나쁜 소식이야? 타라는 평가를 내리기 어려웠다.

"그리고 지구 연합군의 사령관 지위를 수락하겠다."

각국에서 텔레비전 앞을 지키는 전 세계인들이 분통을 터뜨렸다. 대통령/기타 등등과 지구인들은 두려운 건 사실이지만 그렇다고 방금 난데없이 하나씩 나타나서 마법사 운운하면서 떠들어대는 이름이

그랬다간 당신들이 4차원으로 들어갈 테니……."

어쩌고저쩌고 하는 '뭐시깽이'들의 지휘를 받을 정도는 아니었다. 그리고 에프리트라는 건 또 뭐야?

마지스터는 마치 야유 섞인 아우성을 들은 것처럼 거만하게 한 손을 쳐들었다.

"나는 사령관을 수락하는 것이 아니라 요구하는 것이다. 당신들은 선택의 여지가 없다. 내가 없으면 악마들과의 싸움은 참패로 끝날 것이다. 당신들은 나만큼 악마들을 모르기 때문이다. 내가 수년째 악마의 셔츠 안에 갇힌 영혼들과 공생하고 있다는 걸 유감스럽게도 드래곤들과 아더월드인들은 알고 있다. 따라서 나는 악마들의 약점과 강점을 잘 알고 있다."

마지스터의 마스크가 약간 밝아졌다.

"26시간을 주겠다. 당신들의 결정에 따라 우군 아니면 적군이 되는 것이다. 다른 선택은 없다."

마지스터가 몸을 숙이자 마스크가 화면을 꽉 채웠다.

"나를 적으로 삼는 것은 말 그대로 지옥이 될 수 있다. 그게 사실인지 아닌지 타라 덩컨에게 물어보면 알 것이다."

마지스터는 웃음을 터뜨렸고 마스크가 파란색으로 변했다. 저 웃음소리, 타라는 사이코패스가 따로 없다고 생각했다. 지구인들이 아연실색한 것은 두말할 것 없었다.

그리고 마지스터의 영상은 사라졌다.

미국 대통령이 즉시 발언했는데 타라는 대응하는 방식이 인상적이라고 생각했다.

"친애하는 국민 여러분, 우리는 무슨 일이 일어나고 있는지 매시간 알려드릴 것입니다. 너무 동요하지 말고 침착해주시기 바랍니다. 아울러 며칠 전 오무아 제국의 여제께서 지적한 대로 숲 속으로 들어가거나 도시를 떠나는 등으로 숨는 것은 아무 소용없는 일입니다. 악마들이 승리할 경우 갈 곳은 어디에도 없습니다. 따라서 우리는 우리의 행성 지구를 지키기 위해 침착하고 차분한 분위기 속에서 만반의 준비를 해야 합니다. 이웃 간의 싸움, 국가 간의 분쟁, 종교 간의 갈등, 이권 다툼 등은 지금부터 멈춰야 합니다. 매우 중요하고 위험한 때이지만 나는 우리 국민을 믿습니다. 우리는 용감합니다. 이 난관을 헤쳐나갑시다. 미국에 신의 은총이 함께하소서."

물론 신이 조금이라도 도와준다면 그보다 좋을 수가 있을까. 하지만 애석하게도 신은 어린 양들이 스스로 헤쳐나가게 놔두길 더 좋아한다는 걸 타라는 경험상 알고 있었다.

대통령의 성명 발표가 끝났다. 텔레비전 방송들은 정규 프로를 다시 시작했지만 대부분의 방송사들이 '뉴스 특보'를 편성하고 지금까지 있었던 성명에 대해 기자들과 사회자들이 해설을 달면서 흥분을 감추지 못했다.

백악관의 하얗고 파란 회의실에서 기자들이 대통령에게 날카로운 질문을 던지는 사이, 셈 선생님은 불안한 얼굴로 타라를 향해 몸을 숙였다. 블루 드래곤은 타라와 리스베스를 도와주기 위해 샤름이 보낸 대표단 중 일원이었다. 셈은 악마들의 침략이 일어나지 않으면 더 좋겠지만 같은 은하계에서 지구인들만 아무것도 모른 채 소외되어 있는 것은 아더월드를 위해서나 다른 종족들을 위해서나 부당하다는 생각을 오래전부터 하고 있었다. 물론 셈은 드래곤들이 악마들을 공격하지 못하게 막기 위해 샤름과 리스베스가 꾸민 작은 음모에 적극적으로 참여했다. 그리고 예상보다 일이 복잡하게 얽히지 않아서 정말 다행이라고 생각하는 중이었다. 그런데 마지스터가 개입하다니, 너무 뜻밖이라서 셈 선생님이 속삭였다.

"정말 가관이었어. 멍청한 마지스터는 자기가 방금 전 세계인들의 반감을 샀다는 걸 알기는 할까? 마지스터의 말을 듣고 지구인들은 절대로 그 제안을 받아들이지 않을 거야."

실은 타라도 화가 나서 깊이 생각하는 중이었다. 마지스터를 뭐라고 표현할 수 있을까. 마지스터 하면 '오만' '경멸'이란 말이 가장 먼저 떠올랐다. 하지만 멍청하지는 않았다. 그런데 마지스터는 무슨 이유로 그런 선언을 했을까? 그리고 왜 지구 연합군을 지휘하려는 걸까?

타라는 이맛살을 찌푸렸다. 당장 아더월드로 돌아가서 고모와 의논해야 했다. 마법사들이 오무아 궁전으로 직접 중계되도록 해놓은 방송을 보고 고모도 지금쯤 펄펄 뛰고 있을 게 틀림없었다.

하지만 마법의 행성으로 간다는 것은 로빈을 만나야 하는 걸 의미했다. 침략자들이 온 뒤로 타라는 이 행성에서 저 행성으로 뛰어다니느라 로빈을 피할 수 있었다.

납치당했다가 회복된 뒤 타라와 칼이 사귀는 걸 알게 된 로빈이 엘프의 격정적인 기질에 이끌려서 과격하게 나올 수도 있었다.

로빈은 메시지를 남겼다.

만나서 얘기 좀 하자. 기다릴게.

슬루르크!

미국 대통령이 타라를 향해 고개를 돌리고 기자들을 가리켰다. 기자들이 벌레 씹은 얼굴을 하고 있었다.

"공주님, 나를 비롯하여 여기 있는 내 국민과 기자들은 몇 가지 설명을 원합니다. 마지스터라는 자가 셔츠니…… 에프리트니 하는데 무슨 말인지 전혀 모르겠습니다. 그게 악취미로 하는 농담인가요? 그렇다면 조금도 재미있지 않단 말이죠."

타라는 나오려는 한숨을 꾹 눌렀다. 하는 수 없이 기자들을 쳐다보면서 악마의 사물들이 뭔지 설명했고, 자신의 몸에 지니고 있는 것들에 대해서는 물론 함구했다.

미국 대통령의 얼굴이 창백해졌다. 친밀한 분위기를 위해 대통령을 중심으로 둥그렇게 자리한 보좌관들과 기자들이 타라의 설명을 적거나 녹음하는 사이 대통령이 어물어물 물었다.

"그렇게…… 극악무도할 수가! 영혼들을 노예로 만들어요? 악마들이 우리를 침략할 거란 말만 했지 그건 말하지 않았잖아요?"

"수천 년 전에 일어난 전쟁에 대해 전부 다 말하는 건 어렵지요." 셈 선생님이 사람들의 머리 위, 2미터쯤 되는 높이에서 대꾸하자 하늘에서 떨어지는 우렁찬 목소리에 대통령은 소스라쳤다. "간략하게 말해 악마들의 마법 대 우리 마법의 싸움입니다. 어디서 오는 마법이냐는 중요하지 않고, 상황이 달라지지도 않소."

대통령이 침을 삼켰다.

"그리고 농담이 아니에요." 타라가 말했다. "마지스터는 아주 강력한 마법사라서 에이스라는 것은 분명해요. 교활한 전사니까 훌륭한 사령관이 될 겁니다. 여러분에게는 이상하게 보이겠지만 지구 연합군을 마지스터와 그의 상그라브들에게 맡기는 것은 아주 좋은 생각일 수도 있습니다."

셈 선생님은 숨이 막힐 뻔했다. 그 순간 아가리에서 솟구쳐 나오는 불을 배출하기 위해 드래곤은 머리를 천장 쪽으로 쳐들어야 했다. 기자들과 경호원들, 장관들, 대통령, 기타 등등은 입을 멍하니 벌린 채 불을 내뿜는 드래곤에게 경악했다. 카메라들이 그들을 향해 있었다.

블루 드래곤이 소리쳤다.

"타라, 너 미쳤구나! 그자는 우리의 철천지원수야!"

"아뇨. 우리의 철천지원수는 마왕 아르칸즈예요. 뭔지 알 수 없는 것으로 가득한 여섯 행성들을 우리 세계에 끌어다 놓은 자에 비하면 마지스터는 그래도 웃음이라도 주죠. 그리고 셈 선생님, 지구의 표현 중에 '동원할 수 있는 온갖 수단을 다 사용해야 한다', 이런 말이 있어요. 마지스터는 우리가 사용해야 할 수단 중 하나예요. 그게 우리가 할 일이고요."

타라는 갑자기 멈칫했다. 동원할 수 있는 온갖 수단을 다 사용한다! 아, 그래! 악마들의 위협을 물리치려면 뭘 해야 할지 떠올랐다. 당장 아더월드로 돌아가야 해! 로빈이 문제가 아냐!

"공주님!" 한 기자가 소리쳤다. "그 마지스터와는 무슨 관계입니까?"

"공주님!" 또 다른 기자가 외쳤다. "24시간이 아니라 26시간이라는 것이 아더월드의 자전과 관련이 있는 겁니까?"

타라가 나직한 소리로 대통령에게 아더월드에 대해 설명했기 때문에 기자들에게는 들리지 않았다.

흥분한 기자들이 대답을 기다리고 있는데 타라는 정말 시간이 없었다. 타라는 가능한 한 예쁜 미소를 지으면서 카메라를 응시하고 말했다.

"드래곤 여왕의 부군이신 셈나샤오비로다인트라쉬부 선생님이 여러분의 질문에 답변해주실 겁니다. 특히 가공할 무기 중 하나이지만 절대로 물리칠 수 없는 것은 아닌 악마의 영혼들에 대해, 악마들에 대해, 그리고 우리의 골칫거리 리스트에 방금 불청객으로 추가된 마지스터에 대해서도 답변해주실 겁니다. 나는 지금 당장 떠나야 합니다."

타라는 정치인들을 잘 알고 있었다. 정치인들과 토론을 시작하면 자신을 쉽게 놓아주지 않을 것이 뻔했다. 그래서 선택의 여지를 주지 않았다. 즉시 트란스미투스 마법을 작동했고, 기자들과 대통령의 질겁한 눈길을 받으며 순식간에 사라졌다.

타라는 이동하면서 "브롤크 드 슬루르크, 타라!" 하고 내뱉는 셈 선생님의 욕설을 들으며 웃음이 터졌다. 블루 드래곤은 똥 씹은 표정이었다. 어쩌겠는가 떠맡을 수밖에.

사실 셈은 타라의 실루엣이 사라지는 동안 훨씬 더 많은 욕설을 내뱉었다. 블루 드래곤은 4미터, 아니 뒷발의 갈퀴발톱까지 다 세운 6미터 높이에서 기자들을 향해 몸을 숙였다. 순간적으로 침묵이 흘렀다.

"좋아요, 마지스터부터 시작합시다. 지구에도 야심이 지나쳐서 위험천만한 미치광이들이 있지 않습니까?"

셈은 차분한 목소리로 물었다.

"네, 있지요." 재미있다는 반응과 불안하다는 반응이 반반씩 섞인 목소리들이 대답했다.

"그러니까 그건 우리 세계에서도 마찬가지라는 얘기입니다……."

타라는 가장 가까운 공간이동의 문에 유형화되자마자 문지기 마법
사에게 아더월드로 이동한다고 말했다. 지구와 아더월드, 드란보우
글리스펜쉬르를 이어주는 공간이동의 문 대합실은 마구스들과 드래
곤들, 온갖 종족이 오가고 있어서 매우 혼잡했다. 타라는 크라이슬러
빌딩 꼭대기에 있는 문지기에게 팅가푸르 궁전이라고 행선지를 밝히
고 차례를 기다려야 했다.

마법사들은 지구인들에게 공간이동의 문이 많이 있다는 것만 말하
고 위치에 대해서는 함구했다. 하지만 타라는 여러 정부에서 위험한
침략자들이 어디를 통해서 침투하는지 알려고 들 것이라 생각했다.

타라는 지구인 군인들이 상황을 복잡하게 만들지 않게 공간이동의
문을 몇 군데만 밝히고 대부분은 숨길 필요가 있다는 걸 머리에 새겨
두었다.

곧이어 생동감이 넘치는, 오무아 제국의 수도 팅가푸르에서 유형
화되었다. 트럼펫이 후계자의 귀환을 축하했고, 주홍빛과 금빛 제복
차림의 친위대원 12명이 소리가 나게 금빛 가슴을 주먹으로 치면서
인사했다. 황궁 안에는 공간이동의 문 대합실이 수십 개이지만, 이
대합실은 외교관들이나 귀빈들이 이용하는 곳이었다. 제국의 색을
상징하는 금과 루비로 도배한 대합실은 높이가 30미터에 이르렀다.

지붕이 열려 있을 때는 아더월드의 두 태양이 보석들에 반사되는 빛 때문에 눈이 부셔서 선글라스가 필요했다. 공간이동의 문 주위는 태피스트리와 왕홀이 에워싸고 있었다. 사이렌들이 다른 이들의 도착을 알리는 소리에 타라는 재빨리 비켜섰다. 후계자를 경호하기 위한 호위대가 뒤이어 도착한 것이었다.

오랜만에 타라가 돌아오는 걸 누구보다 기뻐한 것은 패밀리어인 페가수스였다. 둘을 연결하는 신비한 끈에 의해 타라가 오는 걸 미리 알고 있던 갈랑이 제일 먼저 달려들었다.

팔이 여섯 개인 티그족 칼리 부인은 누비질한 금빛 스커트에 와인색 실크 블라우스를 예쁘게 차려입고 있었다. VIP 영접을 책임지는 칼리 부인은 후계자가 대합실의 응접실에서 자라는 파란 풀밭에 앉아 축소시킨 페가수스를 어루만져주는 모습을 보고 미소를 지었다. 누가 이 모습을 보고 타라를 한 제국의 후계자라고 보겠는가. 후계자는 달콤한 말을 속삭이면서 갈랑의 보드라운 이마에 코를 비볐다.

이런, 이 목가적인 장면은 여제의 등장으로 중단되었다. 귀에서 연기가 풀풀 나는 것 같은 리스베스가 응접실에 들이닥쳤다. 오무아 제국의 친위대가 두 번째로 차려 자세를 취하더니 이번에는 뻣뻣하게 굳었다.

경호원들이 여제보다는 타라나 마라에게 의전 격식을 덜 차렸는데, 칼리 부인은 이 문제를 그냥 넘길 수 없었다. 즉시 친위대장 크산디아르에게 시정시키도록 해야겠다고 생각했다. 타라가 자유롭다고 해서 경호원들도 그렇게 대해서는 안 되는 것이었다. 물론 후계자가 경호원들에게 자기 앞에서는 경직될 필요 없다고 지시했겠지만 그래도 아닌 건 아니었다.

"타라!" 리스베스 여제가 외쳤다. 구불구불 흘러내리는 보라색 머리에 보랏빛 사파이어와 다이아몬드 왕관을 쓰고 하얀 꽃무늬가 있는 보라색 롱드레스를 입고 있었다. "'**너의**' 마지스터가 또 무슨 짓을 한 거니?"

타라는 고모를 향해 고개를 들고 멍하니 쳐다봤다. '나의' 마지스터, 이건 또 무슨 소리지? 갈랑이 어깨 위로 날아오르자 타라는 페가수스가 떨어지지 않게 조심스럽게 일어났다. 갈랑과 재회의 기쁨에 젖어 있는 사이, 타라는 잠시 세상을 잊고 있었다. 하지만 세상은 타라를 잊지 않고 있었다.

"어떻게 '나의' 마지스터라고 말할 수 있어요?" 타라가 기분 나빠 하자 궁전의 분위기에 민감한 체인지라인이 파란색 가는 줄무늬 회색 바지 정장 차림에서 청록빛이 도는 감색 롱드레스로 바꿔놓았고, 틀어 올린 머리에 고모보다는 수수한 왕관을 씌어놓았다.

체인지라인은 얼마든지 멋진 옷을 타라에게 입히고 보석으로 꾸밀 수 있지만 여제보다는 덜 치장하려고 신경을 썼다. 자존심이 강하기로 유명한 여제의 심기를 건드릴 필요는 없었다.

고모는 떨리는 손으로 조카의 반박을 물리쳤다.

"말이 그렇다는 거지 지금 그게 문제가 아니잖아. 빌어먹을! 타라, 그자가 지구인들과 우리의 관계를 훼방 놓고 있잖아!"

타라는 심호흡을 했다. 고모가 왜 마지스터의 행동에 대해 타라에게 책임이 있다는 식으로 말하는지 알아야 했다. 타라는 어떻게든 눈에 띄지 않으려고 하는 경호원들과 혹시라도 여제를 경호하는 데 소홀함이 있을까 한눈팔지 않으려고 잔뜩 긴장해 있는 칼리 부인을 쳐다보고 나서 단둘이 있을 때 분명히 해야겠다고 마음먹었다.

"고모." 타라는 예의를 갖춰서 말했다. "고모와 나눌 얘기가 많아요."

이 말은 리스베스와 타라가 비공식적으로 나눠야 하는 정보가 있을 때 사용하는 약속된 표현이었다. 리스베스는 보랏빛 눈썹을 찌푸리면서(약간 밝은 보라색 드레스와 머리 색깔이 아주 잘 어울렸다) 턱으로 따라오라는 신호를 보냈다. 타라는 얌전히 따라갔다. 여제의 집무실로 가는 도중에 궁인들을 비롯해 궁전에서 일하는 민간인들과 마주쳤다. 타라는 오무아 궁전을 드나드는 군중을 볼 때마다 그 다양함에 놀랐다. 생기가 넘치고 시끄럽지만 정중한 이들이었다. 드래곤, 유니콘, 켄타우로스, 꼬마도깨비, 자이언트 거미, 티그, 트롤, 인간, 진실의 입, 타트리스 등 수십 개의 종족들. 깃털, 털, 문신, 보석, 몇몇 사람들이 쓰는 향수 냄새, 상인들, 전사들, 예술가들. 다양함에도 불구하고 어딘지 모르게 통일성이 있어 보였다.

이 아름다운 이들이 여제와 후계자가 지나갈 때는 비켜서거나 허리를 굽혔다. 처음에 타라는 그것이 부담스러웠다. 민주주의 교육을 받고 자란 타라는 사람 위에 사람 없고 사람 밑에 사람 없다는 생각을 하고 있었다. 그러다 타라나 여제에게 말을 걸고 싶어하는 이들을 위해 멈춰 서거나 지나가게 하는 실수를 저질렀다가는 낭패를 본다는 걸 이내 알았다. 그 뒤로는 주저 없이 미소를 짓지만 너무 가까이 오지 못하게 경계하면서 군중을 지나칠 수 있었다. 아니면 평온하게 살 수 없었을 것이다.

타라는 단둘이 걸어가며 지구에서 회의할 때 느꼈던 것을 고모에게 말했다. 고모는 지도는 영토가 아니며, 서류는 감정을 나타내지 않으니 항상 본능을 믿어야 한다고 주장했기 때문이다.

리스베스와 타라는 나무들이 줄지은 복도로 들어섰다. 이날은 지붕이 열려 있어서 아더월드의 햇살이 쏟아지고 있었다. 그들이 지나갈 때 반쯤 움직여서 물을 받아먹은 나무들이 멋진 색깔을 뿜내기 시작했다. 다갈색이나 빨간색으로 물드는 나무들이 있는가 하면, 잎의 가운데는 노란색인데 에메랄드 초록빛으로 변하는 나무들도 있었다. 타라가 경탄을 자아내는 것 중 하나였다. 아더월드가 얼마나 대단하고 무시무시할 수 있는지 확인시켜주는 모습이기도 했다.

타라는 방에 들러서 악마의 사물들을 놓고 나오겠다고 말했다. 리스베스가 악마들을 상대로 싸울 전략을 논의할 때는 타라에게 악마의 사물들을 지니고 있는 걸 반대했기 때문이다. 두 여자는 스파리담이 갇혀 있는 영혼들을 빼내갈 수 있다는 걸 알기 때문에 그들의 계획이 알려지는 위험을 무릅쓸 수 없었다. 악마의 사물들은 타라에게 항의하지 않았다. 그들도 악마들의 손아귀로 떨어지는 끔찍한 일이 얼마든지 일어날 수 있다는 걸 잘 알기 때문이었다. 리스베스는 타라를 위해 작은 궁전을 짓게 했었다. 금빛 돌과 섬세한 조각이 돋보이는 아름다운 별궁이 황궁 내의 공원 숲 속에 있었다.

타라는 몸에 지닌 악마의 사물들을 테이블에 내려놓으면서 홀가분해졌다. 마치 어깨를 짓누르던 짐 하나를 내려놓은 것 같았다. 이윽고 타라는 고모를 따라 집무실로 향했다.

금빛 대리석 벽과 주홍빛 벨루르 가구, 동물들을 새긴 귀한 목재 책상, 꽃이 가득해서 보석 나비들이 날아다니는 방에 들어서자 여제는 긴장을 풀었다. 여제는 마법을 사용해서 보라색 드레스를 편안한 실크 실내복으로 바꿨고, 머리는 본래의 자연스러운 금발을 되찾았다. 왕관을 벗자 아름다운 머리가 실내화를 신은 발까지 구불구불 흘러내렸다.

체인지라인을 가지고 있는 타라와 달리 여제는 옷을 입거나 벗을 때 마법을 사용해야 했다. 솔직히 차이점은 모르겠지만. 리스베스가 마법을 날카로운 칼처럼 효과적으로 다루는 반면 마법을 커다란 몽둥이처럼 다루는 타라는 자신이 네안데르탈인 같은 느낌이 들었다.

타라는 숨을 깊이 들이쉬었다. 꽃향기가 그윽하고 고요한 이 집무실이 좋았다. 위급한 상황인데도 좀 전의 고모처럼 긴장이 약간 풀렸다. 갈랑은 타라가 계속 쓰다듬어줄 수 있게 무릎 위에 앉았다. 갈랑은 타라를 몹시 그리워했다. 타라가 손바닥으로 날개를 매끈하게 가다듬으면서 등을 긁어주자 페가수스는 가르랑가르랑, 고양이 소리를 냈다.

"마지스터가 무슨 짓을 하는 거니?" 무슨 생각이 머릿속에 꽂히면 포기하는 법이 없는 리스베스가 물었다.

"고모." 타라는 부드러운 목소리로 시작했다. "내 부모님을 죽음으로 몰아넣은 혐오스러운 마지스터가 왜 갑자기 '나의 마지스터'가 된 건지 이유를 알고 싶어요. 그리고 내가 신도 아닌데 마지스터가 뭘 하려는 건지 어떻게 알겠어요?"

리스베스가 으르렁거렸다. 재미있었다. 늑대를 문장으로 사용하는 남자와 지내서일까?

"그래, 그건 미안하다. 그 괴물이 네 인생을 얼마나 망쳐놨는지 자꾸 잊는구나. 하지만 그자 때문에 내가 미쳐버리겠어."

리스베스는 불임이 마지스터 때문이었다는 걸 안 뒤로 원하는 것은 오직 하나였다. 마지스터를 감옥에 처넣고 쇠사슬로 꽁꽁 묶어 사지를 잘라버리거나 불에 달군 부집게로 오장육부를 지지는 것이었다. 리스베스는 그 모습을 상상하며 잔혹한 미소를 짓다가 말을 이었다. "그 미치광이 얘기는 그만하자. 우리를 굴복시키려고 무슨 짓을 할지 모르는 작자니까. 지구의 정부들을 설득해서 우리와 동맹을 맺고 마지스터의 제안을 거절하게 해야 돼."

타라는 마지스터를 적보다는 차라리 아군으로 받아들이고 지구의 인적, 물적 자원들을 맡기는 것도 나쁘지 않다고 강하게 반박했다. 불행히도 리스베스는 마지스터에 관해서는 어떤 소리도 들으려고 하지 않았다. 수십 년 동안 고모를 불임으로 만들었던 작자인 걸 생각하면 이해가 안 되는 건 아니었다. 하지만 이따금 고모가 말하는 것처럼 증오심보다는 이성이 더 강해야 하는데.

고모가 너무 확고했기 때문에 타라는 애석하지만 굴복해야 했다.

"아무튼 나는 그자를 우군으로 받아들이고서 언제 또 등을 돌릴까 봐 불안에 떠느니 차라리 적으로 두는 편이 나아." 화가 머리끝까지 난 리스베스는 부르르 떨면서 결론지었다. "나는 그런 뜻을 담은 외교 각서를 지구의 대통령들에게 보낼 거야."

리스베스는 마음을 진정시키기 위해 잠시 중단했다가 말했다.

"지구의 정부들이 거의 선택의 여지가 없다는 걸 알면 그쪽 여론이 우리에게 유리할까?"

타라는 어깨를 으쓱했다. 고모가 싫어하는 행동이지만 전혀 모르겠다는 의사를 가장 명확하게 표현할 수 있는 제스처였다.

"지구인들은 두려워하고 있어요. 두려울 때는 사람들이 어떻게 나올지 예측하기 힘들어요. 그렇지만 그들도 가장 위험한 대상이 마법사들이 아니라 악마들임을 알아차린 것은 분명해요. 따라서 내 생각에 지구인들은 우리와 동맹을 맺을 거예요. 그리고 고모의 바람대로 마지스터의 제안을 거절할 거라고 확신해요. 지구인들은 우리를 잘 모르기 때문에 당연히 그들의 군대를 마법사에게 맡기지는 않을 거예요. 그게 우리든 마지스터든."

"지금 네 외할머니 이사벨라가 지구에서 신고되지 않은 마법사들에 대한 조사를 강화하고 있어."

"할머니가 가급적 많이 찾아내면 좋겠네요. 데미데루스와 의논해 보셨죠? 데미데루스는 잿빛 시간 속에 들어간 뒤로 유전자 연구에 몰두했다면서 모든 지구인에게 마법 능력 유전자가 잠재되어 있지만 왜 누구한테서는 마법이 깨어나고, 안 깨어나는지 그 이유는 확실치 않다고 하셨는데."

"응, 했지. 그 문제에 대한 연구는 상당히 진척이 되었어." 리스베스가 대답했다. "데미데루스는 자신의 능력은 5000년 전 악마들이 공격했을 때 나타났다고 했어. 그래서 다시 악마들이 지구를 침략하고 마법을 사용하면 지구인들의 잠자는 마법 유전자가 즉시 깨어날 거라고 생각해. 종족을 지키기 위해서."

"에이!" 타라가 말했다.

"'에이'? 너 무슨 반응이 그래?" 여제는 놀란 얼굴로 물었다.

"내가 아는 데미데루스는 고모에게 이렇게 제안했을 거라고 확신하니까요. 지구인들은 악마들의 파괴에 대한 잠재된 강박관념이 있어서 잠자는 유전자를 깨울 수 있게 악마들이 지구에 쳐들어가서 사람들을 살육하게 놔두라고요."

리스베스는 태연하지만 타라는 그 표정을 읽을 수 있었다.

"그래, 그렇게 말했어." 입이 근질근질하던 리스베스는 결국 실토했다. "하지만 악마의 행성들이 아더월드의 태양 부근에 있고, 거기서는 악마들이 지구에 접근하지 못해. 그 우주 공간에는 지각단층이 없으니까. 따라서 악마들은 먼저 우리를 정복한 다음 공간이동의 문을 장악하고 지구를 점령하겠지. 데미데루스의 전략은 그리 도움이 되지 않을 거야. 반면 틸 대통령의 전략이 괜찮은 것 같아."

타라는 틸 대통령이 무슨 제안을 했는지 머리를 굴릴 필요가 없었다. 각자 가진 무기에 따라 행동하기 마련이었다. 손에 망치 하나만 있으면 모든 것이 못으로 보여 두드려서 해결하려고 들듯이.

타라는 고모와 말할 때 어느덧 예전보다는 훨씬 친숙한 말투를 사용하고 있었다. 타라보다 나이가 서른 살은 더 많은데도 스물다섯 살로밖에 보이지 않는 여제의 모습이 자연스럽게 영향을 준 것이 틀림없었다.

"내가 알아맞혀볼게요, 고모. 병사들에게 인간을 물게 해서 늑대인간으로 만들려고 하겠죠. 최근에 오무아에서 이주한 인간들처럼, 아니에요?"

여제가 떨떠름한 미소를 지었다.

"너는 속이기 쉽지 않구나. 그래 맞아. 틸 대통령이 그렇게 제안했어.”

“그래서 뭐라고 대답하셨어요?”

“지구인들의 통치자는 내가 아니기 때문에 내 마음대로 결정할 수는 없지. 하지만 상황이 악화되고 악마의 수에 비해 우리 연합군이 열세라는 걸 깨닫게 되면 그 방법을 제안할 생각이야.”

리스베스는 타라와 거의 비슷한 쪽빛 눈으로 조카를 뚫어져라 응시했다. 타라는 그 눈빛에서 고모가 얼마나 두려워하고 있는지 알 수 있었다. 고모는 두려움을 기막히게 억누르고 있었지만 수면 위로 떠오른 것이었다.

“악마들의 행성이 여섯 개야, 타라! 자보르족은 개입하지 않겠다고 하지만.”

리스베스는 얼마 전에서야 칼이 미션을 받고 자보르족을 만나고 왔다는 말을 전했었다. 그 말을 듣고 타라는 전혀 알려주지 않았던 여제와 칼을 원망했다. 물론 악마 신들이 특별히 칼을 특사로 지목했기 때문에 선택의 여지가 없었지만 지금도 여전히 그 일이 마음에 걸렸다.

“우리 쪽 행성은 기껏해야 셋이야. 다른 행성들은 전쟁을 지원해줄 정도로 발전하지 못했어. 산티보르, 레보라, 브란부르, 테클라 이 행성들은 주민 수가 적어서 우리를 도와줄 수가 없어. 산티보르의 주민 진실의 입들이 이미 침략자들의 머릿속을 읽겠다고 제안해왔기 때문에 우리는 악마의 마법이 텔레파시로부터 악마들의 정신을 보호한다는 걸 확인할 수 있었다. 정신적 경계를 돌파하는 방법을 찾아내지 못하면 진실의 입들이 순간적인 의사소통의 역할이나 할까 그 이상은 아냐. 우리 아더월드, 동맹을 맺은 드란보우글리스펜쉬르와 드래곤들, 지구와 인간들, 이렇게 세 행성으로 맞서 싸워야 하는데 주민들 수로 봐도 우리가 열세야. 그리고 그게 최악이 아냐. 이걸 봐."

리스베스는 한쪽 벽면을 차지하는 대형 크리스털 전광판을 작동했다. 오무아 제국의 수도 팅가푸르가 나타났다. 타라는 공간이동의 문을 이용했기 때문에 도시에서 무슨 일이 벌어지는지 전혀 모르고 있었다.

혼돈, 그야말로 아비규환이었다.

전복된 차량들, 운전자가 없는 양탄자들, 부상당한 사람들, 곳곳에서 사고가 일어나 있었다. 켄타우로스 둘과 부딪치는 바람에 전복된 트럭에서 빠져나온 트라둑들이 지나가는 이들을 모조리 뿔로 받아버리는 통에 아수라장이 되어 있었다. 또 다른 구역에서는 수많은 차량이 뒤얽혀 마법사들이 밑에 깔린 이들을 구출하고 있었다. 불이 붙은 차량도 보였다. 타라가 지금까지 아는 바로는 기름이 아니라 마법으로 움직이기 때문에 불이 난 것이 이해할 수 없었다. 타라는 한 고급 양탄자를 보고서야 이해가 되었다. 양탄자 내부에 있는 바비큐 장치가 엎어지면서 지나가는 차량에 불이 붙은 것이었다.

"이게 어떻게 된 일이에요?" 타라는 깜짝 놀랐다.

"에프리트들 때문이야. 우리와 맺은 계약을 파기하고 모두 사라졌거든. 우리의 태양들 주위를 도는 행성들 중 하나인 그들의 행성으로 돌아간 거겠지. 우리 행성에서 교통질서 이외에도 다른 많은 일을 책임지던 에프리트들이 모조리 사라졌으니 저 모양이 된 거야."

타라는 신호등을 바꿔주면서 교통을 통제하던 에프리트가 보이지 않는 것에 운전자들이 얼마나 당황했을지 상상이 갔다.

"악마들이 무슨 짓을 할 거라고 예상하고 궁전에서는 이미 에프리트들을 거의 내쫓았기 때문에 여긴 타격이 없었어. 하지만 나라 전체에는 아직 그들을 대체할 준비를 하지 못하고 있었는데 그 결과가 이렇게 나타난 거야."

다른 영상들이 이어졌다. 곳곳이 황폐해진 모습이었다. 다행히 마법사들은 대부분 큰 손해를 피했지만 비마들은 피해가 막심했다.

켄타우로스, 난쟁이, 유니콘들은 마법을 사용하지 않았다. 난쟁이들은 마법을 싫어하고, 켄타우로스는 멘탈리르 대평원에서 사는 데 필요한 지식을 바탕으로 손을 사용하길 더 좋아하며, 유니콘들은 마법이 지능 발달에 방해가 된다고 생각하기 때문이었다. 마법 능력이 없는 인간들과 마찬가지로 도시에 사는 이 세 종족들은 에프리트들이 사라지면서 큰 피해를 입었다. 샤먼들이 치료할 수 없는 경우를 대비한 몇 안 되는 병원들이 환자들로 넘쳤다. 크리스털리스트들의 날아다니는 작은 카메라 스쿠프들, 아더월드의 주르날리스트들이 사고 현장에서 레파루스로 능숙하게 치료하는 마법사들과 최고 마구스들의 모습을 담고 있었다.

타라는 침을 삼켰다.

"언제 일어난 거예요?"

"두 시간 전에. 지금 수습하는 중이야. 우리 마구스들이 에프리트를 대신하기 위해 예전에 있던 것을 모델로 자동 마법 신호등 교통망을 만드는 중이지만 시간이 좀 걸려. 마법사 지원자들이 에프리트들이 하던 경찰, 서비스 같은 일을 대신하고 있고."

"에프리트들이 왜 갑자기 떠났는지 아무도 몰라요?"

"에프리트들은 보울리미-레마족의 적이야. 하지만 에프리트들의 행성은 우리 은하계에 와 있는 행성들 중 하나야."

"그럼 에프리트들이 아더월드를 즉시 떠난 게 아니네요. 다시 말해 우리 태양들 주위의 궤도에 그들의 행성이 도착하는 즉시 떠난 게 아닌 거 맞죠?"

"그렇지, 그게 왜?"

타라는 마지스터가 한 말을 떠올리면서 생각에 잠겼다. 타라는 철천지원수가 하는 말을 주의 깊게 듣는 습관이 있었다. 기억 속에서 그때를 떠올리며 타라는 흡족한 미소를 지었다. 아! 알았다.

"별것 아닌데 좀 이상해서요. 마지스터는 악마들이 악마의 셔츠를 빼앗아가려고 했다면서 자기의 에프리트는 악마들이 우리 세계에 도착하는 순간에 사라졌다고 했어요. 하지만 우리 에프리트들은 두 시간 전에야 사라졌어요. 왜 그랬을까요? 악마의 행성들이 아더월드에 진입한 지 며칠이 지났고, 그사이에 아무 일도 일어나지 않았어요. 그런데 갑자기 두 시간 전에 모든 에프리트가 사라졌다는 것은…… 우리 생활에 혼란을 주는 것 말고 뭔가 더 있는 거예요. 나는 왠지 그게 오히려 더 불안해요, 안 그래요?"

"악마들이 공격 준비가 다 되었음을 의미하는 것이라면 그렇겠지. 아무튼 우리는 악마들이 도착한 뒤로 비상사태에 돌입해 있어." 리스베스는 이맛살을 찌푸렸다. "안전 조치로 타딕스에서 싸우다 쓰러진 악마들의 DNA를 채취했는데 그것으로 악마 퇴치 장치를 만들어 설치해놨다. 만약 한 놈이라도 발이든 촉수든 우리 땅에 들여놓는 즉시 알 수 있어."

"그러니까 에프리트들이 사라졌다고 해도 크게 달라질 건 없다는 뜻이에요?"

"그렇지. 우리는 몇 달 전부터 에프리트들에게 의존하지 않고 있었기 때문에 이 정도로는 혼란을 야기하지 않아. 물론 시민들이 일시적인 혼란으로 허둥대고 있지만 사회가 완전히 마비되는 건 아냐. 솔직히 아직 확실한 건 아무것도 없지만."

타라는 새끼손가락에 끼고 있는 가문의 반지를 쳐다봤다. 이제는 어떤 에프리트도 연결되어 있지 않다니 왠지 섭섭했다. 이런 때는 아무나 불러내서 어찌 된 일인지 물어보면 좋을 텐데.

"그리고 타딕스 주민들이 달을 복원하기로 결정했어." 리스베스는 생각에 잠긴 어조로 덧붙였다.

타라의 쪽빛 눈이 커졌다.

"달을 다시 복원해요? 농담이죠?"

마법의 힘이 얼마나 대단한지 자꾸 잊고 깜짝 놀라는 타라를 재미있어하며 리스베스가 대답했다.

"천만에. 타딕스 주민들은 찾을 수 있는 소행성들을 모조리 모아 결합시키고 있어. 달의 기본 골격을 세우는 데 여섯 달 정도 걸릴 거라며 우리의 우주 방어기지를 새로 구축하길 원하고 있지. 아더월드인들의 오락을 위한 카지노들도 만들겠다면서. 우주 방어기지는 아더월드의 방어를 위한 핵심 문제가 되는 것이라 우리가 자금을 대면 그들 쪽에서는 방위비에 대한 부담이 적어지는 것이고. 카지노 건설과 실내장식에 필요한 비용도 도박꾼들 쪽에서 부담한다면 그들에게는 손해가 아니지. 그리고 이상한 건 원래의 달이 파괴된 걸 그들이 아주 기뻐하고 있다는 거야."

아, 타라는 이해할 수 있을 것 같았다. 타딕스 주민들의 완전한 승리였다. 리스베스가 컴퓨터 화면에 나타나게 한 우주의 모습을 보면서 타라는 달이 이미 한창 건설 중이라는 걸 확인했다.

타라는 전율이 일었다. 한쪽 끝에 비계들이 서 있는 달의 모습이 이상하게도 영화 〈스타워즈〉에 나오는 '죽음의 별'을 연상시켰다.

"하지만 내가 제일 화가 나는 건 내 결혼 때문이야." 리스베스는 불만을 터뜨렸다.

어이 상실! 타라는 고모를 쳐다봤다. 이런 와중에 결혼 얘기를 꺼내다니! 대체 뭐가 그렇게 화가 난다는 거지?

"이 상황이 계속되면 바리우스는 내가 결혼을 피하려고 이 모든 일을 꾸민 거라고 생각할 거야." 여제는 탄식 조로 말했다.

말문이 막혀서 한참을 멍하니 있다가 타라는 마침내 말했다.

"네, 바리우스는 고모가 결혼을 피하려고 악마들의 침략과 에프리트들의 이주를 획책했다고 생각할 거예요."

리스베스가 침울한 시선으로 조카를 쳐다봤다. 이런, 이 대목에서 빵 터져야 하는데…… 타라의 유머가 제대로 먹히지 않은 것이었다. 타라는 한숨지었다.

"얼마 전 고모는 내 결혼에 대해 언급하는 것으로 아주 훌륭한 작전을 폈어요. 그 덕분에 국민들이 악마보다는 다른 걸 생각하게 만들었으니까요. 또 한 번 결혼식 작전을 쓰는 건 어때요? 그래서 말인데요, 고모가 좋아할 만한 게 생각났어요. 고모의 결혼식에 부모님이 참석하면 멋지지 않을까요?"

고모가 의자에 앉아 있었기에 망정이지 서 있었다면 넘어졌을 것이다.

"뭐?"

"악마들을 상대로 싸워줄 아군을 몇 명 초대하는 거 어때요? 이미 전쟁을 경험했고, 악마들에게 죽은 마법사들이잖아요. 따라서 그들에게는 설욕할 기회가 될 거라고 생각하는데……."

리스베스의 얼굴이 창백해졌다.

"타라, 너 설마……."

"네, 맞아요!" 타라는 함박미소를 지으면서 대답했다. "셈 선생님에게 동원할 수 있는 온갖 수단을 다 사용할 필요가 있다고 말하다가 문득 떠올랐어요. 악마들에게 참패를 당했던 우리의 조상 유령들을 초대해서 함께 악마들을 상대로 싸우면 멋진 설욕전이 될 거란 생각이에요!"

유령 초대 작전

뜻밖의 손님들을 초대한 파티의
분위기를 어떻게 고조시킬까

*

리스베스는 아연실색했다. 타라는 고모가 전혀 생각지도 못한 것이기 때문에 질겁한 거라고 짐작했다. 분명했다. 성난 악마를 상대하는 데 성난 유령보다 더 훌륭한 적수가 있을까?

"정부에서 비욘드월드의 유령들을 불러들이는 비법을 완전히 파기하진 않았겠죠?" 타라가 물었다. "정부가 공식적으로 선언한 건 알지만 그 묘약을 사용하는 것이 여전히 위법이냐고 묻는 거예요."

리스베스는 냉소적으로 대답했다.

"당연히 파기하지 않았다. 너와 칼의 머릿속에서는 그 비법을 지웠지만 언젠가는 필요할지 모르는 위험한 주문들과 함께 묘약 조제법의 사본을 황실 금고에 보관해놨어."

흠, 아더월드에서 황실 금고란 핵미사일 기지에 비견할 만했다. 그래서 오무아 사람들은 황실 금고에 대한 자부심이 강했다. '우리는 폭발물을 많이 갖고 있어도 방어할 때만 사용하니까 크로우7 * 들을 잡겠다고 우리 머릿속을 뒤지지 말라.'

"그럼 원할 때는 유령들을 불러들일 수 있는 거네요."

"그래. 하지만 우리를 도와준 다음에는 비욘드월드로 돌아갈 각오가 되어 있는 유령만 불러야 해. 복수하기 위해 살아 있는 몸을 장악하려고 난입했던 그런 유령들은 절대 안 돼."

타라는 아무에게도 비욘드월드에 대해 말하지 않기로 약속했었다. 많은 압력이 있었지만 타라는 그 약속을 지켰다. 그래서 유령들이 비욘드월드에서도 현실 세계에서처럼 살고 있다고 말할 뻔했지만 입을 다물었다. 타라는 모든 억압과 두려움, 압박에서 벗어난 사후 세계가 얼마나 멋진지 알면 모두 비욘드월드로 떠나려고 할 것이고, 그렇게 되면 재앙이 된다는 걸 잘 알았다.

"네, 맞아요." 타라는 말했다. "특사를 파견해야겠어요. 누군가가 가서 유령 지원자들을 선별해야 하니까."

리스베스는 고개를 끄덕였다.

"비욘드월드로 가는 날을 손꼽아 기다리는 죽음을 앞둔 마법사나 아주 늙은 최고 마구스에게 부탁해야겠지."

"네. 하지만 꼭 돌아올 수 있어야 해요. 유령들이 악마들과의 싸움에 찬성하는지 반대하는지 알아야 하니까요. 문을 지키면서 죽은 마

• • • • • • • • • • • • •

7. 보랏빛 이를 말하는 것으로 번식할 때 경쾌한 음악 소리를 내는 희한한 특성이 있다. 이 특성은 눈에 띄지 말아야 되는 생존법치고는 의문이 남는다. '이를 잡겠다고 머릿속을 뒤지지 말라'는 것은 사사건건 트집을 잡지 말라는 뜻이다.

법사들을 맞이하는 고모의 어머니, 아니 할머니를 잘 모르지만 그렇게 좋은 성격은 아닌 것 같았어요. 그리고 비욘드월드와 우리 아더월드 간의 연락을 막는 것에 굉장히 집착하는 것 같았어요. 아닌가요?”

“맞아…….” 리스베스는 피곤한 표정으로 이마를 문지르면서 한숨을 내쉬었다. “어머니를 이 일에 끌어들이는 건 완전 실수하는 거지. 그래, 네 말대로 묘약을 만들기 전에 유령들에게 찬성인지 반대인지 알아야 해. 죽을 위험을 무릅쓸 각오가 되어 있으면서도 분명히 비욘드월드로 돌아갈 유령 지원자를 찾아야지.”

“네, 그래야 돼요.”

“네 친구들 중에 특사로 보낼 아이가 없을까?”

“네, 없어요.” 타라는 단칼에 잘랐다.

“유감이구나.”

“바리우스에게 부탁해보는 건 어때요?”

“안 돼.”

“나도 안 돼요.”

타라는 고모가 친구들에게 은밀한 제안을 할 거라고 예상은 했지만 이렇게 예상을 빗나가지 않을 때마다 이따금 화가 났다. 그리고 고모는 거슬린다 싶으면 친구들을 가차 없이 쳐내려 한다는 것도 알고 있었다. 암살하는 것이 아니라 죽을 것이 뻔한 아주 위험한 미션을 주는 식이었다.

그런데 고모는 로빈과 칼을 좋아하지 않았다. 한 명은 타 종족인 ‘엘프’이고, 다른 한 명은 너무 영악하고 ‘도둑’이라는 직업을 가졌기 때문이었다. 따라서 그 둘에게 비욘드월드에 다녀오라고 제안한다는 건 죽음으로 몰아넣는 것이나 다름없었다.

타라는 짓궂지만 랑코비트의 왕족인 무아노를 보내겠다고 하면 고모가 뭐라고 대답할지 정말 궁금했다.

"내가 이해되지 않는 건 악마들이 왜 공격을 하지 않느냐는 거예요. 물론 공격을 안 하는 게 불만이라는 뜻은 아니고요." 타라는 머릿속에서 떠나지 않는 의문으로 화제를 돌렸다. "악마들이 여기 와 있는지 2주일이 되어가는데 아무 일도 일어나지 않고 있어요. 놈들이 악마의 영혼들을 회수하려고 한다는 것 말고는. 악마들이 마지스터에게서 셔츠 안에 갇힌 악마의 영혼들을 빼앗아가지 못한 것은 유감이지만. 그랬으면 우리가 마지스터를 제거할 수 있는 절호의 기회였는데."

리스베스는 킥킥, 웃음소리를 냈다. 그 생각은 못했는데 타라의 말이 맞았다. 적 하나가 줄어들 절호의 기회였는데.

"결혼 얘기가 나왔으니까 말인데." 여제가 약간 경직된 어조로 말했다. "아주 중요한 걸 얘기해야겠다."

이런! 타라는 고모가 조심스럽게 말할 때가 싫었다. 더군다나 고모가 '결혼'이라는 말을 언급하면서 무슨 얘기를 꺼내려고 하자 불안했다. 타라는 무슨 장사라도 하듯 셀 수 없을 정도로 많은 남자들과 선을 보게 한 뒤로 고모에게 혐오감이 일었었다.

"무슨 얘기인데요?"

"마법은 정확성과는 거리가 먼 과학이야." 리스베스는 타라의 표정을 살피면서 조심스럽게 시작했다. "너의 마법은 네 몸에 어떤 변화가 일어날 경우…… 무슨 일이 일어날지 모를 정도로 아주 강력해져."

인정. 평소에는 고모가 무슨 말을 하려는지 조금은 예측이 되는데 이번에는 솔직히 짐작도 가지 않았다.

"네, 알아요."

"네가 연애할 나이라는 것도 알고, 우스꽝스러운 별명으로 놀림을 당하는 것도 알지만 너한테 부탁할 게 있어."

타라는 눈살을 찌푸렸다. 또 무슨 말을 하려고?

"칼과 잠자리를 하지 말라고 부탁한다. 아니 누구라도 안 돼. 우리는 네가 임신하는 걸 허락하지 않으니까!"

아연실색한 타라는 할 말을 잃고 고모를 쳐다봤다. 이윽고 잠시 마비되었던 신경세포들이 마침내 다시 작동했다. 울화가 치밀었다.

"하지만 고모!" 타라는 당차게 항변했다. "지금이 15세기도 아니고! 피임을 하려면 얼마든지 할 수 있는 시대에 살고 있어요! 그리고 난 열여덟 살이라고요!"

리스베스는 고개를 끄덕였다.

"그래, 알아. 하지만 그게 100퍼센트 확실하진 않아. 특히 너의 변덕스러운 마법 때문에. 네가 임신하면 우리의 가장 강력한 무기가 제 능력을 발휘하지 못하게 돼. 그러면 우리는 악마들에게 항복해야 되는 거야…… 이해 못하겠니, 타라?"

리스베스는 타라에게 이해할 시간을 주기 위해 잠시 말을 중단했다. 괜한 말이 아니었다. 임신하면 마법 때문에 무슨 일이 일어나는지 타라는 전혀 모르고 있었다.

"나는 고모로서 부탁하는 게 아니야." 리스베스는 단언했다. "물론 내 후계자가 혈통이 확실한 남자의 아내가 되길 바라는 마음도 있지만 산도르와 함께 아더월드군의 최고 통수권자로서 부탁하는 거야. 각료 회의에서 네 문제를 논의했고(맙소사, 장관들과 내 성생활에 대한 논의를 했다고? 타라는 갑자기 얼굴이 달아올랐다), 우리는 너에게 부탁, 아니 간청하기로 결정했다. 지금은 안 돼. 우리 국민의 미래가 달려 있는 위험한 때이기 때문에."

이 이상한 기분은 뭐지? 열여덟 살 나이에 이런 소리를 들어야 하다니. 타라는 사정없이 따귀를 얻어맞는 느낌이 들었다. 차라리 나의 수치심과 모욕감이 알려지게 아더월드 방방곡곡에 플래카드라도 달아서 아예 광고를 하시지.

타라는 감정이 폭발했다.

"그러는 고모는요?"

"나?"

"고모는 군의 최고 통수권자라면서요? 고모가 임신한 몸으로 갑옷 입고 나가서 전투를 지휘하는 건 괜찮고요?"

타라는 세게 나갔다. 여제는 마지스터가 오랜 세월 독을 먹여서 불임으로 만들었다는 걸 안 뒤로 임신하기 위해 할 수 있는 모든 노력을 다하고 있었다.

하지만 타라가 고모를 아는 것 못지않게 리스베스도 조카를 잘 알고 있었다.

"그래서 만약을 대비해 바리우스와 나는 피임하고 있어. 그리고 나는 너만큼 최강의 에이스는 아니거든."

충격적인 말이었다. 타라는 전혀 예상하지 못했다. 아이를 갖는 것이 고모에게 얼마나 중요한 일인데! 타라는 고모도 못지않게 큰 희생을 하고 있다는 걸 깨달았다. 슬루르크!

"네, 알았어요." 타라는 항복했다. "우리의 만남은 덜 뜨거워야 한다고 칼에게 말할게요. 근데요, 고모, 솔직히 이런 얘기 민망해서 더는 못 하겠어요."

리스베스는 엷은 미소를 지었다. 그러고는 방금 타라가 한 말을 되돌려주었다.

"네가 나를 얼마나 민망하게 했는지는 모르는구나."

두 여자는 멋쩍은 미소를 주고받았다. 이번만은 마음이 일치했다.

리스베스는 타라가 지금 얼마나 중요한 상황인지 깨닫고 있을 정도로 이성적이라는 것이 기뻤다.

"가장 마음에 걸리는 건 아르칸즈가 아직까지 우리에게 연락하지 않는다는 거야." 리스베스는 한숨지었다. "아르칸즈는 평화를 지지한다고 생각했는데 침묵이 길어지는 게 영 찜찜해."

타라는 이맛살을 찌푸렸다.

"평화 협상으로 혈전을 피할 수 있다면 악마들은 앞으로 몇백 년은 조용히 지낼 수 있을 거예요. 그러면 내가 더는 방해받는 일도 없을 테고(타라는 일그러진 미소를 지었다). 물론 백 년 동안 칼을 기다리게 할 생각은 없지만……."

타라가 계속 말하려는데 신호음이 울렸다.

여제의 책상 정면에 설치된 대형 크리스털 전광판에 타트리스족 비서의 두 얼굴이 나타났다.

"폐하." 파크르가 말했다.

"통신을 받았습니다." 타트르가 말을 이었다.

"악마들의 행성으로부터 온 통신입니다." 파크르가 말했다.

타라와 리스베스는 서로의 얼굴을 쳐다봤다. 리스베스가 주문을 읊자 즉시 아름다운 보랏빛 드레스와 왕관을 쓴 모습이 되었다. 타라는 가슴을 두근거리며 전광판 쪽으로 고개를 돌렸다.

"알았다, 연결해." 리스베스는 비서에게 지시하면서 짐짓 평온한 표정을 지었다.

잘생긴 아르칸즈가 3D 영상으로 나타났다. 붉은색 목재 벽을 배경으로 떡 벌어진 어깨를 강조한 짙은 회색 정복이 눈에 띄었다.

아르칸즈는 검은색 머리에 금과 에메랄드로 장식된 왕관을 쓰고 있었다. 타라는 아르칸즈가 마왕으로 임명된 뒤로 직위의 상징을 드러낸 모습을 처음 보는 것이었다. 더 위엄 있는 모습이지만 그만큼 거리감이 더 느껴졌다.

아르칸즈가 보내는 다정한 미소에 타라는 냉랭한 미소를 지어 보였다. 여러 색조의 초록빛 눈이 약간 어두워졌다. 아르칸즈는 한숨을 내쉬고 나서 말했다.

"폐하, 마마, 격식을 차리지 않고 영상으로 불쑥 이렇게 인사하는 결례를 용서하십시오." 아르칸즈의 어조는 몹시 어색하고 차가웠다. "이제야 연락하게 된 것은 우리의 도착으로 약간 혼란스러운 순간이 지나가길 바랐기 때문입니다. 그리고 단언컨대 여러분의 세계에 약간 다급하게 난입한 것은 전혀 고의가 아니었습니다."

아르칸즈의 발언에 리스베스와 타라는 말문이 막혔다.

"마왕에게 정중하게 인사를 표합니다." 리스베스 여제는 잠시 마음을 가다듬고 세련되게 응수했다. "2주일이 지나는 동안 아무런 연락도 없이 여섯 행성들 주위에 전파 장애를 일으키는 블랙아웃으로 통제해놓아 무슨 일인지 궁금했는데 이제야 안심을 시켜주니 아주 친절하시군요. 하지만 우리의 태양 주위 궤도에 여섯 행성들을 올려놓은 점은 충분히 고의성이 있어 보입니다."

리스베스는 비밀 협정을 맺은 자보르족에 대해서는 아무 말도 하지 않았다. 아르칸즈는 괴로운 듯 얼굴이 약간 일그러졌다. 그러고는 최근에 짧게 자른 검은색 머리를 뒤로 넘기려다 멈칫했다. 괜한 몸짓으로 감정을 들키지 않으려고 왕관을 머리에 썼는데 그걸 까맣게 잊은 것이었다. 아르칸즈는 손을 내리고 초록빛 눈에 힘을 주면서 흔들리지 않으려고 노력했다.

"나는 여러분이 불안해하는 일이 없도록 하고 싶었으나 우리 쪽 보수파들이 강압적으로 밀어붙인 블랙아웃 통제 때문에 연락할 수가 없었습니다. 보수파는 여러분과 대화를 나눌 시간을 갖기도 전에 공격을 받을까 봐 두려웠던 겁니다."

이 말은 아르칸즈가 여전히 악마 국민을 다스리는 데 어려움이 있다는 것을 뜻했다. 드래곤들이 공격하려고 결집했던 걸 생각하면 악마들이 잘못 판단한 것은 아니었다.

"'이주'하기 전에 미리 아더월드의 우주 공간에 거주하는 걸 허가해달라는 안건을 포함한 무역 협정을 제안하려고 했지만 우리는 시간에 쫓겨서 황급히 이동해야 했습니다. 우리는 다양한 행성들을 지구화하는 과정에서 불행히도 우리의 태양들이 불안정해졌습니다. 우리는 다른 태양들 주위의 궤도를 돌 수도 있었지만 시간이 없었습니다. 우리 행성들이 있던 은하계는 거의 전체가 불안정해진 태양의 영향을 받았기 때문입니다. 유일한 탈출구는 지각단층이었습니다. 우리는 지각단층을 통해 옛날에 우리 조상들이 파괴했던 뱀파이어들의 옛 행성이 있던 자리에 이를 수 있었습니다."

실제로 아더월드의 천체물리학자들은 뱀파이어들의 옛 행성이 있던 바로 그 위치에 새로운 행성들이 자리를 잡았다고 지적했었다.

악마들은 선택할 것이 많지 않았다. 다른 행성들과 연결되는 모든 지각단층들 ― 지구의 대서양 해저에 있는 지각단층처럼 ― 은 악마의 행성이 유형화되는 시도가 일어나는 즉시 파괴되었을 것이다. 두 행성이 한 공간을 차지하려고 하면 엄청난 폭발이 일어날 수밖에 없다. 그런데 행성이 여섯 개이니 그야말로 초신성 폭발이 일어나는 것과 다름없었다.

아무튼 과거 뱀파이어들의 행성을 파괴했던 것이 수천 년 후의 악마들을 구해준 유일한 탈출구가 된 셈이었다. 운명의 아이러니였다.

그렇지만 타라는 아르칸즈가 전부 다 말하는 것이 아니라는 느낌이 들었다. 마치 다른 정보들도 공유하고 싶지만 어떤 반응을 보일지 두려워서 말할 엄두가 나지 않는다는 듯이.

그리고 타라는 이따금 리스베스를 향해 던지는 아르칸즈의 눈빛에서 뭔가를 원망하고 있는 걸 보았다. 아르칸즈는 뭔가 못마땅한 것이 있는데 말을 못 하고 있는 것이 분명했다. 고모가 또 무슨 짓을 벌인 건가? 아르칸즈가 고모에게 말할 때마다 불쾌한 표시를 할 정도로 악마들을 자극했다는 건데. 뭐지?

타라는 비밀을 알아내려면 아르칸즈와 독대할 필요가 있다고 생각했다. 아르칸즈와 단둘이 만날 생각을 하자 타라는 두 가지 상반된 감정에 약간 떨렸다. 하나는 어찌나 다정하고 매혹적인지 유혹에 넘어갈 것만 같아서였고, 다른 하나는 무늬만 인간이지 악마이기 때문에 혐오감이 일기 때문이었다.

"아무튼 결과는 악마들 당신들이 와 있다는 겁니다." 리스베스 여제는 약간 통명스럽게 말했다. "그래서 원하는 게 뭡니까? 당신 조상들처럼 하겠다는 겁니까? 아니면 최근에 가브리엘이 했던 것처럼 우리를 괴멸하겠다는 겁니까?"

아르칸즈는 눈살을 찌푸렸다. 리스베스의 어조가 마음에 들지 않았다. 타라는, 아르칸즈가 리스베스를 아주 싫어하는 것이 느껴졌다. 분명 지난번과는 아주 달랐다. 타딕스에서는 리스베스를 지켜주려고 했었는데. 타라는 고모를 향해 의혹의 눈길을 보냈다.

그리고 몇 가지 의문이 들었다. 타라는 NA 스피어가 어떻게 되었는지 모르고 있었다. 고모가 모든 걸 파괴하는 NA 스피어를 악마들의 세계로 보내서 강제로 도망치게 한 건가? 그렇다면 많은 것이 설명이 되었다. 아르칸즈가 분노하는 이유를 언급하지는 않지만 갑자기 이렇게 차가워진 것도.

"모든 건 폐하에게 달려 있습니다." 아르칸즈가 마침내 말했다. "우리는 전쟁을 원하지도 수많은 생명을 잃고 싶지도 않습니다. 우리는 가까이 있어도 피해를 주지 않고 공존할 수 있습니다. 우리는 여기서 지내면서 방해하지 않겠습니다. 은하계, 세계는 어마어마하게 넓어서 모두가 얼마든지 평화롭게 살 수 있습니다. 우리가 가까이 있는 것이 너무 방해가 된다면 우리 행성들을 다른 태양들 쪽으로 이동시킬 수도 있습니다."

리스베스 여제는 아무 말도 하지 않았다. 하지만 고모를 잘 아는 타라는 여제가 동요하고 있다는 것이 느껴졌다. 아르칸즈는 방금 전대미문의 기술로 여섯 개의 행성들을 이 세계에서 저 세계로 이동시킬 수 있다고 밝힌 것이었다.

하지만 리스베스 여제는 지구인의 전략이지만 마키아벨리의 격언을 아주 좋아했다. '친구를 가까이 두되 적은 더 가까이 두라.'

"나 혼자 결정할 일이 아닙니다." 리스베스 여제는 어깨를 약간 흔들면서 말했다. "나로서는 악마의 행성들이 가까이 있다고 해서 특별히 방해될 건 없습니다. 물론 평화와 교역이 정말로 공통된 바람이어야 하고, 무엇보다도 마왕께서 형제자매들과 그들의 제국주의적 야심을 제압해야 한다는 전제가 따르지만."

아르칸즈도 똑같이 어깨를 약간 흔들면서 대답했는데 체념하는 어깻짓으로 보였다.

"우리 정부의 구조는 오무아와는 좀 다릅니다." 아르칸즈가 설명했다. "우리는 결과에 따라 평가를 받습니다. 내 형 가브리엘은 실패했습니다. NA 스피어를 손에 넣지 못했고, 폐하께서 가브리엘의 우주선 침공을 막아내셨습니다."

아르칸즈는 마치 스피어를 언급하는 것으로 리스베스에게서 자백을 받아내려는 것처럼 잠시 말을 중단했지만 여제는 잠자코 다음 말을 기다렸다. 아르칸즈는 말을 이었다.

"반면에 나는 우리 행성들과 수십억의 목숨을 구했고, 선택한 곳에 정확하게 도착했습니다. 고도의 곡예였지만 우리는 해냈습니다. 따라서 지금은(아르칸즈는 '지금'이라는 말에 힘을 주었다) 내가 형보다 신임을 얻고 있습니다. 하지만 가브리엘은 포기하지 않을 겁니다. 나는 가브리엘을 지지하지 않지만 그렇다고 내 종족을 배신하는 일은 절대 하지 않을 겁니다. 따라서 가브리엘이 하려는 것을 반대하라는 요구는 하지 마십시오. 지금 내게 가장 중요한 것은 폐하의 종족과 우리 종족이 싸우지 않는 것입니다. 그런 목적에서 나는 공동 평화선언을 하자고 제안합니다. 폐하께서 지구인들에게 아더월드의 존재를 밝혔으니 이제 우리는 전 세계의 스쿠프와 카메라들 앞에서 동시에 선언문을 읽을 수 있습니다. 이 제안이 마음에 들기 바랍니다. 이번에는 어떤 함정도 없다고 맹세합니다."

공식적인 평화선언 제의였다. 타라는 반쯤 지능을 갖춘 컴퓨터가 모든 말을 녹음하고 있지만 아르칸즈가 한 말을 새기고 되새겼다. 행간을 읽어야 하기 때문인데 이것은 이제 타라의 주특기가 되었다.

리스베스 여제가 말을 받았다.

"동맹국 행성들의 정부에 마왕의 제안을 알리지요. 전쟁을 원하는 사람은 아무도 없으니까 긍정적인 지지를 받을 거라고 생각합니다. 마왕, 평화롭게 살도록 노력합시다. 아주 마음에 드는 제안입니다."

아르칸즈는 진지한 표정으로 고개를 끄덕이다 타라 쪽으로 초록빛 눈을 돌렸다.

"타라! 내 사랑, 나의 연인, 나의 골칫덩이, 우리는 아직 할 얘기가 많아요. 우리 행성으로 오라는 말은 하지 않을게요. 하지만 일단 우리의 외교적 교류가 성사되고 고모님이 허락하신다면 당신을 만나

함께 시간을 보내고 싶어요."

타라는 얼굴이 빨개지지 않으려고 애를 썼다. '나의 골칫덩이'? 이건 또 뭔 소리? 내가 왜?

"네, 서로 죽이지 않고 만날 수 있다면 좋은 일이죠."

그들은 약간 어정쩡한 미소를 주고받았다. 아르칸즈는 마지막 인사를 했고 영상이 사라졌다. 타트리스족 비서가 다시 나타났다.

"지금⋯⋯."

"메시지들을 받았는데⋯⋯."

"지구에서⋯⋯."

"온 겁니다."

비서는 당혹한 표정으로 읽었다.

"마돈나라는 여성은 다시 젊어지는 묘약을 가질 수만 있다면 모든 걸 다 줄 각오가 되어 있다고 했고, 마이클 잭슨이라는 사망한 스타의 팬들은 우리가 죽은 사람을 소생시킬 수 있는지 물었습니다. 이런 종류의 메시지가 수천 통 와 있습니다, 폐하."

도저히 참을 수가 없는 타라는 빵 터졌다.

리스베스 여제는 비서에게 말했다.

"그 메시지들을 외무부로 발송하면 각 부서에서 관련 상인들에게 분배할 것 아닌가? 전시 상황이라 한창 긴장이 고조된 지금 내가 그런 것까지 신경을 써야 하나? 중요한 일들이 산재해 있는데!"

여제는 통신을 끊고 타라를 돌아봤다.

"아르칸즈는 전쟁을 원치 않아. 하지만 가브리엘이 통제 불능인 것으로 보아 아르칸즈의 뜻이 관철될지는 미지수야."

"아르칸즈는 치밀해요." 타라는 꼬집어 말했다. "아주 치밀하고 영악하죠. 우리는 아르칸즈가 계속 '화해하자'는 쪽으로 나가길 빌어야 하지만, 그가 혹시라도 '전쟁하자'는 쪽으로 생각을 바꾸는 날에는 어리석은 가브리엘보다 훨씬 위험한 적이 될 거예요." 타라는 무심한 어조로 덧붙였다. "아, 위험이라는 말이 나온 김에 궁금한 게 있는데 NA 스피어는 어떻게 됐어요?"

리스베스가 칸막이벽을 톡톡 치자 스르륵 열리면서 스피어가 들어 있는 금고가 보였다. 오케이, 타라의 의심은 사실무근이었다. 악마들을 전멸시키기 위해 스피어를 사용한 것이 아니었다. 따라서 아르칸즈가 미친 태양들 때문에 행성들을 옮겨야 했다는 말은 사실이었다.

그런데 왜 타라는 아르칸즈의 말에서 뭔가가 더 있다는 느낌이 들었을까? 왜 악마들이 리스베스에게 격분해 있다는 느낌을 받았을까?

"스피어를 다른 데로 옮겨놓을 거야." 고모가 말했다. "모우르무르가 연구를 해보겠다니까 그다음에 나만 아는 곳에 감춰야겠다. 그래야 아무도 스피어를 찾지 못할 것이고, 또다시 훔쳐가려는 일이 일어나지 않지."

타라는 치명적인 무기에 대해 혐오감을 느꼈다. NA 스피어를 악마들의 세계로 보내버릴 수만 있다면 기뻤을 것이다. 하지만 타라는 오무아 사람들이 무기가 될 만한 것을, 그것이 무엇이든 결코 없애지 않으리라는 걸 알고 있었다.

여제는 칸막이벽을 닫고 타라를 뚫어져라 응시했다.

"너를 도와줄 사람을 찾아야겠다. 싸울 줄 알면서 협상력에, 악마들을 두려워하지 않고 때가 되면 돌아올 수 있는 여자 한 명을 찾아야 해. 여자 한 명이라고 말하는 건 네가 악마들을 만날 때 칼이나 로빈이 따라가면 안 되기 때문이야. 아르칸즈 덕분에 우리 국민이 단결하는 계기가 될 수도 있어. 너에게 너무 많은 걸 요구하지만 이런 기회를 놓쳐서는 안 된다는 걸 네가 이해해주기 바란다."

타라는 반박하지 않기로 했다. 몇 년 전, 아니 몇 달 전이었다면 하찮은 상품처럼 이용된다는 생각에 펄쩍 뛰었을 것이다. 하지만 타라는 그사이 자랐고 성숙해졌다. 악마와 결혼할 생각이 전혀 없으면서도, 여제로서 어쩔 수 없는 선택을 해야 하는 고모의 고충을 이해하려고 했었다. 고모를 자극하고 분노하게 만들어봐야 아무 도움이 안 되고, 역효과를 낼 것이 뻔했다. 그래서 타라는 일단 결단을 내렸다.

"무아노에게 부탁해볼게요. 나를 도와주는 걸 기뻐할 거라고 확신해요. 야수의 힘을 생각하면 악마들이 함부로 덤비지 못할 거예요."

리스베스와 타라는 미소를 지었다. 악마들이 침략을 시도했을 때 야수 무아노는 늑대인간 파브리스와 함께 따끔한 맛을 보여주었다. 악마들은 그 고통을 아직 기억하고 있을 게 틀림없었다. 악마들은 가녀린 소녀를 잡았다고 생각하다 거의 3미터에 이르는 괴물과 맞닥뜨리자 경악했었다.

두 여자는 잠자코 깊은 생각에 빠져 있었다.

"유령 문제는 어떡하실 거예요?" 타라가 침묵을 깨고 물었다.

리스베스는 입술을 오므렸다. 타라는 이따금 쉰 살이 다 되어가는 나이에도 믿기지 않을 정도로 정신이 젊은 고모에게 놀랐다.

"그래도 유령들에게 알려야지. 아르칸즈가 방금 어리석은 형이 숨어서 음모를 꾸미고 있다고 말했잖아. 어떤 위험도 무릅쓰면 안 돼.

우리를 도와주기 위해 자원해줄 유령들이 출동해서 악마들을 장악해주길 바라야지. 확신할 수는 없지만 말이야. 무형의 정령 심판관들에게 부탁해서 유령들에게 자객으로 변하는 방법을 가르치라고 할 수도 있겠지. 만일을 대비하여 마법 주문도 더 준비해야 되고."

달과 대서양 해저에 있는 유형, 무형의 지킴이들과 여러 번 대화를 나눠봤던 타라는 이 일이 심판관 정령들의 마음에 들지는 의문이었다. 하지만 시도해볼 수는 있었다.

리스베스와 타라는 전략과 현행 문제에 대해 좀 더 의논했지만 비서가 자꾸 방해를 하는 바람에 나중에 다시 하기로 결정했다.

리스베스는 특히 결혼식에 대해 타라의 의견을 받아들여 예정된 날짜를 변경하지 않기로 했다. 축제를 열어 한바탕 어울려 노는 것이야말로 불안을 떨쳐버리기 좋은 방법이었다.

게다가 초대장들을 이미 발송했는데 취소하는 것은 외교적으로 보통 성가신 문제가 아니었다.

그리고 기적 같은 일이지만 아르칸즈의 말이 진실이라면 결혼식과 악마들과의 평화 조약이 동시에 성사되는 것이 아닌가.

아무튼 이런 상상을 한다는 것만으로도 행복했다. 상황이 어떻게 전개될지 모르지만.

한편 여제의 집무실에는 한 떼의 알록달록한 나비들이 꽃부리 형상을 이루며 꽃에 달라붙어 있었다. 리스베스와 타라가 헤어지는 순간, 나비 떼에서 한 마리가 떨어져 나왔다. 꿀을 잔뜩 먹은 나비는 창문을 통해 공원으로 날아가는데 몸이 아주 무거워 보였다.

사실 나비가 무겁게 날아가는 것은 꿀을 잔뜩 먹어서가 아니라 몸속에 전자기구가 꽉 차 있어서 다른 나비들보다 훨씬 무겁기 때문이었다. 팅가푸르의 황궁은 마법의 침입을 막기 위한 방어벽이 설치되어 있었다. 그런데 어떤 탐지기에도 걸리지 않는 작은 칩을 몸속에 감추고 있는, 반유기체, 반전자체 나비에 대한 대비는 전혀 되어 있지 않았다. 공원에서 생태계의 일부를 이루는 곤충이 아니라 해로운 곤충들이 들어오지 못하게 막는 마법의 장막을 통과한 나비는 팅가푸르의 근사하고 낯선 도시를 날았다.

나비는 날아가는 도중에 초록색 또는 빨간색 트리, 먹보 불새, 화려한 빛깔의 보벨, 살아 있는 이무기 같은 위협적인 동물들에게 자칫 잡아먹힐 뻔했지만 뛰어난 눈 덕분에 모면했다. 나비는 마침내 도시 외곽의 야생 숲 속에 있는 외딴집에 무사히 도착했다.

집 안에는 파란 머리에 파란 눈의 예쁜 여자가 있었다. 근육질 몸매에 키가 크고 몸에 딱 붙는 보랏빛8 스팔렌디탈 가죽옷 차림이었다. 등 쪽을 이상하게 파놓아서 좀 거슬리지만 아주 귀한 가죽이라 옷 한 벌에 거액이 들어갔을 것 같았다. 여자는 나비를 잡아서 컴퓨터를 향해 던졌다. 나비는 날개를 펼치고 정해진 파일을 찾아가기 위해 더듬이를 쪽 내밀었다. 잠시 후, 타라와 리스베스의 이미지가 나타났다.

. . . .

8. 아더월드에는 보라색이 한창 유행이다. 그래서 리스베스의 드레스와 용병 보리스 구아날의 옷도 보라색이었다.

일단 다양한 기록들의 입력이 끝나자 여자는 놀라워하는 휘파람을 불었다. 그들은 나비가 발각되는 것이 너무 두려워서 더 일찍 돌아오게 하는 프로그램을 짜놓지 않았는데 오히려 나비가 타딕스 주민들의 표현으로 '터블 팟'[9]을 터뜨린 것이었다. 여자는 특수 비디오크리스털을 작동시켰다. 레이더에 잡히지 않는 마이크로파 중계회선은 커다란 운석처럼 위장한 비밀 위성을 통과했고, 비밀 위성의 중계로 작은 달에 이어 아더월드의 두 태양 주위를 도는 보울리미-레미 행성으로 곧장 통신이 연결되었다.

보울리미-레마족의 전 마왕이 촉수를 흔들면서 나타났다. 여자는 너무 놀라서 뒷걸음칠 뻔했다. 이 미션을 의뢰한 가브리엘의 영상을 보게 될 거라 예상하던 여자는 바짝 긴장했다.

"우리 스파이가 방금 기대 이상의 수확을 갖고 돌아왔습니다."

여자는 허리를 굽혀 인사하면서 짤막하게 말했다.

"아하!" 전 마왕 바쉬가 말했다. "용병 보리스 구아날, 드디어 소식을 듣게 되니 기쁘다. 가브리엘이 NA 스피어를 찾으러 갔다가 여제의 집무실에 나비 스파이들을 심어두라고 지시했다는 걸 알고 있다. 나비들이 스파이 방지 시스템을 뚫었다니 흡족하구나. 그 자료들을 나한테 보내라."

보리스 구아날은 왜 가브리엘이 모습을 나타내지 않은 건지 몹시

●●●●●●●●●●●●
9. 잭팟과 같은 표현이다. 터블은 언젠가 타딕스의 카지노에서 열여덟 번이나 잭팟을 터뜨리는 바람에 카지노를 망하게 한 카흠보움의 이름이다(나중에 카흠보움이 이 카지노를 사들였다). 그 뒤로 아더월드에서 '터블처럼 운이 좋다' 또는 '너 터블 팟 터졌구나'라고 말한다.

궁금했지만 아무것도 묻지 않고 복종했다.

전 마왕 바쉬는 리스베스와 타라의 대화를 듣고 수많은 눈을 찡그
렸다.

"정보부로부터 자보르족이 무슨 일을 꾸미고 있다는 보고를 받았
는데 이제야 뭔지 알겠구나. 비열한 족속들! 하지만 유령들이라, 그
건 좀 골치 아프겠구나." 적들이 이 정도로 기발한 생각을 해낼 줄이
야, 바쉬는 격분했다. "기계가 필요하다. 예정보다 빨리 행동해야겠
다. 오무아 제국이 기계를 요구하기 전에. 기계를 갖고 있는 자에게
서 훔칠 수 있겠는가?"

구아날은 거만하기 짝이 없는 바쉬를 향해 빙긋이 웃으면서 응수
했다.

"나는 용병입니다. 고객님께서 이 행성으로 부하들을 보낼 수 없기
때문에 나에게 수고비를 지불하고 도움을 청하셨던 겁니다. 따라서
새로운 작업을 맡기고 싶다면 따로 지불하셔야 합니다."

악마의 모습이 워낙 이상해서 확신할 수는 없지만 구아날은 바쉬
의 표정이 어두워지는 걸 느꼈다.

"우리는 내 몸값에 상당하는 터무니없이 많은 돈을 이미 지불하였
다." 바쉬가 으르렁거렸다.

"몸값이요?"

"나는 왕이니까 내 몸값이 어마어마한 거야 당연한 일! 너에게 지
불한 금액은 내 몸값에 상당할 정도의 거금이었다는 말이다."

이건 유머? 보리스 구아날은 숨을 들이쉬었다. 바쉬에게서 웃음기
라곤 전혀 없는데 이걸 유머로 봐야 하나?

"한 가지 미션에 대한 지불은 하셨습니다. 아주 정확하게." 구아날은 당차게 대답했다. "그리고 나는 미션을 완수했습니다. 말씀하신 기계의 특수 절도에 대해서는 금화 10만 크레디트-무트를 선불로 주셔야 합니다. 기계를 소지하고 있는 자는 이 행성에서 가장 위험한 마법사 중 한 사람이고, 그 기계는 아주 복잡해서 시간이 오래 걸리는 작업입니다. 그걸 해결하고 인도하는 데는 50만 크레디트-무트입니다."

바쉬는 의심하는 태도로 구아날을 쳐다봤다.

"아주 자신만만한 것 같은데 어떻게 할 생각인가? 돈을 받고 미션을 해결하지 못하면 우리는 너를 가차 없이 죽일 것이다. 그리고 우리가 실망한 만큼의 고통이 따를 것이다, 그런데도?"

보리스 구아날은 한숨을 내쉬었다. '작전을 자세히 설명하라. 내가 원하는 걸 못 해내면 피 볼 줄 알아!' 이런 식으로 협박하는 의뢰인들이 가장 피곤했다. 구아날은 무식한 건지, 순진한 건지 이런 의뢰인을 상대할 때마다 놀랐다. 하지만 구아날은 한 번 입 밖에 낸 말을 번복할 생각이 없었다. 빌랭의 용병 회사 수장이 왜 모두를 죽일 위험이 있는 악마들의 의뢰를 받아들였는지 이해하기 힘들지만.

아무튼 구아날의 역할은 돈을 받는 것이지 판단하는 것이 아니었다. 나머지 문제는 수장들에게 달려 있었다.

"친애하는 고객님." 구아날은 속삭이듯 말했다. "그런 협박은 전혀 도움이 되지 않습니다. 우리는 뭘 해야 하는지 알고 있고, 고객님을 만족시키는 것이 우리의 목적입니다. 고객님은 결과에 만족하시고, 이유와 방법은 우리만 생각하는 겁니다."

구아날은 악마가 돈 따위에 전혀 개의치 않는다는 걸 알고 있었다. 악마는 그 핑계로 정보를 공짜로 얻으려는 속셈이었다. 공짜라는 말만 생각해도 소름이 끼쳤다. 구아날은 말을 계속했다.

"게다가 상환금에 대해 말씀드리자면 이런저런 이유로 고객님이 의뢰한 것에 대한 해결책을 찾지 못할 경우 우리가 받은 금액을 10퍼센트의 보너스와 함께 돌려주는 것으로 약정되어 있습니다. 반면에 기계를 찾아서 고객님에게 보낼 경우, 기계가 작동하지 않더라도 우리는 상환할 의무가 없는 것으로 약정되어 있습니다. 고객님이 사인한 계약서에 모든 것이 명시되어 있습니다. 그리고 어떤 경우에도 해결책을 찾기 위해 우리가 한 방법에 대해 구체적으로 설명할 의무가 없다는 것도 명시되어 있습니다."

전 마왕은 안 된다고 하는 답변에 익숙해 있지 않았다. 보리스 구아날은 물러서지 않고 '의뢰인은 돈을 지불하고 결과를 얻으면 그만이지 자세한 것을 알려고 하지 마라'는 요지를 관철시키고 있었다.

바쉬는 불쾌한 휘파람을 불면서 하는 수 없이 손을 들어야 했다. 속으로는 아더월드를 정복하면 용병들을 끔찍한 고통 속에서 죽게 할 거라고 다짐하면서.

바쉬는 용병에게 26시간 내에 선불금을 보내기로 하고 몇 가지 지시를 내린 다음 통신을 끊었다.

이제 바쉬는 다음 작전을 수정해야 했다. 리스베스의 집무실에 있는 꽃에서 꿀을 모으는 스무 마리의 나비들 중 네 마리는 아직 바쉬, 아니 정확히 말하면 가브리엘의 스파이들이었다. 나비들은 2주일 동안 보고하는 것으로 프로그램이 짜여 있었다. 도청당하는 일이 없게 나비들은 미션을 완수하지 않는 한 통신이 불가능했다. 나비들은 미션을 완수한 뒤에 숲 속의 집으로 가라는 지시를 받고 있었다. 상그라브들을 위해 일하는 것으로 생각되는 사람의 이름으로 악마들이 오래전부터 소유해온 특별한 집이었다.

이것은 바쉬가 두 달 이내에 지구를 정복하기 위해 무슨 일을 꾸미고 있다는 의미였다. 그날이 앞당겨질 수도 있었다. 하지만 바쉬는 정말로 선택의 여지가 없었다. 이러다 악마들의 잔혹성이 약해지기라도 하면 정복할 힘을 잃는 것이었다. 이 도전으로 악마들을 고무시키게 될 것은 자명했다.

바쉬는 리스베스와 타라의 대화 장면을 다시 보다가 여제가 타라에게 마법을 제어하는 데 각별히 조심하라고 말할 때 웃음을 터뜨렸다. 바쉬가 언제든 이용할 수 있는 아주 귀한 정보였다.

어리석기 짝이 없는 인간들. 정치적 결정이든 군사적 결정이든 본능보다는 이성적인 결정이 훨씬 강하다고 생각하는 멍청한 낙관론자들.

바쉬는 눈앞에 보이는 아르칸즈와 가브리엘의 입체적 영상을 응시했다.

"내 아들들, 너희 둘 중에 누가 더 영리하게 인간들을 상대로 우리의 복수를 해줄지 어디 좀 보자."

셀렌바
큰 실수를 저질렀으면
어떻게 수습할지 방법을 생각해야 하는데

*

셀렌바는 크라살비의 수도 우를라에서 멀지 않은 곳에 위치한 사
피르의 집에 살고 있었다. 뱀파이어는 회색과 흰색이 어우러진 집 뒤
편, 파랑, 빨강, 노랑 그리고 거무스름하게 물든 숲을 산책하면서 나
무와 꽃의 싱그러운 냄새를 맡았다. 크라살비는 여름에도 아더월드
의 다른 어느 나라, 어느 도시보다 확연히 선선했다. 산악지대이기도
하고, 수천 년 전 악마들에게 파괴된 행성의 기후 조건을 그대로 재
현하기 위해 서늘한 기후를 유지하는 주문이 나라 전체에 걸려 있기
때문이기도 했다. 뱀파이어들이 최적의 조건에서 활동하려면 서늘함
과 고요함, 평온함이 필요했다.

셀렌바는 누구에게도 입 밖에 내지 않았지만 이런 환경이 늘 그리
웠다. 선명한 빛깔의 나무숲에서 눈에 확 띄는 은빛 무늬의 검은색

드레스, 긴 은발과 광채가 나는 분홍빛 눈이 아름다워 보였다.

셀렌바는 결단을 내리고 크라살비로 돌아와 있는 지금 마지스터와 보낸 지난 몇 년이 아득히 먼 옛날처럼 느껴졌다.

셀렌바는 사피르 드라고쉬와 결혼하고 곁에 머무르면서 아기를 낳고 싶었다. 한 명, 아니 두 명, 아니 힘닿는 데까지 여섯 명쯤.

사실 마음속을 깊이 들여다보면 셀렌바는 사피르 드라고쉬를 사랑하지 않았다. 그녀는 잘 알고 있었다. 굳이 파헤쳐보자면 사피르가 열정적으로, 어이없을 정도로 사랑해주는 걸 좋아하는 것이었다. 그리고 사피르의 지성과 감성에 대해 높이 평가하고 있었다. 그녀는 사피르와 얘기하는 것이 좋고, 함께 시간을 보내는 것이 좋고, 함께 많은 걸 하는 것이 좋았다.

하지만 사피르는 마지스터처럼 그녀의 마음과 영혼을 흔들어놓지도, 깊은 감동을 주지도 않았다. 셀렌바는 오랜 분노가 되살아나는 걸 느꼈다. 이제는 인간의 피를 먹지 않는데도 분홍빛 눈이 빨갛게 변했다.

마지스터는 셀렌바를 배신했다. 몇 번인지 수를 세다가 집어치울 정도로 많았다. 큰일은 사소한 일로 터진다고 하더니, 타라 덩컨의 어머니 셀레나, 매혹적이지만 한심한 여자 때문이었다.

강력하고 무정하고 잔혹한 마지스터가 고작 그런 여자에게 반해서 완전히 푹 빠져버리다니. 그럼에도 셀렌바는, 마지스터가 자기 옆에 있어줄 수 있는 여성은 오직 셀렌바밖에 없다는 걸 언젠가는 깨달을 거라고 확신하면서 몇 년을 참고 또 참으며 지냈다.

셀렌바는 한숨을 내쉬면서 진홍빛 꽃 한 송이를 꺾었다. 꽃은 죽기 전 슬픈 소리를 냈다.

하지만 셀렌바의 기대는 빗나갔다. 그러다 셀레나의 육신에 깃든 귀여운 소녀의 등장, 셀렌바는 너무 놀랍게도 소녀를 보살펴주고 싶은 뜻밖의 감정을 느꼈다.

셀렌바는 납작한 배를 내려다봤다. 아직은 임신하지 않았지만 곧 그렇게 되길 간절히 바라고 있었다.

사피르는 악마들의 침략에 대비하기 위해 드라큘 대통령의 궁전에 가 있었다.

셀렌바는 미모사 아래 하얀 꽃이 만발한 파란 풀밭에 앉았다. 뱀파이어의 우울한 기분에 민감한 미모사가 즉시 황금색에서 갈색으로 변했다.

지금이야말로 아이를 가질 수 있는 절호의 기회였다. 아름다운 뱀파이어가 아이를 갖기로 결심한 순간이었는데 하필 이런 때에 악마들이 아더월드의 우주 공간에 쳐들어온 것이었다.

그녀의 마법복 주머니에서 "띵" 하는 소리가 났다. 셀렌바는 크리스털 볼을 꺼냈다. 지구에서 전파된 영상이 떠 있었다. 아더월드 전역으로 방송되는 뉴스였다.

지구인들이 마지스터의 제안을 전부 거절했다는 뉴스. 유감스럽게도 상그라브들의 보스가 지구인들의 적이 되어 있었다.

셀렌바는 씁쓸한 미소를 지었다. 결국 마지스터가 모든 이들로부터 내쳐진 것이었다. 이제는 정말 마지스터의 전성기는 지난 건가…….

셀렌바는 크리스털 볼을 집어넣고 풀밭에 편안하게 누웠다. 우를라 주변의 숲에서는 위험한 동물이란 동물은 모조리 쫓겨났기 때문에 ― 그녀는 이건 좀 웃기다고 생각했다. 뱀파이어보다 더 위험한 건 없는데 ― 셀렌바는 아무 걱정 없이 편안하게 잘 수 있었다.

반쯤 잠들었을 때 셀렌바는 한동안 맡지 못하던 냄새를 느꼈다. 그녀는 반격할 겨를도 없이 몸을 덮치는 무게에 옴짝달싹할 수 없었다. 셀렌바는 어리석음을 저주하면서 버둥거리다 꼼짝 못하게 짓누르는 존재가 누구인지 알아차렸다. 잘생긴 얼굴, 금발, 파란 눈빛.

마지스터가 마스크를 벗고 싶을 때 이용하는 얼굴이었다.

그녀의 가슴에 마지스터의 얼굴이 올라와 있었다. 셀렌바는 마지스터가 얼마나 집요한지 잘 알고 있었다. 그녀를 죽이려고 온 것이 틀림없었다.

그래서 마지스터가 별안간 입술을 포개고 뜯어먹을 듯 키스했을 때 셀렌바는 얼어붙었다. 그녀의 이성은 몸부림쳐야 한다고, 싸워야 한다고 외치는데 몸은 전혀 동조하지 않았다. 마지스터의 행동 때문에 머리가 냉정해지지 않았다. 그가 처음으로 키스했을 때도 이런 식으로 그녀를 사로잡았는데 지금은 단순한 키스가 아니었다. 그는 셀렌바의 입술에 거칠고 열렬하게 키스를 해댔다.

마지스터는 아무 말도 하지 않았다. 어느덧 둘은 서로를 탐닉하며 불타는 열정으로 한 몸이 되었다.

마지스터가 사라지고 두 시간 후, 셀렌바는 여전히 그가 원하는 것이 무엇인지 전혀 알 수가 없었다. 그는 한마디도 하지 않았다.

셀렌바는 혼란에 빠진 상태로 옷을 추슬렀다. 마지스터는 그녀를 죽이지도, 상처를 입히지도 않았다. 그는 감정을 전혀 억제하지 않고 몸을 주는 것으로 만족했다. 도무지 알 수 없는 일이었다. 세상이 거꾸로 돌아가고 있는 건가. 그렇지 않고서야 어떻게 이런 일이 일어난단 말인가.

셀렌바는 무거운 걸음으로 집으로 돌아갔다.

그토록 못되게 굴던 전 남자의 유혹을 견디지 못하다니. 그녀는 이정도로 나약한 자신이 믿기지 않았다.

오늘 일을 사피르에게 말하지 않을 것이다. 사피르는 셀렌바가 어느 날 홀연히 사라질 걸 예상하고 있었다. 집에 돌아와서 그녀가 있을 때마다 사피르는 마치 놀랐다는 듯, 마치 그녀가 없어졌을 때의 슬픔을 미리 대비하고 있었다는 듯 멈칫했는데, 그럴 때마다 그녀를 품에 안고 안도하는 그를 보면서 셀렌바는 사피르의 복잡한 심정을 알아챘었다.

셀렌바는 샤워를 하면서 마지스터가 흔적을 남긴 곳곳을 비누칠로 깨끗이 씻어냈다. 이번만은 통통 부르튼 입술에 레파루스 주문을 날리고 싶었다.

사피르가 저녁에 돌아왔을 때 셀렌바는 평소대로 미소를 지으며 밝은 얼굴로 맞았다.

하지만 마음이 편치 않았다.

셀렌바는 내색하지 않았지만 마음속으로 눈물을 흘렸다. 마지스터가 그녀의 몸과 영혼은 아직 그의 것임을 증명해주었기 때문이다.

한편 사피르는 셀렌바에게 무슨 일이 일어났다는 걸 직감했다. 사피르는 몇 년 동안 셀렌바가 이성을 찾고 자신의 아내가 되는 날이 오기를 고대했었다. 그리고 셀렌바가 새끼손가락을 흔들기가 무섭게 전속력으로 달려가는 것으로 셀렌바의 여동생 사틸라에게 깊은 상처를 주었다.

하지만 사피르는 사틸라를 많이 좋아하기는 해도 진심으로 사랑한 건 아니었다. 어찌 보면 셀렌바도 그가 사틸라에게 느끼는 감정과 똑같은 감정을 사피르에게 느끼고 있는 것이었다. 사피르도 알고 있었다. 애정과 연민. 하지만 사랑은 아니라는 걸.

셀렌바는 어떻게든 사피르를 달래주려고 했지만, 사피르는 바보가 아니었다. 마지스터가 저지른 온갖 짓에도 불구하고 셀렌바는 여전히 그를 사랑하고 있다는 걸 사피르는 모르지 않았다. 셀렌바가 오직 아이를 갖고 싶은 마음 때문에 돌아온 것도 알고 있었다. 셀렌바가 곁에 머문 지 2주일이 지난 지금 사피르는 뭔가 잘못되고 있다는 걸 알아차렸다.

그날 저녁, 셀렌바가 자러 들어가자 사피르는 팅가푸르의 황궁으로 전화를 걸었다. 그는 요금이 아주 비싸기 때문에 한숨을 쉬었지만 꼭 통화할 필요가 있었다.

타라의 모습이 눈앞에 나타났을 때 사피르는 미안한 미소를 지었다. 머리가 헝클어진 타라가 졸린 눈을 비비는데 자는 걸 깨운 모양이었다.

"드라고쉬 선생님!" 타라는 뱀파이어를 보자마자 외쳤다. "무슨 일이에요?"

사피르는 고개를 저으면서 말했다.

"타라, 내가 연락하면 왜 무조건 무슨 일이 생긴 거라고 생각하니?"

"그거야 나한테 연락하는 이들은 모두 나쁜 소식을 알리는 경향이 있으니까요. 그러다 보니 내가 '파블로프[10]의 조건 반사' 같은 반응을 보이는 경향이 있죠."

사피르는 '파블로프의 조건 반사'가 뭔지 모를 뿐만 아니라 트라둑투스마저 용어를 통역하지 못하기 때문에 한숨을 쉬었다.

"이번에는 재앙이나 나쁜 소식이 아니라 조언이 필요해서……."

타라는 놀라움을 감추려고 애를 썼지만 사피르는 타라의 표정에서 읽을 수 있었다. 사피르가 웃음소리를 냈는데 즐거워서 웃는 것이 아니었다.

"그래, 알아. 나이 든 뱀파이어가 어린 인간에게 조언을 청한다는 것이 이상하겠지. 하지만 네가 상황 판단이 좋다는 걸 자주 느꼈는데 지금 나한테 심각한 문제가 생겼거든."

"그거 봐요! 무슨 문제가 생긴 거 맞잖아요. 무슨 일인데요?"

사피르는 잠시 머뭇거리다 말했다.

• • • • • • • • • • • • •

10. 19세기 말 러시아에서 태어난 생리학자 이반 파블로프 박사는 개가 주인의 발소리만 들어도 침을 분비한다는 것을 발견하고 '조건 반사'로서 그것이 대뇌의 작용에 의한 것임을 실험적으로 밝혀냈다. 그 뒤로 파블로프의 조건 반사라고 하면 어떤 자극에 특정한 반응을 보이는 것을 뜻한다. 여러 번 반복된 결과 반사적으로 같은 반응을 나타내기 때문이다.

"셀렌바가 지겨워하고 있어."

타라는 잠시 말문이 막혀 있다가 웃음이 터졌다. 하지만 뱀파이어의 표정을 보고 농담이 아니라는 걸 알아차리고 얼른 웃음을 멈췄다.

"진담이에요? 셀렌바가 지겨워하는 것 때문에 나한테 전화를 해요? 솔직히 이해가 안 되는데요."

"마지스터는 영악한 자야." 사피르는 더 깊은 한숨을 내쉬었다. "그자는 셀렌바를 사냥꾼으로 이용했고 하루 26시간을 긴장 속에 살게 했어. 그녀는 깨닫지 못하고 있지만 중독이 된 거야. 극적인 사건이나 폭력, 흥분할 일이 있어야 살아 있는 걸 느낀다고 봐야지. 그런데 지금 그녀가 의욕을 잃고 시들해져 있는 게 보여. 그녀에게 살아 있다는 걸 느끼게 해줄 뭔가를 제시해주지 않으면 떠날 거야. 또다시."

사피르는 잠시 말을 중단했다가 계속했다.

"마지스터가 자기 사냥꾼을 데려가는 건 우리에게 전혀 이롭지 않아." 사피르는 솔직하게 덧붙였다. "더군다나 셀렌바를 사랑하는 나로서는 그녀가 떠나지 않게 할 수만 있다면 뭐든 다 할 거야."

타라는 좀 이상한 꿈을 꾸는 건 아닌지 의문이 들었다. 그래서 크리스털 볼 벨소리에 타라와 동시에 잠을 깬 갈랑에게 꼬집어달라고 부탁했다. 보금자리에 웅크린 채 지켜보던 페가수스는 영혼의 동반자를 아프게 하고 싶지 않다며 딱 잘라 거절했다.

타라는 하품이 나오려고 해 손으로 막았다. 지구와 아더월드의 시차 때문에 몇 시간밖에 잠을 못 잔 타라는 너무 피곤한 상태라서 아직 칼에게조차(로빈은 물론이고) 돌아왔다는 연락을 하지 않았다.

푹 자고 싶었는데 난데없이 사피르가 방해할 줄이야.

몹시 지쳐 있으면서도 타라는 귀가 번쩍 뜨였다. 고모는 당연히 펄쩍 뛰겠지만 셀렌바에게 좋은 기회일 것 같았다. 때마침 위험한 일을 해줄 사람이 필요하던 참이 아닌가.

"나한테 보내세요." 타라는 사피르에게 말했다.

이번에는 사피르의 검은색 눈이 동그래졌다.

"뭐라고?"

"실은 무아노에게 부탁할 생각이었어요. 하지만 오무아와 지구, 랑코비트 간의 교류와 관련된 여러 가지 업무로 무아노도 정신없이 바쁘기에 어떡할까 고민 중이었어요. 나를 도와 몇 가지 일을 해줄 협력자가 필요한데, 선생님도 아시다시피 하루가 멀다 하고 나를 죽이려는 시도가 일어나니 셀렌바가 적격인 것 같아요. 경호원들이 있지만 셀렌바는 영리한 데다 강력하니까 나한테 큰 도움이 될 거예요. 마지스터를 위해 일할 때보다는 살육이 덜 일어나길 바라지만."

그들은 서로를 쳐다봤다. 사피르는 눈을 찡그렸다.

"그걸 어떻게 생각해야 할지 전혀 모르겠구나……." 사피르는 중얼거렸다. "영리한 건 맞지만 강력한 건? 글쎄…… 예전만큼 강하지 않아서 위험할 수도 있고."

사피르의 목소리에 함축된 의미가 있었다. 누구에게 위험한데? 타라에게? 셀렌바에게? 그건 아무도 모를 일이었다.

빨리 다시 침대에 눕고 싶은 타라는 어깨를 으쓱했다.

"원하는 대로 하세요, 드라고쉬 선생님. 나는 하나의 방법을 제시한 거니까 선택은 선생님이 하세요. 죄송하지만 나는 다시 누워야겠어요."

"아, 미안해, 방해해서. 셀렌바에게 얘기해볼게. 고맙다 타라. 네가 셀렌바를 좋아하지 않는 걸 내가 아는데……. 아무튼 그녀가 수락한 다면 나를 크게 도와주는 거야."

타라는 뭐 대단한 일도 아닌데 고맙다는 인사는 사양하겠다는 표시로 손을 흔들면서 크리스털 볼을 끊었다.

사피르는 크리스털 볼의 시커먼 화면을 쳐다보고 있다가 한숨지었다. 이제 타라의 제안을 셀렌바에게 전하면 되는 것이다. 타라와 셀렌바가 개와 고양이처럼 앙숙이라는 걸 생각하면 결과는 위험천만할 수도 있었다.

"아주, 아주 나쁜 생각인데." 사피르는 시커먼 화면에 대고 중얼거렸다.

하지만 사피르는 일어났다.

그리고 셀렌바를 깨우러 갔다.

은발에 분홍빛 눈의 아름다운 뱀파이어는 사피르가 주저하면서 꺼내는 제안을 듣고 약간 놀랐다. 셀렌바는 잠들어 있지 않았고, 사피르가 심각한 표정으로 함께 쓰는 커다란 침대로 다가오는 걸 보면서 괴로워했다.

셀렌바는 모든 걸 알아차린 사피르가 그녀를 버리려는 거라고 생각했다. 사냥꾼이라는 직업을 선택하고 신 나게 일하는 동안 온갖 악행을 저지르면서도 한 번도 느끼지 못했던 죄책감이 일었다.

그녀는 무슨 짓을 했는지 고백하려는 순간 사피르가 비난하는 것이 아니라는 걸 알아차렸다. 사피르는 그녀가 일을 다시 시작하면서 삶의 활기를 되찾길 바랐다.

셀렌바는 침실이 서늘한데도 등에 땀이 났다.

이제는 사피르와 있는 것이 정말 불편했다.

난처한 감정이라고 할까. 아무튼 기분이 좋지 않았다.

그래서 셀렌바는 사피르의 예상과는 달리 흔쾌히 제안을 받아들였다.

놀라는 사피르를 보면서 셀렌바는 다정하게 말했다.

"그렇게 되면 당신이 궁전에 있을 때 우리가 만날 수도 있으니까 좋잖아요. 그리고 당신 말이 맞아요. 상그라브들 전체를 관리하면서 마지스터의 특별한 미션을 도맡았던 나예요. 그런데 갑자기 아무것도 안 하고 있으니까 무용지물이 되었다는 생각에 사실 지겨워하고 있었어요."

사피르는 셀렌바의 어두운 과거를 용서해준 반면에 다른 뱀파이어들은 그녀를 노골적으로 배척하고 있었다. 뱀파이어들은 셀렌바가 많은 이들에게 끔찍한 가혹 행위를 했고, 참혹하게 살해했다는 걸 잊지 않았다. 특히 여성 뱀파이어들은 아름답고 거만하기 짝이 없는 셀렌바를 이를 갈면서 멸시했다. 동생 사틸라도 언니를 원망하고 있어서 셀렌바는 얘기할 상대가 별로 없었다.

인간의 피를 먹지 않은 뒤로 늘 끓어오르던 분노는 많이 가라앉아 있었다. 그리고 아이를 원하기 때문에 인간의 피로 얻을 수 있는 강력한 힘에 대한 욕구가 없었다. 더군다나 크라살비에서는 다른 뱀파이어들 때문에 뭘 하고 싶은 의욕마저 꺾이는 데다 인간이 거의 없어서 피에 대한 유혹이 줄어들었다.

하지만 팅가푸르는 그렇지 않았다. 타라를 위해 황궁에서 일하면 욕망이 생길 수도 있었다. 거기는 피를 맛볼 인간들이 우글우글한데!

셀렌바의 생각을 읽은 사피르가 어두워진 얼굴로 말할 엄두를 내지 못하고 있자 그녀는 다정한 미소를 지으면서 말했다.

"걱정 마요, 신중하게 행동할게요. 내가 또다시 인간의 피를 먹으면 아이를 가질 수 없는 건데. 그 유혹에 넘어가지 않겠다고 약속할게요."

"하지만 타라는 위험해." 사피르는 셀렌바를 뚫어져라 응시하면서 부드럽게 말했다. 셀렌바는 사피르의 검은색 긴 머리와 하얀 피부를 보면서 '예술'이라고 생각했다.

그녀는 사피르의 머리칼을 가볍게 건드리면서 너무나 보드라운 것에 놀랐다.

"위험한 건 타라가 아니라 그 주변 사람들이에요. 타라를 공격해서 뭔가를 얻으려는 사람들……. 그리고 사피르, 타라가 나를 협력자로 생각한다는 게 기뻐요. 어쨌든 마지스터를 위해 일할 때보다는 덜 잔혹하게 행동할 거예요."

셀렌바는 약간 유쾌한 어조로 말했다. 말하는 데 막힘이 없었다. 그녀는 다시 자신감을 찾고 있었다.

"하고 싶으면 해. 그래서 당신이 쓸모 있는 존재로 생각된다면 그렇게 해야지."

시트가 미끄러지듯 떨어지면서 파란색 실크 잠옷 속 셸렌바의 완벽한 몸이 드러났다. 사피르의 시선이 멈췄다. 사피르는 다가가서 그녀의 입술에 부드럽게 입을 맞췄다. 사피르는 완전 짜증스러울 정도로 유리 다루듯 조심조심 셸렌바를 대했다. 예전처럼 강력한 뱀파이어는 아니지만 그래도 아직은 마음만 먹으면 사피르를 박살 낼 수도 있기에.

그렇지만 사피르가 그녀를 눕히는 순간 셸렌바는 오후에 있었던 일을 생각하지 않을 수 없었다.

그래서 흥이 깨졌다.

다음 날, 사피르와 셸렌바는 팅가푸르를 향해 출발했다. 히플리아의 산악지대에서는 마법이 불안정하고 때로는 위험해서 그들은 드라큘 대통령의 딸 킬라가 발명한 초음속 제트 양탄자에 동승하기로 했다. 킬라도 마침 오무아의 수도로 가는 길이었다.

사실 밤사이 각국 정부들은 악마 대표단이 진정한 평화조약 준비를 위해 아더월드에 온다는 연락을 받았다. 첫 대표단이 이날 중 도착 예정이었고, 킬라는 아버지인 대통령이 크라살비를 대표해서 파견하는 것이었다.

셸렌바는 처음 보는 킬라와 동승하는 것이었다. 셸렌바가 크라살비를 떠난 것이 킬라가 태어날 무렵이었으니 젊은 뱀파이어를 모르는 건 당연했다.

그래서 킬라가 흥분하면 제트 양탄자를 어떻게 조종하는지 셀렌바는 잘 모르고 있었다.

제트 양탄자가 눈사태를 가까스로 피하고(그 아래쪽을 통과하면서!), 몇백 년 된 숲을 아슬아슬하게 지나가다, 인공위성을 싣고 추적하는 로크 새와 정면충돌할 위기를 넘기며 두 개의 산을 겨우 넘은 뒤에야 비로소 셀렌바는 사피르가 왜 그렇게 안전벨트를 잘 채우고 꼭 붙잡고 있어야 한다고 강조했는지 이해가 되었다.

사피르는 새파랗게 질린 얼굴로 내리는 반면 셀렌바는 이렇게 신났던 것이 정말 오랜만이라며 킬라가 원하면 언제든 제트 양탄자를 같이 타겠다고 탄성을 내질렀다.

셀렌바는 정말 즐거웠기 때문에 정치적 속셈으로 하는 말이 아니라 영원한 친구가 되겠다고 말했다. 얼굴이 환해진 킬라는 모처럼 마음이 맞는 친구를 찾았다는 기쁨에 셀렌바의 목을 끌어안았다.

킬라가 조종하는 제트 양탄자 비행기의 탑승객들은 아침, 점심, 저녁 먹은 것을 모조리 토하기 일쑤인데 이번만은 그런 일이 일어나지 않았다.

"셀렌바, 부추기지 마, 제발." 사피르는 핀잔을 주면서 부들부들 떨리는 무릎을 진정시키느라 애를 쓰고 있었다.

아침에 사온 스팔렌디탈 검정 가죽 작업복 차림의 셀렌바는 깔깔대면서 기지개를 켰다. 그렇게 입고 있으니까 예전의 사냥꾼을 보는 것 같다는 사피르의 말에 셀렌바는 활동하기 가장 편한 복장이라면서 그를 안심시켰다. 방수지만 땀은 배출시켜주고, 아더월드의 강렬한 태양 빛을 견딜 수 있게 냉열 처리가 된 데다, 가는 철사로 강화한 작업복이라 웬만한 공격에는 끄떡없어서 거의 손상될 일이 없었다. 사피르는 싸울 일이 없기를 바란다고 말하면서도 눈빛까지 반짝이며 한층 밝아진 셀렌바의 모습에 더는 기분을 망치지 않기로 했다.

킬라와 셀렌바는 서로에게 아주 만족하면서 마지막으로 포옹했다. 사피르와 셀렌바는 킬라와 헤어져 팅가푸르의 황궁으로 향했다.

궁전의 첫 관문은 넘기 쉬웠다. 고리 모양의 벽으로 둘러싸인 첫 번째 앞뜰은 장밋빛 대리석 포석이 깔려 있고 흑장미 나무들 사이사이로 하얀 꽃이 핀 나무들이 있어 아름다운 대비를 이루고 있었다.

힘의 장막 덕분에 비와 햇살이 차단되는 궁전 안쪽으로 더 들어가려면 인식 카드를 제시하고 용무를 밝혀야 했다.

사피르와 셀렌바는 팔뚝을 들어서 팅가푸르에 도착하는 즉시 작동되고 있는 오무아의 인식 카드를 보여주었다. 티그족 경비들이 방문객들을 맞이하는 타트리스족을 에워싸고서 그들을 통과시켰다.

두 번째 앞뜰은 첫 번째 앞뜰과 비슷하지만 사람들이 거의 없었다. 대리석은 더 짙은 붉은색이고 흑장미의 빛깔도 더 진했다. 세 개의 뜰이 고리 모양으로 궁전까지 이어지면서 빛깔은 점점 짙어졌고, 금빛 나무들이 가장자리에 둘러서 있는데 오무아의 상징인 공작 형상으로 다듬어져 있었다.

으리으리한 궁전의 금빛 대리석에는 풍속이나 추상적인 선들을 모티브로 금과 보석이 박혀 있었다. 아더월드의 예술과 지구의 문화를 결합한 아름다운 양식을 보면서 사피르와 셀렌바는 문을 넘어설 때마다 경탄했다.

밖에서 보는 궁전은 무척 조용하지만 안으로 들어설수록 보통 부산스러운 것이 아니었다. 거대한 궁전의 복도에서 수천 명이 북적였다. 뛰어가질 않나, 서로 말다툼을 하질 않나, 싸우질 않나, 어수선한 데다 온갖 소리가 혼합되어 귀가 먹먹할 정도로 시끌벅적했다.

궁전은 악마 대표단을 맞이할 준비를 하고 있었다. 흥분의 도가니라고 할까. 희망과 불안, 이욕과 전투욕이 반반씩 섞여 있는 것 같았다. 모두들 타딕스에서의 첫 만남에 대해 안 좋은 기억을 갖고 있어서 벌집을 쑤셔놓은 것처럼 흥분되어 있었다.

사피르가 이런 북새통보다 크라살비의 고요함이 훨씬 좋다고 생각하고 있을 때 셀렌바가 중얼거렸다.

"여기 진짜 마음에 드네."

황실의 거처를 향해 올라갈수록 경비가 삼엄해지고 사람들이 별로 보이지 않았다. 이윽고 하인들만 방해가 되지 않게 아주 조용히 드나드는 구역에 이르렀다.

다른 거처들과 멀찍이 떨어진 측면, 황궁 내 공원 중 하나인 숲 속에 자리한 타라의 별궁으로 가면서 셀렌바는 아주 긴 복도와 보초를 서는 경호원들의 수에 놀라지 않았다. 리스베스 여제는 오무아의 가장 중요한 보물인 타라를 보호하기 위해 최선을 다하고 있었다.

금빛 돌과 섬세한 조각이 돋보이는 별궁은 큰 창문들이 열려 있지만 때때로 반짝거려서 보호 장막으로 둘러싸여 있다는 걸 알 수 있었다. 셀렌바는 요정들과 새들이 노래하는 아름다운 숲에서 촘촘히 경비망을 펴는 정찰병들을 보면서 고개를 끄덕였다.

정찰병들이 철통같이 지키고 있지만 두 가지 허점이 있음을 간파한 셀렌바는 타라에게 알려주고자 머릿속에 기억해두었다.

마침내 사피르는 나선형 층계를 올라갔고, 웅장한 문 앞에서 멈춰 섰다. 덩치가 장난이 아닌 티그족 경호원 네 명이 경계하는 자세로 뱀파이어를 뚫어져라 쳐다봤다.

사피르는 경호원들에게 인사했다. 인지 능력이 있는 문에 귀와 눈, 입이 나타났다.

"무슨 일로 오셨습니까?" 입이 물었다.

"마마께 사피르 드라고쉬와 셀렌바 브라기쉬가 왔다고 전해주기 바란다." 사피르가 말했다.

"드라고쉬 선생님과 브라기쉬 부인, 즉시 마마께 알리겠습니다. 하지만 그 전에 확인 절차를 받으셔야 합니다."

경호원들이 옆으로 비켜섰다. 사피르는 뭘 하려는 건지 알지만 셀렌바에게는 말하지 않았다. 셀렌바는 '이거 너무 심한 거 아냐?' 하는 표정이었다.

문에서 갑자기 솟구치는 돌풍에 셀렌바는 소스라치게 놀랐다. 신중한 사피르는 머리를 땋았지만, 셀렌바는 머리를 허리까지 풀어 헤치고 있다가 엉망으로 헝클어졌다. 그 모습에 사피르가 껄껄대고 웃자 셀렌바는 그제야 머리를 뒤로 묶으면서 물었다.

"이게 뭐하는 거예요?"

"많은 사람들이 타라를 만나기 위해 이용하는 일루전 때문에 신원을 확인하는 데 문제가 있었지. 그리고 피를 채취하는 것은 불쾌할 뿐만 아니라 숨겨온 피로 얼마든지 속일 수도 있고, 드래곤들이 오류를 증명하겠다고 만든 스캐너 역시 문제점이 있었어. 그래서 타라의 문에서 솟구치는 강풍에 떨어져 나온 피부 각질과 머리카락으로

DNA를 추출해서 신원을 확인하면 위조라는 건 절대 불가능해. 이거 야말로 위험하지도 않으면서 가장 확실한 방법이지."

셀렌바도 미소를 지었다.

"사피르, 내가 꿈을 꾸는 건가요? 당신이 크게 웃는 거 정말 오랜만 에 보네요."

사피르는 입술을 깨물었지만 눈빛이 반짝였다.

"누가? 내가?" 사피르는 천진난만한 어조로 대꾸했다.

둘은 서로를 쳐다보고 웃음을 터뜨렸다. 셀렌바는 사피르가 이렇 게 장난스럽게 대답할 때가 좋았다. 그들에게도 순수하던 시절이 있 었건만.

슬루르크, 어쩌다 그들은 어둡고 침울하게 되었을까!

문이 열리고 그들은 서로 팔짱을 끼고 들어갔다.

경호원 두 명이 그들을 뒤따랐다. 안전 조치가 더 강화된 것이었다.

타라의 타트리스족 개인 비서 테오드리스 부인이 양손에 서류 더 미를 든 채로 그들을 작은 응접실로 안내하고는 로미네트처럼 순식 간에 사라졌다.

셀렌바는 비서를 보면서 타라를 위해 해야 될 일 중에서 서류 담당 은 아니라는 생각에 안도했다.

누군가를 죽이는 일이라면 몰라도 서류 정리는 셀렌바의 적성이 아니었다.

타라를 기다리는 사이 셀렌바는 조용히 실내장식을 둘러봤다. 번 지르르한 겉치레가 심하다는 오무아에 대한 평판과는 달리 별궁의 방들은 금이나 보석으로 도배되지 않았고, 화려한 장식품, 조각품,

그림 같은 과도한 장식이라곤 없었다.

이날 작은 응접실은 크림색 벽이고, 호숫가에서 님프들이 뛰노는 모습이 표현된 천장의 테두리 몰딩은 붉은 금빛 선으로 강조되어 있었다. 황궁 도처에 있는 가구들처럼 상상의 동물들이 조각되어 있지 않았다. 타라가 실내장식가들이 실망할 정도로 간결하고 순수한 선을 좋아하기 때문이었다. 안락의자와 소파들은 연한 금빛이라 벽 색깔과 조화를 이루고 있었다. 눈에 띄는 색채라고는 대리석 바닥과 마룻바닥 그리고 대리석과 마루를 섞은 바닥에 직접 심은 꽃과 나무들이 전부였다.

응접실은 전체적으로 간결하면서 세련되고 편안한 분위기를 연출하고 있었다.

셀렌바의 취향에는 전혀 마음에 들지 않지만 실내장식의 수준이 높다고 인정했다. 타라는 미적 감각이 탁월했다.

셀렌바는 경호원 중 한 명의 목을 무심코 응시하면서 티그족의 피를 맛본 지 오래되었다고 생각했다(그녀는 금지된 생각을 하는 자신에게 즉시 정신적으로 따귀를 날렸다). 그때 타라가 들어오고 뒤이어 페가수스가 나타났다.

타라는 크리스털 볼과 살아있는 돌에게 엄청나게 큰일이 일어나지 않는 한 아무도 들이지 말라고 지시한 뒤 푹 쉴 수 있었다. 따라서 셀렌바와 사피르는 첫 손님들이었다.

타라는 두 뱀파이어에게 인사한 다음 경호원들에게 나가 있으라고 손짓했다. 그렇게 되면 타라를 경호하는 일에 문제가 생기는 것이었다. 하지만 타라는 밀담을 나눠야 할 때는 특히 경호원들을 곁에 둘 수 없었다. 경호원들은 걱정스러운 얼굴로 마지못해 복종했다. 타라는 현관문이 응접실 문에게 모두 물러갔다는 신호를 보낼 때까지 기다렸다.

"문?" 타라가 물었다.

응접실 문에 눈과 귀, 입이 나타났다.

"네?"

"이따금 내가 생각에 잠겨 있을 때 현관문 소리를 듣지 못할 때가 있다. 특히 내 허락을 받지 않고 드나들 수 있는 내 친구들에게 문을 열어줄 때도 오늘은 방의 문들끼리 서로 연락하여 나에게 미리 알려주기 바란다."

"어떻게 알릴까요?" 응접실 문이 고분고분하지만 약삭빠르게 물었다.

"나야 모르지." 타라는 한숨을 쉬었다. "땡땡, 뭐 그런 거로 하면 되겠지!"

셀렌바는 늘 대치 상황에서 적으로 맞닥뜨리던 타라를 이번만은 초연하게 관찰하면서 후계자의 배려에 깊은 인상을 받았다. 타라에겐 뱀파이어만큼 빠르게 움직이지 못하지만 오랜 훈련으로 단련된 근력이 느껴졌다. 축소시킨 페가수스라도 2, 3킬로그램은 나갈 텐데 타라는 아무렇지도 않게 그 무게를 어깨로 견뎌내고 있었다.

타라가 그들을 향해 고개를 돌렸다. 금발 소녀는 긴 다리가 돋보이는 딱 붙는 바지, 진한 장밋빛 티('어? 이건 내 취향인데', 셀렌바는 속으로 말했다)에 장밋빛 어깨 보호대를 걸치고(갈랑의 발톱으로부터 보호하기 위한) 플랫슈즈를 신고 있었다. 타라는 속눈썹에 마스카라를 살짝 하고, 입술에 립글로스만 발랐을 뿐 화장을 거의 하지 않았다. 꾸밈이 없는 세련된 차림에 금빛 장신구들…….

갑자기 셀렌바가 숨 막히는 소리를 내면서 뒷걸음쳤다. 수십 년간 악마의 마법을 접해온 뱀파이어는 신비한 여섯 번째 감각 덕분에 그 마법이 가까이 있기만 해도 낌새를 대번에 알아챌 수 있었다.

악마들이 타라를 장악한 건가?

쇠사슬에 묶인 선물

자신도 모르게 성가신 선물이 된다면……

*

본능적으로 셀렌바는 마법을 작동했다. 타라도 동시에 반응했다. 기겁한 사피르는 두 여자가 싸우려 한다는 걸 알아차렸다.

"안 돼! 멈춰!" 사피르는 반사적으로 외쳤다.

"악마의 마법이 타라를 지배하고 있어요!" 셀렌바는 날카롭게 소리쳤다. "타라가 우리를 죽이기 전에 제압해야 돼요!"

다행히 타라는 집이며 빌딩, 궁전의 일부를 꽤 여러 번 폭발시킨 뒤에 충동적 성질을 억제하는 방법을 터득했다.

타라는 셀렌바가 어떻게 악마의 마법을 느꼈는지 정말 의문이었다. 무슨 일인지 알아차린 타라는 손가락 끝에서 발사되는 파란빛을 거두고 팔짱을 끼는 것으로 공격 의사가 없다는 걸 보여주었다.

타라의 태도에 놀라며 셀렌바의 얼굴이 굳어졌다.

"어떻게 알았죠, 셀렌바?" 타라는 뱀파이어를 자극하지 않으려고 차분하면서 냉정한 목소리로 물었다.

셀렌바는 타라를 향해 비난 조로 삿대질을 했다.

"악마의 사물 하나를 지니고 있잖아요!"

"아닌데요."

"그럴 리 없어. 분명히 느껴지는데……."

"한 개가 아니라 일곱 개라고요."

셀렌바는 무릎이 후들거렸다. 평소 같으면 그녀 앞에서 다른 이들이 보이는 반응인데.

"뭐…… 뭐라고요?"

셀렌바가 말을 더듬는 것은 아주 드문 경우였다. 그렇게 놀랐는데 한마디라도 했다는 것이 대단했다.

"맞아요." 타라는 손가락을 꼽으면서 수를 셌다. "라오르의 창(타라는 흰 바지 주머니에 비죽 나와 있는 반들반들한 만년필을 가리켰다), 브롱스 갑옷의 가슴과 목 보호구들, 쇠사슬 토시 두 개, 다리 각반 두 개(타라는 팔찌들과 가는 허리에 두른 금빛 체인벨트를 가리켰다), 다 합해서 일곱 개. 물론 온전한 갑옷이었다면 아홉 개의 사물이 있어야 하지만 투구는 사라졌고 어디 있는지 아무도 몰라요. 악마의 속바지는 드래곤들이 소유하고 있고요."

셀렌바는 일그러진 얼굴로 타라를 쳐다봤다.

타라는 셀렌바의 반응을 보기 위해 워워, 하면서 야유할 뻔했지만 가뜩이나 두 여자의 대립에 잔뜩 긴장해 있는 사피르가 쓰러지기라도 할까 봐 그만두었다.

"나는 사물들의 지배를 받지 않고, 사물들도 내 지배를 받지 않아요." 타라는 단호하게 말했다. "사물들과 나는 평화적으로 의사소통하고 있지요. 우리는 동맹을 맺었거든요."

타라는 금방이라도 달려들 것처럼 쳐다보는 셀렌바에게 마법을 사용할 생각이 없다는 걸 이해시키려고 아주 천천히 팔짱을 풀었다.

이따금 타라는 초현실적 서부영화의 한 장면을 찍고 있는 기분이 들었다.

"나는 마지스터처럼 사물 속의 영혼들이 사라질 정도로 마법의 에너지를 고갈시키지 않아요. 영혼들이 다시 악마들의 노예가 되지 않도록 해방시켜줄 방법을 찾고 있는 중이죠. 셀렌바, 이 영혼들은 살인자들이 아니라 희생된 거니까요."

셀렌바는 타라가 하는 말이 이해되지 않았다. 독성이 있는 쇠붙이 속에 갇혀서 미친 악마의 영혼들이 인간들에게 얼마나 끔찍한 고통을 주는지 똑똑히 보아온 셀렌바로서는 너무 괴리감이 큰 말이었다.

그래서 타라의 말이 믿기지 않았지만 타라가 위협적으로 나오지 않기 때문에 셀렌바는 안절부절못하면서 뒤를 졸졸 따라다니는 안락의자에 주저앉았다. 그러고는 마법을 껐지만 경계를 늦추지 않았다.

"근데 어떻게 알아챘죠?" 타라는 정말 궁금해서 물었다. "악마의 마법을 사용하지 않을 경우에는 아무도 탐지할 수 없는 것으로 아는데. 그럴 수 있었다면 벌써 오래전에 마지스터를 체포했을 거예요."

"내…… 내가 민감하니까요." 아직 충격에서 벗어나지 못한 셀렌바가 마침내 대답했다. "마지스터와 오랜 세월 지내다 보니까 악마의 사물에서 발산되는 걸 알아챌 수 있게 되었죠. 물론 금방 알아채지는 못해요. 얼마간 노출이 되어야 하는데 지금은 여러 개를 몸에 지니고 있기 때문에 이번에는 좀 빨리 느낀 것 같아요."

셀렌바가 충격에서는 약간 벗어난 것 같지만 여전히 혼란에 빠져서 누구를 상대하고 있는지 잊은 듯 명령 조로 말했다. "설명해봐요. 마지스터는 수십 년 전부터 악마의 셔츠를 사용했어요. 하지만 갇힌 영혼들의 친구가 되기는커녕 그의 정신을 야금야금 갉아먹기 때문에 반미치광이가 되었는데……."

타라는 악마의 셔츠가 아니라도 드래곤들에게 당한 고문 때문에 마지스터는 이미 돌아버린 거라고 생각하고 있었다.

"나는 설명해줄 게 없어요." 타라는 적이었던 셀렌바에게 냉랭하게 대꾸했다. "당신이 지금은 잠정적 우군이 되었지만 그렇다고 해서 내가 당신을 믿는 건 아니에요. 악마의 영혼들이 나를 도와주고 있다는 것만 알면 되지 그 이상은 당신이 알 필요가 없어요."

분홍빛 눈과 쪽빛 눈이 눈싸움을 벌였고, 셀렌바가 먼저 시선을 피했다. 셀렌바는 참아야 했다. 그동안 타라에게 한 짓을 생각하면 이해가 되고도 남았다.

셀렌바와 타라의 싸움에서는 누구 하나가 죽어나가야 결론이 나기 때문에 두 여자가 폭발하지 않는 걸 보면서 사피르는 셀렌바가 잿더미로 끝장나지 않은 것에 안도의 숨을 내쉬었다. 타라가 물리칠 수 없는 무적은 아니지만 마법의 힘은 그 누구도 따라갈 수 없었다.

사피르는 타라가 지구의 달에 있는 비밀 마법 기지에서 악마의 사물들을 회수했다는 걸 알고 있었다. 그리고 마지스터가 직접 악마들이 사물들을 회수하려고 기를 쓰고 있다는 사실을 알렸었다. 그런데 악마의 사물들이 타라와 협력 관계에 있다면 악마들이 회수하기 쉽지 않기 때문에 아더월드에 유리하면 유리했지 불리할 것이 없었다.

"사피르의 말로는 협력자가 필요하다고 하는데 내가 뭘 도와주면 되는 겁니까?"

셀렌바가 마침내 화제를 돌렸는데 이제야 이성을 찾은 듯했다.

"나를 보좌하면서 내가 상대할 자들에게 강한 인상을 심어줄 보디가드가 필요해요. 그르룰이 상당히 유능하지만 현재 마라에게 배치되어 있어서 말이죠. 그리고 사람들이 그르룰을 좀 무시하는 경향이 있어서요. 그르룰이 트롤이라고 적들의 머리를 두들겨 패라고 하는데 그게 언제나 통하는 최선의 해결책은 아니기도 하고요."

"이 상태로는 아무도 내게서 강한 인상을 받지 못할 거예요." 셀렌바는 늘씬한 몸을 가리키면서 말했다. "유능한 협력자가 되려면 나는 인피뱀파로 돌아가야 할 거예요."

타라는 고개를 끄덕였다. 맞는 말이었다. 셀렌바가 무시무시한 인피뱀파였을 때는 그녀에게서 위협적이고 난폭한 면모가 풍겼다. 타라로서는 마음에 들지 않지만 셀렌바가 자발적으로 원한다면야⋯⋯.

앉아 있던 사피르가 벌떡 일어나며 외쳤다.

"안 돼! 그건 절대로 안 돼! 타라, 셀렌바가 인피뱀파가 되면 나는 셀렌바를 잃는 거야. 또다시 잃고 싶지 않아. 더 이상은 안 돼."

사피르를 바라보는 셀렌바의 두 눈이 진지했다.

"나는 마지스터에게 돌아가지 않아요, 사피르. 절대로! 당신과 나, 우리는 오늘보다 더 서로를 알게 될 것이고 사랑하게 될 거예요. 함께 살면서 우리 삶을 빛나게 할 추억을 만들어요. 일하면서 커플이 겪을 수 있는 모든 걸 만끽해요. 하지만 당신은 나를 믿어줘야 해요. 지난 며칠 동안 당신은 집으로 돌아올 때마다 내가 사라졌을까 봐 떨었어요. 내가 다시 인피뱀파가 되면 달라요. 당신은 마지스터의 부름을 뿌리치기에는 내가 강하지 못할 거라고 생각하는데 그건 잘못 생각하는 거예요."

사피르는 검은색 눈으로 셀렌바의 눈을 뚫어져라 살폈다. 그녀는 진지했다. 전날 마지스터와 있었던 일은 다시는 없을 것이다.

그것으로 끝이었다.

그런데 왜 셀렌바는 죄책감이 느껴지는 걸까?

셀렌바는 사피르가 그녀의 말을 진심으로 받아들이고 타라를 쳐다보자 시선을 돌렸다.

"내 보수는 얼마나 됩니까?" 셀렌바가 물었다. "마지스터는 내가 미션을 완수하면 보수를 두둑이 주었지요. 사피르가 주저 없이 내 생활비를 대려고 하겠죠. 물론 상황이 어쩔 수 없다면 받아들이겠지만 내 생활비는 가급적 내가 벌고 싶어요."

타라는 미소를 꾹 눌렀다. 와, 셀렌바가 생각보다 현실적이네. 아더월드에서는 남성 마법사들도 강하지만 여성 마법사보다 더 강한 건 아니기 때문에 누가 살림을 꾸리는지는 중요하지 않았다. 둘 중에 더 많이 버는 쪽이 책임지면 되었다.

타라는 고모가 이 미션에 할당한 금액을 말했다. 사피르가 팔짝 뛰었다.

"뭐?" 사피르는 목멘 소리로 외쳤다. "얼마라고 했니?"

타라는 미소를 지었다.

"셀렌바는 목숨이 위태로울 수도 있어요, 드라고쉬 선생님. 나를 도와서 음모와 배신을 밝히기 위한 셀렌바의 권모술수에 많은 기대를 하고 있거든요. 거기에다 보디가드로서 나를 보호하는 미션도 있으니까 셀렌바는 그만큼의 보수를 받을 자격이 있어요. 그리고 그러려면 셀렌바가 한 번 더 인피뱀파가 되어야 한다는 걸 의미하는 거니까요."

타라는 사피르가 왜 이런 반응을 보이는지 이해가 되지 않았다. 하지만 재미있다는 얼굴로 낄낄거리는 셀렌바를 보면서 타라는 사피르가 그녀를 웃기려고 아이처럼 팔짝 뛰었다는 걸 알아차렸다.

이제는 뱀파이어가 익살을 부리는 꼴까지 보게 되다니, 별의별 걸 다 보네. 아더월드는 정말 피곤한 행성이었다.

"언제부터 시작합니까?" 셀렌바가 물었다.

"준비하는 데 얼마나 필요해요?"

"하루나 이틀." 셀렌바는 이사할 필요가 있다는 걸 고려해서 대답했다.

마지스터를 떠나면서 아무것도 가져오지 않았고, 그녀가 산 것과 사피르에게 받은 선물을 제외하면 짐이 거의 없었다.

타라는 빙긋이 웃었다.

"그럼 이틀 후 아침 9시에 여기서 기다리죠."

셀렌바가 대답하려는 순간 사이렌이 요란하게 울렸다. 타라는 벌떡 일어났다.

타라가 문을 향해 달려가는 걸 보면서 사피르가 물었다.

"무슨 일이니?"

"악마가 우리 행성에 나타났다는 걸 알리는 경보 사이렌이에요." 타라가 외쳤다. "컴퓨터, 위치는?"

컴퓨터 화면에 궁전의 영상이 뜨고 아이콘이 깜박거리면서 정문 앞에 방금 나타난 악마를 가리켰다.

"슬루르크!" 타라가 욕설을 뱉으면서 말했다. "따라와요! 셀렌바, 이틀은 잊어요. 지금부터 업무 시작이니까!"

질풍같이 뛰쳐나가는 타라와 페가수스에게 이력이 나 있는지 경호원들이 한 치의 망설임도 없이 즉각 내달렸다.

반면, 검은색 머리에 잿빛 눈의 청년은 아무것도 모른 채 복도에서 모퉁이를 돌다가 타라와 정면충돌했고, 갈랑은 잽싸게 피했다.

둘은 팔다리가 엉킨 자세로 주저앉았다. 그사이 질겁한 체인지라인이 재빨리 타라를 보호하기 위해 갑옷을 입혔다. 가까이 있던 경호원이 일어나기 힘들 정도로 다쳤을까 걱정하면서 후계자를 부축하려고 손을 내밀었지만 무슨 영문인지 타라는 웃고 있었다. 내미는 손은 안중에도 없이 타라는 같이 넘어진 남자에게 정신이 팔려 있었다.

"칼!" 타라는 탄성을 질렀다. "너 돌아왔구나!"

타라는 여러 사람이 지켜보고 있다는 걸 의식하지 않고 키스로 칼을 맞아주었다.

"와우!" 칼이 활짝 웃으면서 말했다. "더 자주 너를 두고 떠나야겠어. 이 재회의 기쁨, 엄청 마음에 드는데!"

둘은 웃음을 터뜨리면서 서로를 붙잡고 일어났다. 체인지라인이 약간 툴툴거리면서 먼지를 털어주고 조심하는 차원에서 갑옷은 벗기지 않고 그대로 두었다. 칼은 몸에 딱 붙는 도둑의 검정 양복을 손으로 털었다. 칼은 미션을 이행하고 돌아오는 길이었다. 타라가 반갑다며 꼬리를 흔들어대는 여우 블롱딘의 붉은 털을 쓰다듬어주는 사이 겁을 먹은 채 타라의 어깨에 앉아 있던 갈랑은 발톱으로 금빛과 빨간빛의 금속 보호대를 긁었다.

"넌 돌아온 지 얼마나 됐어?" 칼이 물었다. "지구에 있는 너에게 연락할 수 없어서 정말 미쳐버릴 뻔했어."

칼이 돈을 잘 벌기는 해도 아더월드와 지구 간의 통신비는 워낙 비쌌다.

"어제저녁 돌아왔는데 잠이 필요했어." 타라는 정직하게 대답했다. "완전히 녹초가 되었거든. 원망하는 건 아니지?"

타라가 윙크를 하자 셀렌바는 못 봐주겠다는 듯 하늘, 아니 천장을 올려다봤다. 칼은 빵 터졌다.

"천만에, 어차피 나는 미션 중이라 다른 데에 있었는데 뭐. 팅가푸르에는 오늘 아침에야 도착했고, 공간이동의 문에서 네 소식을 물었더니 너도 돌아왔다고 했어."

아, 타라는 칼이 이럴 때 정말 싫었다. 무슨 이유인지는 몰라도 칼은 타라가 자기를 피한다는 바보 같은 생각에 끊임없이 테스트를 했다. 이걸 생각하면 타라가 거짓말하지 않은 건 정말 잘한 것이었다. 약간 짜증이 났지만 타라는 궁전의 정문 쪽으로 가기 위해 칼의 손을 잡아끌었다.

"칼, 방금 악마가 나타났다는 경고 사이렌이 울렸어. 무슨 일인지 보러 가자."

"어쩌나, 난 도둑 키스를 하려고 잠깐 온 거라서." 칼은 마지못해 손을 빼면서 말했다. "나는 즉시 네 고모에게 보고하러 가야 해. 나뿐만 아니라 여러 명을 호출하셨어. 너도 알잖아. 지각하면 고모가 어떻게 하는지."

타라는 고개를 끄덕였다. 물론 알고 있었다. 감히 어제를 기다리게 했던 장관이 스파슈으로 둔갑한 상태로 우리 안에 이틀이나 갇혀 있어야 했다. 게다가 장관을 가장 겁나게 했던 것은 실수로 그를 주방으로 보내려고 했을 때였다.

칼은 다정하게 타라를 포옹한 뒤에 달려갔고, 타라는 약간 시큰둥한 얼굴로 정문 부근에서 유형화시켜줄 궁전 내 공간이동의 문으로 향했다.

타라는 헤어지기 전 칼에게 지구에서 있었던 일을 빠르게 얘기하면서 친구들과 연락하지 못한 것이 아쉬웠다고 말했다. 지구에서 타라는 타공에 사는 베티와 인간 모습으로만 살아야 하는 드래곤 살루와 많은 이야기를 하면서 사람들의 반응을 전해 들을 수 있었다. 대도시에 비해 주민이 수천 명에 불과한 작은 마을에서는 위험에 대해 느끼는 두려움이 현저히 차이가 나기 때문에 아주 유익한 정보였다.

타라는 셀렌바를 믿어도 될지 아직 모르기 때문에 평소에 다니는 지름길을 택하지 않았다. 칼 때문에 지체된 타라는 호위대가 군중을 헤치고 길을 터주길 기다리느라 좀 늦게 정문 앞에 이르렀다.

위협적인 병사들이 총을 들고 흰색 셔츠에 검은색 실크 양복 차림의 악마를 겨누고 있었다. 하지만 악마는 자신의 등장으로 소동이 일어난 것이 재미있다는 듯 태평하게 하품을 했다.

그러다 타라를 발견하고 너무 놀란 악마는 갑자기 중심을 잃고 계단 앞 금빛 대리석에서 미끄러지다 가까스로 난간을 붙잡았다(금속 징이 박힌 부츠가 도와주지 않았던 것이다). 차가운 보랏빛 눈의 악마가 아주 어설픈 미소를 지어 보였다.

"아, 타라 덩컨! 만나서 반가워요." 가브리엘이 외쳤다.

타라는 이제야 알아봤다.

악마가 쇠사슬에 묶여 있었다.

"마마, 물러서십시오. 우리가 먼저 궁전의 안전을 확인해야 합니다." 현장에 제일 먼저 도착한 것이 틀림없는 티그족 친위대장 크산디아르가 붉은빛과 금빛의 전투 갑옷 차림으로 말했다.

이 말 속에는 '멍청하기는, 이놈이 폭탄이라도 터뜨리면 어쩌려고? 비켜서!'라는 뜻이 함축되어 있었다.

크산디아르의 말이 맞지만 타라는 순순히 따르지 않았다. 타라는 소리와 산소는 통과하되 모든 폭발을 차단할 수 있는 방패를 불러냈다.

"고마워요, 친위대장." 타라가 말했다. "하지만 나는 가브리엘로부터 방어할 수 있어요."

타라는 악마를 향해 고개를 돌리다 눈이 휘둥그레졌다.

가브리엘의 허리에 둘려진 것은 진짜 쇠사슬이 맞고, 손목에 수갑까지 채워져 있었다. 게다가 흰빛과 보랏빛 머리의 잘생긴 악마는 분명히, 확실히, 정확히…… 혼자였다.

경호원들도, 늘 달고 다니던 예쁜 여성들도, 만일의 공격을 살피는 위협적인 병사들도, 협상을 위한 장관급의 실무자들도, 하인들도, 궁인들도 없이 가브리엘 혼자였다.

이건 정말 이상한 일이었다.

가브리엘이 정중하게 허리를 굽혀 인사했기 때문에 타라는 하는 수 없이 예의를 지켜야 했다.

하지만 아더월드를 괴멸하려고 했던 이 미친 악마가 대체 무슨 일로 팅가푸르의 황궁 앞에 나타난 거지?

그것도 혼자서?

오, 아더월드의 모든 신들이여, 이자의 손이 왜 묶여 있는 겁니까?

가브리엘이 수행원 없이 왔다는 것은 자칫 주목을 끌려는 수작일 수도 있어서 타라는 계단을 내려가 다가갔다. 그리고는 바로 코앞에 서서 물었다.

"수행원들은…… 곧 도착하나요?"

타라가 방패를 가지고 있기 때문에 체인지라인은 순식간에 긴 금발에 금빛 수를 놓은 주홍빛 드레스 차림으로 의상을 바꿨다. 뛰어도 문제가 없게 옆트임을 한 드레스였고, 가브리엘을 올려다보지 않도록 하이힐을 신고 있었다. 악마의 사물들은 가브리엘이 알아채지 못하게 더 조심하고 있지만, 타라는 가브리엘의 몸에 밴 악마의 마법을 접촉한 사물들이 약간 떠는 것이 느껴졌다.

보랏빛 눈에서 조롱 섞인 광채가 번뜩였다.

"아니, 나 혼자 왔어요. 나는…… 선물이라고 할까요."

무슨 말이지? 이상한 대화를 해보자는 건가?

"선물……?" 타라는 어이없는 얼굴로 물었다. "이게 어떻게 선물이죠?"

가브리엘은 쇠사슬이 허락하는 만큼 어깨를 으쓱했다.

"실패한 것에 대한 벌을 받는 거죠, 내가. 그 벌로 아버지가 나를 인간들에게 넘기는 거니까. 아버지는 유머 감각이 좀 잔혹해서……."

이 악마, 뭐야? 수수께끼 같은 말만 지껄이고 있으니. 갑자기 타라는 뻣뻣하게 구는 가브리엘의 태도가 초연함이나 두려움 때문이 아니라는 걸 깨달았다. 그의 보랏빛 눈에서 이글거리는 것은 분명히 분노의 빛이었다.

타라가 냉정을 잃지 않으려고 애쓰는 사이 구경꾼들이 점점 더 몰려들고 있었다.

"친위대." 타라가 명했다. "이 사람들을 멀찍이 떨어져 있게 하라. 소란으로 질서를 어지럽힐 필요는 없으니까."

친위대가 어떻게든 계속 지켜보고 싶어 구시렁거리면서 미적거리는 궁인들을 강제로 해산시키는 사이, 타라는 친위대장에게 가브리엘의 몸수색을 하라고 지시했다. 쇠사슬을 벗기고 조사하면 되는 것이니 그리 어려운 일이 아니었다. 이때 가브리엘이 타라 덩컨을 향해 두 손을 내밀면서 이맛살을 찌푸렸다.

"아버지는 내가 타라 덩컨한테 졌으니까 나를 어떻게 할지 결정하는 것은 타라 덩컨이라고 했어요. 그리고 타라 덩컨만 이 쇠사슬을 벗길 수 있다고 했지요."

크산디아르는 바짝 긴장했고, 셀렌바도 손톱을 세울 자세를 취했다.

하지만 타라는 두렵지 않았다. 이런 운명을 타고난 거라면 피한다고 해서 피해지는 일이 아니었다. 그 사실을 타라는 이미 경험으로 알고 있었다. 타라가 쇠사슬을 건드리는 순간 툭 떨어지고 수갑마저 열렸다. 쇠사슬의 무게에서 해방된 가브리엘은 기지개를 켰다.

"휴, 이제 살 것 같네. 고마워요, 타라 덩컨."

타라는 이게 무슨 의미인지 골똘히 생각하느라고 대답하지 않았다.

가브리엘은 폭탄이나 여제와 정부를 위험에 빠뜨릴 수 있는 뭔가를 설치해놨는지 측정하는 많은 탐지기들의 검사에 순순히 응했다. 친위대는 타라의 마법이 보장하는 안전 구역을 설정한 다음 층계에서 검사를 했고, 어떤 폭발도 일어나지 않자 타라는 안도했다. 타라는 친위대원들에게 쫓겨나 멀리서 목을 빼고 지켜보는 궁인들과 스쿠프들이 아무것도 보지 못하게 방패를 불투명하게 만들었다. 타라는 검사를 궁전 안에서 하고 싶었지만 크산디아르는 단호했다. 잠재적 폭탄을 궁전 안으로 들여놓을 수는 없다는 것이었다. 리스베스 여제가 즉각 나타나지 않은 것도 어쩌면 그런 이유였다. 여제는 친위대에 위험 요소를 해결하게 일임한 것이었다. 타라는 속으로 자신의 제안이 위험한 생각이었다는 걸 인정했다. 궁전 안위까지는 미처 생각하지 못했는데. 크산디아르의 말이 옳았다.

그런데 가브리엘의 몸에서 아무것도 나오지 않았다. 위험하다고 의심할 만한 것은 전혀 없었다. 악마의 영혼들이 갇혀 있을 만한 장신구조차 지니고 있지 않았다. 하지만 타라가 지니고 있는 악마의 영혼들은 마법이 느껴진다고 단언했다.

몇 주 전, 그들은 특별 수감소에서 셀렌바와 로빈을 심문했었다.

하지만 이번에는 가브리엘이 악마라는 사실 말고도 전 마왕의 아들이기 때문에 자칫 심각한 외교 문제로 비화될 수 있어서 훨씬 신중해야 했다.

타라는 잠시 생각하다가 크산디아르에게 넌지시 말했다.

"불새들의 방을 준비해요. 새장들을 갖춰놓고."

이건 여제와 타라, 친위대장 사이에 약속된 암호였다. 크산디아르는 무슨 뜻인지 알아차렸다.

"새장?" 가브리엘이 인상을 쓰면서 물었다. "나를 죽이지 않고 가두겠다는 뜻인가요?"

타라는 비웃음을 참았다. 악마가 허세를 부리고 있지만 타라는 그 목소리에서 안도하는 걸 느꼈다.

"새장은 당신을 위한 게 아니에요, 가브리엘 왕자. 따라와요, 가야 할 데가 있으니까요. 궁전은 아주 넓습니다. 그리고 왜 아버지한테 이런 벌을 받았는지 설명을 좀 듣고 싶군요. 나라의 왕자를 숙적들에게 넘기는 것이 자주 있는 일인가요?"

"타라 덩컨을 만나기 전까지 우리는 숙적들을 몰살했으니까 우리 역사상 처음 있는 일이지요." 가브리엘이 냉정하게 잘라 대답했다.

"음……." 타라는 더 이상 대꾸하지 않고 방패를 사라지게 했다.

악마가 나타났을 때 정문 앞에 있던 이들이나 무슨 일인지 보려고 달려온 이들(마법 능력이 없었다면 타라는 위험할까 봐 얼씬도 하지 않았을 텐데 구경을 하고 있는 궁인들이 놀라웠다)의 불안한 시선을 받으면서 타라는 친위대에 둘러싸인 가브리엘과 함께 계단을 올랐다.

한편 호기심이 가득한 군중으로부터 조금 떨어진 데서 이 장면을 지켜보는 젊은 여자가 있지만 타라와 친위대는 주의를 기울이지 않았다.

여자는 악마가 나타난 것을 기회로 삼아 슬그머니 수행원 무리 속에 끼어 있었다.

여자는 악마의 마법을 조금도 지니고 있지 않았고 모습은 완벽한 인간이었다.

그리고 전 마왕으로부터 미션을 의뢰받은 용병 보리스 구아날과 놀라울 정도로 꼭 닮은 여자였다.

보리스 구아날은 궁전에 새로 들어간 직원이 친하게 지내는 이들이 많지 않다는 걸 확인한 뒤, 자이언트 거미의 독으로 열흘 동안 여자를 잠들게 해놓고[11] 수술로 빼낸 인식 카드까지 팔뚝에 박고 잠입했으니 정말 완벽한 위장이었다.

아무도 궁전의 관리부서에는 관심을 갖지 않았다. 그러기에는 궁전이 너무 커서 할 일이 많았다. 직원들은 자기의 할 일만 정확하게 하는 것이 원칙이었다. 따라서 구아날은 호기심이나 의심을 살 만한 행동을 전혀 하지 않았다.

구아날은 악마의 출현이 모든 대화의 주된 화제가 될 것이라고 계산했기 때문이었다. 예상한 대로 순조롭게 진행되고 있었다.

구아날이 할 일의 목록을 받는 사이 — 마법을 사용하여 가죽처럼 질기고 단단한 브릴의 싹 껍질을 벗기는 일이었다 — 몇 층 위에서는

....

11. 지구에서 거미가 생명 유지를 위해 필요한 액을 흡수하려고 먹이를 마비시키고 기관을 용해시키는 것과 마찬가지로 자이언트 거미의 독 역시 먹이를 마비시킨다. 하지만 자이언트 거미들은 먹이와의 대화를 즐기므로 두 번째로 깨물 때만 독성이 나타난다.

타라와 가브리엘이 지나갈 때 궁인들이 커다란 꽃들이 꺾이듯 머리를 조아렸다. 가브리엘은 이 모습이 아주 마음에 들었다.

가브리엘이 궁전 내 수많은 공원 중 하나를 조용히 지나갈 때 마침내 입을 열었다.

"이런 관습은 정말 마음에 드네요. 복수 때문에 나를 죽이지 않고 내 나라로 보내준다면 내 신하들에게도 좀 전에 궁인들이 하는 것처럼 머리를 조아리라고 해야겠어요."

"우리는 신하들에게 그렇게 하라고 지시한 적이 없어요." 타라는 고모와 논쟁을 불러일으키는 문제이기 때문에 격한 어조로 대꾸했다. "옛날 사람들은 황제나 여제가 지나갈 때 허리를 숙이는 것이 관례였는데 그것이 지금까지 관습으로 지켜지고 있는 거죠."

"아주 마음에 들어요." 가브리엘은 지나갈 때 모두 허리를 숙이면 누가 갑자기 공격해올지 구분하기가 쉽지 않다는 걸 생각하지 않고 건성으로 대답했다.

"네." 타라는 미소를 머금고 대꾸했다.

좋아, 대꾸 정도는 얼마든지 해주지. 타라는 뱀보다 더 교활한—뱀을 모욕하는 것 같아서 미안한 말이지만—가브리엘을 좋아하지 않았다. 하지만 타라는 권력을 행사할 때 친구들 못지않게 적들과도 잘 지내야 한다고 배웠다. 그래서 타라는 참아주는 것이었다.

타라와 가브리엘은 가는 도중 깜짝 놀라서 걸음을 멈추고 눈이 휘둥그레지는 스카이블루 드래곤과 마주쳤지만 주의를 기울이지 않았다. 타라와 가브리엘이 아무런 의심도 없이 멀어져 가자 스카이블루 드래곤은 슬그머니 사라졌다.

타라가 가브리엘을 심문하기 위해 선택한 곳에 이르기까지는 그리 오래 걸리지 않았다. 천장 높이가 20미터에 이르는 방에 들어갔을 때 타라는 불연성 물질로 만든 새장들을 보았다. 새장 안에 있는 불새들의 깃털은 빨간빛, 금빛, 오렌지빛, 초록빛, 파란빛이었고, 벽에도 불을 나타내는 모든 빛깔이 번쩍거리는 보석들로 재현되어 있었다. 정말 설치가 잘된 방이었다.

그것 말고 다른 것은 보이지 않았다.

가브리엘은 타 종족의 고관들을 주눅 들게 하려는 것이 틀림없는 웅장한 방을 유심히 뜯어봤다. 믿기지 않을 정도로 두껍게 금으로 도배한 벽은 아주 귀한 보석들로 윤곽을 강조했고, 목재 가구들은 앉기가 미안할 정도로 섬세하게 조각되어 있었다. 주홍빛 장식 술이 달린 금빛 쿠션들, 세공 기술이 뛰어난 괘종시계들, 황금 벽에 반사되는 온갖 빛깔의 새들, 모든 것이 장엄하면서 현란했다.

가브리엘은 굉장히 신중해야 한다는 걸 알고 있었다. 도착하는 순간에는 기대도 하지 않았는데 아직 살아 있다는 건 희망을 걸어봐도 된다는 건데……. 아무튼 친위대원들의 대장인 것 같은 팔이 넷 달린 작자의 시선은 가브리엘에게 대놓고 적대적이지만 타라는 궁금해한다는 걸 알고 있었다.

가브리엘은 대단한 실내를 다 살펴본 뒤에 말했다.

"나를 인질로 이용할 생각이라면 통하지 않을 거란 말을 해줘야겠군요. 내 아버지는 자식들을 많이 사랑하지만 자식이 워낙 많아서 한 명쯤 줄어든다고 행성에 관한 문제가 달라지지는 않을 겁니다. '뒤에 아무도 남기지 말라'는 이쪽의 정치 신조가 나한테는 적용되지 않을 거예요. 아버지는 나를 뒤에 남겨둘 테니까. 주저치 않고. 그렇기 때문에 이곳에 나를 보낸 거죠. 쇠사슬에 묶어서."

가브리엘의 목소리에서 씁쓸함이 묻어났다.

타라는 미소를 지었다.

"무슨 그런 생각을!" 타라는 당연히 그런 생각을 하고 있었기 때문에 더 강력하게 반박했다. "우리가 지금 싸우는 중인가요, 아니잖아요? 그런데 뭐 때문에 싸우지도 않는 보울리미-레미 행성의 왕자를 인질로 삼겠어요? 문득 특별히 보울리미-레마족을 좋아하는 누군가가 생각나네요. 안젤리카 브란다우드는 잘 지내요?"

가브리엘은 뒤에서 애타게 기다리는 안락의자에 앉으면서 약간 어색한 미소를 지었다. 그는 강력한 허벅지 근육을 너무 강조한 도톰한 검정 실크 바지를 매만졌다.

"당연히 못 지낼 이유가 없죠."

가브리엘은 마치 타라의 반응을 기다리듯 잠시 말을 중단했다. 타라의 모든 안테나가 곤두섰다. 뭔가 있는 게 틀림없었다. 아르칸즈도 순간순간 이런 반응을 보였는데.

아르칸즈에게서 이런 느낌을 받았을 때 타라는 NA 스피어 때문이라고 생각했지만 그건 분명히 아니었다. 하지만 악마들은 인간들이 자신들에게 뭔가를 했다고 생각한다는 확신이 들었다.

정말 그렇다면 보통 일이 아닌데!

가브리엘은 타라를 유심히 쳐다보다가 아무 반응도 없자 신경질적으로 휘파람을 짧게 불고는 말했다.

"말한 그대로 브란다우드 양은 잘 지내고 있어요. 우리나라에서의 체류를 아주…… 유익하다고 생각하고 있지요. 순종 인간의 몸은 우리보다 훨씬 약하기 때문에 돌아가는 여행을 생각하지 못할 정도로 아주 많이 아팠죠. 하지만 지금은 괜찮아지고 있어요. 내가 살아서 우리 행성에 돌아가면 후계자가 건강을 걱정하더라고 전하지요."

아! 가브리엘은 안젤리카의 정신 상태에 대해서는 아무런 언급도 하지 않았다. 안젤리카는 자발적으로 가브리엘을 따라간 걸까? 아니면 인질이었을까? 그렇다면 왜? 안젤리카는 정치적 비중이 전혀 없었다. 물론 그녀의 아버지는 막강하지만. 가브리엘이 더는 말해주지 않을 것 같아 타라는 캐묻지 않기로 했다.

타라와 가브리엘은 첫 번째 시합을 끝내고 인사하는 펜싱 선수들처럼 목례를 나눴다.

타라는 '쇠사슬에 묶인 선물'에 대한 의문을 의도적으로 무시하면서 다른 질문을 했다.

"가브리엘 왕자, 당신의 방문을 미리 알려주었다면 신분에 맞는 영접을 했을 텐데요."

이건 이를테면 '이봐, 대체 무슨 수를 썼기에 하늘에서 뚝 떨어진 것처럼 우리 황궁 앞에 나타난 거야?'라고 말하는 것 같았다.

가브리엘은 아주 솔직하게 대답했는데 그의 굳은 얼굴에서 누구든 심기를 건드리면 날려버리고 싶은 걸 꾹꾹 참고 있는 것이 느껴졌다. 타라는 자제력을 잃을까 두려워서 피와 창자를 생각하지 않으려고 애쓰는 호랑이를 보는 것 같았다.

"미안해요." 가브리엘이 마침내 내뱉었다. "아버지가 나를 곧장 궁전 앞으로 원격 이동시킨 거예요. 궁전 앞은 외국인들이 올 수 있게 오무아의 보호 장막이 열려 있는 유일한 장소니까요. 나는 아버지가 미리 기별했을 거라고 생각했는데."

좋아, 타라는 여러 개의 질문 중 한 개의 대답을 들은 것이었다. 가브리엘은 스폭을 흉내 내는 연기를 하고 있었다(영화 〈스타트렉〉에 등장하는 합리적인 인물이다―옮긴이). 제기랄.

"나는 자발적으로 온 게 아니에요(아, 고마워라, 타라는 수갑을 보면서 그렇게 생각하고 있었는데 자기 입으로 확인시켜주네). 희생은 내 취향이 아니라서."

타라는 이것도 짐작하고 있었다. 좋아, 다음 질문.

"당신을 우리에게 보내면서 임무나 메시지를 맡겼나요?"

가브리엘의 얼굴이 굳어지면서 더 냉랭해졌다.

"아뇨. 아버지는 내가 쇠사슬에 묶여 발버둥을 칠 때 웃느라고 정신이 없어서……(가브리엘은 침을 삼켰다). 그다음 나는 우주선으로 끌려가서 갇혀 있었고, 이곳으로 올 때까지 아버지는 나를 보러 오시지 않았지요."

가브리엘은 이해가 안 되는 목적을 위해 자신이 희생되었다는 걸 알고 목청이 터져라 분노의 절규를 했다는 말은 하지 않았다. 그는 심호흡을 하고 나서 말을 계속했다.

"이곳으로 이동하기 직전 아버지는 나를 풀어줄 수 있는 사람은 타라 덩컨밖에 없다고 언급하면서 후계자가 여행 중이 아니길 바란다고 하셨죠. 그러면 곤란해질 거라면서. 그러고는 나를 보냈죠. 하찮은 소포 꾸러미처럼."

사실 가브리엘은 화가 나 있는 정도가 아니었다. 타라가 그의 보디랭귀지를 제대로 해석한 거라면 몹시 격분한 미치광이 그 이상이었다. 타라도 가브리엘의 입장이라면 몹시 불쾌했을 것이다. 친구에게 배신을 당해도 기분 나쁜데 친아버지한테 배신을 당했다면 그건 '셰익스피어풍의 고뇌'에 빠져드는 것이었다.

연기를 하는 것이 나았을까? 타라는 악마들의 계획에 대한 귀중한 정보를 얻을 수 있을지 의문이 들었다.

"이렇게 무력하게 와 있는 것에 대해 어떻게 생각하는데요?" 타라는 조심스럽게 물었다. "이번에는 당신의 아버지가 놓은 새로운 함정인가요?"

'근데 너 여기 왜 왔니?' 하고 속마음을 내뱉으려다가 타라는 가브리엘이 여기 올 생각이 전혀 없었다고 한 말이 기억났다.

타라를 빤히 쳐다보는 가브리엘의 보랏빛 눈이 어두워졌다.

"우리가 처음 만났을 때 유감스럽게도 내가 실패한 작전에 대해 밝히고 싶은 게 있어요(타라는 전혀 유감스럽게 생각하지 않기 때문에 가브리엘은 자기 자신을 위한 변명을 하는 것이었다). 우리의 태양들은 이미 불안정해지고 있었죠. 우리는 아더월드로 가게 해달라고 당신들을 설득하기에는 시간이 얼마 없다는 걸 알았지요. 그래서 무력을 사용했는데 그것은 당신들의 신뢰를 얻기에 좋은 방법이 아니었다는 걸 인정합니다."

"인정한다니 다행이군요."

"이번에는 내가 질문을 하나 하지요. 사느냐 죽느냐의 문제라는 걸 알았다면 묻고 따지지도 않고 시간 낭비 없이 즉각 우리 행성들을 아더월드의 우주 공간에 들여놓게 했을까요?"

"글쎄, 모르겠네요. 생각해본 적이 없는 일이라서." 타라는 정직하게 답변했다. "그리고 당신들은 협상보다는 무력과 파괴를 더 좋아하기 때문에. 은하계의 일부에 있는 모든 생명체를 소멸시키기 위해 당신이 NA를 폭발시키려고 했던 걸 잊으면 안 되죠. 당신은 우리를 괴멸하려고 했을 때 우리에게 허락을 구하지도, 조건을 제시하지도 않았어요. 바퀴벌레나 빈대를 죽여 없애는 것처럼 행동한 건 당신들이에요."

가브리엘은 아무런 반박도 하지 못하고 있다가 아주 놀라운 발언을 했다.

"그건 당신들이 한 짓보다 최악은 아니니까 1대 1이군요. 도대체 그 괴물이 누굽니까?"

타라는 멍해진 얼굴로 가브리엘을 쳐다봤다. 오, 흉측한 벤드룩이여, 악마가 무슨 말을 하는 거지?

"당신이 감히 질문을 해?" 사피르가 갑자기 나섰다. 가브리엘과 얘기하는 데 몰두해 있던 타라는 두 뱀파이어를 잊고 있다가 깜짝 놀랐다. "우리 행성을 완전히 파괴하려고 했던 자들이 감히!"

악마는 마치 뱀파이어의 존재를 무시하는 것처럼 거들떠보지도 않았다.

"그게 어떻게 1대 1이라는 거죠?" 호기심이 동한 타라가 물었다.

하지만 가브리엘은 불안한 눈빛으로 타라를 쏘아볼 뿐 대답하지 않았다.

타라는 가브리엘이 아무 말도 덧붙이지 않으리라는 걸 알아차리고 말했다.

"됐고요. 뜻밖의 방문에 대해 당신은 선택의 여지가 없었다고 한 말은 믿어주죠. 그렇지만 우리 학자들이 무슨 일인지 확인하기 위해 당신들의 세계로 연구팀을 파견할 겁니다."

"그건 안 돼요!"

가브리엘은 갑자기 창백해지던 동생 아르칸즈보다 더 파랗게 질려서 벌떡 일어났다.

가브리엘이 굉장히 놀라는 표정으로 타라를 쳐다보는데 마치 갑자기 뭔가를 알아차린 것 같았다.

"누가 되었든 아무도 보내면 안 됩니다. 너무 위험해요."

가브리엘이 내보이는 두려움에 어안이 벙벙한 타라는 일단 두 손을 쳐드는 것으로 안심시켰다. 타라는, 가브리엘의 반응에 놀라는 사피르와 달리 가브리엘과 동시에 일어난 셀렌바가 언제든 갈퀴손톱을 세우고 공격할 자세를 취한 것에 주목했다.

가브리엘이 서툰 짓을 했다가는 셀렌바가 갈기갈기 찢어발길 텐데, 타라는 그걸 원치 않기 때문에 말했다.

"워워, 진정해요. 왜 위험하다는 거죠?"

가브리엘은 딜레마에 빠진 듯 잠시 고민하다가 마침내 마지못해서 말했다.

"몇 달 전 우리를 초대했을 때만 해도 우리는 행성들을 이끌고 오겠다는 생각을 전혀 하지 않았어요. 우리는 정말로 아더월드의 태양과 똑같은 광선을 복제하는 데 성공했다고 생각했으니까요. 하지만 막상 그 광선이 작동하자 우리 세계는 태양들이 쏟아내는 끔찍한 방사선에 휩싸여버렸지요."

가브리엘의 눈빛이 미쳐버린 검은 태양들 때문에 여섯 행성들의 수많은 주민들과 함께 모두 죽는구나, 하면서 느꼈던 공포를 나타내고 있었다.

"우리는 가까스로 도망쳤지만 만약 당신들이 지각단층을 열었다가 방사선이 침투하는 날에는 아더월드의 태양에도 똑같은 일이 일어날 수 있어요. 우리는 두 번 다시 그렇게 빨리 도망칠 수 없어요."

타라는 물리학자는 아니지만 이런 일이 가능할 수도 있다는 생각이 들었다.

사피르는 대다수 뱀파이어들과 마찬가지로 물리학자였다.

"그건 있을 수 없는 일이오!" 사피르가 차가운 목소리로 말했다. "우리 태양들은 방사능에 오염되지 않을 것이오. 판타지 소설 속이라면 모를까. 악마, 말도 안 되는 얘기는 집어치우시지!"

사피르를 '개무시'하던 가브리엘이 이번에는 돌아봤다.

"아! 하지만 뱀파이어 선생, 우리는 대규모 마법 작전을 가동해서 빠져나온 겁니다. 그러니까 내 말을 믿으세요. 내가 재앙이 일어날 거라고 하면 믿어야 합니다. 그리고 다시 한 번 반복하지만 우리가 원해서 여기 온 게 아닙니다. 우리는 선택의 여지가 없었기 때문에 온 겁니다. 이건 어김없는 사실입니다. 당신들의 반응을 보니까 우리의 예상과는 달리 당신들은 그 일과 상관이 없다는 생각이 드는군요."

오케이, 끝까지 입을 열지 않겠다? 타라가 물었다.

"무슨 일과 상관이 없다는 거죠?"

타라, 사피르, 셸렌바, 친위대원들, 모두 가브리엘을 뚫어져라 응시했다. 가브리엘은 압박감을 감추려고 고개를 흔들면서 화제를 바꿨다.

"하지만 지금은 내 문제가 먼저지요. 나는 이제 당신들의 포로니까 마음대로 해요."

타라는 넘겨짚기로 하고 툭 내뱉었다.

"당신의 아버지는 영악하군요."

가브리엘이 당황한 얼굴로 타라를 쳐다봤다.

"뭐라고요?"

"쇠사슬에 묶어서 무력한 상태로 당신을 우리에게 보냈잖아요. 당신을 죽이는 것 말고도 우리에게는 여러 가지 방법이 있어요."

가브리엘은 반응하지 않았다.

"당신을 감금시키는 것."

이번에도 가브리엘은 반응하지 않았다.

"당신을 손님으로 대우해주는 것."

가브리엘은 태연하게 타라를 쳐다봤다.

타라는 마지막 카드를 썼다.

"당신을 돌려보내는 것."

아, 이번에는 흠칫 놀라는 반응. 분노 아니면 거절? 타라는 놓치지 않았다.

"가브리엘 왕자, 당신의 선택은?"

보라색과 흰색 머리의 악마는 어깨를 으쓱했다.

"가브리엘 왕자, 첫 번째 방법은 내가 마음에 들지 않아요. 두 번째는 더 마음에 들지 않고요. 세 번째는 당신의 행성으로 돌아가서 안락한 생활을 하는 것인데……."

가브리엘은 침묵하다가 마침내 말했다.

"근데 세 번째 방법은 생각도 못한 거라서……."

아! 타라는 애써 감정을 드러내지 않았다. 가브리엘은 아주 많이 화가 나 있었다. 분노는 실수를 저지르기 마련이다. 냉정을 유지하기 위해 분노를 이용할 줄 아는 사람이 이기는 건데…….

"자, 그럼 세 번째 방법을 생각해봅시다. 어떡할래요?" 타라는 신중하게 말했다.

가브리엘은 마치 무슨 뜻인지 좀 더 이해하기 위해 타라의 머릿속을 꿰뚫어버릴 듯 유심히 살폈다.

"우리 행성으로 나를 돌려보낼 수도 있다는 뜻인가요?"

"그렇다고 할 수 있죠, 지금으로서는."

가브리엘은 마치 몇 분 더 살아 있는 것 이상은 생각하지 않은 것처럼 의아한 표정이었다.

타라는 '전혀 모르겠다'는 속내를 들키지 않으려고 애쓰는 가브리엘을 보면서 생각할 시간을 주었다.

"아니, 두 번째 방법을 생각해보죠. 내가 포로가 아니라 손님이 될 경우 궁전 안에서 거주하지 못할 텐데요." 가브리엘이 말했다.

타라는 가브리엘이 생각을 정리할 수 있게 잠자코 기다렸다. 게다가 가브리엘이 인간들에게 자신에 대해 어떻게 말할지가 아니라 거주할 곳부터 생각하는 것이 신기했다.

"잠재적 적이 제국의 중심부와 가까운 데에 사는 걸 받아들일 수 없을 겁니다. 그런데 불행히도 나는 집을 장만할 돈이 없어요. 그리고 설령 그만한 돈이 있더라도 내가 이 땅에 집을 갖는 걸 허락하겠어요?"

타라의 법적 권한을 넘어서는 질문이었다. 한 번도 없었던 사례라는 걸 고려하면 후계자의 능력으로는 궁정 법률가들의 법적 권한을 넘는 것이 불가능하리란 생각이 들었다.

오무아 제국에 사는 많은 외국인들(악마들은 없는데!)은 집을 살수 있기 때문에 가브리엘의 경우 무슨 문제가 있을지 알지 못했다.

타라는 옆에 있는 사피르가 조상들의 적을 마주하고서 클링온족을 상대하는 로뮬란족(영화 〈스타트렉〉에 등장하는 외계인들—옮긴이)처럼 부글부글 끓고 있음을 느꼈다. 뱀파이어는 당장 달려들어서 악마를 땅속에 처넣고 싶은 얼굴이었다. 타라는 뱀파이어가 싸움을 걸기전에 내보낼 방법을 궁리하고 있었다. 그때 갑자기 울려 퍼지는 트럼펫 소리에 모두 소스라쳤고, 티그족 친위대는 본능적으로 반응했다.

창들이 가브리엘을 향해 곧장 날아오고 있었다.

다행히 타라는 반사 신경이 좋았다. 타라가 본능적으로 불러낸 보호 장막에 막혀서 창들은 바닥으로 떨어졌다. 아니었다면 꼬치에 펜악마를 전 마왕인 아버지에게 보낼 뻔했다.

친위대원들이 몹시 당황해서 창들을 회수하는 사이, 평소 같으면흥분하고도 남았을 텐데 용케 억제한 셀렌바가 비웃음을 흘리고 있었다. 가브리엘은 타라를 향해 고마워하는 시선을 던졌다.

모두 오무아 제국 여제의 등장에 허리를 숙였다.

타라는 불평을 쏟을 뻔했다. 하필이면 지금! 타이밍하고는!

가브리엘은 천천히 일어나서(그는 트럼펫 소리에 웅크리고 있었다) 바짝 긴장한 채 위풍당당하게 등장한 여제 앞에 허리를 숙였다.

196

리스베스 여제는 젊은 악마를 차갑게 쏘아붙였다. 타딕스에서 가브리엘이 침략 시도를 했을 때 감히 여제를 가두는 짓까지 서슴지 않았는데 리스베스가 그걸 잊어버릴 리 없었다.

금빛 왕관을 쓴 여제는 검은색 드레스에 푸른빛 도는 검은색 프뤼르12 * 가죽 망토를 두르고 있는데 우아한 까마귀를 연상시키는 차림이었다. 그래서 인상으로 봐서는 가브리엘을 집어삼켰다가 뼈를 뱉어낼 것 같았다. 하지만 다행히 지금 당장은 그럴 것 같지는 않았다. 나중이라면 몰라도.

"가브리엘 왕자!" 리스베스 여제는 찬바람이 쌩 도는 목소리로 말했다. "이건 외교적 관례를 벗어나는 행동이오. 전쟁 선포를 하러 온 것인가, 아니면 항복하러 온 것인가?"

가브리엘은 얼어붙었다. 타라는 악마와 이제 막 교섭을 맺었는데 그것이 한순간에 날아가는 걸 느꼈다. 슬루르크! 이번만은 여제가 조금만 더 늦게 왔으면 얼마나 좋았을까?

"폐하." 가브리엘이 형식적으로 대답했다. "이번 침입은 내 책임이 아닙니다."

"난입하는 것이 당신의 방식인가 본데 새삼 놀랄 일도 아니지." 리스베스는 가브리엘의 주장을 손으로 물리치면서 응수했다.

가브리엘은 이를 악물었다. 이 공격적인 인간이 그의 목숨을 쥐고

••••••••••••

12. 온갖 색으로 털갈이를 하면서 시간을 보내는 커다란 두더지이다. 솜털은 벨벳처럼 부드럽지만 가죽 표면의 털은 아주 단단해서 깎기가 몹시 힘들다. 게다가 털을 깎으려고 마법을 사용할 경우 털에 밴 마법과 충돌해서 폭발할 위험이 있다. 따라서 프뤼르 가죽은 간단하게 얻을 수 있는 것이 아니라서 값이 굉장히 비싸다.

있었다. 가브리엘은 여제의 목을 비틀어버리고 싶은 마음이 굴뚝같지만 세 발짝을 떼기도 전에 여제 뒤에 있는 최고 마구스들의 마법에 시커멓게 타고, 시선을 떼지 않는 친위대원들이 날리는 창에 구멍이 뚫릴 것이었다. 타라나 뱀파이어들이 어떻게 할지는 생각하고 싶지도 않았다. 그래서 가브리엘은 꼼짝 않고 여제의 말을 주의 깊게 들었다.

"나는…… 선물입니다. 외교적 임무를 띠고 온 것이 아닙니다."

리스베스는 위협적으로 눈살을 치켜떴다.

"임무를 띠고 온 게 아니다?"

"네, 폐하. 후계자에게 말한 대로 나는 아버지가 폐하의 국민에게 보내는 선물입니다. 아버지는 나를 쇠사슬에 묶어서 폐하에게 보내는 것이 좋겠다고 생각하셨는데, 그 이유는 나도 모릅니다. 서로를 평가하기 위해 나를 폐하에게 맡기기로 결정하신 것 같습니다."

"왕자는 '염탐'을 '평가'라는 말로 사용하나? 그거 흥미롭군."

가브리엘은 심호흡을 했다.

"서로를 평가한다는 건 두 가지 의미가 있습니다. 전쟁을 하지 않기 위한 것입니다. 어떻게 보면 여러분은 나의 종족 못지않게 우리의 조상입니다. 우리의 유전자는 인간들의 세포 유전자를 무성생식으로 복제한 거니까요. 우리가 유전자를 개량했지만 근본적으로는 인간입니다."

이 말에 리스베스의 낯빛이 어두워졌다. 리스베스는 악마들이 인간이라는 것이 마음에 들지 않았다. 타라는 그 마음을 이해했다. 당신들의 후손이라고 말하는 인간 모습의 젊은이들보다는 촉수를 가진 괴물들을 두들겨 패는 것이 더 쉬웠다.

"이건 내가 아니라 아버지의 생각이라는 걸 덧붙이겠습니다." 가브리엘이 주장했다. "그리고 내 동생의 동의 없이는 아버지가 이런 일을 실행하지 못했을 겁니다."

아, 가브리엘의 목소리는 신랄한 것 못지않게 차가웠다. 보랏빛 눈의 잘생긴 악마는 아르칸즈를 용서할 마음이 전혀 없었다. 타라는 이해가 되었다. 리스베스도 엷은 미소를 지었다. 이건 굶주려서 이빨을 드러낸 곰치의 미소였다.

"정치적 망명인가, 가브리엘 왕자? 망명을 요청하겠나?"

타라는 입술을 깨물었다. 고모는 정말 무서웠다. 적들이 꼼짝 못하고 진실을 토해낼 때까지 몰아붙이고 몰아붙였다. 하지만 가브리엘은 냉정하고 결연한 얼굴로 맞섰다.

"아닙니다, 폐하. 불청객이라고 해주십시오. 그리고 망명을 요청하면서 내 종족을 배신하는 일은 절대로 없을 겁니다. 나는 도망칠 이유가 전혀 없으니까요."

타라는 속으로 말했다. '이런, 잘못 생각하는 거야. 너희 종족은 패자에게 부드럽지 않아.'

리스베스 여제는 잠자코 있다가 툭 내뱉었다.

"아! 우리의 외교 법규에 그런 규정은 없다. 왕자가 정치적 망명이 아니고, 정부를 대표하는 것도 아니고, 외교적 임무를 띠고 온 것도 아니라면 왕자를 어떻게 규정할지 모르겠다. '불청객'은 내가 상대할 일이 아니다."

리스베스는 고개를 갸웃하고 있다가 무섭게 말했다.

"왕자가 공식적으로 온 것이 아니라니 내가 대화할 이유가 없다. 타라, 어떻게 해야 할지 알아야 하니까 왕자는 너한테 맡기겠다(고모의 어조에서 '감옥'과 비슷한 의미가 느껴졌다). 도시 안에 합당한 범위 내에서 가브리엘 왕자가 묵을 곳을 찾아봐. 물론 집을 사는 것이 아니라 일주일 정도 임차하는 것으로. 황실 예산을 사용하여 중급 수준의 임시 손님을 기준으로 삼으면 되겠지(가브리엘은 반응하지 않았지만 타라는 보랏빛 눈에 스치는 모멸감을 보았다). 그리고 가브리엘 왕자가 우리를 위험에 빠뜨릴 수 있는 뭔가를 꾸미고 있다고 느껴지면 즉시 태워 죽여도 좋다는 권한을 준다. 어쨌거나 우리에게 보낸 선물이라는데 어떻게 하든 우리 마음이잖아. 박살을 내서 죽이든 살리든."

가브리엘은 입을 멍하니 벌렸다. 리스베스 여제는 위엄 있게 돌아서서 방을 나갔고, 죽음 같은 정적 속에서 수행원들이 뒤따라갔다.

가브리엘은 어리벙벙한 정신을 차리고 타라에게 고개를 돌렸다.

"와, 저렇게 무서운 고모님을 매일 본다고요?"

"네."

"그 용기에 경의를 표합니다."

"당신은 짐작도 못할 거예요."

둘은 서로에게 미소를 지었다. 비록 당황하게 하는 말이지만 가브리엘은 타라를 웃게 했다.

"방금 나를 죽여도 된다고 말한 거죠?"

"네."

"그래도 고모님이 위험을 무릅쓰는 일은 하지 않겠죠."

"내가 당신을 재로 만드는 능력에 따라 우리 종족의 생존이 달려 있더라도 내가 안 된다고 하면 고모가 위험을 무릅쓰지 않을 거예요."

가브리엘은 고개를 끄덕였다.

"이해해요."

"서로를 위하는 일이기도 하고요." 타라는 진지하게 대꾸했다.

그때였다. 핑크빛과 갈색 짧은 원피스 차림의 마라가 방에 들어와서 타라에게 다가왔다. 언제나처럼 구불구불한 긴 머리에 갈색 눈의 마라는 어머니를 연상시켰다. 하지만 타라는 어머니가 아버지와 행복하게 지내고 있다는 걸 알고, 언젠가는 곁으로 간다는 걸 알기 때문에 이제는 슬프지 않았다. 그 생각을 하면 아픔이 가라앉았다.

타라는 마음 아파하지 않고 마라를 볼 수 있지만 그래도 가슴 한편은 약간 괴로웠다. 둘은 아직 완전히 화해하지 못했다. 마라는 그토록 미친 듯이 사랑한 칼이 상처를 주지 않으려고 애쓰고 있다는 걸 잘 알지만 자기보다 언니를 선택했다는 것에 큰 상처를 받고 있었다.

몇 달 전이었다면 마라는 타라의 목에 매달리며 포옹했겠지만 뺨에 살짝 입을 맞추는 것으로 좀 서먹한 인사를 했다.

그러다 타라 옆에 있는 가브리엘을 발견하고 깜짝 놀랐다. 공간이동의 문을 이용한 마라는 가브리엘의 도착으로 한바탕 소동이 일어난 걸 전혀 모르고 있었던 게 틀림없었다. 마라는 타라에게 할 말이 있어서 온 것이었다. 그런데 악마에게 홀린 건지, 질겁한 건지 무슨 말을 하려고 했는지 잊어버렸다.

가브리엘은 환한 미소를 지어 보였다. 지난번 마라를 봤을 때 가브리엘은 자기가 찾으러 온 NA 스피어를 훔쳐간 마라를 죽여버리겠다고 호언장담했었다.

"마라! 다시 한 번 만나고 싶었어요." 가브리엘이 외쳤다.

'어디서 이름을 부르는 거야, 악마 놈이?' 하는 얼굴로 마라는 눈을 치켜떴다.

"나를 만나고 싶어? 나를? 왜 내 목을 노리려고?"

가브리엘은 이맛살을 찌푸렸다.

"용서를 받기 위해서. 공주 때문에 내가 전쟁에서 졌고 모욕당한 것이 화가 나서 한 말이었어요."

마라는 비웃음을 흘렸다.

"아, 무슨 말을 했는지도 기억하고 있으면서 당치 않게! 누굴 바보로 알아요?"

"오케이. 목을 졸라버리고 싶었던 거 인정해요. 하지만 나한테는 그럴 만한 이유가 있었어요."

"내가 일부러 그랬던 건 아니지만 어쨌거나 결과적으로 내 국민과 수십억의 목숨, 여러 행성들을 구했다는 것에 자부심을 느끼고 있죠." 마라는 작은 턱을 쳐들고 당당하게 응수했다. "따라서 나는 당신의 어리석은 침략 계획을 무산시킨 것에 추호도 사과할 생각이 없어요. 여기 무슨 일로 왔죠? 당신이 파멸시키지 못한 이들을 염탐하러 왔나요?"

가브리엘은 의기소침한 표정으로 타라를 향해 고개를 돌렸다.

"동생도 고모님의 교육을 받고 있나요?"

"물론이죠."

"아, 그렇군요."

이번에는 타라만 미소를 지었다. 타라는 가브리엘이 무슨 꿍꿍이가 있다는 걸 느꼈다. 그게 뭔지 알아야 하는데.

마라와 관계된 일인 것 같았다.

자신의 계획을 좌절시킨 마라에게 복수를 하려는 걸까?

타라는 빠르게 두뇌 회전을 했다. 그리고 가브리엘 왕자를 유도신문할 수 있는 사람이 있다면 그건 마라였다. 특히 가브리엘이 못된 짓을 꾸미고 있다면. 마라는 천사 같은 얼굴이지만 면허 받은 도둑의 강도 높은 훈련 덕분에 굉장히 영악했다. 게다가 악마들은 마라가 마지스터의 교육을 받고 자라서 자기 것을 지켜야 할 때는 무자비하게 냉혹하다는 걸 모르고 있었다.

그래서 미소를 지으며 일어난 타라는 즐거운 어조로 말했다.

"나는 할 일이 많은데 고모가 상황을 지켜보면서 가브리엘 왕자에게 일주일 동안 묵을 집을 임차해주되 중급 손님 기준으로 하라고 했어. 황실의 경비로 지불할 거야. 마라, 네가 좀 도와줄래? 그러니까 내 말은 네가 왕자를 감시해주면 좋겠는데……."

마라가 어떤 표정으로 거부감을 표시해도 타라가 모른 체하면 지시를 따라야지 별수 없었다.

이것이 바로 '권력의 사슬', 곧 위계질서인 것을!

타라는 리스베스 고모로부터 받은 임무를 동생에게 슬쩍 떠넘긴 것이었다.

타라는 만족스러웠다. 궁전의 주요 시설이나 연구실과 가까운 곳만 아니면 한 명의 악마로는 대단한 일을 저지를 수 없었다.

자매는 서로에게 고개를 까딱했다. 하지만 마라는 눈살을 찌푸리면서 '어디 두고 봐'라는 무언의 메시지를 보냈다. 타라는 잠자코 어깨를 으쓱하는 것으로 대답을 대신했다. '동생아, 미안해. 불공평하다고 생각하겠지만 이게 바로 인생이란다.'

타라는 가브리엘을 마라에게 맡기고 방을 나갔다. 뒤이어 사피르와 셀렌바, 친위대가 뒤따라 나갔다. 하지만 타라는 곧장 별궁으로 가지 않았다. 그 전에 타라는 외교관들의 접견실에 딸린 작은 방으로 들어갔다. 타라가 '불새들의 새장'이라는 암호로 지시를 내렸을 때 크산디아르 친위대장은 즉시 장치를 설치했었다.

텔레파시 능력이 있는 식물 진실의 입이 하얀 옷으로 나무와 잎이 달린 몸뚱이를 가리고 있었다. 옆에 서 있는 파란 땅신령이 타라에게 인사를 했다.

땅신령은 텔레파시 식물에게서 읽은 것을 타라에게 전했다.

"우리는 악마 가브리엘이 무슨 생각을 하는지 알아내지 못했습니다. 하지만 진실의 입은 가브리엘에게서 확고한 결심과 두려움을 느꼈습니다. 악마는 겁을 먹고 있는데 그것이 마마 때문인지, 자신의 종족 때문인지, 또 다른 어떤 이유 때문인지 알 수가 없었습니다. 불행히도 가브리엘의 정신 속을 침투하지 못하게 막는 아주 강력한 것이 있는데 그것이 악마의 마법인지조차 알 수가 없어서 그의 계획을 읽어낼 수 없었습니다. 하지만 진실의 입은 우리를 상대로 하는 전쟁은 아니라고 생각합니다. 아주 어렴풋하게 그렇게 느꼈다고 합니다. 우리가 포착한 이미지들도 아주 희미합니다. 좀 더 알아내기 위해 가브리엘을 추적할까요?"

타라는 잠시 골똘히 생각하다가 마지못해 말했다.

"아뇨, 도와줘서 고마워요. 나는 그가 눈치채는 걸 원치 않아요. 하얀 망토를 뒤집어쓴 거대한 식물이 금방 눈에 띌 뿐만 아니라 악마들은 진실의 입들에 대해 알고 있어요. 가브리엘은 우리가 뭘 하려는 건지 대번에 알아채고 머릿속을 더 걸어 잠글 거예요. 하지만 진실의 입에게 도움을 청할 일이 분명히 있을 테니 다시 부를게요."

타라는 생각에 잠긴 얼굴로 방을 나갔다. 가브리엘이 뭔가를 두려워하고 있다? 죽음 아니면 감옥행이었지만 현재로서는 이 두 가지는 배제되었는데……. 그럼 뭐지? 동생 아르칸즈? 자기 아버지? 그것도 아니면 마법으로 악마의 몸을 인간으로 변형시키는 것을 반대했던 블루파를 두려워하는 걸까?

더 이상의 정보를 얻지 못한 것에 실망한 타라는 화가 나서 으르렁거리다가 긴장을 풀었다. 갈랑은 타라가 이렇게 으르렁거릴 때 크라크덴트와 닮았다면서 타라의 머릿속에서 웃었다. 타라는 스트레스를 푸는 방법을 알고 있었다. 지금은 큰일을 벌일 수 없기 때문에 걱정하는 것은 아무 도움이 되지 않았다. 그래서 타라는 재미있는 일을 생각했다.

그 순간 중요한 소식을 알리는 신호가 울리고 전광판에 홀로그래피 영상이 나타났다. 여제는 검은색이 아니라 주홍빛과 금빛의 화려한 차림이었다.

"친애하는 국민 여러분, 우리의 우방과 동맹국들의 여러분! 우리의 태양들 주위의 궤도에 행성들을 올려놓은 종족들, 그중에서도 특히 보울리미−레미 행성에서 첫 번째 통신이 왔습니다."

모두 긴장했다. 타라는 이 메시지가 지구를 포함하는 모든 행성에 동시에 전파된다는 걸 알고 있었다.

"외계 종족들은 전쟁을 원하지 않습니다." 리스베스 여제는 평온한 목소리로 말했다. "그들은 불안정해진 태양들을 피해 도망친 것이라면서 현재의 왕 아르칸즈를 통해 평화 협상에 대한 공동선언을 제안했습니다."

리스베스 여제는 방금 한 말을 모두가 이해할 수 있게 잠시 말을 중단했다. 숨죽이고 있던 수많은 이들의 희망 섞인 웅성거림이 일었다. "악마들이 전쟁을 원하지 않는다! 전쟁을 원하지 않는다!" 이어서 오무아 언어가 들렸다. "그럼 그들과 무역을 할 수 있다는 건가? 새로운 손님들을 상대로 돈을 벌게 되는 건가?"

오무아 국민을 잘 알고 있는 여제는 덧붙였다.

"우리 지도부들이 그 선언을 법적으로 인가하기 전이라서 아직은 행성들이 봉쇄되어 있습니다. 우리의 각국 정부들이 모여서 아르칸즈의 제안을 연구한 뒤에 통보할 겁니다. 가브리엘 왕자가 왕위 찬탈을 시도하기 전, 우리는 이미 타딕스에서 무역 협상을 통해 상당히 진척시켜놓은 상태라서 몇 가지 조항에 대한 조율만 남아 있습니다. 나는 며칠 이내에 그 조약이 조인될 거라고 확신합니다. 전 마왕이 서약의 표시로 가브리엘 왕자를 우리에게 보냈기 때문입니다. 우리는 아주 관대하기 때문에 그 증표로 우리를 전멸시키려고 했던 왕자를 처형하지 않았습니다. 그리고 마왕 아르칸즈 역시 좋은 관계를 유지하자고 제안해온 것에 대해 기쁘게 생각하면서 그 결정권에 기대를 걸고 있습니다."

리스베스 여제는 아르칸즈의 선언 중에서 일부만 전달했다. 여제는 인사를 했고, 영상은 사라졌다.

리스베스 여제는 영리했다. 가브리엘이 와 있는 걸 대수롭지 않게 말하면서 악마들과 하게 될 협약을 알린 것이었다. 타라는 탄복하면서 미소를 지었다.

"나는 크라살비로 돌아가야겠다." 사피르가 걱정 가득한 목소리로 말했다. "대통령과 상의를 해야겠어. 셀렌바? 여기 남아서 타라의 일을 돕겠소, 아니면 나와 함께 돌아가겠소?"

셀렌바는 타라를 쳐다봤다.

"마마가 결정을 내리세요. 어떡하는 게 좋을까요?"

"지금으로서는 가브리엘을 다시 만날 계획이 없어요. 유능한 마라에게 맡기는 게 나을 테니까. 따라서 당신은 내일 아침부터 시작하는 걸로 해요. 이틀 후가 아니라 준비할 시간이 너무 부족한가요?" 타라가 대답했다.

셀렌바는 은빛 머리를 끄덕이면서 말했다.

"아니, 가져올 게 별로 없어요." 뱀파이어는 잠시 생각하다가 말을 이었다. "악마 왕자는 아주 민첩해요. 타딕스에서 있었던 사건 기록을 보면 민첩하고 강력한 자예요. 아까 창들이 날아갈 때 그의 반응을 봤는데 충분히 피할 수 있었어요. 마마가 보호 장막을 불러내지 않았어도요. 지금 이 상태의 나로서는 역부족이에요. 임무를 수행하는 동안은 인피뱀파로 돌아갈 필요가 있어요."

타라와 사피르는 함께 인상을 찡그렸다. 사피르는 정말 싫지만 반대하지 않았다. 그는 미래의 아내가 살생을 즐기는 킬러가 될지언정 곁에서 떠나지 않기를 바라는 것이었다. 나중에 다시 타라가 치료해주면 되는 것이 아닌가. 형질전환이 돌이킬 수 없는 것도 아닌데.

"그 마음 확실한 거예요?" 타라가 물었다. "당신을 위해서나 나를 위해서는 유쾌한 일이 아닌데."

셀렌바는 분홍빛 눈으로 타라의 쪽빛 눈을 뚫어져라 쳐다봤다.

"네. 약하면 임무를 잘할 수 없어요. 나는 아이를 낳고 키우기 위해서 약해지려고 한 거였어요. 적과 싸우려면 이 몸으로는 안 돼요. 내일, 마마가 나를 인피뱀파로 전환시켜주세요. 자식을 낳고 사피르와 사는 것은 앞으로도 얼마든지 시간이 있어요. 그리고 솔직히 말하면 크라살비에서 사는 건 좀 따분해요. 이따금 격한 활동을 하는 것이 즐겁기도 하고요."

타라는 사피르가 하늘을 쳐다보는 걸 봤다. 두 뱀파이어는 허리를 숙여 인사하고 떠났다.

타라는 별궁으로 발걸음을 돌리면서 한숨을 쉬었다. 셀렌바를 인피뱀파로 다시 전환시키는 것은 좋은 생각이 아니지만, 한편으로는 냉혹한 뱀파이어가 옆에 있다는 것이 이번만은 안심이 되었다.

타라는 리스베스 여제를 따르는 수행원 속에 칼이 없는 것으로 보아 여제에게 보고하는 일을 끝냈을 거라고 생각했다. 그리고 고모가 즉시 또 다른 미션을 칼에게 주지 않았기를 바랐다. 무슨 이유인지 모르지만 고모는 마음대로 오무아 제국을 위한 일에 타라의 친구들을 부리고 있었다. 타라가 불만을 토로하자 고모는 씁쓸한 미소를 지으면서 칼에게 터무니없이 비싼 대가를 주고 일을 시키는 거라고 대꾸했었다.

그 말에 타라는 웃었다. 칼다운 짓이라서 타라는 더 이상 아무 말도 하지 않았다.

　타라가 별궁으로 돌아갔을 때 칼은 없었다.

　현관에는 한 남자가 보초들의 경계하는 시선을 받으면서 얌전히 기다리고 있었다. 타라는 갑자기 심장이 쿵쿵 뛰었다.

　로빈.

로빈

두 남자를 동시에 사랑하는 것이
불가능하다는 걸 깨달을 수 있을까

*

로빈이 보낸 마지막 메시지를 생각하면 예상하지 못한 건 아니었다. 타라는 전 남친을 마주하게 될 것을 잘 알고 있었다.

그렇다고 타라가 가슴 설레면서 기다린 것도 아니었다. 오히려 그 만남을 무기한 연기하고 싶었다. 드디어 모습을 나타낸 로빈이 그 잘생긴 얼굴로 미소를 지어 보이는데 크리스털 눈빛은 심각했다. 은빛 머리는 많이 자라 있었다. 늘 그랬듯 멋진 모습으로 다가온 로빈이 손을 잡았을 때 타라는 숨이 멎는 것 같았다.

"안녕, 타라." 로빈이 진지한 목소리로 인사했다. "잘 지내지?"

잘생긴 로빈의 부드러우면서 강한 품에 안겨 행복해하던 때가 있었다. 하지만 로빈은 타라를 여동생 대하듯이 했고, 둘 사이는 그 이상으로 발전하지 않았다. 그리고 타라는 지금 칼에게 느끼는 감정이 뭔지 아직은 잘 모르기 때문에 미남 하프엘프를 대할 때보다 훨씬 더 조심하면서 대응하고 있었다.

타라는 다정하게 미소 지으며 손을 쓱 빼고 대답했다.

"안녕, 로빈! 난 잘 지내. 들어가자. 응접실에서 얘기하는 게 좋겠어."

별궁 문이 열렸고, 타라는 크림빛과 금빛의 실내로 앞장서서 들어갔다.

타라가 없을 때는 닫혀 있던 정원 쪽 창문들이 열리고 새들이 지저귀는 소리가 들렸다. 요정들이 몰려오는 사이 꽃향기가 올라왔다. 마음을 편안하게 해주는 분위기였다.

잠자코 타라를 따라온 로빈은 세련된 가구들과 어우러진 실내장식을 둘러봤다. 로빈은 화려하던 예전의 스위트룸보다는 이 별궁이 오무아의 후계자 신분에 훨씬 잘 어울린다면서 거처를 잘 옮겼다고 말했다.

"응. 얘기할 시간이 없었네, 우리. 샹즐랭에게 당한 고문으로 네가 많이 아팠기 때문에. 하지만 네 소식은 날마다 듣고 있었어." 타라는 말문을 열었다.

"그래, 알아. 네가 연락하지 않은 것은 지구에 있기 때문이라고 엄마한테 들었어. 모든 메시지가 궁전을 통해 너한테 전달된다는데…… 이해해. 그리고 고마워. 내 목숨을 구해줘서."

타라는 자책감 때문에 괴로웠다.

타라는 가만히 있을 수가 없어서 일어났다. 놀란 안락의자가 뒤를 졸졸 따라다니기 시작했다.

재미있는 광경이지만 로빈은 타라가 그사이 더 아름다워졌다고 말하고 싶은 마음밖에 없었다. 로빈은 여성 엘프들이 단연 매혹적이기 때문에 아름다움에는 익숙해 있었다. 그런데 인간인 타라는 연약해 보이고 덜 강하지만 아우라가 드리운 듯한 묘한 매력을 지녀 놀라울 정도였다.

타라는 로빈이 말하기 전에 말을 이었다.

"내가 왜 그렇게 바보 같았는지 모르겠어!"

"그게 무슨 말이야?"

타라는 쪽빛 눈으로 로빈의 눈을 응시했다.

"내가 멍청하고 어리석고 경솔했어. 그때 네가 아니라는 걸 좀 더 일찍 알아차렸어야 했는데! 그랬으면 그런 일은 일어나지 않았을 텐데. 하지만 내가 멍청해서 아무것도 보지 못했어. 아무것도 알아채지 못했어! 네가 납치되어 죽을 뻔했던 건 내 잘못이야. 너를 쇠사슬로 묶어놓고 그 주위에다 설치해놓은 장치를 보면서 내가 얼마나 두려웠는지 몰라. 너를 향하고 있는 쇠뇌 화살들, 너를 구할 가능성은 전혀 없었어."

그렇게 끔찍한 일을 당했던 로빈은 정작 남의 얘기를 듣는 것처럼 전혀 동요하지 않고 미소를 지었다.

"알아, 파프니르가 없었다면 이렇게 살아남지 못했겠지. 하지만 타라, 방법은 네가 찾았을 거라는 거 알아. 넌 언제나 그랬으니까."

"그렇게 말해줘서 고마워." 타라는 씁쓸하게 대답했다. "하지만 그렇다고 내 책임이 없어지는 건 아냐. 의심이 드는 순간 즉시 파헤쳐야 했어. 그나마 우리에게 '오이'가 있어서 천만다행이었어!"

타라는 어떻게 샹즐랭의 거짓말을 알아챘는지 로빈에게 설명하지 않았었다. 로빈이 어리둥절한 얼굴로 쳐다보자 타라는 설명했다.

"샹즐랭이 나를 복제하고 내 머릿속으로 침투하기 위한 DNA를 얻으려고 키스했을 때 뭔가 이상하다는 걸 느꼈어. 그래서 내가 '오이'라고 말했어. 하지만 샹즐랭은 내 머릿속을 읽을 수 없었기 때문에 내가 무슨 말을 하는지 전혀 몰랐지."

이번에는 로빈이 쓸쓸하게 말했다.

"그러니까 칼이 만들어낸 그 어이없는 암호 덕분에 샹즐랭의 가면을 벗길 수 있었다는 거야?"

"응."

"그래서 미치겠어, 내가."

"오이 때문에?"

로빈이 의심스러운 눈으로 쳐다봐서 타라는 농담을 접었다.

"오케이, 오케이. 뭐가 너를 미치게 하는데?"

"우리 문제."

드디어 타라가 자리에 앉자 안락의자와 로빈은 안도했다. 타라가 다리를 꼬았는데 드레스 때문인지 긴 다리가 돋보였다. 타라는 체인지라인이 드레스의 디자인과 옷감을 바꿔놓은 걸 알았다. 이번에는 드레스가 거의 자줏빛에 가까운 흑장미 색이었다. 이따금 악마의 사물들도 체인지라인을 흉내 내고 싶은지 여러 가지 보석으로 변해 있어서 타라는 거울을 보지 않으면 옷차림이 어떤지 전혀 몰랐다.

"너는 분명히 말했어. 외할머니가 내 어머니에게 날린 유혹 주문이 없었다면 절대로 나를 사랑하지 않았을 거라고." 타라는 괴로운 기억을 떠올리기 싫어서 다시는 입에 담고 싶지 않지만 차분하게 말했다. "그 시절은 네가 엘프들만 좋아하던 때라면서."

로빈은 부인하지 않고 지난 몇 년의 기억을 길게 늘어놨다.

"그래, 맞아. 그리고 너는 어렸어. 나보다 두 살 아래였으니까. 깡말랐지만 귀엽고 사랑스럽고 놀라운 잠재력을 가진 소녀였어. 그러다 네가 크면서 사랑에 빠질 정도로 내 마음을 사로잡았지. 하지만 그건 유혹 주문과는 전혀 상관없는 거였어. 내가 마법에 걸렸다는 걸 알고 너무 화가 나서 그런 말을 내뱉고 말았지만."

둘 다 침묵했다. 실내 공기조절기 덕분에 응접실은 포근했다. 평온한 분위기인데도 타라는 온몸의 근육이 경직되는 걸 느꼈다. 로빈과 함께 보낼 때마다 이상하게 시간이 너무 짧게 느껴졌다. 너무 집중하고 열렬해서였을까, 둘은 진지하게 대화할 시간을 가져본 적이 없었다. 그러기에는 서로에 대한 끌림이 너무 강했다.

"사과할게." 로빈이 말하면서 크리스털 눈을 돌렸다. 덕분에 타라는 하프엘프를 관찰하면서 죽을 뻔한 로빈이 왜 사과한다고 말하는지 다음 말을 기다렸다.

로빈은 마치 엘프의 본성과 인간의 본성이 싸우길 멈춘 것처럼 안정된 표정이었다. 이따금 보이던 번뇌하는 표정이 완전히 사라졌다. 로빈이 어찌나 평온해 보이는지 타라가 알고 있는 혈기 넘치는 하프엘프와 거리가 멀었다. 그래서 타라는 한순간 로빈이 몰약(감람과에 속하는 몰약나무의 유액으로 진통 효과가 있다—옮긴이)이라도 먹은 걸까 의심이 들었다.

로빈이 세상에서 가장 특별한 것을 보듯 실내장식을 유심히 바라

214

보고 있자 타라가 물었다.

"왜 사과한다고 말했어?"

로빈이 타라를 쳐다보면서 침을 삼켰다.

"네 말이 맞으니까. 나는 타라 덩컨만 사랑한 게 아니었어. 나는 오무아의 후계자인 타라 덩컨에게 빠져 있는 거였어."

타라는 돌멩이에 가슴을 한 방 얻어맞은 것 같았다. 얼굴이 창백해졌다.

"그래서 내가 우리 사이를 깨뜨렸던 거야." 로빈은 자신이 방금 그에 대한 타라의 믿음을 산산조각 냈다는 걸 모르는 듯 태연하게 말했다. "너에 대한 내 감정이 유혹 주문 때문인지 아닌지도 몰랐고, 그리고 권력에 대한 내 감정도 몰랐기 때문에. 우리를 변형시켰던 검은 여왕, 그 검은 여왕이 나를 적어도 신체적으로는 엘프로 변형시켰지. 어머니에게서 물려받은 인간의 특성 때문에 완전한 엘프가 될 수는 없지만. 엘프들은 인간의 특성을 결점이라고 여기지만 나는 그것이 나에게 많은 걸 가져다준 걸 알기 때문에 장점이라고 생각해."

타라는 로빈이 뭘 말하려고 이렇게 장황하게 늘어놓는지 이해가 되지 않았지만 잠자코 있었다.

"요컨대 검은 여왕은 내가 잘못 생각하고 있었다는 걸 깨닫게 해주었어. 나는 오히려 권력을 좋아하는 것이 아니라 아주 역겨워한다는 것을. 네 곁에 있으면서 가슴 아픈 선택을 하는 너를 지켜보고, 날마다 두려움이나 의무감 속에서 살아야 한다는 것, 그런 것들이 나는 싫었어. 그리고 언제든 나타나서 나를 장악할 수 있는 괴물이 네 머릿속에 살고 있다고 생각하니까 두려웠어."

타라는 가슴이 먹먹해서 간신히 침을 삼켰다. 이렇게 냉정하면서 속마음을 다 드러내는 고백이 아니라 비난 섞인 외침, 한바탕의 언쟁을 예상했건만……

"괴물은 떠났어. 내가 물리쳤거든."

"타라, 그건 너도 모르는 거야."

타라는 반박하려고 입을 열다가 정직하고 싶어서 입을 도로 다물었다. 로빈 말이 맞았다. 타라도 사실은 전혀 모르고 있었다. 악마의 사물들도 타라가 검은 여왕이 다시 나타날지 물었을 때 대답하지 못했다. 타라는 그 생각을 떨쳐내려고 했지만 표정이 굳고 어두워졌다.

로빈은 초록색 소매 안의 팔꿈치를 근육질 허벅지에 기대면서 몸을 앞으로 숙였다. 어쨌든 로빈은 냉정하고 유능한, 적에 대해 가차없는 전사가 되어 있었다. 엘프의 천성을 지니고 있는 데다 타라 곁에서 최근 몇 년 동안 이런저런 위험과 맞서면서 쌓인 경험, 검은 여왕 덕분에 생긴 변화, 이런 모든 것으로 인해 로빈은 달라져 있었다. 타라에게 감동적인 시를 읊조리던 때의 로빈이 아니었다.

타라는 로빈 못지않게 냉정해지려고 노력했다. 어쩌면 이것이 더나을지 몰랐다. 서로에게서 벗어나 더 이상의 감정싸움 없이 많은 것을 함께했던 친구로 남는 것인데.

"이해해." 타라는 인정했다. "내 남친으로 있는 것은 쉽지 않은 일이야. 너는 수없이 죽을 뻔했어. 유령들이 습격했을 때…… 난 네가 죽었다고 생각하고 나도 죽으려고 했어."

로빈의 입이 일그러졌다.

"그래, 알아. 칼이 너를 구해줬지. 그리고 칼이 너를 사랑하게 된 것이 그때였다고 생각해. 칼 자신도 모르게 말이야. 칼은 너를 돌봤고 네 목숨을 구해줬어. 그건 중요해. 그렇게 연결된 거야."

"너도 내 목숨을 구해줬어!" 갑자기 짜증이 난 타라가 외쳤다. "그리고 이건 무슨 시합이 아냐! 우리는 서로를 보호해줬어. 우리는 힘을 합했고, 그래서 모든 적을 물리칠 수 있었어, 로빈. 우리의 사랑, 무엇보다 우리의 우정으로."

이번에는 로빈이 일어났다. 아! 타라에게 정말 흥분한 모습을 보이고 싶지 않았는데.

"그래, 알아."

떡 벌어진 어깨에 딱 맞는 두꺼운 트라둑 가죽으로 지은 초록색과 파란색 재킷 차림의 멋진 로빈이 타라를 향해 고개를 돌렸다. 강물처럼 허리까지 구불구불 내려오는 은발, 반짝이는 크리스털 눈.

"어찌 됐든 나는 타라 너를 비난하러 온 게 아냐. 많은 잘못을 저지른 건 나니까."

"이를테면 아무 데서나 나를 '얼음 성녀'라고 말하고 다닌 거?" 타라는 빈정거리듯 물었다. 하지만 몹시 상처를 받았던 감정을 목소리에 담지는 않았다.

얼굴이 빨개지는 걸 보면 로빈은 확실히 엘프가 아니었다. 로빈이 고백했다.

"술을 많이 마셨고, 낙심해 있었고, 격분해 있었어. 누구에겐가 화풀이를 하고 싶었어. 네가 대상이 되었던 거야. 그 자리에 없었으니까. 나는 그 일에 대해서도 사과하러 온 거야. 칼한테 들었어. 그 못계안이 타딕스의 화장실에서 마주쳤을 때 너한테 폭로했다는 거."

타라는 눈살을 치켜 올렸다.

"못계안?"

"못된 계집 안젤리카."

"아아!"

타라는 피식 웃었다.

"못된 계집애 맞잖아. 이기적이고 악독하고 양심도 없는 계집애니까."

타라는 로빈이 방금 한 말 중 귀에 꽂히는 것이 있었다.

"너…… 칼 만났어?"

아까 복도에서 부딪쳤을 때 칼에게 멍이나 혹 같은 게 없었으니까 다치거나 타박상을 입은 것처럼 보이진 않았는데……. 그렇다면 둘은 치고받고 싸우지 않은 것이었다. 천만다행이었다.

로빈은 고개를 끄덕였다.

"응, 칼과 너 사이에 무슨 일이 있는지 난 알아야 했어. 진지한 건지, 일시적인 건지(로빈은 이맛살을 찌푸렸다). 나는 여자 문제에 관해서는 칼이 진지하다고 생각하지 않거든. 싸움이나 우정에 있어서는 칼을 믿지만, 여자 문제는 달라. 수십 명, 수백 명의 여자를 정복한 전력이 있으니까. 칼은 엘레아노라를 사랑했어. 하지만 그때도 여친이 여섯 명쯤 됐어."

타라는 웃었다.

"알아, 칼이 바람둥이라는 거. 하지만 수백 명은 너무 과장이다. 나도 뭐 따지고 보면 뒤지지 않지. 유혹 주문의 효과로 많은 남자들이 나에게 키스하려고 덤볐으니까. 파브리스, 제레미, 아르칸즈, 너, 상즐랭. 샹즐랭은 다른 이유 때문이었지만. 어쨌든 내가 칼의 연애를 비난한다면 위선이지. 물론 내 머릿속에 들어와 있는 진짜 남친은 너와 칼 둘뿐이지만."

로빈은 입을 멍하니 벌렸다.

"그게 아무렇지도 않다고?"

"응, 칼이 일부일처주의자도 아니고……."

갑자기 머리가 빠르게 돌아가면서 타라는 말을 멈추고 눈살을 찌푸렸다.

"잠깐, 로빈. 나와 칼 사이를 깨뜨리려고 하는 말은 아니지?"

로빈은 어깨를 으쓱했다.

"너를 당해낼 수가 없어. 너와 얘기할 때마다 느끼는 건데 붙어보기도 전에 내가 지고 들어가는 것 같아. 내가 한 방을 날려도 너는 이미 없어."

타라는 한숨을 내쉬면서 갑자기 통증이 오는 것처럼 이마를 문질렀다.

"이제부터는 우리 사이가 이렇게 대결하는 식이 되는 거야?"

로빈은 활처럼 몸이 팽팽해졌다. 로빈이 메시지를 보내려는 거지만 타라가 메시지의 뜻을 해독하면 걸려드는 것이었다. 타라는 속으로 말했다. '오케이, 비상수단. 난 이제 어린 소녀가 아니라 열여덟 살이야. 만만하게 보지 마. 나 그렇게 녹록하지 않을 거다.'

"로빈, 쓸데없는 비방으로 말싸움이나 일으킬 생각하지 말고 그냥 솔직하게 말해. 난 정말 너랑 다투고 싶지 않으니까. 정말 하고 싶은 말이 뭐야? 원하는 게 뭐야?"

로빈은 주저했다.

"타라 네가 괴로워하는 거 원치 않아. 내가 원하는 건 너의 행복이니까."

타라는 더 이상 참을 수 없었다.

"그러니까 말하라고! 행복? 나도 좋아해. 나에게 닥치는 온갖 사건 때문에 자주 있는 일이 아니라서 그렇지. 그리고 괴로움? 그건 내 취향이 아냐. 그러니까 그런 거 다 빼고 원하는 게 뭐야?"

또다시 로빈이 머뭇거려서 타라는 소리를 지르고 싶었다.

이윽고 로빈이 내뱉었다.

"실수를 저지르지 않고서는 앞으로 나아갈 수 없어. 엘프들은 실수를 두려워하지. 자기들은 절대로 과오를 범하지 않는다고 생각하니까. 하지만 그건 완전히 잘못 생각하는 거야. 엘프들도 잘못을 저지르니까. 똑같은 잘못을 다시 저지르지 않는 것이 더 중요해. 우리는 서로의 한계를 탐색했고, 이제는 나도 너를 더 많이 이해하고, 너도 나를 이해하게 되었어. 나는 너에게 무엇이 필요한지 정확하게 알아. 그래서 내가 원하는 건……, 아니 우리가 다시 시작할 필요가 있다는 거야."

타라는 어안이 벙벙했다. 로빈이 방금 타라의 말문을 막아버린 것이다.

"뭐? 너 아까는……."

"그래, 권력이 역겨웠다고, 검은 여왕이 두려웠다고, 걸핏하면 목숨을 걸어야 하는 것이 싫었다고, 너에게 많은 실수를 저지르는 걸 그만두고 싶었다고 했어. 맞아, 그렇게 말했어. 나는 너에게 정직하고 싶었으니까. 내가 생각하는 것을 모두 너에게 설명하는 것이…… 그래서 많이 힘들었어."

로빈이 말을 멈췄는데 갑자기 크리스털 눈에 눈물이 글썽했다. 타라가 전혀 예상하지 못한 일이었다. 로빈이 냉정하고 가혹해졌다고 생각했는데 타라는 더 이상 자신을 속일 수가 없을 것 같았다. 가면을 쓰고 있던 로빈이 방금 속을 다 내보인 것이었다.

"이따금 미쳤다는 생각이 들 정도로 난 타라 너를 사랑해. 의자에 묶인 채 금방이라도 심장을 꿰뚫을 것 같은 쇠뇌 화살들의 위협과 굶어 죽을 것 같은 상황에서도 내가 유일하게 생각한 게 뭔지 알아?"

너무 놀라서 대답할 수가 없는 타라는 고개를 설레설레 저었다.

"너에게 작별 인사를 하지 않았다는 것, 너와 사랑을 나누지 못했다는 거, 너의 감미로운 입술에 다시는 키스하지 못하리라는 것. 그 생각만 했어. 다른 무엇보다 나는 그거 때문에 죽을 것 같았어."

타라는 방 안의 산소가 모두 빠져나간 것처럼 갑자기 숨을 쉴 수 없었다.

로빈은 일부러 타라에게서 멀리 떨어져 있었다. 로빈은 타라가 원치 않거나 예상하지 않았을 때 키스하는 것은 어리석고 위험한 짓임을 이미 알고 있었다. 이유는 모르지만 타라의 마법이 번쩍거리는 걸 봤기 때문이었다. 그래서 로빈은 타라에게 손도 대지 않았다. 하지만 사랑 문제로 비탄에 빠진 로빈의 눈에서 눈물이 흘렀다. 눈물을 흘리는 것이 부끄럽지 않았다. 엘프들은 거의 울지 않지만 인간들은 그렇게 감정 표현을 하기 때문에 로빈이 타라에게 인간의 모습으로 접근하기로 마음먹은 것이었다.

"내가…… 미안해." 예상치 못한 상황에 스트레스가 쌓이고 로빈에게 연민을 느낀 타라가 눈물을 흘리기 시작했다.

그러자 불안해진 악마의 사물들이 타라의 머릿속에서 동요했다. 타라는 악마의 영혼들을 진정시키고 자신도 냉정을 되찾아야 했다.

"미안하다고 말하지 말고 사랑한다고, 나한테 돌아오겠다고 말해줘." 로빈은 집요했다.

타라는 심호흡을 했다. 궁지에 몰린 느낌이었다. 상대의 마음을 아프게 한다는 걸 알면서도 때로는 진심을 말하는 것 말고 다른 방법이 없을 때가 있다. 정말 괴로운 일이지만.

"너를 사랑해." 타라는 솔직하게 대답했다.

로빈이 눈물을 닦으면서 환해진 얼굴을 들었다.

타라는 손을 들어 그의 말을 막으면서 덧붙였다.

"하지만 칼을 사랑해."

로빈의 표정이 어두워졌고, 타라는 말을 계속했다.

"말도 안 된다는 거 알아. 나도 싫어. 두 사람을 깊이 사랑한다는 것이. 너희 둘은 정반대야. 너는……(타라는 에둘러서 말하지 않으려고 노력했다) 믿기지 않을 정도로 로맨틱해졌고, 칼은 아주 실속이 있지. 너는 나를 사랑하기 때문에 내가 하는 대로 가만히 지켜봐주었고, 칼은 나를 사랑하기 때문에 내가 하는 대로 내버려두지 않았어. 너희 둘 다 나름 일리가 있어."

타라는 다시 일어나서 안락의자에게 따라오지 말라고 지시한 다음 성큼성큼 걷다가 로빈 앞에서 걸음을 멈췄다.

"이건 있을 수 없는 상황이야. 너에 대한 마음을 깊이 간직하고 있다고 해도 나는 거짓말쟁이도 비겁하지도 않아. 로빈, 나는 칼을 선택했어. 너를 여전히 사랑한다고 해서 칼을 배신하지 않을 거야. 그건 내 성격상 안 맞아."

로빈은 입술을 깨물었고, 타라가 이해하기 힘든 어떤 감정 때문에 크리스털 눈이 어두워졌다. 분노라기보다는 오히려 어떤…… 확신 같은 것이었다.

타라와 얘기할 때는 늘 그랬듯 로빈은 조심하면서 단어를 선택했다. 자신이 느끼는 것을 타라가 잘 이해하는지 확인하고 싶기 때문인데 자신의 말이 명확하게 전달되지 않은 것 같았다.

"타라, 우리 행성이 악마들에게 파괴되었을 때 여성 엘프들이 사망했기 때문에 여성이 아주 적고, 아이들도 별로 없어. 그래서 남은 여성들은 엘프 종족의 보존을 위해 여러 명의 남편을 가져야 했어. 인간 문화에서도 그런 인종들이 있지. 아버지는 우리 종족의 관례를 따르지 않고 인간인 어머니와 결혼했지. 내 어머니가 인간이든 엘프든 여러 명의 배우자를 갖겠다고 했어도 아버지는 흔들리지 않았을 거야. 그게 우리 가족이야. 반쪽 인간인 나는 인간들의 왕국 랑코비트에 살았고, 인간의 일부일처제 문화 속에서 자랐어. 그래서 먼저 나한테 돌아오라고 제안했던 거야. 하지만 엘프 문화의 일처다부제는 여성 엘프 조상들이 종족 보존을 위해 선택한 최선이었어. 네가 칼과 나를 둘 다 사랑한다니까 지금부터는 나의 반쪽 엘프에게 도움을 청할 거야. 다시 말해 너한테서 물러나지 않고 칼과 같이 사귈 거야."

로빈은 분노 속에서도 갑자기 뜻밖의 미소를 지었다. 마치 방금 뭔가 재미있는 것을 깨달은 것처럼.

"내가 이런 말을 할 수 있는 것은 내가 받은 교육 때문이야. 내가 제안했을 때 칼의 반응으로 보아 이 개념을 좀 껄끄러워하는 것 같았어."

타라는 귀가 믿어지지 않았다. 로빈이 방금 주장한 것을 이해하는 데 시간이 좀 걸렸다. 그러다 뇌리에 박히는 말이 있었다.

"뭐? 로빈! 농담 아니었어? 칼에게 나를 같이 사귀자고 제안했던 말이야?"

"응." 로빈은 짧게 대답했다.

"그건 말도 안 돼!"

"난 너를 사랑해. 나 혼자만 너를 가질 수 없다면 칼과 같이 사귀는 것에 찬성해."

타라는 아연실색했다. 이게 꿈이라면 로빈은 완전히 정신이 나가버린 것이었다. 그리고 이게 현실이라면 로빈이 방금 한 말이 믿기지 않기 때문에 타라는 팔을 꼬집었다.

타라의 반응은 본능적이었다.

"하지만 그건 내가 싫어!"

이번에는 로빈이 손을 들어 타라의 말을 막았다.

"타라! 나는 너를 유혹하지도, 키스를 하거나 너를 만지지도 않을 거야. 그럴 권리가 없다는 것을 아니까. 나는 네 곁에 있으면서 전쟁이 일어나면 맞서 싸울 거야. 네 고모의 성명에 따르면 그 미친 악마들이 평화를 바란다고 하니까 내 제안이 최선책이라는 걸 네가 깨닫기를 기다릴 거야."

타라가 무슨 말을 하려는데 로빈은 또다시 말을 막고 문 쪽으로 걸어갔다.

"솔직히 말하면, 타라, 네가 이젠 나를 사랑하지 않는다고 말했다면 나는 포기했을 거야. 하지만 넌 나를 여전히 사랑하고 있어. 나도 알고 있었어. 그걸 느꼈어. 그러니까 내가 우리의 사랑을 포기할 거란 생각은 하지 마."

문이 열리고 로빈은 문턱을 넘어갔다. 로빈은 사라지기 전에 활짝 웃으면서 말했다.

"사랑해, 영원히."

문이 감격하는 소리를 내면서 닫혔다.

타라는 한 가지밖에 생각할 수 없었다.

슬루르크!

"갈랑, 내가 꿈꾸는 거지? 아니면 로빈이 완전히 미친 걸까?"

타라는 고요한 방에서 외쳤다.

갈랑은 좀 모호한 메시지를 보냈다. 페가수스는 로빈이 정상이라고 생각했다. 종마는 여러 암컷을 거느릴 수 있는데 암컷은 왜 여러 수컷을 가질 수 없겠냐면서.

"넌 정말 도움이 안 되는구나." 타라가 구시렁거리는 사이 페가수스는 비웃음과 아주 흡사한 소리를 냈다.

갈랑이 남자 관리가 아주 형편없다고 지적하자 타라는 사랑하는 남자는 단 한 명이어야 한다고 대꾸했다. 이 대꾸에 갈랑은 몹시 재미있어했다. 타라의 유일한 패밀리어가 되면서 무조건적인 애정을 주는 갈랑이 남친은 수백 명쯤 있어도 된다고 말하고 있었다.

문에서 입이 나타나자 타라는 한숨을 쉬었다.

"왜?"

"칼리반 달 살란이 왔습니다." 입이 말하는 사이에 타라의 대답을 듣기 위해 귀가 나타났다.

슬루르크! 로빈이 나간 지 얼마나 됐다고! 아직 충격에서 벗어나지도 못했는데 왜들 이러지?

타라는 또다시 한숨을 내쉬면서 내뱉었다.

"당연히 들여보내야지. 그리고 친위대원들에게 말해. 로빈과 마찬가지로 내 친구들이 찾아왔을 때는 나한테 물어볼 필요 없다고!"

"네, 알겠습니다, 마마."

친위대원들은 복종했고, 칼이 블롱딘을 데리고 들어왔다.

타라는 얼굴이 빨개지는 걸 느꼈지만 칼은 말할 겨를을 주지 않고 끌어안았다. 어찌나 세게 안았는지 타라는 숨이 막힐 뻔했다.

타라는 칼의 포옹을 받아들였다. 정신이 아득해졌지만 칼에게 안긴 자신의 뜨거운 몸은 분명히 현실이었다. 칼은 약간 물러서서 잿빛 눈으로 타라의 눈을 응시했다. 늘 그랬듯 칼의 눈빛이 유머와 장난기로 반짝였다. 비록 욕망을 참느라고 얼굴은 침울해지고 있었지만.

"날마다 네가 보고 싶었어. 나의 천사." 칼이 속삭였다. "다음에는 나도 함께 지구로 갈게."

이제는 타라보다 키가 더 큰 칼이 대답을 듣지도 않고 타라의 입술을 찾아 몸을 약간 숙였다.

로빈이 한 말 때문에 아직 얼떨떨하고 혼란스러워진 타라는 악마
의 사물들을 지니고 있고, 자신의 마법도 최고치로 올라와 있다는 걸
잊었다.

타라는 칼에게 느끼는 감정을 실어서 아주 열렬하게 키스를 했다.

그런데 별궁의 응접실은 이렇게 강력한 마법의 에너지를 견딜 수
있게 만들어지지 않았다. 따라서 너무 강한 압력을 받았을 때 벽들이
폭발하는 것은 아주 당연했다.

응접실이 폭발했다.

마라

죽이려고 했던 자에게 뭐라고 말해야
잘했다고 소문이 날까

*

　평소보다 인원을 두 배로 늘린 호위대를 거느리고 고급 양탄자에 오른 마라는 황궁 밖으로 날아가면서 6개 국어로 타라를 저주했다.

　마라는 아직 방법을 생각하지 않았지만 타라에게 비싼 대가를 치르게 하고 싶었다. 이런 식으로 임무를 떠넘기는 것은 정말이지 치사했다. 그러면서도 한편으로는 자신이 저지른 짓을 생각하면 벌받아 마땅하다고 마라는 생각했다. 칼을 구하겠다고 마지스터에게 복종했는데도 감옥에 들어가지 않은 것은 진짜 행운이었다. NA 스피어를 훔쳤는데도 관대한 처분을 받은 것은 마라가 타라 다음의 차기 후계자 — 이 점에 대해서는 리스베스 여제가 분명히 못을 박았다 — 신분이라서가 아니었다. 마라가 한편으로는 셀렌바의 목숨을 구해주었고, 다른 한편으로는 은하계의 상당 부분을 구했기 때문이었다.

하지만 리스베스와 타라는 성가신 일이 생기면 마라에게 떠넘기는 경향이 있었다. 마라는 항의하는 순간 '시선'을 느꼈다. '너무 배배 꼬여 있다'고 말하는 시선 앞에서 마라는 맞설 수 없음을 느꼈다.

마지스터는 마라에게 사람들을 좋아하는 것이 약점이라고 말했다. 마라는 이따금 맞는 말이라고 생각했다. 사랑으로 인한 상처는 정말 고통스러웠다.

임신한 그르룰이 잠정적으로 휴직했기 때문에 마라는 보디가드 없이 호위대만 거느리고 있었다. 하지만 돌발 행동으로 하루에도 몇 번씩 사라지는 마라 때문에 골탕을 먹는 호위대원들은 마라를 좋아할 수가 없었다.

짜증이 난 호위대가 알아들을 수 없거나 짤막하게 "네, 마마." 또는 "아닙니다, 마마." 로만 대답하기 때문에 마라는 주위에 대화할 사람이 없었다.

슬루르크!

그래서 여러 가지로 불만이 쌓여 있는 마라였다. 그런 자신에게 가브리엘에 대한 임무를 맡기다니……. 마라는 당장 단도를 뽑아 들고 가브리엘을 없애버리고 싶었지만 외교 문제로 비화될까 봐 억누르고 있었다.

마라는 악마들이 힘이 세고 민첩하다는 걸 확인했었다. 악마들이 더 강력하고 잔혹한데도 마라는 한 가지 욕망밖에 없었다. 가브리엘과 대결해서 이빨을 다 뽑아버리고 목을 으스러뜨리는 것이었다. 마지스터의 교육을 받고 자란 마라는 아름다운 어머니 셀레나가 도덕적 가치관을 심어주려고 최선을 다했지만 육체적 고통 따위에 전혀 신경을 쓰지 않았고 도덕적 가책도 느끼지 않았다.

게다가 어머니가 사망한 뒤로 보호자가 된 고모 리스베스는 권력을 행사하는 데 아주 능숙하고 비정한 군주였다.

리스베스 여제 역시 도덕적 가책 따위에 끄떡도 하지 않는다고 말할 수 있었다.

그래서 마라를 어느 정도 통제할 수 있는 사람은 딱 두 명이었다. 한 명은 마라에게 실연의 상처를 준 칼이고, 또 한 명은 칼을 빼앗은 것이 원망스러운 타라였다. 게다가 고모의 집무실에 들어가서 NA 스피어를 훔쳤기 때문에, 비록 그 덕분에 전 세계를 구했지만 면허 받은 도둑으로서의 활동이 일시적으로 정지되었다. 고모 리스베스는 마라가 얼마나 유능한지 알기 때문에 그나마 선수를 친 것이었다. 몇 년 형이 될지 모를 정도로 엄청난 죄를 저지른 마라는 감옥행이 틀림없기 때문이었다.

말하자면 마라는 안전핀을 뽑은 수류탄이나 다름없는데 가브리엘은 그걸 전혀 모르고 있었다.

하늘 길을 열어주는 세 명의 마구스들과 사이렌들의 뒤를 따라 양탄자가 날아가는 동안 마라가 말했다.

"어디에 숨고 싶죠? 궁전, 주택, 초가집, 쥐구멍?"

깜짝 놀란 가브리엘이 눈살을 찌푸리면서 긴 머리 소녀를 뚫어져라 처다봤다.

"쥐구멍?"

마라는 눈썹 하나 까딱하지 않고 가브리엘을 빤히 처다봤다. 마라는 더 이상 대꾸해주고 싶은 마음이 없었다. 가브리엘이 무슨 말인지 이해하든 못하든 상관할 바 아니었다.

마라가 골이 잔뜩 나 있다는 걸 이제야 알아차린 가브리엘이 조심스럽게 말했다.

"고모님이 보통 수준의 경비가 드는 집을 빌릴 수 있다고 하셨는데요. 그 정도면 마음에 드는데……."

"고모가 뭐라고 하셨는지는 나도 알아요!" 마라는 갑자기 말을 끊었다. "고모가 왜 당신을 제거하지 않고 이렇게 시간 낭비를 하는지 이유를 모르겠지만 어디를 가면 우리, 아니 당신에게 필요한 집을 구할 수 있는지 내가 아니까 기다려요."

도시를 손바닥 들여다보듯 훤히 아는 것은 면허 받은 도둑이 해야 하는 훈련의 일부였다. 면허 받은 도둑들은 머릿속에 행성의 대도시들을 그린 지도가 있는데 막다른 길, 골목, 지름길까지 상세히 표시되어 있었다. 마라는 양탄자 조종사에게 급회전을 지시했고, 그들은 이내 부동산 중개업소의 상공을 날았다. 매매, 전세, 월세를 알리는 광고판들이 날아다니고 있었다.

가브리엘은 화가 나 있는 마라를 보고 의아했다. 가브리엘은 자신만 분노에 떨고 있다고 생각했다. 당연히 자신의 옥좌인데 동생인 아르칸즈가 차지한 것에 대한 분노, 다시 돌아갈 수 있는 다리를 모두 끊고 폭발하는 림보를 떠나야 했던 분노, 아더월드를 정복하려다 실패한 분노, 함정에 빠져 하찮은 소포 꾸러미처럼 이곳으로 보내진 것에 대한 분노.

그런데 가브리엘은 마라의 금빛이 도는 초록빛 눈에서 자신과 똑같은 분노를 읽은 것이었다.

이건 굉장히 흥미로운 일이었다.

가브리엘은 인간들에 관한 비디오들을 보면서 인간들이 칭찬을 좋아한다는 걸 알았다.

그래서 악마는 마라에게 미소를 지으면서 말했다.

"마마를 처음 만났을 때는 너무 많이 화가 나 있어서 미처 몰랐는데 언니의 미모 못지않게 아름답군요."

마라는 어이가 없었다. 그렇지 않아도 하기 싫은 일을 억지로 하는 마당에 이 빌어먹을 악마가 칭찬을 하다니. 일이 점점 이상해지고 있었다.

마라는 악마를 시험해보기로 했다.

"언니만큼 아름답다는 거예요? 언니보다 더 아름답다는 거예요? 더 아름답다면 얼마나 더 아름다운데요? 10퍼센트? 20퍼센트? 100퍼센트?"

가브리엘의 눈이 휘둥그레졌다. 그가 기다리던 대답이 아니었다. 영화에서 보면 여자들이 킥킥거리면서 대답하거나 남자의 목에 매달렸고, 사랑하지 않는 남자인 경우는 무시해버렸다. 이렇게 차갑게 몇 퍼센트냐고 바보 같은 질문을 하는 여자는 없었는데…….

"글쎄요." 당황한 가브리엘이 어물어물 대답했다. "100퍼센트?"

"말도 안 돼요." 마라는 냉랭하게 응수했다. "언니는 이미 아름다운데 내가 100퍼센트 더 아름답다는 말은 곧 행성에서 가장 아름답다는 것이고, 엘프들과 버금가게 아름답다는 말이거든요. 그런데 말이죠, 엘프보다 더 아름다운 여자는 없어요. 유전학적인 문제로요(마라는 미소를 참고 비웃어주었다). 당연히 당신도 엘프보다 못생겼고요."

그 순간 가브리엘은 속으로 외쳤다. '왜 갑자기 부벨굴13 * 이 된 느낌이 들지? 어떻게 내가 엘프보다 못생겼다는 거야?'

"하지만 마마는 정말 아름다워요." 가브리엘이 마지막 가지에 매달리는 심정으로 외쳤다.

하지만 마라의 대답에 가지는 툭 부러졌다.

"아름다움 따위에는 관심 없어요. 중요한 건 지성이니까. 그리고 능숙함."

짧은 비행이 끝날 때까지 가브리엘은 마라에게 찬사를 쏟아봤지만 매번 뚫고 들어갈 수 없는 벽에 부딪혔다. 가브리엘은 도저히 믿기지 않아서 엄청 짜증이 났지만 포기할 생각이 없었다.

가브리엘은 어린 인간과 계속 대화를 나누고 싶어서 시간 끌지 않고 집을 결정하기로 마음먹었다. 흰색과 금색 양복 차림의 부동산 중개업자가 반갑게 맞아주었다. 빨간 물을 들여 이상하게 머리를 곧추세운 중개업자는 쾌적한 집을 터무니없이 비싼 가격으로 빌려주었다.

마라는 가브리엘이 흥정을 하지 않는 것이 의아했다. 마라는 타딕스에서 아더월드 사람들과 악마들 간의 토론을 지켜봤고, 가브리엘이 대번에 허점을 간파하는 능력이 뛰어난 사업가라는 걸 확인했었다. 하지만 지금 가브리엘은 따분한 표정으로 중개업자가 등쳐먹게 내버려두었다.

흠.

· · · · · · · · · · · ·

13. 심한 부상을 입히지 않기 위해 펀칭볼이나 스파링 파트너를 이용하는 우리 문화와는 달리, 악마들은 훈련용으로 보존해놓은 죽은 악마 부벨굴을 이용한다. 그런데 훈련이 시작되면 잠시 후 반드시 신체의 일부들을 잃기 때문에 좀비 파트너라고 할 수 있다.

하긴 가브리엘이 자기 돈을 쓰는 것도 아닌데. 마라가 제국의 경비로 지불할 거라고 자세히 설명하자 중개업자는 침을 꼴깍 삼키면서 즉시 임차료를 반값으로 내렸다.

빨간 지붕의 진회색 집은 가구들이 갖춰 있었다. 걸어서 10분 거리에 궁전이 있고, 상점이 밀집한 거리도 가까이 있었다.

마라와 가브리엘이 밖에서 기다리는 동안 호위대원들이 집을 검사하러 들어갔고(마라는 집 안 곳곳에 감시 장치를 숨기고 있는 것이 틀림없다고 생각했다), 또 한 무리의 대원들이 불청객의 안전을 점검하기 위해 합류했다.

비공식적으로는 가브리엘을 감시하려는 것이지만 공식적으로도 당연한 절차였다.

마라는 그 무리 속에서 카무플레를 발견했는데 황궁의 친위대장 크산디아르의 아내 세네 센스사스와 아주 비슷했다. 이렇게 감시하는 눈이 많으면 가브리엘이 이 집을 빠져나가는 것이 보라색 뚱보 파리가 엎어놓은 유리잔에서 도망치는 것만큼이나 가능성이 희박했다.

뚱보 파리, 아니 악마는 희한한 표정으로 마라를 응시하고 있었다. 저 표정은 뭐지? 이 외계인이 뭘 원하는 거지?

"도시 상공을 날아왔으니까 지금부터는 함께 좀 걷고 싶은데요. 마마가 괜찮으시다면." 가브리엘이 경쾌한 어조로 말했다.

마라는 가브리엘을 훑어보면서 관능적으로 보이고 싶은지 가슴 바로 밑으로 팔짱을 꼈다.

"왜죠? 팅가푸르의 약점이라도 찾아보시려고?"

가브리엘은 소녀의 목을 졸라버리고 싶은 충동을 간신히 억제했다. 이렇게 공격적이고 적대적인 누군가를 참는 게 이 정도로 힘들 줄은 전혀 몰랐다. 가브리엘은 난생처음으로 형제자매들도 그를 참는 것이 몹시 힘들었으리라는 걸 깨달았다. 가브리엘은 표정을 관리했다. 복수하려고 온 건데. 가브리엘은 음흉한 미소를 지으면서 마라를 유혹하는 것은 다음으로 미루고 지금은 성격대로 말하기로 했다. 마라는 호위대를 향해 눈을 찡긋했다.

"그럴 리가요. 나는 다리를 풀고 싶은 것뿐이에요. 그리고 에프리트들이 이미 이 행성의 방어 체계에 대한 모든 걸 말해줬습니다. 솔직히 이미 정보를 갖고 있는데 새삼 도시의 약점을 찾아봐야 무슨 소용 있겠어요?"

나쁜 소식에 마라는 어떤 반응을 보여야 할지 난감했다. 모든 아더월드 사람들과 마찬가지로 마라는 에프리트들이 아더월드 편에서 보울리미-레마족을 상대로 싸웠기 때문에 우군이라고 생각하고 있었다. 그런 에프리트들이 자기들을 정복하고 죽인 보울리미-레마족을 도우리라고는 전혀 생각하지 못했다.

마라가 임기응변의 재치를 발휘해 독하게 받아치려는 순간 도시 전체가 번쩍할 정도로 강력한 폭발이 일어났다.

호위대원들이 일제히 가브리엘에게 달려들었고, 가브리엘은 미처 반응할 겨를도 없이 땅바닥에 자빠져 있는 것에 놀랐다.

"비열한 놈!" 마라는 번개같이 꺼낸 단검을 휘두르면서 외쳤다. "너는 우리를 방심하게 만들고 그사이 네 부하들로 궁전을 폭격해?"

가브리엘이 아직 살아 있는 이유는 그를 에워싼 호위대가 본의 아니게 살기가 느껴질 정도로 격분한 마라를 막아주고 있어서였다.

"이자를 감옥에 처넣어!" 마라는 당장 단검으로 해치우고 싶지만 시간이 없기 때문에 외쳤다.

그렇게 명을 내리고 마라는 양탄자를 향해 달려갔다.

호위대원 한 명이 얻어맞아서 정신이 없는 데다 어리둥절해 있는 가브리엘을 거칠게 일으키고는 히플리아의 철로 만든 수갑을 채웠다. 난쟁이들의 철에 아더월드의 마법이 통하지 않는 것처럼 악마의 마법도 그럴 거라 생각하고 수갑을 채운 것이었다.

가브리엘은 전혀 영문을 모른 채 포로로 붙잡혔다.

"완전히 미쳤어!" 가브리엘은 강력하게 반발했다. "우리는 폭격하지 않았다! 나는 아무 짓도 안 했다고!"

가브리엘이 악마의 마법을 작동하자 수갑이 땅바닥으로 툭 떨어졌다. 수갑을 채웠던 호위대원이 쏘아봤다.

가브리엘은 팔짱을 끼고 맞섰다.

"나는 도망칠 생각이 없다. 우리는 이 폭발과 아무 상관없어. 그리고 이까짓 웃기는 수갑으로는 나를 구속하지 못해. 우리 마법은 너희들 마법과 달라."

가브리엘은 이 말을 하지 말았어야 했는데. 호위대장이 가브리엘 뒤에 서 있는 부하에게 신호를 보냈다. 그 순간 가브리엘은 목덜미에 천 톤의 벽돌이 쏟아지는 느낌이 들었다.

가브리엘이 쓰러지기 직전 마지막으로 한 생각은, 아르칸즈나 아버지에게 적대적인 파벌 또는 충분히 그럴 수 있다고 생각하는 아버지가 오무아에 있는 그를 어떤 방식으로든 제거하려고 벌인 일이 아니기를 진심으로 바란 것이었다.

마라는 숨을 가쁘게 몰아쉬면서 궁전을 향해 양탄자를 이륙시켰다. 마라는 주문을 읊어서 면허 받은 도둑의 회색과 검은색 스팔렌디탈 가죽 유니폼으로 바꾸었고, 마법복 주머니에서 꺼낸 무기들을 움켜잡았다. 면허 받은 도둑으로서의 활동은 잠정적으로 정지되었지만 만일을 대비하여 유니폼은 늘 지니고 다녔다. 양탄자가 정문 앞에 착륙하자 마라는 만반의 준비를 하고 황궁으로 달려 들어갔다. 마라는 즉시 목격자들이 폭탄이 터졌다고 가리키는 곳으로 뛰어갔다.

폭격을 맞은 장소가 타라가 기거하는 황궁의 측면이라는 걸 알았을 때 마라는 심장이 오그라들었다.

호위대 덕분에 군중을 헤치고 뛰어가는 것이 어렵지 않았다. 그렇지 않았다면 목이 터져라 비키라고 소리쳐도 빨리 물러서지 않는 이들을 주저치 않고 후려쳤을 텐데.

타라의 별궁에 도착한 마라는 뭔가 이상하다고 생각했다.

지붕이 안쪽이 아니라 바깥쪽으로 폭발한 것이었다. 따라서 폭탄은 하늘에서 떨어진 것이 아니었다. 마라는 부르르 떨렸다. 그럼 내부에 배신자가 있었단 말인가?

타라와 칼이 정신이 나간 얼굴로 비틀비틀 별궁에서 나왔고, 이어서 갈기며 털, 꼬리털이 삐죽삐죽 솟은 패밀리어들이 갈지자걸음으로 나왔다.

마라는 도중에 마주친 리스베스 여제와 함께 다가갔다. 초긴장한 친위대가 뒤를 따랐는데 누구든 손가락 하나 까딱했다가는 창으로 찔러 죽일 것 같았다.

"타라!" 리스베스 여제가 안도의 숨을 내쉬면서 소리쳤다. "무슨 일이니? 공격을 받은 거니?"

타라는 입술을 깨물면서 황망한 시선으로 바나나 껍질처럼 된 별궁의 지붕을 올려다봤다.

"아니, 괜찮아요." 타라는 마치 귀가 약간 먹은 것처럼 너무 크게 말했다. "다행히 칼이 무슨 일인지 알아차리고 패밀리어들과 우리를 보호해줬어요."

"누구로부터?" 이번만은 마라가 언니에 대한 걱정 때문에 칼을 보고도 아랑곳하지 않았다.

타라는 한숨을 쉬면서 친위대를 쳐다보다 자포자기했다.

"나로부터. 내가 자제력을 잃고……."

리스베스 여제와 마라는 뭔 소리야, 하는 얼굴로 타라를 쳐다봤다. 이윽고 마라의 눈에서 광채가 번뜩였다.

"와, 진짜 못 말리겠다." 마라는 알 만하다는 목소리로 말했다. "대체 칼과 무슨 짓을 한 거야?"

타라는 불안한 마음으로 마라를 쳐다봤다. 마라가 얼마나 칼을 사랑했고, 타라와 로빈의 사이처럼 지금도 칼을 사랑하고 있다는 걸 아는데…… 타라는 동생에게 상처를 주고 싶지 않았다. 하지만 마라는 말할 기회를 주지 않았다. 불행히도 마라는 아주 영리했다. 마라는 칼을 쳐다보면서 씹어뱉듯 말했다.

"두 사람 키스했지?"

마라는 인상을 쓰면서 덧붙였다.

238

"아니 그보다 더한 거였나?"

칼이 대답하려고 하자 마라가 비아냥거렸다.

"나랑은 키스할 때마다 타 죽을까 봐 그딴 짓을 하지 않았겠지."

칼은 비웃음을 흘리는 마라를 당황하게 하려면 훨씬 센 말이 필요하다고 생각했다.

"아, 그렇긴 한데 내가 좀 폭발적인 관계를 좋아해서 말이야!"

"누가 나한테는 그래도 된대?" 타라는 약간 자존심이 상한 듯 말했다. "자, 다들 공격이 아니라는 걸 아셨으니까 누가 지붕을 복원시켜 주실래요? 나는 엄두가 안 나서요. 모르잖아요, 내가 또 다른 걸 폭발시킬지."

말은 그렇게 했지만 타라는 너무 민망하고 부끄러웠다. 모두의 따가운 시선을 피해 빨리 별궁으로 들어가서 이불 속에 숨고 싶은 심정이었다.

리스베스 여제는 이맛살을 찌푸리고 "쯧쯧쯧" 하면서 여제를 경호하는 최고 마구스들과 함께 주문을 읊었다. 몇 분 후 나뭇잎이 다 떨어진 나무 몇 그루와 난처해서 어쩔 줄 모르는 타라를 제외하고는 원상 복귀가 되었다.

몇 시간도 안 돼서 후계자가 남친과 키스하다 별궁의 지붕을 날려버렸다는 소문이 퍼져나갈 텐데. 타라는 궁인들의 입방아에 오를 걸 생각하니 낯이 뜨거웠다.

이따금 타라는 자신의 인생에 마법이 끼어들지 않았다면 훨씬 행복했을 거라고 생각했다. 아니 사실은 이따금이 아니라 거의 늘.

마라는 조롱 섞인 야유를 퍼부으려다가 갑자기 아연실색하는 표정을 지으며 손으로 입을 막았다.

"슬루르크!" 마라는 잠시 후 내뱉었다. "공격받은 게 아닌데! 가브리엘!"

그러고는 리스베스 여제와 칼, 타라가 무슨 일이냐고 미처 물을 겨를도 없이 마라는 로미네트보다도 더 쏜살같이 질주했다.

타라는 한숨을 쉬었다. 무슨 일이 생기는 것보다는 차라리 동생에게 들볶이는 편이 더 나은데.

리스베스 여제는 친위대를 물러서게 하고 조카의 쪽빛 눈을 뚫어져라 쳐다봤다.

"타라." 리스베스는 걱정스러운 목소리로 말했다. "마라가 생략한 말…… 너희 둘 설마…… ."

타라는 더 모욕을 당하기 전에 고모의 말을 끊었다.

"아니에요! 걱정하시는 일은 없었어요. 나는 조절, 아니 대처할 거예요. 죄송한데 칼에게 할 얘기가 있어서요."

리스베스가 무슨 말인지 이해할 겨를도 없이 타라는 칼의 소매를 잡아끌면서 별궁으로 들어갔다. 둘이 사라지자 리스베스는 한숨을 쉬었지만 크게 화가 나지는 않았다.

"저 아이는 모우르무르 덩컨**14**의 혈통이 틀림없어! 정말 대단한 집안이야!"

여제는 폭발 때문에 중단한 업무를 보러 돌아갔다.

· · · · · · · · · · · ·

14. 쾅쾅 폭발하는 거시기들을 만드는 데는 그 누구도 따라갈 수 없는 천재적 발명가이기 때문이다.

완벽하게 복원된 응접실로 들어서자 타라는 칼을 보면서 말했다.

"미안해."

하지만 칼은 타라를 붙잡고 꼭 끌어안는 것으로 말을 중단시켰다. 그러고는 타라의 금발(방해가 되는 왕관을 옆으로 밀어놓은 뒤에)에 머리를 대고 다정하게 말했다.

"괜찮아, 타라. 검은 여왕의 검에 찔리고, 상즐랭한테도 찔리는 등 나는 몇 번이나 죽을 뻔했어. 하지만 폭발하는 타딕스에 비하면 이런 건 아무것도 아냐."

사실 칼은 왼쪽 귀에서 흐르는 피를 감추고 있어서 잘 들리지 않았다. 레파루스로 빨리 치료할 수도 있지만 그러면 타라가 너무 미안해할 것 같았다. 예민해진 타라가 뭐라고 중얼거렸다. 하지만 칼은 귀를 다친 데다 타라가 몸을 밀착시킨 채 한 손으로 칼의 보드라운 검정 가죽옷을 만지작거리고 있어서 알아듣지 못했다.

"뭐라고?" 칼이 물었다.

"나는 폭발에 대한 것이 아니라 우리가 함께할 수 없기 때문에 미안하다는 거야."

칼은 전혀 이해가 되지 않았다. 그래서 몸을 떼고 갑자기 굳어진 표정으로 타라를 쳐다봤다.

"더는 함께할 수 없다는 게 무슨 말이야? 타라? 그게 무슨 뜻이야?"

얼굴이 화끈 달아오른 타라는 누구에게든 무릎을 꿇고 빌고 싶은 심정이었다. 타라는 눈을 내리깔고 설명했다.

"당연한 거야. 나도 이제는 어린 소녀가 아니라서 욕망이 있어. 하지만 고모 말이 맞아. 나는 우리 제국, 나아가서는 아더월드 전체를 지켜줄 무기야. 내가 잘못되면 모든 방어 체계가 무너지는 거야. 아, 그렇다고 모든 것이 나에게 달려 있다는 말은 아냐. 그건 미친 짓이지. 절대적으로 필요한 사람이란 건 없으니까. 하지만 제레미와 내가 없었다면…… 타딕스는 블랙홀이 되었을 것이고, 아더월드는 오래 버티지 못했을 거야. 그래서 내가 가진 마법의 힘, 그 능력이 정말 중요하다고 말할 수 있어."

타라는 쪽빛 눈으로 반쯤 정신이 나간 듯한 칼을 쳐다보면서 긴 설명을 한마디로 정리했다.

"나는 모든 이들의 기대를 저버릴 수 없어. 칼 네가 너무 지겨워서 다 그만두겠다고 하면 나는 이해할 거야. 너를 원망하지 않을게."

칼은 귀가 아픈 데다 심한 두통까지 일어나고 있었다.

"오, 아더월드의 모든 신들이여. 타라, 너 무슨 말을 하는 거야?"

"나는…… 그러니까 나는…….'"

"뭐?"

타라는 한숨을 쉬고 나서 말했다.

"나는 너와 더 이상의 선을 넘을 수 없다고. 고모는 내가 임신하면 마법이 방해받을 위험이 있다고 생각해서. 게다가 악마들이 벌이고 있는 일들 때문에 지금은 그럴 때가 아니라는 거지. 그렇지 않아도 내 빌어먹을 마법 때문에 걸핏하면 위험한 일이 일어나잖아. 그리고 위험 가능성이 제로가 되는 때는 없을 거야. 요컨대 지금은 정말 아기를 가질 때가 아니기 때문에 네가 더는 참을 수 없어서 헤어지겠다고 해도 나는 이해한다고."

칼은 타라를 놓아주고 몇 걸음 뒷걸음쳤다. 그리고 침을 삼켰다.

정신적으로나 육체적으로나 타라를 사랑하지만 거기까지는 생각해 본 적이 없었다. 더군다나 아기를 갖는다는 생각은 단 한순간도. 하지만 임신하면 마법을 방해할 위험이 있다는 여제의 말은 전적으로 맞는 말이었다.

"뭐…… 아기?" 칼은 당황한 목소리로 말했다. "아기라니?"

칼이 어찌나 놀란 표정을 짓는지 타라는 웃음이 빵 터지면서 긴장이 약간 풀렸다.

"음…… 그게…… 너도 알잖아. 남자와 여자가 사귀다 보면 임신할 수 있는 거. 아기들이 생길 수 있잖아."

갑자기 떠오른 생각에 타라는 입술을 삐죽거리면서 말을 이었다.

"그리고 우리 집안에는 쌍둥이가 있어. 집안 내력 때문에 잘못하면 아기가 둘, 셋이 나올 수도 있어."

칼은 머리가 터질 것 같은 얼굴이었다.

"둘…… 아기가 둘이라고?"

타라는 눈살을 찌푸렸다.

"칼, 괜찮아? 그렇게 자꾸 내 말을 반복하지 말고 네 생각을 말해줘야지."

"아기들?"

오케이. 아기라는 말에서 칼의 뇌가 멈춘 것이었다. 타라는 다정하게 칼의 손을 잡고 응접실의 크림색 소파 중 하나에 앉혔다.

"칼, 괜찮아?"

칼은 잿빛 눈을 감고 심호흡을 했다. 그러고는 생각을 정리하기 위해 머리를 흔들면서 구시렁거렸다.

"안 괜찮아."

"아기 이야기 때문에……."

칼은 타라의 말을 막았다.

"스톱! 네가 아기라는 말만 하면 두뇌 회전이 안 돼. 타라, 시간을 좀 줘. 부탁이야."

타라는 웃지 않으려고 입술을 깨물었다. 웃지 말아야 해. 웃으면 안 돼. 다행히 칼이 한숨을 푹 내쉬면서 말했다.

"타라, 도저히 빼도 박도 못할 이유를 찾아내다니 네 고모 정말 시크하다."

정말이지 반박할 수 없는 이유였다. 타라는 충격 때문에 잠시 끊어졌던 칼의 뇌신경들이 마침내 다시 제대로 돌아온 것이 기뻤다.

"문제는 고모의 판단이 분명히 옳다는 거야." 칼이 툴툴거리며 말했다. "피임하는 방법은 많아. 하지만 네 마법과 남의 충고를 듣지 않는 고모의 강박관념에도 불구하고 그럴 위험이 전혀 없다고 단언할 수 없다는 게 문제야. 우리에게…… (칼은 침을 삼켰다) 아기가 생길 수도 있어."

아직도 칼은 정신 나간 표정이었다. 다음 말은 결정적이었다.

"금빛 눈에 파란 머리를 가진 아기들."

"파란 머리에 금빛 눈의 아기들? 칼, 너 머리가 잘못된 거 아냐? 이상한 말만 하고 있잖아."

웃음이 터질 것 같은 타라는 칼의 얼굴을 보는 순간 웃음이 싹 달아났다.

타라는 허리를 숙이고 두 손으로 머리를 감쌌다. 타라는 자신이 얼마나 괴로워하는지 보여주면 칼이 문제를 잊을 거라고 생각했다. 예상대로 칼이 즉시 몸을 숙이고 타라를 안아주었다. 타라는 나직하게 말했다.

"나는 세상에서 가장 나쁜 여친이야."

칼은 잠시 어리둥절해 있다가 웃음을 터뜨렸다.

"천만에, 가장 나쁜 여친은 아니지. 너는 최고니까. 너는 아주 독특한 여친이라고 하는 게 더 맞는 말이야. 이제 그건 됐고, 얼마 동안이나 금욕해야 되는 거지?"

"고모가 악마들의 위협에서 벗어났다고 판단할 때까지."

검은색 가죽 차림의 칼이 어깨를 으쓱했다.

"빨리 지나갈 거야. 고모의 성명에 따르면 악마들이 전쟁을 원치 않으니까, 안 그래?"

타라는 칼에게 몸을 기대면서 냄새를 맡았다. 화장수와 몸에서 나는 냄새가 좋았다.

"그리 오래 걸리지 않기를 바라고 있어. 하지만 고모가 그렇게 말한 이상 너는 정말 나를 떠나야 할 때가 아닌지 불안해지는 날이 올지도 몰라."

"타라, 모든 걸 혼자서 해결하려는 그 나쁜 습관에 대해 내가 뭐라고 했지?"

"그건 너한테 통하지 않는다고."

"바로 그거야. 나는 너를 사랑하고, 너는 나를 사랑해. 그러니까 당분간은 얌전하게 지내자. 그리고 그 문제…… 아기들…… 얘기는 때가 되면 알겠지."

둘은 동시에 한숨을 내쉬다가 깔깔대고 웃었다. 이윽고 칼은 아주 조심스럽게 타라의 입술에 살짝 입을 맞췄다. 칼은 오른쪽 고막마저 잃고 싶지는 않았다. 타라도 아주 조심스러웠고, 거의 숭고한 입맞춤을 했다.

하지만 타라의 머릿속에서 로빈의 말이 떠나지 않았다. 독 묻은 씨앗처럼 머릿속에 심어져 있었다. 타라는 이따금 좀 심하게 느껴질 정도로 정직하기 때문에 그 씨앗이 뇌에서 싹트게 내버려두지 않았다.

"너는 여친이 많았잖아." 타라는 조심스럽게 물었다.

칼은 눈살을 찌푸렸다.

"아무리 화가 날 때도 그런 얘기는 서로 꺼내지 않기로 했던 것 같은데?"

타라는 미소를 지었다. 칼은 타라와 말할 때 항상 화술이 독특했다. 타라는 칼이 타라에 대해 강의를 할 수 있을 정도로 깊이 연구하는 것이 아닌지 의문이 들었다.

"그래, 나도 알아." 타라는 대답했다. "하지만 엘레아노라 말고는 네 여친에 대해 전혀 몰라. 다시는 만나지 않을 건지, 다시 만날 수도 있는지, 왜냐하면……."

칼은 포옹을 풀고 타라의 말을 막았다.

"타라, 너 나를 뭘로 보는 거야? 난 엘프가 아냐! 아버지와 어머니는 나에게 몇 가지 원칙을 가슴에 새기게 하셨어. 첫째, 강력한 마법을 지닌 여자들과 사귈 때는 특히 바보 같은 짓을 하지 마라. 아니면 하찮은 파리 목숨이 되고 말 거다……."

타라는 웃음을 터뜨렸다. 이런 게 칼이었다. 누구도 흉내 낼 수 없는 유머로 난처한 순간을 넘겨버리는 놀라운 능력. 로빈이었다면 이런 순간에 유머를 날리지 않았을 것이다. 화가 나서 씩씩거렸을 것이다. 아니면 엘프들에 관해 일장 연설을 하거나 끌어안고 타라밖에 없다는 걸 이해시키려고 열렬하게 키스했을 것이다.

타라는 웃음을 그치고 눈살을 찌푸렸다. 이런, 언제부터 이렇게 됐을까? 칼과 있으면서 로빈을 생각하다니.

칼의 왼쪽 입가에 묘한 미소가 흘렀다. 칼은 타라를 다시 품에 안고 속삭였다.

"네가 나를 얼마나 행복하게 하는지 모를 거야, 타라. 아기를 생각하기에는 지금 우리는 너무 어려. 하지만 나중에 우리 세계에 대한 위협이 물러가고 자식들을 키울 여유가 생길 때는 너를 닮은 아이들을 많이 낳고 싶어. 아이들에게 들들 볶이면서도 굉장히 기쁘고 행복할 거야."

타라는 또 한 번 빵 터졌다. 그러다 갑자기 재미있는 생각이 스쳤다.

"기대해보자, 우리." 타라는 짓궂게 말했다. "너 닮은 남자아이를 낳아서 나처럼 태어날 때부터 마법 능력이 나타나는 일은 없어야 할 텐데. 아니면 우리의 밤은 예상보다 훨씬 격동적이 될 위험이 있으니까."

타라는 칼의 몸이 뻣뻣해지는 걸 느꼈다. 칼은 질겁한 얼굴로 포옹을 풀었다.

"타라! 나는 어렸을 때 지옥이었어."

"아, 그래? 너도 아기 때부터 마법 능력이 있었어? 제레미와 나만 그런 줄 알았는데⋯⋯."

"아니, 거의 모든 사람들과 마찬가지로 열 살 때쯤 능력이 나타났어. 크라크덴트의 송곳니로부터 블롱딘을 구해주기 직전이었지. 하지만 그 이전에는 두 번이나 집을 태워서 화가 난 부모님과 형제들이 주말마다 나를 경매에 붙이려고 했어!"

칼은 반들거리는 검은색 머리털을 헝클어뜨렸다.

"제어할 수 없는 너의 초강력 마법보다 힘이 더 센 2세를 낳을 위험이 있다는 뜻이야?"

"응." 타라는 칼의 표정을 보면서 웃지 않으려고 꾹꾹 누르면서 대답했다.

"어휴, 타라. 네 고모의 말씀이 완벽하게 옳았어. 그렇다면 아기를 낳는 건 아주, 아주 나쁜 생각이다!"

14
잘못된 갈망

이번만은 진짜 아무 짓도 하지 않았는데
감옥에 갇히는 신세가 되다니

*

감옥이란 개념은 가브리엘에게 아주 낯설었다. 악마의 마법으로 변형시킨 인체 기관 덕분에 악마들의 세계에는 감옥이 없었다. 재판 관이 선고를 내리면 집행자가 선고를 이행하는데 대체로 죄인에게 경각심을 주는 차원에서 한두 개의 수족을 자르는 처벌을 했다.

간혹 아주 드물지만 사형이 집행될 때도 있었다. 그럴 경우 죄인들을 참수형에 처하는데 그 이유는 육신을 떠나기 전에 영혼을 잡아두고 악마의 마법에 이용하기 때문이었다.

친위대원들이 아직 그로기 상태인 가브리엘을 감방의 매트 위에 내려놨을 때 왕자는 아주 불쾌한 폐소공포증을 느꼈고, 두통이 심하게 일었다. 오무아의 친위대원들은 그의 질문에 대답도 않고 멀어져 갔다.

그 누구도 폭발에 대해 말해주지 않았다.

가브리엘은 머리가 떨어져나갈 것 같아서 두 손으로 머리를 받치고 조심스럽게 앉았다. 천상의 폴로 경기를 할 때를 포함해서 자주 맞아봤지만 구타를 당한 것과는 완전히 달랐다.

가브리엘은 주위를 유심히 살폈다. 그러고는 속으로 말했다. '지난번에 아더월드의 보안 시스템에 대해 논의할 때 아르칸즈가 말해준 바에 따르면 아더월드의 마법이 작동하지 못하게 제국의 모든 감옥에 조각상을 설치해놨다고 했어. 하지만 조각상도 악마의 마법을 막지 못한다고 했어. 그런데 친위대원들이 이제 히믈리아의 철이 악마의 마법에 통하지 않는다는 걸 알았으니 바보도 아니고 보안 시스템을 바꿔놨을 게 틀림없어. 그리고 이번 폭발 사건은 나와는 아무 상관 없는 일이야. 따라서 지금은 악마의 마법을 시험해볼 때가 아냐.'

가브리엘은 조심스럽게 누웠다. 잠을 청하기에는 두통이 너무 심하고, 머리가 쿵쿵 울리는 것 같았다. 가브리엘은 생명공학 엔지니어에게 두개골을 강화해달라고 부탁해야겠다고 마음먹었다. 그렇다고 돌덩이처럼 딱딱하게는 말고.

수감된 지 45분쯤 흐른 뒤에야 가브리엘은 잠들었다. 하지만 무슨 소리가 나서 눈을 떴다.

티그족 한 명이 감방 앞에 서 있었다.

그런데 티그족의 이미지가 흔들리더니 스카이블루 드래곤의 모습으로 변해서 가브리엘은 깜짝 놀랐다.

드래곤의 사악한 미소에 가브리엘은 벌떡 일어났다.

"너를 궁전에서 보게 되다니 내 눈이 믿어지지 않는군." 드래곤이 흡족한 어조로 말했다. "나는 너를 죽이고 인간들에게 책임을 전가할 수도 있다. 그러면 아더월드는 네 동족들과 전쟁을 해야 될 것이다. 그게 당연한 거니까. 우리는 동맹국들에 신경 쓰지 않고 네놈들을 물리치고 은하계를 지배할 수 있다."

가브리엘의 심장이 어찌나 빠르게 뛰는지 박동 수가 분당 300개는 되는 것 같았다. 악마는 인간들의 거의 모든 질병에 면역이 되어 있어서 심장마비로 죽지 않는다는 걸 알고 있었다. 하지만 심장이 한계에 이르러 있음을 느꼈다. 가브리엘은 원래 두려움을 느끼지 않는데 감방에 갇힌 몸으로 혼자 드래곤을 마주하니 덜덜 떨렸다.

"그래서 드래곤들이 인간들을 보호해주는 건가?" 가브리엘은 두려움을 숨기기 위해 비아냥거렸다. "인간들을 총알받이로 삼으려고?"

"당연하지." 드래곤이 거만하게 대답했다. "네놈들을 상대하려면 모든 무기가 필요하니까. 솔직히 나는 하찮은 드로트15 * 들을 상대하는 것이 참기 어렵지만."

"그게 당신들인가?"

스카이블루 드래곤은 놀란 표정으로 가브리엘을 쳐다봤다.

"우리가 뭐?"

"우리를 파멸시키려고 우리 세계에 그걸 보낸 것이 당신들인가? 우리를 강제로 피신하게 하려고?"

스카이블루 드래곤이 머리를 숙이는데 마치 쥐를 집어삼키려는 뱀

••••••••••••
15. 아더월드의 바퀴벌레를 가리킨다.

같았다.

"악마, 이해가 안 되는 말을 늘어놓으면서 시간을 벌어보겠다는 수작인데 나한테는 안 통해."

드래곤은 가브리엘을 태워 죽일 기세로 숨을 깊이 들이쉬었다. 가브리엘은 눈썹 하나 까딱하지 않고 경멸 조로 내뱉었다.

"인간들이 드래곤의 불에 타 죽은 내 시신을 발견하면 당신이 무사할까? 미안하지만 그건 당신의 희망 사항이지. 티그족이나 인간들에게 책임을 전가하는 것은 불가능할 테니까 두고 봐."

불을 내뿜으려던 드래곤이 갑자기 몹시 당황했다. 축적해놓은 불을 어디로 빼내야 할지 모르기 때문에 머리를 쳐들고 토해내는 바람에 천장이 시커메졌다. 감방 온도가 갑자기 올라가는 바람에 가브리엘은 숨을 쉬는 것만으로도 감지덕지해야 했다.

산 채로 타 죽는 것은 그의 이력에 오점을 남기는 것이었다.

드래곤이 가브리엘을 노려봤다.

"하마터면 내가 탈 뻔했네." 드래곤은 구시렁거리면서 말했다. "시간을 벌려면 무슨 말을 못 하겠어. 하지만 통하지 않을 거다, 악마. 네 말이 맞는다고 해도 너 같은 드로트를 인간의 방식으로 없애는 방법은 아주 많아."

드래곤은 다시 정복 차림의 티그족으로 변신하고 황급히 떠났다. 가브리엘은 오래가지 못하리라는 걸 알았다. 드래곤은 틀림없이 무기를 사용할 것이고, 가브리엘은 싸워보지도 못하고 죽을 생각이 없었다. 우선 감방에서 나가야 했다.

가브리엘은 감방을 유심히 살폈다. 난쟁이들은 듣던 대로 정말 홀룡한 대장장이들이었다. 감방의 쇠창살은 허점이라곤 없이 완벽했다. 가브리엘은 욕설을 내뱉었다. 이젠 정말 선택의 여지가 없었다.

가브리엘은 몸에 이식해놓은 주머니를 작동했는데 언제든 사용할 수 있는 악마의 영혼들이 가득 들어 있었다. 눈 깜짝할 사이에 감방이 폭파되면서 떨어져나간 문짝이 맞은편 벽에 가서 박혔다.

폭발음에 놀란 스카이블루 드래곤이 가짜 티그족의 모습으로 네 개의 손에 박살기를 들고 다시 뛰어왔을 때 가브리엘은 이미 만반의 준비가 되어 있었다. 무슨 일인지 대번에 알아차린 드래곤은 가브리엘이 달려드는 순간 박살기를 쐈다. 작은 감방이 연기에 휩싸였고 사방으로 총알들이 날아다녔다. 박살기는 몇 초 사이에 수백 발의 총알을 쏠 수 있기 때문에 감방은 아수라장이 되었다.

악마는 아직 살아 있었다. 스카이블루 드래곤이 사격을 멈추고 피를 흘리는 가브리엘을 살폈는데 모두 가벼운 상처였다. 인간화된 악마의 강한 신체와 민첩함 덕분에 총알들을 거의 피한 것이었다.

정말 놀라웠다. 드래곤은 눈살을 찌푸리면서 박살기를 다시 장전하려고 손을 호주머니에 넣었다. 하지만 가브리엘은 그럴 시간을 주지 않았다. 가짜 티그족이 탄창을 물리기 위해 박살기를 향해 시선을 내리는 사이 가브리엘은 가짜 티그족을 정면으로 들이받았다.

가짜 티그족은 미처 반응할 겨를도 없이 뒤로 벌렁 나가자빠졌고, 가브리엘은 가차 없이 머리통을 내리쳤다. 반쯤 얼이 빠진 가짜 티그족은 가브리엘에게 맞서기 위해 드래곤으로 변신하려고 했지만 악마가 재빨리 숨통을 조여버렸다.

아직 죽지 않은 가짜 티그족이 움직이려고 안간힘을 다하는 사이 가브리엘이 일어나서 박살기를 움켜잡았다. 공포에 질린 드래곤이 "안 되애애애애애!" 하고 고함을 지르는 순간 악마는 가슴을 겨냥해 발사했다.

드래곤을 죽이는 것은 한계가 있었다. 하지만 두 개의 심장에 총알이 박힌 드래곤은 버틸 수가 없었다.

드래곤은 호전적인 급진파의 수장 그라보우테리쉬부가 몹시 격분할 거라고 생각하면서 죽었다. 미션 실패였다.

갑자기 드래곤의 몸뚱이가 꿈틀거리다 사라지는 사이 탄창이 소리를 내면서 바닥으로 떨어졌다. 가브리엘이 소스라치게 놀랐다.

피투성이가 된 가브리엘은 두려움에 떨면서 박살기를 움켜잡고 벽을 따라 미끄러지듯 주저앉았다. 그는 피를 많이 흘렸지만 다가오는 발소리를 들으면서 힘겹게 일어섰다.

이번에도 또 드래곤들이 나타나면 본때를 보여주겠다고 생각하는 순간 가브리엘은 의식을 잃고 쓰러졌다.

정신이 돌아온 가브리엘은 아직 살아 있는 것에 약간 놀라면서 주위를 둘러봤다. 감방 앞에 마라가 서 있었다. 가브리엘은 한순간 꿈을 꾸는 게 아닌가 생각했다. 진짜 눈앞에 있는 게 맞는지 의심이 들 정도로 마라가 소리 없이 나타났기 때문이다.

드래곤의 시체는 사라졌고, 가브리엘이 폭파시켰던 감방의 문짝은 다시 달려 있었다. 마라는 손에 마스터키를 쥐고 있었다. 전기로 작동되는 감방의 눈에 대고 지시를 내리자 저항 없이 문이 열렸다.

마라는 조심스럽지만 마치 패 죽일 듯 다가왔다.

가브리엘은 마라가 보고 싶었던 건 아니지만 불쾌하고 짜증스러운 마라의 표정을 보면서 입술에 피어나던 비웃음이 멈췄다.

"어떻게 된 거죠?" 마라가 물었다. "마법이 통하지 않는 감옥인데 스쿠프들과 감시 카메라들이 고장이 나 있던데요."

"마법이 통하지 않아요?"

"전기로만 작동하니까 마법을 사용할 수 없는 곳이죠." 마라는 인내심을 가지고 설명했다. "문짝을 뜯어버린 걸 보면 당신이 악마의 마법을 사용하는 데는 아무런 방해가 되지 않았던 모양이에요. 이제 당신이 누구와 싸웠는지, 그리고 어쩌다가 다쳤는지 알고 싶군요."

가브리엘이 무슨 일이 있었는지 간략하게 설명하자 마라의 얼굴이 어두워졌다. 드래곤들이 인간들에 대해 어떤 생각을 하고 있는지 말해주었을 때 특히 그랬다.

"이미 알고 있었어요." 마라가 말했다. "나는 드래곤들을 아주 싫어하는 누군가의 교육을 받고 자랐으니까요. 그가 나에게 가장 먼저 가르친 것은 뱀들은 절대로 믿을 만한 존재가 아니라는 거였죠."

가브리엘은 아주 흥미로운 말이라고 생각했다. 그러고는 신음소리를 내지 않으려고 이를 악물면서 일어났다.

"샤먼들은 당신을 치료해줄 엄두를 내지 못했어요." 마라는 고통스럽게 일어나는 가브리엘을 쳐다보면서 말했다. "샤먼들은 당신이 의식을 잃은 동안 잘못될까 봐 걱정했거든요. 하지만 이제 깨어났으니 당신 스스로 치료할 수 있겠죠?"

가브리엘은 악마의 마법을 지니고 있다고 털어놓아야 했다. 마라는 파괴된 문짝을 보고 그런 의심을 하고 있는 게 분명했다.

"그럼요, 할 수 있죠." 가브리엘이 대답했다.

마라의 시선을 받으면서 가브리엘은 악마의 영혼들에게 상처를 치료하고 옷을 복원시키라고 지시했다. 몇 초 만에 그의 모습은 말끔하게 돌아왔고 핏자국도 사라졌다.

"레파루스 주문만큼 빠르군요." 마라는 입술을 실룩거리면서 말했다. "음, 나쁘지 않네요."

"고마워요. 아까는 무슨 일이었지요? 그 폭발이 뭐였죠? 하마터면 내 목숨이 날아갈 뻔했는데? 공격을 받았나요? 내가 받은 것처럼?"

가브리엘은 난처해하는 기색이 역력한 마라의 얼굴을 쳐다보면서 대답을 기다렸다.

"아, 아니에요. 공격받은 건 아니었어요."

가브리엘은 보랏빛 눈 위의 보랏빛 눈썹을 꿈틀거리면서 다시 물었다.

"그럼 뭐였어요?"

마라는 숨을 들이쉬고 나서 내뱉었다.

"실험한 거였어요. 마찰에 의한 두 물체 간의 휘발성에 관한 실험이었어요. 당신과는 아무 관계없는 거였어요. 정확히 44분 30초 동안 우리 감방에 갇혀 있었던 것에 오무아 정부를 대신하여 사과합니다."

가브리엘은 마라의 말이 전혀 이해가 되지 않았다. 이게 대체 뭔 소리야? 마찰에 의한 물체들이 뭐지? 궁전을 폭발시키는 뭔가를 발명했다는 건가? 악마들을 물리치기 위한 신종 무기를 개발했다는 얘기? 마라를 유도신문**16**할 필요가 있었다.

"그래서 풀어드리겠습니다, 악마 왕자님." 마라는 가브리엘에게 나오라는 손짓을 하면서 당차게 말했다. "당신을 폭행한 것에도 심심한 사과를 표합니다."

가브리엘은 어리둥절한 표정으로 일어났다.

그는 의도적으로 몸을 스치면서 마라 앞을 지나갔다. 하지만 침울한 표정으로 깊은 생각에 잠긴 마라는 알아채지 못한 것 같았다. 가브리엘은 이맛살을 찌푸렸다. 아버지와 달리 인간 악마들은 매혹적인 모습이 무기가 될 수 있게 완벽한 몸을 만들었지만 인간 소녀는 알아봐주지 않는 것 같았다.

악마가 감방에서 나오자 마라는 앞장서서 밖으로 데리고 나갔다.

밖으로 나오자 가브리엘은 근육질의 멋진 몸매를 보여주기 위해 기지개를 켜면서 말했다 "아, 이제 살 것 같네. 지금까지 갇혀본 적이 없어서 아주 유쾌하지 않은 경험이었어요. 특히 드래곤이 살해 시도를 했을 때는……."

마라는 입술을 삐죽거렸다.

"그리 오래 있었던 것도 아닌데, 무슨." 마라는 화제를 바꾸면서 빈정거렸는데 진심으로 사과할 마음이 없다는 것이었다. "40도나 되는 찜통 창고에 갇혀 사흘 동안 꼼짝도 못하고 있다고 생각해봐요. 그러

· · · · · · · · · · · · ·

16. 말이 유도신문이지 가브리엘은 잔혹하게 고문하고 싶었다. PS: 사실 악마들은 쇠꼬챙이 같은 날카로운 도구들을 사용하여 비명이 터져 나오는 가학 행위로 고문을 한다.

면 불편하다느니 편하다느니 그딴 말은 나오지도 않아요."

가브리엘은 호기심이 동한 얼굴로 마라를 쳐다봤다.

"참 이상한 경험을 했네요, 마라 양. 그렇게 불편하면 창고를 탈출하면 되잖아요?"

"내가 뭔가를…… 슬쩍했는데 병사들이 도시를 포위하고 있어서 달리 방법이 없었으니까요. 트란스미투스도 작동할 수 없었으니 정말 생지옥이었죠. 보울리미-레마족의 행성에는 감옥이 있나요?"

"우리가 이름을 바꿨다는 거 알잖아요?"

"아, 그랬죠, 참! 근데 난 이 이름이 마음에 드는데……. 그리고 새 이름은 외우지를 못해서. 그래서 감옥이 있다는 거예요, 없다는 거예요?"

"있기도 하고 없기도 하죠." 가브리엘이 대답했다. "우리는 재판 같은 건 필요 없지요. 영혼을 사용해야 되는데 훼손되면 안 되기 때문에."

이번에는 마라가 이맛살을 찌푸렸다.

"아, 그렇죠. 당신들은 악마의 마법으로 사용하기 위해 영혼들을 시커먼 쇠붙이 속에 가둔다는 걸 깜빡했네요. 그토록 훨씬 최악의 방법이 있는데 감옥 따위가 무슨 필요가 있겠어요."

가브리엘의 표정이 굳어졌다. 완벽한 시스템이라고 생각했는데 멍청한 어린 인간이 반박하게 만들다니 보통이 아니었다.

"우리는 선택의 여지가 없었어요." 가브리엘은 퉁명스럽게 항변했다. "당신들은 마법 능력을 지니고 있지만 우리는 아니니까. 당신들과 동등해지려면 그 방법밖에 없었죠."

마라는 엷은 갈색 눈으로 가브리엘의 눈을 뚫어져라 응시하면서
말했다.

"아니, 선택의 여지는 있는데 당신들은 엉덩이를 걷어차여서 쫓겨
난 것을 참을 수 없었고, 그래서 복수를 위해 가장 끔찍한 방법을 찾
아냈던 거예요. 하지만 결과적으로 당신들은 우리가 아닌 당신의 국
민들에게 나쁜 짓을 하고 있는 거죠."

"아니, 우리가 정복한 국민들에게 한 거예요." 가브리엘은 신경질
적으로 반응했다. "우리 국민은 고통을 겪지 않았어요. 처음에 쇠붙
이 속에 갇힌 것은 우리 국민의 영혼이 아니었으니까."

마라는 한숨을 쉬었다. 예상은 했지만 진짜로 벽에 대고 말하는 것
같았다. 가브리엘은 마라가 하려는 말의 진의를 전혀 이해하지 못했
다. 수백만의 영혼들을 노예로 만든 것은 극악무도한 짓을 넘어서는
것이었다. 목숨이 한낱 권력의 도구에 지나지 않다니.

"이제 곧 호위대가 당신을 새로 얻은 집으로 데려갈 거예요." 마라
는 다른 얘기로 넘어갔다. "이게 내 크리스털 볼 번호예요(마라는 번
호가 떠 있는 얇은 크리스털 판을 내밀었다). 나한테 연락할 일이 있
으면 가까운 상점에서 휴대용 버튼식 크리스털 볼을 사세요. 그다음
이 크리스털 판을 접속시키면 크리스털 볼에 내 번호가 자동으로 입
력될 거예요."

가브리엘은 크리스털 판을 받지 않고 말했다.

"그럼 드래곤의 공격은?"

"우리가 조사할 거예요. 하지만 시체가 사라졌으니 당신이 누군가
에게 공격을 받았다는 증거가 없어요. 우리 판단으로는 당신을 희생

양으로 보이게 하려는 기발한 작전일 수도 있어요."

가브리엘은 비웃음을 흘리면서 어깨를 으쓱했다.

"내가 박살기를 훔쳐서 고의적으로 나한테 쐈다는 거예요? 대단한 논리로군요."

"더 이상한 것도 봤거든요." 짙은 회색과 검정색 가죽옷 차림의 마라도 어깨를 으쓱하면서 응수했다. "죄수들이 탈출하기 위한 술책은 헤아릴 수 없이 많죠. 아무도 도와줄 사람이 없는 엄청나게 넓은 감옥에 있는 것과 같아서 그리 쉽지 않을 거예요."

"드래곤의 공격을 믿고 싶지 않으면 그렇게 해요. 하지만 내 의사와 상관없이 왜 나를 감옥에 넣었는지 이유는 알아야겠어요."

"근데 말이죠, 기꺼이 감옥에 갇히는 사람은 드물지요."

"인간들이 난처할 때는 농담으로 얼버무린다는 걸 알고 있어요. 설득력이 떨어진다는 거 알죠? 어떻게 된 겁니까?"

"당신은 적이에요." 마라는 당차게 말했다. "나는 당신에게 설명해 줄 이유가 없어요."

가브리엘은 당장 소녀의 목을 부러뜨리고 싶지만 참고 또 참으면서 초인적인 노력을 해야 했다.

"인간들의 언어에 '외교적 결례'라는 말이 있죠?" 가브리엘이 불만을 토로했다. "그런데 나에게는 호의적인 태도를 별로 보여주지 않아서 묻는 거예요."

마라는 냉소적으로 말했다.

"외교적 수완은 리스베스 여제나 후계자에게나 있죠. 후계자의 경우는 워낙 강력한 마법 때문에 외교적 수완이 언제 파괴적으로 바뀔지 모르지만."

갑자기 가브리엘의 머릿속에서 빛이 번쩍했다.

"그 폭발, 후계자였군요? 우리 스파이들에게서 받은 정보에 따르면 타라 덩컨이 모조리 폭발시키는 경향이 있다고 하더니."

마라는 강한 긍정도 부정도 하지 않았지만, 가브리엘은 소녀의 표정에서 예상이 맞았다는 걸 알았다. 오리무중에 빠져 있는 것이 싫기 때문에 가브리엘은 흡족했다. 마법사들의 능력이 보울리미-레마족(그도 아르칸즈가 선택한 국민의 새 이름이 마음에 들지 않았다)보다 얼마나 우수한지 확인할 때마다 등줄기를 따라 소름이 끼쳤다.

두 명의 어린 마법사, 타라와 제레미가 타딕스의 폭발을 제어한 사건은 그가 이제껏 본 것 중 가장 무시무시한 실력 행사였다. 말 그대로 괴력이었다. 수백만 영혼들을 좌지우지하는 가브리엘이지만 위성 폭발이나 블랙홀을 저지할 수는 없었다.

"내 번호 받아요." 마라가 크리스털 판을 다시 내밀었는데 계속 꾸물거리면 땅바닥에 내동댕이칠 기세였다.

가브리엘은 벌컥 치미는 분노를 꾹꾹 누르면서 속으로 말했다. '어린애도 아니고 가증스러운 계집애에게 놀아날 내가 아니지.' 하지만 생각보다 상황이 훨씬 복잡하게 돌아가고 있었다.

가브리엘은 크리스털 판을 받아 호주머니에 집어넣으면서 마라를 뚫어져라 쳐다봤다. 마라도 빤히 쳐다보면서 신경질적으로 말했다.

"당신을 호위대에 맡기고 나는 이만 가볼게요. 집으로 돌아가고 싶지 않으면 운전기사에게 가고 싶은 데를 말하세요."

"드래곤이 또 나를 죽이려고 시도할지 모르는데 걱정이 안 돼요?"

마라가 또 어깨를 으쓱하자 그 얄미운 제스처에 가브리엘은 짜증이 났다.

"얼마든지 혼자 해결할 수 있는 것 같은데요. 그리고 드래곤이 당신을 죽여도 그건 우리 책임이 아니죠."

"정말 유감이군요. 공주님과 도시를 좀 거닐고 싶었는데." 가브리엘은 소녀를 묵사발로 만들지 않으려고 무진 애를 쓰면서 부드럽게 응수했다.

"안됐지만 나는 할 일이 있어서요." 마라도 지지 않고 대꾸했다. "그리고 고모와 언니가 평화 협상에 신경을 쓰느라 당신이 위험하든 말든 안중에 없다고 해도, 나는 당신이 무슨 짓을 하는지 똑똑히 지켜볼 거예요."

마라는 가브리엘의 가슴을 향해 삿대질을 했다.

"당신들은 우리의 적이에요. 나는 적과 손잡고 산책하지 않습니다. 아시겠어요?"

마라의 당돌한 말에 가브리엘은 어이가 없었다. 어, 얘 봐라. 생각보다 너무 많이 나가네.

"나는 공주님과 손잡겠다고 하지 않을 건데요. 내 손을 뽑아버릴까 봐 너무 겁이 나서."

마라는 엷은 갈색 눈으로 가브리엘을 노려보다 돌아섰다. 그리고 가브리엘이 미처 붙잡기도 전에 대로를 따라 걸어가는 군중 속으로 사라졌다.

작전을 짜는 데 필요한 것을 회수하려면 이건 아닌데. 따라서 가브리엘은 소녀와 친구가 되어야 했다. 마라가 아니라 마라가 갖고 있는 권력에 접근하기 위해서였다.

가브리엘은 짜증이 나서 중얼거렸다. 인간들은 왜 이렇게 까다로운 거야? 그렇지만 난 잘생겼잖아? 인간들은 아름다운 걸 좋아하는데 계집애가 왜 안 넘어오는 거지? 가브리엘은 마라에게서 풍기는 적대감을 느끼고 있었다.

가브리엘은 수천 년간 수십억 남자들이 여자의 마음을 사로잡기 위해 겪는 공통된 문제에 직면해 있었다. 계집애를 파악하고 정복하거나 갈망하는 남자로 보여야 했다.

하지만 가브리엘은 사랑이 아니라 복수심 때문에 마라를 갈망하는 것이었다.

격분한 가브리엘이 빌린 집으로 돌아가면서 얼마나 위험한 생각을 하는지 마라는 전혀 알아채지 못한 채 궁전으로 향했다.

마라는 이해하지 못할 일이 너무 많았다. 악마 왕자가 왜 아더월드에 왔을까? 멍청한 드래곤들은 왜 가브리엘을 죽이려고 했을까? 아니 마라는 그 이유를 잘 알고 있었다. 드래곤들은 전쟁을 일으켜서 오래전부터 바라던 철천지원수들을 전멸시키려는 것이었다. 하지만 마라가 불안한 것은 드래곤들이 일으키려는 전쟁이 아니라 가슴속에 가득한 분노였다.

마라는 그토록 미친 듯이 사랑한다고 생각한 칼을 보고 왜 더 이상

가슴이 두근거리지 않았을까? 그리고 왜 몇 번씩이나 가브리엘의 목을 찌르고 싶었을까? 도대체 왜 이렇게 화가 나는 걸까?

애기할 사람이 필요했다. 미쳐서 누군가를 죽이기 전에.

궁전에 들어간 마라는 커뮤니케이션 콘솔을 연결하고 자르에게 연락했다. 지구에서 쌍둥이 동생 자르는 지구의 여러 정부들과 협상하는 외할머니 이사벨라를 보좌하고 있었다. 인간으로 둔갑해 있는 살루가 자르를 도와주고 있는데 희한하게도 옛 블랙 드래곤과 마지스터가 키운 어린 마법사는 사이가 아주 좋았다. 둘이 정치에 대한 취향이 같아서인 게 틀림없었다.

마라는 고모가 자르를 선택하지 않은 이유를 알고 있었다. 자르는 국민의 행복이 그 자신의 야심보다 더 중요하다는 것을 모르고, 권력만 눈에 보일 뿐 그에 따르는 책임감을 깨닫지 못하기 때문이었다.

하지만 자르는 많이 달라져 있었다. 어머니와 누나가 죽는 걸(물론 타라는 기적적으로 살아서 돌아왔지만) 본 뒤로 야심에 차 있던 자르는 자신의 신분을 다시 생각하게 되었다. 자르는 권력에서 밀려난 것에 분노하는 것이 아니라 오히려 고마워하고 있었다. 셋 중에서 자기가 가장 노출이 덜 되어 있다는 것에 고마워하고 있었다. 어둠 속에서 일하는 것에 만족했다. 마지스터의 교육을 인정하는 것보다 죽는 것이 더 낫다고 생각했겠지만.

자르의 이미지가 입체적으로 나타났다. 스웨트 셔츠에 청바지를 입은 자르는 고기와, 마요네즈에 토마토(과일과 야채를 먹어야 한다고 아무리 말해도 듣지 않던 자르이기 때문에 장식으로 넣은 것이 틀림없었다)까지 듬뿍 넣은 샌드위치를 먹고 있었다. 마라는 배 속에서 꼬르륵 소리가 나자 그동안 아무것도 먹지 않았다는 걸 깨달았다.

"안녕, 마라."

자르는 질문을 하지 않았다. 차기 후계자이자 면허 받은 도둑인 마라가 괜히 안부나 묻자고 연락하지는 않음을 알기 때문이었다.

"문제가 생겼어." 마라는 짤막하게 말했다. "사람들을 마구 죽이고 싶어."

자르는 놀란 얼굴로 마라를 쳐다보다 웃음을 터뜨렸다. 마라는 어리둥절해서 자기와 똑같은 얼굴을 응시했다. 거뭇거뭇 나기 시작한 수염 자국만 다를 뿐 자르는 금빛이 도는 초록빛 눈으로 마라를 똑바로 쳐다봤다.

"나도 항상 그래. 특히 멍청한 인간 정치인들을 볼 때마다. 그들이 분개하면서 소리를 더 크게 지르면 지를수록 위협은 느껴지지 않아. 자신들의 문제에 이렇게 눈이 먼 사람들은 처음 봤어."

"아니, 그런 얘기가 아냐." 마라는 신경질적으로 말했다. "거리를 걸어갈 때 사람들을 죽이고 싶은 충동이 일어. 좀 전에도 가브리엘을 여섯 번은 죽일 뻔했어."

자르의 표정이 변했다.

"가브리엘? 악마 왕자 가브리엘?"

아뿔싸, 마라는 입술을 깨물었다. 자르는 아직 모르고 있었다. 이사벨라는 랑코비트 국민이기 때문에 오무아 정부의 정보에 대한 우선권이 없었다. 소식이 전해지기야 하겠지만 얼마 후가 되어야 지구에 전달될 텐데.

마라는 재빨리 컴폰에 메모했다. 고모가 타라의 외할머니를 좋아하지 않는데 이사벨라에게 정보를 유출하게 된 것이니 질책을 받을 수 있었다.

마라는 자르에게 드래곤의 공격을 포함해서 자세히 말해주었다. 가브리엘에게 말했던 것과는 달리 마라는 악마의 자작극이라고 생각하지 않았다. 마라의 얘기를 다 듣고 자르는 아주 불안한 표정을 지었다.

"헐! 마라, 가브리엘이 너를 만나고 싶었대? 정말 그렇게 말했어?"

마라는 고개를 끄덕였다.

"내가 가브리엘이라면 너한테서 원하는 건 딱 하나, 너의 죽음이야. 그의 작전이 실패한 것이 너 때문이니까. 그는 너를 모욕하고 죽이려는 거야. 괜한 감상에 빠져서 마지스터에게서 받은 교육을 잊지 마. 친구는 없어. 아직은 적인지 모르지만 언젠가는 적이 될 자들이 있을 뿐이야. 그리고 가브리엘은 분명히 적이야."

마라는 자르의 이미지가 보이는 콘솔 앞에 앉아서 신경질적으로 대꾸했다.

"나 그렇게 멍청하지 않아. 가브리엘에게 무슨 꿍꿍이가 있다는 건 나도 알아. 그의 태도를 보면 알아차릴 수 있으니까. 내가 계속 자극하는데도 그는 짜증을 내지 않았어. 타딕스에서 그렇게 악랄하게 굴던 작자가 애써 참고 있다는 걸 느꼈어. 그래서 뭔가 원하는 게 있다는 걸 알아차렸지."

자르는 아주 재미있다는 듯 눈살을 찌푸렸다.

"그래?"

마라는 어깨를 으쓱했다.

"분명해. 그의 행동, 끔찍하게 달콤했어! 카트칵17 * 같았어."

자르는 황당한 표정을 지었다.

"카트칵? 무슨 상관이 있다는 건지 모르겠는데."

"가브리엘이 끈적끈적하게 들러붙었다고. 그가 치근덕거리기 시작한 지 2분쯤 지났을 때 간파했지."

자르가 벌떡 일어나자 마라의 눈이 반짝였다.

"어쨌다고?"

"치근덕거렸다니까. 그 멍청한 외계인이 타라를 유혹하려고 했던 아르칸즈 흉내를 내더라고. 자기보다 훨씬 영리한 동생을 모방하는 경향이 있기 때문에 복수도 하고, 나를 유혹했다는 것도 아르칸즈에게 보여주고 싶었겠지."

자르는 잠시 어안이 벙벙했다. 그러다 쌍둥이는 동시에 웃음이 터졌다. 자르는 눈물을 닦아야 할 정도였다.

"장난치지 마."

"진짜야." 마라는 우울하던 기분과 죽이고 싶은 충동이 싹 날아갔다. "아더월드의 모든 신들에게 걸고 말하는데 가브리엘은 자기가 무슨 여행이라도 온 것처럼 굴더라니까. 작년에 전임 대사가 죽고 새로 부임한 스파니비아의 신임 대사처럼 행동했어. 신임 대사에게 여제를 알현하려면 오무아 궁정의 옛날 복장을 입어야 한다고 믿게 했잖아."

· · · · · · · · · · · · ·

17. 몹시 끈적거리고 달콤한 캐러멜 같은 사탕 종류로, 의치가 있는 사람은 샤먼이나 치과를 찾지 않으려면 절대적으로 피해야 한다. 누군가가 지나치게 달콤하거나 다정하면 너무 '카트칵'하다고 말한다.

편집증이 아주 심한 황제가 군림하던 때 오무아 황실은 많은 문제에 봉착해야 했다. 그 황제는 무기나 위험한 독을 감추지 못하게 하려고 각국 대사들에게 자기 앞에서는 알몸으로 출두하라고 요구했다.

스파니비아의 대사는 귀부인들에게 굉장히 인기가 좋았다.

특히 귀부인들에게.

쌍둥이는 또다시 빵 터졌다. 사람들은 다른 나라 국민에 대해 편견이 있었다. 사람들은 이해한다고 생각하지만 다른 문화를 이해하지는 못했다. 그건 거의 불가능했다.

"가브리엘은 자기가 잘생겼으니까 네가 금방 사랑에 빠질 거라고 생각한 거지." 자르가 분석했다.

"그렇겠지." 마라는 즐겁게 대답했다. "똑똑하지가 않아."

"그러네. 그래서 어떡하려고?" 자르가 물었다.

"내가 그자에게 관심이 없는데 문제될 게 없지."

마라는 갑자기 불안한 표정으로 몸을 숙이고 속삭이듯 말했다.

"두려워, 자르. 단검으로 사람들의 배나 목을 찌르고 싶은 충동이 일어. 몇 년 전에 우리가 악마의 마법에 감염된 적이 있잖아. 분명히 치료가 되었지만…… 그게 혹시 지금 우리의 행동에 영향을 주는 걸까? 내가 느끼는 감정은 완전히 비정상이야."

자르는 깊은 생각에 잠겼다. 어찌나 오래 생각을 하는지 마라는 소리를 지르려다가 참았다. 마라는 동생이 이유 없이 침묵하는 게 아니라는 걸 알고 있었다. 그래서 마라는 그사이에 이사벨라와 자르에게도 현재 상황에 대해 필요한 정보를 알려주어야 한다는 보고서를 작성했다.

그러고 나서 마라는 자신의 방을 유심히 살폈는데 기계적으로 하는 행동이었다. 눈에 보이는 모든 걸 의심하는 것은 면허 받은 도둑이 해야 하는 훈련의 일부였다. 마라는 오래전에 여제의 비밀 요원들이 거처 곳곳에 설치해놓은 스쿠프들을 찾아서 끊어놓았다. 오무아 황궁에 왔을 때 마라는 처음에는 너무 화려한 색깔들이 마음에 들지 않았는데, 마지스터의 잿빛 요새의 시커먼 색에 익숙해 있었기 때문이었다. 이제는 밝은 크림빛이 도는 금갈색으로 방을 꾸몄다.

거처는 침실과 두 개의 응접실로 이뤄져 있었지만 마라는 대부분 훈련을 위한 공간으로 개조했다. 파란색 모래판, 밧줄, 들보, 함정, 훈련용 보통 금고들과 엥카드나수스 금고, 작동을 정지시켜놓은 전자 기계들, 벽 곳곳에 걸린 무기들, 기타 등등으로 채워졌다.

방을 쭉 둘러보던 마라는 자기를 도둑 대학에 보낸 고모가 원망스러웠다.

갑자기 자르가 입을 열어서 마라는 공상에서 빠져나왔다.

"우리가 받은 교육 때문이지 악마의 마법과는 아무 상관없어. 나는 몇 년 전부터 더 이상 그게 느껴지지 않아. 장담하는데 너도 느껴지지 않을 거야. 하지만 마지스터는 실패를 받아들이지 않도록 우리를 길들였어. 지금 너는 낙심하고 화가 나 있어. 너는 칼을 잃었고, 모든 사람이 하마터면 죽을 뻔했으니까. 그래서 넌 누군가에게 화풀이를 하고 싶은 거야. 게다가 마지스터는 우리에게 가르쳤어. 누군가 화나게 만드는 사람이 있으면 주저없이 죽여버리라고. 따라서 내 생각에는 경험에 의한 반응인 것 같아. 마지스터는 살생을 즐겨. 수많은 마법사들을 비욘드월드로 보냈어. 넌 네가 배운 것에 대해 반응하는 것일 뿐이야. 그리고 그런 심리적 억압 상태에서 벗어나게 해줄 사람들 속에서 산 지 몇 년밖에 안 됐으니 아무래도 회복되는 데 시간이 좀 걸리겠지."

자르는 마라에게 미소를 지었다.

"그런데 그게 그리 나쁜 것도 아냐." 자르는 영악한 표정으로 말을 계속했다. "타라가 너를 가브리엘과 엮어놓은 거잖아. 타라를 만나서 네가 느낀 걸 말해. 모든 분노와 절망 다 말해. 아마 타라는 네가 악마 왕자의 목을 비틀어버릴까 겁이 나서라도 그 임무를 철회할 거야."

쌍둥이는 미소를 주고받았다. 하지만 마라는 고개를 설레설레 저었다.

"안 돼, 타라는 하는 일이 정말 많아. 타라가 겉으로 드러내지는 않지만 얼마나 압박감에 시달리는지 알아. 가브리엘의 일이라도 덜어주는 게 내가 할 수 있는 일이야. 그래, 네 말이 맞는 것 같다. 나는 화가 나 있는 거야."

그러고 나서 마라는 놀라울 정도로 예리하게 분석했다.

"나는 진심으로 칼을 사랑한다고 생각했어. 무슨 일이 있더라도 흔들림이 없을 거라고. 그런데 타라와 함께 있는 칼을 보면 괴롭히고 비웃어주고 싶어. 처음에는 괴로웠는데 지금은 다 지나갔어. 내가 정말 사랑했던 거라면 시간이 더 걸려야 하는 거 아냐?"

자르는 인상을 썼다.

"난 모르겠어. 사랑해본 적이 없으니까."

마라는 머리를 숙이고 자르를 유심히 쳐다봤다.

"없어? 정말이야, 자르? 한 번도?"

"나를 지구로 보냈잖아. 여긴 마법사들이 없는데 내가 어떻게 사랑에 빠지겠어?"

"그래도 여자들은 있잖아?"

"인간 여자들? 미쳤어? 인간과 사랑에 빠지면 나는 오무아의 옥좌에 오를 수가 없는데!"

아! 정치적 야심을 버리지 않은 거였어! 마라는 미소를 지을 수밖에 없었다. 마라는 동생을 사랑하지만 정말 고집쟁이였다.

"고마워." 마라는 진지하게 말했다. "우리가 받은 교육은 생각도 못하고 악마의 마법 때문일까 봐 겁이 났어. 지구에서 뭐 필요한 건 없어?"

자르는 불평을 늘어놨다.

"인간들의 머릿속에 주문을 걸고 싶은데 살루가 원치 않아. 그게 신경질 나. 다른 건 필요한 거 없어. 건강 조심하고 그 악마를 조심해."

"오히려 악마가 나를 조심해야지." 마라는 내뱉었다.

쌍둥이는 미소를 지으며 인사했다.

마라는 커뮤니케이션 콘솔을 끄고 문 쪽으로 돌아섰다. 배에서 꼬르륵 소리가 났지만 혼자서 먹고 싶지 않았다.

마라는 타라를 찾아갔다. 지난 몇 주일 동안 언니에게 쌀쌀맞게 굴었는데 이제는 화해하고 싶었다.

칼은 없고 타라 혼자서 점심을 먹고 있었다. 타라는 동생이 더는 원망하지 않는 모습에 기뻐하며 마라를 반갑게 맞아주었다.

자매는 함께 식사를 했다.

그리고 둘 중 누구도 브릴의 싹이 평소보다 더 씁쓸한 맛이라는 걸 깨닫지 못했다.

가브리엘

인간을 길들이는 것은 말을 길들이는 것과 비슷하다.
당신이 무슨 일을 시킬지 알아차리지 못하는 자라면
그 일을 하지 못할 확률이 큰데……

*

첫 번째 메시지는 정말 놀라웠다. 가브리엘은 아버지가 아들을 오무아 제국으로 보내기 전에 모든 일을 준비해놓았다는 걸 전혀 몰랐었다. 전 마왕 바쉬는 용병들의 활약으로 임대로 내놓을 가능성이 있는 집들을 모조리 찾아서(팅가푸르에는 그런 집들이 그리 많지 않았다) 그 주변의 상점들에 감시병들과 심부름꾼들을 배치해놓았다. 용병들은 마라가 선택할 가능성이 있는 부동산 중개소를 예측했는데 놀랍게도 적중했다(가브리엘은 비록 그를 도와주는 것, 아니 아버지를 도와주는 것이지만 인간들의 이같은 뛰어난 능력이 오히려 꺼림칙했다). 그래서 가브리엘은 용병들이 찍어놓은 집을 선택한 것이었다. 용병들은 이미 스쿠프들을 감쪽같이 감춰놓은 상태였다. 그래서 용병들의 스쿠프들이 가브리엘을 감시하기 위해 배치된 티그족을 살

타라 덩컨 273

피면서 황궁의 정찰 스쿠프들이 어디어디에 숨어 있는지 이미 파악하고 있었다.

거리를 산책하던 가브리엘은 꾀죄죄한 소년이 손에 쪽지를 쥐여주었을 때 알았다. 가브리엘에게 직접 작전을 짜라는 것이 아니라, 침략이 필요할 경우(전 마왕은 아직 확신이 없었다) 용병들과 함께 전마왕이 짜놓은 작전을 준비하라는 내용이었다. 따라서 가브리엘은 아버지가 짜놓은 작전을 실행하라는 지시를 받은 것이었다.

아!

가브리엘은 집 안에 있는 황궁의 정찰 스쿠프들을 파괴하고 싶은 마음이 굴뚝같지만 불행히도 악마의 마법을 사용할 수 없었다. 도주할 때를 대비해서라도 화장실에 있는 스쿠프를 처리해야 했다. 작은 카메라가 변기의 물살에 쓸려가는 순간 가브리엘은 감시자들이 변비라고 생각하도록 고통스러워하는 소리를 냈다.

가브리엘이 읽어야 할 메시지와 보내야 할 메시지를 갖고 들어간 걸 모르는 티그족 감시자들은 악마가 화장실에서 한참 동안 나오지 않자 변비가 심하다고 생각했다.

메시지들은 하나같이 이상한 심부름꾼들을 통해 가브리엘에게 전달되었다. 트라둑의 갈비뼈 속에 감춰서 메시지를 건네준 정육점 주인이 있는가 하면, 꽃집 앞에 서 있을 때 로우스 한 송이를 건네준 종업원도 있었다. 가브리엘이 커다란 장미 냄새를 맡으려고 몸을 숙이는 순간 작은 원통이 숨겨져 있는 게 보였다. 원통 안에 표지가 불룩한 고서적이 보였다. 책갈피에 다섯 개의 메시지가 들어 있었다.

마법이나 전자공학의 도움을 받은 것이 아니라 감추기도 쉽고, 파괴하기도 쉬운 아주 낡은 진짜 종이에 쓰인 메시지였다. 오무아 사람들이 이 사실을 안다면 가브리엘이 방금 변기에 버린 종이들을 회수해서 악마들의 작전을 손에 넣었을 텐데. 안타깝게도 오무아 사람들은 아무런 의심을 하지 않았다.

설령 의심을 했더라도 성과를 거두지는 못했을 것이다. 사용된 언어가 암호와 잊힌 언어로 이뤄져 있어 해독이 불가능했다. 어떤 트라둑투스로도 해결할 수 없었다. 악마들의 작전, 더 정확하게 말하면 가브리엘의 급진파는 일을 착착 진행시키고 있었다. 급진파가 궁전에 배치한 용병들은 일을 아주 잘하고 있었다.

가브리엘은 마라가 이따금 타라와 함께 식사한다는 걸 알았을 때 불안함을 느꼈다. 그걸 막기 위해 다음 날 가브리엘은 마라에게 급히 만날 일이 있다고 연락했다.

마라는 불쾌한 기분으로 악마의 집에 갔다. 가브리엘은 마라가 식사 시간을 놓치게 시간을 끄는 데 성공했다. 마라는 함께 저녁을 먹자는 가브리엘의 제안을 거절했고, 특별한 용건이 없다는 걸 알고 황당한 기분으로 집을 나왔다.

가브리엘의 완벽한 성공이었다.

셋째 날 아침, 타라가 먹게 될 세 가지 음식에 수상한 짓을 했지만 검사에 걸리지 않았다.

가브리엘의 작전은 놀라웠다. 여제를 비롯해 궁인들을 독살하는 것은 아주 어려웠다. 우선 독성이 있는 것은 무엇이든 궁전의 마법 영역 안으로 들어가는 즉시 경보가 울리기 때문에 독을 가진 자들은 주방에 이르기 전에 체포되었다.

게다가 궁인들이 먹는 것은 무엇이든 먼저 맛을 보는 감정가가 여섯 명이나 있었다. 감정가들은 독이 들어 있지 않은지, 아주 조금이라도 맛의 변화가 있는지 감별하는 훈련이 되어 있었다. 감정가들은 조금이라도 의심이 들면 즉시 음식의 성분을 확인했다.

음식을 만드는 데 직접 관여하는 조리사들은 까다로운 검사를 통과해야 주방으로 들어갈 수 있었다.

하지만 커다란 주방 한쪽에서 야채를 다듬거나 허드렛일을 하는 이들에 대한 통제는 그리 엄격하지 않았다. 아무리 철저해도 늘 빈틈은 있기 마련이었다. 용병 보리스 구아날이 브릴의 싹에 집어넣은 첫 번째 성분은 그것 하나만으로는 독이 되지 않았다. 다른 세 가지 성분과 결합되어야 강력한 독으로 변형되는 것이었다.

구아날은 타라의 아침 식사로 나가는 미암 파이에 두 번째 성분을 집어넣었다. 그리고 약간 거품이 나게 만드는 향기로운 맛의 타제보 울꽃을 첨가한 레몬주스 속에 세 번째 성분을 넣었다.

반면에 마지막 네 번째 성분은 수분기가 있거나 유기체에 넣을 수 없는 것이었다.

그래서 용병 구아날은 네 번째 독을 어떻게 할지 고심했다. 며칠 후, 타라는 베티의 편지를 받았다. 지구인 친구 베티는 붉은 여왕의 포로로 붙잡혀 있다 돌아온 뒤로 아더월드를 너무 싫어해서 이사벨라의 통신망을 이용해 타라에게 연락하는 일이 거의 없었다. 베티는 늘 장문의 편지를 써서 보냈고, 지구에서 일어나는 모든 일을 알려주었다. 타라는 기쁜 마음에 봉투를 뜯다가 손가락을 조금 베었다. 피가 약간 나자 타라는 무의식적으로 손가락을 핥았다.

멀리 떨어져 있다 보면 완전히 무장해제가 되는 것인가. 다른 서신들과는 달리 베티의 편지에 대해서는 검열이 없었다. 만약 그 순간에 네 가지의 독성이 결합되었다면 궁전에 경보가 울렸을 것이다. 하지만 네 가지 성분이 독으로 작동하려면 타라의 몸으로 보내진 어떤 주파수에 신호를 주어야 했다.

그러면 타라는 죽는 것이었다. 타라의 마법이 몸에 일어난 손상을 미처 치료하기도 전, 몇 초 만에. 타라의 몸속에서 기관들이 터져서 피를 흘릴 것이고, 피가 다 빠져나가는 사이 뇌는 팽창할 것이다.

피할 수 없는 끔찍한 죽음이었다.

가브리엘은 아주 만족스러웠다. 1단계는 끝났다. 이제 2단계로 넘어갈 수 있었다.

작전 중에서 가장 멋진 것은 타라를 죽일 필요가 없을 경우 몇 주일이 지나면 독이 저절로 사라진다는 것이었다.

가브리엘은 용병들을 믿지 않기 때문에 직접 타라가 감염이 되었는지 확인하는 치밀함을 보였다(그는 용병들에게 돈은 일이 잘되었는지 확인한 뒤에 지불할 거라고 경고했다). 가브리엘은 지구에 대해 물어볼 게 있다면서 타라에게 면담을 청했다. 타라는 경계심 없이 수락했다. 가브리엘은 타라에게 지구의 인사법 중 악수하는 방법을 보여달라고 청했다. 타라는 약간 놀랐지만 별 의심 없이 가브리엘의 손을 잡고 악수를 했다. 집으로 돌아온 가브리엘은 화장실에서 특수한 빛에 손을 유심히 살폈다. 그가 뭔가를 손에 뿌리자 줄무늬 네 개가 나타났다. 용병들이 약속한 대로 타라의 몸속에 네 개의 독 성분이 들어가 있었다.

가브리엘은 아버지에게 메시지를 보냈고, 아버지는 용병들에게 나머지 금화를 보냈다.

가브리엘의 메시지는 아더월드 우주선들의 감시를 받으며 행성 주위를 도는 악마들의 우주선에 도착했다(그렇지 않아도 아더월드의 사령관들은 악마들의 우주선이 가브리엘을 유형화시킬 수 있을 정도로 그렇게 가까이 접근할 수 있었다는 사실에 몹시 격분했었다. 그것은 곧 악마들이 언제든 폭탄을 투하할 수도 있다는 뜻이 아닌가).

보리스 구아날이 직접 가브리엘의 메시지를 가지고 갔다. 구아날은 칼로 손톱을 다듬다가 우주선의 다른 쪽에서 오는 공간이동의 다리 위에 전 마왕이 유형화되는 걸 보았다. 그 어떤 금속보다 강하고 아주 투명한 감마글리스18 * 창문을 통해 별빛이 비쳐들고 있었다.

전 마왕 바쉬는 예고도 없이 우주선에 와 있는 구아날을 보고 흠칫 놀랐고, 경계하는 표정으로 용병을 뚫어져라 쳐다봤다. 바쉬는 인간들을 좋아하지 않았다. 특히 아무리 쓸모가 있다고 해도 배신자는 절대 용서하지 않았다. 바쉬는 공간이동의 다리에 그려진 원을 나와 경호원들에게 에워싸인 구아날에게 다가갔다. 수백 년 전 블루파에게 암살당할 뻔한 뒤로 급진파가 조치를 취한 것인데 사실 바쉬는 경호원들이 정말 쓸모없다고 생각했다. 하지만 경호원들의 수가 용병을

....

18. 투명하고 아주 튼튼한 유리로, 악마들의 집은 모두 감마글리스를 사용하고 있다. 지구나 아더월드의 영화에서처럼 주인공이 추적자들을 피해 창문으로 도망치는 것은 불가능하다. 악마들의 행성 중 하나에서 그런 시도를 할 경우는 수명이 훨씬 짧아질 것이다. 악마들은 우주선에도 감마글리스를 사용하며, 감마글리스 창문이 별들과 우주 공간을 향해 열려 있는 것은 악마들이 광활한 공간에 익숙해 있어 폐소공포증이 있다는 걸 깨달았기 때문이다.

주눅 들게 하기에는 충분한 것 같았다.

바쉬는 진흙이 덕지덕지 묻은 갈색 가죽 작업복 차림의 보리스 구아날에게 물었다.

"무슨 일로 왔는가?"

"미션을 마치고 돌아왔습니다." 구아날은 얌전히 칼을 접으면서 대답했다. "보고를 드리기 위해 보내주신 이동 기구를 작동했습니다."

구아날은 차가운 파란 눈으로 전 마왕의 수많은 눈을 응시했다.

"오지 말았어야 했나요?"

전 마왕 바쉬는 눈을 찡그렸는데 인상을 쓰는 것이 틀림없었다.

"무슨 말이냐? 금을 좀 더 뜯어가려는 것이냐?"

구아날은 웃음이 터졌다.

"아닙니다. 이 건에 대한 대가는 이미 지불하셨습니다. 기계가 어디 있는지 알아냈습니다. 그렇지만 우리에게 먼저 뭔가 내주셔야겠습니다."

바쉬는 갈색 털 속의 근육을 꿈틀거리면서 경계했다.

"또 뭘 달라는 것인가?"

"안젤리카 브란다우드." 구아날은 빙긋이 웃으면서 대답했다.

바쉬는 어리둥절했다.

바쉬는 많은 걸 예상하고 있었다. 하지만 이건 뜻밖이었다. 바쉬는 눈썹 여섯 개를 치켜 올렸다.

"안젤리카 브란다우드?"

"네."

"이유는?"

"기계를 훔쳐오라고 하셨잖습니까?"

바쉬는 짜증이 나서 우주선의 금속 바닥을 발로 쿵쿵 치고 싶은 걸 간신히 참았다.

"기계를 가져오지 않고 금을 뜯어낼 수작이라면 네놈들의 내장을 뜯어서 나의 레그롱19 * 들에게 던져줄 것이다!"

구아날은 전 마왕의 위협에 아랑곳하지 않았다.

"두 사람만 유령퇴치 기계에 접근할 수 있습니다." 구아날이 설명했다. "안젤리카 브란다우드와 그 아이의 아버지. 우리가 접근을 시도했지만 실패했습니다. 그 두 사람의 DNA가 있어야 엥카드나수스 금고를 열 수 있습니다."

"오무아 제국에서 기계를 요구하면 최악의 상황이 될 것이다." 바쉬는 으르렁거렸다. "오무아에서 그 기계를 손에 넣지 못하게 반드시 막아야 한다."

"오무아 정부의 요구가 있어도 데칼리스 브란다우드는 랑코비트의 국민입니다. 그는 다른 나라 정부의 지시에 복종할 의무가 없지요 (구

---

19. 개들한테는 미안하지만 개에 비유되는 동물이다. 불그스름한 도마뱀과 하얀 점박이 고양이의 잡종으로 굉장히 크다. 레그롱들은 주둥이 가까이 지나가는 것은 모조리 물어뜯는 경향이 있다. 레그롱에 비하면 아더월드의 샤트릭스는 '귀염둥이 멍멍이'라고 할 수 있다.

아날은 미소를 머금은 입술을 실룩거렸다). 랑코비트 정부는 유령의 습격을 아주 싫어하죠. 왕과 왕비를 장악한 유령들이 몇 주 동안 쉼 없이 먹어대는 통에 뚱보가 된 악몽이 있거든요. 그리고 랑코비트의 왕은 그 기계가 그들의 영토 안에 있는 걸 아주 만족하고 있습니다. 유령들이 다시 습격할 경우 그 기계로 퇴치할 수 있으니까요. 하지만 나는 고객님의 말씀에 전적으로 동의합니다. 지금은 랑코비트 정부가 버티고 있지만 오무아 정부의 압력에 오래가지 못할 겁니다. 내 생각에 데칼리스 브란다우드가 어쩔 수 없이 기계를 돌려주기까지 일주일밖에 안 남았습니다. 그 전에 우리가 행동해야 됩니다."

바쉬는 사태의 심각성이 이해되기 시작했다. 내색하지는 않았지만 용병들에게 감탄을 금할 수 없었다. 용병들은 무슨 문제가 생기든 늘 해결책을 찾아냈다. 정말 놀라운 능력이었다.

"그러니까 그 기계를 회수하기 위해 안젤리카 브란다우드를 돌려보내라?" 바쉬가 생각에 잠긴 얼굴로 말하는 사이, 전 마왕의 털 색깔에 어울리는 갈색 정복 차림의 무늬만 인간인 장교들이 살아 있는 위험한 액세서리처럼 차려 자세를 취하고 있었다.

구아날은 한숨을 내쉬었다.

"네, 우리는 행동할 준비가 되어 있습니다. 안젤리카가 자기 아버지에게 돌아가는 즉시 엥카드나수스를 열어주면 우리는 그 아이가 불안해하지 않게 제압하고서 기계를 훔칠 겁니다. 그다음 마지막 건에 대한 금화를 보내주시면 기계를 넘기겠습니다."

바쉬의 표정이 굳어졌다.

"충분히 줬는데 당치 않게!" 바쉬는 이빨을 갈았다. "상기시키겠는데 나는 너희 국민과 대립하는 적이고 지금 전쟁…… 아무튼 일단 금화를 받은 다음에 기계를 넘기겠다는 말을 내가 어떻게 믿지?"

구아날이 허리를 꼿꼿이 폈는데 하찮게 보이던 여자의 모습은 온데간데없고 냉철한 킬러의 모습으로 돌변했다.

"우리의 약속 그 자체가 보증입니다. 이 세상 그 누가 의뢰받은 것을 넘기지 않고 돈만 갈취하는 용병들과 거래를 하겠습니까? 고객님이 우리의 적이든 아니든 그것 때문에 달라지는 건 아무것도 없습니다. 우리에게는 그저 고객일 뿐이니까요. 고객이 어느 종족이든, 계획이 무엇이든 나는 계약대로 돈을 받고 약속한 걸 넘기면 그만입니다. 정치적 이해타산과 경제적 이해타산을 혼동하지 마십시오. 우리가 마음에 들지 않으면 직접 기계를 훔치세요, 아무 걱정 마시고. 선택하십시오."

바쉬는 뻣뻣해졌다. 갑자기 촉수들이 구아날의 손을 후려치면서 칼을 떨어뜨리게 하는 한편, 다른 촉수들은 용병을 답삭 들어서 우주선 기둥에 꽁꽁 옭아맸다. 숨이 막힌 구아날의 얼굴이 뻘게졌다.

"좋아." 바쉬는 행동과는 대조적으로 부드럽게 말했다. "너를 믿고(바쉬는 이런 말을 할 생각이 아니었는데 튀어나갔다) 안젤리카 브란다우드에게 알리겠다. 아더월드로 돌아가라. 그리고 나는 너희들이 우주선에 오는 걸 좋아하지 않아. 아더월드 사람들의 마법에 너희들은 발각될 수 있어."

구아날이 대답할 수 없는 상태라는 걸 알아차리고 바쉬는 거칠게 풀어주었다. 금속 바닥으로 쿵 하고 넘어진 구아날은 목구멍이 찢어져라 기침을 했다. 구아날이 미처 반응할 겨를도 없이 바쉬의 촉수들이 다시 붙잡아서 공간이동의 다리에 그려진 원 안으로 던졌다. 그러고는 경호원들에게 이동 기구를 작동하라는 신호를 보냈고, 웅크린 자세의 실루엣은 사라졌다.

구아날이 무형화되는 순간 공간이동의 다리에 나타나 있던 키가 큰 갈색 머리 소녀는 용병을 알아보고 굳은 표정이 되었다. 안젤리카가 차가운 목소리로 물었다.

"빌랭의 용병이잖아요? 여기는 무슨 일로 왔습니까?"

바쉬의 표정이 굳어졌다. 수백 개의 눈이 안젤리카 쪽으로 향했다.

"몸이 불편하다더니 나왔는가, 인간아?"

안젤리카의 얼굴이 약간 붉어졌다. 아르칸즈가 타라에게 청혼한 뒤에 데칼리스 브란다우드는 딸 안젤리카에게 서열이 높은 악마들 속에 침투하라는 지시를 내렸었다. 데칼리스 브란다우드에게 아더월드의 지배자 지위를 약속해준다면 악마들과 동맹을 맺을 준비가 되어 있다는 확신을 주기 위해서였다.

하지만 안젤리카가 결국 악마들에게 타라를 염탐하고 감시하는 방법을 알려주었다는 것은 오만함 때문에 너무 일찍 자기 패를 보여주는 아주 잘못된 생각이었다. 마지스터가 실패한 것이 바로 오만함 때문이었는데…… 그리고 안젤리카는 아버지를 위해 죽을 생각이 전혀 없었다.

그래서 안젤리카는 겉으로는 악마들과 잘 어울리면서 고분고분하게 굴었던 것이다. 그러다 가브리엘의 위험한 침략이 시도되었을 때 타딕스 주재 랑코비트 대사관 소속이기 때문에 꼼짝 않고 숨어 있었다.

안젤리카는 선택의 여지가 없었다. 위성이 폭발하는 상황이기 때문에 악마들과 도망을 친 것이었다.

무형화된 상태로 악마들의 세계에 들어갔을 때 안젤리카는 몸속의 장기들이 뒤죽박죽되어버리는 느낌이었다. 게다가 도착하자마자 악마들은 안젤리카가 전혀 가늠조차 할 수 없는 무시무시한 위협을 피해 도망쳐야 했다.

안젤리카는 극도의 공포에 사로잡힌 악마들을 보았다. 그리고 아더월드의 우주 공간으로 돌아오자 그토록 고통스럽던 몸이 훨씬 좋아지는 느낌이 들어서 안도했다.

악마들과 며칠을 지내는 동안 안젤리카는 그들이 어리석지는 않지만 생각했던 것보다 영리하지도 않다는 걸 확인할 수 있었다. 안젤리카가 떠나고 싶어서 안달하는 모습을 보이면 바쉬는 역심 때문에 붙잡아둘 게 틀림없었다. 그런데 안젤리카는 아버지에게 아더월드에 대해 알릴 것이 있었다. 악마들 때문만이 아니라 아더월드가 얼마나 위험에 처해 있는지 설명해야 했다.

그러려면 뭐든 해야 했다. 위험천만한 전 마왕의 신경을 자극하는 것도 한 방법이었다.

"네, 이제는 아프지 않습니다." 안젤리카는 대답했다. "여기가 어디죠? 가브리엘은 잘 지냅니까?"

안젤리카는 자식들과 사이가 좋지 않은 바쉬에게 인간화된 악마를 언급하는 것이 위험하다는 걸 잘 알고 있었다. 그들은 서로를 이해하지 못했다. 하지만 안젤리카는 자신이 가브리엘을 정말 좋아하기 때문에 왕자의 애인이 되는 것도 나쁘지 않다고 생각하고 있었다. 인간화된 악마들이 훨씬 아름답다는 것이 정말 짜증 나지만.

"가브리엘을 만나러 가거라." 바쉬는 안젤리카에게 텔레포테이션의 문 쪽으로 가라는 뜻으로 촉수들을 흔들면서 말했다.

순순히 원하는 걸 허락해주는 것에 안젤리카가 놀라서 가만히 있자 바쉬는 경호원들에게 소녀를 붙잡으라고 신호를 보냈다. 경호원들은 악을 쓰면서 발버둥 치는 안젤리카를 공간이동의 원을 향해 떠밀었다. 갑자기 안젤리카가 비명을 질렀다. 경호원 중 한 명이 안젤리카의 목에 뭔가를 주사했다. 안젤리카가 공포의 시선을 던지자 바쉬는 안심시켰다.

"전혀 해로운 것이 아니니까 안심해, 인간아. 여기서 보았던 모든 것에 대해 친구들에게 얘기하거나 글로 쓰지 못하게 하는 물질을 주사한 것이니까."

바쉬의 촉수 중 하나가 구아날과의 대화를 녹화한 카메라에서 메모리카드를 뽑아 부들부들 떠는 안젤리카의 손에 쥐여주었다.

"그걸 가브리엘에게 가져다주거라." 바쉬가 명하는 사이 경호원 둘이 양쪽에서 안젤리카를 붙잡고 공간이동의 원 안으로 들어갔다.

바쉬가 덧붙였다.

"너는 아더월드에서 훨씬 쓸모가 있을 것이다. 메모리카드 안에 있는 지령대로 가브리엘을 도와줘라. 그러면 네 목숨을 살려주겠다. 우리에게는 인간의 도움이 필요 없다는 생각은 변함이 없지만."

"당신 자식들도 인간입니다!" 안젤리카는 사라지기 전에 외쳤다. "나와 같은 인간들입니다!"

바쉬는 성난 휘파람을 불었다.

늙은 악마들이 젊은 악마들에 대해 하는 말이 있었다. 인간화된 젊은 악마들은 허약하고 나태하며 적들을 잡아먹기보다는 환심을 사려고 시시덕거리는 경향이 있었다. 하지만 늙은 악마들이 재앙을 일으켰으니 이제 그 피해를 복원하는 것은 젊은 악마들 몫이었다.

늙은 악마들의 문화유산은 이제 끝나는 것이었다.

바쉬는 두 계층의 대립이 점점 커지고 있는 것이 짜증스러웠다.

늙은 악마들은 젊은 악마들이 악마의 마법을 사용하지 않으려고 하는 걸 심각한 상황으로 보고 있었다.

왕의 자식들인 왕자, 공주와 마찬가지로 왕족 혈통들은 악마의 영혼들을 이용할 수 있는 사물들을 지니고 다닐 의무가 있었다.

하지만 그 마법은 자칫 그들 자신을 파멸시킬 수 있기 때문에 약간 두려워하고 있었다. 언젠가는 그들의 영혼도 독살되어 시커먼 쇠붙이 속에 갇힐 위험이 있음을 의식한 것이었다. 늙은 왕은 자식들이 마법의 저장소인 장신구를 착용하는 것도 자주 잊는다는 걸 알고 있었다.

정말 마음에 들지 않았다. 바쉬는 악마의 사물들을 착용하는 것을 권고가 아니라 의무화하는 새로운 법을 제정할 필요가 있다고 생각했다. 악마 진영의 인간이든 적군 진영의 인간이든, 인간들은 도대체 일을 쉽게 하지 않았다.

바쉬는 인간들이 그들을 파멸하기 위해 그것을 보냈을 거라고 느꼈을 때의 무력감과 두려움을 떠올리면서 부르르 떨었다. 인간들은 생각보다 훨씬 위험했다. 하지만 그는 방법을 찾았다. 감히 그들을 파멸시키려고 하는 자들을 없애버리는 것이었다.

바쉬는 객실로 돌아갔다. 바쉬는 우주선을 지휘하는 기장이 아니지만(평화를 주장하는 블루파의 일원에게 기장의 영예를 주었다) 귀빈이기 때문에 선실은 아주 널찍했다.

바쉬는 건강에 좋은 분말모래 샤워를 한 뒤에 커뮤니케이션 콘솔 앞에 서서 통신 장치를 작동했다. 그들은 아주 신중했고, 접속은 확실했다.

어쨌든 그는 그렇게 믿고 있었다.

수많은 병사들은 비석에 다음 세대들에게 알리는 글을 이렇게 새겨야 할 것이다. '그는 모든 걸 예상했다고 확신했는데……'

한편 거기서 1000타트롤 떨어진 곳에 위치한 거대한 소행성 뒤에 드래곤 우주선 한 대가 순항하고 있었다.

우주선 안에는 담비 부대가 있었다. 담비처럼 보이는 작은 동물들이지만 실은 변신한 드래곤들이었다.

정찰 우주선은 눈에 띄지 않아야 해서 크기가 중요했다. 드래곤들은 그걸 잘 알기 때문에 몸을 축소시킨 것이었다. 가능한 한 열기를 줄여야 하는 우주선은 실내가 따뜻하지 않았다. 그래서 처음에는 덜덜 떨지 않으려고 모피를 뒤집어썼다. 그러다 드래곤의 긴 목이 거추장스럽다는 걸 깨닫고 외형도 담비처럼 변신했다. 드래곤들은 색깔이 다양하기 때문에 본연의 색깔을 고수하기로 했다. 소형 우주선 안에서 레몬 색깔부터 검은색에 이르기까지 온갖 색깔의 담비들이 바쁘게 움직이고 있었다. 기구들도 모두 축소시킨 덕분에 가로세로 길이가 10미터밖에 안 되는 우주선에 드래곤/담비 스무 마리가 탑승해 있었다.

이들의 임무는 아더월드를 정탐하는 것이었다. 물론 아더월드 사람들은 모르고 있었다. 드래곤들이 인간들을 믿지 않아서가 아니라(사실 전적으로 믿지는 않았다) 직접 눈으로 확인해야 안심이 되기 때문이었다.

타라와 리스베스의 생각과 달리 우주 공간에 바쉬의 우주선이 불쑥 나타났을 때 드래곤/담비들은 즉시 포착했었다. 드래곤들은 뭐가 되었든 위험하다고 여겨지는 것이 아더월드로 보내질 경우 발포할 만반의 준비를 하고 있었다. 드래곤/담비들은 가브리엘에게 전파되는 마이크로파를 즉시 분석했고 위험하지 않다고 판단했기 때문에 통과시켰다. 소형 우주선이지만 대형 우주선 못지않은 화력을 갖추고 있기 때문에 만만하게 볼 일은 아니었다. 드래곤 엔지니어들은 그렇게 말했지만 지금으로서는 확인할 기회가 없으니 아무도 모를 일이지만.[20]

하지만 컴코(커뮤니케이션 콘솔의 엔지니어들을 가리키는 약자)들은 악착스럽게 매달렸고, 악마들의 주요 행성인 보울리미-레미를 향해 일일 보고를 발송하는 마이크로파 중계회선에 접속하기에 이르렀다. 바쉬가 발신한 것은 방금 해독이 되었다. 통신 상태는 그리 좋지 않았지만 전 마왕이 신임 왕인 아들에게 하는 말임을 알 수 있었다.

....

20. 병사들을 위한 금언은 그들의 행성이 폭발하는 것을 보게 될 엔지니어들에게도 적용이 된다. 엔지니어들은 죽기 직전 이렇게 말할 것이다. '이해가 안 돼. 모든 걸 예상했는데……'

하지만 불행히도 바쉬는 주도면밀했다.

"모든 것이 잘되고 있다. 우리는 장치를 설치했다. 준비 끝."

"어쩌면 그럴 필요가 없을지도 모릅니다." 드래곤들이 아르칸즈라고 생각하는 대화자가 희망적으로 대꾸했다. "그 문제는?"

"해결될 것 같다."

"좋습니다. 엉덩이 지키세요."**21**

"그래. 고맙다, 아들아. 바쉬, 이상 끝."

마이크로파 중계회선이 끊어졌다.

드래곤/담비가 상관인 드래곤에게 연락했다.

그라보우테리쉬부.

"아, 보우비루디부?" 브라운 드래곤 그라보우테리쉬부가 드래곤/담비를 보자 말했다.

축소된 드래곤은 상관의 입체적 이미지 앞에서 머리를 조아렸다.

"놈들의 메시지 중 하나를 해독했지만 구체적인 말을 하지 않았습니다. 문제는 놈들의 연산이 계속 바뀌고 있다는 겁니다. 우리가 이번에 성공했다고 다음번에도 또 성공한다는 보장이 없습니다." 보우비루가 난처한 어조로 대답했다.

"기술적인 문제, 그건 내가 알 바 아니다." 그라보우가 신경질적으로 말했다 "우리는 벌레 같은 인간들에게 악마들이 침략을 준비하고 있다는 걸 입증할 증거를 제시해야 된다. 그 벌레 같은 것들이 우리

· · · · · · · · · · · · ·

21. 엉덩이를 사용하는 것은 상스러운 표현으로 '조심하라'는 뜻이다. 사실 악마들에게 엉덩이는 앞다리에 해당된다. 트라둑투스는 다시 한마디 덧붙였다. 적들을 제압하기 위해 힘줄을 끊어버리던 시대에는 상스러운 말로 여기지 않았다고.

가 그들의 허락 없이 악마들을 공격하면 우리와 동맹을 파기하겠다고 위협하고 있어. 그러니까 그따위 위협이 통하지 않는다는 걸 보여줘야 우리에게 복종할 것이다. 빌어먹을 인간 마법사들을 모조리 우리 행성으로 데려가서 조련을 시켜야 해. 지금도 너무 늦었다!"

보우비루디부는 드란보우글리스펜쉬르의 유독한 공기 때문에 인간들이 살 수 없을 거라고 대꾸할 뻔했지만 괜히 입을 잘못 놀렸다가 타 죽기보다는 잠자코 있기로 했다.

"이 메시지 말고, 멍청한 여왕이 악마들을 공격하지 않을 수 없게 만들 무슨 방법이 없겠나?" 그라보우가 다그치듯 물었다. "악마들이 어떤 의도를 드러냈다거나 실마리가 될 만한 것이 전혀 없어?"

축소된 드래곤 보우비루디부는 미안하다는 뜻으로 고개를 흔들었다.

"유감스럽게도 없습니다, 그라보우테리쉬부. 전 마왕 바쉬가 뭔가를 설치했다고 말했지만 지금으로서는 뭘 말하는 건지 모릅니다. 바쉬는 주도면밀했습니다."

그라보우가 입술을 말아 올리자 축소된 드래곤은 덜덜 떨었다.

"그럼 찾아야지!" 브라운 드래곤이 호통을 쳤다. "너희들 모두를 위한 마지막 미션이 될 것이다."

그렇게 소리치고 그라보우는 통신을 딱 끊어버렸다.

보우비루디부는 한숨을 내쉬었다.

그는 진심으로 빌었다. 어리석은 악마가 제발 엄청난 실수라도 저질러서 계획이 들통 나기를. 그래서 자신과 부하들이 꼬치구이로 생을 마감하는 일이 없기를.

16

삼각관계

악마 버전으로 복제된 패리스 힐튼과 어떻게 친구가 되나

*

악마 대표단은 긴장해 있지만 사실 일은 오히려 잘 풀리고 있었다. 타라는 며칠 전부터 아주 불편할 정도로 속이 쓰렸다. 샤면이 타라를 진찰했지만 이상한 점을 전혀 발견하지 못했다. 그런데 레파루스 주문을 날려도 효과가 없었다. 그래서 타라는 열여덟 살 나이에 너무 과도한 업무로 인한 스트레스 때문에 위궤양이 일어난 거라고 생각했다.

현재 상황은 마치 폭풍 전야처럼 끔찍하게 조용했다. 타라는 계속 무슨 일이 터질 것만 같아서 불안했다. 타라가 염세적이 아니라 경험상 상황이 너무 잘 돌아갈 때는 머지않아 무슨 일이 일어날 거란 암시이기 때문이었다.

하지만 변화의 조짐은 없었다. 마지스터는 지구의 연합군을 지휘

하겠다는 제안을 거부당한 것에 아무런 반응을 보이지 않았고, 샤름은 악마의 행성들을 공격하려는 드래곤들을 막았다. 고모 리스베스는 결혼식 준비를 하면서 악마 대표단을 상대하느라 바빠서 타라에게 신경 쓸 겨를이 없었다. 마라는 칼을 남친으로 가질 수 없다는 걸 깨닫고는 마음을 깨끗이 정리하고 가브리엘을 맡았다. 칼은 타라와 '선을 넘어서는 안 된다'는 원칙에 동의했고, 잿빛 눈으로는 아무리 오래 기다려도 헤어지는 일은 없을 거라고 약속하면서 순수한 입맞춤으로 만족했다.

정신 못 차릴 정도로 바쁜 와중에도 시간을 내서 어김없이 타라를 만나러 오는 로빈의 문제만 남았다.

하지만 로빈이 매번 사랑에 대한 이론을 장황하게 늘어놓는 통에 타라는 점점 하프엘프의 목을 조르고 싶은 충동을 느꼈다.

엘프 대 엘프, 인간 대 인간, 엘프 대 인간, 인간 대 엘프의 관계에 대한 비교학 강의……. 타라는 한 번만 더 들으면 미쳐버릴 것 같아서 이거나 저거나 다 같은 얘기라고 핀잔을 주었다.

흰색 실크 드레스에 화려한 은빛 드레스를 하나 더 겹쳐 입고, 백금과 다이아몬드 왕관을 쓴 오무아 제국의 후계자는 셀렌바와 함께 악마 대표단을 맞고 있었다. 타라는 3D 거울에 비친 자신의 모습이 마음에 들었다(아더월드에서 타라가 좋아하는 것 중 손꼽히는 것이 3D 거울과 수영장급의 욕조였다. 사이렌과 물고기를 쫓아낸 뒤에 욕조에서 수영하는 것이 정말 즐거웠다).

악마 대표단과 함께 예쁜 여자가 들어왔다. 아더월드에 파견된 악마들은 모두 인간이라는 걸 생각하면 특별할 건 없었다. 하지만 여자는 어딘가…… 낯이 익었다.

여자가 뿌루퉁하게 입술을 내미는 순간, 타라는 웃음이 터질 뻔했다. 악마들이 패리스 힐튼 복제 인간을 만든 것이었다. 패리스 힐튼이 젊었을 때의 모습. 물론 이 여자가 훨씬 아름다웠다. 개량된 패리스 힐튼이라고 할까.

헐! 이 여자를 진지하게 받아들이기는 힘들 것 같았다.

타라는 여러 명의 악마들이 엘프들과 아주 흡사한 걸 보고 깜짝 놀랐다. 처음에는 엘프의 장점만 '빌린' 거라고 생각하다가 악마들이 엘프의 유전자를 이용해서 인간을 혐오하는 악마/엘프를 만들었다는 걸 알아차렸다.

그뿐만이 아니었다. 인간을 혐오하는 악마/뱀파이어들도 있었다.

악마들이 무슨 짓을 했는지 알아차린 셀렌바는 소스라치게 놀랐다. 물론 셀렌바의 취향이 아닌 뱀파이어의 모습이었지만. 타라는 악마들의 생명공학 수준이 대단하다고 생각했다. 또 한 가지 놀라운 것은 영악한 악마들이 아더월드의 주요 종족들을 모방하면서도 난쟁이나 늑대인간, 파보, 요정, 땅신령들은 제외했다는 것이었다.

타라는 진짜 엘프와 진짜 뱀파이어의 특성까지 똑같은지 궁금했다. 특히 뱀파이어와는 똑같지 않기를 빌었다. 그렇지 않아도 뱀파이어는 음침한데 악마들이 그런 것까지 같다면 정말 다루기가 까다롭기 때문이다.

악마들의 신임장이 홀로그램으로 나타났다. 악마 대표단은 타딕스에서 이미 협상한 많은 조항을 다시 확인한 다음 조약을 체결하러 온 것이었다. 따라서 당장은 해결할 문제가 많지 않지만 막상 인간들의 행성과 악마들의 행성이 교류를 시작하면 문제점은 생길 것이고, 많은 수정안이 필요할 것이었다.

다양한 협상안을 열거하는 홀로그램이 끝나자 아르칸즈의 여자 형제 중 한 명으로 패리스를 닮은 산헥시아가 인사했다.

이어서 산헥시아는 타라 쪽으로 얼굴을 돌리고 매력적인 미소를 지었다.

"우리 둘이 친구가 되길 바랍니다. 인생에서 친구는 아주 중요하니까요. 쇼핑 좋아해요? 마법으로 뭐든 만들 수 있다는 건 알지만 아더월드와 지구에는 상점이 믿을 수 없을 정도로 많다고 들었어요. 우리가 지구에 가볼 수 있을까요? 최신 상품들을 내 눈으로 직접 볼 수 있다면 얼마나 좋을까!"

산헥시아의 목소리는 몹시 들떠 있었다. 타라는 이 악마가 일부러 호들갑을 떠는 건지, 아니면 정말 행복해서 이러는 건지 경계하면서 신중하게 대화했다. 수많은 인간, 옷, 패션, 남자가 많은 아더월드에 있는 것이 진심으로 행복한 걸까? 사탕발림일까?

휴, 산헥시아는 끝없이 주절거렸다. 불안하다는 반증인가? 타라는 눈앞에서 구구, 구구거리는 악마의 장밋빛 비둘기를 보는 것 같았다.

타라는 협상을 주도하는 책임자가 산헥시아라면 아더월드 사람들이 악마들을 완전히 등쳐먹을 거라고 생각했다. 하지만 타라는 최종 협상을 맡은 실무자들은 매력적인 모습의 멋쟁이들이 아니라 회계원 같은 모습의 악마들일 것이라고 생각했다.

오무아의 상징인 100개의 금빛 눈을 가진 주홍빛 공작을 새긴 롱드레스 차림의 아름다운 리스베스 여제가 오무아의 상징을 새긴 옥좌에 앉아 있었다.

리스베스 여제는 타트리스족 수상 테오클리스 부인을 통해 토론이 벌어질 비공식적 접견실로 악마 대표단을 초대했다.

한편 악마들은 자기들이 지정한 행성들에 아더월드의 각국 대표단을 보내달라고 제안했다. 타라는 그 목록을 보면서 뭔가 이상하다고 생각했지만 정확하게 뭔지는 알 수가 없었다. 타라는 너무 골몰하면 머리 회전이 더 안 된다는 걸 잘 알았다. 게다가 여제의 아름다움에 경탄하는 산헥시아의 수다 때문에 집중이 안 돼서 일단 접어두었다.

타라는 속으로 한숨지었다. 이날은 일정이 몹시 빡빡한데 위장이 반란을 일으키는 것 같았다. 전날 속이 좋지 않아서 거의 아무것도 먹지 않았는데 왜 자꾸 이러지?

악마들은 통로를 열어주며 안내하는 친위대를 따라 이동하기 시작했다. 산헥시아가 후계자에게 손짓으로 인사하는 사이 칼은 걱정스러운 얼굴로 타라를 쳐다보고 있었다. 타라가 인상을 쓰자 칼이 마침내 물었다.

"타라, 계속 안 좋아?"

"응." 타라는 고개를 끄덕이면서 대답했다. "궁정의 샤먼들이 준 약을 먹었는데도 듣지를 않아. 너무 긴장해서 그런가. 속이 자꾸 쓰리네."

타라 뒤에 서 있는 셀렌바는 아직 인피뱀파로 전환되지 않았기 때문에 불안을 표시하듯 킁킁거렸다.

한순간 타라는 셀렌바를 조수/보디가드/사냥꾼으로 받아들인 걸 후회했다. 뱀파이어는 아주 신경에 거슬리는 콧소리로 타라의 결정을 독촉하고 있었다.

타라는 계속 이러면 사피르 드라고쉬와의 우정이고 뭐고 다른 데가서 쿵쿵거리라고 셀렌바를 쫓아버릴 생각이었다. 손수건을 한 트럭쯤 안겨주면서.

타라는 컴폰 시계를 봤다. 타라는 협상에 참석하지 않기로 고모와 합의되어 있었다. 이미 여제와 후계자를 죽이려고 했던 자들인데 똑같은 위험을 무릅쓸 필요는 없었다. 게다가 타라는 빡빡한 일정에서 간신히 20분 정도 시간을 내서 황궁의 공원 중 하나에서 로빈과 만나기로 약속이 되어 있었다.

칼이 자기도 할 일이 있다고 말하자 타라는 마지못해하면서 헤어졌다. 타라가 공원으로 접어드는 사이 악마 대표단은 마주치는 궁인들의 불안과 호기심 어린 시선을 받으면서 비공식적 접견실로 향했다.

사실 칼리반 달 살란은 남들이 '바람둥이'라고 부르거나 말거나 무사태평했는데 이번에는 위기의식을 느끼고 있었다.

칼은 타라에게 여자들과 연애 경험이 많았다고 말할 때 자신의 '롤 모델'인 제임스 본드에게서 생각보다 영향을 많이 받았음을 얘기하지 않았다. 여자들은 영리하고 재미있고 매력적인 칼의 그물에 마치 사랑에 미친 물고기들처럼 걸려들었다. 오케이, 이 비유는 좀 그렇지만 딱 맞는 표현이었다.

하지만 이번에는 칼이 제대로 걸려들었다. 가족과 친구들을 제외하고는 다른 사람의 눈치를 보지도 않고 관심도 없던 칼인데, 질투심에 불타는 분노라는 뜻밖의 감정을 경험하고 있었다.

사실 칼은, 로빈이 엘프족과 친숙해지게 할 목적으로 타라에게 관습을 알려주겠다고 제안한 걸 알고 즉시 몇 가지 약속을 취소했었다. 로빈이 타라에게 두 남자를 동시에 사귀는 것에 동의했고, 타라 역시 그걸 괜찮은 제안이라고 생각한다는 사실에 칼은 불쾌함과 두려움을 느꼈기 때문이다. 더군다나 칼은 로빈한테 들어서 알고 있었다. 타라가 칼을 선택했지만 여전히 로빈도 사랑하고 있다는 걸.

헐! 그래서 몇 분 후, 칼은 모습을 감추는 디시물루스를 뒤집어쓰고 타라의 뒤를 밟고 있었다. 타라의 은빛 실루엣은 눈에 띄어서 알아보기 쉬웠다.

칼은 황궁에서 마법을 사용할 권리를 인정해주는 인식 카드를 지니고 있기 때문에 경보가 울리지 않았다. 하지만 복도를 감시하는 탈루디 안에 장착된 전자매직 센서들은 안전상 칼을 뒤쫓고 있었다.

한편 황궁의 통제실 중 하나에서 크산디아르는 수백 개의 모니터를 지켜보다 구시렁거렸다. 아주 짧게 깎은 갈색 머리의 친위대장은 네 개의 손 중 하나로 피곤한 눈을 비볐다. 악마들이 아더월드의 은하계 안으로 들이닥친 뒤로 친위대장은 발바닥에 땀이 나도록 이리저리 뛰어다니고 있었다. 그의 아내이자 카무플레의 국장인 세네가 가브리엘을 염탐하는 일을 맡으면서 내부 통제와 관련된 여러 가지 일을 수행할 수 없게 되어 대신 크산디아르가 더 바빠진 것이었다.

크산디아르는 멍청하지 않았다. 가브리엘이 기거하는 집의 화장실에 설치한 스쿠프들이 파손되었다는 보고를 받았을 때 그것이 단순한 사고가 아님을 의심했다. 악마가 비밀리에 무슨 짓을 꾸미고 있다는 생각에 친위대장은 몹시 불안했다. 게다가 이번에는 꾀돌이로 이름난 칼 때문에 미쳐버릴 지경이었다. 몰래 여친을 미행하는 소년을 어떻게 생각해야 되지? 평범한 여친에 지나지 않는다면 크산디아르는 그냥 모른 체할 수도 있었다. 하지만 그 여친이 제국의 후계자 타라라면, 변덕을 부리는 마법 때문에 깜짝 놀랄 일이 생기는 걸 아주 싫어하는 초강력 마법사라면 얘기가 달랐다.

크산디아르는 또다시 궁전의 폭발을 보고 싶지 않기 때문에 결정을 내리고 타라에게 연락했다. 얼마 전부터 제국의 엔지니어들은 로빈이 몇 년 전에 타라에게 선물한 귀걸이 모양의 통신기구 클릭을 수정해놓았었다. 그래서 눈을 세 번만 빠르게 깜박거리면 타라는 아무도 모르게 연락을 받고 말도 할 수 있었다.

타라는 크산디아르가 전하는 말을 듣고 입술을 삐죽거렸다. 칼을 정말 좋아하지만 이 정도로 로빈을 질투한다면 무모한 위험을 자초하는 건데…….

타라는 어머니가 가르쳐준 대로 칼의 입장에서 생각해봤다. 만약 칼이 전 여친을 여전히 사랑하고 있다면서 만나러 가면 내 기분이 어떨까? 흠. 타라는 긴장이 약간 풀렸다. 두 가지 관점에서 생각하니까 이해가 되었다. 자기 역시도 불안했을 것이다. 몰래 칼의 뒤를 밟고 싶을 정도로 불안했을 것이다. 타라는 괜한 감정싸움을 사전에 막기로 했다.

"어디 있어요?" 타라는 말하고 있다는 걸 아무도 알아채지 못하게 물었다.

"왼쪽 뒤로 열 발자국입니다, 마마. (타라의 귀에서 크산디아르가 걱정스러운 어조로 덧붙였다.) 마마, 우리가 유감스럽게 생각할 일이 일어나지는 않겠지요?"

타라는 웃음이 터질 뻔했지만 꾹 참았다. 지금 웃었다가는 그렇지 않아도 조금 전부터 셀렌바가 의아한 시선으로 지켜보고 있는데 정말 이상하게 보일 것이다.

타라가 갑자기 걸음을 멈추고 홱 돌아서는 바람에 호위대원들과 부딪칠 뻔했다. 타라는 크산디아르가 모니터를 보면서 알려주는 대로 칼을 붙잡았다.

칼이 빠져나가려고 했지만 타라는 순식간에 디시뮬루스를 사라지게 하고는 팔짱을 끼고 발로 땅바닥을 탁탁 쳤다.

당황한 칼은 주위를 쳐다보다 침을 삼키고 말했다.

"아, 알겠다. 탈루디. 누가 알려줬어? 세네?"

"크산디아르."

"슬루르크."

"칼, 빌어먹을, 그건 내가 할 말이야! 나를 믿어야지. 아니면 우리 사이는 더 나가지 못해!"

재미있는 광경을 구경하려고 궁인들이 벌 떼, 아니 타라의 주관적인 관점에 따르면 독수리 떼처럼 몰려들었다.

도둑이라는 직업상 눈에 띄지 말아야 하는 것이 성공의 관건이기 때문에 이목을 끄는 걸 싫어하는 칼은 몸을 좌우로 흔들었다.

"나…… 나는 너의 안…… 안전을 위해 뒤따라온 거야." 칼은 말을 더듬었다.

"물론 그렇겠지. 뱀파이어와 무장한 열두 명의 티그족 호위대로는 부족해 보인단 말이지? 네 눈에는?"

칼은 간청하는 눈빛으로 말했다.

"타라, 제발 화내지 마. 로빈의 휘파람에 네가 달려가는 게 싫었어."

셀렌바는 미소를 흘렸다. 도둑이 단어 선택을 잘못한 것 같은데. 아니나 다를까, 타라의 표정이 굳어졌다.

"로빈은 휘파람을 불지 않았고, 더군다나 나는 달리지도 않았어! 로빈은 내 친구야, 칼. 너나 무아노, 파브리스, 파프니르를 만나는 것처럼 나는 로빈을 만날 수 있어. 우리가 사귀지 않는다고 해서 내가 로빈을 버리는 건 아냐. 로빈은 변함없는 내 친구니까."

칼도 매직갱의 멤버 한 명이 없어지면 어떻게 될지 잘 알고 있었다. 한숨을 내쉬면서 항복했다.

"하지만 내가 장담하는데 로빈이 또 너에게 키스를 할 거야."

"로빈이 그러면 공원에 두꺼비 한 마리가 더 늘어날 테니 놀라지 마." 타라는 미소를 지으면서 대꾸했다. "아니, 로빈은 키스하지 않을 거야. 말로는 나를 정복하고 싶다고 하지만 로빈도 그게 쉽지 않다는 걸 잘 아니까."

타라는 더 말하려다 쉴 새 없이 날갯짓하며 날아다니는 스쿠프들 말고도 쫑긋 세우고 듣고 있는 귀들을 의식했다.

"근데 지금은 여기서 이런 얘기 하고 있을 때가 아냐. 이러다 늦겠어. 나중에 보자."

타라가 미소를 지어 보이자 칼은 '다시 시작하지 않는 게 좋을 거야'라는 뜻의 손짓을 하고 당당한 걸음으로 멀어져 갔다.

칼은 가장 가까이에서 녹화하는 탈루디를 노려보더니 세 개의 눈을 향해 험악한 인상을 썼다. 크산디아르는 미소를 지었다. 칼은 기분이 나쁘겠지만, 어찌 됐든 궁전을 훼손시키는 일 없이 조용히 해결되어서 다행이었다.

로빈이 기다리는 공원으로 가는 사이 셀렌바가 타라 옆으로 와서 말했다.

"어떤 점에서는 안심이 되네요. 나만 연인들 문제로 고민하는 게 아니라서."

타라는 날카로운 시선으로 셀렌바를 쳐다봤다. 뱀파이어가 완전히 미친 게 아님을 알고 있었기에 크게 놀라지 않았다. 셀렌바는 영리했다. 오랜 세월 마지스터의 오른팔로 살면서 경계심과 주의력은 훈련이 잘되어 있었다. 뱀파이어의 특성 덕분에 움직임이 유연한 것도 있지만 다른 이들보다 자신이 훨씬 강하고 훨씬 교활하다는 걸 아는 확신에서 오는 여유로움이 있었다.

셀렌바는 타라를 위해 일하면서부터 사람들의 반응을 이해하는 후계자의 사고방식이 흥미롭다는 말을 여러 번 했다. 타라는 대체로 지구인의 방식으로 생각하기 때문에 서로가 감추고 있는 사리사욕을 파악하는 것이 서툴렀다. 리스베스가 타라의 교육을 맡았지만 타라 주변에는 영혼도 인간미도 없는 조언자는 전혀 없었다.

그런 점에서 셀렌바는 타라에게 아주 이상적인 파트너였다. 셀렌바는 악마들과 비슷했다. 예측 불가능하고 매혹적이고 무엇보다 아주 위험했다. 타라에게 온갖 것들을 요청하러 오는 사람들이 그들의 주장에 반대하는 셀렌바의 분홍빛 눈과 송곳니 앞에서는 주춤주춤 물러가기 일쑤였다.

어느 날 한 공작이 타라를 찾아와서 티그족은 누구나 황궁의 친위대에 들어오고 싶어하므로 쓸 만한 대원을 고용하는 데 어려움이 있다고 불만을 토로했다. 그러면서 자기가 대원을 뽑을 수 있게 해달라고 요청했다. 그 말을 듣고 있던 셀렌바는 타라에게 넌지시 말했다.

"안 되는 걸 요구할 때는 일언지하에 잘라버려야 합니다!"

그러고는 셀렌바가 나서서 단칼에 공작을 저지했다. 이에 항의하려던 공작은 분노로 이글거리는 뱀파이어의 눈빛을 보는 순간 꽁무니를 빼고 사라졌다.

그 뒤로 이기심 때문에 타라를 찾아오는 이들은 감히 셀렌바라는 벽을 통과할 수 있을 정도로 정말 중요한 일이 아니면 얼씬거리지 못하게 되었다. 그 일로 타라는 아주 놀라워하면서 셀렌바를 몹시 유능하다고 생각하게 되었다.

"나는 연인이 여러 명 있는 게 아니에요." 타라는 한마디 했다. "현재의 남친과 아직 헤어졌다는 걸 사실로 받아들이지 못하는 전 남친이 있을 뿐이지."

"흠."

셀렌바가 이번에는 쿵쿵거리지 않았지만 크게 다르지 않았다. 타라는 반격했다.

"연인이 여러 명이에요, 셀렌바? 혹시 마지스터를 다시 만날 생각이에요?"

타라는 거의 미세하지만 뱀파이어가 흠칫하는 걸 느꼈다. 그리고 아주 태연하게 거짓말하는 것도.

"아뇨. 마스크 속의 얼굴을 안다면 모를까 누구인지 정체도 모르는데."

아, 셀렌바는 거짓말하고 있다는 걸 감추면서 말했다. 영화 〈스타 트렉〉의 스포크와 비슷하다고 할까(영화에 등장하는 과학 장교 스포크는 머리는 명석하나 감정이 없는 인물이다—옮긴이).

뱀파이어가 너무 빨리 화제를 바꿔서 오히려 의심스러웠다.

"악마들이 도착했으니까 빨리 인피뱀파가 되어야 하는데 누구의 피를 먹죠?"

"일단 내 피는 안 돼요." 타라는 이맛살을 찌푸리면서 말했다. "나는 물리는 걸 아주 싫어하니까. 하지만 샤먼들이 레파루스가 통하지 않을 경우 환자에게 수혈할 피를 갖고 있어요. 피 한 주머니면 충분할 거예요."

뱀파이어는 인상을 썼다.

"그건 싫은데…… 하지만 내가 선택할 여지는 없겠죠?"

셀렌바의 목소리에서 뭔가가 느껴져서 타라는 호기심이 동했다.

"왜요? 피를 줄 사람이 있다는 뜻으로 들리네요?"

"마마는 인피뱀파로 변신하는 거지 진짜 뱀파이어는 아니잖아요. 뱀파이어에게 물리면 어떤지 모르잖아요?" 셀렌바가 불쑥 물었다.

타라는 놀란 얼굴로 셀렌바를 쳐다봤다.

"뱀파이어가 물면…… 어떤데요?"

"마마는 뱀파이어와 사귄 적 없죠?"

타라는 얼굴이 빨개졌다. 셀렌바는 타라보다 나이가 훨씬 많았고, 대화는 타라에게 아주 거북한 영역으로 넘어가고 있었다.

"마법사, 하프엘프요. 지구의 작은 마을에서 자란 나란 여자에게는 이것도 많은 거죠."

셀렌바가 눈살을 찌푸렸는데 타라는 그게 동정인지, 조롱인지 알수가 없었다.

"우리에게 물리면 인간들은 아주 행복한 기분에 젖어들지요." 뱀파이어가 말했다. "뱀파이어들이 피를 먹으면서 느끼는 기쁨과 마찬가지로. 중독된 것이 아니라 매료되어서 우리 인피뱀파들을 찾으러다니는 인간들도 있어요. 그런 집단이 존재한답니다."

"무슨 집단이요?"

셀렌바는 분홍빛 눈으로 타라를 응시했다.

"인피뱀파에게 물리고 싶어하는 집단. 뱀파이어 없이는 살 수가 없는 사람들이죠(셀렌바는 또 인상을 썼다). 인피뱀파였을 때 나는 그런 관계가 위험하면서 감동적이라고 생각했어요. 지금도 그 생각에는 변함이 없어요. 하지만 내가 다시 인피뱀파가 되면 인간의 몸에서 직접 피를 빨아 먹고 싶어요. 혈액 주머니 속의 피는 주삿바늘을 찔러서 뽑은 피에 지나지 않으니까요. 인피뱀파는 인간을 죽이려고 피를 빨아 먹는 것이 아니라 우리가 공격했다는 걸 알리기 위해 인간들을 살려두지 않는 거예요. 아무튼 나는 살려두지 않으니까요."

타라는 한숨을 쉬었다.

"물리고 싶어하는 집단이나 혈액 주머니, 둘 다 그만두죠. 내가 직접 당신을 전환시킬 거예요. 그게 더 간단하니까."

셀렌바는 재미있다는 얼굴로 미소를 지었다. 타라는 어린 여자치고는 아주 보수적이었다. 셀렌바는 인피뱀파로 전환시키는 과정이 몹시 고통스럽다는 걸 떠올리면서 얼굴을 찌푸렸다.

"언제요?"

"당신이 원하는 때에."

뱀파이어는 주저하지 않았다.

"그럼 지금요. 이미 각오한 이상 지체할 이유가 없어요."

"하지만 여긴 복도라서…… 공원에 도착할 때까지 기다려요. 로빈에게 양해를 구한 다음 당신을 전환시킬게요. 괜찮죠?"

"네, 좋아요."

공원까지 가는 데는 그리 오래 걸리지 않았다. 로빈은 웅장한 분수대 가장자리에 앉아서 기다리고 있었다. 아더월드 바다의 신들 중 하나와 파란 풀밭에 심은 장밋빛 나무들이 비치는 물을 표현한 분수대였다. 목가적인 풍경 속에 하프엘프의 파란색 옷차림이 돋보였다. 로빈은 호위대를 보면서 미소를 지었다. 타라가 물러나 있으라고 지시하자 호위대는 방해가 되지 않으면서 필요한 경우 개입하기에 충분한 거리로 물러갔다.

"안녕, 로빈. 네 메시지 받았어. 그런데 그 전에 셀렌바를 전환시켜야 하는데 좀 기다려줄 수 있지?"

로빈의 환한 미소가 빛을 잃었다.

"안녕, 타라. 셀렌바를 전환시켜? 무엇으로, 왜?"

"보통 뱀파이어의 몸으로는 악마와 대결하는 데 무리가 있다고 셀렌바가 일시적으로 다시 인피뱀파가 되게 해달라고 부탁했어."

로빈이 이맛살을 찌푸렸다.

"위험하지 않다고 확신해?"

"당연히 위험하지!" 셀렌바가 경쾌하게 대답했다. "특히 우리의 적들에게는!"

로빈은 타인의 기분에 무감각한 크리스털 눈으로 뱀파이어를 응시했다. 그러고는 어깨를 으쓱했다. 아주 인간적인 이 몸짓은 정말 유용했다.

"알았어, 타라. 그렇게 해. 우리 얘기는 나중에 해도 되니까."

로빈은 조심스럽게 뒷걸음쳤다. 하프엘프는 타라를 정말 사랑했다. 타라의 발에 밟힌 풀조차 사랑하지만 타라가 마법을 사용할 때는 멀찍이 떨어져 있고 싶었다. 혹시 모르니까.

타라는 피곤한 이들이 잠시 쉬었다 갈 수 있도록 나무 밑에서 대기하고 있는 의자들에게 서로 마주 보게 자리를 잡으라고 지시했다.

타라는 셀렌바 앞에서 눈을 감고 의자 등받이에 몸을 기댔다. 타라의 정신과 마법이 빛의 파동을 일으키며 셀렌바를 후려쳤다.

타라는 아프지 않게 하려고 조심했는데도 셀렌바가 비명을 내지르는 것으로 보아 힘 조절은 실패한 것 같았다. 타라는 정신을 집중하고 마법의 빛으로 세포핵들을 덮치면서 셀렌바의 심장부터 전환을 시작했다. 참을 수 없는 고통을 견디려면 심장이 우선 튼튼해야 했다. 타라는 다시 뇌를 향해 올라갔다. 그리고 신경과 뼈를 전환시킨 다음 배를 향해 내려가다 갑자기 깜짝 놀라면서 표정이 굳어졌다.

뱀파이어가 임신한 상태였다.

17
임신한 뱀파이어

가장 귀중한 소원이 실현되는 걸 지켜보거나
가진 걸 다 주고서라도 소원이 실현되지 않길 바라거나

*

고통을 이겨내려고 안간힘을 다하는 뱀파이어의 머릿속까지 타라의 두려움과 놀라움이 전해졌다. 셀렌바는 타라와 마찬가지로 고통 때문에 죽을 수도 있다는 걸 알기에 그런 통계에 포함되지 않으려고 의식적으로 애를 쓰고 있었다.

하지만 타라가 보는 것이 뭔지 알아차린 셀렌바는 고통이고 뭐고 싹 잊어버렸다.

'안 돼요, 안 돼!' 질겁한 셀렌바가 타라의 머릿속에서 중얼거렸다.

'무슨 이런 끔찍한 일이!' 타라는 내뱉었다. '지금은 되돌릴 수 없어요, 너무 늦었어요!'

그들의 눈앞에서 이미 태아가 변형되고 있었다. 며칠밖에 안 돼서 작은 세포 덩어리에 지나지 않았는데 갑자기 태아가 빠르게 커지기 시작했다.

'이게 어떻게 된 거죠?' 타라가 깜짝 놀라서 물었다.

'인간의 피를 먹은 뱀파이어는 보통 뱀파이어보다 신진대사가 훨씬 빨라요. 힘은 더 세지만 그 대가를 치러야 하죠.' 셀렌바는 씁쓸하게 대답했다. '수명이 짧아지는 대가를 치러야 하기 때문에 뱀파이어의 평균수명인 수천 년을 사는 대신 최고 500년까지 수명이 줄어들수도 있어요. 딸인지 아들인지 모르지만 내 아기가 인피뱀파로 전환되는 중이니까 성장이 엄청나게 빠를 거예요. 뱀파이어는 임신 기간이 대개 5년인데 나는 아마 1년 후쯤 출산할 거예요.'

셀렌바의 정신적 목소리가 공포에 사로잡혀 있었다.

'예전에 인피뱀파가 임신해서 낳은 아이들이 있었는데…… 인간의 피에 굶주린 아이들이 달려들어서 피를 포식하는 바람에 수백 명의 인간들이 죽었지요. 그래서 수세기 동안 많은 아이들을 제거해야 했어요.'

'내가 아기를 다시 전환시킬게요.' 타라는 단호하게 말했다. '엄마와 아기 둘 다 즉시 전환시킬 수 있어요.'

'안 돼요!' 셀렌바가 소리를 질러서 타라는 인상을 썼다. '안 돼요.' 셀렌바는 차분하게 다시 말을 이었다. '그러면 아기의 뇌가 어떻게 될지 알 수 없어요. 나는 위험을 무릅쓰고 싶지 않아요. 나는 당분간 인피뱀파로 있을 거예요. 아기도 마찬가지로. 태어날 때 무슨 일이 일어나는지 두고 보자고요. 이제 어서 전환을 끝내요.'

타라는 반박하고 싶었지만 뱀파이어의 말에도 일리가 있었다. 타라 역시 어린 생명에게 어떤 손상을 줄지 알 수 없었다. 그래서 타라는 순순히 전환 작업을 마쳤다.

타라가 눈을 떴을 때 셀렌바는 눈앞에 있었다. 인피뱀파가 된 셀렌바는 잔혹한 사냥꾼의 모습으로 돌아와 있었다. 눈빛은 다시 빨개져 있지만 불안에 사로잡혀 있는 것이지 피에 대한 욕망으로 가득 차 있지는 않았다.

"맙소사, 내가 무슨 짓을 한 거야!" 타라는 공포에 질려서 중얼거렸다.

"무슨 일이야?" 두 여자의 정신적 대화를 전혀 들을 수 없었던 로빈이 물었다.

"셀렌바가 임신했어."

로빈의 얼굴에 환한 미소가 번졌다. 엘프들은 출산율이 아주 낮기 때문에 아기의 탄생을 신의 선물이라고 생각했다. 하지만 셀렌바와 타라의 표정으로 보아 그렇지 않은 것 같았다.

"어…… 좋은 소식이 아닌가?"

"방금 셀렌바를 인피뱀파로 전환시켰어." 타라가 대답했다.

로빈은 눈살을 찌푸렸다.

"그래, 알아. 그래서……(로빈은 딸꾹질을 하다 욕설을 내뱉었다) 슬루르크! 그럼 아기도?"

"응."

"브롤크 드 슬루르크!"

"그래, 맞아."

"과정을 거꾸로 할 수는 없어?" 로빈은 집게손가락으로 돌리는 시늉을 했다.

"응, 태아가 며칠밖에 안 됐고, 지금 한창 전환이 되어 동화되는 중이야. 태아에게 어떤 위험을 줄지 알 수 없어. 그래서 셀렌바와 나는 일단 이 상태로 놔두었다가 태어나는 걸 지켜보기로 했어."

"인피뱀파 아기를 낳을 수도 있다는 거야? 아, 그건 안 되는데."

"절대 안 될 일이지."

타라와 로빈은 뱀파이어를 쳐다봤다. 이번만은 모두를 죽일 것 같은 얼굴이 아니라 약간 떨리는 손으로 빨간 가죽에 가린 납작한 배를 만지고 있었다.

셀렌바가 둘을 향해 빨간 눈을 들고 말했다.

"아무한테도 말하지 마요." 셀렌바가 속삭였다. "특히 사피르에게."

"왜요?" 로빈이 당황한 얼굴로 물었다. "기뻐할 텐데."

셀렌바는 고개를 끄덕였다.

"그렇겠지. 우리가 말해주면 사피르는 나를 보호할 생각에 일을 그만두라고 할 거야. 하지만 이건 저주이자 에이스카드이기도 해. 임신하면 몸이 약해지는 인간 여자들과는 달리 우리는 훨씬 강해지지. 악마들과 전쟁할 때 임신한 뱀파이어들이 전투에 뛰어들었는데 죽이기가 쉽지 않았거든. 그런데 인피뱀파는 능력이 두 배로 강하니까 이제 나는 거의 무적이나 다름없어."

셀렌바의 목소리에 향수와 회한이 담겨 있었다. 타라라면 공포에 질렸을 텐데 뱀파이어의 눈에서 아주 다른 것을 보았다. 꼭 집어서 뭐라고 할 수 없는 감정이었다.

셀렌바의 머릿속에 계속 있었다면 뱀파이어가 뭘 괴로워하는지 알

앉을 텐데. 타라는 문득 한 가지 의문이 생겼다. 누구 애지?

로빈은 타라에게 엘프들의 관습을 설명해준다는 핑계로 용서를 구하고 관계를 회복하고 싶었다. 하지만 로빈과 타라는 새로운 상황을 맞은 셸렌바의 장단점에 대해 대화할 수밖에 없었다.

실제로 셸렌바는 아주 강력해져 있었다. 인피뱀파가 된 셸렌바가 어찌나 빠르게 움직이는지 타라를 경호하는 호위대는 동에 번쩍, 서에 번쩍하는 뱀파이어 때문에 애를 먹어야 했다. 셸렌바는 타라 옆에 있는 걸 이상할 정도로 만족해하고 있었다. 그런 뱀파이어를 보면서 타라는 솔직히 소름이 끼쳤다. 초강력 마법 능력이 있다고는 해도 타라는 셸렌바와 싸워서 이길 자신이 없었다.

임신한 인피뱀파의 힘에 대해 들었기 때문에 더욱 그랬다. 타라는 임신한 여자를 다치게 할 수 없었다. 셸렌바가 여자라기보다는 걸어 다니는 악몽에 가까운 뱀파이어라고는 해도.

로빈은 불운에 굴하지 않고 타라에게 나중에 다시 만나자는 약속을 받아냈다. 로빈은 랑코비트 왕국의 허락으로 오무아 제국을 위해 일하고 있었다. 하지만 아버지를 위해 몇 가지 미션도 수행하면서 필요한 책이나 원고를 가져다 달라는 어머니의 부탁을 들어주고 있었다.

로빈은 타라의 별궁까지 동행했고, 두 여자에게 인사를 하고 쏜살같이 사라졌다.

로빈은 칼과 같이 사귀겠다고 한 제안을 상기시키고 싶었다. 로빈으로서는 모두가 행복해질 수 있는 합리적이면서 실리적인 해결책이라고 생각했다. 하지만 타라가 왜 그 방법을 흔쾌히 받아들이지 않는지 이해가 되지 않았다.

로빈은 타라를 칼과 함께 사귀는 것이 전혀 거북하지 않았다. 하프엘프는 한숨을 쉬었다. 이 방법은 순수 혈통의 엘프인 아버지가 귀띔해준 것이었다. 그렇지만 정작 아버지는 다른 남편들과 공유하지 않고 혼자서 아내를 차지하고 있는 것에 아주 만족해하고 있었다.

로빈은 어머니와 얘기할 필요가 있다고 느꼈다.

로빈이 이런 생각을 하는 사이, 타라는 셀렌바에게 좀 휴식을 취하라고 지시했다. 뱀파이어는 인상을 팍 쓰면서 복종했다. 셀렌바는 피곤하지 않았지만, 이제부터 임신 사실을 알게 되는 이들은 모두 그녀를 유리처럼 대할 것이었다.

그러면 감정을 숨기지 못하는 셀렌바는 표정으로 다 드러낼 텐데.

타라는 아르칸즈가 아직까지 다시 연락해오지 않는 것이 신경 쓰였다. 아르칸즈가 뭔가를 준비하고 있는 것이 어렴풋이 느껴져서 마음이 편치 않았다. 하지만 정보가 없기 때문에 상황을 분석할 수 없었다.

이어지는 일주일도 악마 대표단과 행성들 간의 교역 문제로 일정이 아주 **빡빡**했다. 타라는 고모의 명을 따르기 위해 사방을 뛰어다니느라 칼과 로빈을 만날 시간이 거의 없는 것이 아쉬우면서도 한편으론 안도감을 느꼈다. 셀렌바는 타라를 그림자처럼 따라다녔고, 사피르는 아름다운 뱀파이어가 일에 열중하는 것이 기쁘면서도 그에게는 1분도 시간을 내주지 않아 서글펐다.

물론 사피르는 셀렌바가 왜 거리를 두는지 알 길이 없었다. 셀렌바는 아기 아버지가 궁금해서 DNA 검사를 하고 싶었지만 결과가 두려워 용기를 내지 못했다. 그래서 상상할 수 있는 최악의 악몽에 시달리면서 괴로워하고 있었다.

만약 마지스터의 자식일 경우 그녀에게 상처만 주는 남자 옆에서 살려고 돌아가야 할까? 그가 비틀어지고 병적인 사고방식으로 자식을 키우는 걸 받아들여야 할까?

아니, 싫었다.

그렇다고 아들이든 딸이든 사피르의 자식으로 살게 하는 것도 있을 수 없는 일이었다.

정말 견디기 힘든 상황이었다. 뱀파이어는 신경이 날카로워져 있었다.

이날 저녁 타라는 팅가푸르 황궁의 외곽에 있는 몽타뉴크리스토의 집에서 마라와 함께 가브리엘을 만나기로 약속이 되어 있었다. 악마 대표단이 온 뒤로 잠재적 인질들을 확보하고 있는 셈이라서 가브리엘에 대한 긴장감이 완화되어 있었다. 이제는 가브리엘을 위협적인 존재가 아니라 흥미로운 손님으로 받아들이고 있는 분위기였다.

며칠 전 타라는 악마 왕자가 도시 안의 곳곳에서 초대를 받기 시작했다는 보고를 받았다. 리스베스 여제는 여전히 가브리엘을 경계하기 때문에 황궁에서는 그런 추세가 없었다. 하지만 속물근성이 있는 사람들 사이에서는 악마를 파티에 초대하는 방법을 찾는 것이 유행처럼 번지고 있었다.

그래서 타라는 궁리 끝에 하프트리톤이자 하프엘프인 몽타뉴크리스토에게 연락해서 의논을 했고, 몽타뉴크리스토는 기꺼이 응했다. 그는 악마 왕자를 초대하는 파티를 준비했다.

몽타뉴크리스토와 사귀는 중인 발라가 무도회를 준비했다. 바이올렛 엘프의 다소 신랄한 유머 감각을 아는 타라는 발라가 악마들을 기절초풍하게 하려고 무슨 일을 꾸몄을지 궁금했다.

파티가 끝난 뒤에 누군가가 죽는 불상사만 일어나지 않으면 좋을 텐데.

아무튼 악마를 초대하는 파티는 두 가지 효과가 있었다. 인간들이 악마와 협정을 맺는다는 걸 이해하지 못하는 드래곤들에게는 공포 그 자체였다. 드래곤들에게 악마는 그저 악마일 뿐이었다.

한편 아더월드의 각국 대표단들이 초대를 받고 악마의 여러 행성으로 파견되었다. 악마들이 행성에 접근도 못 하게 가로막은 장막을 거두고(보울리미-레미 행성을 제외하고) 인간들과 다른 종족들의 방문을 허락한 것이었다. 용기(또는 탐욕) 있는 이들은 아더월드에 존재하지 않거나 아직 발견되지 않은 귀금속들에 대한 기대는 물론이고, 여러 가지 교역의 가능성이 크다면서 열렬히 환영한다는 의사를 보냈었다.

타라는 악마들이 아더월드인들을 초대하는 곳의 목록을 살피다 지난번 의아했던 것이 갑자기 기억나서 안락의자에서 벌떡 일어났다. 신선한 귀리와 당근을 실컷 먹은 뒤에 꾸벅꾸벅 졸던 갈랑이 소스라치게 놀랐다.

"그 행성에는 아무도 초대하지 않았어!"

뭐라는 거야? 갈랑은 뜬금없는 말에 타라의 머릿속으로 어떤 행성을 말하는 거냐고 물었다.

타라가 서성거리는 사이 체인지라인은 핑크빛 실내복을 움직이기 편하게 파스텔 톤의 파란색 반바지와 셔츠로 바꿔놓았다.

"악마의 행성들 중 하나인데 반쯤 잿빛인 행성이야." 타라는 큰 소리로 대답했다. "내 기억으로는 이름이 크세프로디였어. 그 행성에는 아무도 초대하지 않았단 말이야. 좀 이상해. 이유가 뭐지? 우리는 악마들의 여러 행성에 대표단을 파견했어. 보울리미-레미는 그들의 주된 행성이기 때문에 그곳만 제외하고. 하지만 크세프로디 행성은 제외하지 않았는데 따돌려진 거야. 분명히 그 행성에서도 착륙을 허락했는데 이상해. 내가 목록을 여러 번 읽었는데……."

타라는 심호흡을 하고 마음을 가라앉혔다.

"악마들이 뭔가를 감추고 있는 게 느껴져."

타라는 반박의 울음소리를 내는 갈랑을 움켜잡고 쪽빛 눈으로 페가수스의 금빛 눈을 뚫어져라 응시했다.

"가봐야겠어. 크세프로디 행성에."

갈랑은 공포에 질린 생각을 보냈다.

"그래, 알아." 타라는 대답했다. "악마들의 행성에 갔을 때마다 거기서 영영 돌아오지 못할 뻔했지. 우리의 검은 여왕은 아마 죽었거나 사라졌을 거야. 하지만 확실하진 않아. 그리고 이제는 달라. 악마들은 지금 우리 은하계에 있으니까."

타라는 아르칸즈에게 행성에 대해 물어보려고 통신기(그들은 빠른 통신을 위해 특별 라인을 설치해놓았다. 지구에서 사용하는 국가원수 간의 긴급 직통전화 핫라인과 같다) 앞에 앉으려다가 동작을 멈췄다.

"아니, 바보 같은 짓이지. 봉쇄를 해놨다는 뜻인데 내가 그 행성에 가고 싶다고 하면 막을 거야. 따라서 몰래 갔다가 돌아오는 것이 훨씬 낫겠어."

페가수스는 타라에게 자신의 생각을 보냈다.

"안 돼. 매직갱 없이 무슨 일을 하려고 했지만 그때마다 잘되지 않았어. 그래서 이번에는 모두 데려갈 생각이야. 살아있는 돌?"

아더월드 마법의 살아 있는 저장소인 타라의 친구가 책상 위에서 빛을 번쩍였다.

타라 일행이 보울리미-레미 행성에서 돌아온 뒤로 살아있는 돌은 악마들을 공격하는 인간들과 마법사들을 돕기 위해 만반의 준비를 하고 있었다. 타라는 살아있는 돌이 보울리미-레미 행성에 있던 살아 있는 크리스털을 어떻게 생각하는지 알고 있었다. 타라가 해방시켜주는 순간까지 악마들이 살아 있는 크리스털을 강제로 복종시키고 고통을 주면서 엄청난 힘을 이용했다는 생각에 복수를 부르짖고 있었다. 그래서 타라는 악마들에 대한 적개심으로 불타는 살아있는 돌을 감당하기가 아주 힘들었다. 게다가 살아있는 돌 못지않게 악마들을 싫어하는 악마의 영혼들까지 싸우라고 부추기는 통에 타라는 이 정신들에게 지지 않으려고 애를 써야 했다.

살아있는 돌은 타딕스가 폭발할 때 위성의 핵을 폭발시키는 것으로 보울리미-레마족을 물리치는 방법을 설명하면서 타라에게 결정적인 도움을 주었다.

그 뒤로 타라는 살아있는 돌을 부를 때 굉장히 조심했다.

"예쁜 타라?" 타라의 생각을 접수한 살아있는 돌이 대답했다.

"긴급 호출을 해줄래?" 타라는 큰 소리로 말했다. "파브리스, 무아노, 칼, 로빈, 파프니르, 아 그리고 실버에게도 연락해줘. 파프니르는 헤어져 있는 몇 시간 동안 실버가 죽을 위험에 처해 있다는 말을 듣고 거의 미칠 뻔했어. 실버는 내가 만난 존재 중에서 가장 빼어난 전사니까 우리에게 꼭 필요해. 지금 내 친구들이 곳곳에 흩어져 있으니까 여기로 돌아올 수 있는 시간을 고려해서 내일 만나자고 전해줘. 미션이 생겼어! 악마들의 나라로 갈 거야!"

살아있는 돌은 기뻐하면서 붉은 빛을 번쩍였다.

"고마워, 예쁜 타라! 악마들을 죽이자!"

"어…… 그게 아냐. 악마들을 죽이자는 것이 아니라 몇 가지 정보를 얻으려는 거야."

살아있는 돌의 빛이 어두워졌다.

"타라, 그건 재미없어."

"하지만 엄청난 모험을 하게 될 거야." 타라는 설득했다. "모험 좋아하지?"

살아있는 돌이 다시 기뻐하면서 붉은 빛을 번쩍였다.

"미션! 모험! 좋아!"

타라는 미소를 지었다. 악마의 피에 대한 이상한 욕망을 제외하고 살아있는 돌은 많은 아더월드 사람들과 마찬가지로 모험을 좋아했다. 차라리 지겨운 게 더 낫다고 생각하는 타라와는 취향이 너무 달랐다. 어쨌든 이번에는 타라 혼자 떠나지 않을 것이다.

갈랑이 찬성했다. 페가수스는 목숨을 걸어야 하는 위험한 모험을 좋아하지 않지만 친구들과 함께한다는 것은 마음에 들었다. 갈랑이 갑자기 타라에게 재미있는 생각을 보냈다. 타라는 탄식했다.

"재미있지 않아, 갈랑. 칼과 로빈을 한 자리에 모아놓고 어떻게 대해야 할지 생각만 해도 어지러워. 둘이 미션을 끝내기 전에 서로 죽이지 않으면 그것만으로도 기적일 거야."

칼과 로빈의 대립이 겉으로 드러나지는 않지만 타라는 둘이 같이 있을 때 몹시 긴장이 됐다. 타라는 거짓말하고 싶지 않아서 칼을 사랑하면서도 여전히 로빈도 사랑하고 있다고 고백했을 뿐인데, 그로 인해 아주 불편한 상황이 되어버렸다.

헐!

정직한 것이 무조건 좋은 것만도 아닌데!

타라는 컴폰 시계를 봤다. 셀렌바는 밖에서 타라를 기다리고 있을 게 틀림없었다. 그것도 문제였다. 뱀파이어는 예민하고 흥분해 있었다. 셀렌바는 타라를 향해 비틀거리면서 접근해오는 자의 목을 조를 뻔했다. 그래서 백 번은 사과하고(정작 셀렌바는 핏빛 눈으로 노려볼 뿐이었다) 교살될 뻔한 사고에 대해 배상하는 해프닝까지 있었다.

그 뒤로는 타라가 이동할 때마다 스쿠프들이 '냉정을 잃은 뱀파이어 보디가드'라는 제목을 달았다. 큭큭, 재미있는 제목이었다.

타라는 안전핀을 뽑은 수류탄을 달고 다니는 것처럼 조마조마했다. 그렇지 않아도 신경이 곤두서 있는데 이건 도움이 되지 않았다.

타라는 한숨을 내쉬고 체인지라인에게 의상을 바꾸라고 지시했다.

파티에는 화려한 옷이 잘 어울린다는 걸 아는 체인지라인이 타라의 날씬한 몸매에 페티코트를 입히고 금빛 드레스 차림으로 바꿔놓았는데, 마치 프레스코화처럼 옷에서 아름다운 이미지들이 연이어 지나갔다. 이럴 때는 정말 마법이 편리했다. 옷 덕분에 타라는 한결 기분이 좋아졌다. 머리에 작은 왕관을 쓰자 진짜 왕족의 느낌까지 났다. 뮤지컬 영화 〈당나귀 공주〉에 나오는 화려한 드레스 색깔을 정말 좋아했는데 영화 속 공주를 연상시키는 옷이었다. 겉모습을 보고 판단하면 안 된다고 누가 말했죠? 청바지에 티셔츠 차림은 타라 느낌이 나고, 공주 옷차림은 후계자 느낌이 났다. 옷을 어떻게 입느냐에 따라 사람의 기분을 바꿔줄 수 있다는 것이 신기했다.

타라가 문을 열고 나가자 이날 저녁 악마를 만날 것이기 때문에 밀착 경호를 맡은 셀렌바의 눈이 휘둥그레졌다. 이어서 뱀파이어의 입술에 비웃음이 흘렀다.

"와우, 눈이 부시네요." 셀렌바는 빈정거리는 어조로 말했다. "오늘 밤 누구를 홀려야 하는 건가요? 미남 악마 왕자 가브리엘? 가브리엘을 유혹하는 건 마라 공주의 미션이라고 생각했는데요?"

타라는 웃음이 빵 터졌다.

"오히려 그 반대로 가브리엘이 마라를 유혹하려고 하죠. 이 옷차림은 몽타뉴크리스토를 위한 거예요. 몽타뉴크리스토가 '블링블링한' 걸 아주 좋아하고, 나는 그를 정말 좋아하거든요. 내가 화려하게 차려입는 것으로 그의 시각을 만족시켜주면 그 대가로 몽타뉴크리스토는 많은 정보를 주지요. 몽타뉴크리스토만큼 정보가 많은 해적을 거의 본 적이 없어요. 그가 위험한 과거를 청산했다는 걸 알지만 습관은 남아 있으니까요. 그는 항상 수도와 그 밖의 도시에서 일어나는 일에 대해 많은 걸 알고 있죠."

셸렌바는 고개를 끄덕이면서 주문을 읊었다. 뱀파이어의 빨간 가죽 유니폼이 검은색으로 변했지만 단추와 옷의 테두리 박음질이 타라의 금빛 드레스 못지않게 번쩍번쩍 빛났다. 타라는 고개를 끄덕였다. 아주 완벽했다. 두 여자는 대기 중인 호위대를 향해 계단을 내려갔다.

호위대원들의 눈도 휘둥그레졌다. 타라는 속으로 말했다. '아! 알았어요, 알았어. 눈부시게 아름답다는 거 나도 안다니까.'

이 기회에 타라가 갈랑의 은빛 털을 눈부신 금빛과 은빛으로 바꾸자 마치 페가수스가 살아 있는 보석 같았다. 자기의 털 색깔을 바꾸는 걸 싫어하는 갈랑이 으르렁거렸다. 금빛과 주홍빛의 웅장한 양탄자들이 호위를 받으며 날아가기 시작했고, 몽타뉴크리스토의 호화로운 대저택에 도착하기까지 그리 오래 걸리지 않았다.

남쪽 바다처럼 부드러운 파스텔 톤의 파란색 건물인데 무시무시한 해적의 과거를 말해주듯 거의 요새나 다름없어 보였다. 몽타뉴크리스토는 소금 광산에서 자신을 노예로 부렸던 살테렌스족을 제압하고 귀한 보물들을 강탈한 해적이었다. 하지만 엄청난 재력 덕분에 소금 광산 개발에 혈안이 된 살테렌스족의 비열한 노예제도를 폐지시키는 데 혁혁한 공을 세웠다.

양탄자들이 착륙하자 하프엘프이자 하프트리톤은 초록색 차림으로 대문 앞에서 타라 일행을 맞았다. 타라의 눈부신 모습에 눈이 동그래진 몽타뉴크리스토는 정중하게 허리를 굽혔다. 반면에 몽타뉴크리스토와 사귀고 있으면서도 여전히 로빈에게 눈독을 들이는 고혹적인 바이올렛 엘프 발라는 이죽거리고 싶은 걸 간신히 억제했다. 거의 투명한 자수정빛 드레스를 입은 발라는 정말 아름다웠다.

재미있는 건 타라가 발라에게 질투심을 느낀다는 것이었다. 발라는 아주 단순한 엘프였다. 폭력과 무기를 좋아하고 갖고 싶은 것은 뭐든 빼앗아야 직성이 풀렸다. 게다가 엘프 궁정에서 막강한 힘을 행사하는 어머니의 위협을 피할 정도로 영악했다. 발라는 로빈을 유혹하라는 미션에 실패했지만 포기하지 않고 있었다.

발라는 타라보다 훨씬 아름다웠고, 두 여자는 그걸 잘 알고 있었다. 어쨌든 타라는 발라와의 미모 대결에서 약점을 느꼈고, 발라 역시 타라와 마법 대결에서 약점을 느끼고 있었다.

두 여자는 고개를 까딱하는 것으로 인사했다.

이어서 발라는 타라 뒤에 있는 셀렌바를 보면서 초록빛 눈을 찡그렸다. 발라가 무시무시한 뱀파이어를 알아본 것이었다. 발라의 반응이 재미있는 셀렌바가 인피뱀파의 빨간 눈으로 발라의 눈을 뚫어져라 쳐다보는데 도발적이었다. 발라는 도전을 받아들이고 싶었지만 몽타뉴크리스토가 정중하게 타라의 팔을 잡고 집 안으로 들어갔기 때문에 뒤를 따르는 수밖에 없었다.

타라는 처음 와보는 게 아닌 건물에 들어서면서 발라가 꾸며놓은 실내를 보고 숨이 막혔다.

깊은 바닷속을 연상시키는 실내장식인데 정말 창의력이 풍부했다. 사방이 물벽을 이루고, 각양각색의 아름다운 물고기들이, 다양한 벽들을 배경으로 손님들의 머리 위와 다리 아래, 몸을 가로질러 지나갔다. 하프트리톤은 타라의 놀라는 모습에 흡족한 미소를 지었다.

"아름답죠? 지상에서 생활하는 사람들은 우리의 바닷속을 상상하는 데 어려움이 있죠. 보통 사람들의 눈은 우리의 눈만큼 무수한 색조라든가 온갖 형상, 기타 등등의 미세한 차이를 식별할 수 없으니까요. 그래서 발라는 우리 트리톤들이 바닷속에서 볼 수 있는 것을 담아서 재현한 거예요."

정말 훌륭한 작품이라 타라는 속으로 이를 부드득 갈면서 가급적 상냥하게 머리를 끄덕여 동의했다. 하프트리톤의 말대로 대단했다.

물의 장막 안에서 사이렌들과 트리톤들이 물갈퀴가 있는 긴 손으로 해산물이 잔뜩 담긴 쟁반을 들고 다니며 시중을 들고 있었다. 얼린 것, 끓인 것, 날것, 익힌 것, 양념한 것, 양념하지 않은 것, 상상도 할 수 없는 온갖 방식으로 요리한 것. 그중에는 아직도 꿈틀거리는 것이 있었다. 타라는 이맛살을 찌푸렸다. 아더월드 사람들은 살아 있는 것을 먹는 데 익숙하지만 타라는 소화시키는 데 어려움이 있었다.

"부탁하신 대로 많은 음료를 준비해놨지요." 몽타뉴크리스토가 타라의 귀에 속삭였다. "영광스럽게도 내 집을 찾아오신 손님들의 다양한 식성을 고려하기 위해서지요. 그리고 악마들이 알코올에 면역이 되었다는 말을 들었기 때문에 술의 신 바쿠스도 취하게 만들 혼합주를 악마에게 대접하라고 지시했습니다. 왕자가 약간 비틀거리는 것으로 보아 혼합주의 효과가 나타나는 것 같습니다. 이제 마마가 나설 차례입니다."

타라와 몽타뉴크리스토는 공모의 미소를 주고받았다. 타라는 뽀로통한 마라에게 술잔을 건네는 미남 악마를 향해 태연하게 걸어갔다. 가브리엘이 활짝 웃는 얼굴로 마라에게 무슨 말을 하자 마라는 악마를 노려봤다. 타라는 미소를 참았다. 악마가 유혹하려고 기를 쓰는데 마라는 쉽게 넘어가지 않을 생각이라고 분명히 밝혔었다. 타라는 눈앞의 장면을 보고 마라의 결심을 확인할 수 있었다. 마라가 잔을 내려놓기 위해 돌아서는 순간 가브리엘이 가면을 벗었는데 아주 잠깐 감정이 얼굴에 드러났다가 다시 마라가 마주 보는 순간 사라졌다. 그건 알코올로 인한 것이 아니었다.

가브리엘이 방금 얼굴에 드러낸 것은 증오심이었다.

안젤리카

지독한 멀미로 얼굴빛이 푸르뎅뎅해지고
쓸이 말이 아닐 때
어떻게 해야 멋지게 등장할 수 있을까

*

타라는 바짝 경계하면서 다가갔다. 하지만 가브리엘이 감추고 있는 본색을 타라만 본 게 아니었다. 갈랑도 보았다. 타라의 머릿속에서 페가수스의 불안한 울음소리가 들렸다. 셀렌바가 살그머니 다가오는 걸 느끼고 타라는 경쾌한 어조로 인사했다.

"잘 지내시죠, 가브리엘 왕자?"

가브리엘은 빙그르르 돌아서다 타라의 드레스를 보고 흠칫 놀랐다. 악마는 활짝 웃는 얼굴로 보랏빛 눈을 반짝였다.

"아름답습니다, 마마. 다시 만나서 기쁩니다. 폭발이 일어났는데 괜찮으신지요?"

타라는 즉시 뺨으로 올라오는 홍조를 저주했다. 그럼에도 예의상 정중하게 대답했다.

"네, 괜찮습니다. 왕자께서는 어떠세요?"

"따분해서 죽을 지경입니다." 가브리엘은 나른한 목소리로 말하면서 타라가 술 냄새를 느낄 수 있을 정도로 몸을 숙였다. "우리 행성에서 아침부터 저녁때까지 바쁘게 일했는데 여기서는 할 일이 전혀 없으니까요. 반은 포로이자 반은 손님이라는 신분 때문에 무슨 일이든 흥미가 없네요. 팅가푸르 시내를 온종일 산책하는 것도 처음에는 이국적이라 신기했는데 열다섯 번쯤 걷다 보니 그것도 질리네요."

타라는 미소를 지어 보였다.

"네, 이해해요. 마라가 기분 전환이 될 만한 것을 찾아주지 않았군요? 우리도 천상의 폴로 팀들이 있어서 당신과 시합할 만한데 그건 좋아하잖아요?"

"네, 내 팀이 있다면 그렇겠죠." 가브리엘은 마치 축배를 드는 것처럼 푸르스름한 혼합주가 담긴 술잔을 흔들면서 대답했다. "하지만 아버지가 그들을 보내주지 않을 겁니다. 아들보다 좋아하는 선수들에게 더 애착을 갖고 있는 분이니까요."

타라는 기회를 놓치지 않았다.

"영원히 여기 머무는 일은 없을 거예요. 지금으로서는 당신의 동족들이 또다시 우리를 몰살할 생각이 없는 것 같고, 더 이상 생존을 위해 우리를 잡아먹을 필요도 없으니 전쟁할 이유가 없어졌으니까요. 그래서 말인데 이제는 당신이 여기 온 목적을 솔직하게 말할 때가 되지 않았나요?"

마라는 일주일이 흐르는 동안 가브리엘의 입을 열게 하는 데 실패했다. 어쩌면 정면 돌파가 더 나을지도 몰랐다. 가브리엘 본인도 방금 괴로운 심정을 입 밖으로 표출했는데.

가브리엘은 타라를 빤히 쳐다봤다.

"진실을 알고 싶어요?"

"물론이지요."

"진짜 우리보다 열등하군요." 가브리엘이 넌지시 말하는데 흐릿한 눈에서 갑자기 적대적인 빛이 번뜩였다. "당신들이 오만하게 굴면서 자신만만한데…… 흥, 세상이 어떻게 돌아가고 있는지, 무슨 일이 일어나는지 알지도 못하면서…….."

가브리엘이 몸을 가까이 들이대고 타라의 얼굴에 침을 튀기면서 말했다.

"동정을 금할 수가 없군요."

어이가 없는 타라가 욕설을 내뱉을 겨를도 없이 가브리엘은 머리를 까딱하는 것으로 인사를 하고 뷔페 식탁을 향해 멀어져 갔다. 타라는 셀렌바에게 몰래 따라가라는 신호를 보냈다. 뱀파이어는 시야에서 악마를 놓치지 않으려고 따라가면서 눈에 띄지 않게 머리를 평범한 갈색으로, 유니폼은 밤색으로 바꾸고 군중 속으로 들어갔다.

한편 마라는 시치미를 뚝 떼고 타라의 일거일동을 지켜보고 있었다. 타라에게 슬그머니 다가온 마라는 방금 카나리아를 잡아먹은 고양이처럼 미소를 지었다.

"와우, 이런 모습을 보는 날이 있을 거라고는 생각 못했는데."

"그게 무슨 말이니?" 예상보다 작전이 잘 진행되고 있다고 생각하던 타라는 정신이 번쩍 났다.

"언니에게 넘어가지 않는 남자를 보는 거. 어떻게 된 거야? 언니의 전설적인 매력에 빠지지 않았잖아?"

타라는 눈살을 찌푸렸다.

"우선 나의 전설적인 매력에 빠지지 않는 사람은 많아. 그리고 나는 전설적인 매력이 없어. 가브리엘이 방금 나한테 뭐라고 했는지 알아? 우리가 자기들보다 열등하고 오만하다면서 아주 막말을 했어. 도대체 너 어떻게 했기에 가브리엘이 우리에게 잔뜩 화가 나 있는 거야?"

마라가 함박미소를 지었다.

"키스하려고 해서 거부했더니 이유를 묻더라고. 언니는 아르칸즈가 키스하게 가만히 있었다면서. 언니는 아르칸즈와의 키스에 대해 언급도 하지 않았잖아."

이런! 타라는 얼굴이 또 빨개지는 걸 느꼈다.

"어, 그게……." 타라는 몹시 난감해하면서 말했다. "얘기하자면…… 복잡해."

마라는 당돌하게 받아쳤다.

"그렇게 대답할 줄 알았어. 복잡은 언니와 떼려야 뗄 수 없는 말이니까. 더군다나 악마가 키스하게 내버려뒀다? 당연히 설명하기 복잡하겠지. 근데 아르칸즈가 키스는 잘해?"

"그…… 그래 잘해……." 타라는 어찌할 바를 모르면서 어물어물 말했다. "로빈보다는 못하고."

타라는 무심코 말하다가 큰 실수를 저질렀다는 걸 알았다. 마라가 그 기회를 놓칠 리 없었다.

"아, 그래?" 마라는 과일 칵테일에 떠 있는 빨간 미암 한 조각을 날름 건져서 흡족한 고양이 같은 표정으로 먹었다. "그럼 로빈이 칼보다 더 잘해? 나라면 옛 남친보다는 현재의 남친과 비교했을 텐데 확실히 언니는 다르네."

마라의 금빛 도는 초록빛 눈이 타라의 빨개진 얼굴을 빤히 쳐다봤다. 타라는 난처한 상황을 빠져나갈 방법이 생각나지 않았다.

이럴 때는 폭발이나 무슨 사건이라도 일어나면 좋을 텐데. 타라는 한숨을 내쉬었다.

"네 마음을 아프게 할까 봐 칼을 언급하기 싫었어. 그리고 셋 다 키스는 잘해."

하지만 마라는 슬퍼하는 것이 아니라 재미있어하는 표정이었다.

"그래, 내가 한때 칼에게 푹 빠졌었지." 마라는 틀어 올린 머리에서 겁도 없이 빠져나온 몇 가닥의 머리를 매만지면서 솔직하게 말했다. "사실 나는 칼이 나한테 전혀 관심이 없다는 걸 알고 있었어. 하지만 나에게는 칼이 영웅이었지. 칼은 면허를 따기 전부터 이미 살아 있는 전설로 불릴 정도로 최고의 도둑이었으니까. 칼은 언니의 목숨을 수없이 구해줬어. 그런데 나는 훈련할 때 보호해준 걸 갖고 심한 오해를 한 거야. 그건 그저 동지애일 뿐인데 사랑이라고 착각했어. 하지만 이제는 언니와 칼이 잘 어울린다고 생각해."

마라는 잠시 말을 중단했다가 나직하게 덧붙였다.

"나도 언니를 위해 목숨을 거는 칼 같은 남자를 언젠가는 만날 거라고 생각해."

감격한 타라는 동생을 안아주고 어깨에 닿은 갈색 머리를 쓰다듬었다. 찰칵찰칵, 스쿠프들이 감동적인 장면을 찍어대고 있었다. 뭐 때문인지도 모르면서.

"고마워." 타라는 나직하게 말했다. "난 죽을 때까지 네가 나를 원망할 거라고 생각했어."

"원망도 했지만 짧게 끝났어." 마라는 재미있다는 얼굴로 말했다. "그러다 내가 왜 로빈에게 관심을 갖지 않았는지 의문이 들더라고."

마라는 타라의 표정이 굳는 걸 보고 깔깔대고 웃었다.

"아, 무관심했던 거 아니었나?"

하지만 타라는 피식 웃었다.

"마라, 로빈이 칼에게 나를 같이 사귀자고 제안했어. 엘프들의 방식으로. 그래서 말인데 네가 로빈과 사귀면 나를 엄청 도와주는 거야."

마라는 어이가 없는 얼굴로 타라를 쳐다보다가 황당하다는 듯 말했다.

"농담이지? 삼각관계라고? 엘프 문화에서는 남편을 다섯 명까지 가질 수 있다는 거 알잖아? 그래서 다른 남자도 만날 생각이야?"

이번에는 타라가 웃음이 터졌다.

"마라, 누가 아더월드 사람 아니랄까 봐. 아니, 난 칼에게 만족해. 지구의 여자에게는 남자 한 명도 벅차거든."

마라는 고개를 끄덕였다. 그러다 잘생긴 청년을 발견하고 뷔페 식탁 쪽으로 발길을 옮기면서 말했다.

"악마가 방금 우리에 대한 본색을 드러냈으니까 이제 나는 남자를 낚으러 가도 되지?"

"마라!" 타라가 외쳤다. "그러기에는 너 아직 어리잖아?"

마라는 짓궂은 미소를 지었다.

"쯧쯧쯧. 고루하기는! 잘생긴 남자를 만나는 것과 나이가 무슨 상관이야? 우리를 죽이려고 했던 거만하고 불쾌하기 짝이 없는 작자를 일주일이나 참느라고 미칠 뻔했는데 내가 스트레스 해소하는 거야 당연하지!"

타라는 항복하고 — 자신이 동생에게 일을 떠넘긴 것이 아닌가 — 불쌍한 토끼를 노리는 매처럼 먹잇감을 향해 돌진하는 마라를 붙잡지 않았다. 크림과 슬리스22 *를 듬뿍 얹은 큼직한 토스트를 먹으려던 청년은 파란 드레스 차림의 소녀가 관심을 보이며 다가오자 하마터면 숨이 막힐 뻔했다. 게다가 예쁜 소녀가 다름 아닌 차기 후계자인 마라 덩컨이었으니. 청년은 음식을 재빨리 삼키다 그만 사레가 들렸다. 타라가 웃음을 참는 사이 마라는 얼굴이 빨개진 청년의 등을 두드려주었다.

타라는 제레미와 마주쳤다. 타딕스에서 마주친 뒤로 다시 보게 된 제레미와 인사를 나누면서 타라는 그동안의 근황을 전했다.

드래곤들의 유전자 조작으로, 강력한 마법사로 탄생한 제레미는 남자인 자기보다 타라의 마법이 더 강하다는 걸 확인하고 내심 분한 생각이 들었다. 하지만 두 번의 경험을 통해 둘이 힘을 합하면 마법 능력이 엄청나게 막강하다는 걸 알게 되었다. 그래서인지 제레미는 타라가 하는 것은 뭐든지 알고 싶어했다.

짧은 시간 동안 무아노와 결혼 약속을 했던 갈색 머리의 제레미는 멋쟁이답게 은빛 실크 양복을 입고 있었다. 하지만 지나치게 꾸미고

••••••••••••

22. 양파의 일종으로 초록색이고 냄새가 아주 독하다. 슬리스를 먹고 숨을 내쉬면 코가 완전히 막히지 않는 한 대번에 알아차릴 수 있다.

다니는 평소와는 달리 이날 저녁은 좀 수수해 보였다.

"나 지구로 떠나." 이번에는 제레미가 근황을 말했다. "드래곤들이 현재 복원 중인 스톤헨지의 기계 부근에 가 있으라고 부탁했어."

타라는 놀란 얼굴로 눈살을 찌푸렸다. 스톤헨지의 기계는 드래곤들의 왕이 악마들을 절멸시키기 위해 발명한 것으로, 시공간의 소용돌이를 이용해 행성들을 파괴하는 무시무시한 핵폭탄급 무기였다. 하지만 타라가 한 종족의 집단학살에 동의하지 않았기 때문에 기계를 작동할 수 없었다. 그래서 타라의 질문은 아주 논리적이었다.

"그 기계를 작동하려면 우리 둘이 있어야 하잖아?"

"수백만 광년의 시공간을 뛰어넘으려면 그렇지." 제레미가 어찌나 눈부신 미소를 지으면서 말하는지 타라는 선글라스라도 끼고 싶었다. "하지만 더 가까운 표적을 공격할 경우는 둘 다 있을 필요 없어. 드래곤들은 신중해. 그들은 우주 전함 몇 대를 지구 행성 주위의 궤도에 올려놓았고, 나와 함께 지상에서 지구를 지켜낼 거야."

타라는 속으로 이마를 찌푸렸다. 자신도 지구를 방어하기 위해 가고 싶지만 아무도 공격해오지 않는 지금은 그럴 명분이 없었다. 악마들과 이런 대치 상황이 계속된다면 고려할 일이지만. 이번에는 타라가 미소를 지었다. 타라의 미소에 반한 제레미가 약간 흔들리는 사이, 타라는 좋은 여행이 되라고 말해주고 헤어졌다.

파티는 특별한 사건 없이 진행되었다. 가브리엘은 한쪽 구석에서 뿌루퉁한 얼굴로 마라가 뻔뻔하게도 다른 남자와 시시덕거리는 걸 지켜보고 있었고, 셀렌바는 가브리엘에게서 눈을 떼지 않은 채 감시하고 있었다. 타라는 귀족들과 인사를 나누는 등 후계자의 의무를 다하며 몽타뉴크리스토가 평범한 시민의 시각에서 전하는 정치, 경제 상황을 주의 깊게 듣고 있었다. 그러다 아름다운 몸매를 과시하면서 모든 사람을 유혹하는 발라의 모습이 눈에 거슬렸다.

타라는 배가 자꾸 아픈 데다 아무리 집어넣으려고 애를 써도 불룩한 배 때문에 임신 3개월은 된 것 같았다. 물론 타라는 경험이 없으니 그렇게 가정한 것이다.

타라가 몽타뉴크리스토와 공모한 작전이 끝났을 때 갑자기 요새의 대문 바로 앞에 악마의 출현을 알리는 경보 사이렌이 울리기 시작했다. 체인지라인은 즉시 반응하면서 타라를 갑옷 차림으로 바꿔놓았다. 후다닥 뛰어온 셀렌바는 인피뱀파로 변신하고 타라를 보호하기 위한 자세를 취했다.

가브리엘을 통해 비슷한 상황을 이미 경험한 타라는 대문을 향해 뛰어나갔다. 트리톤 둘이 갈색과 검은색 정복 차림의 매력적인 악마 둘과 대치하고 있었다. 악마 둘에게 에워싸인 거만한 표정의 갈색 머리 여자가 약간 비틀거리는데…… 저녁 먹은 걸 토하지 않으려고 안간힘을 쓰는 것 같았다.

타라는 여자를 알아보고 깜짝 놀랐다.

안젤리카 브란다우드.

안젤리카가 정말 살아 있었구나! 타라는 안도하는 자신에게 깜짝 놀랐다. 걸핏하면 인생에 끼어들어 훼방을 놓고 배신까지 한 껀다리를 아주 싫어했지만 죽음을 바라지는 않았다. 타라는 안젤리카가 고통스럽게 지내지 않는다고 얘기한 가브리엘의 말이 거짓이 아님을 확인한 것만으로도 기뻤다.

악마 병사 둘은 가브리엘이 타라 뒤에 나타났을 때 허리를 굽혀 인사했다.

"우리 주군께서 인간 안젤리카를 돌려보내셨습니다." 악마 병사 중 한 명이 말하면서 한 걸음 물러서서 안젤리카를 놓아주었다. "주군께서는 우리가 아더월드의 국민을 존중한다는 걸 미래의 동맹국들에게 보여주기 위해 인간 안젤리카를 아버지 집으로 보내주길 바라십니다."

병사는 다시 인사했다. 그 순간 가브리엘이 반응할 겨를도 없이 하늘에서 분출하는 강렬한 광선과 함께 두 병사는 무형화되었다.

〈스타게이트 아틀란티스〉에 나오는 '레이스 종족의 다트'23 같다고 할까. 아무튼 악마들은 놀라운 퍼포먼스를 연출하며 등장했다가 사라졌다.

안젤리카는 침을 삼켰다.

"아, 정말 싫어. 왜 나를 이렇게 아프게 하는 거야?"

가브리엘이 한숨을 내쉬면서 부축해주자 안젤리카는 고맙다는 표정으로 그에게 몸을 기댔다. 그때였다. 타라의 눈에 안젤리카의 수상

••••••••••••

23. 인간을 식량으로 섭취하는 레이스 종족의 다트는 광선을 이용하여 사냥감을 무형화시켜서 우주선으로 옮긴 다음 유형화시킨다. 타라는 〈스타게이트〉의 광팬이며, 매력적인 셰퍼드 중령보다 오닐 대령을 더 좋아한다. PS: 나도 타라의 생각과 같다. 셰퍼드가 더 귀엽게 생겼지만 유머는 떨어지기 때문에.

쩍은 손놀림이 포착됐다. 가브리엘의 손에 뭔가를 슬쩍 쥐여주는 것 같다고 할까. 눈치 빠른 가브리엘이 얼른 질문하는 것으로 넘어갔다.

"집에는 내일 가는 게 어때? 아버지가 많이 걱정하겠지만!"

안젤리카는 고개를 끄덕이면서 일어났다.

"네, 그럴 거예요."

"빌린 거지만 내 집으로 가도 되고." 가브리엘이 말했다. "아니면 황궁으로 가서 내 동족들이 거주하는 대사관에서 머물든지."

가브리엘은 누이들과 대표단이 아더월드에 도착한 뒤로 조심스럽게 피하고 있었다.

안젤리카는 가브리엘을 힐끔 보다가 모두들 눈을 동그랗게 뜨고 자기를 쳐다보는 걸 알아차렸다. 마치 시트콤의 주인공이라도 된 기분이었다.

"음……."

하지만 안젤리카는 말할 겨를이 없었다. 파티가 열리는 동안 눈에 띄지 않게 대기하고 있던 타라의 호위대가 불쑥 나타나서 안젤리카를 에워쌌다. 악마들이 출현하는 즉시 오무아 황궁에서 지시를 내린 것이 틀림없었다.

"브란다우드 양, 폐하께서 보자고 하셨습니다." 호위대원 한 명이 말했다.

이건 부탁이 아니었다. 안젤리카는 입술을 오므렸다. 오만한 꺽다리를 잘 아는 타라는 거부할 거라고 생각했는데 놀랍게도 안젤리카가 고개를 끄덕였다. 그러고는 대기 중인 양탄자에 순순히 올랐다.

안젤리카는 혼란스러운 표정이었다. 뭔가가 좋지 않은 것 같았다.

"잠깐!" 타라가 갑자기 말했다. "나도 같이 가겠다."

가브리엘의 표정으로 보아 따라가고 싶은 모양인데 선택의 여지가 없었다. 아무도 초대해주지 않았으니. 타라가 손님들과 인사를 나눈 뒤에 양탄자에 오르자 가브리엘은 착잡한 얼굴로 떠나는 모습을 바라봤다.

타라는 안젤리카와 마주 보는 자리에 앉았고, 금색과 빨간색의 위압적인 갑옷 차림의 몸을 숙이고 위엄 있게 말했다.

"안젤리카 브란다우드, 네가 아버지와 무슨 공모를 하는지 모르겠지만 정당한 이유 없이 타딕스에 온 걸 보고 미션을 받고 왔다는 걸 금방 알아챘어. 그래서 묻겠는데 솔직한 대답을 기대할게. 뭐 때문에 악마들의 나라에 갔으며, 악마들이 지금 무슨 짓을 꾸미고 있는 거야?"

갈색 머리 꺽다리는 떨리는 손으로 이마를 문질렀다.

"질문이 두 가지네." 톡톡 쏘아붙이던 안젤리카의 말투가 평소보다 확실히 온순했다.

"두 번째 질문에 대답해. 첫 번째 질문은 크게 중요하지 않으니까."

안젤리카는 이상한 표정으로 타라를 쳐다봤다. 마치 뭔가 말하고 싶어서 미칠 지경이지만 할 수가 없다는 듯.

"고의가 아니었어." 안젤리카는 고백했다. "위성이 폭발하기 직전이라서 나는 선택의 여지가 없었어. 너희들을 따라 도망치기에는 내가 있는 위치가 좋지 않았으니까. 그래서 악마들을 따라간 것뿐이야. 포로는 아니었지만 자유롭지도 않았어. 악마들의 행성 중 어디로 가는지도 몰랐고. 악마들이 느닷없이 행성들을 이쪽으로 이동시켰어. 그리고 아르칸즈가 아더월드와 화해하자고 설득하는 사이, 전 마왕이 가브리엘을 제압하고 여기로 보냈어. 혈전을 피하려는 동생의 일을 망치지 못하게 하려고."

아! 타라는 전 마왕이 평화를 원한다고 생각하지 않았다. 털북숭이 악마가 이타적 행동을 했다는 게 도저히 믿기지 않지만 타라는 일단 새겨두었다.

"악마 왕자에게 뭘 준 거야?" 셀렌바가 갑자기 차가운 목소리로 물었다. 안젤리카에게 집중하던 타라는 소스라치게 놀랐다.

안젤리카는 무슨 말인지 전혀 모르겠다는 듯 멍한 표정을 지었다.

"내가 뭘 줬다는 거예요?"

셀렌바는 차가운 핏빛 눈으로 안젤리카를 뚫어져라 쳐다봤다. 뱀파이어는 양탄자의 안전벨트를 풀고 껏다리를 향해 위협적으로 몸을 숙였다.

"가브리엘이 부축해줄 때 네가 몸을 기대면서 그의 손에 뭔가를 쥐여주는 걸 내가 봤어. 그게 뭐야?"

안젤리카는 마치 온몸이 고통스러운 듯 오만상을 찌푸리다 어깨를 으쓱했다.

"무슨 말을 하는지 모르겠어요. 나는 아무 짓도 안 했어요."

셀렌바가 더 가까이 몸을 숙여 냄새를 맡는 사이 안젤리카는 몸을 웅크리고 몽롱한 표정을 지었다.

"이상해. 인피뱀파는 인간이 거짓말을 하는지 금방 알 수 있는데 전혀 모르겠어. 마치 진실을 말하는 것 같아."

"그렇다면 안젤리카가 진실을 말하는 거겠죠." 타라가 말했다.

"아니에요!" 셸렌바는 잘라 말했다. "악마 왕자에게 뭔가를 주는 걸 분명히 봤어요. 마마가 갑자기 이 아이와 함께 가겠다고 하지만 않았으면 내가 빼앗았을 거예요."

타라는 소름이 끼쳤다.

"나는 셸렌바가 악마 왕자의 호주머니를 뒤지는 걸 원치 않아요. 호주머니에 뭘 숨겨놨는지 전혀 모르기 때문에. 이성적으로 행동합시다. 어차피 이미 늦었는데. 친위대에 알려서 가브리엘이 집을 비웠을 때 샅샅이 뒤지라고 지시할게요."

타라가 얼른 안전벨트를 매라고 하자 뱀파이어는 불만스러운 휘파람을 불었다. 뱀파이어는 양탄자를 타고 가는 동안 안젤리카를 심문했지만 함정에 빠뜨리기에는 황궁까지 거리가 짧아 시간이 부족했다. 타라는 안젤리카를 훨씬 능숙하게 다룰 고모에게 맡기기로 했다. 안젤리카는 타라를 두려워하지 않았다.

거의 모든 사람이 리스베스를 두려워했다.

포근한 밤이었고, 재건 중인 타딕스와 마딕스의 달빛이 밝았다. 양탄자들은 수도의 활기찬 거리를 산책하는 사람들을 스치듯 날아갔다. 하지만 타라는 공원과 아름다운 산책로에 눈길을 주지 않았다. 어떻게든 진실을 알아내야 한다는 생각뿐이었다.

팅가푸르의 황궁에 도착하자 샤먼들이 가브리엘과 악마 대표단에게 했던 것처럼 조심스럽게 안젤리카의 옷을 벗기고 검진했고, 엄지손가락에 엑스레이 촬영을 했다. 안젤리카에게 다른 옷을 주고 그녀가 입었던 옷을 수거해서 분석에 들어갔다. 하지만 안젤리카의 몸에 악마의 마법은 전혀 없었다.

리스베스 여제는 늦은 시간인데도 아직 금빛과 주홍빛의 접견실에 있었다. 여제의 심문이 시작됐지만 유감스럽게도 안젤리카에게서 알아낸 것이 없었다. 안젤리카가 본 것이라고는 우주선 몇 대, 악마들의 주요 행성 보울리미-레미, 왕의 궁전 등이 고작이었다. 안젤리카는 대부분의 시간을 갇혀서 지냈고, 아르칸즈는 그녀에게 전혀 관심이 없었다.

이것이 안젤리카의 주장이었다.

리스베스 여제는 타라와 마찬가지로 안젤리카가 뭔가를 숨기고 있다고 느꼈지만 같은 말만 반복하는 꺽다리에게서 아무것도 캐낼 수 없었다.

진실의 입들도 안젤리카의 머릿속을 읽지 못했기 때문에 여제의 의심은 더욱 커졌다.

리스베스 여제는 의심이 가득한 얼굴이었다. 안젤리카를 데려가서 쉬게 하라고 지시하자 크산디아르 친위대장은 입술을 실룩거리면서 복종했다. 숨길 것이 전혀 없는 사람들은 이런저런 말을 하기 마련인데……. 기억을 더듬으면 아주 사소한 것들이라도 생각나기 때문이었다.

하지만 안젤리카는 같은 말만 반복했다. 매번 똑같이. 이건 의도적인 대답이라는 방증이었다.

자정이 넘어서야 리스베스 여제는 접견실을 나와 타라를 데리고 집무실로 갔다. 타라는 셀렌바에게 물러가 쉬라고 지시했다. 뱀파이어는 실망한 얼굴로 마지못해 복종했다.

마지스터였다면 이런 경우 고문을 허락했을 텐데…….

집무실에 들어선 리스베스는 한참을 왔다 갔다 하다 드레스를 편안한 실내복으로 바꿨고, 왕관을 사라지게 하고 화장을 지웠다. 고모는 훨씬 젊어 보였다.

"도대체 이해가 안 돼!" 리스베스는 분통을 터뜨렸다. "안젤리카가 의식적으로 거짓말을 하고 있어. 동족을 등지고 악마들 편에 서다니! 제정신이 아니야!"

타라도 충격을 받긴 마찬가지였다. 평소에 그토록 건방을 떨던 껑다리의 태도가 실종된 것 같았다. 안젤리카는 행동이나 표정이 불안하고 어딘가 아파 보일 뿐이었다. 아름답던 머리도 윤기가 없이 칙칙했다. 아주 이상했다.

"무슨 일인지 아직은 정확히 ○○○지만 악마들이 우리에게 뭘 감추려는 건지 알아낼 방법이 있을 것 같아○ ○크세프로디에 가봐야겠어요."

타라는 여제에게 반쯤 잿빛인 행성에 대한 의문을 ○○했다.

"그렇게 이상한 행성으로 가겠단 말이니?" 리스베스○ ○리쳤다. "왜? 행성이 왜 그런 상태인지 의문을 제기했을 때 악마들은 ○형시키는 과정에서 절반만 성공했다고 말했잖아."

타라는 고개를 내저었다.

"거짓말인 것 같아요. 아무리 생각해도 악마들이 여기 온 이유는 그 행성과 관계있는 게 틀림없어요. 그래서 매직갱과 함께 가는 걸 허락해주시면 좋겠어요. 비밀리에. 아무도 몰라야 해요."

리스베스는 거부했다. 검은색 실크 실내복에 어울리게 머리도 검은색인데, 그 속에 섞인 흰 머리 타래가 빛이 나는 것처럼 유난히 돋보였다.

"이상한 실험의 본거지가 틀림없는 행성이야. 악마들이 우글거리는 그런 행성으로 가는 건 위험해. 그건 절대 안 돼."

리스베스는 차마 입 밖에 내지는 못하지만 타라가 죽기라도 하면 악마들을 물리칠 수 있는 최상의 무기 하나를 잃는 것이었다.

"제레미가 있잖아요." 타라는 항변했다. "제레미가 나만큼 강력하지는 않아도 상황이 나빠질 경우 아주 큰 도움이 될 거예요."

리스베스는 악취를 맡은 것처럼 콧등을 찡그렸다.

"타라! 나는 너를 무기로 생각해서 하는 말이 아니냐." 고모는 격앙된 목소리로 질타했다. "넌 내 조카고 내 기쁨이란 말이다. 사는 동안 갑작스러운 사고로 많은 사람을 잃었는데 무슨 이유로든 너까지 잃고 싶지 않아."

타라는 아무 말 하지 않았지만 울컥했다. 너무나 냉정하고 가혹한 여제와 대립하다 보니 고모가 가끔 아버지의 누나이기도 하다는 걸 잊었다.

"고마워요, 고모." 타라는 진솔하게 말했다. "하지만 무슨 일인지 알아야 해요. 어쩌면 악마들이 무슨 일을 꾸미고 있는지 알아낼 수 있을 거예요. 가브리엘이 아까 술에 취해서 아주 이상한 반응을 보였거든요."

타라는 가브리엘이 내뱉은 말과 몽타뉴크리스토와 공모하여 가브리엘을 어떻게 취하게 했는지 설명했다.

"가브리엘은 늘 우리를 싫어했어요. 그리고 가브리엘이 아버지가 자기를 여기로 보낸 방식 때문에 격분하는 것으로 보아 무슨 이유가 있는 게 확실해요. 그게 뭔지 아직 모르지만."

"이유야 당연히 있겠지." 리스베스는 생각에 잠긴 얼굴로 말했다. "어쩌면 가브리엘은 포로가 아니라 대사로 보내줄 거라고 생각했을지 몰라. 신분이 그 정도는 되어야 작전을 수행할 수 있으니까."

"내 생각도 그래요. 바로 그래서 내가 그 세계로 갈 필요가 있다는 거예요. 뭔지 모를 작전이 실시되기 전에 알아야 해요. 안젤리카는 절대 털어놓지 않을 것이기 때문에."

리스베스는 조카를 쳐다봤다. 타라가 많이 달라져 있었다. 몇 년 전만 해도 소극적이고 어찌할 바를 모르는 소녀였는데 몇 차례 죽을 고비를 넘기면서 이제는 어엿한 숙녀가 되어 죽음과 고문, 공포에 물러서지 않고 단호히 맞서려 하고 있었다. 타라가 그 이상한 행성으로 가겠다고 고집하면 리스베스는 말릴 수 없었다. 정말 내키지 않지만.

"어떻게 할 생각인데?"

리스베스는 조카가 준비를 잘했는지 물었다.

타라는 만반의 준비를 해놓은 상태였다. 살아있는 돌과 악마들에 대한 두려움을 극복하게 도와준 몽타뉴크리스토 덕분에 여러 행성으로 향하는 우주선 목록까지 확보해놓았다. 크세프로디는 무역을 엄두도 내지 못할 정도로 위험하게 느껴지는 행성이었다. 하지만 오무아 제국이나 몇몇 정부에 세금을 지불할 생각이 없는 밀수업자들이 신고하지 않고 그 행성으로 가져갈 물품들을 쌓아두고 있었다. 위험한 행성이라 그만큼 경쟁자가 적을 것이기 때문이었다.

그래서 몽타뉴크리스토는 크리스털 볼로 몇 군데 통화를 했고, 기장의 체중에 해당하는 금을 주는 조건으로 12인승 소형 우주선 한 대를 빌렸다.

리스베스는 고개를 끄덕였다. 모든 준비가 잘되어 있었다.

타라는 문제의 행성에 사는 주민들에 대한 정보도 입수해놓았다. 그들은 세 종류로 나뉘어 있었다.

하나는 흰개미와 자이언트 붉은 털 개미의 잡종인 붉은 개미족이었다. 보울리미-레마족은 개미족을 정복하고 강제로 변형시켰는데 대부분 원래의 모습을 유지하고 있었다. 잡종 개미들은 거대한 땅굴 속에서 개미굴을 짓고 사는데 개미굴마다 여왕개미가 지배하고 있었다.

또 하나는 행성을 관리하는 촉수와 송곳니가 있는 악마 모습의 보울리미-레마들이고, 나머지는 인간 모습의 보울리미-레마들이었다. 인간 모습의 악마들이 꽤 많이 있어서 도시 안에 인간이 여섯 명 정도 늘어난다고 해서 눈에 띄지는 않을 것이었다.

소수 인원이라면 크세프로디 행성을 탐험하는 것이 가능했다. 매 직갱 중 로빈만 악마 엘프로 변신하고 나머지는 악마 인간으로 변신한다면.

"음, 알았다." 리스베스가 마침내 말했다. "철저히 준비한 것 같구나."

리스베스가 손을 내밀자 갈랑이 팔뚝에 날아와 앉았다.

여제는 갈랑을 쓰다듬어주면서 말했다.

"영혼의 동반자에게 무슨 일이 생겨서 도움이 필요하면 나한테 알려줄 거지?"

영리한 페가수스는 울음소리로 알았다는 표시를 했다. 그러다 무슨 생각인지 갑자기 책상으로 날아가서 앉더니 날개를 세우고 걷다가 옆으로 쿵 넘어졌다.

리스베스는 깜짝 놀랐다.

"갈랑이 왜 저러니?"

타라는 웃음을 터뜨렸다. 갈랑이 타라의 머릿속에서 설명했다.

"자기 생각을 전하고 싶어도 고모는 패밀리어가 없어서 의사소통을 할 수 없으니까 내가 다쳤다는 걸 알리려면 신호가 있어야 한대요. 그래서 넘어지는 시늉을 한 거예요. 사실 내가 다치면 갈랑도 아픔을 느끼지만 갈랑의 눈에는 내 상처가 보이지 않아요. 따라서 무슨 일이 일어났다는 걸 고모가 이해할 수 있게 몸짓으로 표현할 거라고요."

페가수스는 타라가 죽는 경우에는 어떻게 할지 말하지 않았다. 그 충격으로 패밀리어도 즉시 죽는다는 걸 모두 알기 때문이었다. 결국 리스베스가 받게 될 신호는 한 가지 몸짓밖에 없었다. 갑자기 쓰러져서 다시는 일어나지 않는 갈랑. 타라의 고모는 이맛살을 찌푸렸다.

"그래, 잘 알았다." 리스베스는 한숨을 내쉬었다. "원시적이지만 효과적인 의사소통이구나. 출발하면서 갈랑을 나한테 보내."

리스베스는 타라를 쳐다보다 갑자기 껴안았다. 예상치 못한 타라는 갑옷 차림이라서 어정쩡하게 포옹했다. 고모의 눈에 눈물이 글썽했다.

"조심해야 돼, 알았지? 이제 가봐, 나는 아직 할 일이 있어."

울컥한 타라가 대답할 겨를도 없이 리스베스는 책상 앞에 가서 앉았다. 잔뜩 쌓인 크리스털 판들과 서류를 보는 척했다. 조카에게 약한 모습을 보이고 싶지 않은 것이었다.

타라는 세상이 거꾸로 돌아가는 것 같은 느낌으로 집무실을 나왔다. 거만함이 사라진 안젤리카, 냉정함이 사라진 고모. 왠지 예사롭지가 않았다.

그렇지만 고모의 애정 표현에 감동했다. 타라는 매직갱이 빨리 연락해주길 바라면서 별궁으로 향했다.

숲 속의 별궁으로 들어갔을 때 타라의 바람은 이뤄졌다.

응접실에서 기다리던 칼이 장난기 가득한 잿빛 눈으로 다정한 미소를 지었다. 칼의 발치에 여우가 앉아 있었다.

"네 연락 받았어. 조금만 떨어져 있어도 나 없이 못 살겠지?"

갑자기 피로가 몰려온 타라는 웃으면서 칼의 품으로 뛰어들었다. 그사이 체인지라인은 거추장스러운 갑옷을 사라지게 하고 프라다처럼 가볍고, 흰색 실로 가장자리를 박음질한 파란색 원피스로 바꿔놓았다. 칼이 맛있는 과일에 달려들듯 어찌나 열렬히 키스하는지 타라는 숨이 막힐까 봐 뒷걸음쳤다.

"우리는…… 암호가 있어야겠어." 타라는 숨을 가쁘게 쉬면서 말했다. "내가 자제력을 잃으면 어떻게 되는지 알지?"

칼은 타라를 꼭 끌어안고 싶은 마음밖에 없었다.

"암호? 너 진짜 암호 좋아하는구나. '오이' 있잖아?"

타라는 웃음이 빵 터졌다.

"아니, 오이는 로빈과의 암호잖아. '베이비' 어때?"

칼이 얼굴을 찌푸리면서 불쌍한 표정을 지었다.

"네가 원하는 건 다 들어주고 싶지만 그건 안 돼. 아기라는 말만 들어도 살이 떨려서 말이야, 후덜덜.”

“알았어. 그럼 호박? 간장? 케첩? 미암?”

이번에는 칼이 웃었다.

“네가 미암이라고 하면 과일 생각부터 날 거야. 그냥 간단하게 ‘스톱’은 어때? 간단하고 명확한데.”

타라는 빙긋이 웃으면서 속삭였다.

“그래, 그럼 ‘스톱’으로 하자.”

칼이 다시 키스했다. 타라는 스톱이란 말을 할 수 있으려면 감정이 격정적으로 치닫는 순간을 대비해서 긴장을 완전히 늦추지 말아야 한다고 생각했다. 그때였다. 갑자기 등 뒤에서 냉랭한 목소리가 울렸다.

“와, 너는 진짜 한순간도 혼자 있질 않는구나!”

타라와 칼은 동시에 소스라치게 놀라서 누가 하는 말인지 보려고 돌아봤다. 하지만 붉은색 털을 곤두세우고 으르렁거리는 블롱딘과 당황해서 날아다니는 갈랑 말고는 아무도 없었다.

목소리가 다시 말했다.

“위를 봐!”

타라와 칼은 고개를 들다가 너무 놀라 숨이 멎을 뻔했다.

칼이 사랑하던 엘레아노라가 허공을 발로 탁탁 치면서 그들을 내려다보고 있었다.

하지만 살아 있는 엘레아노라가 아니라 그녀의 유령이었다.

19
엘레아노라의 유령

때로는 저승에 남아 있는 것이
훨씬 나을 텐데

*

"엘레아노라?" 칼이 전혀 믿기지 않는 얼굴로 말했다.

갈색 머리에 잿빛 눈의 예쁜 유령이 둥둥 떠 있는데 면허 받은 도둑의 긴 다리까지 감싸는 스팔렌디탈 가죽 유니폼 차림이었다.

"그래 나 맞아."

엘레아노라 유령이 빈정거리듯 말했다.

"물론 살아 있는 건 아니지만. 근데 나한테 영원한 사랑을 맹세하지 않았어? 고작 2, 3년도 못 지키면서 그딴 맹세를 한 거야? 다른 여자를 껴안고 있는 널 보게 될 줄은 정말 몰랐다! 게다가 금발을, 식상하게!"

"엘레아노라?" 뇌 기능이 마비된 칼이 반복했다.

충격을 받은 칼을 대신해서 타라가 나섰다.

"안녕, 엘. 엘세스[24]께서 너를 메신저로 보냈어?"

"그래, 맞아." 엘레아노라가 대답했다. "근데 내 남친에게 무슨 짓을 했기에 저렇게 얼간이가 된 거니?"

엘레아노라를 좋아하지 않는 블롱딘이 으르렁거리자 칼은 정신을 차렸다. 칼은 심호흡을 하고 팔짱을 꼈다.

"엘레아노라."

"워워, 너 세 번 연속 내 이름만 부른 거 알아? 그것밖에는 할 말이 없니? 이걸 감동적이라고 해야 되나?" 유령이 비아냥거렸다. "뭐 찔리는 거라도 있나 보네."

하지만 칼은 웃고 싶지 않았다.

"나는 너를 죽이는 일에 연루된 자들을 모두 처단했어." 칼이 나직하게 말했는데 여친을 지켜주지 못한 걸 자책하는 목소리였다.

이 말에 엘레아노라의 표정이 돌변했다.

"천만에, 그건 아니지." 엘레아노라가 잘라 말했다. "너는 살인을 지시한 자를 죽이지 않았어. 티라니크는 아니었으니까. 나도 조사를 했고, 비욘드월드는 어마어마하게 커서 마법사들이 개인 행성을 만들 정도지만 나는 네가 처단한 자들을 다 찾아냈거든."

엘레아노라는 험악한 표정을 지으며 손가락을 꺾었다. 아니, 정확하게 말하면 소리가 나지 않았기 때문에 손가락 꺾는 시늉을 한 것이었다.

"그자들은 비욘드월드에서는 고통스러운 일이 없을 거라고 생각하

......

24. 단비우와 리스베스의 어머니인 전 여제. 냉혹한 것으로 말하면 리스베스 못지않다.

고 있었지.”

엘레아노라는 피식 웃었다.

“흥, 잘못 생각해도 크게 잘못 생각한 거지.”

“아, 잠깐!” 타라가 말했다. “엘세스께서는 복수심에 굶주린 유령의 통행을 허락하지 않는 걸로 아는데?”

엘레아노라는 천사 같은 표정을 지었다. 머리 위에 아우라만 있으면 영락없는 천사였다. 엘레아노라는 보조개가 패는 예쁜 미소를 지었다.

“누구, 나? 내가 복수심에 굶주려 보여? 천만에! 내가 평화주의자라는 거 기억 안 나? 이렇게 사랑스러운 내가? 나는 개인적으로 평화와 사랑을 추구하지. 하지만 악마들이 공격할 경우 유령들이 우리 종족을 방어하여 오무아 제국을 도울 수 있음에 누구 못지않게 기뻐. 내가 어쩌다 누군가를 죽인다면 그건 작은 도움이라도 주려다가 우연히 일어난 사고일 거야.”

엘레아노라의 표정이 어두워지고 심각해졌다.

“나는 무형의 유령이야. 그렇다고 필요한 걸 얻겠다고 무고한 사람의 몸을 장악하고 싶진 않아. 희생양이 된 사람에게는 억울한 일이 될 테니까. 그래서 나를 죽인 범인을 찾기 위해서는 물적 증거를 조작이라도 해야 하는데 그러려면 도움이 필요해. 범인은 티라니크가 아니라 다른 누군가이니까.”

타라는 속으로 말했다. ‘이럴 줄 알았어.’

“하지만 왜 나를 죽였는지 이해가 안 돼. 티라니크 수상을 제외하고는 내가 죽기를 바라는 사람이 전혀 없었어. 따라서 그렇게 개연성이 떨어지는 일이 어떻게 일어났는지 나는 알고 싶은 거야. 아니 알아야겠어."

바로 이게 칼과 엘레아노라의 다른 점이었다. 복수에 대한 엘레아노라의 집착. 복수심은 죽어서도 없어지지 않은 모양이었다. 엘레아노라는 자기를 죽인 자를 제거해야 그때서야 편히 쉴 것이었다.

엘레아노라에게서 벗어나려면 범인을 찾아주는 건데……. 타라는 도덕적으로 엘레아노라의 방법에는 회의적이지만 범인을 찾을 필요는 있다고 생각했다.

"충분히 이해하는데 지금은 상황이 좋지 않아." 타라는 단호하게 말했다. "유령들의 습격 이후 이번에는 악마들의 위협을 받고 있어. 악마들이 무슨 일을 벌이고 있는지 알아내지 못하면 비욘드월드는 인구과잉이 될 위험이 있어."

엘레아노라는 인상을 썼다. 살아 있을 때도 자기 말에 반대하는 걸 아주 싫어했다. 물론 이걸 좋아할 사람은 아무도 없지만.

엘레아노라가 반격했다.

"타라, 내 남친을 훔쳤으니까 넌 나한테 빚을 진 거야."

타라는 웃었지만 마음이 무거웠다. 타라는 아직도 복수를 위해서만 사는 것, 아니 죽어서도 복수만 생각하는 엘레아노라를 보는 것이 슬펐다.

"나는 빚진 게 없어." 타라는 부드럽게 말했다. "나와 칼이 서로 사랑에 빠진 건 네가 죽은 지 한참 뒤의 일이야."

엘레아노라는 잠자코 있었다. 타라는 마음을 단단히 먹고 독하게 말했다.

"네가 복수심에 집착하는 건 알겠는데 내 기억으로 너는 칼을 사랑한 적이 없어. 그리고 너는 죽음을 너무 좋아해서 그렇게 된 거야."

엘레아노라의 표정이 굳어졌다. 솔직히 죽은 사람에게 할 말은 아니었다.

"헐, 기막혀. 비겁한 공격이라는 걸 모르고 하는 말은 아니지?" 유령이 빈정거렸다. "그사이 너도 많이 변했구나."

"너와는 달라!" 타라는 반박했다. "엘레아노라, 살인범을 찾아서 죽였다고 치자. 그래서 네가 얻는 게 뭔데?"

"이루 말할 수 없는 성취감."

"나는 그렇게 생각하지 않아. 하지만 네가 원하는 게 그거라면 마음대로 해. 네 자유니까. 우리는 개인적인 복수보다 더 중요한 미션이 있어서……."

"음, 제대로 충격을 주네. 두 번씩이나" 엘레아노라가 이죽거렸다. "이렇게 대단한 웅변가가 되다니. 역시 후계자답네. 내 메시지를 리스베스 여제에게 전해. 친애하는 여제의 어머니께서 필요할 때 도움을 주러 오실 거라고. 그리고 나를 도와줄 사람은 내가 찾지."

"잠깐!" 타라가 외쳤다. "가브리엘을 장악해……."

타라와 칼이 붙잡을 겨를도 없이 유령은 사라졌다.

"휴!" 칼은 물에 빠졌다 나온 것처럼, 아니 감정적 충격의 수렁에서 나온 것처럼 몸을 부르르 떨었다. "정말 깜짝 놀랐어. '베이비'나 '스톱'보다 더 강력한 단어를 찾은 것 같아. 내가 선을 넘으려 할 때 나를 막기 위해서는 '엘레아노라'가 최고겠어!"

타라는 긴장이 풀렸다. 유령들이 산 사람들의 영역에 개입하겠다는 뜻을 전해온 것이었다. 타라는 유령들이 악마들의 몸을 장악할 수 있는지 시험해볼 필요가 있다고 생각했다.

"엘이 내 말을 듣지도 않고 가버렸어. 비밀리에 가브리엘이나 악마 대표단 중 누군가의 몸을 장악해보라는 말을 하려고 했는데. 그게 가능한지 알아보려고 했는데 휙 가버렸어. 슬루르크!"

"어차피 늦었는데 뭐." 얼이 빠진 칼이 담담하게 말했다.

타라는 칼을 쳐다봤다. 예쁜 엘레아노라를 아직 사랑하는 건가?

하지만 칼의 어두운 표정을 보면서 타라는 안심이 되었다. 사랑한다면 저런 표정은 아니겠지.

"악마들을 물리치기 위해 네가 유령들에게 도움을 청할 생각을 했을 줄이야. 믿기지가 않아. 물론 훌륭한 생각이라는 건 인정해. 근데 왜 나한테 말해주지 않았어? 그랬으면 엘이 나타났을 때 그렇게 놀라지는 않았을 텐데. 심장마비 일어날 뻔했어."

"미안해." 타라는 사과했다. "하지만 고모와 아무에게도 말하지 않기로 약속했어. 극비 사항이었으니까. 물론 비욘드월드에서 그 미션을 위해 선택한 유령이 엘일 거라고는 생각도 못했어."

칼은 심호흡을 하고 손등으로 짜증을 날려버리는 시늉을 했다.

"미안한데 내가 충격을 좀 받았어. 배고프다. 뭐 좀 먹을래?"

"아니, 난 괜찮아." 타라는 칼이 화를 내지 않는 걸 보면서 안심이 되었다.

타라는 칼을 따라 검정 대리석 주방으로 들어갔다. 래커를 칠한 흰색 수납장과 알루미늄 재질의 주방기구들, 검정 크리스털 샹들리에들의 불빛이 환했다.

"나는 몽타뉴크리스토의 집에서 이것저것 집어먹었거든." 타라가 말했다. "요리사들은 내가 너무 조금 먹는다고 생각해서 항상 콘서베이터25 안에 요기할 것을 준비해놓으니까 골라 먹어."

타라가 회색 콘서베이터의 문을 열자 순환 정지 상태의 요리들이 종류별로 깔끔하게 정리되어 있었다. 어찌나 많은지 두 개 연대가 먹고도 남을 양이었다. 칼은 감탄의 휘파람을 불었다.

"아참!" 타라는 샌드위치를 만드는 데 필요한 것을 찾으러 가는 칼을 보고 덧붙였다. "오늘 저녁은 엘뿐 아니라 네 팬이 또 한 명 나타났는데 깜박했다."

칼은 아무 생각 없이 건성으로 물었다.

"그래? 누군데?" 칼은 양손에 음식을 가득 들고 돌아봤다.

"안젤리카 브란다우드. 아까 크산디아르에게 꺽다리를 넘기고 왔어."

잠시 침묵이 흘렀다. 숱이 많은 검은색 머리의 칼은 금속 조리대에 음식을 내려놨다.

"에이." 칼은 안젤리카의 배신을 용서하지 않았기 때문에 불만스럽게 말했다. "그 계집애가 잡초처럼 생명이 질길 거라고 예상은 했지만!"

타라는 깜짝 놀랐다.

"죽었다고 생각했어?"

....

25. 지구의 냉장고와 같은 것이지만 콘서베이터에 넣어둔 식품은 순환 정지 상태가 되기 때문에 부패되지 않는다. 거기에 마법까지 사용한다면 콘서베이터는 육류 식품을 수백 년도 보관할 수 있다.

칼은 구운 빵에 마요네즈를 바르고 구운 트라둑 고기 한 조각과 베이컨, 발분 치즈, 소금, 후추를 뿌린 다음, '나 야채 먹어요' 하고 보여주듯 토마토 한 조각을 달랑 얹으면서 말했다.

"그보다는 소원이었는데 유감이다. 그래서 그 꺽다리가 악마들의 나라에 대한 정보는 가져왔어? 물론 악마들이 그런 얘기를 못 하게 조치를 취했겠지만."

타라는 칼을 쳐다보다 이마를 탁 쳤다.

"아니, 이렇게 멍청해서야!"

"안젤리카는 원래 멍청해. 나는……."

"아니, 안젤리카가 아니라 내가 멍청하다고! 강제로 주문을 걸었을 텐데! 그래서 걔가 그렇게 이상해 보였던 거야! 영화에서는 모든 사람이 주인공보다 먼저 몇 가지 힌트를 알고 있어서 왜 저러나 답답해하지. 하지만 주인공은 여러 가지 일에 대처하느라고 핵심을 빗나가고 말잖아. 내가 딱 그 꼴이네."

타라는 눈살을 찌푸리면서 깊은 생각에 잠길 때마다 늘 그렇듯 서성거리기 시작했다. 칼은 돌결 무늬가 있는 검정 대리석 식탁에 기대서서 조용히 타라가 하는 말을 들으며 큼직한 샌드위치를 먹었다. 검은 여왕 덕분에 키가 훌쩍 큰 뒤로 배 속에 거지가 들었는지 칼은 시도 때도 없이 배가 고팠다.

"하지만 궁전에서 샤먼들이 검사를 다 해봤는데 분석 결과 악마의 마법이나 주문의 흔적이라곤 없었어."

"그거야 안젤리카가 발설하지 못하게 일부분만 기억을 지우는 약품을 주사하면 되는데 뭐." 칼은 고기와 빵이 가득한 입으로 우물우물 말했다.

타라는 멈칫하다 물었다.

"너 지금 마법이 아니라 의약품을 말하는 거야?"

"응."

타라는 주방의 매직컴을 켰다. 크리스털 전광판이 천장에서 내려왔다. 타라는 얼른 친위대장에게 접속했고, 크산디아르는 아직 잠자리에 들지 않고 있었다. 타라는 이따금 친위대장이 '휴식'이라는 말의 의미를 아는지 의문이 들었다.

"주삿바늘 자국이요? 샤먼들의 보고서를 살펴보겠습니다, 마마."

친위대장이 크리스털 판을 디스크 플레이어에 집어넣으면서 대답했다.

일련의 자료가 나타났다. 잠시 후 크산디아르는 타라를 향해 고개를 들었다.

"네, 있어요. 목에 주삿바늘 자국이 하나 있습니다. 하지만 안젤리카 양의 혈액에서는 특이 사항을 발견하지 못했습니다. 백혈구 수가 현저하게 증가했지만 그건 감염 여부를 조사한 것 때문이라고 생각했는데 다른 이유가 있는 건가요?"

"지구에는 인간의 정신을 조작할 수 있는 약품이 많아요. 예를 들어 스코폴라민이나 펜토탈 같은 약품인데 그걸 사용하면 백혈구 수가 증가하는 것이 2차 징후예요."

크산디아르는 네 개의 손 중 하나를 짧게 자른 검은색 머리에 올렸다.

"안젤리카 브란다우드가 뇌 세척을 당했다는 겁니까?"

"네."

"악마들이 점점 불안하게 만드는군요."

"친위대장님, 악마들은 5000년 전부터 우리를 불안하게 하고 있어요." 칼은 샌드위치 부스러기와 입가에 묻은 마요네즈까지 핥아먹으면서 빈정거렸다. "악마들이 몰래 무슨 짓을 꾸미고 있다는 걸 알았는데 이제 페스트를 어떡할 건가요? 그 약물을 제거할 거예요?"

"페스트?" 무슨 말인지 이해하지 못한 크산디아르가 물었다.

"안젤리카 말이에요." 칼이 구체적으로 밝혔다.

"아아! 칼, 네 말은 가끔 어렵구나. 랑코비트 대표단이 오무아에 방금 도착했어. 안젤리카의 아버지 브란다우드가 우리 제국의 소속민이 아니니까 딸을 당장 데려가겠다고 강력하게 주장했지. 안젤리카가 방금 황궁을 떠났다는 걸 알리려고 마마께 연락하려던 참이었어(크산디아르는 또 하나의 크리스털·판을 조회했다). 그런데 악마 왕자 가브리엘도 건강이 안 좋은 안젤리카를 부축하기 위해 함께 랑코비트로 가겠다는 의사를 밝혔다는 보고를 받았지. 여제께서도 허락하셨고. 하지만 가브리엘 왕자가 왜 갑자기 안젤리카를 따라가려고 하는지 몹시 궁금해서."

세 사람의 눈빛이 똑같이 불안했다. 악마들의 작전은 진행되고 있는데 그들은 짐작조차 못하고 있었다.

"크산디아르, 랑코비트를 감시할 수 있겠어요?"

"랑코비트의 근위대장에게 부탁해야 합니다. 하지만 로빈의 아버지 망질 국장에게 달려 있습니다. 망질 국장이 친위대장인 나에게 정보를 주는 걸 허락해야 하니까요."

아, 왕국의 주권이 있지. 타라는 국가 간 세세한 절차를 자주 잊었다. 타라에게 범죄행위는 국적에 상관없이 추적해서 밝혀야 하는 일이었다. 하지만 타라는 통치자가 아니었다, 아직은. 타라는 고모가 자식을 아주 많이 낳기를 진심으로 바랐다.

"고마워요, 크산디아르. 내일 봐요."

타라는 통신을 끊고 칼을 향해 돌아섰다. 칼은 오렌지맛 친파프를 따르고 있었다.

"출발하자. 내일…… 아니, 일어나는 대로 아침에 당장." 타라는 이미 늦었다는 걸 깨닫고 말했다.

칼은 미소를 지으면서 잔을 들었다.

"나야 언제든 좋지. 근데 우리가 어디로 왜 출발하는데?"

타라는 엘이 갑자기 나타나는…… 머리 위에 둥둥 떠 있는 바람에 칼에게 설명할 시간이 없었다는 걸 기억하고 배시시 웃었다. 타라가 작전을 설명하자 칼은 오만상을 찌푸렸다.

"털이 난 자이언트 붉은 개미족? 내 친구 거미 드르르르는 좋아하지만 솔직히 곤충들은 내 취향이 아냐. 그래서 준비도 없이 가는 건 싫은데. 준비가 안 된 도둑은 죽은 도둑이야. 도둑이라는 명예를 훼손하는 일이기도 하고."

타라는 다정한 미소를 지으면서 칼의 품에 파고들었다.

"칼리반 달 살란, 주위를 아무리 둘러봐도 임기응변에는 누구도 너를 따를 사람이 없어. 거기 가서 개미족에게 무슨 일이 일어나고 있는지 물어보고 곧장 돌아올 거야. 혼자 갈 생각도 했지만(타라는 칼의 근육이 단단해지는 걸 느끼면서 밀어붙였다), 내가 혼자 갔다 돌아오면 나를 죽이려고 할 거잖아. 그래서 다 같이 가는 쪽을 택했어."

"뭐, 그렇긴 하지만. 로빈에게도 가자고 했어?"

"응." 타라는 단호하게 대답했다. "한 명도 빠지지 말아야 매직갱
이니까. 실버에게도 연락했어."

그 순간 주방 문이 경쾌한 소리로 말했다.

"땡땡! 현관문에서 온 메시지입니다. 난쟁이 파프니르와 은빛별 실
버쉬로우쉬부 하프드래곤이 야심한 시간인데도 불구하고 마마를 만
나겠다고 합니다!"

칼이 빵 터졌다.

"타라? 네가 문에게 '땡땡' 하면서 알리라고 했어?"

"이 아더월드의 사물들과 사람들은 내가 뭐라고 하면 문자 그대로
받아들이는 경향이 있다니까." 타라는 구시렁거렸다. "와, 미치겠다.
나는 그냥 땡땡이나 뭐 그런 소리로 누가 왔다는 걸 알리라고 한 것
뿐인데." 타라는 주방 문을 향해 말했다. "초인종을 울리라고 했지
꼭 '땡땡'이라고 말한 게 아니다!"

"아!" 문이 사과했다. "그럼 이건 어떠십니까?"

차임벨 소리가 주방에 울렸다.

"그래, 됐어." 타라는 어이없는 미소를 지었다.

"그래도 이건 아닌 것 같은데." 칼이 장난을 쳤다. "땡땡, 손님, 두
번째 샌드위치 나왔습니다."

그 순간 귀가 먹먹해질 정도로 크게 종소리가 울렸다. 그와 동시에
파프니르와 실버는 문이 알려준 대로 주방으로 들어오려다 어리둥절
한 얼굴로 문턱에서 멈췄다.

"땡땡, 손님 두 분 들어가십니다!" 문은 종소리를 울려놓고서도 크게 외쳤다.

"맙소사! 주방 문은 기억력이 딱 금붕어 수준인가 보다. (타라는 목소리를 높였다) 문, 다음에는 차임벨 소리를 작게 울려. 그것으로 충분하니까 '땡땡'이라고 덧붙일 것까지는 없어. 파프니르, 실버, 안녕! 오랜만이다, 반가워."

타라는 친구들을 얼싸안았다. 실버한테서 나는 이상한 냄새는 드란보우글리스펜쉬르의 공기 냄새라는 걸 알아차렸다. 파프니르는 머리를 땋지 않고 징 박힌 가죽 부츠 위까지 구불구불 흘러내리게 풀어 헤쳤는데 타라가 처음 보는 모습이었다. 아주 건강해 보이고, 초록빛 눈이 흥분으로 반짝이고 있었다. 악마 세계의 장밋빛 고양이 벨제부트도 야옹거리면서 모두에게 인사했다.

"무슨 일로 연락한 거야?" 빨간 머리 난쟁이가 완전 경쾌한 목소리로 외치면서 등 뒤로 둘러맨 도끼 두 개를 가리켰다. "우리가 필요해? 누구를 박살 내야 하는데?"

그들은 웃음이 터졌다. 곧이어 아름다운 무아노가 은빛 표범 쉬바를 데리고 도착했다. 그리고 지구에서 방금 도착한 늑대인간 파브리스, 하프엘프 로빈까지 목에 휘감겨서 기뻐하는 히드라 소우르브를 데리고 나타났다. 타라는 칼과 로빈을 한 자리에서 보는 것이 불안했지만 재회한 매직갱의 화기애애한 열기 때문인지 주방은 이내 기쁨이 넘쳤다. 친구들은 배가 고프다며 샌드위치와 샐러드를 준비하면서 이야기꽃을 피웠다.

타라는 행복했다. 나쁜 일이 일어날 때 생각할 수 있는 좋은 추억을 충분히 비축하기 위해 이런 순간을 즐기고 싶었다. 타라는 일단 미션에 대해 말하지 않고 친구들의 모험담을 듣는 것으로 만족했다.

실버는 드란보우글리스펜쉬르에서 외고모할머니와 있었던 유산 분쟁에 대해 얘기하면서 크림치즈 한 조각을 잘랐다.

"뭐?" 무아노는 아연실색했다. "외고모할머니가 네 심장에 칼을 꽂았다고? 하지만 너를 죽일 수도 있었잖아!"

파브리스는 검은 눈 위로 흘러내리는 금발을 넘기면서 웃음을 터뜨렸다. 양념한 스파슌 고기 한 조각을 입에 넣고 나서 말했다.

"무아노, 목적이 있으니까."

"맞아." 실버는 즐거워했다. "드래곤들은 사실 아주 단순해. 우리 난쟁이들과 마찬가지로 금을 좋아하고, 먹는 것도 아주 좋아해. 귀찮게 하는 사람들을 과격하게 없애버리는 것도 좋아하고. 두 종족은 생각보다 훨씬 비슷해."

타라보다 키가 더 큰 실버는 난쟁이가 아니었다. 하지만 마지스터와 드래곤의 혼혈 아들로 태어나 난쟁이 양부모에게서 자랐기 때문에 실버는 자신을 난쟁이라고 생각하고 있었다.

파프니르가 쫑알거렸다. "더러운 놈들. 너는 어떻게 그런 놈들을 참을 수 있는지 난 이해를 못하겠어!"

"쯧쯧, 파프니르, 종족을 차별하지 마!" 무아노가 핀잔을 주면서 비난의 눈길을 던졌다. "우리와 다를 뿐이지 드래곤들도 하나의 종족이야."

파프니르는 독한 말로 받아치려고 했지만 실버가 말을 계속했다.

"파프니르, 난쟁이족과 드래곤족이 서로 싫어하는 거 알아. 하지만 나는 특히 내 변호사 볼루쉬론쉬부 덕분에 거기서 여러 친구들을 만났고, 여왕 샤름의 조언도 들었어. 볼루는 여왕과 마찬가지로 악마들을 공격할 생각이 없는 평화주의자들로 이뤄진 온건파에 속하거든. (실버의 표정이 어두워졌다) 그라보우테리쉬부와는 달랐어. 싸움이라면 자신 있고, 죽이는 것에 단련이 된 내가 보기에도 그라보우는 아주 위험한 드래곤이야. 악마 왕자 가브리엘과 비슷했어. 피에 대한 욕망을 위해 세계를 불바다로 만들려고 무슨 짓이든 할 거야."

타라는 그라보우라는 드래곤을 잘 모르지만 실버의 말은 충분히 설득력이 있었다.

타라는 생각에 잠겨서 실버를 쳐다봤다.

"너는 우리와 가면 안 되겠다. 생각이 바뀌었어. 파프니르, 너도."

"왜?" 난쟁이가 발끈했다. "이유가 뭔데?"

"내가 생각을 못했는데 악마들은 인간을 모델로 하고 있어. 악마 대표단을 살펴봤는데 엘프나 뱀파이어는 있어도 난쟁이는 없었어. 그래서 로빈은 가도 되지만……."

"당연하지, 우리는 도저히 흉내도 낼 수 없는 종족이니까." 파프니르는 거드름을 피웠다.

"물론이지. 너는 아름답지만 키가 작아." 타라는 친구의 기분이 상하지 않게 말했다. "그래서 금방 눈에 띌 거야. 그리고 실버, 얘기를 들어보니까 너는 드란보우글리스펜쉬르에 남아서 공격적인 드래곤 그라보우를 감시하는 게 낫다는 생각이 들어."

파프니르가 이런 식으로 또 떨어져 있어야 하냐고 격하게 흥분하는 사이, 타라는 실버에게 부탁했다.

"너는 전사니까 그라보우의 호전적 급진파와 접촉할 수 있지 않을까? 인간 모습이 아니라 드래곤 모습을 이용해서. 너는 내가 본 드래곤 중에서 가장 인상적이야. 물론 살루만큼 덩치가 크지는 않지만. 하긴 살루는 드래곤들 중에서도 예외야. 대체로 전투용 드래곤들이 덩치가 크니까."

실버와 파프니르는 한참 동안 시선을 교환했다. 이윽고 파프니르는 기상천외한 욕설을 쏟아내다가 멈추고 한숨을 내쉬었다.

"타라의 말이 맞아. 그리고 나는 드란보우글리스펜쉬르에 갈 수 없어. 눈앞에 얼씬거리는 드래곤을 내가 당장 산산조각 낼 텐데 그러면 실버의 위장술을 망칠 거야."

난쟁이는 타라를 향해 돌아서서 한숨지었다.

"나도 너희랑 갈 거야. 물론 가장 사적인 영역에 속하는 것을 너희들에게 보여줘야겠지만."

"와우!" 칼이 호기심이 가득한 눈으로 벌떡 일어났다. "'가장 사적인 영역'? 그게 무슨 뜻이야?"

"우리 침실." 파프니르는 약간 발그레해진 얼굴로 대답했다.

주방에 침묵이 흘렀다.

갑자기 숨 쉬는 게 힘든지 파브리스가 헛기침을 했다.

"저기, 파프니르, 그냥 말로 하면 안 될까? 보여주지 말고."

"안 돼." 실버가 대답했다. "말해봐야 이해가 안 될 테니까 파프니르가 보여주는 게 훨씬 나아."

다섯 쌍의 놀란 눈들이 일제히 실버를 쳐다봤다.

"그…… 그게." 무아노는 어물어물 말했다. "정말 너도 동의하는 거야, 실버?"

"오케이. 자자, 진정하자!" 칼은 재미있어 죽겠다는 얼굴로 말했다. "나는 왜 갑자기 18금 영화를 보게 될 것 같은 불길한 예감이 드는 걸까?"

파프니르는 뭔 소리야, 하는 얼굴로 칼을 쳐다보다 갑자기 웃음을 터뜨리면서 옷을 벗기 시작했다.

"뭐야, 너희들! 실버와 나의 진한 애정 표현을 보여줄 거라고 생각한 거야?"

"그렇게 생각할 수밖에 없잖아? 그럼 뭔데?" 파브리스가 더 민망해하는 표정으로 묻는 사이, 파프니르는 도끼 두 개를 내려놓고 부츠를 벗었다.

"다 벗을 거야. 내 물건들 망가지는 건 싫으니까. 타라, 수건 한 장빌려줄래? 친구들이 미암 더미**26**에 넘어지면 안 되니까."

체인지라인이 대형 수건을 나타나게 했는데 난쟁이의 눈빛에 맞춘초록색이었다. 파프니르는 수건으로 알몸을 가렸다. 그 순간 파브리스가 털썩 주저앉자 무아노는 재미있다는 듯 천장을 올려다봤다.

파프니르는 눈을 감고 말했다. "그 빌어먹을 검은 여왕이 괜히 나를거인으로 만든 게 아니었어. 이렇게 써먹을 데가 생기는 걸 보면. 너희들이 알아챘는지 모르겠는데 검은 여왕은 우리의 본질을 꿰뚫어봤어. 실버에게서는 드래곤을, 무아노와 파브리스에게서는 야수, 로빈에게서는 엘프, 칼에게서는 도둑의 본질을. 그리고 나에게서는……."

....
26. 사과 더미에 넘어진다는 표현과 같은 것으로 '기절한다'는 뜻이다. 사과보다 미암은 덜
딱딱하고 푹신해서 충격을 흡수한다. 옷은 좀 지저분해지지만.

파프니르가 말하는 사이 갑자기 키가 쑥쑥 커지기 시작했다. 친구들이 지켜보는 가운데 난쟁이가 눈 깜짝할 사이에 180센티미터 장신의 근육질이 되었다. 파프니르는 초록빛 눈을 떴다. 강렬한 눈빛으로 쳐다보는 실버를 보면서 파프니르는 기쁨으로 낯빛이 빨개졌다.

실버는 파프니르를 만나기 전부터 난쟁이들은 광산에서 해야 할 작업에 따라 키를 조절할 수 있는 특성이 있다는 걸 알고 있었다. 좁은 터널을 쉽게 들어가기 위해서는 키를 아주 작게, 높은 데 있는 금속의 광맥에 접근하기 위해서는 키를 크게 할 수 있었다. 이건 마법과는 상관이 없는 난쟁이족의 특성이었다. 난쟁이들은 이 능력을 거의 사용하지 않다가 극한 상황이나 파프니르와 실버의 경우처럼 난쟁이가 키 차이를 줄일 필요성을 느낄 때만 사용하고 있었다.

반면에 싸울 때는 이 능력을 절대 사용하지 않았다. 이상하게도 본래의 모습일 때보다 힘이나 지구력이 떨어지기 때문이었다.

파브리스는 침을 꿀꺽 삼켰다. 조금 전만 해도 너무 크던 수건이 갑자기 파프니르의 근육질 다리를 겨우 가릴 정도였다. 균형이 잡힌 근육질의 탄탄한 몸매, 놀라운 모습이었다.

칼은 허리를 굽혀 경의를 표했다.

"파프니르, 네가 나타나면 악마들이 즉시 얌전히 네 발치에 무기를 내려놓겠어. 특히 네가 수건으로만 몸을 가리고 있으면."

놀라움을 감추지 못하는 로빈을 비롯한 남자들의 얼굴에 타라는 웃음을 삼키면서 주문을 읊어 파프니르의 옷을 크게 해주었다. 파프니르는 가죽과 카멜린 섬유로 지은 빨간 가죽옷 차림이 되었다. 파프니르에게 도끼들, 도끼집, 부츠 등이 맞도록 전체적으로 균형을 맞추려면 시간이 약간 필요했다. 잠시 후 난쟁이는 머리끝에서 발끝까지 모든 준비가 끝났다.

"정말 놀라운 행성이야." 이제는 지구인으로 살고 있는 파브리스 가 말했다. "안 되는 게 없는 것 같아. 휴, 입이 딱 벌어진다. 무아노, 너는 히플리아에서 난쟁이들과 살았잖아. 이런 능력 알고 있었어?"

"아니, 몰랐어." 무아노 역시 매료된 얼굴로 대답했다. "터널이 너무 좁아서 부모님과 나는 들어갈 수 없었어. 그리고 히플리아 산맥에 서는 마법을 무효화시키는 철 때문에 마법이 통하지도 않고. 우리는 광산에 갇히는 위험을 무릅쓸 수 없었어. 그래서 난쟁이들에게 그런 능력이 있는지 직접 볼 기회는 없었고 소문만 들었어. 파프니르, 너 얼마나 근사한지 몰라."

"고마워. 타라, 이제 사소한 문제는 해결됐으니까 우리가 무슨 일 로 여기 모였는지, 미션은 뭔지 말해줘야지?"

타라는 숨을 크게 들이쉬었다. 그리고 크세프로디 행성에 대해 알 아낸 것과 거기 가서 무엇을 할 생각인지 설명했다.

파브리스는 휘파람을 길게 불었다.

"오케에에에이! 붉은 개미족이 우글거리는 행성으로 가서 행성이 왜 절반쯤 파괴되었는지 물어보겠다? 근데 붉은 개미족이 지구에 아무 짓도 하지 않으리라는 걸 어떻게 알아? 떼로 달려들어 주둥이로 너를 조각조각 잘라서 개미굴로 데려간 다음, 유충들에게 생으로[27]

. . . .

27. 털 있는 붉은 개미족은 문명화된 존재들이다. 파브리스가 생각하는 것과는 달리 개미족 은 유충에게 주기 전에 타라를 익혔을 것이다.

364

뜯어 먹게 하지 않을 거란 보장이 없잖아? 내가 바보 같은 말을 하는 거라면 말려줘. 그리고 악마의 행성들에서는 우리가 마법을 사용할 수도 없잖아."

일이 복잡해지고 있었다.

"그건 그렇지." 타라가 설명했다. "근데 난 할 수 있어. 그리고 너희들도 마법을 사용할 수 있어. 물론 너희들이 받아들인다면. 너희들 중 거부하는 사람은 같이 갈 수 없어."

"뭘 거부하는 사람?" 로빈이 처음으로 입을 열었다.

타라는 쪽빛 눈으로 전 남친의 크리스털 눈을 쳐다보면서 말했다. "악마의 사물을 몸에 지니는 걸 거부하는 사람!"

매직갱

어떻게 해야 성한 몸으로 돌아올지 전혀 모르면서
어찌 떠날 수 있을까

*

실버와 파프니르를 제외하고 친구들이 반사적으로 뒷걸음쳤다.

"악, 악마의 사물들을 나, 나눠 갖자는 뜨, 뜻이야?" 공포에 질린 무
아노는 예전의 버릇이 튀어나왔는지 말을 더듬었다.

타라는 금발을 끄덕였다.

"응, 나한테 일곱 개가 있어. 각자 한 개씩 갖고 나는 두 개를 가질
게. 에너지를 고갈시키지 않는다는 조건으로 사물들이 동의하면 너
희들은 힘을 얻을 수 있어. 그러면 악마들은 너희들에게 악마의 특징
이 있으니까 같은 일원이라고 생각할 거야. 악마의 사물 없이는 미션
을 수행할 수 없지만 지니고 있으면 모든 것이 가능해져. 사물들은
우리 편이야. 포로로 붙잡혀 있는 영혼들은 무고하고 보울리미-레마
족의 정복욕에는 아무 관심 없어. 사물의 영혼들은 나를 믿고, 나도

영혼들을 믿어. 그러니까 너희들도 나를 믿어야 해."

로빈이 일그러진 얼굴로 다가왔는데 자발적이었다. 로빈은 칼이 악마의 사물을 두려워한다는 걸 알기 때문에 먼저 나선 것이었다. 타라에게 점수를 딸 절호의 기회였다. 로빈은 불안해서 난리를 치는 소우르브를 내려놓고 가늘고 긴 손을 내밀었다.

"하나 줘, 타라. 악마의 마법이 나를 미치게 만드는지 두고 보면 알겠지."

갑자기 조용해진 주방에서 친구들이 경직된 얼굴로 타라를 에워쌌다.

타라는 팔찌 하나를 풀어서 로빈에게 건넸다. 로빈이 만지자마자 팔찌는 은빛으로 변하고 타라보다 훨씬 두꺼운 손목에 맞게 커졌다. 눈살을 찌푸리면서 팔찌를 차던 로빈은 넘어질 듯 비틀거렸다.

타라가 재빨리 로빈을 붙잡아주자 이번에는 칼이 눈살을 찌푸렸다. 타라가 어깨 밑으로 팔을 넣어 부축해주자 로빈은 편안하게 몸을 기댔다.

하지만 이번만은 타라를 유혹하려는 것이 아니라 그의 머릿속에서 갑자기 울리는 악마의 목소리에 깜짝 놀랐기 때문이었다. 악마의 영혼들은 걱정했던 것만큼 끔찍하거나 거칠지 않았다. 마치 강아지들이 즐거워하면서 그의 뇌를 탐험하다 여기저기 작은 발자국을 남기는 듯한 느낌이었다.

오케이. 악마 냄새 폴폴 풍기는 빨간 눈의 검둥개들이라고 해두자.

아주 당황스러웠다. 예상한 것과는 전혀 달랐다.

검은 여왕이 변형시켰을 때는 적대적이고 썩은 파도에 내동댕이쳐지는 느낌을 받았었다. 하지만 갇혀 있는 걸 고통스러워하는 이 영혼들은 영원히 사라지지 않고 해방되기 위해서라면 뭐든 할 각오가 되어 있었다. 그래서 영혼들은 즐거워하고 있었다. 영혼들은 타라를 도와주면 구속에서 벗어나 철천지원수들인 보울리미-레마족에게 잘못을 깨우쳐줄 생각을 하고 있었다.

"와…… 정말 대단하다!" 마침내 로빈이 말했다.

"뭐야? 미칠 정도는 아닌가 보지?" 칼이 유감스럽다는 듯 물었다.

로빈은 칼의 눈을 응시하면서 보란 듯이 타라의 늘씬한 몸에 좀 더 기대고는 빈정거렸다.

"어떤 점에서는 미쳤다고 할 수도 있겠지. 하지만 네가 바라는 방식은 아니야."

파브리스는 눈썹을 꿈틀거렸다.

"이중적 의미의 대화를 듣는 것 같은 이 느낌은 뭐지?"

"정확하게 본 거야!" 화가 난 타라가 로빈의 약간 과장된 포옹에서 몸을 빼면서 내뱉었다. "의자! 로빈 뒤로 와."

주방에서 대기하던 의자들이 빠르게 움직였고, 그중 두 의자는 서로 경쟁하다 부딪쳐 나동그라졌다. 한바탕 소란이 일어난 뒤 로빈이 의자에 앉자 타라는 물러설 수 있었다.

칼은 한 팔로 타라의 허리를 안으면서 눈빛으로 로빈을 자극했다. 하지만 로빈은 불안한지 일곱 개의 혀로 얼굴을 핥아대는 히드라를 안심시키느라 정신이 없었다.

타라는 한숨을 내쉬었다. 이 여행은 생각보다 골치 아플 게 틀림없었다. 하지만 무슨 말을 할 수 있단 말인가. 이미 예상한 일인데. 불편하고 어색할 건 예상했지만 이 삼각관계가 계속될 경우 재미있기는커녕 정말 괴로울 것 같았다.

파프니르는 자기가 제일 먼저 용기를 내지 못한 것이 기분 나빴다. 그래서 콧등을 찌푸렸지만 결연한 얼굴로 손을 내밀었다.

다른 친구들이 차례로 손을 내밀었다. 그러고는 로빈이 그랬던 것처럼 넘어지지 않으려고 얼른 의자에 앉았다.

안심이 된 타라는 사물들이 보석이나 무기 또는 장신구로 바뀌는 걸 지켜봤다. 타라는 친구들이 받아들일 거라고 짐작하면서도 아더월드인들의 문화가 악마와 악마의 마법을 얼마나 혐오하는지 잘 알기에 내심 걱정을 했었다.

파브리스가 마지막이었다. 마지스터가 악마의 마법에 감염시켰을 때 파브리스는 그게 얼마나 위험한지 경험했었다. 하지만 로빈과 마찬가지로 이 영혼들은 광기에 빠뜨리는 것이 아니라 도와주려고 애쓰고 있다는 걸 느끼고 깜짝 놀랐다.

파브리스는 만년필로 변한 라오르의 창을 호주머니에 넣었다.

이제 그들은 모두 준비가 되었다. 하지만 친구들의 멍한 표정으로 보아 아직 악마의 영혼들이 주는 느낌에 적응 중인 것 같았다.

잠시 후 무아노가 말했다.

"근데 전에는 왜 우리가 이 생각을 하지 않았을까?"

"악마의 사물을 지니고 있는 인간은 마지스터밖에 없었으니까. 그리고 마지스터는 완전히 미쳤으니까." 파프니르는 늘 그렇듯 돌려 말하지 않고 직설적으로 표현했다.

"그래, 네 말이 맞다. 그래서 용기가 나지 않았던 거야." 무아노는 감탄했다. "타라, 지구의 달에 가서 악마의 사물들과 협정을 맺은 것은 정말 엄청난 공적을 세운 거야."

타라는 처음에 악마의 사물들과 대면하면서 얼마나 두려움에 떨었는지 공적이니, 위업이니 그런 건 생각도 하지 않았다.

"나는 그냥 사물들과 대화를 시도했을 뿐이야. 영혼들은 몹시 외로워했고, 철 속에 갇혀 있다는 걸 굉장히 고통스러워했어. 그래서 영혼들을 해방시킬 방법을 찾아주고 싶었어. 그렇게 되면 악마들에게서 가공할 무기를 빼앗는 것이기도 하고."

타라는 컴폰 시계를 봤다.

"다섯 시간 후에 출발하자. 마법복은 물론이고 마법 기능이 있는 것은 컴폰을 포함해서 모두 놓고 가야 돼. 밀수꾼이 준 정보에 따라 의상과 가방은 내가 준비해놨어. 악마들이 입는 것을 그대로 복제한 것들이야. 악마들이 인간 모습을 하고 있어서 촉수가 없는 게 얼마나 다행인지 몰라. 악마들은 우리처럼 3차원 호주머니를 사용하지 않고 가방이나 배낭 같은 백팩을 메고 다닌다니까 우리도 눈에 띄지 않게 똑같은 차림을 해야 돼. 문이 어디 있는지 알려줄 거니까 너희들이 갖고 다니는 필수품을 탈의실에 넣어둬. 너희들도 알다시피 이 별궁에는 열두 개의 방이 있어. 지금부터 네 시간 반 후에 다시 모이자, 오케이? 아, 마지막으로 한 가지, 어떻게 하면 악마의 사물에서 너무 많은 힘을 빼내지 않고 사용할 수 있을지 훈련 좀 해봐. 우리의 마법과는 다르니까 주의하고. 힘을 빌리겠다고 부탁하면 사용할 수 있는데 평소에 마법을 부를 때처럼 즉각적이지 않으니까 몇 초 정도 기다려줘."

친구들은 회의적인 표정으로 고개를 끄덕이고 나서 설거지할 것을 잔뜩 남겨둔 채 주방을 나갔다. 잠시 후, 저희들끼리 깨끗이 씻긴 식기들이 붕붕 날아다니면서 제자리를 찾는 걸 보면서 타라는 〈미녀와 야수〉에 나오는 마법의 성에 와 있는 느낌이 들었다.

로빈은 잠자코 주방을 나가는 반면 칼은 타라를 침실까지 따라왔다. 칼이 뒤따라 들어오자 타라는 갑자기 가슴이 쿵쿵 뛰었다.

칼은 아주 유감스러운 표정으로 대형 침대를 바라봤다.

그러고는 타라에게 거칠게 키스하고 자제력을 잃기 전에 얼른 돌아섰다.

칼을 따라 마지막으로 여우가 나가자 타라는 칼의 키스로 얼얼한 입술을 만지다 고모에게 연락했다. 유령들이 엘레아노라를 메신저로 보냈으며, 살아 있는 자들을 도와주기로 했다는 사실을 알렸다. 메신저가 엘레아노라라는 것을 제외하고는 좋은 소식이었다. 리스베스와 타라는 유령들이 불간섭주의를 내세우며 아더월드로 돌아가는 걸 받아들이지 않을 거라고 생각했었다.

타라가 출발 시간을 말하자 고모는 행운을 빌어주기 위해 출발 직전 연락하겠다고 말했다. 타라는 통신을 끊고 한숨을 내쉬다 방금 어깨에 날아와 앉은 갈랑을 쓰다듬었다.

"한 가지 안타까운 건 네가 우리와 같이 갈 수 없다는 거야. 갈랑, 많이 보고 싶을 텐데."

페가수스는 타라의 머릿속으로 자기도 같은 마음이라고 전했다. 패밀리어가 타라를 도울 수 있는 일이라고는 무슨 일이 일어났다는 걸 여제에게 알려주는 것밖에 없었다. 더욱이 타라를 혼자 떠나보내고 싸움이 일어날 때 곁에서 함께할 수 없는데, 이 때문에 갈랑은 몹시 괴로워했다. 타라는 많이 피곤했지만 축소시킨 갈랑을 본래의 크기로 돌아오게 하고 갈기며 꼬리의 은빛 털을 빛이 날 때까지 매끈하게 가다듬어주었다.

"이제 됐다. 이 정도 모습이면 여제에게 가도 손색이 없겠어. 갈랑, 털 더러워지지 않게 조심해."

마법을 사용하면 눈 깜짝할 사이에 말끔하게 단장할 수 있지만 타라는 작별하기 전에 갈랑과 이런 시간이 필요했다.

그때였다. 갑자기 '쾅' 하는 소리에 둘은 소스라치게 놀랐다.

타라는 본능적으로 마법을 작동했지만 이번만은 공격이 아니었다.

타라가 문에게 무슨 일이냐고 물었다. 마법사 중 한 명이 악마의 사물이 가진 힘을 빌려 날아보려다 거리 조절을 잘못해서 벽에 부딪쳤는데, 금방 일어났으니 다치지는 않은 것 같다고 문은 대답했다.

타라는 한숨을 내쉬면서 미국 서부영화의 총잡이처럼 반사적으로 작동했던 마법을 껐다. 타라는 총부터 뽑아 들고 그다음에 의문을 제기했다. 어쩌면 오무아 사람들처럼 총부터 쏘고 나중에 아예 의문을 제기하지 않는 게 나을 때도 있을 텐데.

타라는 출발하기 전에 꼭 해야 할 일들을 하나씩 시작했다.

"체인지라인, 미안한데 너를 데려갈 수가 없어." 타라는 큰 소리로 말했다. "떨어져 있어도 되지?"

타라의 목덜미에 달라붙어서 피를 조금씩 섭취하는 대신 꼭 필요한 서비스를 해주는 아티팩트는 구시렁거렸지만 복종했다. 체인지라인은 일종의 두툼한 검정 모포로 변해서 침대 위로 미끄러지듯 떨어졌다.

어떤 점에서 타라는 알몸이 된 기분이었다. 체인지라인은 코디네이터이자 보디가드였고, 왕관부터 심지어 바주카포까지 온갖 무기를 제공해줄 수 있는 개인 무기고나 다름없었다. 그런 체인지라인을 떼어놓는다는 것은 몇 년 동안 타라를 보호하기 위해 막아주던 모든 위험에 노출되는 것과 같았다.

체인지라인은 감정을 나누고 싶어도 검정 모포의 모습으로는 불만을 드러낼 수 없었다. 타라는 양치를 하고 얇은 잠옷으로 갈아입으면서 그동안 체인지라인이 착착 해주던 일이라는 걸 새삼 깨닫고 고마웠다.

타라는 기분이 상해 있는 체인지라인을 생각해서 쓰다듬어주면서 말했다.

"며칠이면 돼. 빨리 돌아올 거니까 불안해하지 마. 내가 돌아오지 않으면(체인지라인이 부르르 떨어서 타라는 얼른 덧붙였다)…… 그런 일은 일어나지 않겠지만, 만약에 그렇더라도 고모와 지내. 네가 나 대신 고모를 살펴주고 지켜주면 아주 기뻐하실 거야."

체인지라인은 움츠리는 것으로 위로를 거부했다. 갈랑의 빈정거리는 생각이 타라의 머릿속에 전달되었다. 갈랑은 자기만 아주 나쁜 계획이라고 생각하는 것이 아님을 확인하고 통쾌하게 여겼다.

하지만 살아있는 돌의 반응에 비하면 아무것도 아니었다.

살아있는 돌은 딱 잘라 거부했다.

타라는 살아있는 돌에게 입이 있다면 자기를 버리고 갈 생각을 했다는 것 자체에 침을 튀기면서 분개했을 거라고 생각했다. 하지만 잘못된 판단이 아니었다. 살아있는 돌은 일종의 발동기라고 할 수 있어서 휘발유 없이는……, 아니 마법의 윤활유 없이는 작동이 불가능했다. 그 때문에 타라는 악마들의 행성에서는 살아있는 돌의 엄청난 힘을 사용할 수 없었다. 타라만 지니고 있는 살아있는 돌은 정말 신기하고 희귀한 아더월드 마법의 저장소였다.

"무엇보다 네가 금방 발각된다는 게 문제야. 아더월드의 마법은 악마들의 마법과 완전히 다르니까. 그 행성에서는 내 마법을 사용할 수 없기 때문에 이 미션을 위태롭게 하는 모험을 할 수 없어. 그리고 나를 도와줄 악마의 사물들을 지니고 있다는 걸 상기시킬게."

"홍!" 살아있는 돌이 내뱉었다. "강력한 사물들, 인정(살아있는 돌이 마지못해서 동의하는 것이 느껴졌다). 하지만 사물들 너무 많이 사용하면 사물들 죽이는 거야. 살아있는 돌은 너무 많이 사용해도 여기 돌아오면 깨어나. 순환 정지 상태에 빠지는 것뿐이니까. 타라는 돌을 데려가야 해. 아니면 너무 위험해. 위험 무릅쓰지 마, 타라!"

"하지만……."

"타라와 친구들, 멋진 칼, 멋진 로빈 마법 사용할 수 없어. 지난번에 악마들의 행성에서처럼 살아있는 돌이 마법 빌려주면 돼. 살아 있는 크리스털 덩어리를 이용해서."

타라는 입을 멍하니 벌렸다. 그러다 갑자기 살아있는 돌이 무슨 말을 하는지 깨달았다. "아, 이렇게 멍청할 수가! 악마들의 행성에서 아더월드의 마법만 사용하지 않으면 되는 거잖아!"

"그래."

"그때 우리에게 힘을 보내준 게 너였어? 일곱 명 모두에게?"

"응."

"네가 힘이 떨어졌을 때 우리가 해방시킨 크리스털 덩어리에게서 힘을 가져왔고?"

"응."

"근데 왜 지금까지 말해주지 않았어?"

"타라가 물어보지 않았잖아."

타라는 몇 초 동안 말문이 막혔다. 타라는 팔짱을 끼고 발바닥으로 푹신한 카펫을 탁탁 쳤지만 소리를 흡수해버리는 바람에 위엄이 느껴지지 않았다.

"맙소사, 살아있는 돌, 그때 알려줬어야지!"

"왜? 타라는 마법 필요했어. 멋진 칼, 멋진 실버, 멋진 파브리스, 멋진 로빈, 무아노, 파프니르 마법이 필요했고, 나 마법 줬어."

타라는 단념했다. 살아있는 돌의 정신은 타라가 이해하기에는 너무 오묘했다. 살아있는 돌이 즐거워할 때 이따금 타라는 장난을 치려고 일부러 그러는 거라고 생각했지만 이번에는 달랐다. 타라는 살아있는 돌이 분노를 되새기면서 억제하고 있는 걸 느꼈지만 왜 그토록 악마들에게 원한을 품고 있는지 전혀 알 수가 없었다. 살아있는 돌은 갇혀 있는 악마의 영혼들 못지않게 악마들을 파멸시키겠다는 의지가 강했다.

"미안해." 타라는 단호하게 말했다. "하지만 이번에는 불가능해. 이성적으로 생각해. 너에게서 방출되는 마법의 신호는 너무 쉽게 발각될 수 있어. 마법사가 그들의 세계에 발을 들여놓는 순간 경보가 울릴 거야. 그러면 미션을 실패하게 되기 때문에 악마의 사물을 사용하려는 거야. 너는 너무 강력해서 숨길 수가 없어."

갑자기 타라는 머릿속에서 압력을 느꼈다. 살아있는 돌이 타라와 정신적 교감을 하면서 누군가를 초대한 것이었다. 타라가 금빛 벨트로 허리에 차고 있는 갑옷의 일부였다.

'살아있는 돌도 강력해.' 악마의 영혼들이 속삭였다. '하지만 우리가 그 존재를 숨길 수 있어. 살아있는 돌의 말이 맞아. 네가 우리를 너무 많이 사용하면 우리는 죽게 될 거야. 그리고 이 위험한 미션을 성공하려면 강력한 힘이 필요해. 그러니까 데리고 가. 우리가 숨겨줄 수 있으니까.'

"확실해?" 타라는 불안해서 물었다.

'당연하지. 전혀 어려운 일이 아냐. 우리의 힘을 과소평가하지 마. 우리는 너를 도와줄 거야. 우리를 악마들 가까이 데려가는 건 아주 나쁜 생각이지만 도와줄게. 하지만 그만한 대가를 치러야 해.'

"모우르무르가 너희들을 해방시키는 방법을 연구중이라는 거 알잖아."

'알아. 하지만 그걸 말하는 게 아냐. 우리는 아더월드의 딸 타라 덩컨에게 경고하기로 결정했어. 악마들에게 붙잡히면 우리는 너를 파괴하기로!'

타라는 침을 삼켰다. 무슨 말인지 확실히 이해하지 못했기 때문에 타라는 떨리는 목소리로 물었다.

"뭐라고?"

'우리가 너를 죽이고 네 영혼을 낚아챌 거야.' 갑옷이 반복했다. "우리는 희생당한 경험이 있기 때문에 어떻게 하는 건지 방법을 알아. 네 영혼이 갇혔다는 걸 알면 네 측근들이 너를 해방시키려고 무슨 짓이든 하겠지. 그러면 그 기회에 우리도 너와 함께 해방되는 거야. 이것이 우리가 도와주는 것에 대한 대가야.'

타라는 방이 시원한데도 등줄기를 따라 땀이 흘러내렸다.

"대가치고는 좀 심한 거 아냐?" 타라는 반박했다.

'우리가 사로잡히면 너도 잡히는 거야.' 영혼들이 응수했다. '어쩌면 아르칸즈가 너를 살려줄지도 모르지. 그는 다른 악마들과는 다르니까 그것까지 우리가 막지는 못하겠지. 하지만 우리는 다시 악마들의 노예가 되는 거야. 그래서 네가 우리와 같은 운명을 겪든가, 아니면 우리는 너를 도와주지 않을 거야.'

타라는 쪽빛 눈을 감고 정신을 집중했다.

"마음대로 해." 타라는 대답했다.

영혼들이 깜짝 놀랐다.

'마음대로 하라고?'

"내가 철 속에 갇히면 너희들처럼 힘을 못 쓰겠지. 그런데 나는 희생양이 아니야. 나는 전사지만 솔직히 말해 그건 내 취향이 아냐. 내 마법을 다 빼내겠다는 건 어리석은 짓이야. 우리를 도와주기 싫다는 너희들의 생각은 이해하겠어. 하지만 너희들이 없으면 나는 이 미션을 실행할 수 없어. 그런데 너희들과 함께하는 것이 나를 인질로 잡아두겠다는 뜻이라면 내 대답은 노우야."

이건 허세가 아니었다. 타라는 진지하게 생각하고 하는 말이었다. 갇혀 있는 것이 두려워서가 아니라―감옥에 한두 번 갇힌 것도 아닌데, 감옥과 좀 다를 뿐이지 않은가―수동적으로 끌려다니지 않겠다는 의지를 내보이는 것이었다. 성격상 맞지 않았다. 그리고 여제와 황제로부터 심사숙고하는 것 못지않게 실력 행사를 하라고 교육받았다.

이제 할 일은 한 가지밖에 없었다.

"미션을 취소한다." 타라는 단호하게 말했다.

악마의 영혼들은 그야말로 아연실색했다. 영혼들은 가까이 지내다 보니 이제는 타라를 잘 안다고 생각했고, 그들의 제안을 주저 없이 받아들일 거라고 믿고 있었다. 타라가 제안을 거부하리라고는 생각도 못한 일이었다. 하지만 타라는 솔직하고 진지했다. 영혼들은 타라의 머릿속에서 절망적인 상황에 처했지만 운이나 의지력 또는 누군가의 도움으로 수없이 난관을 벗어난 전력이 있었음을 읽을 수 있었다. 무슨 일이든 능동적으로 해결해야 되는 타라는 이런 제안을 절대받아들일 수 없었다.

유령에게 장악되어 아무것도 할 수 없었을 때 타라는 엄청난 충격을 받았다. 영혼들은 그때의 경험으로 타라에게 생긴 트라우마를 과소평가했다. 타라는 무기력해지는 걸 받아들이느니 죽는 쪽을 택할 것이었다.

몇 초 동안 타라는 머릿속에서 성난 말벌 떼가 발악하는 것이 느껴졌다. 약간 불안해진(완전히 돌아버린 악마의 영혼들이 접근하는 것은 모조리 미치게 만들거나 죽이려고 했던 것이 그리 오래전 일이 아니었다) 타라가 벨트를 풀어버리려고 할 때 머릿속에서 소란이 수그러들었다.

'아니, 그럴 필요 없어.' 악마의 영혼들이 말했다. '이해해. 그리고 네 말이 맞아. 우리 모두를 구해주려면 너한테 영혼과 몸, 힘이 있어야 해. 도와줄게. 조건 없이.'

"고마워." 타라는 진지하게 말했다. "모우르무르는 천재 발명가야. 나는 모우르무르가 악마들이 너희들을 회수할 수 없게 만들면서 해방시킬 방법을 찾을 거라고 확신해. 너희들 같은 친구가 있어서 정말 행복하다. 너희들이 없으면 난 아무것도 할 수 없을 테니까. 그래서 정말 고마워."

악마의 영혼들은 타라에게 흡족한 마음을 전했다. 성공할 기회를 날려버릴 위기가 닥쳤을 때 단호히 거절할 수 있다는 것, 그것도 타라의 강점이었다.

하지만 타라는 잠을 잘 이루지 못했다. 친구들의 목숨까지 걸어야 하는 위험한 미션을 앞두고 있어서있지 빠져나갈 구멍이 없는 곳에 갇혀 있는 악몽을 꾸었기 때문이다.

컴폰 시계가 악몽에 시달리는 타라를 깨웠다. 타라는 마지못해 일어나서 평범한 밤색으로 머리를 물들인 다음 아직 잠이 덜 깬 상태로 샤워를 했다. 욕실에서 공기의 원소는 타라의 지시에 따라 머리를 말려주는 것만으로 만족했다. 타라는 지구에서 수입한 콘택트렌즈를 끼고 쪽빛 눈을 감췄다.

타라는 준비해놓은 옷을 꺼냈다. 악마들이 입는 옷을 관찰한 결과 공직자들은 아주 세련된 정장을 차려입고, 하층 계급의 외계인들은 인간들처럼 실용적인 옷을 즐겨 입었다.

단정한 차림에 하이힐을 신으면 전사로 보이지 않을 것이었다.

그래서 타라는 밤색 바지에 부츠, 가장자리에 크림색 수를 놓은 티셔츠, 후드 재킷을 입었다. 타라가 친구들을 위해 준비한 옷들도 거의 비슷했다. 눈에 띄지 않는 옷으로 선택했다.

타라는 하품을 하면서 주방으로 향했다. 파프니르와 실버가 이미 와서 자기들이 먹을 것을 준비하고 있었다.

타라와 마찬가지로 파프니르도 빨간 머리를 연하게 했지만 붉은빛이 도는 밤색이었다. 드란보우글리스펜쉬르로 떠날 실버는 달라진 것이 전혀 없었고, 마치 영원히 헤어지기라도 하듯 파프니르를 쳐다보고 있었다.

둘을 떼어놓는 것이 가슴 아픈 타라는 아주 좋아하는 산파(지구에서 수입한 향신료용 식물)를 곁들인 스크램블 에그 앞에 앉았다. 타라는 차를 따르고 레몬과 설탕을 넣었고, 치즈 한 조각과 따뜻한 빵에 짭짤한 발분 버터를 발랐다. 아침에는 달콤한 것보다는 짭짤한 게 훨씬 입맛을 당겼다. 이따금 크루아상도 즐겨 먹었다.

다른 친구들도 잠이 덜 깬 얼굴로 하나둘 나타났다. 각자 기호에 따라 커피/차/코코아까지 마셨고, 모든 준비가 끝났다. 아직 동이 트지 않았지만 새벽이 멀지 않은 게 느껴졌다. 공원 쪽으로 난 대형 창문들이 차츰 밝아오고 있었다.

그들은 양치를 하고 나서 살아있는 돌을 제외하고, 아더월드의 마법이 없는지 확인하기 위해 가져가는 다양한 무기들을 다시 한 번 살폈다. 타라와 마찬가지로 친구들도 살아있는 돌이 패밀리어들(악마 세계의 고양이라 아무 문제가 되지 않는 벨제부트를 제외하고)과 함께 남지 않는 것이 약간 불안했지만, 한편으로는 만약 발각될 경우 타라가 마법을 사용해서 위기를 벗어날 수 있을 거란 생각에 안심이 되기도 했다.

　마지막 점검을 하고 있을 때 갑자기 타라의 컴콘솔(커뮤니케이션 콘솔)이 켜졌다. 금빛과 은빛, 주홍빛의 가벼운 갑옷 차림을 한 여제가 그들이 있는 거실에 나타났다. 여제가 몹시 걱정스러운 표정이라 타라는 가슴이 철렁했다. 또 무슨 일이 생겼나?

　"너희들이 출발하기 전에 인사하려고." 리스베스 여제가 말문을 열었다. "근데 나쁜 소식을 알려야겠다."

　리스베스는 쪽빛 눈으로 타라를 응시하면서 말했다.

　"간밤에 집에 도착한 안젤리카가 아버지의 감시를 피해 사라졌다는구나. 누군가가 안젤리카를 도와준 게 틀림없어. 그 아이 혼자서는 아버지의 경호원들을 제압할 수 없으니까. 같이 간 가브리엘과 공모했겠지. 가브리엘은 전혀 모르는 일이라고 딱 잡아떼고 있지만."

　여제는 잠시 말을 중단했다.

　"유령들이 습격했을 때 유령퇴치 기계를 작동했던 건 우리가 아냐. 안젤리카가 자기 아버지를 위해 타라를 배신하고 기계를 빼앗아갔어. 그 뒤로 기계는 그 부녀에게만 문을 열어주기 때문에 그 누구도 침범할 수 없는 엥카드나수스 안에 보관되어 있었지."

안젤리카에 대한 소식을 전날 들어서 아는 칼을 제외하고 다른 친구들은 경악했다. 유령퇴치 기계? 하지만 악마들이 왜 유령퇴치 기계가 필요하지?

리스베스 여제는 타라의 작전을 설명했다. 타라의 친구들은 유령들이 그들을 도와주기 위해 악마들의 몸을 장악할 준비가 되어 있지만, 유령퇴치 기계가 악마들의 손아귀에 들어가면 상황이 복잡해진다는 걸 알았다. 그리고 악마들의 작전을 알아내는 것이 얼마나 긴급한지 깨달았다. 미션이 갑자기 아주 결정적인 역할을 하게 되는 중요한 일이 되었다.

"안젤리카는 뭐라고 했습니까?" 로빈이 물었다. "취조해야 합니다. 악마들과 달리 안젤리카는 진실의 입들을 속이지 못할 겁니다."

"안젤리카와 기계는 사라졌어. 가브리엘도 함께. 가브리엘이 우리의 감시를 아주 쉽게 따돌린 걸 보면 강력한 공범들이 연루되어 있다고 봐야지. 우리는 아르칸즈에게 항의 메시지를 보냈고, 아르칸즈는 자신의 형에 대해 섣불리 말할 수 없다면서 조사하겠다는 답을 보내왔다."

조사를 해? 두고 보면 알겠지.

"그런데 이건 단순한 문제가 아니다." 리스베스가 덧붙였다. "타라, 유령들에 대해서는 너와 나만 알고 있는 비밀이야. 나는 메시지를 전달할 사람으로 죽음을 앞둔 마구스를 선택했어. 그 마구스가 입이 아주 무겁다는 걸 내가 잘 알아."

리스베스와 타라는 서로를 쳐다봤다.

"이건 우리의 보안에 구멍이 뚫렸다는 의미예요." 타라는 결론지었다.

"바로 그거야." 리스베스 여제는 씁쓸하게 말했다. "지금 어떻게 된 건지 알기 위해 내 집무실을 샅샅이 수색하고 있어. 하지만 악마들이 이런 극비 정보까지 입수했다는 것은 우리의 방어 체계에 대해 많은 걸 알고 있다는 뜻이야. 따라서 빨리 모든 걸 바꿔야겠다."

보안 시스템에 문제가 생겼다면 아더월드의 우주선들은 물론이고 군대의 방어 시스템까지 바꿔야 하는데 보통 일이 아니었다. 하지만 선택의 여지가 없었다. 설사 악마들이 그런 정보들을 갖고 있지 않더라도 지금으로서는 알고 있다고 여기고 대처해야 했다.

슬루르크!

"행운을 빌겠다." 리스베스 여제가 말했다. "무슨 일인지 알아내는 즉시 한 명도 빠짐없이 무사히 돌아와야 한다. 아더월드는 너희들이 필요해!"

리스베스 여제는 타라 일행을 차례로 쳐다보고 나서 그들이 인사하는 사이 통신을 끊었다.

"상황이 급박해졌다고 우리의 작전이 달라지는 것도 아니잖아." 칼이 불안으로 무거운 분위기를 바꾸기 위해 경쾌하게 말했다. "자이언트 붉은 개미족을 만나러 가는 건 변함없으니까."

그러고는 칼이 오만상을 찌푸리는 것으로 타라를 웃게 했다. 마비라도 된 것처럼 옴짝달싹도 않던 친구들이 서둘러서 최종 준비를 마쳤다.

무아노는 언어학의 전문가답게 악마들의 언어를 가르쳐주었고, 여제가 타라에게 걸어준 주문 덕분에 그들은 마법을 사용하지 않고 악마의 언어를 할 수 있었다. 그들이 수년 전부터 축적해놓은 다른 언어들과 마찬가지로.

마침내 모든 준비가 끝났다. 파프니르만 제외하고 그들은 패밀리어들과 작별 인사를 했다. 키가 커지면서 이제는 훨씬 편안해진 파프니르의 근육질 어깨에 올라앉은 장밋빛 고양이는 의기양양한 모습이었다. 타라 일행은 영혼의 동반자와 헤어지는 것에 격분한, 로빈의 히드라가 내지르는 소리를 뒤로하고 나갔다. 무아노의 표범 쉬바, 칼의 여우 블롱딘은 훨씬 의젓하지만 불안에 떨면서 영혼의 동반자가 떠나는 모습을 쳐다봤다. 갈랑은 여제에게 가야 하기 때문에 타라를 따라 나갔다.

타라 일행이 공원으로 나가자 호위대가 차려 자세를 취했다. 하지만 타라는 따라오지 말하고 명했다. 이윽고 타라가 부탁한 양탄자들이 도착했고, 그들은 올라탔다. 친구들과 마찬가지로 타라도 비밀리에 이동할 때 기사에게 의존하지 않기 위해 양탄자 운전면허증을 따놓았다.

실버는 파프니르를 힘껏 안아준 뒤에 마지못해 떠났다. 다른 패밀리어들은 얌전히 별궁 안에 있는 반면, 갈랑은 타라에게 마지막 응석을 부린 뒤에 지시에 따라 여제의 방으로 날아갔다. 타라에게 무슨 일이 생기면 약속한 대로 알려주기 위해.

검정 양탄자들이 이륙했고, 궁전의 보이지 않는 장벽을 넘어 서서히 붉게 물드는 어둠 속을 날아가는 사이 아더월드의 두 태양이 뜨기 시작했다.

한 시간 후, 타라 일행은 외딴 빈터에 착륙했다. 빈터를 에워싼 데장지르나무**28** * 들의 화려한 꽃들은 마치 보석 같았다. 타라가 몽타뉴크리스토의 삼지창 모양의 검은색 인장이 찍힌 크리스털 판을 흔들었다. 그 순간 갑자기 공기가 물결치듯 일렁거리더니 반짝이는 금빛 금속의 우주선이 모습을 드러냈는데 크로크-르캥처럼 생긴 우주선이었다.

칼은 휘파람을 불었다.

"대박! 속력은 짱이겠다. 내가 장담하는데 여제나 드래곤들의 우주선들로는 이걸 못 쫓아올 거야. 네 친구 트리톤은 이런 걸 어디서 구했대?"

"아무것도 묻지 말라고 했어." 타라는 딱 잘라 말했다. "우주선은 우리를 태우고 내려놓을 뿐이며, 승무원들은 우리를 본 적이 없고, 우리도 그들을 본 적이 없는 것이라면서. 그러니까 칼, 특히 너는 호기심을 접고 여기저기 휘젓고 다니면서 캐내려고 하지 마, 오케이? 아니면 우리는 가차 없이 우주 공간에 내던져질 거야. 그러면 우리가 어떻게 되겠니? 산소가 없어서 우리는 그대로 끝이야."

우주선에 매료된 칼은 인상을 썼지만 반박하지 않았다.

그들의 눈앞에 금빛 트랩 같은 것이 펼쳐졌다. 타라는 양탄자에 장착된 자동 방향전환 버튼을 눌렀다. 그들이 방금 내린 위치를 아무도 모르게 전파 방해를 해놓고 양탄자들이 스스로 돌아가게 한 것

••••••••••••

28. 데장지르나무는 각양각색의 꽃들로 덮여 있다. 마치 나무가 어느 계절을 선택할지, 어떤 꽃을 선택할지 결정을 내리지 못한 것처럼 날씨가 좋을 때나 나쁠 때나 더울 때나 추울 때나 1년 내내 꽃이 피어 있다. 어느 궁인이 너무 많은 보석을 주렁주렁 걸거나 온갖 장신구로 치장하고 있으면 '데장지르 같다'고 한다.

이었다.

이어서 타라 일행은 가슴을 졸이며 우주선을 향해 전진했다.

혀 모양의 금속이 에스컬레이터로 만들어지더니 그들을 우주선의 화물창 안으로 데려갔다. 빨간 꽃문양이 찍힌 박스 안에 포장된 물건들이 잔뜩 쌓여 있었다. 칼이 눈을 반짝이면서 좀 지나친 관심을 보이자 타라는 팔꿈치로 옆구리를 가격했다.

"그만해." 타라가 속삭였다. "너 때문에 짜증 나려고 해. 이 사람들이 뭘 하든 우리가 관여할 일이 아니니 관심 끄라니까, 알았어?"

칼은 옆구리를 만지면서 순순히 말을 들었다.

때마침 우주선 기장이 그들을 만나러 내려왔다.

타라는 그 순간 기장이 왜 크레디트-무트 금화를 자신의 몸무게로 요구했는지 알았다.

기장은 근육질의 거인으로 회색 얼룩무늬 작업복 차림인데 〈캐리비안의 해적〉에 등장하는 해적처럼 시커먼 염소수염을 기르고 있었다. 검정 가죽끈으로 묶은 숱진 머리. 태양 빛보다는 네온 불빛을 받으며 생활하는 사람의 하얀 얼굴이었다.

기장은 거구의 몸집치고는 근육이 울퉁불퉁한 커다란 고양이처럼 가볍게 움직였다. 기장이 당당한 체구의 파프니르 앞에 잠시 멈춰 서서 탐욕스러운 낯짝으로 쳐다보자, 난쟁이의 얼굴이 빨개졌다. 대부분의 사람들이 난쟁이 앞에서는 호기심보다는 불안해하는 모습을 보였기 때문이다.

"안녕, 탑승객들." 기장은 타라 일행을 쓱 훑어본 뒤에 경쾌한 어조로 말했다. "내 이름은 아무개다."

이런, 기장이 오디세우스(라틴명 율리시스)**29** 흉내를 내고 있었다. 이 행성에서 호메로스의 교훈을 접하게 될 줄이야. 호메로스가 일깨워주려고 했던 것들을 이렇게 쉽게 이해하게 해주다니…….

타라가 가명으로 소개하려고 입을 열려는 순간 해적 기장이 말을 잘랐다.

"나에게 가명을 말할 필요는 없다. 내가 너희들에게 새 이름을 지어줄 거니까. 거기 너, 도끼를 가진 빨간 머리(타라는 파프니르 앞에서 어찌나 침을 흘리는지 턱받이가 필요한지 물어볼 뻔했다), 네 이름은 레드. 그리고 그 옆에 있는 여자 친구는 눈이 금빛이니까…… 네 이름은 골드. 금발 소년, 네 이름은 블론드, 그리고 우리의 화물에 지나치게 관심이 많은 검은색 머리, 네 이름은 블랙이다."

기장이 타라를 가리켰다.

"밤색 머리 예쁜이, 네 이름은 브라운, 엘프 이름은 실버. 오케이. 몇 가지 규칙이 있다. 우리는 눈에 띄지 말아야 하기 때문에 이틀 동안 비행할 것이다. 몰래 행성을 떠나서 구석진 데 있는 소행성 뒤에 숨어서 악마들과 드래곤들, 아더월드의 우주선들과 숨바꼭질을 할 거야. 혹시 다른 우주선이 공격해올 경우, 그럴 가능성도 있으니까

. . . .

29. 호메로스의 『오디세이아』에서 도망치던 오디세우스와 부하들은 공교롭게도 키클롭스와 양들이 있는 동굴로 피신하게 된다. 거인 키클롭스가 이름이 뭐냐고 묻자 오디세우스는 '아무개'라고 대답한다. 거인족이 모두 그렇듯 눈이 하나밖에 없는 키클롭스는 그들을 잡아먹기로 결정하지만, 오디세우스는 덩치 큰 양들의 배 밑에 숨어 있다 거인의 눈을 찌르고 도망친다. 키클롭스의 비명소리를 듣고 달려온 친구들이 누구의 짓이냐고 묻자 키클롭스는 '아무개! 아무개가 나를 이렇게 만들었어!'라고 말한다. 거인들이 계략이라는 것을 깨닫는 사이, 오디세우스는 도망치는 데 성공한다.

너희들은 우주선을 빌려서 우주를 여행하는 중이고, 나는 너희들의 하인이라고 말하면 된다."

"근데 이 화물들로 뭐할 겁니까?" 호기심을 감출 수 없는 칼이 물었다. "여행하는 사람들은 사프란이 수 톤씩이나 필요 없거든요. 내 기억이 맞는다면 에프리트들이 돈으로 사용하는 게 사프란 아닌가요? 공격받을 경우 어떡하실 건데요? 기장님이 따돌릴 건가요?"

기장의 표정이 굳어졌다.

"우리가 화물을 갖고 뭘하든 너하고는 아무 관련 없으니까 관심 꺼, 알았니?"

타라가 째려보자 칼은 한숨을 내쉬면서 고개를 숙였다.

그 순간 기장이 믿기지 않는 이상한 말을 했다.

"너희들의 친구 핑크는 이미 도착했으니까 엔진 가동이 끝나는 즉시 출발할 거다."

"우, 우리의 친구 피, 핑크요?" 무아노는 말을 더듬었다. 무아노는 타라의 새 이름으로 말했다. "브라운, 우리랑 같이 가는 사람이 또 있어?"

"아니!" 타라는 전혀 모르겠다는 얼굴로 대답했다. "이건 또 무슨 일⋯⋯."

그때 잘 아는 목소리가 말했다.

"와, 진짜 재밌겠다. 함께 모험하는 거 나 정말 해보고 싶었는데!"

타라 일행의 태도를 보고 뭔가 잘못되었음을 알아차린 기장 뒤에서 금빛과 핑크빛의 아름다운 실루엣이 나타났다.

여성 악마. 대표단과 함께 와 있는 아르칸즈의 누이 중 한 명인 산헥시아였다.

　얼굴이 발그레해진 산헥시아가 다섯 살배기 아이처럼 들뜬 표정으로 손뼉을 쳤다.

21

악마 공주 산헥시아

살충제 스프레이를 가져오지 않은 걸
이제야 후회한들 무슨 소용 있을까

*

타라는 어깨에 힘이 쭉 빠졌다.

그들의 작전에 아주 시커먼 먹구름이 끼었다.

파괴 광선을 발사하는 매직레이저 — 타라가 아는 바에 따르면 오무아에서 생산되는 무기 — 가 기장의 손에 나타났다.

기장은 타라 일행에게 겨눠야 할지, 아름다운 산헥시아에게 겨눠야 할지 잠시 갈피를 못 잡는 것 같았다. 기장이 마침내 산헥시아를 겨눴다. 어쨌거나 결제하는 고객은 타라였기 때문이다. 아무튼 현재까지는.

"어떻게 된 일인지 설명해!" 기장이 소리쳤다. "명쾌한 설명을 하든가, 아니면 모두 하선시키겠다. 당장 다 죽여도 그만이지만 몽타뉴 크리스토를 봐서⋯⋯ 일단 살려주는 것이다."

산헥시아는 입술을 삐죽거렸다.

"이런, 미남 기장님, 그렇게 흥분할 필요 없어요! 타라와 귀여운 친구들은 내가 오는 걸 몰랐어요. 내가 깜짝 놀라게 해주고 싶었거든요."

"우리를 하선시켜도 됩니다." 타라는 단호한 어조로 기장에게 말했다. "미션을 취소할 거니까."

"아! 그러면 안 되지." 산헥시아가 핑크빛 원피스를 휘날리며 급히 내려왔다. "그럴 필요 없어. 나는 너희들을 도와주러 온 거니까."

칼은 산헥시아를 노려봤다.

"우리를 도와주러 와요?" 칼이 비아냥거렸다. "악마가 뭐 때문에 악마들의 작전을 막으러 가는 우리를 도와주죠?"

잠시 타라 일행을 살피던 산헥시아는 생글거리던 미소가 싹 사라지고 표정이 굳어졌다.

"나는 악마가 아니기 때문이지. 아, 물론 완전히는 아니지만."

그들은 무슨 말인지 이해하지 못했다.

산헥시아가 갑자기 몸에 바짝 붙는 바람에 칼이 어찌나 놀랐는지 뒷걸음칠 생각도 하지 못했다.

"구구." 악마가 비둘기 소리를 내면서 달콤하게 속삭였다. "네가 금발에 약하잖아. 그래서 궁리 끝에 어떤 여자의 몸을 장악했거든. 여친한테 키스도 안 해줘, 내 사랑?"

악마는 칼을 끌어안으려고 두 팔을 벌렸다. 칼은 단호한 얼굴로 재빨리 두 팔을 붙잡고 꼼짝 못하게 제압했다. 그 순간 칼은 알아차렸다.

"엘레아노라?"

산헥시아는 깔깔대고 웃으면서 악마의 힘을 이용하여 칼에게서 벗어났다. 그러고는 놀리듯 허리를 숙이고 대답했다.

"그래, 나야. 이번에는 유령의 몸이 아냐."

그 순간 칼은 타라의 시선과 마주쳤다. 칼의 찌푸린 눈이 깊이를 잴 수 없는 똥밭에 빠져 있다고 말하고 있었다.

타라는 기장을 향해 돌아서면서 충격 때문에 경련까지 일어나는 근육을 풀면서 말했다.

"아, 우리의 일원이 맞네요. 위험한 일은 없을…… 아니 없을 테니까 걱정하지 마세요. 그런데 기장님, 우리끼리 얘기를 좀 해야겠는데요. 엔진이 가동되는 동안 우리가 조용히 얘기할 수 있는 곳을 알려 주시겠어요? 그다음 우리의 친구 핑크를 하선시킬지, 같이 갈지 말씀드릴게요."

칼은 유령의 본명을 말했지 산헥시아라고 하지 않았지만, 타라는 기장이 악마라는 걸 알고 있다는 느낌이 들었다. 하긴 악마 대표단이 뉴스에 여러 번 나왔는데 기장이 산헥시아를 알아봤을 것이 틀림없었다. 그래서 칼이 왜 핑크의 진짜 이름을 말하지 않았는지 의문을 갖는 것 같았다.

"나는 이런 걸 아주 좋아하지 않는다. 또다시 조금이라도 시끄러운 일이 발생하면 즉시 전원 하선시키고 선불금은 반환하지 않는다."

성미가 까다로운 기장은 더 이상 파프니르에게 눈길도 주지 않고 회의실을 가리켰다. 의자들과 금속 탁자가 바닥에 고정되어 있고 대형 크리스털 전광판이 있는 방이었다. 타라 일행은 핑크 원피스 차림

392

의 산헥시아 주위에 앉았다. 기장은 괜히 받아들였다고 구시렁거리면서 멀어져 갔다.

계속 생각에 잠겨 있던 로빈이 웃음을 터뜨리면서 포문을 열었다.

"엘레아노라? 악마들이 공격할 경우 우리를 도와주러 온다는 유령들과 네가 무슨 상관이 있는데? 아무튼 악마들의 몸을 장악한다는 작전은 아주 훌륭해!"

산헥시아는 다시 허리를 굽혔는데 조롱하는 기색이 역력했다.

"당연히 훌륭한 작전이지. 그리고 나는 엘세스 전 여제의 메신저야."

로빈이 환한 미소를 지었는데 흡사 옆집 카나리아를 와작와작 씹어 먹는 고양이 같았다.

"너를 다시 만나다니 정말 반갑다. 네 죽음으로 우리 모두 엄청난 충격을 받았어. 우리들에게로 돌아와서 기뻐. 칼이 얼마나 그리워했는지 몰라!"

칼리반은 한숨을 내쉬었다. 물론 로빈이 이 기회에 칼과 타라와의 사이를 깨려고 한다는 걸 모르지 않았다. 엘레아노라의 출현으로 타라의 달라진 태도를 보면서 로빈이 그런 생각을 하는 건 어쩌면 당연했다.

헐!

"엘세스께서는 우리가 악마의 몸을 장악할 수 있는지 모르셨어." 엘레아노라가 설명했다. "그래서 나에게 두 가지 미션이 있었지. 산 사람들을 도와서 악마들과 싸우겠다는 엘세스의 메시지를 딸 리스베스에게 전달하는 것. 그리고 우리 유령들이 악마의 몸을 장악할 수 있는지, 아니면 우리가 악마들과 싸워야 하는지 알기 위해 악마의 몸을 장악해보는 것.”

엘레아노라는 자신의 새로운 몸을 가리켰다.

“이 여자는 아주 발악을 했지. 악마들은 힘이 아주 세니까. 하지만 내가 더 강했기 때문에 이겼어. 그런데 기억에 접근하는 것은 불가능해. 그래서 악마들의 몸을 장악해도 무슨 짓을 꾸미고 있는지 그건 알 수가 없어.”

아, 타라가 물어보려던 질문이었는데.

“내가 칼과 타라에게 나를 죽인 범인을 찾게 도와달라고 부탁했을 때 둘은 악마의 행성에 가서 알아야 할 것이 있다면서 거절했어.” 엘레아노라는 인상을 쓰면서 말을 계속했다. “그래서 나는 뭔가 중요한 것을 내놓지 않으면 나를 도와주지 않으리라는 걸 알았지. 나는 보이지 않는 모습으로 너희들 머리 위에 떠 있다가 미션에 대해 자세히 알았고, 여성 악마의 몸을 장악하기 위해 황궁으로 날아갔지. 그 다음 통행증을 소지하기 위해 타라의 것과 똑같은 크리스털 판을 만들어서 곧장 여기로 왔어. 기장은 아주 친절하게 나를 맞아주었지.”

산헥시아는 보조개가 패는 아름다운 미소를 지어 보였다.

“모든 일이 끝났을 때 너희들이 나를 죽인 범인 찾는 걸 도와준다는 조건이라면 나는 기꺼이 참여할 준비가 되어 있어.”

엘레아노라는 과연 영리했다. 진짜 악마가 함께 동행한다면, 더군다나 전 마왕의 딸이자 현 마왕의 누나인 악마 공주라면 미션을 성공할 확률이 아주 커지는 것이었다. 타라는 마지못해서 엘레아노라의 제안을 거절할 수 없다고 인정했다.

"좋아." 타라는 퉁명스럽게 말했다. "우리와 같이 가. 네가 우리의 통행증이 될 텐데."

산혜시아가 어린애처럼 손뼉을 치자 칼은 천장을 쳐다봤다. 칼은 정신적으로 타라에게 엘레아노라를 받아들이지 말라는 메시지를 보내고 싶었지만 정신적 교감 능력이 없기 때문에 타라는 전혀 눈치채지 못했다.

칼은 속으로 한숨을 내쉬었다. 아인슈타인은 같은 1분이라도 상대적 가치가 있다고 했다. 사랑하는 사람과 함께 있으면 1분이 1초처럼 빨리 흐르는 반면, 빨갛게 타는 불 속에 손을 넣으면 1분이 한 시간처럼 길게 느껴지고 영원한 고통에 시달린다. 칼은 전 여친과 현 여친이랑 함께 우주선에 갇혀 있는 이틀, 영원한 불안에 시달릴 걸 생각하면 눈앞이 캄캄했다. 파프니르는 어딘가를 물어뜯고 싶은 불도그 같은 얼굴로 산혜시아를 노려보고 있었다. 타라의 친구들은 엘레아노라를 정말 싫어했다. 칼이 엘레아노라에게 홀딱 반해서 쫓아다닐 때 너무 못되게 굴었기 때문이다. 특히 파프니르는 엘레아노라를 꽤 씸하게 생각했었다. 갑자기 산혜시아가 여기저기 냄새를 맡고 다니는 벨제부트를 가리키면서 말했다.

"파프니르, 네 패밀리어는 문제가 좀 있다. 금빛 눈이잖아. 악마들은 패밀리어들이 금빛 눈이라는 걸 알고 있어. 생명공학으로 태어난 동물들의 눈빛이 장밋빛, 빨간빛, 파란빛, 초록빛, 갈색 같은 건 있어도 금빛은 없어. 너는 대번에 발각될 거야."

"아까는 악마의 기억에 접근할 수 없다며?" 파프니르는 의심의 눈초리로 야무지게 응수했다. "그걸 네가 어떻게 알아?"

"산헥시아가 나한테 감추려고 하는 중요한 정보나 기억에 접근하지는 못해도 반응은 느낄 수 있지. 그것으로 산헥시아의 생각을 대충 알아채는 거지. 근데 산헥시아가 지금 너희들이 고양이 때문에 들통이 나게 될 걸 기뻐하는 게 느껴지거든."

파프니르는 이맛살을 찌푸렸다. 그들은 악마 세계의 장밋빛 고양이를 데려가는 걸 아주 좋은 생각이라고 여겼는데 아니었다.

"알았어. 내가 고양이의 눈 색깔을 바꿔줄게." 타라가 끼어들었다. "악마의 마법을 사용해서 바꾸면 아무도 알아채지 못할 거야."

잠시 후, 고양이의 눈이 털과 같은 장밋빛으로 변했다. 타라의 말을 듣고 있던 악마의 영혼들이 부탁도 하기 전에 마법을 작동한 것이었다. 파프니르는 소스라치게 놀랐다. 다른 사물들과는 달리 갑옷은 일종의 검은 광선을 발사하지 않고 보이지 않는 에너지를 사용한 것이었다. 어떻게 했는지 아무도 볼 수 없게 벨제부트의 눈빛이 변한 것이었다.

고양이는 야옹거리면서 발로 눈을 비비더니 파프니르와 지내면서부터 배운 난쟁이들의 욕설을 머릿속으로 전했다. 파프니르는 뜨끔했다.

그때였다. 갑자기 들리는 휘파람 같은 소리에 그들은 소스라치게 놀랐다. 기장이 엔진을 가동한 것이었다. 타라는 심장이 쿵쿵 뛰기 시작했다. 그들이 방을 나가자 좁은 복도에서 기다리던 기장이 경계하는 표정으로 쳐다봤다.

"그래서 결론은?" 기장이 퉁명스럽게 물었다. "핑크를 내려놓고 갈 거니, 데려갈 거니?"

"같이 가야죠." 타라는 이런 선택을 해야 하는 것이 아주 유감스럽다는 어조로 말했다. "우리에게 큰 도움이 될 거예요."

"오케이." 기장이 시커먼 염소수염을 가다듬으면서 볼멘소리로 말했다. "이제부터는 너희들만의 구역에서 지내야 한다. 공간이 꽤 널찍해서 편안할 거야. 나는 너희들이 조종실 부근이나 엔진 옆에 얼씬거리는 걸 원치 않는다. 너희들이 정해진 구역에서 조용히 지내주길 바란다. 우주선이 파손되거나 공격을 받는 것 같은 돌발 상황이 발생할 경우 너희들이 있는 곳은 독립된 구역이라서 쉽게 분리할 수 있다. 즉시 긴급 신호를 보내면 이내 구조될 것이다. 악마의 행성들이 궤도에 들어온 뒤로 많은 우주선들이 오가고 있으니까 내 생각에 몇 시간이면 구조될 것이다."

"기장님, 공격이요?" 무아노가 걱정스러운 얼굴로 물었다. "누가 왜 공격을 하는데요?"

"어린 계집이 꼬치꼬치 묻기는! 그야 밀수꾼을 추적하는 거지." 해적 기장이 말했다. "그런 일을 당해도 나는 인맥이 없어서 부탁할 사람도 없어. 그러니까 경보 사이렌이 울리면 잔말 말고 너희들의 구역으로 재빨리 들어가라고 알려주는 거야, 알았니? 복종하지 않으면 내가 가차 없이 안으로 처넣을 거니까."

무아노는 생각에 잠긴 얼굴로 기장을 쳐다보다 느닷없이 변신하더니 거인에게 달려들어 목덜미를 움켜잡았다. 거인이지만 랑코비트의 야수보다는 키가 훨씬 작았다. 무시무시한 갈퀴손톱에 목덜미를 붙잡힌 기장은 송곳니들을 드러낸 아가리를 보면서 사색이 되었다.

"나는 어린 계집이 아니다." 야수는 기가 한풀 꺾인 기장을 노려보면서 말했다. "그리고 나는 바보 취급 받는 걸 아주 싫어하지. 이 우주선이 적의 공격을 받았을 때 죽을 게 불 보듯 뻔한데 내가 구석에 처박혀서 가만히 죽치고 있을 것 같아? 우리 구역을 분리시키는 것은 곧 우리 뒤에 숨어서 당신이 도망칠 수 있게 도와주는 것일 뿐이다. 같잖은 술수로 우리를 농락하지 마. 당신 뜻대로 되지 않을 거니까. 산전수전 다 겪으면서 온갖 역경을 돌파해온 우리가 당신만 쳐다보면서 눈물이나 질질 짜고 있을 거라고 생각했다면 큰 오산이다."

무아노는 물러서서 거인을 놓아주었다. 무아노가 짧은 연설을 하는 동안 멱살이 잡혀 숨을 쉬지 못해 얼굴이 빨개진 기장이 벽을 따라 미끄러지듯 주저앉았다. 아직도 정신이 멍한 기장은 갈가리 찢어진 옷을 걸친 야수(무아노는 변신에 적응되어 있는 마법복이 아니라면 소재로 된 평범한 옷차림이라는 걸 깜빡 잊었다)를 쳐다보면서 한마디도 하지 못했다.

자존심을 구긴 기장이 벌떡 일어났지만 정곡을 찔린 것에 당황하는 기색이 역력했다. 무아노가 방금 지적한 것을 생각도 하지 못했던 타라는 새삼 깨달았다. 텔레비전의 시리즈물이나 영화에 등장하는 의협심 강한 사기꾼들은 할리우드 시나리오 작가들의 상상력에서나 존재한다는 것을. 현실 속의 사기꾼들은 그 미천한 목숨을 구할 수만 있다면 그 순간부터 누가 죽거나 말거나 개의치 않는다는 것을.

타라는 뇌 한쪽에 이 교훈을 새겨두었다.

한동안 그들을 뚫어져라 쳐다보던 기장이 무슨 말을 하려다 그만두었다. 그는 좁은 복도의 금속 내장재에 부딪치는 부츠 때문에 딱딱 소리를 내면서 멀어져 갔다.

파브리스는 웃음이 터졌다.

"야, 너 세다! 역시 대단해! 정말 잘했어! 나는 생각도 못했는데."

무아노는 우람한 털북숭이 어깨를 으쓱했다.

"드래곤들과 악마들, 인간들이 벌이는 행성 간 전쟁에 관한 책을 많이 읽었어. 아주 흔하게 쓰는 수법이야. 하지만 분리되는 구역에 산 사람들을 몰아넣는 일은 하지 않아. 더군다나 도주하는 사이에 방패로 삼겠다는 이유로. 기장이 말할 때 나는 무슨 짓을 하려는 건지 대번에 알아차렸어. 성가신 증인들을 없애버리는 것과 동시에 우리 뒤에 숨어서 도주할 수 있으니까 기장에게는 일석이조인 셈이지. 내가 아까도 말했지만 난 우리를 바보 취급 하는 걸 절대 못 참아."

"지금부터 기장은 너를 절대 무시하지 못할걸." 파브리스가 말했다. "근데 말이야, 변신할 때 마법복이 아니라 인간들이 입는 평범한 옷차림이라는 걸 기억했으면 좋았을 텐데. 옷 가방을 가져왔지만 네가 다 찢어발기면 옷이 부족할 거야. 그러니까 '나 이래 봬도 야수로 변하는 여자야. 마음에 안 드는 것들은 너덜너덜하게 만들어줄 테다' 이런 식의 엄포도 좋지만 좀 살살해."

이번에는 무아노가 빵 터졌다. 파브리스가 무아노를 즐겁게 하는 표현을 쓴 것이었다. 파브리스는 늑대인간이기 때문에 야수성이란 개념을 잘 이해하고 있었다.

"기장이 우리에게 악감을 갖는 것도 그리 좋은 건 아냐." 로빈이 크리스털 눈을 찌푸리면서 심각한 얼굴로 말했다. "그런 식으로 공격하기보다는 믿는 척하는 게 나았을 텐데."

무아노는 놀란 얼굴로 로빈을 쳐다봤다.

"그렇게 생각해?" 무아노는 생각에 잠긴 얼굴로 말했다.

로빈은 어깨를 으쓱했다. 인간의 몸짓을 쓰는 것은 어머니 메보라에게서 배운 것이 틀림없었다.

"아더월드에서 나는 배의 선장들과 일해본 경험이 있어. 내가 젊음을 빼앗아 영생하기 위해 배를 나포하는 마법사들을 소탕하러 다닌 거 기억나지? 술책을 눈치챘다고 알리는 건 좋은 생각이 아닌데 지금 그렇게 한 거야. 그러니까 앞으로 너와 파브리스는 야수적 성향을 절제할 필요가 있겠어. 아니면 작은 실수에도 체포될 거야."

무아노는 한숨을 쉬면서 찢어진 옷을 내려다봤다.

"슬루르크. 네 말이 맞다, 로빈. 우리를 비웃는 걸 보고 화가 나서 성질을 못 이겼어. 옷에도 신경을 쓰고 좀 더 깊이 생각할걸."

타라는 엘레아노라의 유령이 들린 산혝시아에게 고개를 돌렸다.

"옷 얘기가 나왔으니까 말인데 필요한 옷은 다 가져왔어?"

"이 여자가 가져가고 싶은 건 옷 가방 하나가 아니라 세미 트레일러였어." 엘레아노라가 산혝시아의 날씬한 몸매를 가리키면서 말했다. "몸은 내가 장악했지만 한두 가지쯤 양보해주지 않으면 아주 심통을 부린다니까. 그래서 공주의 짐 일부(엘레아노라는 꽤 시달렸는지 얼굴을 찌푸리면서 말했다)를 가져왔어. 그거 없이는 떠나지 않겠다고 생난리를 쳤거든. 빌어먹을, 이 여자는 어울리거나 말거나 최신 유행을 좇는 '패션의 희생자' 그 자체야. 지구나 아더월드에서 유행하는 '잇 백'들은 빠삭하게 알고 있어. 아주 데이터베이스라니까."

사실, 타라는 놀라움과 충격 때문에 주의 깊게 보지 않았는데 가장자리에 하얀 꽃무늬가 있는 핑크 원피스는 크리스티앙 디오르, 빨간색

400

밑창의 끈달이 오픈 핑크빛 구두는 크리스티앙 루부탱, 분홍 다이아몬드가 박힌 브레게 시계, 산헥시아는 명품으로 도배를 하고 있었다.

타라는 그 순간 의문이 들었다. 악마들이 지구에서 쇼핑을 했다는 건가? 어떻게? 아니면 자존심도 없이 명품을 베낀 짝퉁인가?

"그럼 네가 공주를 이해시켜야지." 복수심이 강한 파프니르가 이죽거렸다. "개미굴로 들어가는 걸 생각하면 가능한 한 아주 작은 백만 가져가야 한다고. 12센티미터 스틸레토 힐을 신고서 과연 들어갈까 몰라……."

아름다운 산헥시아가 깜짝 놀란 얼굴이 되었다

그러자 엘레아노라가 웃음을 터뜨렸다.

"오, 파프니르, 어쩌냐. 이 여자는 그런 생각 같은 건 하지도 않았는데. 여왕개미 앞에 뭘 입고 갈지 그것만 고민했거든."

파프니르는 혐오하는 표정으로 고개를 돌려버렸다. 교화가 불가능한 경우가 있기 마련인데 불행히도 산헥시아가 그런 여자인 것 같았다.

갑자기 우주선이 약간 흔들렸다. 그들은 우주선 곳곳에 있는 유리창을 통해 밖을 내다봤다. 아래쪽으로 보이는 파란색, 분홍색, 갈색의 아더월드가 엄청난 속도로 멀어지고 있었다. 어느새 성층권에 진입해 있었고, 하늘이 빠르게 시커메졌다. 우주선은 편안했고, 중력을 벗어나기 위한 항력이 느껴지지 않았다.

기름때가 묻은 근육질 몸매가 드러나는 반바지 차림의 체격 좋은 여자 사샤가 타라 일행에게 따라오라는 손짓을 했다. 사샤는 한마디도 하지 않고 선실이 줄지어 있는 곳으로 안내했다. 방에는 아마도

중요한 탑승원들을 위해 마련해놓은 것인지 가죽 띠가 장착된 흰색 간이침대가 있었다.

사샤는 위생 시설을 보여준 다음 아무 말도 하지 않고 가버렸다.

타라는 침대에 벌렁 눕다가 너무 딱딱해서 불평을 늘어놓을 뻔했다. 하지만 잠시 후, 침대에 엉덩이 모양이 만들어지는 걸 보면서 형태를 기억하는 메모리형 라텍스 침대라는 걸 알았다.

친구들도 침대에 누웠고, 간밤에 잠을 제대로 못 잤기 때문에 조금이라도 잠을 보충할 수 있게 된 걸 반기는 눈치였다.

그들은 특별히 할 일도 없기 때문에 낮잠을 자기로 했다. 기장이 조종실 부근에는 얼씬거리지 말라고 강조했기 때문에 그들은 로빈의 지적대로 기장을 자극하고 싶은 마음이 전혀 없었다. 그들은 가방을 내려놓고 침대에 길게 누워서 전략과 몇 가지 술책을 의논하고, 밀수꾼들이 개미족의 크세프로디 행성에서 무슨 일을 하려는 건지 생각하다가 잠이 들었다. 그사이 그냥 습관적으로 조는 것일 뿐 반사 신경이 뛰어난 벨제부트가 보초를 섰다.

비행 첫날은 별일 없이 무사히 지나갔다. 목숨이 위태로운 일을 워낙 많이 겪다 보니 타라는 이제 웬만한 일에는 크게 놀라지도 않았다.

로빈이 엘레아노라에 대한 칼의 사랑을 상기시켰기 때문일까. 칼은 더 이상 타라에게 다가오려고 하지 않았다. 타라는 그래도 좀 이상하다고 생각했다.

"아주 조용하다. 너무 심할 정도로." 타라는 칼에게 말했다.

하긴 타라 옆에 있으면 걸핏하면 무슨 일이 터져서 날벼락을 맞는 게 정상이니까…… 이 말에 칼은 웃음이 나왔다. 공동 침실의 간이 침대가 가깝다는 이유로 타라에게 다가갈 수는 없었다. 그래서 타라는 선을 넘을 것 같은 느낌이 들 때 칼의 귀에 대고 '엘레아노라' 하고 속삭일 기회가 없었다.

그 욕구불만이 에너지를 생산할 수 있다면 둘은 작은 도시를 환히 밝힐 수도 있을 것이었다.

아직은 아더월드의 마법 영향권 내에 있었다. 타라는 마법의 에너지가 우주 공간으로 멀리 퍼져 타딕스와 마딕스에 닿고 있다는 걸 알고 있었다. 물론 아더월드에서보다는 마법이 약하지만. 우주선이 멀어져 갈수록 타라는 마법이 줄어드는 걸 느꼈다. 하지만 필요할 경우에는 살아있는 돌이 마법을 사용할 수 있게 해줄 것이기 때문에 걱정하지 않았다. 다행히 우주선에서는 마법을 사용할 일이 없었다.

이륙한 지 몇 시간 후, 낮잠을 푹 자고 일어난 타라 일행은 샤워를 하고 휴게실에 모였다. 옅은 밤색 가죽과 목재로 이뤄진 휴게실은 남성적이지만 근사했다. 그들은 검소하지만 생각보다 그리 나쁘지 않은 저녁을 먹은 뒤 생과일 맛이 나는 음료수를 마셨다. 한 손에 역겨운 냄새가 나는 시커먼 시가를 들고(다행히 환기가 잘되고 있었다), 다른 한 손에는 코냑 한 잔을 든 기장이 사색에 잠긴 사이 우주선은 시커먼 공간을 날아가고 있었다.

기장이 조종하지 않을 때 타라 일행은 약간 불안했다.

모두에게 별명을 지어주면서 자기를 '아무개'라고 소개한 기장(타라는 기장이 인간이라고 짐작하고 있었다. 마법사들과 함께 있으면 어떤 종족인지 알아맞히기가 그리 쉽지 않았다)은 타라 일행이 크세프로디에 가는 이유를 몹시 궁금해하고 있었다. 기장이 재미있는 일화 몇 가지를 꺼내면서 믿기지 않는 모험을 들려주었다. 하지만 타라는 특히 무아노가 야수로 변신한 뒤로 기장이 슬쩍슬쩍 곁눈질을 하는 것으로 보아 정보를 캐내려고 수작을 부리고 있다는 걸 알아챘다.

승객들이 자신의 술책에 말리지 않자 기장은 마침내 단도직입적으로 말했다.

"내 기억으로……." 아직은 아더월드 외곽에 있어서 도청될 수 있기 때문에 기장이 조심스럽게 말했다. "아무튼 조회를 해보면 알겠지만 랑코비트의 야수는 한 사람밖에 없어."

기장은 무아노가 랑코비트의 방계 공주 글로리아 다아빌이라는 걸 확신하지 못했지만 궁금해서 미칠 지경인 것 같았다. 무아노는 금빛이 도는 초록빛 눈으로 기장을 빤히 쳐다볼 뿐 대답하지 않았다. 아무튼 기장이 무아노에게 직접 질문을 한 것도 아니었다.

"발 드레구스 가문의 상속자와 사귀다 지금은 전 남친 늑대인간과 다시 잘되고 있다고 들었다." 기장이 파브리스를 노려보면서 말을 계속했다.

파브리스는 기장에게 늑대의 미소를 보냈다.

"오무아의 후계자, 금발에 쪽빛 눈의 소녀에게 지구인 절친이 있다는 얘기도 들었지." 기장은 재미있다는 얼굴로 타라의 밤색 머리를 쳐다봤다.

기장은 테두리를 흰 실로 박음질한 옅은 밤색 가죽을 씌운 탁자에 호박빛 술잔을 내려놓고는 근육질 허벅지에 팔뚝을 올려놨다.

"변장한 오무아의 후계자가 내 우주선을 타고서 왜 고객들이 주로 가는 주요 행성이 아닌, 다른 악마의 행성으로 비밀 여행을 가는지 정말 궁금해."

타라는 기장이 그들의 정체를 다 알고 있을 거라고 짐작했다. 하지만 처음 대면할 때 서로의 일에 대해 관심을 갖지 말라고 당부하던 사람이 왜 돌연 태도를 바꿨는지 의문이 들었다. 타라가 기장에게 자기 일이나 열심히 하라고 대답하려는 순간 날카로운 소리에 모두가 소스라치게 놀랐다.

기장이 욕설을 내뱉으면서 일어나는 사이, 근육질의 체격 좋은 사샤의 이미지가 그들의 눈앞에 나타났는데 겁에 질린 표정이었다.

"공격인가?" 기장이 빨리 대응하기 위해 직설적으로 물었다.

"정확히는 모르겠습니다." 사샤가 대답했다. "공격은 맞는데 우리를 공격하는 건 아닌 것 같습니다."

기장이 대답하려 할 때 사샤의 이미지가 사라지고 지구의 이미지가 나타났다. 타라는 대번에 알아봤다.

타라는 어찌나 놀랐는지 심장이 멎을 뻔했다. 50대의 대형 우주선들이 금속 독수리 떼처럼 파란 행성을 에워싸고 있었다.

"악마의 우주선들입니다." 사샤가 말했다. "우리는 이미 아더월드에서 멀리 떨어져 있기 때문에 눈앞에 보이는 이미지는 몇 초가 지난 뒤의 일입니다. 파란 행성 주위나 달 주위를 도는 궤도에서 스쿠프들을 통해 직접 전송되는 것입니다."

타라는 파브리스와 공포에 질린 눈길을 주고받았다.

악마들이 지구를 포위하고 있었다.

죽음의 광선

모든 이들과 등지거나 말거나
선혀 개의치 않으려면 어떻게 해야 할까

*

드래곤들은 신중하지 못했다. 악마들이 지구보다 훨씬 위험한 아더월드를 먼저 공격할 거라고 생각했다. 그래서 용감하게도 10대의 우주선을 배치하고 악마의 우주선들을 상대로 전투에 돌입했다.

드래곤들은 운이 좋지 않았다. 지구 주위에 주둔한 적군 우주선이 50대에 이르는 걸 감안하면 그중 절반만 달려들어도 거의 2대 1의 싸움이나 다름없었다.

드래곤들은 적군 우주선들에서 지구를 향해 쏟아지는 광선을 보면서 경악했다. 영화 〈인디펜던스 데이〉에 나오는 파란 광선과 달리 검은 광선이고 폭발하지 않았다. 특별한 일은 일어나지 않았다. 몇 초 후 검은 광선이 흰빛으로 변하는 것을 제외하고는.

검은 광선이 쏟아지는 장면이 지구의 카메라들에 찍히기 시작했고, 흥분한 기자들은 우주선들이 포착되었으며 우주 전쟁이 일어나고 있다고 보도했다.

그리고 기자들은 끔찍한 영상을 공개했다. 도처에서 광선을 맞은 인간들이 파리 떼처럼 쓰러지고 있었다. 모두 길거리에 있던 사람들이었다. 광선이 돌이나 자동차를 뚫고 들어가지 않았기 때문이다.

"할머니!" 타라가 외쳤다. "마니투, 자르! 베티, 살루…… 맙소사! 악마들이 지구를 공격하고 있어! 기장님! 돌아가야 합니다. 나는 지구로 가야 돼요, 지금 당장!"

기장이 뭐라고 대답하려는 순간 갑자기 대기권 여기저기서 로켓들이 날아다녔다. 로켓이 도착하려면 몇 분이 걸리기 마련인데 로켓들이 엄청나게 빠른 속도로 적군 우주선들을 향해 날아갔다. 아마도 드래곤들이 발사한 로켓은 지구의 로켓을 한층 발전시킨 것이 분명했다.

하지만 적군 우주선들은 가만히 기다리고 있지 않았다. 적군 우주선들은 공격을 피해 쉽게 달아나는 반면 로켓은 무거워서 이동시키는 것이 쉽지 않았다. 첫 번째 발사된 로켓들은 결국 연료 부족으로 멈췄다가 우주 속으로 소멸되었다. 결과적으로 첫 번째 로켓 공격은 적군 우주선을 한 대도 격추시키지 못했다. 하지만 적군 우주선들이 로켓을 피하기 위해 죽음의 광선을 중단해야 했기 때문에 그나마 다행이었다.

그런데 두 번째 로켓 공격이 곧바로 이어지지 않는 것에 타라 일행은 초조했다. 마치 드래곤들이 지구인들에게 무슨 일이 일어나든 나설 필요가 있는지 망설이는 것처럼 잠시 주춤하더니 다행히 드래곤 우주선들이 다시 대형을 갖추고 적군 우주선들을 추격하기 시작했다.

타라는 돌아가야 한다고 다시 한 번 외쳤다. 기장은 거부하지 않았다. 지구의 미래를 걱정해서가 아니라 이 공격이 이것으로 끝이 아님을 알아차렸기 때문이다.

그때였다. 갑자기 엄청난 마법의 힘이 대기권을 통과했는데 놀랍게도 우주선들에서 오는 게 아니라 지구에서 발사된 것이었다. 타라는 마법의 힘이 오는 방향을 보면서 전율이 일었다. 하마터면 목숨을 잃을 뻔했던 곳, 스톤헨지에서 오는 것이었다.

"제레미!" 대번에 알아차린 타라가 외쳤다. "제레미의 공격! 그래, 힘내, 제레미!"

마치 제레미가 타라의 말을 들은 것처럼 마법의 광선이 우주선 중 하나를 후려쳤다. 악마의 우주선이 흔들렸다. 악마 우주선은 죽음의 광선을 끄고 엔진을 작동해서 멀리 달아났지만 얼마 못 가서 심하게 요동치더니 갑자기 호두 터지듯 폭발하면서 우주 공간으로 생명체와 열기를 토해냈다. 타라 일행과 기장은 동시에 환호성을 질렀다. 움직이던 불덩어리 광선이 덮치면서 또 다른 우주선이 폭발했다. 경험상 얼마나 힘든지 아는 타라는 제레미가 잠시 쉴 수 있기를 바랐다.

이어서 또 한 대의 악마 우주선이 격추되었는데 이번에는 드래곤 우주선의 공격을 받은 것이었다. 하지만 드래곤들도 우주선을 연달아 잃었다. 폭발하는 우주선에서 나온 시신들이 우주 공간에 둥둥 떠다녔다.

이번에는 무거운 침묵이 흘렀다. 타라 일행은 동맹군 우주선들이 적군의 공격을 받고 하나둘 사라지는 걸 보면서 목이 메었다.

제레미는 스톤헨지에서 다시 마법의 광선을 발사했다. 하지만 적군 우주선들은 두 번 당하지는 않았다. 악마들은 경계하면서 마법의 광선을 피하기 위해 빠르게 대응했다. 그러자 드래곤들은 제레미의 에너지를 다 소모할 필요가 없다는 걸 깨달았고, 제레미는 결국 공격을 멈췄다.

"빌어먹을!" 타라는 중얼거렸다. "우리가 선제공격을 했어야 했는데. 드래곤들의 생각이 옳았어!"

아비규환 상태에 빠진 지구를 생각하면서 가슴이 아픈 타라는 눈을 감았고, 눈물이 주르륵 흘러내렸다. 하지만 이런 상황이 벌어질 걸 어떻게 예측이나 할 수 있었을까? 아르칸즈가 분명히 화해하려는 의지를 보였는데! 타라는 지구에 있는 가족이 무사하길 빌었다.

잠시 후 타라는 눈을 떴다. 가슴속에서 분노가 치밀었다. 지금까지 타라는 아르칸즈에게 농락당한 것이었다.

타라는 곰곰이 생각하면서 속으로 말했다. '이대로 당할 수는 없지. 하지만 지구로 가는 건 시간이 너무 많이 걸려서 아무도 구해줄 수 없어. 좋아, 두뇌 게임을 하자. 그리 멀리 있지도 않은데.'

"계획을 바꾸자." 타라는 비장한 목소리로 말했다. "이제는 붉은 개미족의 행성으로 가는 것이 아무 의미가 없어. 악마들의 작전이 우리를 파멸시키려는 것임이 드러났는데."

"나는 어떡하면 좋겠니?" 기장이 몹시 불안해하면서 물었다.

"악마들의 행성 위쪽 궤도로 진입하세요." 분노에 사로잡힌 타라가 차가운 목소리로 대답했다. "마왕의 궁전이 있는 수도와 수직이

되는 위치를 말하는 거예요(타라가 뚝뚝 소리가 나게 손가락 마디를 꺾자 악마의 영혼들이 원수들을 공격한다는 생각에 겁이 나는지 울부짖었다). 악마들이 행성 주위에 쳐놓은 방벽을 뚫고 들어가는 것이 불가능하겠지만 나는 한 번 해봐야겠어. 마법사들을 잘못 건드렸다는 걸 아르칸즈에게 똑똑히 보여주겠어."

"와우, 신난다!" 파프니르가 벌떡 일어나면서 고함을 질렀다. "그래 싸우는 거야, 지금도 늦지 않았어!"

밀수꾼 기장은 입을 멍하니 벌린 채 도끼를 휘두르는 빨간 머리를 쳐다봤다.

그러나 기장은 침착하게 말했다.

"내가 잘 이해했는지 모르겠는데 주요 행성의 수도 위로 우주선을 이동시키고 공격하겠다는 거니? 너와 친구들과 나, 이 소수 인원으로 악마들이 우글거리고, 방탄 우주선 수천 대가 지키고 있을 행성을 상대로 싸우겠다는 거야?"

"네!" 타라는 차분하게 대답했다.

"정확해요!" 파프니르가 들뜬 목소리로 외쳤다.

"아, 내가 제대로 이해한 거로군." 기장은 미소를 지었다. "그럼 나는 빠지겠다."

파프니르는 도끼 두 개를 떨어뜨리면서 눈살을 찌푸렸다.

"보상할게요." 타라가 응수했다.

"내가 죽으면 그만인데 이 세상의 크레디트-무트 금화를 다 가진들 무슨 소용 있겠니?" 기장은 비아냥거렸다. "그리고 악마들의 행성 근처에 이른 지 몇 초도 안 돼서 우리 모두 죽을 거야. 이제는 악마들이 노골적으로 적개심을 드러내고 있는 상황인데."

타라가 대꾸하기 전에 기장이 손을 들어서 막았다.

"잠깐. 그렇다고 내가 전혀 돕지 않겠다는 말은 아니다. 약속대로 크세프로디 행성으로 데려가겠다. 크세프로디는 다른 행성들처럼 경비가 삼엄하지 않은 것으로 보아 악마들이 신경 쓰지 않는 것 같아. 하지만 다른 행성들 사이를 오가는 왕복선이 있으니까 그걸 이용할 수 있을 거야. 왕복선을 훔쳐서 위장을 잘하면 원하는 걸 할 수 있지. 왕복선들은 각 행성의 수도 바로 위에 위치한 우주정거장에 있어. 전혀 예상도 못하고 있을 테니 악마들을 쉽게 제압할 수 있을 거다. 그게 훨씬 효과적일 거야. 그리고 너희가 성공하지 못할 경우를 대비해서 나는 얌전히 기다리고 있다가 계약서 규정대로 아더월드로 데려가겠다."

타라는 해적을 고양이 밥으로 만들고 싶은 충동을 꾹꾹 눌렀다. 그리고 이렇게 화가 나서 감정을 자제하지 못하다가는 성난 미치광이가 될 것 같았다.

타라는 문득 화가 나서 펄펄 뛰는 파프니르의 모습이 떠올라서 속으로 미소를 지었다. 차츰 마음이 진정되었다.

"좋아요, 아주 좋은 생각이에요. 〈스타워즈〉에서처럼 왕복선을 납치하는 것도 하나의 방법이지. 악마들이 그 영화를 보지 않았기를 바라면서……."

기장은 마치 실성한 사람을 보는 듯한 눈으로 타라를 쳐다봤다. 그는 타라가 무슨 말을 하는지 전혀 모르는 게 틀림없었다. 파브리스가 구시렁거렸다.

"타라, 미리 말해두는데 마스크에 시커먼 망토, 빨간 레이저건, 전자음향 합성장치 덕분에 거친 숨소리를 내면서 나타나는 작자가 있으면 난 도망칠 거야, 빛의 속도로."

무아노는 한숨을 쉬면서 천장을 올려다봤다. 파브리스의 강요로 〈스타워즈〉시리즈를 전부 다 봐야 했던 무아노는 타라와 파브리스가 무슨 말을 하는지 유일하게 알아들었다.

"그래도 늙은 선원으로서 충고 한마디 하겠습니다." 성난 무리 속에서 어찌할 바를 모르는 기장이 어색한 미소를 짓더니 이제는 모른 척할 필요가 없다고 생각했는지 타라에게 존칭을 사용했다. "브라운, 지금 화가 나서 제정신이 아니고, 복수심에 불타고 있다는 거 압니다. 좀 전에 외쳤던 이름들이 가족이라는 건 말 안 해도 짐작할 수 있으니까요. 하지만 문제점을 말해줄게요. 오무아 제국의 후계자는 악마들을 상대할 수 있는 가장 강력한 무기이지만 악마들의 행성 위의 궤도에서는 아더월드에서처럼 마법을 사용할 수 없을 겁니다. 아더월드에서 너무 멀리 떨어져 있기 때문이죠. 그리고 왕복선은 무장되어 있지 않습니다. 설사 무장이 되어 있다고 해도 다들 알다시피 악마들은 침투할 수 없는 방패를 가지고 있어요. 아더월드는 마법 행성이니까 당연히 마법을 쓰는 데 지장이 없지요. 하지만 거기서는 달라요. 악마들이 공격해올 때는 에너지가 완전히 충전된 마법으로 방어해야 됩니다."

물론 기장은 타라에게 마법 에너지가 가득 차 있는 데다 마법을 어떻게 강화할지 대책이 서 있다는 걸 알 리 없었다. 지구를 선택하고 무참히 살육하고 있는 비열한 악마들에게 보복하러 가는데 어련히 알아서 할까.

타라는 기장이 왜 그들의 정체를 잘 알고 있으면서도 별명으로 부르길 고집하는지 이유가 궁금했다. 그래서 타라는 똑같이 상대해주었다.

"'아무개' 기장님." 타라는 가짜 이름을 사용했다. "설마 우리가 당신의 일에 관심을 갖길 바라는 건 아니겠죠?"

밀수꾼 기장이 경계의 눈빛을 던지는 것으로 '나 그렇게 멍청하지 않거든' 하는 표시를 했다.

"물론이죠."

"우리도 마찬가지예요. 기장은 목숨을 걸고 싶지 않기 때문에 우리를 예정대로 크세프로디 행성으로 데려가겠다고 했어요. 그래서 말인데 더 빨리 갈 수는 있겠죠?"

문제점을 지적해주었는데도 딱 잘라 강행하겠다는 말에 기장은 잠시 어안이 벙벙해 있다가 마지못해 고개를 끄덕였다.

"밀수꾼에게 시간은 돈입니다. 경로가 확실히…… 거의 확실히 정해졌으니 이제 가급적 빨리 갈 겁니다. 아더월드에서 아주 멀리 떨어져 있고, 다른 우주선들의 사정권에서 벗어나기만 하면 몇 초면 크세프로디 부근에 도달할 겁니다. 그다음 행성에 도착하기까지는 몇 시간이 소요될 겁니다. 착륙해서 내 끄나풀에게 인계하고 왕복선으로 다시 출발하는 데 걸리는 시간, 주요 행성에 도착하는 데 걸리는 시간까지 합해서 최소 이틀을 잡으면 될 겁니다."

타라는 구토가 올라와서 침을 삼켰다. 악마들이 검은 광선으로 무참히 지구인들을 죽이고 있는데 아무것도 할 수 없었다. 친구들은 끔찍한 광경을 본 뒤로 말문이 막혀 있는 반면, 타라는 방법을 찾기 위해 머리를 쥐어짜고 있었다.

밀수꾼 기장은 정찰 비행을 하는 악마 우주선들, 드래곤 우주선들, 오무아 우주선들 속을 뚫고 그들이 가야 할 항로와 체포되지 않기 위해 우회를 하는 등 곡예를 해야 될 경우도 있다고 알려주었다. 불행히도 전속력으로 직진하는 것은 선택의 여지가 없었다. 타라는 끝나가는 전투를 보면서 주먹을 불끈 쥐었다.

지구를 방어하던 마지막 드래곤 우주선들이 악마들에게 격추되었고 부서진 조개껍데기처럼 박살이 났다. 타라는 현재 공포의 도가니에 빠져 있는 지구의 참혹한 모습을 상상도 하고 싶지 않았다.

한편 지구인들은 빗발치는 죽음의 광선이 움직이지 않는 것들을 공격하지 않는다는 걸 재빨리 알아차렸다. 전 세계적으로 비상사태가 선언되었다.

'지구 곳곳이 공격을 받고 있으니 도망치는 것은 아무 소용없습니다. 외출하지 말고 집 안에 가만히 숨어 있으십시오. 우리는 방법을 찾을 겁니다. 침략자들이 지구를 파괴하지 못하게 대응할 것입니다.'

죽음의 광선 공격이 서서히 멈췄다. 타라는 몇 시간이 흐른 것 같았는데 실은 20분 정도였다.

이윽고 1차 공격의 인명 피해 수가 집계되었다. 사상자가 수만 명에 이르는데 자동차, 오토바이, 오픈카를 운전하던 중에 실종되거나 전속력으로 달린 자동차나 트럭에 치여 사망한 지구인들을 제외한 수치였다. 잠깐 사이에 병원은 부상자들로 넘쳤고, 영안실에서는 시신들을 수습하기 위해 직원들을 내보내길 꺼려하고 있었다. 죽음의 광선 공격이 다시 시작되면 너무 위험하기 때문이었다.

잠시 후, 타라는 엘레아노라를 향해 돌아섰다. 유령은 마치 소소한 사적인 싸움 따위는 현재 일어나고 있는 전투에 비하면 아무것도 아니라는 걸 갑자기 깨달은 것처럼 말이 없었다.

이건 전투 정도가 아니라 전쟁이었다. 상상을 초월하는 전대미문의 테러!

"산헥시아의 반응은 어때?" 타라가 물었다.

산헥시아의 아름다운 얼굴이 생각에 잠겨 있었다. 엘레아노라가 놀란 기색으로 말했다.

"이상해. 슬퍼하고 있어. 그리고 뭐지, 이건? 음…… 아주 짜증스러워하고 있는데."

뭐? 정말 이상한 일이었다.

이어서 엘레아노라가 놀라움과 체념이 섞인 소리를 냈다.

"어쩐지 이상하다 했지, 내가! 빌어먹을, 이 여자는 나보다 훨씬 자기중심적이네. 이 여자는 가방, 구두, 보석, 의상 디자이너들이 광선을 맞고 죽었을까 봐 슬퍼하는 거야. 자기한테 필요한 것들은 다치지 않게 악마들이 선별적으로 공격을 했어야 한다는데 정말 이기적인 생각이야."

산헥시아의 어두운 표정을 보면서 타라는 뭔가 이상했다. 그래서 단도직입적으로 물었다.

"무슨 일인지 알아낼 방법이 없는 거 확실해? 계속 화해를 주장하던 악마들이 왜 갑자기 공격했는지 정말 모르겠어?"

"그래, 모른다니까." 타라 못지않게 화가 난 엘레아노라가 내뱉었다. "산헥시아는 내가 아주 깊은 곳에 숨겨둔 기억이나 정보에 접근하지 못하게 봉쇄하고 있어. 어떻게든 뚫고 들어가려고 했지만 이 악마들은 아주 영악해. 심장과 뇌를 마음대로 멈출 수 있는 장치를 이식해놨어. 내가 너무 심하게 밀어붙이면 이 여자는 죽어. 지금은 나를 내쫓고 자기가 다시 장악할 생각을 하고 있으니까 가만히 있는 거야. 그리고 죽고 싶지도 않고. 하지만 내가 뚫고 들어가면 주저치 않고 자살하고 말 거야."

"그래?" 격분해 있는 로빈이 말했다. "그럼 네가 정보를 빼내고 그 몸을 나와서 우리에게 주면 되잖아. 그 여자가 죽는 건 안됐지만 악마잖아. 악마들이 우리에게 무슨 짓을 하고 있는지 못 봤어?"

로빈은 충격을 받은 상태였다. 수차례 전투를 하면서 전쟁을 경험했지만 하늘에서 떨어지는 죽음의 광선을 상대로는 아무것도 할 수 없다는 것에 격분해 있었다.

하지만 엘레아노라는 고개를 흔들었다.

"애석하게도 내가 뚫고 들어가도 표적에 너무 가까이 왔다고 느끼는 즉시 이 여자는 자살할 거야. 그렇게 되면 애써 빌린 이 몸을 잃게 되는 거야. 아무런 소득도 없이. 그리고 나는 이 여자가 별로 아는 것이 없다는 느낌이 들어. 정치에는 관심이 없고, 원하는 것은 그저 지구에 가서 패셔니스타가 되고 싶은 것뿐이야. 전쟁, 정복 같은 것에는 나만큼이나 따분해하는 여자야."

타라는 어깨를 으쓱했다. 그리고 휴게실을 서성거리기 시작했다. 타라는 왔다 갔다 움직여야 집중이 잘되는 습관이 있었다.

"의문점이 너무 많아! 악마들은 죽음의 광선을 발사하다가 갑자기 멈췄어. 이유가 뭘까? 드래곤 원정대가 머지않아 도착할 텐데. 또 한 가지 이상한 건 악마 우주선이 50대 정도인데 내가 알기로 그보다 훨씬 많거든. 50대의 우주선들에 다른 우주선에는 없는 뭔가 특별한 것이 있기 때문일까? 어쩌면 모든 우주선에 죽음의 광선을 장착하지 않았기 때문에 더 이상 우주선을 보내지 않는 걸까? 하지만 그렇다면 왜 우주선들을 보호하기 위한 함대를 급파하지 않는 걸까? 지금 놈들이 노리는 게 뭘까? 왜 아더월드가 아니라 지구를 택했을까? 훨씬 위협적인 아더월드부터 공격하는 게 정석 아닌가?"

엘레아노라는 무기력하게 두 손을 벌렸다.

"모르겠어. 산헥시아는 네 의문 중 어느 것에도 반응이 없어. 뉴욕, 런던, 파리, 밀라노 같은 자기가 좋아하는 패션의 도시에 광선을 투하한 자의 머리통을 박살 내버리겠다고 벼르는 것 말고는."

타라와 친구들은 대답을 들으려고 온갖 수를 다 써봤지만 어떤 정보도 얻지 못했다. 우주 공간으로 접어들수록 그들에게 뉴스가 전달되는 시간이 점점 길어지고 있었다.

하지만 한 가지 사실은 확실했다.

지구가 속수무책으로 패하고 있다는 것.

천천히 우주선이 날아가는 사이, 타라 일행은 전광판에서 뉴스를 계속 지켜봤지만 거의 같은 내용이었다. 악마들은 또다시 지구로 죽음의 광선을 투하하면서 사람들을 죽이고 있었다. 기본적으로 지구의 대도시들을 공격하고 있지만 특정 대상 없이 무차별 공격을 가하고 있어서 대처하기가 힘들었다. 타라는 그나마 가족이 작은 마을에 살고 있어서 광선의 표적이 아니라는 것에 안도할 수밖에 없었다. 공포에 사로잡힌 사람들은 땅속으로 피신했고, 각국 정부는 비상사태 선언에도 불구하고 뾰족한 대책을 세우지 못하고 있었다.

지구 전체가 마비되어 있었다.

한편 드래곤들은 함대 파견을 준비 중이었다. 타라는 후회가 막급했다. 악마들을 공격하겠다는 드래곤들을 막지 말았어야 했는데.

무엇보다 타라는 악마들이 대체 무슨 일을 꾸미는지 전혀 모르고 있어서 답답했다. 악마들은 왜 지구인들을 공격하고 죽이고 있을까? 이제는 인간을 잡아먹을 필요도 없는데. 그리고 지금까지와는 전혀 다른 방식이었다. 드래곤 우주선들도 이미 전투태세에 돌입해 있고, 함대 동원은 그리 오래 걸리지 않았다. 하지만 드란보우글리스펜쉬르 행성에서 아주 멀리 떨어진 지구에 이르기까지는 거의 일주일이 걸렸다. 가속과 감속을 반복해야 하는 거리였다.

그래서 악마들은 희희낙락하고 있었다.

건물 안에 숨어 있는 것이 낫다는 걸 확인한 사람들은 외출을 삼가게 되었다. 그러자 죽음의 광선이 달라졌다.

죽음의 광선들이 이번에는 벽과 금속을 거침없이 뚫고 들어갔다.

검은 광선들의 무차별 살육에 매직갱은 경악했다. 마치 지구를 양식으로 삼은 듯 갑자기 흰색으로 변하는 광선을 보면서 타라와 악마의 영혼들은 악마들이 무슨 짓을 하는지 알아차렸다.

"사람들의 영혼을 빨아들이고 있어!" 타라가 외치는 소리에 모두 소스라치게 놀랐고, 끔찍한 광경에 굳어버린 무아노는 눈물을 흘렸다. "악마들은 사람들을 죽이는 게 아냐. 아니, 정확하게 말하면 죽이는 거지만 악마의 영혼들에게 한 짓처럼 지금 지구인들의 영혼을 가두고 있는 거야! 악마의 영혼들이 금방 깨닫지 못한 것은 내 감정이 전해져서 질겁해 있었고, 자기들과 과정이 달라서 금방 알아채지 못했던 거야. 지금은 분명해졌어. 저들은 또다시 악마의 사물들을 만들고 있는 거야."

공포에 질린 칼이 잿빛 눈을 동그랗게 뜨고 인간들을 유린하는 참혹한 광경을 보고 있었다.

"하지만 저 사람들은 비마들이야! 마법 능력이 없는 사람들이라고!"

"수천 년 전에도 악마들은 비마들을 죽였어." 무아노는 눈물을 닦고 마비된 뇌를 어떻게든 회전하려고 애를 쓰면서 대꾸했다. "악마들은 영혼을 이용하는 마법을 사용하고 있어. 악마들은 마법사들이 아니니까. 악마들의 마법은 완전히 다른 거야! 타라, 지구의 인구가 얼마나 되지? 정신이 멍해서 기억이 안 나."

타라는 이를 악물고 대답했다.

"70억."

그들이 70억이라는 숫자를 생각하는 사이 무거운 침묵이 흘렀다.

"악마들이 지구에서 70억 인구의 영혼들을 추출하면 아무도 버틸 수 없을 거야." 무아노가 중얼거렸다.

타라는 결정을 내렸다. 친구들이 만장일치로 찬성하지 않으리라는 걸 잘 알고 있었다.

"그럼 악마들이 뱀파이어 종족에게 했던 그대로 우리가 본때를 보여줘야지."

친구들이 일제히 고개를 돌리자 타라는 단호하게 말했다.

"우리가 쳐야 하는 것은 수도만이 아냐. 그것으로는 부족해."

타라는 두려움과 단호한 결심 때문에 하얘진 입술로 말했다.

"악마들의 주요 행성, 아르칸즈가 있는 보울리미-레미 행성을 파괴하는 거야!"

23
반격

호기 넘치게 '기꺼이 상대해주지. 자, 덤벼' 하면서 꺼드럭거려봤자
어둠 속에서 2미터 근육질의 문신한 거인이 불쑥 나타나면
슬그머니 꽁무니를 빼기 마련인데……

*

칼이 휘파람을 길게 불었고, 그 자리에 같이 있던 기장은 커피를 마시다 사레가 들려서 얼굴이 시뻘게졌다.

기장이 기침을 하다 커피를 뿜으면서 염소수염과 셔츠에 갈색 얼룩이 졌다.

"뭐, 뭐라고요?" 기장은 더듬더듬 말했다. "방금 뭐라고 했습니까?"

타라는 냉정하게 반복했다.

"오, 흉측한 벤드룩의 내장이여!" 기장이 외쳤다. "그게 무슨 뜻인지 알고 하는 말입니까? 불가능한 일입니다! 그렇게 큰 행성은 폭발시키지 못해요!"

"나는 이미 경험이 있어요." 타라는 담담하게 말했다. "작은 위성

하나가 블랙홀이 되지 않게 막은 적이 있으니까요. 물론 내가 말하는 위성의 페로니켈 핵을 폭발시키는 것보다는 좀 더 어렵겠지만."

기장은 타라에게 악마들의 왕복선을 납치하라고 말한 걸 몹시 후회하고 있었다. '우주왕복선을 납치하라'는 말 한마디가 '행성 폭발'이라는 상상도 할 수 없는 엄청난 일로 커질 줄이야. 기장은 진땀이 났다.

"하지만…… 하지만 엄청난 에너지가 필요한 일이에요! 거기서는 마법이 약해서 절대 불가능해요."

그 순간 타라의 손에서 마법 에너지가 공 모양으로 번쩍거리자 기장은 숨이 멎을 뻔했다. 아더월드에서 멀리 떨어져 있는데도 타라가 주위를 환하게 비출 정도로 강력한 마법의 힘을 보이다니. 눈으로 보고도 믿기지 않았다.

기장은 바보가 아니었다. 그는 눈살을 찌푸리면서 타라를 주시했다.

"기발한 기구라도 지니고 있는 겁니까? 마법을 따로 비축해놓는 최첨단 기구를 갖고 있는 거 맞지요? 그 물건 살 수 있는 거예요? 그럼 나도……."

"아니, 헛짚었네요." 타라는 차갑게 대답했다. "살 수 있는 물건이 아니에요. 내가 유전자 조작으로 태어났다는 거 몰랐나 봐요. 드래곤들이 나를 현존하는 마법사 중 가장 강력한 마법사로 만들려고 유전자를 조작했는데……. 그래서 나는 꿈속에서나, 아니 악몽 속에서나 존재하는 말도 안 되는 일들을 할 수 있지요. 악몽이란 말이 나온 김에 상기시키겠는데 지금 수백만 명이 죽어나가고 있습니다. 그걸 멈추는 방법은 오직 뱀의 대가리를 잘라버리는 겁니다. 그리고 나는 그렇게 할 생각이고요. 아시겠어요?"

복수심에 불타는 타라는 뭐든 때려 부수고 싶었지만 우주선에서는 절대 그래서는 안 되기에 억지로 감정을 눌렀다. 타라가 마지못해 마법을 끄고 휴게실을 나가려고 하자 기장이 외쳤다.

"잠깐, 잠깐만요!"

매몰차게 대꾸하려고 돌아보던 타라는 기장이 전광판을 응시하고 있는 걸 봤다.

타라도 전광판을 쳐다보다 그대로 얼어붙었다.

어디서 나타난 거지? 검은색 우주선 수십 대가 악마의 우주선들을 공격하고 있었다.

파프니르는 환호성을 길게 내질렀다. 악마들의 공격에 난쟁이 전사는 망연자실해 있었다. 다른 친구들과 마찬가지로 아르칸즈가 이런 식으로 뒤통수를 칠 줄은 상상도 하지 않았기 때문이다. 비열한 작자라고 여겼던 가브리엘이라면 놀랄 일도 아니지만 아르칸즈는 좀 다르다고 생각했는데.

파프니르의 심정적 레이더는 아르칸즈를 적으로 인식하지 않았다. 악마라는 것은 분명하지만 그렇게까지 악하다고 보지 않았는데…… 너무 화가 났다. 실버와 사랑에 빠지면서 전사로서의 예리한 촉이 떨어진 걸까? 꿈에도 생각지 못한 일이었다. 파프니르는 전광판을 뚫어져라 살폈다. 공격자들이 악마들을 묵사발로 만들면 좋으련만!

악마의 우주선들이 갑자기 죽음의 광선을 중단하고 새로운 적과 싸우기 시작했다.

타라는 시차를 감안해도 벌써 몇 시간째 계속되는 전쟁을 전광판으로 지켜보다 다리가 후들거려서 주저앉았다. 어? 드래곤 함대가 아니잖아…….

타라는 벌떡 일어났다. 모든 우주선 측면에 새빨간 원이 새겨 있었다. 그리고 우주선은 검은색이 아니라 잿빛인데 너무 시커메서 잘못 본 것이었다.

"마지스터!" 타라가 소리치는 것과 동시에 친구들도 상그라브들의 보스라는 약호를 알아봤다. "마지스터야!"

마지스터의 우주선들이 수적으로 우세하지는 않았다. 하지만 기술적으로 훨씬 앞선 우주선들인 것 같았다. 악마 우주선들이 발사하는 미사일과 광선들을 잘 방어하고 있었다.

하지만 타라와 친구들은 이내 마지스터의 우주선들이 대형 우주선들에게 밀려 파손되는 광경을 지켜보면서 가슴을 졸였다.

피해가 막심한데도 마지스터의 소형 우주선들은 날렵했다. 소형 우주선이 두세 대씩 접근하여 덩치가 커서 속도가 느린 초대형 우주선들을 공격하고 달아났다.

악마의 우주선들은 마지스터의 소형 우주선들과 지구에서 제레미가 발사하는 스톤헨지의 광선을 동시에 당해낼 수 없었다. 이번에는 제레미도 표적을 놓치지 않았다.

악마의 우주선들이 하나둘 폭발했고, 승무원들이 소리가 들리지 않는 비명을 지르면서 허공 속으로 튕겨 나왔다.

하지만 그 정도에서 끝낼 마지스터가 아니었다. 살아남은 악마의 우주선들이 일단 후퇴하려고 도주했지만 마지스터의 작전에 걸려들었다.

424

표적을 비껴간 것으로 보였던 로켓들이 정지되어 있다가 다시 작동하기 시작했다. 만약 로켓들이 움직였다면 악마의 우주선들은 경계했을 것이다. 로켓들은 마치 갑자기 잠에서 깨어난 것처럼 긴 탄두에서 위협적인 빛이 번쩍거리기 시작했다.

때마침 악마 우주선들이 움직이지 않는 로켓들 사이를 지나가고 있을 때였다. 로켓들이 한꺼번에 폭죽 터지듯 폭발했고, 우주 스쿠프들과 카메라들은 아무것도 영상으로 담지 못했다.

상황을 지켜보던 타라 일행은 화면이 멈추자 가슴이 조마조마했다.

이윽고 폭발로 인한 강렬한 빛이 사그라지자 곳곳에서 격추된 적군 우주선들의 영상이 카메라들에 잡혔다.

살아남은 악마 우주선은 단 한 대도 없었다.

밀수꾼의 소형 우주선에서 타라와 친구들, 기장, 사샤는 펄쩍펄쩍 뛰면서 환호성을 질렀다. 그들은 서로 부둥켜안고 승리를 자축했다. 칼이 열렬하게 타라에게 키스하자 로빈이 떨떠름한 표정을 지었고, 로빈이 타라를 끌어안고 왈츠를 추자 이번에는 칼이 뿌루퉁해졌다. 한편 사물 속 악마의 영혼들도 악마의 행성을 폭발시키는 일에 연루되지 않아도 된다는 것에 안도하면서 기뻐했다. 기장은 축배를 들기 위해 지구의 샴페인(거금을 주고 산 것이 틀림없었다) 세 병과 다양한 음료수를 내놓았다.

타라는 샴페인을 좋아하지 않기 때문에 미암 주스를 들고 상황을 주시했다.

전광판에 마지스터의 이미지가 나타났다. 마스크는 아주 만족스러워하는 파란색이었다.

"전 우주의 국민들이여." 마지스터는 우렁차게 외쳤다. 아, 물론 지구의 국민들인데 좀 심하게 자기중심적으로 말하는 것이었다. "여러분이 지구의 군대를 지휘하는 걸 원치 않았기 때문에 나는 다른 방법으로 해결해야 했다."

마지스터의 마스크가 미소를 짓는 것 같았다.

"나는 여러분의 허락 없이 군대를 장악했다."

마지스터가 잠시 말을 중단했다. 타라는 지구의 정부들이 얼마나 놀라고 있을지 짐작이 갔다. 어쨌든 지구인들의 목숨을 구해주었으니 놀라움이 고마움으로 바뀔 것이 분명했다.

적어도 얼마 동안은.

"먼저 내 수하의 상그라브들이 지구의 장군, 대통령 기타 등등으로 신분을 위장한 뒤에 나는 여러분의 로켓들을 장악했다. 그다음 어린 마법사 제레미와 협공하여 로켓들을 발사했다. 이어서 악마들이 우리가 완전히 패배한 것으로 믿게 만든 다음 우주선 함대를 이끌고 몰래 접근하였다. 그 작전이 제대로 통했던 것이다."

마지스터의 목소리가 약간 일그러졌다.

"물론 이 우주선 함대는 내가 아더월드를 지배하기 위해 빌려놓았던 것이다. 그래서 악마들이 하필이면 이런 시기를 택해서 내 모든 계획을 망쳐버려 몹시 괘씸하고 유감스럽지만 악마들이 수많은 영혼들을 훔쳐가게 내버려둘 수는 없었다(아, 마지스터도 알아채고 있었다). 그렇게 되면 악마들이 도저히 물리칠 수 없을 정도로 막강해지는 것이기 때문이다. 따라서 나는 선택의 여지가 없었다. 지금 지구를 돕지 않은 걸 평생 후회하지 않기 위한 최선의 선택이었다."

마스크가 거드럭거리는 잿빛으로 변했다.

"현재 드래곤 함대가 지구로 향하고 있다. 내 뒤를 이어 드래곤 함대가 악마들의 재공격으로부터 여러분을 지켜줄 것이다. 물론 제때에 도착한다면. 그사이 나는 지구의 위성인 달에 가서 우주선들을 수리할 것이다. 내가 이룩한 위업에 대한 대가로 지구의 대통령이 되고 싶은데……."

마지스터가 잠시 뜸을 들이는 사이 미소를 짓는 듯 마스크가 파란색으로 변했다.

"그 소요 경비에 대한 보상의 일환으로 생각하면 내 제안은 정말 별것 아닐 것이다……." 그렇게 말하고 나서 마지스터가 통신을 끊자 전광판 화면은 다시 박살이 난 우주선들의 영상으로 돌아갔다.

마지스터는 지구를 구했지만 그의 우주선 함대는 엄청난 대가를 치러야 했다. 우주선들은 치열하게 싸웠으나 그중 4분의 3이 파손되었으니 막대한 피해를 보았음을 은연중에 시사한 것이었다.

그렇다면 악마들이 본의 아니게 아더월드에 대한 상그라브들의 침략을 막아준 셈이 되는 건가? 타라는 아이러니하다고 생각했다. 마지스터는 우주선 함대를 오래전부터 준비해놓을 수는 없었을 텐데. 설사 지구인들에게 엄청난 경비를 보상하게 할 계산을 했더라도.

두 가지 위협이 일거에 제거되었으니 전 세계에 변화의 움직임이 있을까?

살아남은 상그라브들의 우주선들은 파손된 우주선 주위를 천천히 돌면서 아직 살아 있는 탑승자들과 시신을 수거한 다음 남은 잔해를 폭파했다. 상그라브들의 신원을 완전히 감추기 위한 조치인 것 같았다.

타라는 상그라브들이 악마의 우주선 몇 대를 견인해가는 것에 주목했다. 불행히도 아무도 막을 수 없었다.

한편 지구 전체가 열광하고 있었다. 최고 마구스들이 설치한 카메라들과 스쿠프들이 세계 곳곳에서 환희에 찬 사람들의 영상을 보여주고 있었다. 사람들이 하나둘 집 밖으로 나오고 있는데 아직 살아있다는 것이 믿기지 않는 얼굴이었다.

최종 집계된 사상자 규모는 엄청났다. 70억에 이르는 지구인들의 목숨이 걸려 있었다는 걸 생각하면 피해는 그나마 미미한 것이지만, 악마들은 수많은 목숨을 앗아갔다. 천만 명 이상이 영혼을 잃은 상태였다. 그리고 수백만 명이 공황장애 증상에 시달리거나 폭발과 화재로 부상을 입었다.

타라는 악마의 우주선들이 파괴되었으니 지구인들의 영혼이 해방되어 평화로워졌기를 진심으로 빌었다.

지구는 차츰 일상을 되찾기 시작했다. 하지만 사람들의 시선은 자주 하늘로 향했고, 모두들 같은 의문을 갖고 있었다. 이번에는 목숨을 구했지만 이게 얼마나 갈까? 악마들이 또다시 공격해올 때 드래곤 함대가 방어해줄 수 있을까?

각국 정부들도 마지스터에 대해 다시 검토하고 있었다. 마지스터에게 선뜻 자리를 내어줄 정치가는 한 명도 없지만, 마지스터가 없었다면 최악의 사태를 맞았으리라는 것은 모두 인정하고 있었다. 드래곤들은 열 대의 우주선을 잃는 장렬한 희생에도 불구하고 대응이 너무 늦어 큰 도움을 주지 못했다. 물론 마지스터 쪽도 살아남은 우주선이 많지 않지만 그래도 완전히 전멸된 것보다는 훨씬 나은 성과였다.

지구인들은 공포에 떨고 있었다. 웃기지도 않는 악마들의 공격에 속수무책으로 당했고, 완전히 무력했다. 지구는 낡은 우주왕복선이나 위성 운반 로켓 이외에 전투용 우주선을 소유하고 있지 않았다. 타라는 각국 정부들이 부랴부랴 우주 방어에 대한 예산을 조정하고 있을 거라고 확신했지만 이미 늦은 감이 있었다.

타라 일행이 크세프로디 행성을 향해 날아가는 사이 전 세계적으로 의결한 결과가 나왔다.

각국 정부들은 마지스터의 제안을 받아들이기로 의결했다. 만장일치는 아니지만 악마들의 위협이 존재하는 한 마지스터가 지구를 지배하는 것에 동의한 것이었다.

타라는 소름이 끼쳤다. 마지스터는 양심의 가책이라는 것이 결여된 인간이었다. 지구를 계속 지배할 야욕으로 악마의 위협이 필요하다고 판단될 경우에는 무슨 짓이든 할 텐데…….

헐!

하지만 타라는 마지스터를 몰아낼 것이었다. 아르칸즈에게 농락당한 것이 분하고 천만 명의 귀한 목숨이 희생당한 지구를 위해서라도 아르칸즈의 행성을 파괴하고 드래곤들이 수천 년 동안 벼르던 일을 하기로 결심했다.

악마들의 위협을 원천 봉쇄할 것이다.

타라가 친구들과 한숨을 돌리고 있을 때였다. 날카로운 벨소리가 급가속을 알렸다. 그들은 기장의 지시대로 안전벨트를 졸라맸다. 소형 우주선이 은하계 진입을 위한 엔진을 작동했다. 우주선이 요동쳤고 느낌이 좋지 않았다. 타라는 몇 초 동안 몸이 빙글빙글 도는 것 같았다.

하지만 이내 두 번째 벨소리가 급가속이 끝났음을 알렸다. 크세프로디 행성 부근에 이르렀고, 열 시간쯤 후에는 도착하는 것이었다.

칼은 안전벨트를 풀고 앉아서 바로 옆에 있는 타라의 간이침대를 돌아봤다. 칼은 사랑하는 타라를 위해 무엇이든 할 각오가 되어 있지만, 타라가 좀 지나치게 밀어붙이고 있었다. 타라가 아르칸즈의 행성을 파괴하겠다고 알렸을 때 칼은 아무 말도 하지 않았다. 친구들은 물론이고 싸움이라면 자다가도 벌떡 일어날 정도로 좋아하는 파프니르까지 잠자코 있었다. 칼은 친구들이 이 최종 결정을 부담스러워하고 있음을 느꼈다.

가장 놀라운 점은 친구들 모두 타라가 해낼 수 있다는 걸 한순간도 의심하지 않는다는 것이었다. 모두들 타라의 마법이 얼마나 강력한지 여러 번 확인했었다. 하지만 마법 힘이 강력하다고 심판자가 되어 처단하는 것이 마땅한 걸까? 더군다나 정부의 잘못 때문에 행성 전체가 희생된다는 것이 칼로서는 굉장히 꺼림칙했다.

혹시 악마의 영혼들이 타라에게 영향을 주는 건 아닐까? 이런 극단적인 결정을 내리다니 평소의 타라답지 않았다. 타라가 미소를 지어 보이면서 콘택트렌즈로 색을 바꾼 검은색 눈으로 칼을 유심히 살폈다. 이런 와중에도 칼은 사랑하는 타라의 눈빛에 빠져들었다. 좀 더 사적인 방식으로 승리를 축하하고 싶다는 한 가지 욕망밖에 없었다. 칼은 자꾸 딴 생각을 하는 자신에게 외쳤다. '안 돼, 이건 아니지. 정신 차려!' 칼은 일단 짚고 넘어가기로 했다.

"타라." 칼은 부드럽게 말했다. "좀 극단적이라고 생각하지 않아?"

검정 바지에 가슴선이 드러나는 스웨터 차림의 타라가 숨을 깊이 들이쉬자 칼은 또 말문이 막혔다.

"좀 극단적이라고?" 타라가 물었다.

칼은 타라에게서 시선을 떼고 정신을 집중했다.

"응, 수백만의 목숨을 죽이는 것, 그건 악마들이나 하는 짓이야. 우리는 악마가 아니잖아. 우린 인간이야. 타라, 그걸 계속 의식하게 될 텐데 어떻게 살 수 있겠어. 넌 결국 미치고 말 거야."

타라가 붉은 입술을 실룩거리자 칼은 또다시 갈망하듯 입술을 뚫어져라 쳐다봤다. 이런, 빌어먹을. 대체 내가 왜 이러는 거야? 칼은 욕망이 들끓고 있었다.

"아니." 타라는 단호하게 대꾸했다. "악마들은 수천 년 전부터 우리를 죽이려고 해. 호시탐탐 시도했고. 그들은 NA를 훔치려고 했고, 끊임없이 극악무도한 짓을 꾸미고 있어. 나는 더 이상 그들을 인간으로 볼 수 없고, 인간이라고 믿게 하면서 우리를 농락하게 내버려둘 수도 없어. 그들은 인간이 아냐, 칼. 그들은 인간다운 면이 전혀 없어. 인정사정없이 냉혹한 자들이야. 닥치는 대로 황폐화시키는 메뚜기 떼나 다름없어."

타라는 계속하고 싶지만 말이 목구멍에 걸렸다.

"네가 살충제냐?" 칼은 농담을 시도했다. "살충제야 인식능력이 없지만 너는 있잖아."

칼은 다시 진지하게 말했다.

"죽인다는 것, 그게 얼마나 위험한 건지 나는 알아. 타라, 더군다나 네가 계획하는 것은 훨씬 끔찍한 살상이야. 수백만 배는 더……. 그래서 나는 악마의 사물들이 너에게 영향을 준 거란 느낌이 들어. 평화를 위해 행성 하나를 파괴하는 것이 유일한 해결책이라고 생각한다는 게 믿어지지 않기 때문에……."

하지만 물고기를 싹쓸이하듯 사람들의 영혼을 빨아들이던 우주선들, 그 광경이 타라를 엄청난 충격에 빠뜨렸다. 개입하지도 도와주지도 못한 채 바라보고만 있었던 그 참혹한 광경이 머릿속에서 떠나지 않았다. 타라는 죄책감을 느꼈다. 아르칸즈에게 현혹되지 않았다면 고모에게 드래곤들이 악마들을 공격해서 이번에 끝장을 내게 내버려두라고 했을 텐데. 어쩌면 고모가 거부했을 수도 있고, 어쩌면 악마들이 드래곤들을 쉽게 물리쳐서 더 최악의 결과를 낳았을 수도 있지만 그래도 지금보다 마음은 편했을 것이었다.

타라는 아르칸즈가 키스를 하게 내버려두었고, 그 악마가 평화를 원한다고 믿었다.

어쩌면 그렇게 바보 같았을까!

이 모든 것이 한 덩어리로 엉겨 붙어서 타라의 영혼을 해치고 있었다. 하지만 칼의 생각과는 달리 악마의 영혼들은 아무 영향을 주지 않았다. 이건 전적으로 타라 혼자 내린 결정이었다. 타라는 칼을 물끄러미 쳐다봤다. 가슴이 아팠다. 끔찍한 위협을 가해 한 세계를 없애버리겠다는 생각 때문에 칼도 잃게 되는 걸까?

하지만 칼은 생각보다 훨씬 영리했다. 칼은 다정하게 미소를 지어보이며 어깨를 으쓱했다.

"네가 뭘 하든 같이 있을 거야, 타라. 상황이 닥치면 알게 되겠지.

지금은 이왕 여기까지 왔으니 크세프로디 행성에 가야 하겠지. 그다음 왕복선에 올랐다가 납치해서 보울리미-레미 행성의 수도 위쪽으로 가야 할 것이고. 너는 마법 에너지가 충분하니까 하려는 일을 해낼 수 있을 거야. 그런데 우리가 빠져나갈 수 있느냐가 문제야. 행성을 통째로 폭발시키려면 가까이 가야 하는데 그러면 그 파편 때문에 우리가 살아남을 확률이 거의 없으니까. 지난번에는 제레미의 도움이 있어서 가능했지만 지금은 너 혼자야. 그리고 이번에는 위성이 아니라 훨씬 큰 행성을 상대하는 것이고……."

친구들 모두 약간 긴장을 풀었다. 그러니까 타라의 계획은 실현되기 거의 불가능할 정도로 장애물이 많다는 걸 모두 느끼고 있다는 뜻이었다.

칼은 매직갱의 능력을 잘 알기 때문에 타라가 극단적인 선택을 하지 못하도록 만류해야 하는 건 아닌지 불안한 마음으로 친구들에게 의문을 제기하고 있는 것이었다.

칼은 솔직히 죽고 싶지도 않았다. 물론 막상 닥치면 싸우고 방어할 것이고, 폭발하는 행성의 파편을 맞고 죽어도 비욘드월드로 간다고 생각하면 크게 걱정할 일은 아니었다. 하지만 아직은 내키지 않았다.

누군가 말했다. 인생은 흐르는 강물과 같다고. 칼은 이따금 물살이 빠르지 않아 거품이 일기도 하고, 바위에 걸려 폭포가 되기도 하고, 양지바른 기슭에 모래톱으로 쌓이기도 하는 그런 인생이 나쁘지 않다고 생각했다.

"칼의 말에도 일리가 있어." 타라 못지않게 충격을 받은 무아노가 진지하게 말했다. "악마들이 저지른 극악무도한 짓을 생각하면 타라 너의 반응도 이해해. 수백만 명의 영혼들이 마법의 연료로 사용되기 위해 고문을 당하는 건데 정말 가증스러운 괴물들이지. 하지만 나는 칼의 말도 이해가 돼. 칼의 의견에 동의해. 타라, 네가 심판자가 될 수는 없어. 악마들을 제지해야 마땅하지만 그렇다고 한 종족을 말살시켜야 할까? 여섯 행성 도처에 흩어져 있는 악마들은 문제 삼지 않더라도. 그러면 어떻게 될 것 같아? 네가 행성을 하나만 파괴했다고 치자. 그럼 생존자들은 오직 복수를 위해 이를 갈면서 살겠지. 피와 증오심에 굶주린 또 다른 악의 무리가 형성될 거야."

타라는 친구들을 이해시키지 못한 것에 실망해서 벌떡 일어났다. 친구들이 이 정도까지 악마들을 무고한 자들로 잘못 생각하고 있을 줄이야.

그때 칼이 일어나더니 정말 뜻밖에도 타라의 허리에서 금빛 벨트를 풀었다. 깜짝 놀란 악마의 영혼들은 저항하기 위해 변형될 겨를이 없었다. 악마의 영혼들은 타라의 친구들을 해치지 않겠다고 맹세했기 때문에 항의의 휘파람 소리를 내는 것으로 만족했다.

타라는 어리둥절해서 칼을 쳐다보고 있었다.

"칼, 뭐 하는 거야?"

"뭐긴 뭐야." 칼이 의기양양하게 말했다. "수많은 목숨이 희생되거나 말거나 자기들의 적을 몰살시키라고 부추기는 악마의 영혼들로부터 너를 벗어나게 한 거지."

"천만에!" 타라는 눈살을 찌푸리면서 고함을 질렀다. "악마의 영혼들은 아주 나쁜 계획이라면서 공포에 질려 있어. 영혼들은 여기서 수천 광년 떨어진 데로 도망칠 수만 있다면 기꺼이 그랬을 거야."

"아, 그래?" 파브리스가 끼어들었다. "내가 너를 잘 알아서 하는 말인데 솔직히 나도 칼과 마찬가지로 너한테서 벨트를 빼앗을 생각이었어. 친구, 이렇게 말해서 미안한데 이건 너답지 않아. 행성 하나를 폭발시켜? 너 착각하는 거 아냐? 네가 뭔데 별 하나를 죽여? 타라, 나폴레옹도 처음에는 잘하는 거라고 생각했지만 결국……."

타라는 천장을 쳐다보면서 짜증을 날리기 위해 콧바람을 냈다.

그리고 칼의 손에서 벨트를 빼앗아 다시 허리에 차면서 단호하게 덧붙였다.

"파브리스, 우리는 지금 영화를 본 게 아냐. 쓰러진 사람들은 영화에서처럼 죽었다가 웃으면서 다시 일어나는 엑스트라들이 아냐. 너한테 이런 말을 하게 될 줄은 정말 몰랐다. 지구에서 쓰러진 사람들은 모두 다 죽었다고! (타라는 칼을 돌아봤다) 정말 그렇게 이해가 안 되니? 악마들이 저지른 만행을 보면서 악마의 영향이니, 정당하니, 못하니 그런 것 따위는 필요 없어. 나는 응분의 대가를 치르게 하려는 것뿐이니까. 무아노, 너도 같은 생각이야?"

"응?"

"또 다른 악의 무리를 형성할 거라고 했잖아. 그럼 지구에서 어제와 오늘 소중한 사람들을 잃어버린 모든 이들, 그들은 어떻게 할 것 같아?"

무아노는 입술을 깨물었다. 무아노는 지구인들을 무시하는 경향이 있었다. 지구인들은 마법 능력이 없고, 과학기술도 드래곤들보다 떨어지기 때문이었다.

"지구인들은 머지않아 상상할 수 있는 온갖 무기를 개발할 거야."

타라는 한숨을 쉬었다.

"그래서?"

"악마들이 먼저 공격했으니까 지구인들은 준비가 되는 즉시 보복하겠지. 지구인들은 절대 잊지 못할 것이고 용서도 하지 않을 거야. 그래, 무아노 네 말대로 끝이 없을 거야."

"하지만 만약 아르칸즈에게 반대하는 다른 파가 저지른 짓이라면?" 파브리스는 애써 이성적으로 말하려고 노력했다. "가령 가브리엘이나 전 마왕의 파가 저지른 짓이라면? 네가 아르칸즈를 죽였는데 그 행성에 책임져야 할 자들이 없다면 어떡할 건데? 이번 일과 전혀 관계가 없고, 어쩌면 화해할 수 있는 유일한 돌파구를 마련해줄 자를 죽이게 되는 거야. 타라, 어느 나라에나 살인범들은 있어. 새삼스러울 것도, 이상할 것도 없어. 전 세계 곳곳 어디서나 일어나는 일이니까."

타라의 뇌가 친구들이 하는 말에 반응하기 시작했다. 분명 이상한 것이 있었다. 타라는 친구들도 같이 의문을 품었지만 그냥 넘어갔던 것이 갑자기 생각났다.

"우주선이 50대였어. 왜지?"

무아노는 갑자기 화제가 바뀌어 약간 머뭇거리다가 대답했다.

"전부 다 동원하지 않은 거겠지."

"그렇지만 그들에게는 가장 중요한 일이었어." 타라가 생각에 잠긴 얼굴로 말했다. "수천 년 동안 집요하게 악마의 사물들을 회수하려고 했던 걸 생각하면. 그래서 이번에 새로운 영혼들을 수집하는 것이 목적이었는데 50대의 우주선만 보내서 공격했다고? 드래곤들과 맞붙은 전투에서 압승한 것은 그나마 드래곤 우주선 수가 많지 않았으니까 그렇다 쳐도.”

“그래, 그건 맞아.” 칼이 말했다. “말도 안 돼.”

그들은 동시에 외쳤다.

“50대가 전부인 거야!”

그들은 미소를 지었다.

“반대파가 있었다는 뜻이네.” 칼이 결론을 내렸다. “파브리스의 말이 맞는 것 같다. 아르칸즈를 반대하는 살인마들이 저지른 짓일지도 몰라. 악마들을 공격하겠다고 나섰지만 주장을 관철시키지 못한 드래곤의 급진파와는 달리, 아르칸즈의 정파를 이긴 악마들이 있었다면 가능한 시나리오야. 아르칸즈 쪽의 공격이었다면 추출선들을 보호하기 위해 전 함대를 출동시켰을 테니까.”

“추출선?” 파브리스가 물었다.

“영혼을 추출하는 우주선.”

“헐!” 파브리스는 어이없다는 반응을 보였다.

“알아, 알아. 구역질은 좀 나지만 그냥 내가 이름을 한번 지어봤어. 또 있는데 꿀벌선은 어때? 열심히 꿀을 모으는 일벌을 닮았다는 의미에서. 각설하고 타라, 아르칸즈의 행성을 불바다로 만들기 전에 먼저 할 일이 있을 것 같은데…….”

타라와 칼은 심각한 표정으로 서로를 쳐다보다 동시에 결론을 내렸다.

“내가 가서 아르칸즈를 만나야겠어.”

“네가 가서 아르칸즈를 만나야겠다.”

무아노와 다른 친구들은 약간 안도했다. 일단 위기를 넘긴 것이다. 하지만 막강한 힘을 가진 사람이 어느 정도까지 위험해질 수 있는지 방금 느낄 수 있었다. 지구에서도 아더월드와 마찬가지로 장관들이나 측근들의 견제가 있기 때문에 아무리 막강한 통치자라도 기분 나쁜 날 이웃 나라에 원자폭탄을 투하하는 것 같은 권력 남용을 감히 할 수 없었다. 하지만 타라의 경우는 누가 가드레일이 되어 마법 능력이 엄청난 소녀가 추락하지 않게 막아줄까? 지금은 다행히 멀리 벗어나지 않았지만.

파프니르조차 행성을 폭발시키는 데 참여할 수 없게 된 것이 못내 아쉬우면서도 한편으로는 수백만 명의 목숨이 한꺼번에 죽는 걸 원치 않기 때문에 안도의 숨을 내쉬었다.

"행성을 날려버리지 않겠다는 건 이제 알았고…… 다음 단계는 뭐야?" 늘 현실적인 파프니르가 물었다.

파프니르가 헝겊에 기름을 묻혀 도끼 두 개를 꼼꼼하게 닦은 다음 침대에 벌렁 눕자 장난이 아닌 몸무게에 침대가 삐걱거렸다.

멀찍이 떨어져 있던 엘레아노라가 타라 일행에게 다가왔는데 금발 악마의 몸이 긴장했는지 경직되어 있었다.

"산헥시아가 방금 타라가 세상에서 두 번째로 가장 위험한 거시기라는 걸 알아차린 모양이야. '거시기'라고 해서 미안하지만 나는 이 여자가 쓴 표현대로 전하는 거야. 그리고 타라 네가 이 여자를 공포에 빠뜨렸어. 근데 흥미로운 점이 있다. 이 말은 너보다 더 두려움을 주는 거시기가 또 있다는 뜻이잖아. 정확한 이유는 모르지만, 이 모든 게 영혼들을 수집하는 것과 밀접한 관계가 있는 것 같아. 그렇게 느껴져. 악마의 우주선들이 파괴되었을 때 이 여자의 생각은 이제 다 글렀다는 거였어. '제기랄, 우리가 졌어' 이런 뜻이 아니라 '제기랄, 미션을 실패했으니 끝장났네' 이런 뜻이었단 말이야."

파프니르는 입술을 실룩거렸다.

"엘레아노라, 무슨 말인지 전혀 못 알아듣겠어."

"미안해." 엘레아노라가 사과했다. "이 여자의 생각을 읽을 수 없어서 나한테 전해지는 느낌만 갖고 말하는 거야. 아! 이 여자도 아르칸즈는 이번 일과 전혀 상관이 없다고 생각하고 있어. 이 여자는 아버지나 가브리엘의 방식이라고 말했어. 아르칸즈는 해결책을 찾고 있다면서. 하지만 아르칸즈가 찾는 해결책이 뭔지, 그 이유도 나는 몰라."

갑자기 타라는 피로가 몰려왔다. 친구들 모두 지구에서 일어나는 일을 주시하느라 잠도 못 자고 전광판 앞에 붙어 있었다. 엘레아노라가 방금 한 말은 아무 도움이 되지 않았다. 무슨 미션? 그들은 칼의 표현대로 영혼들을 추출하는 걸 봤다. 그게 미션이었나? 정복하려는 것이 아니라? 의문만 점점 증폭되고 있었다.

"파프니르의 지적대로 우리의 다음 단계는 크세프로디에 도착할 때까지 휴식을 취하는 거야. 일단 행성에 내리면 악마들이 크세프로디를 격리시킨 이유를 알아내고, 아르칸즈의 행성으로 가는 왕복선을 타야 해. 그다음 아르칸즈의 행성에 내려서 몰래 궁전으로 침투하는 거야. 아르칸즈를 만났을 때 솔직하게 나오면 그를 도와주고, 적이라는 게 확실해지면(타라의 표정이 굳어졌다) 궁전에 있는 자들과 함께 모조리 제거하자. 가능한 한 결정권을 가진 자들의 목을 쳐야 하니까."

"윽. 네가 비유법으로 말할 줄 알았어. 목을 친다는 건 너무 적나라
하니까." 무아노가 말했다.

타라는 무아노가 어떤 비유를 알고 있는지 묻고 싶지 않았다.

"좋아, 은유적으로 말하지 뭐. 갈퀴발톱이나 검 못지않게 마법의
광선도 효과적이야. 그러니까 샅샅이 수색해서 제거하자. 행성을 폭
발시키는 것보다는 덜 과격하고, 그들에게도 잘못을 초래한 책임이
있으니까 마땅히 벌을 받아야 해. 그러고 나서 경보가 발령되기 전에
왕복선을 납치해서 달아나는 거야."

칼은 떨떠름한 표정으로 말했다.

"타라, 우리가 아르칸즈를 제거하는 순간 경보가 발령될 거야. 나
는 네가 이해가 안 돼. 넌 킬러가 아니라니까!"

타라는 냉랭한 시선을 던졌다.

"칼, 그래서 악마들이 죽인 천만 명에 대한 복수를 위해 행성 하나
를 통째로 날려버릴 생각을 포기했잖아!"

칼리반은 어찌나 흥분했는지 좁은 공동 침실 안에서 안절부절못하
고 있었다. 수상 테오클리스 부인이 선택한 옷은 칼의 근육질 몸매를
돋보이게 했다. 타라는 칼의 떡 벌어진 어깨에 잠시 정신이 팔려 있
다가 타락한 천사의 얼굴을 하고 있는 칼이 왜 그렇게 매력적으로 보
이는지 도무지 알 수가 없었다.

타라는 칼이 하는 말을 들으려고 정신을 집중해야 했다.

"그렇다고 수많은 사람들을 죽일 이유가 되지는 않아! 악마들이 범
인이라는 것도 알고, 괴물들이라는 것도 알고, 우리의 적이라는 것도

알아. 따라서 먼저 우리의 표적이 누군지 정확하게 알고, 죽여야 하는 이유를 파악한 뒤에 잘 훈련된 프로들에게 맡기면 되는 거야. 궁전에 들어가서 거기 있다는 이유만으로 모조리 죽인다는 것은⋯⋯ 이렇게 말해서 미안하지만 그건 (칼은 타라에게 상처를 주고 싶지 않아서 머뭇거렸다) 미친 짓이야. 그리고 네가 우리를 모두 죽게 만드는 거야." 칼은 피에 굶주린 사람처럼 변해버린 낯선 타라의 태도가 혼란스러워 비통한 어조로 말을 맺었다.

무아노가 일어나서 심판처럼 둘 사이에 섰다.

"진정들 하지! 누군가를 죽이러 가려면 먼저 작전을 잘 짜야 해. 특히 어디로 들어갔다가 어떻게 나올지에 대해서. 그래서 말인데 궁전의 많은 방들에 대해 너희들이 기억하는 걸 공유하는 게 좋겠어. 그래야 궁전 전체를 재구성할 수 있으니까. 세세한 것들은 나중에 다시 얘기하고."

"하지만!⋯⋯." 타라와 칼이 동시에 외치면서 나누던 이야기로 돌아가려고 했다.

"아, 시끄럽고!" 무아노는 단호하게 두 손을 드는 것으로 더는 듣고 싶지 않다는 의사를 분명히 했다. "나는 누구의 생각이 옳고 그른지 전혀 알고 싶지 않아. 지금은 이성적으로 생각해야 돼. 우리 모두 피곤하고 몹시 예민해 있어. 추측성 이유와 방법을 갖고 말싸움을 하기보다는 실현 가능성이 있는 것들을 곰곰이 생각해보자."

타라와 칼은 약간 머쓱해진 얼굴로 시선을 주고받았다. 로빈은 생각에 잠긴 얼굴로 둘을 쳐다보고 있었다. 칼과 파브리스가 타라의 생각을 바꾸는 데 성공했을 때 로빈은 의견을 내놓지 않고 잠자코 있었다. 엘프의 피는 복수를 하라고 외치는 반면 인간의 피는 감정을 절제하라고 부추겼기 때문이다. 하지만 로빈은 만족스러웠다. 중립을 지키는 것으로 격분한 타라의 눈에 나지 않았던 것이다. 타라가 칼에게 화가 나 있을수록 로빈은 타라의 마음을 다시 사로잡을 기회가 생기는 거라고 생각했다.

로빈은 칼이 무아노와 얘기하는 사이 타라에게 다가갔다.

"타라, 네가 어떤 선택을 하든 나는 너와 함께할 거야. 그리고 필요하다면 너를 위해 죽음도 마다하지 않겠어."

로빈의 비장한 고백에 약간 놀란 타라는 미소를 지어 보였다.

"그래. 고마워, 로빈." 타라는 속삭였다.

타라는 돌아서다 호기심이 가득해서 바라보는 엘레아노라의 시선과 마주쳤다. 타라가 가서 잘 준비를 하라면서 엘레아노라를 보내는 사이, 다른 친구들은 탁자에 둘러앉았고, 선견지명이 있는 테오클리스 부인이 짐 속에 넣어준 연필과 큰 종이를 꺼냈다.

타라와 친구들은 아르칸즈의 궁전에서 지낸 적이 있었다. 그들의 관찰력, 특히 칼의 관찰력(면허 받은 도둑들은 어디든 쓸모가 있다고 생각되는 것은 상세하게 머리에 새겨두는 습관이 있었다) 덕분에 무아노는 궁전의 지도를 그릴 수 있었다. 어릴 적부터 부모님을 따라 여러 곳을 다닌 경험이 많고, 독서가 취미인 무아노 역시 다른 사람들이 알아채지 못하는 세세한 것들을 기억해두고 있었다. 무아노는 궁전을 세 영역으로 나눈 지도를 그렸는데 재판관이 있는 방, 회의실을 비롯해 타라가 살아 있는 석영 덩어리를 해방시켰던 크리스털 방까지 거의 빠진 곳이 없었다.

타라가 부탁하기도 전에 살아있는 돌은, 궁전을 속속들이 잘 아는 크리스털(일명 살아 있는 석영)과 접속해 있다가 그들 중 아무도 간 적이 없는 장소들의 위치를 추가해주었다. 벨제부트도 큰 도움을 주었다. 어른 악마들의 발에 밟힐까 봐 어린 악마들이 걸핏하면 방에다 가둬놨는데도 궁전을 잘 아는 벨제부트가 흥미로운 곳들을 알려주었다. 특히 아르칸즈가 잠자는 방에 대해서는 크리스털도 모르는 곳이었다.

하지만 왕이 된 악마가 습관을 바꾸고, 아버지의 거처에서 지낼 수도 있었다. 그렇지만 벨제부트는 아르칸즈가 바쉬에게 거처를 내어주었을 거라고 생각했다.

게다가 벨제부트는 경비 시스템에 대해 중요한 정보를 주었다. 악마들은 그 누구도 왕이나 왕족을 공격할 생각조차 하지 않기 때문에 경호원 몇 명이 보초를 서는 정도였다. 파프니르는 친구들에게 장밋빛 고양이의 말을 전해주면서 영혼의 동반자를 자랑스러워했다. 벨제부트는 최선을 다해 그들을 도와주고 있었다. 잠자코 듣고 있던 파브리스는 호기심이 발동했다.

"하지만 벨, 너는 악마 세계의 고양이잖아. 악마들이 창조해줬는데 그들에 대한 충성심이 전혀 없어?"

이 말에 고양이는 웃음을 터뜨렸다.

"나는 내 영혼의 동반자에게 충성해." 벨제부트는 파프니르를 통해서 대답했다. "나는 파프니르를 지키기 위해 무슨 짓이든 할 거야. 그리고 너희들 모두에게 행성의 경비 체계를 알려주는 건 그것이 곧 파프니르의 목숨을 구하는 길이기 때문이야."

정말 명쾌한 답변이었다. 파브리스는 더 이상 캐묻지 않았다.

마침내 타라와 친구들은 거의 어디든 갈 수 있는 지도 여러 장을 갖게 되었다.

욕실에서 돌아온 산헥시아가 연신 하품을 해대는 바람에 친구들도 전염이 된 듯 하품을 하기 시작했다.

지도를 그리느라고 너무 오래 탁자에 몸을 숙이고 있던 무아노는 기지개를 켜는데 등이 너무 뻐근했다.

"아야. 나는 샤워하고 자야겠어. 지금은 특별히 할 일도 없고. 기장이 몇 시간 후에 도착한댔지?"

타라는 손목에 찬 시계를 봤다. 인식 카드와 컴폰이 없는 게 이상했지만 마법 기능이 있는 것은 모두 빼놓고 와야 했다.

"열 시간 후."

"하여튼 나는 이렇게 작은 사물에는 적응이 안 된다니까." 파프니르는 구시렁거리면서 손목시계의 가죽 줄을 풀었다. "근데 이건 왜 이렇게 아무 데서나 번쩍거리는 거야? 너희들이 컴폰이라고 하는 시계는 튼튼해서 부서지지 않게 생겼던데 이건 약해서 쉽게 깨질 것 같아!"

"산헥시아의 말로는 악마들이 지구에서 영감을 많이 얻는대. 패션 감각은 아더월드보다 지구가 훨씬 낫다고 생각하기 때문에." 엘레아노라가 대꾸했다. "그래서 의상이나 물건들은 모두 지구에서 수입하거나 모방한대. 악마들은 아름다움과 우아함이야말로 지구인들과 아더월드인들의 공격을 막을 수 있는 중요한 무기라고 생각한다는 거야. 아, 그리고 이 여자는 타라, 네 피부에 박힌 보석 목걸이가 아주 마음에 드나 봐. 독창적이라면서."

타라는 이맛살을 찌푸렸다. 타라가 유일하게 풀 수 없는 것이 바로 보석 목걸이였다. 처음으로 림보에 갔을 때 색깔들이 타라에게 선물로 준 것으로 목 주위의 쇄골 피부에 박혀 있는 신기한 보석이었다. 타라는 테오클리스 부인에게 목걸이를 가릴 수 있는 옷을 충분히 준비해달라고 부탁했었다. 크세프로디 행성에 있을 때 아무도 보지 못하게.

타라는 악마들이 매직갱의 인상착의를 얼마나 자세히 알고 있는지 짐작할 수 없었다. 하지만 지난번에 가장 위대한 전사를 가리는 실버와 악마들의 대결 장면이, 악마의 행성에서 중계되어 여러 번 방송으로 나갔기 때문에 그들의 얼굴이 꽤 알려져 있을 것이었다. 물론 밤색 머리에 검은 눈빛으로 변장한 타라를 단박에 알아보는 일은 없겠지만 보석 목걸이는 워낙 독특해서 눈에 띌 수 있었다.

그들은 샤워를 하고 옷을 갈아입고 흡족하게 침대에 누웠다. 타라가 특히 좋아하는 라벤더향이 났다.

칼은 잠이 오지 않았다. 온종일 특별한 이유 없이 여러 번 타라에게 매혹되었다. 의혹이 생긴 칼은 악마의 영혼들에게 물었다.

"너희들이 타라에 대한 내 감정을 조작하고 있는 건 아니지?"

칼은 머릿속에서 악마의 영혼들이 모욕당했다며 분노하는 것이 느껴졌다. 영혼들은 결백하다고 주장하고 있었다. 하지만 칼은 영혼들이 대답할 때 당황하는 걸 느꼈다.

"사실대로 말하지 않으면 너희들을 더 이상 지니고 있지 않겠어. 그러면 크세프로디에서 나 때문에 발각될 위험이 있을 거고, 타라가 굉장히 불안해할 텐데…….”

협박이 통했다. 여러 영혼들이 타라와 가까워지려고 하는 로빈을 느꼈던 것이다. 악마의 영혼들은 칼을 아주 좋아하기 때문에 타라가 지니고 있는 영혼들과 결탁해서 둘을 더 가까워지게 하고 사랑을 나누게 하려고 수작을 부린 것이었다. 칼은 영혼들의 야한 묘사에 얼굴이 빨개졌다.

“맙소사.” 예기치 않은 상황이 전개되고 있음을 알고 칼이 말했다. “오케이, 너희들이 우리의 사랑에 영향을 주고 있단 말이지? 그럼 너희들 중 몇몇은 다른 것에 대해서도 영향을 주었다는 거잖아? 타라가 너희들은 아무런 영향을 주지 않는다고 주장했지만 나는 비정상적이라고 생각했거든.”

이번에는 영혼들이 정직하게 나왔다. 영혼들은 타라에게 절대로 나쁜 의도로 영향을 준 게 아니라면서 빨리 아더월드로 돌아가고 싶은 마음밖에 없다고 실토했다. 영혼들은 모우르무르가 쇠붙이 속에서 완전히 분해되지 않고 해방시켜주는 방법을 찾아주기만 고대하고 있었다. 그래서 영혼들은 타라를 아르칸즈의 행성으로 가게 부추기기보다는 되돌아가기를 진심으로 바라고 있었다.

칼은 영혼들의 말을 믿었다. 영혼들이 얼마나 두려워하고 있는지 이해가 되었다. 그렇지만 칼은 영혼들을 따끔하게 꾸짖으면서 더 이상 참견하지 말라고 지시했다. 그렇지 않아도 신경 쓸 일이 많은데 이렇게 보태주지 않아도 된다면서.

악마의 영혼들은 부끄러워하면서 복종했다. 타라는 알아채지 못했지만 깊은 잠에 빠지는 순간 강렬하던 욕망이 사라졌다. 칼은 씁쓸한

446

마음으로 구시렁거리다 잠이 들었다.

불빛이 차츰 약해졌다. 우주선 안에서는 무슨 일이 일어나는지 볼 수 있어야 하기 때문에 불빛을 완전히 끄는 일이 없었다. 하지만 잠든 사람들을 방해하지 않을 만큼 불빛이 흐렸다.

그래서 칼은 자기를 깨운 것이 뭔지 정확하게 몰랐다.

두 손이 자신의 잠든 몸을 어루만지는 것이 틀림없었다.

24
크세프로디

행성에 내렸는데
빨리 떠나고 싶은 마음밖에 없다면 어떡하나

*

음, 너무 좋았다. 칼의 몸에 따뜻한 몸이 밀착되었다. 두 손이 칼의
배를 향해 내려왔고, 향기로운 냄새가 났다.

갑자기 잠이 확 달아난 칼은 그 두 손을 움켜잡고 벌떡 일어났다.

"엘레아노라." 악마의 몸에서 나는 냄새에 놀란 칼이 성난 목소리
로 속삭였다. "오, 아더월드의 모든 악마들이여, 너 무슨 짓이야?"

엘레아노라는 자신의 도톰한 입술을 핥으면서 칼에게 더 가까이
다가가려고 했다.

"산헥시아와 나는 너와 시간을 좀 보내고 싶었어." 엘레아노라는
아무도 듣지 못하게 나직하게 속삭였다. "나는 앞으로 영원히 기회
가 없을 것이고, 산헥시아는 인간을 애인으로 가져본 적이 없기 때문
이야. 이 여자는 인간 남자들도 악마들만큼 센지 궁금해하거든."

칼은 숨이 막힐 뻔했다.

"뭐? 미쳤냐?"

"걱정 마, 모두 자고 있어." 엘레아노라가 속삭였다. "조용히 빠져나가면 휴게실로 갈 수 있어(엘레아노라가 장난기 있는 표정을 지었다). 여기서 내가 소리를 내면 다른 애들이 들을 텐데 괜찮겠어?"

칼은 숨이 멎을 뻔했고, 얼굴이 뻘게졌다. 칼은 산헥시아를 멀리 떼어놓으려고 했지만, 악마가 힘이 더 셌다. 오, 칼의 굴욕! 산헥시아는 칼의 손아귀에서 가볍게 두 손을 빼고 칼이 대응하기 전에 침대로 쓰러뜨리고 몸을 덮쳤다.

산헥시아가 조금만 덜 거칠었다면 성공했을 텐데. 칼을 너무 세게 떠밀었다. 오랜 훈련으로 단련된 도둑은 순간적으로 우세해졌다. 날렵한 옆 구르기로 침대 반대쪽 가장자리로 빠져나간 칼의 얼굴이 격분해 있었다.

산헥시아의 입에서 탄성이 새나왔다.

"와우, 어떻게 한 거야?" 산헥시아가 속삭였다.

"시끄럽고! 너 돌았어? 어떻게 이런…… 미친 짓을…….."

칼은 어찌나 화가 나는지 말이 나오지 않았다. 엘레아노라가 악마의 몸을 움직여 음침한 얼굴로 침대를 돌아 다가오는 사이 칼은 꼼짝하지 않은 채 엘레아노라를 쳐다보고 있었다. 엘레아노라는 칼이 자기 마음을 이해했다고 믿고 다가갔다. 그 순간 칼이 달려들어서 손 하나를 움켜잡고 등 뒤로 돌려 비틀자 얼굴이 일그러진 산헥시아는 어깨가 빠질까 봐 더 이상 움직일 수 없었다. 이 자세로는 신체적 우위가 아무 소용없었다.

"내가 주로 나보다 힘이 세고 키가 훨씬 큰 자들을 상대하는데 이런 건 힘의 문제가 아니거든." 칼은 산헥시아의 귀에 대고 내뱉었다. "급소만 노리면 되니까. 이제 너는 얌전히 있는 것 말고는 선택의 여지가 없어. 엘레아노라, 너에게 몇 가지 지적할게. 내가 너의 환상을 만족시키기 위해 너희 둘과 사랑을 나눌 거란 상상을 한다는 건 네 머리가 완전히 이상해졌다는 거야. 이건 내가 타라를 사랑하고, 타라가 나를 사랑하기 때문이 아니라 네가 내세우는 명분 그 자체가 역겹기 때문이야. 알겠어? 그리고 나는 타라에게 완전히 미쳐 있어. 그러니까 너와 산헥시아, 나에게 그런 일은 오직 끔찍한 악몽에서나 일어날까 말까 한 일이야. 알았어?"

산헥시아는 소스라쳤다. 칼은 모욕당한 것에 대한 악마의 반응인지 엘레아노라의 반응인지 알 수가 없었다. 잠시 후 산헥시아는 긴장을 풀고 기 싸움을 멈췄다.

"꼭 그렇게 고약하게 말해야 되겠어? 진짜 못됐다." 산헥시아는 앙칼진 목소리로 말했다.

"나 원래 그런 사람이야." 칼이 답했다. "네가 봤던 칼은 사랑에 빠져 있었지. 하지만 화가 난 칼은 다정한 것과는 거리가 멀어. 그리고 너는 방금 도저히 용납할 수 없는 짓을 하려고 했어. 빌어먹을, 엘, 네가 유령이라고 해서 원하는 걸 모두 할 수 있는 게 아냐! 해도 되는 게 있고 안 되는 게 있어!"

"아! 그렇다고 치자." 엘레아노라가 토라져서 응수했다. "그래서 무슨 이득이 있는데?"

칼은 더 짜증스럽게 내뱉었다.

"말이 안 통하는데 설명하려고 애쓸 필요가 없지. 이제 놓아줄 거니까 얌전히 네 침대로 돌아가, 알았어?"

엘레아노라가 대답하지 않자 칼은 그녀의 팔을 더 높이 쳐들었다. 엘레아노라는 고통의 신음소리를 냈다.

"알았어, 알았다고." 엘레아노라는 항복했다. "놓아주면 털끝 하나 건드리지 않을게."

칼은 엘레아노라를 놓아주고 경계하면서 뒷걸음쳤다. 산헥시아는 시무룩한 표정으로 칼을 쳐다보고 나서 손목을 문질렀다. 그러고는 어깨를 으쓱했다.

"네가 고집이 세서 정말 유감스럽대. 산헥시아는 네가 귀엽다고 생각하거든. 엘프보다는 못하지만 그래도 귀엽다면서. 그리고 네가 방금 뭘 놓쳤는지 전혀 모른대. 이 여자의 말에 따르면 여성 악마들은 최상의 연인이 되어줄 수 있는데 안타깝다면서. 아주 세고……."

그렇게 말하고 산헥시아가 침대로 돌아가는 사이, 아직 화가 풀리지 않은 칼은 침대에 무겁게 앉아서 두 손으로 머리를 감쌌다.

뒤에서 작은 소리가 속삭였다. 칼이 산헥시아가 돌아온 거라고 생각하면서 벌떡 일어나 욕설을 내뱉으려는데 타라였다.

"정말이야? 네가 나한테 미쳐 있다는 거?"

희미한 어둠 속에서 칼은 미소를 지었다.

"정신적, 육체적 건강에 문제가 있을 정도로 심하게."

"음, 그 말 마음에 든다."

"으응."

"반응이 시원치 않네. 무슨 뜻이야?"

"사랑 때문에 인생이 쉽지 않아."

"그게 바로 사랑이야. 사랑은 많은 걸 복잡하게 만들지만 한편으로 사랑을 하지 않으면 인생이 얼마나 권태롭겠어?"

칼은 웃음이 터질 뻔했지만 친구들을 깨우지 않으려고 꾹 참았다.

칼은 둘이 누워도 넉넉한 크기의 침대로 타라를 떠밀고는 와락 끌어 안았다. 그리고는 타라의 향긋하고 부드러운 머리에 얼굴을 묻었다.

"나의 연인, 내 사랑, 나의 레전드. 근데 나는 이제 권태라는 개념이 날이 갈수록 매력적으로 느껴져. 너에 대한 사랑은 이 세상 그 무엇과도 바꿀 수 없는데도 네 말대로 사랑이 내 인생을 굉장히 복잡하게 만들고 있어."

타라가 편안하게 몸을 기대자 칼은 만족스러워하는 몸이 배신할까 봐 뒤로 물러나야 했다.

칼은 이를 악물었다. 타라도 같은 마음이기 때문에 한숨을 쉬면서 몸을 약간 뺐다. 친구들이 있는 곳에서, 더군다나 지금은 힘을 아껴야 하는데 이러고 있을 때가 아니었다.

그리고 별궁에서 키스할 때 일어난 폭발 사고를 생각하면 우주선에서는…… 절대 안 될 일이었다.

"깬 지 오래됐어?" 그래도 왠지 찜찜한 칼이 물었다.

"네가 침대에서 산헥시아의 팔을 뒤로 돌려 비트는 순간일 거야. 네가 격분하는 소리에 잠을 깼어."

"왜 아무 말도 안 하고 가만히 있었어?" 칼이 물었다.

타라는 나직하게 웃었다.

"그 상황을 네가 어떻게 해결하는지 궁금해서."

"얼굴에 주먹을 날리려다가 그나마 예의를 지켜서 팔을 비튼 거야. 너는 아마 나보다 덜 공격적으로 나왔겠지." 칼은 씨익 웃었다. "어떤 놈이 너한테 똑같은 짓을 했다면 나는 당장 나비로 만들어버렸을 거야."

"나비?"

"응, 박제나비 있잖아. 단검으로 놈을 침대에다 꽂아버렸을 거니까."

"웩."

칼은 타라를 끌어안고 속삭였다.

"너는 내 거고 나는 네 거야. 이 말밖에 할 말이 없다."

타라는 뭉클해졌다. 칼이 이런 말을 할 때 타라는 긴장이 풀어져서 완전히 무방비 상태가 되고 사랑 이외의 다른 건 아무것도 생각나지 않았다.

칼은 한숨을 쉬면서 마지못해 침대에서 내려갔다. 칼이 타라에게 잘 자라고 말한 다음 침대로 돌아갈 때 등 뒤로 그림자가 스쳤다.

깜짝 놀란 칼이 홱 돌아봤다. 로빈이었다.

"빌어먹을!" 칼이 격한 반응을 보였다. "설마 너도 원하는 건 아니지?"

하프엘프는 어리둥절한 얼굴로 칼을 빤히 쳐다봤다.

"뭐?"

"아냐, 아무것도." 칼은 또다시 한숨을 쉬었다. "진짜 긴 밤이다. 너는 무슨 일인데?"

로빈은 잠시 머뭇거렸다. 칼은 침대에 앉아서 궁금한 얼굴로 로빈을 쳐다봤다.

"저기……." 로빈이 마침내 용기를 냈다. "너는 어떻게 하는지 알고 싶어."

"내가 뭘 어떻게 하는데?"

"여자들을 어떻게 유혹하는지 알고 싶어. 산혝시아와 엘레아노라, 두 여자가 너를…… 원하는 걸 봤어! (로빈의 입가에 흐르는 침을 보면서 칼은 손수건을 꺼내줄 뻔했다) 근데 너는 거부했어. (이런, 엘프들은 귀가 예민한데! 로빈이 다 들은 거잖아, 슬루르크!) 말도 안 되는 답변이나 오이 같은 어처구니없는 충고는 사양한다. 나는 진실을 원해. 가령 내가…… (로빈이 잠시 머뭇거렸다) 발라를 정복하고 싶을 때 어떻게 해야 되는데?"

'발라를 일단 묶어버려', 이런 생각이 갑자기 떠오르면서 칼의 머릿속에 몇 가지 저속한 이미지가 겹쳤다. 발라는 눈부시게 아름답지만 소름 끼치는 바이올렛 엘프였다. 발라의 몸에 손을 댄다는 생각만으로도 몸이 움츠러들었다. 하지만 로빈은 농담이 아니라 진지한 답변을 기다리고 있었다.

"나는 여자를 웃게 하지."

잠시 침묵이 흘렀다.

"여자들을 웃게 한다고?"

로빈은 '얘가 또 무슨 얘기를 하는 거야?' 하는 얼굴이었다.

"응." 칼은 아주 진지하다는 걸 보여주기 위해 분명히 말했다. "여자들은 웃게 해주는 남자를 좋아해. 재치, 재미, 친절, 매력, 이런 게 모두 어우러지면 더욱 좋겠지."

하프엘프는 곰곰이 생각하면서 말했다.

"거기에 정직, 용기, 용맹이 더해지면?"

아, 로빈은 자기를 묘사하고 있었다. 칼은 미안하지만 그건 아니라고 말해야 했다.

"아니, 여자들은 그런 거에 관심도 없어. 여자들을 웃겨봐, 백발백중 성공할 거야."

로빈이 칼을 빤히 쳐다봤는데 친구는 솔직하게 말하는 것이었다.

로빈은 속으로 말했다. '그러니까 칼 너는 그렇게 한단 말이지. 농담을 하면서. 음. 그리 어렵지도 않네.'

"고맙다, 칼. 고마워."

로빈은 칼의 손을 덥석 잡고 힘세게 흔들어주고는 자기 침대로 돌아갔다.

멍해진 칼은 뭔가 잘못된 듯한 이상한 느낌으로 침대에 누웠다. 그리고 밤새도록 야한 꿈을 꿨다.

객실의 알람시계 소리에 잠을 깼을 때 두통이 심한 칼을 제외하고 친구들은 잠을 푹 잤다. 거의 일곱 시간을 잤으니 충분한 휴식이었다. 그들은 옷을 갈아입고 크세프로디 행성에 관한 마지막 정보를 얻기 위해 아침을 먹으러 나갔다.

기장은 놀라울 정도로 많은 음식 앞에 앉아 있었다. 발분 버터, 신선한 크림, 미암 잼과 지구의 복숭아 잼, 트라둑 스테이크, 모오오오우우우우 갈비, 스파슌 알, 감자, 양파. 기장은 그들에게 아침 인사를 하고 옆에 놓인 플라스틱 통의 마개를 열었다. 향긋하고 달콤한 냄새가 진동했다.

"와우!" 파브리스는 입술을 핥으면서 탄성을 질렀다. "뭔데 이렇게

향이 좋아요?"

"크셀 * 꿀이야." 무아노가 말했다. "크셀은 아더월드의 극지방 빙원에서만 100년에 딱 한 번 피는 꽃이야. 꽃이 피기 얼마 전 아주 특별한 종의 새하얀 비즈즈즈가 얼음 속에서 태어나. 신기하게도 마치 꽃이 곧 피어날 걸 아는 것처럼. 꽃들이 두 달 동안 밤낮으로 꽃가루를 흩뿌리는 사이 비즈즈즈들은 꽃부리에서 꽃부리로 이동시키는 매개 역할을 한 다음 꽃가루를 수확해서 아주 귀한 꿀을 만들어. 아더월드에서 최고로 좋은 특상품의 꿀이지. 그래서 크셀의 꿀을 먹는다는 것은 천국으로 곧장 올라가는 것과 같다고 말할 정도야. 나는 딱 한 번 먹어봤는데 다시 먹어보고 싶은 욕망을 버리는 데 몇 년이 걸렸어. 기장님, 이걸 구입하려면 왕의 몸값에 해당하는 거금을 줬을 텐데요."

"보수로 받은 거야." 밀수꾼 기장이 껄껄 웃었다. "다시 팔 생각이었는데 맛을 본 게 실수였지. 이제 나는 이거 없이는 못 살아. 그래서 자제하려고 노력하면서 한 달에 한 번만 먹지. 다시는 구할 수 없다는 걸 아니까. 맛보고 싶지?"

"아뇨." 무아노는 단호하게 잘랐다. "우리 중에는 아무도 먹지 않을 거예요. 중독될 필요는 없으니까요."

기장은 어깨를 으쓱하고 나서 플라스틱 통을 조심스럽게 식탁에 내려놓고 칼끝으로 투명한 꿀을 약간 떠내어 크루아상에 발랐다. 그러고는 마개를 다시 봉한 다음 행복한 얼굴로 크루아상을 먹었다.

"비욘드월드가 어떻게 생겼는지 모르지만 황금빛의 천국일 거야."

기장은 그들에게 어서 식사를 하라고 말하고는 버터 오믈렛을 눈 깜짝할 사이에 뚝딱 해치웠다. 그러고는 크셀 꿀을 향해 아쉬운 눈길을 보낸 뒤에 또 한 개의 크루아상에 잼을 발랐다.

"음, 바로 이 맛이야." 기장이 크루아상을 흔드는 바람에 버터와 미암 잼이 블랙커피 위로 뚝뚝 떨어지고 있었다. "한 개미굴 부근에 너희들을 내려줄 것이다. 나는 개미굴이라고 하지만 그들은 콤버스라고 부르지. 이유는 묻지 마, 나도 모르니까. 크세프로디에서 개미족의 도시는 모두 지하에 있어. 반면에 악마들은 콤버스 주변에 집이나 궁전, 그런 종류의 건물을 짓고 장사를 하거나 때로는 위협하면서 살지. 내가 아는 바에 따르면 여왕개미들은 각각 독립적이고, 완벽한 평화주의자들이야. 방어하기 위한 것이 아닌 한 전쟁이라는 개념 자체가 그들에게는 낯선 거니까. 하지만 내가 알아본 바에 따르면 개미족은 정신적인 관점에서 뛰어난 과학자들이야. 물질적인 응용에는 관심이 없으니. 그 점을 이용해서 영악한 악마들이 개미족이 발명한 것들을 쓸모 있는 것으로 개조하는 거야. 그러니까 악마들의 발명품 대부분이 개미족의 머리에서 나온 것들이라고 봐야지. 바로 그래서 개미족이 높이 평가되고 존중받는 것이고. 배신으로 인해 인기가 없는 에프리트들과 완전 달라."

아, 에프리트. 타라가 의문을 품고 있는 것이었다.

"에프리트 얘기가 나왔으니까 말인데 왜 그렇게 갑자기 아더월드를 떠났는지 알아요?" 타라는 건포도 빵을 집어 들고 뜨거운 홍차에 레몬즙 약간과 각설탕 네 개를 넣으면서 물었다.

"전혀 몰라요." 두 번째 크루아상을 어느새 먹어치운 기장은 크루아상을 한 개 더 집어 들고 버터를 바르면서 대답했다. "에프리트들이 용서를 받으려고 노예가 되어 온갖 일을 도맡고 있다는 말은 들었어요. 그래서 전쟁이 계속되면 이번에도 에프리트들이 배신하고 돌아올 거란 기대는 하지 마세요. 에프리트들이 이번에 또……."

"에프리트 구이가 되는 거지." 로빈은 자기가 말해놓고 웃음을 터뜨렸다.

친구들은 약간 황당한 표정으로 로빈을 쳐다봤다.

"왜, 끝장난다는 표현 맞잖아." 로빈은 친구들이 이해하지 못하는 걸 알고 말했다.

칼은 등골이 오싹했다. 칼의 설명을 문자 그대로 받아들인 로빈이 웃기려고 한 말이었다. 아더월드의 신들이여, 친구를 불쌍히 여기소서…….

"아아, 그래…… 재미있다." 무아노는 친절하게 응해주었다.

"하하하!" 파브리스가 맞장구치며 웃어주자 로빈은 의기양양했다.

"친구들아, 제발 그런 식으로 로빈에게 용기를 주지 마!" 칼이 탄식했다. "시도 때도 없이 파브리스가 날리던 문자 수수께끼에서 겨우 벗어났는데 이제부터 또 로빈의 썰렁한 농담을 계속 듣게 되면 어쩌려고!"

타라는 발끈한 로빈의 얼굴에 웃음을 꾹꾹 참으면서 기장이 한 말에 정신을 집중했다. 분명 좋은 뉴스가 아니었다. 가능성이 있는 동맹군은 모두 필요한 상황인데.

"요컨대 악마들은 지상뿐만 아니라 지하에도 돌아다니고 있다." 기장은 '이 녀석, 뭐야?' 하는 시선으로 로빈을 쓱 쳐다본 뒤에 타라에게 말했다. "물어볼 게 있을 경우 이게 필요할 거예요."

기장은 크루아상을 입속에 쑤셔 넣고 가죽띠 두 개가 달린 불그스름한 기구를 보여주었다.

"보코데르인데 초저주파음이라서 마법 없이는 우리의 귀에 들리지 않는 개미족의 언어뿐만 아니라 개미들의 페로몬도 재생할 수 있어요. 페로몬은 개미들의 언어를 보충해주는 제2언어라고 할 수 있죠. 개미들은 소리와 페로몬을 분비해서 소통하지요. 이 기구 없이는 개미족의 말을 이해할 수 없어서 낭패를 보게 될 거예요. 일단 정보를 얻은 다음, 악마들의 도시 외곽에 위치한 우주정거장으로 가세요. 우리는 공식적인 방문이 아니라서 우주정거장에 착륙하지 못하니까 길을 잘 기억해둬요. 다른 행성으로 가는 왕복선들은 모두 우주정거장에 있으니까요. 보코데르는 악마들이 하는 말도 통역해줄 수 있는데 악마들의 언어를 알아듣는 데는 문제가 없다고 했으니 필요 없겠지만……. 그래서 말인데 그 통역 주문을 나한테 걸어주면 정말 좋겠는데요."

"아주 비싸요." 무아노가 미소를 지으면서 말했다. "다음에 만날 때 가격 협상은 해볼 수 있겠죠, 아무개 기장님."

내심 공짜로 얻어볼 속셈이던 기장이 인상을 썼다.

"우리는 여기서 네 시간가량 머물 거예요. 그사이 우리가 운송해야 하는 과학기구들을 실을 겁니다. 그래서 부탁하는데 그때까지는 마법을 사용하지 마세요. 마법을 사용해서 내가 체포되기라도 하면 진짜 후회하게 될 겁니다."

체포되면 어차피 후회하고 말고 할 겨를조차 없을 텐데. 타라는 대꾸할 가치가 없다는 듯 잠자코 있었다.

"나는 행성에 머물러 있지 않을 거니까 우주 공간에서 마주치길 바랍니다."

기장은 이유를 밝히지 않았지만 타라는 무슨 뜻인지 짐작이 갔다. 기장이 지상에서는 꼼짝 못해도 우주 공간에서는 도망치기가 훨씬 쉽기 때문이었다.

"크세프로디는 중심핵이 철로 이루어진 행성이라서 전자파가 작동하고 있지요." 기장이 타라를 보면서 말을 계속했다. "그리고 보코데르 옆 부분에 있는 이걸 눌러야(기장이 검은색 누름 장치를 보여주었다) 어디에 있는지 위치를 알고 우리가 데리러 갈 수 있어요."

"왕복선을 납치하는 데 성공하면 우리가 알아서 떠나면 돼요." 칼이 말했다.

기장이 비장한 어조로 말했다.

"나는 너희들을 여기로 데려온 다음 이틀을 기다렸다가 다시 데려가는 조건으로 대가를 받았다. 너희들이 다른 결정을 내렸다고 해도 그게 내 임무야. 따라서 나는 기다리면서 몽타뉴크리스토의 지시를 따를 것이다. 나는 몽타뉴크리스토에게 살가죽이 벗겨져서 전리품처럼 그의 요새에 걸리고 싶지 않아."

타라 일행은 생각해뒀던 질문 세례를 했지만 불행히도 밀수꾼은 크세프로디 행성에 대해 더 이상은 아는 것이 없었다. 밀수꾼 기장은 고객이 누구인지, 누가 뭘 팔고 사는지 사업에 필요한 것은 뭐든 다 알고 있지만 그 밖의 것에는 관심이 없었다.

그렇지만 기장은 타라 일행에게는 아직 그가 필요하다고 생각하고 있었다. 물론 기장에게는 그들의 크레디트-무트가 필요했다. 그래서 기장은 낯선 행성에서 어린 마법사들을 공격할 수 있는 박테리아나 바이러스 예방 접종을 하게 했고, 자기가 알고 있는 모든 정보를 주었다. 이어서 그들의 시계를 맞추게 했다. 크세프로디의 시간은 아더월드의 시간보다 짧았다. 지구의 시간과 거의 비슷했다.

기장이 타라에게 악마들에게 붙잡히면 자기와 우주선을 위험에 빠뜨리는 것이라면서 협박성 발언을 해서 칼의 신경이 예민해졌다. 타라는 기장이 뼈 한두 개가 부러지는 사고를 당할까 봐 불안해서 칼을 살폈다.

마침내 두꺼운 유리창 너머로 행성의 윤곽이 드러났다. 가까이에서 보니 훨씬 황폐했다. 크세프로디의 절반이 불에 탄 듯 온통 잿빛이었다. 타라는 침을 삼켰다. 악마들이 뭘 하려다가 행성을 이 지경으로 만들었을까?

크세프로디는 지구보다 작고, 아더월드나 악마들의 주요 행성보다는 훨씬 작았다. 중력은 약간 더 약했다. 지구의 달이나 타딕스와 마딕스에서처럼 둥둥 떠오르지는 않겠지만 발이 가벼울 것이다. 악마들은 밀도가 높은 신체 구조라서 문제가 없었다. 파프니르도 밀도가 높아서 크게 불편하지 않을 것이다. 기장은 타라 일행에게 호주머니에 쇳덩어리를 넣어두라고 조언했다. 다른 악마들과 구별되는 것이 전혀 없어야 한다면서.

착륙은 나무랄 데 없이 깔끔했다. 지구의 하늘만큼 파란 하늘 아래 붉은빛 풀밭 한복판이었다. 아더월드보다는 두 태양이 좀 더 멀리 떨어져 있었다. 마치 악마들이 너무 뜨겁지 않고 쾌적한 기온을 주는 위치에 행성들을 '정박'시켜놓은 것 같았다.

기장이 화물칸의 문을 열자 건조하고 포근한 공기가 들어왔다. 태양열을 머금은 풀과 꽃내음이 향기로웠다. 사향인가? 공기 속에서 좋은 냄새가 풍기지만 아주 낯설었다.

아무개 기장이 눈살을 찌푸리면서 인사하는 사이 타라 일행은 짐을 들고 내려갔다. 기장이 안전 때문에 불안해하는 것 같았다. 기장이 도착했다는 신호를 보내자마자 크림색 차량 여섯 대가 우주선을 향해 지면을 스칠 듯 날아왔다. 아더월드의 이동 양탄자처럼 날아다니고, 모양은 바퀴가 없는, 지구의 자동차에 더 가까웠다.

타라 일행은 무슨 일이 생길까 봐 바짝 긴장했다.

자동차 비행기들이 절도 있게 우주선의 화물창 문 앞에서 멈췄다. 구불구불한 갈색 머리에 파란 눈의 젊은 악마가 차량에서 나오다가 활짝 웃었다.

"산헥시아!" 젊은 악마가 악마의 언어로 외쳤다. "여긴 무슨 일이야?"

칼은 경계하면서 양손에 단검을 움켜잡았다. 산헥시아의 기억에 접근하지 못하는 걸 생각하면 엘레아노라는 이 악마를 모를 게 틀림없고, 어쩌면 산헥시아가 배신할지도 몰랐다.

슬루르크! 크세프로디 행성에 내리자마자 문제가 생기다니! 기장의 얼굴이 굳어졌다. 기장은 매직갱의 태도를 보고 여차하면 악마와 네 명의 운전사들을 제거할 작정이라는 걸 알아차렸다. 기장은 가장 재수 없는 일을 맡았다고 생각하면서 살아남는다면 앞으로 고객을 선택할 때 더 신중해야겠다고 다짐했다.

"안녕." 엘레아노라는 당황하지 않고 말했다. "여기 최첨단 물건들이 있다는 소문을 듣고 왔지. 원하는 옷을 무엇이든 입혀주는 홀로그램이 있다면서? 내가 제일 먼저 획득해서 부러워서 미치려고 하는 여자들의 시선을 받아야겠어(엘레아노라는 잠시 말을 멈추고 입술을 쭉 내밀었다). 그리고 아더월드에서는 얼마나 따분했는지 몰라. 툭하면 회의에 토론, 어디를 가나 호위대가 줄줄이 따라다녀서 혼자 쇼핑할 자유도 없었다니까. 게다가 인간들은 또 얼마나 멍청한지 몰라. 내가 베르사체 옷 한 벌 사러 나가는 걸 갖고 어떻게 생각하는지 알아? 내가 그들의 행성을 정복하려고 한대. 나 혼자서…… 그게 말이 돼?"

파란 눈의 악마는 어련했겠냐는 듯 미소를 지었다.

"행성을 정복하는 건 모르겠고 행성을 사는 건 별로 놀랄 일이 아니지. 너 이렇게 도망쳐온 거 아버지에게 알리지 않았지?"

산헥시아가 활짝 웃는 사이, 옆에 서 있는 칼과 친구들은 젊은 악마가 전 마왕의 아들 중 하나라는 걸 알아차리고 숨이 멎을 뻔했다.

"아, 깜박했다." 산헥시아가 아양을 떨었다. "에이, 좀 봐주라. 며칠만 있다 갈 건데."

파란 눈의 젊은 악마는 한숨을 쉬었다.

"너에 대해 아무 말도 하지 말란 거지?"

"그래, 넌 나를 못 본 거야." 산헥시아가 단호하게 말했다. "난 여기 온 적도 없어. 오케이?"

파란 눈의 악마는 하늘을 쳐다봤다.

"너와 함께 세계를 정복하는 건 쉽지 않겠어. 여기는 네가 보면 좋아할 물건이 많아. 그래도 아무 거나 다 사지는 마. 그러다 우리 행성거덜 나니까, 알았지?"

산헥시아는 웃음으로 얼버무리면서 크림색 차들을 가리켰다.

"저 자동차 비행기들 중 하나에 태워주면 안 될까?"

산헥시아는 금빛 하이힐을 신은 예쁜 발을 내밀어 보였다.

"내가 지금 걸어갈 상태가 아니거든."

파란 눈의 악마는 또다시 한숨을 내쉬면서 운전사 중 한 명에게 자동차 비행기에 실린 기구들을 다 내리라고 지시했다.

파란 눈의 악마가 기장과 얘기하는 사이, 우주선에서 내린 상자들과 차에서 내린 기구들이 교환되고 있었다. 타라 일행은 가슴을 졸이면서 지켜봤다.

마침내 작업이 끝났다. 타라 일행은 이곳의 자동차 비행기를 운전할 줄 모르기 때문에 운전사가 동행해야 했다.

파란 눈의 악마는 산헥시아와 인사를 나눈 다음 우주선에서 내린 상자들을 실은 자동차 비행기들을 지휘하면서 가까운 도시를 향해 멀어져 갔다.

"어디에 내려주면 됩니까?" 밝은 초콜릿 피부에 갈색 눈, 인간의 탈을 쓴 근육질의 젊은 악마가 물었다.

"도시를 구경하고 싶어요." 산헥시아는 활짝 웃으면서 말했다. "오래 머물지는 않을 거예요. 아니면 야단맞을 테니까. 그다음 우주정거장으로 가서 왕복선을 타고 궁전으로 가야죠. 아빠가 화를 내시겠지만 대표단에 있는 게 싫다고 이미 말씀드렸으니까……."

운전사는 웃음을 참았다. 타라는 속으로 한숨지었다. 산헥시아의 몸을 장악한 엘레아노라가 큰 도움을 주었으니 비싼 대가를 요구할

게 틀림없었다.

슬루르크!

간밤에 칼을 유혹했던 걸 생각하면 타라는 엘레아노라를 두꺼비로 둔갑시키고 싶었다. 하지만 산헥시아의 몸을 둔갑시키면 엘레아노라가 다른 사람의 몸을 장악할 텐데……. 가령 칼을 장악해서 나쁜 생각을 하게 만든다면? 타라는 아무 말도 하지 않기로 했다.

그래도 타라는 라이벌의 얼굴에 따귀를 날리고 싶은 충동을 억누를 수 없었다. 하지만 유령과 맞서 싸우는 것은 정말 쉽지 않았다.

타라는 주위를 둘러봤다. 중력이 약하기 때문에 이곳은 믿기지 않을 정도로 나무의 너비가 넓었다. 식물은 붉은색 일색이라 아주 단조로웠다. 타라 일행은 하늘이 비쳐서 파란 물 위를 날아갈 때 이따금 유유히 헤엄치는 거대한 회색 물고기들을 볼 수 있었다. 갑자기 그들은 소스라치게 놀랐다. 눈앞에서 초록색의 산더미만 한 것이 움직이고 있었다. 자동차 비행기가 바로 위의 상공을 나는 순간 그들은 일종의 민달팽이들이 열을 지어 전진하고 있다는 걸 알아차렸다.

그런데 이곳의 민달팽이는 몇 센티미터가 아니라 길이가 1미터쯤 되었다.

곤충이라면 질색하는 칼이 침을 삼켰다. 하지만 아무 말도 하지 않았다. 칼은 곤충을 무서워하는 마음을 드러내고 싶지 않았다. 여기저기서 자이언트 나비들이며 벌 떼, 거의 전투기만 한 크기의 곤충들이 날아다니고 있었다.

"이 행성을 잘 몰라서 그러는데 우리에게 위험한 곤충들이 있어요?" 산헥시아는 약간 떨리는 목소리로 물었다. "와, 엄청나게 크다."

갈색 눈의 운전사는 미소를 지었다.

"없어요. 개미족이 경쟁이 될 수 있는 곤충들은 모조리 없애버렸거든요. 그들에게 쓸모가 있는 말벌과 자이언트 거미 두세 마리는 있어요. 개미족이 먹는 꿀을 생산하는 꿀벌도 당연히 있고요. 하지만 해로운 곤충은 다 없애버렸으니까 위험한 건 없어요. 그래도 벌집을 건드리거나 공격하면 안 돼요."

타라와 무아노도 입 밖으로 표현만 안 할 뿐이지 곤충을 끔찍하게 싫어했다. 칼보다 조금 덜할지는 몰라도 커다란 침이 있는 자이언트 곤충들은 생각만 해도 소름이 끼쳤다.

"자이언트 벼룩만 없으면 난 괜찮은데."

파브리스가 구시렁거렸다.

타라는 웃지 않으려고 입술을 깨물었다. 늑대를 제일 괴롭히는 것이 피에 굶주린 벼룩이기 때문에 타라는 이해가 되었다.

"그래도 하나만 충고할게요. 개미족은 이방인에게 절대 콤버스 출입을 허락하지 않아요." 갈색 눈의 악마가 말했다. "개미족이 발명한 기구들을 팔아줄 중개자들도 콤버스 안으로 못 들어가죠. 개미족은 침입하면 무조건 침략으로 간주하고 가차 없이 죽여버려요. 그러니까 콤버스 근처에는 얼씬도 하지 않는 게 안전할 거예요."

산헥시아는 예쁜 얼굴로 고개를 끄덕였다.

"걱정 마요, 냄새나는 개미굴에 발을 들여놓을 생각 없으니까."

하지만 타라와 친구들은 표정이 어두워졌다. 개미굴로 들어가지 않으면 필요한 정보를 어떻게 얻지?

그들은 걱정스러운 시선을 주고받았다.

　그것도 잠시였다. 수액이 방울방울 떨어지는 커다란 꽃에 달라붙어서 꿀을 모으는 아름다운 나비들을 보면서 그들의 입에서 탄성이 흘러나왔다. 이윽고 거대한 콤버스의 우묵한 곳에 자리 잡은 작은 도시가 눈앞에 펼쳐졌다.

나비 스파이

이 지경이 되도록 어떻게 전혀 모를 수 있나

*

리스베스 여제의 집무실에서 크산디아르는 몹시 흥분해 있었고, 방해를 받은 나비들이 아름다운 꽃들 위를 파닥파닥 날고 있었다. 여제로부터 무능력하다는 질타를 받고(여제가 대놓고 말한 건 아니지만 크산디아르는 그렇게 이해했다) 제정신이 아닌 친위대장은, 악마들이 어떻게 최고의 보안을 자랑하는 여제의 집무실에서 일어난 일을 알아냈는지 샅샅이 뒤지고 있었다.

친위대장은 여제만 아는 곳에 숨겨둔 NA 스피어를 악마들이 훔쳐가려고 한 뒤로 보안을 더욱 강화했기 때문에 그 누구도 침입할 수 없다고 장담했었다.

마침내 나비들의 움직임이 크산디아르의 시선을 끌었다. 집무실은 아더월드의 강렬한 두 태양의 열기에 곤충들이 죽는 일이 없도록 설치해놓은 공기 정화기 외에도 숲의 신선한 공기가 들어오게 대형 창문들이 열려 있었다. 크산디아르는 날마다 여제를 위해 싱싱한 꽃에서 꿀을 모으는 살아 있는 보석처럼 아름다운 나비들을 유심히 살폈다. 친위대장은 눈살을 찌푸렸다. 그를 비롯해 친위대원들도 항상 나비들을 검사했었다. 악마들이 무슨 짓이든 할 수 있다는 걸 염두에 둔 것이다. 하지만 이상한 점은 전혀 없었다. 크산디아르는 나비 한 마리가 창문으로 날아가는 걸 보면서 이맛살을 찌푸렸다. 아, 수상한 것이 있는지 탐지기로 확인할 때는 집무실에 있는 물건들과 존재들에 대해서만 했는데……. 그런데 만약 탐지기로 확인하는 순간에 스파이가 집무실 안에 없었다면? 저 나비들 중에 탐지기가 방에 들어오는 순간 달아나게 설정된 나비가 있었다면?

크산디아르는 잠시 생각에 잠겼다가 마치 아무 일도 없었다는 듯 휘파람을 불면서 조용히 집무실을 나간 뒤에 문을 닫았다.

그러고는 문 앞에서 대기하는 부하를 향해 명을 내렸다.

잠시 후, 여제의 집무실 창문들이 닫혔다. 나비들은 알아채지 못했다. 크산디아르는 마이크로 카메라 탐지기를 들고 들어가서 갑자기 곤충들을 향해 휘둘렀다.

빨간빛, 파란빛, 초록빛, 오렌지빛, 은빛, 금빛의 나비들이 생난리를 치면서 날아다녔다. 깜짝 놀란 크산디아르는 욕설을 내뱉었다. 빌어먹을! 이 나비들이 전부 다 스파이란 말인가? 말도 안 돼!

크산디아르는 나비들이 나가려고 하다가 닫힌 창문에 막혔을 때 무슨 일이 일어나는지 조용히 지켜보다 뭔가 수상한 점을 발견했다. 아! 나비들이 전부 다 그런 게 아니었다. 그중 세 마리가 유독 다른 나비들에게 달려들어 놀란 나비들이 어지럽게 날아다니게 만들고는 그속에 숨는 것이 포착되었다.

"더러운 놈들, 내가 본때를 보여준다." 크산디아르는 중얼거렸다.

크산디아르는 마법을 불러내고 빛을 발사했다. 나비 세 마리가 떨어졌지만 그가 겨눈 나비를 맞히지 못했다. 크산디아르는 인내심을 갖고 모든 나비들을 대상으로 하나둘 겨냥했다. 세 마리는 아주 재빨랐다. 평범한 나비의 속도로 볼 수 없었다. 노란 나비 두 마리와 파란색 나비 한 마리. 그때 갑자기 그중 한 마리가 창문을 향해 광선을 날렸고 천둥 치는 소리를 내면서 유리창이 깨졌다.

나비들이 몰려 나가는 사이 화가 머리끝까지 난 크산디아르는 부하들에게 고함을 질렀다. 밖에서 대기하던 양탄자들이 창문 앞으로 날아왔다. 펄쩍 뛰어서 양탄자에 올라탄 크산디아르는 중심을 잡고는 부하들에게 빨리 추격하라고 명령했다.

"네, 대장님." 양탄자를 조종하는 친위대원이 물었다. "근데 뭘 추격합니까?"

"저 나비들!" 크산디아르는 전속력으로 멀어져 가는 나비들을 가리키면서 외쳤다. "돌진! 저것들이 엄청나게 빠르구나!"

의아해하는 친위대원의 얼굴에서 대장의 정신이 이상해진 게 아닌가 하는 의문이 보였지만 더는 묻지 않고 복종했다. 1마하의 속도를 따라잡기 위해 양탄자 지붕을 닫아야 할 정도로 속도를 높이던 친위대원은 이 세상의 어떤 나비도 저 정도로 빨리 날아갈 수 없다는 걸 알아차렸다.

크산디아르는 양탄자에 장착된 대포를 조준했다. 나비들은 이미 황궁 전체가 내려다보이는, 200미터 높이의 돔 지붕을 넘었고, 공원의 자이언트 강철나무 꼭대기를 넘어 도시의 상공을 날아가고 있었다.

대포에서 마법 광선이 발사되었고, 날아가다가 맞은 나비 한 마리가 폭발했다.

"슬루르크! 나비의 몸속에 자폭 장치가 내장되어 있었어!"

크산디아르는 나비들을 마비시키기 위해 다시 대포를 조준하면서 소리쳤다.

"어떡합니까, 대장님?"

"하는 수 없다. 저것들이 어떤 정보를 수집했는지 모르지만 살려둘 수 없다. 저것들을 없애버려야 돼. 다른 양탄자들에게도 알려라."

쉽지 않았다. 다섯 양탄자의 추격을 받으면서 대포가 쏘아대는 마법 광선에 맞은 나비 두 마리는 결국 폭발했다.

크산디아르는 면밀히 분석하면 어쩌면 단서를 찾을 수 있을 거라는 실낱같은 희망을 갖고 나비의 잔해들을 수거했다. 그러고는 여제에게 보고를 하러 황궁으로 돌아가려다 말고 다시 추격을 시작했다.

어쩌면 폭발한 나비들 이외에 다른 나비들도 있을지 모른다는 생각에서였다. 도시 곳곳에 있는 스쿠프들 덕분에 나비들의 이동 경로를 파악하면 그 정보를 어디로 가져가는지, 누구에게 전달하는지 알아낼 수 있을 것이었다.

하지만 크산디아르는 모르는 것이 있었다. 몇 시간 전에 여제의 집무실을 나간 네 번째 나비가 이미 타라가 크세프로디 행성으로 간다는 정보를 보고했다는 것을. 그걸 알았다면 친위대장은 심장이 벌렁거렸을 텐데……

26
개미굴 콤버스

상황이 점점 악화되고 있는데
도와줄 오비완 케노비 없이
어떻게 〈스타워즈〉를 재연하나

*

지붕이 낮은 갈색 건물들의 작은 도시는 활기가 넘쳤다. 갈색 눈의 운전사는 왕복선을 타고 떠나지 않을 경우 묵을 수 있는 호텔을 가리켰다. 그리고 동행한 악마들이 누군지 산혝시아에게 물어보지도 않았다. 전 마왕의 딸과 같이 있다는 것 자체가 최고의 패스포트였다.

그들을 호텔 앞에 내려주고 자동차 비행기가 다시 이륙하자마자 엘레아노라는 의기양양한 얼굴로 돌아봤다.

"봤냐? 내가 없었으면 고생깨나 했겠지?"

"물론이지!" 타라는 주먹을 불끈 쥔 파프니르가 산혝시아의 예쁜 얼굴에서 미소를 사라지게 하기 전에 선수를 쳤다. "산혝시아의 몸을 장악할 생각을 하다니, 정말 잘했어. 브라보, 엘레아노라!"

타라는 유령이 칼을 유혹하려고 한 뒤로 더 꼴도 보기 싫었지만 진지하게 말했다.

"아주 잘했어." 무아노는 긴장을 떨치기 위해 경쾌한 어조로 말했다. "이제 어떡하지?"

"콤버스로 들어가지 않고 개미족과 얘기를 해야지." 타라가 대답했다. "답을 들을 수 있는 질문을 궁리해서. 내 생각에는 굉장히 진보된 종족이지만 파괴된 땅에서 자기들이 만드는 것이 정확하게 뭔지 모르는 것 같아. 우리 두 그룹으로 나눠서 움직이자. 산헥시아, 무아노, 파브리스 너희들은 우주왕복선 사무소에 가서 네 시간 후에 출발하는 왕복선의 자리를 예약해. 만약 왕복선을 놓쳐서 더 머물게 될경우는 내일 아침에 출발하자. 파프니르, 로빈, 칼과 나는 개미족과 얘기해볼게. 크세프로디 시간으로 세 시간 후에 이 호텔 앞에서 다시 만나기로 해."

타라는 납작한 판 한 뭉치를 꺼냈다. 악마들의 돈이었다.

"엘레아노라, 기장이 약속한 돈을 주었어."

하지만 엘레아노라는 손을 흔들면서 거절했다.

"필요 없어. 왕의 자식들은 무한도 신용카드가 있어서 내 모습을 보이기만 하면 뭐든 살 수 있어. 나중에 내 계좌에서 금액이 빠져나가거든. 내 남자 형제 중 한 명이 나를 봤기 때문에 악마들은 내가 여기 와 있는 걸 알고 있어. 그런데 내가 카드를 사용하지 않으면 이상하게 생각할 거야. 나도 이 기회에 산헥시아를 위해 쇼핑이나 좀 할게. 내가 아까 말했던 것이 정말 존재한다면 꼭 갖고 싶기도 하고."

"원하는 옷을 입혀준다는 홀로그램?"

"응. 그래야 내가 여기 와 있는 이유가 정당화되지. 그리고 쇼핑한 걸 가지고 보울리미-레미 행성으로 돌아가서 아더월드로 다시 떠나기 전까지 다른 여자들의 코를 납작하게 만들어야 의심받지 않을 거야."

파브리스와 무아노는 타라와 헤어지는 것이 싫었지만 타라의 말에 일리가 있었다. 산헥시아를 앞세우면 필요한 것을 얻는 데 문제가 없을 테니 둘은 보울리미-레미 행성으로 떠날 준비를 하기로 했다.

셋은 마지못해서 상점과 우주왕복선 사무소를 향해 멀어져 갔다.

타라는 거대한 인공 언덕을 향해 돌아서면서 이를 악물었다.

"에이, 곤충은 싫은데." 타라는 투덜거렸다. "자이언트 곤충은 더더욱."

로빈이 웃었다.

"에이, 네가 안 들어가면 되지."

"뭐라고?"

"곤충은 인섹트. 문자 그대로 '섹트 안으로 들어간다', 그러니까 안 들어가면 된다고."

로빈이 활짝 웃는 얼굴로 타라를 쳐다봤다.

오, 칼! 타라는 속으로 가만두지 않겠다고 말하면서 로빈에게 어색한 미소를 보냈다.

타라가 칼을 쳐다보면서 앞서 가라는 눈짓을 보내는 사이 파프니르는 웃음이 터졌다. 그나마 로빈의 농담을 재미있어하는 친구가 한 명이라도 있어서 다행이었다.

"칼, 로빈에게 농담하라고 말한 게 너지?" 타라가 나직한 소리로 물었다.

"그게…… 난 솔직하게 말한 거야." 칼은 옹색한 변명을 했다. "로빈이 내가 어떻게 여자들을 유혹하는지 알고 싶다고 해서 여자들을 웃기라고 말한 것뿐이야."

"아주 좋지 않은 생각이었어."

칼은 한숨을 내쉬었다.

"그래, 그런 것 같다."

타라와 칼은 서로 쳐다보다 웃음이 터졌다. 그러다 주변의 악마들이 돌아보자 얼른 표정을 바꿨다.

괜히 이목을 끌 필요가 없었다.

작은 도시에 온갖 종족이 북적거려서 다행이었다. 타라가 예상한 대로 악마들은 아더월드에 존재하는 모든 종족을, 아니 타트리스족, 땅신령, 요정, 자이언트 거미, 꼬마도깨비, 난쟁이족을 제외하고 거의 다 복제했다. 인간이 가장 많이 보이고 엘프와 뱀파이어들도 여기저기 눈에 띄었다.

덕분에 아무도 타라 일행에게 관심을 갖지 않았다.

자이언트 붉은 개미들이 지나갈 때 타라 일행은 바짝 긴장하면서 유심히 관찰했다.

갈색 계통의 3층 건물들과 큰 집들이 도시를 형성하고 있었다. 초록색 아스팔트를 깐 넓은 거리는 혼잡했다. 타라 일행은 막상 붉은 개미족과 마주치자 섬뜩했다. 크세프로디 행성에 관련된 비디오들을 많이 보고 왔었다. 하지만 무엇이든 싹둑 반 토막 낼 것 같은 무시무시한 턱을 실룩거리는 개미족을 바로 옆에서 보니 느낌은 완전히 달랐다.

칼은 일그러진 얼굴로 침을 삼키면서도 다른 친구들과 마찬가지로 붉은 개미를 찬찬히 뜯어보면서 키틴질의 두꺼운 등껍질에서 약점을 간파했다.

지구와 마찬가지로 붉은 개미는 키틴질 껍질로 이뤄진 외골격을 지니고, 거의 밤색에 가까운 붉은색 털로 덮여 있었다. 다리 여섯 개 외에 일종의 팔 같은 것 두 개가 흉부에 달려 있는데 날카로운 침이 달린 튼튼한 다리의 이동 기능과 달리 조종 기능을 하는 것이 분명했다.

"평화적인 종족이라더니 왜 걸어 다니는 요새 같지?" 붉은 개미를 살피던 파프니르가 도끼를 움켜잡고 중얼거렸다.

"자기들끼리는 싸우지 않나 보지." 매직갱 중에서 자연의 생태계에 대해 가장 많이 아는 로빈이 말했다. "하지만 모든 종의 곤충들은 천적 관계가 있어서 포식동물에 대해 방어해야 돼. 지네, 거미, 개미, 새, 개미핥기, 말벌 등 타라, 네가 자란 지구에도 동물들 간의 천적 관계가 있어. 우리 앞에 있는 개미는 전사야. 내 생각에 개미족과 얘기를 하려면 그중 일개미와 하는 게 더 나을 거야. 전사 개미는 개미굴을 지키는 것이 전문이라 정치적인 문제는 전혀 모를 거야. 물론 중요한 정보를 얻으려면 여왕개미를 만나는 게 가장 이상적이겠지. 여왕개미는 개미굴 안에서도 아주 깊숙한 데에 살고, 모든 일은 여왕개미를 중심으로 돌아가. 여왕개미는 일개미나 전사 개미보다 크기가 10배 정도 커서 움직일 수 없을 정도이고, 여왕을 먹여 살리고, 여왕이 끊임없이 낳는 알들을 돌봐주는 일개미들에게 에워싸여 있어. 하지만 우리는 콤버스에 들어가지 못하기 때문에 다른 방법을 찾아야 해."

476

그때였다. 인간 모습의 젊은 악마 여섯 명이 전사 개미를 에워싸더니 공처럼 생긴 것들이 끝에 묶여 있는 가죽끈을 흔들었다.

"볼라라고 하는 도구야." 타라가 말했다. "지구 남아메리카의 대초원 팜파스에서 목동들이 가축을 잡을 때 사용해."

"내가 보기에는 저놈들이 무슨 다른 짓을 하는 것 같은데." 파프니르가 눈살을 찌푸렸다.

젊은 악마들은 술에 취해 있는 것 같았다. 그들은 시끄럽게 떠들어 대면서 전사 개미 주위를 빙글빙글 돌고 있었다. 악마들은 누가 먼저 개미 등에 올라타는지 내기를 하는 것이었다. 하지만 전사 개미는 전혀 재미있어하지 않는 것 같았다.

"오, 오." 로빈이 탄성을 질렀다.

"네가 '오, 오' 할 때 기분이 안 좋단 말이야." 칼이 핀잔을 주었다.

"저 자세를 잘 봐. 전사 개미가 턱뼈로 딱딱 소리를 내면서 몸을 웅크리고 있잖아. 저 멍청한 놈들은 전사 개미가 뒷걸음치려는 거라고 생각하지만 저건 공격하겠다는 자세야."

로빈의 말이 끝나기 무섭게 개미가 제일 가까이 있는 악마에게 달려들었다.

악마는 전혀 예상하지 못하고 있다가 무슨 일인지 깨닫기도 전에 두 동강이 났다.

타라는 끔찍한 광경에 시선을 돌렸다.

술이 확 깬 나머지 악마들은 격분했다. 성난 악마들이 볼라를 사용해서 개미의 다리를 꼼짝 못하게 옭아맸다. 개미는 이내 힘을 쓰지 못하고 날카로운 소리를 내지르면서 턱뼈로 딱딱 소리를 냈다.

"오, 오." 로빈이 또 탄성을 질렀다.

"너, 나랑 얘기 좀 해야겠다." 칼이 말했다. "그놈의 '오, 오' 좀 집 어치우라고!"

"여기서 빨리 도망쳐야 해." 로빈이 황급히 뒷걸음치면서 말했다. "지금 당장! 개미가 방금 낸 소리는 조난 신호야!"

로빈의 목소리에서 위급함을 느낀 칼과 파프니르는 즉시 반응했다. 셋은 운전사가 알려줬던 호텔로 뛰어 들어갔다. 일단 건물 안으로 피신하자 그들은 호텔에 있는 다른 사람들처럼 두꺼운 유리창을 통해 광장에서 일어나는 상황을 지켜봤다.

그들과 함께 오지 않고 개미를 보호하려고 애를 쓰는 타라를 보기 위해서였다.

타라는 마법이 아니라 주먹과 발을 사용해서 악마들을 하나둘 차례로 공격하고 있었다.

젊은 악마들은 검을 갖고 있기 때문에 개미의 껍질에서 약한 부분을 골라서 찌르고 있었다. 개미는 피를 흘리면서도 볼라에서 벗어나려고 안간힘을 다해 버둥거렸다.

악마 중 한 명이 개미의 다리 하나를 잘라서 의기양양하게 머리 위로 휘둘렀다.

악마들이 아직은 취해 있는 상태라서 그사이 몰려든 개미 무리에 숨은 타라가 그들을 공격하는 걸 알아차리지 못했다.

칼과 파프니르, 로빈은 뛰어가려다가 갑자기 멈췄다.

전사 개미가 보낸 조난 신호를 듣고 개미부대가 달려왔기 때문이다. 노란 껍질에 검은색 머리의 개미 몇 마리가 거느리는 병정개미들이 붉은 물결을 이루고 있었다.

무슨 일인지 알아차리기도 전에 젊은 악마들은 공격을 받았고, 거미줄처럼 끈끈하고 단단한 끈에 꽁꽁 묶였다.

개미부대는 그들을 강제로 무릎을 꿇렸다.

그런데 한 가지 문제는 개미들이 악마들과 타라를 구별하지 못한다는 것이었다. 그래서 타라도 악마들과 함께 묶여 있었다. 타라는 호텔을 향해 신호를 보냈고, 칼은 파프니르와 로빈에게 가만히 있게 했다.

"기다려. 타라가 지금은 움직이지 말래."

"네가 그걸 어떻게 알아?" 로빈이 떨떠름하게 물었다.

"우리에게 무슨 일이 생겨서 힘을 쓰지 못하게 되었을 때 한 사람이라도 자유로울 경우 약속해놓은 신호가 몇 개 있어. 타라가 지금은 우리가 개입하는 걸 원치 않아."

파프니르는 씩씩거렸다.

"타라에게 무슨 짓만 해. 껍질이 있는 놈이든 없는 놈이든 잘게 토막을 내버릴 테니까!"

하지만 그들만 불안에 떠는 것이 아니었다.

여러 채의 흰색 건물 중 하나에서 악마들이 황급히 나왔다. 이들은 인간의 모습이 아니라 늙은 악마들이었다. 갈퀴손톱에 이빨, 촉수들이 있는 그야말로 전형적인 악마의 모습이었다. 악마들은 괴물 같은 흉측한 얼굴인데도 타라가 알아볼 수 있을 정도로 당황한 기색이 역력했다.

거기 있는 이들은 모두 악마의 언어를 알기 때문에 무슨 말인지 알아들을 수 있었다. 보코데르 없이는 개미들의 페로몬을 이해할 수 없지만 대화는 확실히 들을 수 있었다.

"우리 젊은이들을 용서하십시오, 오너러블." 늙은 악마들이 변호했다. "그저 장난을 치려는 거였는데 전사 개미가 해치려는 것으로 오해한 겁니다."

개미들이 뭐라고 날카로운 소리를 냈다. 가슴에 보코데르를 묶은 늙은 악마는 시커먼 촉수들을 흔들면서 뒷걸음쳤다.

"네, 알고 있습니다." 늙은 악마가 말했다. "칼로 찌르고 다리를 자른 것은 야만적 행위 맞습니다. 하지만 전사 개미가 먼저 공격했다는 것과 우리 젊은이 한 명을 죽였다는 걸 참작해주세요. 다른 젊은이들은 그에 대한 복수를 한 것이고요."

검은색 머리의 노란 개미들 중 왕초 개미가 전사 개미를 향해 다가가서 몇 가지를 물었다. 전사 개미의 대답을 듣고 돌아선 왕초 개미가 늙은 악마들을 향해 뭐라고 날카로운 소리를 내는 사이 다른 병정 개미들은 볼라에 다쳐서 꼼짝 못하는 개미를 데려갔다.

왕초 개미의 말을 들으면서 늙은 악마가 말했다.

"네, 네, 이해합니다. 한 생명 대 한 생명. 전사 개미가 치명상을 입어 거의 죽게 생겼으니 그 점에 대해 사과를 표합니다. 오너러블, 우리 못난 놈들을 너그럽게 봐주신다면 정말 고맙겠습니다."

늙은 악마가 날리는 위협적인 시선에 젊은 악마들이 벌벌 떠는 것으로 보아 개미족 앞에서 이런 굴욕을 당한 것에 대해 어떤 대가를 치를지 짐작이 갔다.

타라는 개미들이 늙은 악마의 사과를 받아들이는 것 같아서 안도했다. 왕초 개미가 이끄는 개미부대는 젊은 악마들을 풀어준 다음 개미굴을 향해 떠났다.

타라도 같이 데려가고 있었다.

타라가 도와주려고 했다는 걸 부상당한 전사 개미가 알았던 걸까? 아니면 타라를 산 채로 잡아먹거나 애벌레들에게 먹이로 던져주려는 건가?

칼이 뛰어나가려고 했지만 타라가 이번에도 개입하지 말라는 신호를 보냈다. 칼 일행은 무기력하게 타라가 개미들을 따라 땅굴로 사라지는 것을 쳐다보고만 있었다.

젊은 악마들은 안도하면서도 격분했다.

"그래도 이건 아닙……." 그중 금발에 초록빛 눈의 악마가 소리를 지르다가 날아오는 촉수에 얻어맞고 흙바닥에 푹 고꾸라졌다.

"저 형편없는 놈은 연행하고 나머지는 우주왕복선에 태워서 추방시켜라!" 늙은 악마가 혐오스럽다는 듯이 말했다. "왕에게 전하라. 형제자매들이 일으키는 말썽 때문에 내가 골머리를 썩고 있으니 다음부터는 개미족이 그들을 처형하게 내버려둘 거라고 분명히 전하라. 나는 제품 검사를 하는 것만으로도 바빠서 이런 쓸데없는 일에 낭비할 시간이 없다."

수하의 악마들은 늙은 악마에게 복종했고, 젊은 악마들의 항의에도 불구하고 두 동강이 난 시신을 수거했다.

칼과 파프니르, 로빈은 서로를 쳐다봤다.

"슬루르크, 슬루르크, 브롤크 드 슬루르크." 칼이 호텔의 다른 손님들이 들을까 봐 주위를 살펴본 다음 나직하게 말했다. "죽어버릴 거야! 맹세코 죽여버릴 거야!"

"누구를 죽여?" 로빈이 놀란 얼굴로 물었다.

"타라! 항상 위험을 자초하잖아. 그냥 우리를 따라 도망치면 될 걸 왜 저러냐고? 열의가 넘치는 건 알겠는데 개미 한 마리 때문에 목숨을 걸다니!"

칼은 너무 화가 나서 침까지 튀기고 있었다.

"하지만 타라의 의도대로 된 것 같은데." 파프니르가 말했다. "중요한 정보를 얻으려면 여왕에게 접근할 필요가 있다고 로빈이 말했잖아. 내 생각에는 그것 때문에 타라가 일부러 그런 것 같아. 정말 영리해, 나는 생각도 못했는데."

칼은 약간 진정이 되었다.

"그래, 알아. 일리는 있어. 하지만 타라가 이럴 때마다 나는 살이 떨려 죽겠어. 선택의 여지가 없으니까 우리도 들어가야지, 뭐."

로빈이 부르르 떨었다.

"나는 밀폐된 곳이 진짜 싫은데."

파프니르는 씨익 웃었다.

"난 좋아. 걱정 마. 너무 무서우면 말해. 내가 손을 잡아줄 테니까."

"아, 그럼 좋지."

셋은 거리로 나갔다. 주민들이 삼삼오오 모여서 방금 일어난 일에 대해 이러쿵저러쿵 말이 많았다. 대체로 젊은 악마들에 대해 호의적이지 않았다. '오만한 것들', '경솔한 것들', '버르장머리 없는 것들'이란 말이 가장 많이 튀어나왔다. 다른 악마들도 전 마왕의 자식들을 별로 좋아하지 않는 분위기였다. 인간 모습이 아닌 악마들도 마찬가지였다. 엘프, 뱀파이어 모습의 악마들은 특별히 무슨 말을 하지 않았지만 몹시 불쾌한 표정이었다.

"전 마왕의 자식들은 이 악마들과 사이가 안 좋은 모양이야⋯⋯."

칼이 중얼거렸다.

"알아둬야 할 일이야. 산헥시아에게 콤버스 안으로 들어가지 말라고 한 게 그래서였어. 무아노와 파브리스는 걱정하지 않아도 되겠지?"

"나중에 알게 되겠지. 타라가 이 도시의 절반을 날려버리는 것으로 우리 친구들에게 강력한 신호를 보내는 일만 일어나지 않는다면."

그들은 호기심과 불안이 반반씩 섞인 시선을 주고받았다. 그들이 불안하지 않은 단 한 가지 이유는 개미족이 타라를 데려갈 때 백팩 안에 살아있는 돌이 함께 갔기 때문이었다. 악마의 사물들도 있었다. 따라서 타라는 무방비 상태가 아니었다. 그렇지만 칼은 어두컴컴한 개미굴로 내려가는 타라를 상상하면서 등골이 오싹해졌다.

사실 개미굴은 전혀 어두컴컴하지 않았다. 타라의 예상과 달리 터널은 아주 밝고 공기도 상큼했다. 통풍 장치가 공기를 계속 바꿔주는 것 같았다. 타라가 첫 번째로 놀란 것이었다.

두 번째로 놀란 것은 곳곳에 놓인 온갖 기구들이었다. 구멍 뚫는 기구, 통풍 기구, 경작 기구, 조명 기구, 의료 기구 기타 등등.

모든 기구가 곤충 모양이었다. 인간들이 인간을 모델로 삼는 경향이 있는 것처럼 개미족은 곤충을 모델로 삼고 있었다. 하지만 개미족은 귀한 보석으로 기계를 만들었기 때문에 세공 기술이 어찌나 섬세하고 정교한지 하나같이 예술작품 같았다. 그리고 눈이 부실 정도로 번쩍거려서 휘황찬란한 빛깔에 둘러싸인 느낌이었다.

아름다웠다. 어둡고 밀폐된 세계를 보게 될 거라고 상상했는데 강렬한 빛에 휩싸인 으리으리한 곳이었다.

개미굴의 중심으로 들어갈수록 수천 헥타르의 넓은 공간이 펼쳐졌다. 타라는 아더월드와 마찬가지로 개미들이 컨베이어벨트나 양탄자를 타고 이동하는 걸 보고 깜짝 놀랐다. 하지만 이곳의 양탄자는 마법이 아니라 에너지로 작동하는 것이었다. 모우르무르가 있었다면 너무 흥분한 나머지 개미족이 도대체 이것들을 어떻게 작동하는지 알려고 여기저기 들쑤시고 다녔을 텐데.

물론 그러다 죽도록 얻어맞았을 것이다. 큰 머리와 무시무시한 턱뼈를 가진 전사 개미들이 도처에서 삼엄한 경비를 서고 있으니…….

개미들이 물결을 이루듯 끝없이 이어졌다. 불그스름한 갈색 털이 있는 개미들이 가장 많고, 악마들이 오너러블이라고 부르는 검은색 또는 빨간색 머리를 가진 노란 개미들이 보였다. 타라를 체포해서 병정부대를 거느리고 등장한 검은색 머리의 왕초 개미가 날카로운 소리를 연속적으로 내자 즉시 개미들이 길을 터주었다. 보코데르의 통역 없이도 타라는 '짐이요, 짐. 비켜, 비켜!' 대충 그런 뜻이라고 짐작했다.

몇 시간은 흐른 것처럼 긴 시간이 지난 후, 빨간 머리의 노란 개미가(묶여 있으면 데리고 가는 것이 아주 불편하기 때문에 개미는 타라를 등에 지고 있었다) 타라를 아주 널찍한 감방에 내려놨다.

빨간 머리의 노란 개미는 타라를 묶은 끈끈한 줄을 풀어주고 쇠창살 문을 닫고 사라졌다.

"정말 미치겠네." 타라는 피멍이 든 팔다리를 문지르면서 투덜거렸다. "개미족까지 감옥이 있다니 말도 안 돼! 난 도대체 왜 어디를 가나 감방에 갇히는 거야!"

타라는 혈액순환이 되게 다리를 풀 겸 다른 포로들이 있는지 보려고 감방 밖을 살펴본 뒤 빨간 천을 씌운 널찍한 침대에 앉았다.

으아악, 순식간에 타라는 천장에 달라붙었다.

맥박 수가 200개는 뛸 정도로 놀란 타라는 몇 초가 지나서야 공격받은 게 아님을 알아차렸다. 침대는 사용자가 편안히 떠 있을 수 있게 반중력 장치가 되어 있는 데다 개미의 무게에 맞춰 설정되어 있었기 때문에 개미보다 무게가 가벼운 인간이 앉자 천장으로 날려버린 것이었다.

타라는 말미잘처럼 천장에 딱 달라붙어 있는 꼴이 하도 웃기고 어이가 없어서 웃음을 참을 수 없었다. 잠시 숨을 고른 뒤에 타라는 악마의 영혼들의 도움을 받아 체중을 더 무겁게 하여 바닥으로 내려간 다음 잽싸게 굴러서 반중력의 영역을 벗어났다.

그러고는 조심스럽게 몸을 일으켜 바닥에 앉았다. 방 안에는 침대와 바닥 말고는 아무것도 없었다.

타라는 숨넘어갈 정도로 욕설을 내뱉다가 쇠창살을 향해 고개를 들었다. 누군가 쳐다보고 있었다. 검은색 머리의 노란 개미. 색깔이 다르거나 특징이 없는 한 타라의 눈에는 다 똑같아 보이기 때문에 누가 누군지 구별할 수 없었다.

"좀 전의 오너러블이에요?"

검은색 머리의 노란 개미는 타라가 침대의 원리를 분석하고 바닥에 앉아 있는 것에 꽤 놀라는 눈치였다. 슬루르크! 타라는 악마의 언어가 아니라 오무아 언어로 말했다는 걸 알아차리고 입술을 깨물었다.

"당신은 보울리미-레마족이 아닙니다." 타라의 가슴에 있는 보코데르가 전달했다. "당신은 인간입니다. 그 세계에서 온."

타라는 흥미롭다는 듯 쳐다보는 검은색 머리의 노란 개미를 향해 고개를 들었다.

"왜 그렇게 생각하죠?" 타라는 경계하는 시선으로 물었다.

"당신의 냄새와 언어가 보울리미-레마족과 다릅니다. 그런데 역겨운 마법을 사용했습니다. 그 세계의 두 발 인간들은 역겨운 마법을 사용할 수 없는데 당신은 누굽니까?"

아, 슬루르크! 호르몬 분비 물질로 소통하는 종족은 초고감도 더듬이로 인간 모습의 악마들과 진짜 인간의 차이를 탐지한다는 걸 생각했어야 되는데. 개미는 타라가 천장에서 내려오는 걸 보았던 것이다.

"역겨운 마법이요?"

"보울리미-레마족이 훔쳐간 영혼들의 마법이니까요. 보울리미-레마족이 우리 여왕들과 그 자매들, 자식들의 영혼을 훔쳐갔습니다. 우리 종족 수백만이 당했습니다. 그 세계의 주민들이 벌써 보울리미-레마족과 동맹을 맺었습니까? 싸우지도 않고? 우리는 공동의 적을 갖고 있습니다. 인간, 다시 묻겠습니다. 당신은 누굽니까?"

와, 이렇게 솔직하게 까발리다니. 타라는 갑자기 자세한 내용을 모르는 위험천만한 정치적 대화에 끼어든 기분이었다. 어쩌면 이게 더 위험할 수도 있는데…….

개미가 이렇게 숨김없이 말한다는 것은 이 대화가 영원한 비밀이 되도록 타라를 죽이겠다는 노골적인 표시이기도 했다. 아니, 정확히 말하면 죽이려는 것이다. 타라도 악마의 영혼들도, 살아있는 돌도 그렇게 가만히 당하고 있지는 않겠지만.

"아니에요. 우리는 보울리미-레마족과 동맹을 맺지 않았어요. 그리고 나는 당신의 표현대로 역겨운 마법을 사용할 수 있어요. 하지만 뭐, 대단한 힘을 쓸 수 있는 건 아니…….."

노란 개미가 물었다.

"우리 행성에는 무슨 일로 왔습니까?"

이 질문은 적인지, 친구인지를 묻는 것이었다.

"지금으로서는 비공식적인 경로를 통해 당신의 종족과 대화를 하려고 온 겁니다." 타라는 신중하게 말했다.

검은색 머리가 더듬이를 내렸는데 마치 타라를 '맛보려는' 것 같았다.

"대화? 무엇에 대한 대화입니까? 우리를 정복한 보울리미-레마족이 전쟁을 선포한 것에 대해서? 거미가 나비를 낚아채듯 당신의 행성에서 영혼들을 수집한 것에 대해서?"

보코데르는 비아냥거리는 억양까지 전할 수 없지만 타라는 노란 개미가 그런 억양이었을 것 같았다.

갑자기 노란 개미가 덧붙이는 말에 타라는 소스라치게 놀랐다.

"새로 왕이 된 아르칸즈가 방금 당신의 행성을 공격한 것은 보울리미-레미 행성의 정부가 아니라 반란파에서 일으킨 것이라면서, 그 피해 보상을 위해 필요한 조치를 취하겠다는 성명을 발표했습니다. 하지만 아르칸즈는 그렇게 하지 않을 겁니다. 그걸 알아야 합니다."

갑자기 현기증이 일어난 타라는 뒷걸음치다 하마터면 침내에 앉을 뻔했다. 하지만 다행히 천장에 달라붙었던 기억이 나서 주저앉지 않으려고 무릎을 딱 붙였다.

"아, 그랬어요? 모르고 있었는데……(타라는 정신을 차리려고 애를 썼다). 아르칸즈가 그런 성명을 발표했다면서 왜 그러지 않을 거라고 말하죠?"

"우리에게도 똑같이 했으니까요. (아, 이번에는 보코데르가 억양을 전해주지 않았는데도 신랄함이 느껴졌다) 보울리미-레마족은 우리를 해치지 않을 거라고 말해놓고서 협조하는 것이 이롭다는 걸 보여주기 위해 많은 콤버스를 파괴했습니다. 죽은 여왕들은 귀중한 정보들을 딸들에게 전수하지도 못했습니다. 절대 용납할 수 없습니다. 우리는 여왕들의 영혼을 찾아서 해방시켜야 합니다."

타라는 생각에 잠겼다. 지금 이 모든 얘기가 동맹을 맺자는 뜻인가? 개미족이 우리와 동맹을 맺는 것이 가능한 일일까?

타라의 미션이 방금 중대한 전환점을 맞은 것이었다. 타라는 갈색 머리를 뒤로 넘기고 팔짱을 끼면서 말했다.

"오너러블, 나는 여왕을 만나고 싶습니다. 여왕과 나, 이 행성 전체와 나, 우리는 같은 이해관계를 갖고 있습니다."

노란 개미는 흠칫 놀라더니 뜻밖에도 완전히 다른 질문을 던졌다.

"왜 전사 개미를 방어해주었습니까?"

타라는 진지하게 답변했다.

"젊은 악마들……, 아니 보울리미-레마들이 먼저 시비를 걸었고, 전사 개미는 그에 대응한 거니까요. 그리고 나는 누구든 남을 학대하는 꼴을 못 참아요. 특히 그렇게 힘을 못 쓰게 만들어놓고서. 6대 1의 싸움, 그건 공정하지 못한 거지요. 그래서 도와주기로 했던 겁니다."

"우리 개미굴에 들어오려는 목적 때문이 아니고요?"

사실, 개미족 앞에 무릎을 꿇었을 때에야 비로소 그 생각을 했기 때문에 타라는 자신 있게 대답했다.

"아니에요. 그때는 그런 생각을 할 겨를도 없었어요. 나는 고통스러워하는 생명만 생각했어요. 그저 도와주고 싶었을 뿐이었어요. 그리고 솔직히 말해서 당신들이 나를 끌고 갈 거란 예상도 못했고요. 하지만 이렇게 되고 보니 고마워요. 나는 정말 여왕을 만나서 대화하고 싶으니까요."

비록 악마들이 개미를 공격하는 걸 보면서 타라는 화가 치밀어 자제력을 잃고 충동적으로 행동했지만 사실이었다.

노란 개미는 더 이상 아무 말도 하지 않다가 갑자기 돌아서서 사라졌다.

타라는 긴장을 약간 풀었다. 그리고 칼과 친구들이 이 일에 연루되지 말고 조용히 기다리고 있기를 바라면서 노란 개미가 방금 한 말을 곰곰이 생각했다. 크세프로디 주민들은 공포에 떨면서 보울리미-레마족에게 원한을 품고 있었다. 목소리의 억양을 전해주지 않지만 보코데르의 통역을 참조하여 타라가 파악한 바에 따르면 크세프로디 주민들은 아주 신중한 방식으로 동맹국을 찾고 있었다. 이들이 여왕개미들의 영혼이 해방되기를 바라는 것은 분명했다. 그리고 악마의 마법을 사용해서 기구들을 작동하는 것이 아니었다.

이 모든 정보는 매우 중요한 것이기 때문에 타라는 빨리 리스베스 여제에게 전할 수 있기를 바랐다. 에프리트족과 함께 개미족이 보울리미-레마족에게서 등을 돌리고, 모우르무르의 연구가 성공해서 중립을 지키겠다는 자보르족의 약속이 실현될 경우 싸워야 할 행성은 여섯 개가 아니라 세 개로 줄어드는 것이었다. 그렇게만 되면 전쟁의 판세를 완전히 바꿀 수 있었다.

개미족은 시간 개념이 인간들과 조금 다른 모양이었다. 두 시간이 흐른 뒤에야 감방으로 다가오는 발소리가 들렸다.

개미들이 포로들을 등에 지고 있었다. 타라는 꽁꽁 묶인 칼과 파프니르, 로빈을 보고 파랗게 질렸다.

"타라!" 칼이 안도하면서 외쳤다. "괜찮아?"

타라는 쇠창살 앞으로 다가가서 친구들의 손을 잡았다.

"칼? 파프니르? 로빈? 어떻게 된 거야? 내가 밖에서 기다리라고 했잖아!"

"그럴 수 없었어." 보코데르가 그들의 대화를 개미의 언어로 전달하는 걸 의식한 칼이 경쾌하게 대답했다. '친구가 붙잡혔는데 뒤도 돌아보지 않고 도망치지 마라'는 말이 있잖아. 그래서 우리는 너를 찾으러 온 거야. 물론 쉽지 않았어. 개미족은 '못 들어가' 이것밖에 할 줄 아는 말이 없었으니까."

"근데 어떻게 들어왔어?"

"악마의 마법을 사용해서 보초들을 설득하려고 했어. 그런데 검은색 머리의 노란 개미가 나타나더니 보초들에게 우리를 들여보내라고 말하는 거야. 우리가 '역겨운 마법을 사용할 줄 알지만 악마는 아니다'라면서 여기로 데리고 들어왔어. 그래서 짜잔, 하고 네 앞에 나타나게 된 거지."

개미족은 파프니르의 도끼를 압수조차 하지 않았다. 영문을 모르는 파프니르는 무시당했다는 생각에 화가 나면서도, 한편으로는 무장해제가 되지 않은 것에 안심하는 눈치였다. 개미족은 타라에게 했던 것처럼 감방 문을 열고 그들을 내려놓은 다음 끈을 풀어주고 나갔다.

로빈은 타라에게 미소를 지어 보이면서 일어났고, 팔과 허벅지를 문질렀다.

"휴, 다리에 개미들이 기어 다녀서 말이야."

타이밍 성공! 로빈이 다리가 저릴 때 쓰는 표현을 용케 찾아낸 것이었다. 이번에는 타라가 웃음을 터뜨렸다. 진짜 웃겼기 때문이기도 하지만 친구들이 무사한 것에 안도했기 때문이다. 칼은 눈살을 찌푸렸다. 너무 잘생긴 하프엘프가 타라를 웃게 한 것이 달갑지 않았다.

파프니르는 구시렁거리다 침대에 앉으려고 했다.

"안 돼!" 타라가 외쳤다.

너무 늦었다. 떽따는 소리를 지르면서 난쟁이가 날아올랐다. 타라보다 밀도가 크기 때문에 천장에 가서 달라붙지는 않았지만 파프니르가 조금 아래 허공에 둥둥 떠 있는데 사색이 된 얼굴이었다.

"괜찮으니까 겁먹지 마." 타라가 말했다. "개미들을 공중에 떠있게 설정된 자동침대인데 성능이 강력해. 내가 말해주려고 했는데⋯⋯."

친구들 앞에서 체면을 완전히 구긴 파프니르는 타라의 말이 끝나기도 전에 긴 줄에 매단 단도를 날려서 감방의 벽에 꽂았다. 그러고는 줄을 잡고 반중력 영역을 벗어났다.

하지만 파프니르는 벗어나자마자 바닥에 벌렁 나자빠졌는데 쿵, 하는 소리에 감옥이 울릴 정도였다. 파프니르는 신음소리를 냈다.

로빈이 뛰어갔다.

"파프니르, 괜찮아?"

"내 갈비뼈." 난쟁이가 죽는 소리를 했다. "아프다!"

"미안해." 타라가 말했다. "내가 도와주려고 했는데 네 행동이 너무 빨랐어."

"그래, 다음번에는 더 빨리 나를 말려줘, 알았지? 아야, 아야! 빌어먹을, 덴두레 형제들과 경주하던 때가 기억나. 녀석들이 나를 함정에 빠뜨려서 꼼짝 못하게 만드는 사이 형제들의 큰형 로릭이 결승선을 향해 질주했어."

파프니르는 로빈의 부축을 받아 일어났고 조심스럽게 갈비뼈를 만졌다.

"녀석들은 나를 함정에 빠뜨리는 것으로 시간을 벌었으니 승리를 자신했지만 나는 통증을 무시하고 다 때려눕혔지. 그러고는 냅다 달려서 로릭을 따라잡았고, 내가 속임수를 쓰는 놈들을 얼마나 싫어하는지 내 도끼 맛을 보여줬지."

파프니르는 그 기억을 떠올리면서 활짝 웃었다. 타라는 웃음이 터졌다.

"파프니르, 네가 태어나지 않았다면 어쩔 뻔했어. 넌 이 세상에 꼭 있어야 할 존재야. 근데 정말 괜찮겠어? 많이 다친 거 아냐? 싸워야 할지도 모르는데 네가 괜찮아야 안심이 돼."

"모르겠어." 난쟁이가 오만상을 찌푸리면서 말했다. "바닥에 너무 세게 부딪쳤어. 레파루스로 치료해줄래? 아더월드의 마법으로. 난 영혼들의 마법은 싫어."

"글쎄, 모르겠어." 타라는 주저했다. "아더월드의 마법을 사용하면 악마들이 알아채지 않을까?"

"멀리 떨어진 땅속인데?" 칼이 회의적으로 말했다. "그렇진 않을 것 같아. 곳곳에 제한 구역이 많은 것으로 보아 굉장히 깊은 땅속 같았거든. 내 생각에 악마들은 여기서 일어나는 일을 전혀 모를 거야."

둘은 시선을 교환했다. 타라는 고통스러워하는 파프니르를 보면서 살아있는 돌에서 마법을 빼내기 위해 속으로 주문을 읊었다.

타라는 마치 분노로 이글거리는 깊은 구렁의 문을 여는 것 같았다.

타라가 신음소리를 내는 바로 그 순간 모든 것이 꺼졌다.

27

타딕스

위성이 아직 완공되지 않았는데
어떻게 세상을 구할 수 있을까

*

몸속에 아주 중요한 정보를 가득 채운 나비 스파이는 팅가푸르의
황궁을 떠나 용병 보리스의 집에 무사히 귀환했다. 예쁜 용병은 집에
없지만 나비는 무슨 일을 해야 하는지 알고 있었다. 나비는 곧장 매
직컴에 접속해서 궤도에 진입해 있는 첩보위성으로 정보를 전송하기
시작했다.

가브리엘은 우주선 안에서 초조하게 기다리고 있었다. 아르칸즈는
인간들을 공격한 것은 보울리미-레미 정부가 아니라 반란파에서 독
자적으로 일으킨 것이라는 성명을 발표했고, 아더월드에 파견된 악
마 대표단이 최선의 대책 마련에 부심하고 있었다.

아르칸즈의 성명 발표로 궁지에 몰린 가브리엘 측의 손실은 거의
재앙 수준이었다. 마지스터가 악마들의 사활이 걸린 우주선들을 파

괴했기 때문이었다. 전 마왕 바쉬는 망연자실해 있었다. 하지만 그 바람에 아버지 바쉬의 작전들이 성공하지 못할 경우를 대비해서 준비해놓은 가브리엘의 작전이 탄력을 받고 있었다.

아버지의 실패는 비극적이지만 그로 인해 가브리엘이 없어서는 안 될 존재로 부각되었다. 70억 지구인들의 영혼을 채집하는 것이 예정대로 실현되었다면 가브리엘에게 이런 기회는 없었을 것이다.

보라색과 흰색 머리의 가브리엘은 우주선의 창 너머로 텅 빈 우주 공간을 바라보며 냉소적으로 입술을 삐죽거렸다. 이번만은 동생보다 차라리 현재 자신의 입장이 더 나았다. 가브리엘이 해야 할 일은 단 한 가지, 동생이 하는 모든 일을 좌절시키는 것이었다. 그리고 당분간은 그리 힘든 난관이 없었다. 가브리엘은 계획대로 유령퇴치 기계를 손에 넣는 데 성공했고, 기절한 안젤리카를, 랑코비트에 있는 아버지의 저택에서 그리 멀지 않은 집에다 가둬두고 여러 명의 악마들에게 지키게 했다. 안젤리카가 깨어나면 격분해서 펄펄 뛰겠지만 그건 상관할 바 아니었다.

가브리엘의 작전은 예정대로 착착 진행되고 있었다. 아버지 바쉬는 악마의 기술과 마법으로 새 우주선 건설 작업에 착수했다. 아직은 채집할 영혼이 수십억이 남아 있기 때문에 작전을 포기할 생각이 없었다. 그래도 드래곤들이 개입한 이상 이제부터는 훨씬 힘들 것이었다.

아무튼 가브리엘은 당분간 기다리는 것 말고는 특별히 할 일이 없었다.

아쉬운 것이 있다면 마라를 납치하지 못한 것이었다. 마라가 있으면 무슨 일이 일어나고 있는지 말해주고 실낱같은 희망조차 없는 고

통에 시달리도록 복수할 수 있는데. 가브리엘은 트리톤의 집에서 열린 파티에서 자신도 모르게 훔쳐온 홀로그램을 봤다. 마라는 아름다운 머리를 뒤로 넘기면서 자유분방하고 생기발랄하며 행복하게 웃고 있었다.

가브리엘은 마라를 발밑에 꿇리고 애원하게 만들고 싶었다. 그리고……

"잘되어가니, 아들아?"

가브리엘은 소스라쳤다. 그리고 소스라치게 놀란 자신을 저주했다. 딴 데 정신이 팔려서 그는 아버지가 들어오는 소리를 듣지 못했다. 전 마왕은 엄청난 덩치에도 불구하고 소리 없이 움직일 수 있었다.

"뭐가 안 좋은 거니? 씩씩거리는 소리를 들은 거 같은데." 바쉬는 걱정스러운 목소리로 말했다.

가브리엘은 짐짓 태연하게 홀로그램을 치우고 아버지를 향해 돌아섰다. 물론 아버지가 아들의 행동을 놓쳤을 리 없었다.

"아닙니다, 준비는 다 됐습니다. 아더월드에서 오는 마지막 정보를 기다리고 있습니다."

"타라 덩컨의 흔적은 아직 못 찾았느냐?"

"네."

"짜증 나는 계집."

"네."

스파이들이 타라를 감시하고 있었는데 이틀 전부터 어디에서도 타라를 찾을 수 없었다. 게다가 매직갱도 타라와 함께 사라졌다는 것이 불길했다. 그래서 가브리엘이 그렇게 초조했던 것이다. 그는 타라가 어디 있는지 반드시 알아야 했다.

어쨌든 타라는 그들의 유일한 희망이었다.

결국에는 타라가 죽음을 면할 수 없지만.

"차선책은 있지. 제레미 델렝비르. 그 아이도 타라 못지않은 마법 능력을 지니고 있으니까. 그리고 솔직히 내 생각에는 두 아이 중 누가 되었든 그 일을 하는 데는 문제없을 거다."

"하지만 확신할 수는 없습니다." 가브리엘이 이를 부드득 갈았다. "타라와 멍청한 동생 때문에 우리 작전이 실패했습니다. 안 됩니다. 우리는 가장 강력한 마법사가 필요합니다. 반드시 타라를 찾아야 합니다."

바로 그 순간 통신기가 전파를 수신하기 시작했다.

한편 타딕스 주민들은 아주 불안했다. 인공적인 달을 건설하는 작업은 순조롭게 진척되고 있었다. 하지만 악마들이 지구를 공격한 뒤로 새로운 방어 체계를 구축하기 위해 작업 속도를 두 배, 아니 세 배로 높이고 있었다. 얼마나 다급했는지 원수지간인 마딕스 주민들에게까지 도움을 청할 정도였다. 그래서 타딕스와 마딕스의 초록색 머리 타래와 빨간색 머리 타래 주민들이 나란히 일하고 있었다.

그들은 달 건설에 박차를 가하면서 일종의 소행성에 주목할 필요가 있다고 판단하고 동원할 수 있는 온갖 수단을 사용해서 감시에 들어갔다.

그래서 악마들이 소행성으로 가장하고 아더월드 주위의 궤도에 올려놓은 첩보위성은 불운하게도 타딕스의 우주선 콜렉터들의 주의를 끌게 되었다. 악마들의 첩보위성이 중요한 정보를 수신하는 바로 그 순간이었다. 콜렉터에 포착된 첩보위성은 가차 없이 으스러져서 차츰 질량이 형성되고 있던 달에 빨려 들어갔다.

　우주선에서 정보를 기다리던 가브리엘은 갑자기 통신이 끊겼을 때 격분해서 부숴버릴 뻔했다. 가브리엘이 들은 것이라곤 타라가 어디론가 가려고 한다는 것이었다. 타라가 장소와 이유를 말하는 부분은 가짜 소행성과 함께 사라졌다.

　흥분한 가브리엘은 타라의 행선지를 알려고 애를 썼지만 통신 내용이 끊기는 바람에 추측이 불가능했다.

　그런데 타라는 그들의 작전에 없어서는 안 되는 존재이기 때문에 반드시 살아 있어야 했다. 타라의 행선지를 모르면 곤경에 빠져 있어도 악마들이 구해줄 수가 없는데…….

　설상가상이었다.

　가브리엘은 악마들의 모든 행성에 긴급 메시지와 함께 매직갱 전원의 모습이 담긴 홀로그램을 보냈다.

　"타라가 '어딘가로 간다'고 말한 것, 그것이 우리가 알고 있는 전부예요." 가브리엘은 아버지에게 말했다. "아무 데나 간 건 아닐 테고, 나는 타라가 우리 행성들 중 하나를 말하는 거라고 확신합니다."

　"아르칸즈를 만나러 간 게 아닐까? 그러면 우리 작전이 모두 수포로 돌아갈 수 있다. 네 동생은 그 인간 계집에게 약해."

　침묵이 흘렀다.

"아뇨." 가브리엘은 잘라 말했다. "타라는 비밀리에 아르칸즈를 만나러 갈 필요가 없어요. 공식적으로 회담을 요청하면 되는데. 아니, 나는 다른 게 있다고 확신합니다. 매직갱은 짜증 날 정도로 집요한 인간들이거든요."

바쉬는 촉수들을 흔들었다.

"그 아이를 찾아야 한다. 그 인간들은 아주 소중하기 때문에 무슨 일이 있어도 다치지 않게 무력화시켜서 가능한 한 빨리 보울리미−레미 행성으로 데려가라는 메시지를 모든 행성에 보내라. 우리는 많은 영혼을 채집하는 데 실패했지만 타라를 이용하는 네 작전이 성공해야 우리를 구할 수 있다."

가브리엘은 무표정했지만 속으로는 쾌재를 올렸다.

가브리엘이 방금 왕좌를 향해 성큼 다가간 것이었다.

가브리엘은 모든 행성으로 수배령을 공고했다.

그리고 몇 시간 후 수배령이 크세프로디에 도착했다.

바로 그 순간 산헥시아와 무아노, 파브리스는 악마들의 주요 행성 보울리미−레미행 우주왕복선의 좌석 티켓을 구입했다.

여왕개미

그래도 이국적인 맛이라며
애벌레들에게 먹이로 줄 생각만 하는
곤충을 어떻게 구슬리나

*

타라는 눈을 깜박였다. 누군가가 뇌를 밟으면서 트램펄린 삼아 뛰노는 것 같았다.

"음, 너무 아파!" 타라는 신음소리를 냈다.

"기절하면서 머리를 부딪쳤어." 칼의 목소리가 말했다. "움직이지 마. 뇌진탕이 일어났을 거야. 갑자기 움직이면 안 돼."

타라는 주위의 모든 것이 빙글빙글 돌아서 눈을 다시 감았다. 악마의 영혼들이 동요했고, 타라가 부탁하지도 않았는데(타라는 그런 생각을 할 수 있는 상태가 아니었다) 마법을 날려서 타라를 치료해주었다.

두통이 한순간에 사라졌다. 마법의 흐름이 보이지 않았기 때문에 타라가 호전되고 있다는 걸 모르는 칼은 타라가 일어나 앉지 못하게 했다.

"괜찮아." 타라는 미소를 지어 보이며 말했다. "악마의 영혼들이 치료해줘서 이제 아프지 않아."

칼은 미심쩍은 표정으로 타라를 쳐다보다가 손가락 세 개를 어지럽게 흔들었다.

"이게 몇 개로 보여?"

타라는 장단을 맞춰주려고 '여섯 개'라고 대답하려다 장난이 아니라는 걸 알고 참았다.

"셋." 타라는 작은 소리로 대답했다. "나 괜찮으니까 안심해, 칼."

"그렇다면 다행이고. 그럼 일어나 봐, 살살. 치료를 받았어도 너무 빨리 움직이지는 마. 아니면 피가 다시 내려올 때 심하게 어지러울 수도 있어."

타라는 칼의 단단한 어깨에 기대면서 일어났다. 음, 칼에게서 좋은 냄새가 났다.

칼은 재빨리 입을 맞추면서 타라를 부축해주었다. 타라는 한순간 휘청거리다 중심을 잡았다. 로빈은 굳은 표정으로 둘을 쳐다보고 있었다.

"어떻게 된 거야?" 로빈이 갑자기 물었다.

"몇 시간 전에 내가 왜 그렇게 화가 나서 행성 하나를 파괴할 작정을 했는지 방금 깨달았어." 타라는 천천히 말했다.

"진짜?"

"응. 그건 내가 아니었어."

칼과 파프니르, 로빈은 긴장했다.

"아, 난 알고 있었어. 악마의 영혼들이······."

"천만에!" 타라는 칼의 말을 딱 잘랐다. "영혼들이 아냐. 그들과는 아무 상관없어."

친구들은 무슨 말인지 전혀 이해가 되지 않았다. 타라는 백팩에서 살아있는 돌을 꺼내서 앞에 내려놨다. 그리고 팔짱을 끼고 발로 바닥을 탁탁 쳤다.

"살아있는 돌, 이제 설명해야지. 네가 왜 나의 뇌를 조종해 행성 하나를 통째로 날려버리고 싶은 충동을 느끼게 했는지 이유를 말이야."

갑자기 살아있는 돌이 이상한 빛을 내면서 공중으로 떠올랐다.

"나쁜, 아주 나쁜 행성." 살아있는 돌이 뚱한 소리로 말했다. "위험한 행성. 파괴해야 돼."

파프니르가 외쳤다.

"뭐? 악마들의 행성을 파괴하려고 했던 게 타라가 아니라 너였단 말이야?"

파프니르는 타라를 쳐다봤다.

"나는 솔직히 이번만은 네가 멋진 제안을 했다고 생각했는데! 행성을 날려버리는 게 진짜 마음에 들었거든! 그게 아니었더라도 너는 방법을 찾았을 거라고 믿지만."

타라는 이맛살을 찌푸렸다. 또 화가 치미는데 이번에는 영혼들이나 살아있는 돌과는 아무 상관이 없었다.

"용납할 수 없어." 화가 난 타라는 떨리는 목소리로 살아있는 돌에게 말했다. "네가 어떻게 나를 그런 식으로 조종할 수 있어? 내 친구라고 믿었는데!"

살아있는 돌의 빛이 즉시 약해졌다.

"타라는 친구." 살아있는 돌이 재빨리 외쳤다. "타라는 아주, 아주 좋은 친구. 악마들은 아주, 아주 위험해! 전 우주를 위해 행성을 파괴해야 돼, 행성을 파괴해야 돼!"

타라는 두 손으로 머리를 감쌌다. 걱정이 된 칼이 다가갔지만 아파서라기보다 분노의 몸짓이었다.

"아아아!" 타라가 소리쳤다. "내 머리를 장악하는 것들은 누구든 이젠 정말 진절머리가 나! **나를 귀찮게 좀 하지 마!**"

살아있는 돌과 타라 사이의 일이 어떻게 끝날지 친구들이 불안에 떨고 있을 때였다. 갑자기 등 뒤에서 냉랭한 목소리가 말했다.

"아, 귀찮게 하지 말라고 했는데 그건 불가능하겠습니다, 인간. 지금 우리의 여왕 앞으로 가야 하니까요!"

타라는 친구들을 먼저 내보내고 애써 마음을 추슬렀다. 살아있는 돌은 죄책감을 모르고 자기가 한 일을 사과하지 않았지만 슬그머니 타라에게 마법 에너지를 보내서 충만함이 느껴지게 했다.

보초 개미들은 어떻게 하면 인간들의 팔다리를 부러뜨리지 않고 빨리 가게 하는지 알지만 그리 유쾌하지 않기 때문에 자기들과 같은 속도를 유지하도록 계속 떠밀면서 빨리 걷게 했다.

타라는 노란 개미와 대화하면서 개미족이 동맹국을 찾고 있는 것으로 이해했었다.

그런데 개미족은 그들을 포로로 대하고 있었다.

타라는 여왕의 방에 도착해서야 그 이유를 알았다.

화려하게 장식한 커다란 방 곳곳에 금빛 기계들이 번쩍거렸다. 태피스트리, 생동감이 느껴지는 그림, 사물들을 만져볼 수 있는 느낌이 들 정도로 완벽에 가까운 홀로그램들, 전체적으로 붉은색이 지배적이고 아주 근사했다. 커다란 기둥들이 받치는 둥근 천장의 모자이크는 검은 태양들이 빛나는 악마들의 옛날 하늘이 묘사되어 있었다.

타라와 세 친구들은 침을 삼켰다. 눈앞에 보이는 여왕개미의 덩치는 상상을 초월할 정도로 컸다. 지구의 고래보다는 훨씬 더 크고, 아더월드의 발분보다 더 컸다. 길이가 몇 미터에 이르는 개미가 길게 누워 있는데 잘 발달된 배에서 규칙적인 간격으로 분홍빛 알들이 나오고 있었다. 조산원 개미들이 조심스럽게 알들을 받은 다음 선별하고 말려서 품고 부화하는 개미들에게 넘기고 있었다.

여왕개미는 형광 빛이 나는 붉은 털에 덮여 있는데 다른 개미들의 윤기 없는 불그스름한 털과 아주 달랐다.

타라 일행은 여왕개미의 털이 없는 검정, 노랑, 빨강 머리 앞까지 끌려갔다.

여왕개미의 생각을 알 수는 없지만 타라는 적대적이라는 걸 직감했다.

"우리는 이방인을 좋아하지 않는다." 보코데르가 여왕의 말을 전달했다. "그리고 몰래 우리 땅에 들어온 이방인들을 더더욱 싫어한다. 인간들아, 우리를 함정에 빠뜨려서 정복자들을 배신하게 만들 속셈이냐?"

"무슨 말씀인지요." 타라는 정신을 바짝 차리면서 말했다. "여러분은 지금 악마 종족에게 정복되어 지배를 받고 있습니다. 그런데 우리 인간들이 어떻게 여러분을 위험에 빠뜨린다는 것인지 전혀 모르겠습니다. 악마 종족은 바보가 아닙니다. 그들은 여러분이 모든 수단을 써서 그들에게서 벗어나려 한다는 걸 충분히 예상하고 있습니다. 그리고 우리는 여러분에게 누구와 싸우거나 배신하라고 부추기기 위해 여기에 온 것이 아닙니다. 우리는 다만, 정보가 필요할 뿐입니다."

무거운 침묵이 흐르는 가운데 규칙적인 간격으로 알이 툭툭 떨어지는 소리만 들렸다.

"인간아, 어떻게 감히 나한테 그런 식으로 말하는가?"

"나는 그냥 인간이 아니라 공주입니다." 타라가 답했다. "여기 식으로 말하면 장차 내 콤버스의 여왕이 될 공주입니다. 따라서 나는 여왕과 동등한 자격으로 말하는 겁니다."

여왕이 깜짝 놀란 듯 검정, 빨강, 노랑의 커다란 머리를 흔들었다.

"공주, 미래의 여왕?"

"네." 타라가 처음으로 자신의 높은 지위에 대한 권리를 내세우면서 분명히 대답했다. "여왕을 만나기 위해 오무아 제국의 공주가 직접 온 것입니다. 내 이름은 타라 덩컨입니다."

여왕개미가 빨간 더듬이를 흔들었다.

노란 개미 하나가 명(보코데르가 듣지 못한)에 복종하면서 뭔가를 건드리자 갑자기 타라와 친구들의 영상이 나타났다.

수배령이었다. 입체감이 살아 있는 아주 선명한 홀로그램 영상이었다.

악마들이 타라가 아더월드에 없다는 걸 알아챈 것이었다. 타라는 심장이 쿵쿵 뛰었다.

"너희들은 머리 색깔도 홀로그램에 있는 것과 다르다." 여왕개미가 비난했다. "머리색도 거짓? 또 무슨 거짓말을 하려고? 또 무슨 함정을 놓으려고?"

슬루르크! 머리색을 바꾸는 것은 아주 좋지 않은 생각이었다.

타라는 콘택트렌즈를 빼고 쪽빛 눈을 드러낸 다음 아직 골이 나 있기 때문에 살아있는 돌의 마법이 아니라 악마의 영혼들에게서 빼낸 마법으로 금발을 되찾았다.

개미들이 더듬이를 마구 흔들었다.

"역겨운 마법." 여왕개미가 으르렁거렸다. "오너러블 2365596이 역겨운 마법을 사용했다고 말했다. 그 털은 본래의 색인가? 노란색? 우리의 오너러블들처럼?"

"네……." 타라는 여왕개미를 뭐라고 호칭해야 하는지 모르기 때문에 어물어물 대답했다.

여왕개미가 잠시 생각하다 결정을 내렸다.

"나는 이방인들을 좋아하지 않는다. 이방인들이 우리 콤버스 안으로 들어오는 것도 좋아하지 않는다. 나를 속이기 위해서 색깔을 바꾸는 것도 좋아하지 않는다. 따라서 내 결정은 이방인들을 죽여 알들의 먹이로 주겠다!"

노란 개미들과 전사 개미들이 몸을 웅크렸는데 전사 개미가 악마를 두 동강으로 낼 때와 같은 동작이었다. 살아있는 돌이 타라와 동시에 반응했다. 어찌나 빠르게 타라에게 마법을 보내는지 타라가 마법을 작동하기도 전에 불끈 쥔 주먹에서 파란빛이 번쩍였다. 악마의 영혼들은 바짝 긴장한 채 지원할 준비를 하고 있었다.

갑자기 칼이 타라 앞으로 나와서 섰다.

오, 안 돼! 칼이 또 '너를 대신해서 내가 죽을게!' 같은 짓을 다시 하면 안 되는데. 타라가 떠밀어버리려는 순간 칼이 거침없이 여왕개미에게 외쳤다.

"우리는 선물을 가져왔습니다."

칼은 두툼한 플라스틱 통을 꺼내서 마개를 열었다.

믿기지 않을 정도로 달콤한 꽃향기가 진동하기 시작했다.

여왕개미가 부르르 떨었다.

하지만 여왕의 명이 떨어졌기 때문에 준비를 하던 개미들이 죽일 기세로 타라 일행에게 달려들었다.

갑자기 여왕개미가 머리를 처들었다.

"잠깐! 아무도 건드리지 마라!"

이런 상황이 아니었다면, 타라 일행에게 달려드는 찰나에 갑자기 여왕이 내린 명에 놀란 개미들이 넘어지지 않으려고 버둥버둥 몸뚱이를 비트는 모습에 웃음이 터졌을 것이다.

이 기적 같은 일에 타라는 나중에 신들에게 감사하고 싶었다. 여왕개미는 개미들이 넘어져서 다치거나 말거나 안중에도 없는지 더듬이를 마구 흔들었다.

"이건 우리가 한 번도 맡아본 적이 없는 냄새다." 여왕개미가 마침내 말했다. "그게 무엇이냐?"

칼은 정중하게 허리를 굽히면서 대답했다.

"이건 우리 행성의 특산물입니다. 내가 가까이 가도 괜찮다면 여왕께 맛을 보여드리고 싶습니다. 우리 여왕들만 드시는 아주 귀한 것입니다."

오너러블 중 하나가 여왕에게 몸을 숙이고 말했다.

"오너러블 254552112가 이것에 독이 있을 거라고 합니다."

"우리가 무엇 때문에 이렇게 아름답고 멋진 여왕을 독살하겠습니까? 원하신다면 내가 먼저 맛을 볼 수도 있습니다."

칼은 여왕개미가 허락을 내리기도 전에 훔쳐온 크셀 꿀을 손가락으로 떠서 입속에 넣었다.

"으음, 맛있어."

칼은 여왕개미의 코, 아니 주둥이 앞에서 꿀통을 흔들었다.

"맛을 한번 보고 싶지 않으십니까?"

턱뼈 뒤쪽에서 구강의 촉수들이 나타났다. 타라는 곤충의 신진대사를 잘 모르지만 인간이었다면 개미가 군침을 흘리고 있을 것 같았다.

"그래, 맛을 보고 싶다." 신진대사를 자극하는 달콤한 냄새에 굴복한 여왕개미가 마침내 대답했다.

칼은 앞으로 걸어가서 여왕의 머리 앞에다 제물을 바치듯 아주 공손하게 꿀통을 내려놨다.

그러고는 두 걸음 뒤로 물러섰다.

여왕은 입을 내리고 칼의 손에 있을 때보다 훨씬 작아 보이는 통을 움켜잡았다. 그러고는 꿀통을 입으로 가져갔다.

금빛의 투명한 액체가 입속으로 흘러 들어가자 여왕개미는 황홀경에 빠진 듯 부르르 떨기 시작했다. 여왕개미는 플라스틱 통을 꾹꾹 누르면서 왕의 몸값에 해당할 정도로 값비싼 꿀을 눈 깜짝할 사이에 삼켜버렸다. 여왕개미는 촉수들을 움직여서 찢어진 통에 크셀 꿀이 한 방울도 남지 않을 때까지 싹싹 핥아 먹었다.

여왕개미는 마지못해 통을 내려놓으면서 요구했다.

"더! 더 먹고 싶다!"

알을 낳는 속도는 변함이 없기 때문일까. 여왕개미의 어조는 무겁고 약간 흔들리는 것 같았다.

칼이 다시 앞으로 나갔다.

"이건 우리의 우정을 표시하기 위해 가져온 샘플입니다. 애석하게도 가벼운 차림으로 여행해야 되는 관계로 다른 건 가져오지 않았습니다."

칼은 파프니르와 타라, 로빈이 아무개 기장의 꿀을 훔쳐온 것에 비난의 눈초리로 째려볼 게 뻔하기 때문에 친구들의 시선을 피하고 있었다.

타라는 한숨을 쉬면서 살아있는 돌의 마법을 껐다. 그리고 여왕이 하는 말에 정신을 집중했다.

"그러니까 더 없다고?"

"네, 애석하게도 지금은 가지고 있는 게 없습니다."

여왕개미가 매직갱의 귀에는 들리지 않는 소리를 냈다. 잠시 후 노란 개미들이 여왕 앞에 무릎을 꿇더니 주둥이를 내밀고 흘러내리는 신성한 꿀을 받아먹고 있었다. 여왕개미가 먹은 것을 다시 뱉어내는 장면을 실제로 보니 정말 인상적이었다. 일단 꿀을 받아먹은 개미들은 각각 또 다른 개미에게 질주하더니 조금씩 나눠 주고 있었다. 이런 속도라면 몇 분 후 개미굴 전체가 크셀 꿀의 맛을 보게 되는 것이었다.

"브라보." 타라는 칼에게 속삭였다. "내가 진실의 입 뿌리에 술을 붓는 것으로 한 종족 전체를 취하게 만든 적이 있지만 일부러 그랬던 게 아니었어! 너는 방금 이 개미들 모두를 크셀 꿀 범법자로 만든 거야!"

"해롭게 하는 게 아니잖아." 칼이 나직하게 응수했다. "오히려 개미들의 긴장을 풀어줄 거라고 생각해. 그리고 나는 네가 개미들을 태워버리려고 하는 걸 분명히 봤어. 솔직히 나는 개미들을 태워버리는 걸 지지하지 않을 뿐만 아니라 우리가 이길 거란 확신도 없었어. 그래서 크셀 꿀이라는…… 외교적 방법을 선택한 거야."

"그런데 왜 기장의 꿀을 훔친 거야?" 둘의 대화를 유심히 듣고 있던 파프니르가 속삭였다. "우리에게 필요할 수도 있단 걸 알고 있었어?"

칼은 잘난 척을 하려다 정직하게 말하기로 했다.

"전혀 몰랐지. 기장이 여러 번 타라를 협박하는 게 짜증이 났어. 그러니까 기장은 벌을 받아도 싸. 솔직히 그 유명한 꿀을 먹어보고 싶은 마음도 있었고. 맛은 뭐 괜찮은데 내 입맛에는 너무 달고 꽃향기

510

가 진해."

로빈이 어색한 미소를 지으면서 말했다.

"나는 개미들에게 목이 잘려 죽을 각오를 하고 있었는데. 칼, 이번만은 네 선택이 아주 마음에 든다."

"기뻐하기에는 아직 일러." 언제든 도끼로 개미를 잘게 토막 낼 준비를 하고 있는 파프니르가 말했다. "개미들은 충격 상태에 있어. 일단 정신을 차린 다음에 어떻게 나오는지 지켜보자고."

여왕개미는 이미 몸을 움직여 그들을 향해 커다란 겹눈을 돌렸다.

"우리는 협정을 맺을 수도 있다." 여왕개미가 약간 주저하면서 말했다. "이 달콤한 꿀이 아주 마음에 든다. 이 꿀을 더 받는다는 조건으로 너희들을 도와주겠다."

"거짓말하지 않고 말씀드리겠습니다." 칼이 말했다. "크셀꽃은 100년에 딱 한 번만 피며, 하얀 비즈즈즈들이 꽃가루를 거둬들여 화밀로 축적했다가 꿀로 바꾸는 겁니다. 하지만 꿀의 양이 많지 않아서 비즈즈즈들이 굶어 죽지 않도록 꿀을 남겨줘야 합니다. 많은 양의 꿀을 주겠다고 장담할 수 없습니다. 하지만 가능한 한 많이 보내도록 우리 세계의 각국 정부들과 논의해볼 수는 있습니다."

여왕개미는 칼의 솔직한 말을 좋게 받아들이는 것 같았다. 반면에 칼은 비즈즈즈들의 안전이 걱정되었다. 여왕개미가 머리를 숙이고 말했다.

"그 대가로 너희들이 원하는 것은 무엇이냐? 기구, 기술? 그렇게 오랜 시간을 기다린 끝에 하얀 비즈즈즈의 꿀을 얻는 것이라면 우리에게 많은 양을 줄 필요는 없을 것이다. 너희들이 크셀꽃이 있다는 곳의

지도를 주면 우리가 여기서 그 과정을 그대로 복제할 수 있으니까."

"그 꽃은 우리 행성 극지방의 빙원에서만 피어납니다. 굉장히 추운 환경을 만들어줘야 하는데 여왕님의 종족은 추위를 두려워하는 걸로 압니다만."

여왕개미가 더듬이들을 흔들었다.

"인간아, 우리 사회가 원시적이라고 생각하느냐?"

칼은 재빨리 대답했다.

"절대 그렇지 않습니다. 내가 본 바에 따르면 굉장히 기술력이 높은 사회입니다."

"우리가 영하의 환경을 만드는 데 필요한 모든 것을 갖추고 있다면?"

칼은 겸손하게 허리를 숙였다.

"그런 조건이라면 꿀과 크셀 식물을 공급하는 것에 관한 협상을 벌여야 할 것입니다. 우리 정부는 캡슐에 넣은 포자를 빠른 시일 내에 보내드릴 겁니다."

"너희 정부의 이름으로 약속할 수 있느냐?" 여왕개미가 경계하는 투로 물었다.

"이 친구가 아니라 내가 약속합니다." 타라가 낭랑한 목소리로 대답했다. "수배령과 함께 공고된 이 홀로그램이 내가 오무아 제국의 후계자라는 걸 확인시켜줍니다. 내가 여왕과 교역을 하겠다고 하면 그것은 곧 법과 같은 효력이 있습니다."

좀 더 진전시킬 수도 있지만 만약 각국 정부들이 알 수 없는 이유로 크셀 꿀과 포자 공급을 원하지 않을 경우 타라 혼자서 해결해야

512

하는 일이 생길 수도 있었다. 적들에게 극비 기술을 넘기는 식이 되면 안 되는데.

"그 대신 원하는 것이 무엇인가?" 여왕개미가 물으면서 방어 자세를 취했다.

"몇 가지 정보만 주시면 됩니다." 타라가 대답했다. "우리가 이 행성에 온 것은 무슨 일이 있었기에 이 땅이 황폐화되었는지 이유를 알고 싶어서입니다. 이 행성의 절반이 잿빛이고 생명체라곤 없습니다. 악마들은 무슨 실험을 했는데 잘못되었다고 했어요. 하지만 우리는 악마들이 계속 거짓말을 하고 있다는 걸 알았습니다. 따라서 내 질문은 아주 간단합니다. 이 땅에서 무슨 일이 일어난 겁니까?"

또다시 개미들의 더듬이가 어지럽게 흔들렸다. 여왕개미와 노란 개미들이 모두 난리를 쳤다. 전사 개미들만 혹시 모를 위협에 대비해 침입자들을 감시하는 데 열중하며 조용히 있었다.

여왕개미는 타라의 질문에 몹시 곤혹스러워하는 것 같았다.

"그 질문, 그 질문은 우리를 위험에 빠뜨릴 수 있다."

타라는 여왕개미가 질문을 회피하게 두지 않았다.

"지금보다 더 위험에 빠질 거란 뜻입니까? 악마들이 여왕을 죽이지 않은 것은 여왕과 개미족의 과학이 필요하기 때문이잖아요. 그런데 왜 나한테 진실을 말해주면 현재의 상황보다 더 위험해진다는 건지 이해가 안 됩니다. 개미족의 과학기술이 필요하지 않았다면 벌써 오래전에 자매 여왕들처럼 독이 든 쇠붙이 속에 갇혔을 거라고 생각하는데요."

노란 개미들이 턱뼈로 요란한 소리를 냈다. 타라는 이게 뭘 의미하는지 모르지만 커다란 갈퀴발톱으로 뭔가를 뚫는 것 같은 소리가 신경에 거슬렸다.

게다가 여왕개미가 정말 역겨운 트림을 했다. 촉수를 사용해서 먹은 크셀 꿀은 이제껏 여왕개미가 먹은 것 중 최고의 맛이라는 걸 확인시켜주었다.

"악마들과는 상관없는 일이다." 여왕개미가 주저하면서 대답했다. "악마들도 우리 여왕들과 함께 죽었으니까……."

타라는 자신의 생각을 확인시켜주는 말에 놀라서 잠시 멍하니 있다가 말을 이었다.

"누가 공격했는지 봤습니까?"

"보지 못했다." 여왕개미는 솔직하게 대답했다. "행성 주위를 도는 우주선들이 갑자기 작동을 멈췄고, 위성들이 보내는 전파도 정지되었다. 깜깜해지면서 전파 방해가 일어났다. 그것이 우리 행성 전체를 마비시키는 아주 강력한 원인이 되었다. 악마들이 혼비백산했다(보코데르는 억양을 전달하지 않았지만 타라는 통쾌해하는 것을 감지했다). 많은 악마가 죽었다. 그리고 뭔가가 생명을 빨아들였는데 우리는 볼 수가 없었다. 피해가 없는 콤버스 안으로 피신한 뒤에 들은 몇몇 증언에 따르면 성층권 바로 위에서 식별하기 힘든 검은 태양 같은 것이 떠돌고 있었다는 것이다."

검은 태양? 악마들이 그냥 두고 떠나왔다는 검은 태양들과 같은 건가?

"그게 뭔지 전혀 모릅니까?"

"전혀." 여왕개미는 부르르 떨면서 솔직하게 답했다. "그것이 우리

514

를 잡아먹고 있었다. 하지만 우리를 죽이는 것보다 살려두는 것이 훨씬 쓸모가 있다는 걸 깨닫기 전까지 악마들이 우리에게 하던 짓과는 아주 달랐다. 정체를 모르기 때문에 우리가 '존재'라고 부르는 것이 모든 생명체를 빨아들이고 있었다. 영혼뿐만 아니라 식물과 동물도 모조리. 그리고 악마들이 지구처럼 만든 검은 태양들이 몹시 불안정해졌기 때문에 우리가 미리 대비해놓은 이동 기구로 목숨을 구할 수 있었다. 우리는 이동 기구를 이용해 행성들을 옮겼고, 다행히 하나인지 여러 개인지 모르는 존재들은 우리를 따라오지 못했다. 그 존재의 힘이 미치는 영역이 100미터를 넘지 못했기 때문에……."

"그거 때문에 악마들의 실험이 잘못됐을 수도 있다는 생각은 하지 않으십니까?" 로빈이 조심스럽게 물었다.

여왕개미가 긴 은빛 머리의 잘생긴 엘프를 향해 머리를 돌리는데 아주 마음에 들어하는 눈치였다. 많은 곤충들과 마찬가지로 여왕개미가 밝은색 머리에 민감한 걸까?

"아니, 그랬다면 악마들은 그에 대한 대응을 하고 제어할 수 있었을 것이다. 악마들은 우리 못지않게 그 존재를 두려워했다."

타라는 한숨을 쉬었다. 정보를 주는데도 더 이상의 진전 없이 오리무중에 빠지고 있었다.

타라는 칼과 유감스러운 시선을 주고받았다.

타라는 아르칸즈를 만나서 얘기하는 것 말고는 달리 방법이 없는 것 같았다.

여왕개미는 더 이상 말해줄 것이 없었다. 개미족은 지금까지 준 정보 이외에도 크셀의 씨앗을 받는 대신 인간들에게 비밀리에 기술을 제공하기로 결정했다. 하지만 꽃이 피고 꿀을 수확할 때까지는 개미족에게 수 톤의 꿀을 보내야 했다. 타라는 그 대신 받는 기술이 얼마나 대단한지 모르지만, 개미족이 정말로 행성을 이 세계에서 저 세계로 이동시킬 수 있는 기구를 발명할 정도의 능력이었다면 이렇게까지 나쁜 상황을 만들지 않았을 거란 의심이 들었다.

여왕개미는 자기가 먹어치운 크셀 꿀에 대한 고마움을 표시하기 위해 팔찌 또는 발찌로 차는 작은 기구 하나를 그들에게 건네주었다. 피부와 닿게 계속 차고 있어야 하며, 목적지를 정확하게 지정하면 무형화시켰다가 300타트롤 이상 멀리 이동한 뒤에 다시 유형화시켜주는 이동 기구였다.

무게 제한도 없었다. 기구의 힘이 미치는 영역 안에 있는 모든 것을 이동시킬 수 있었다. 그래서 기구를 작동하는 즉시 이동하는 사람과 함께 행성 전체가 이동하지 않도록 공중으로 몇 센티미터 떠오르게 한 다음 자유자재로 무형화시켰다가 유형화시켰다.

무엇보다 장점은 마법이 필요하지 않으며, 1년에 한 번씩 아더월드의 두 태양광선으로 충전하는 것이었다. 그런데 그럴 경우 아더월드에서 비마들의 교통수단이 되는 이동 양탄자 회사들은 파산할 수 있었다.

하지만 타라는 여왕개미의 기분을 상하지 않게 고맙다고 말했다.

여왕개미는 기구의 빨간 버튼을 누르면 도시 외곽의 빈터로 가도록 설정되어 있다고 말했다.

협정서 하단에 사인을 했고(엄밀히 말해 사인이 아니라 홀로그래피 플라크에 인장을 찍어서 DNA를 남기는 것이었다), 홀로그래피 플라크를 여러 개 복사했다. 이윽고 타라는 귀빈처럼 오너러블들의 호위를 받으며 여왕의 방을 나갔다. 이곳으로 데려왔던 오너러블들인 것 같았다.

타라는 콤버스 밖에서는 호위가 필요 없다고 말했지만, 여왕개미는 뜻을 굽히지 않았다. 크셀 꿀을 보내줄 인간들에게 무슨 일이 일어나는 걸 원치 않는다면서.

하는 수 없이 타라 일행은 커다란 턱뼈가 무기인 개미들의 호위를 받으며 콤버스를 나왔다. 그러다가 별안간 악마 호위대와 마주쳤는데 산헥시아, 파브리스와 무아노가 붙잡혀 있었다.

파브리스와 무아노의 손목에 수갑이 채워져 있었다.

채포된 것이었다.

파브리스와 무아노가 눈을 부릅뜨면서 이상한 신호를 하는데도 악마들은 주의를 기울이지 않았다. 타라는 친구들을 모른 척했다. 악마들이 우글거리는 거리 한복판에서 친구들을 구출하는 것은 아주 나쁜 전술이었다.

도저히 빼낼 수 없는 어딘가에 갇히기 전에 친구들을 구출해야 되는데……. 칼의 능력을 의심하지 않지만 타라는 악마 군대에 쫓겨서 도망치는 상황을 피하고 싶었다.

그런데 악마 호위대는 아더월드인 일부를 체포했다는 사실에 너무 흥분했는지 타라가 본래의 머리색을 하고 있는데도 주의를 기울이지 않았다. 오너러블들의 호위를 받는 나머지 절반에 대해서는 전혀 의심하지 않는 눈치였다. 악마 호위대는 노란 개미들의 호위를 받는 것 자체가 특별 배려 대상이라는 듯 가짜 악마들에게는 신경을 쓰지 않았다.

파브리스와 무아노, 엘레아노라는 바짝 긴장했지만 타라와 다른 친구들이 아무런 시도도 하지 않자 긴장을 풀었다. 칼은 타라에게 다가가서 속삭였다.

"악마들의 수가 적은 데로 가길 기다리는 거야? 하지만 작은 도시라서 내 생각에는 저들이 그리 멀리 가지 않을 거 같은데."

"저들이 어디로 갈지 알아." 타라가 말했다. "우주정거장으로 가고 있어. 저들은 행성에 연락해서 지시를 받았을 거야. 지시 1, '그들을 빨리 이곳으로 데려오라'. 도시를 나가는 외곽도로에서는 저들이 취약할 거야."

"함정이야." 파프니르가 도끼 두 개를 신경질적으로 만지면서 구시렁거렸다.

"뭐라고?"

"파프니르의 말에 일리가 있어." 릴란드릴의 활을 두고 온 것이 못내 아쉬운 로빈이 맞장구쳤다. "우리 둘은 전사야. 우리는 이런 걸 잘 알아. 호위대가 왜 저렇게 허술할까? 왜 걸어서 갈까? 바쁜데 왜 뭔가를 타고 가지 않을까?"

"바로 그래서 함정이라는 거야." 파프니르가 단언했다.

타라는 입술을 깨물었다. 파프니르는 250살이 넘었고, 로빈도 타라보다 몇 살 위였다. 그리고 실전에서 진짜로 싸운 경험이 많아서 다양한 전술에 익숙했다. 타라도 전사지만 알아차리지 못했는데……
자존심에 상처를 입었다.

"고마워. 그래, 너희들 말이 맞아. 호위대가 왜 걸어가는 거지?"

"하지만 우리에게는 차선책이 있어." 이성적인 로빈이 말했다. "우
주정거장으로 가서 포로로 붙잡히는 거야. 그리고 왕복선을 타고 아
르칸즈에게 데려갈 때까지 얌전히 있자. 악마들은 우리가 악마의 사
물들과 동맹을 맺었는지 모르고, 우리가 사물들의 마법을 사용할 수
있다는 것도 몰라. 우리가 방어력이 없다고 생각할 거야. 그렇게 하
는 것이 그들이 무슨 짓을 벌이고 있는지 알아낼 수 있는 최상의 방
법이 아닐까?"

로빈의 말에 일리가 있었다. 분별력 있고, 현실적이고, 영리하
고…….

"아니." 파프니르가 말했다. "놈들이 우리의 옷을 벗기고 악마의
사물들을 빼앗으면 우리는 고문당하다 맥없이 다 죽을 거야. 우리는
힘을 쓸 수 없으니까. 내가 그들의 입장이라면 타라 너의 강력한 마
법을 생각해서 확실히 마법을 사용하지 못하게 너를 그로기 상태로
만들어놓을 거야."

"그래, 파프니르의 말이 맞다." 로빈이 마지못해 인정했다. "내가
그 생각은 못했네. 너의 적들이 너를 과소평가하는 것에 익숙해 있다
보니. 어쨌든 우리는 위험을 무릅쓸 필요는 없어."

"무엇보다 놈들이 스파리담을 이용할 경우는." 타라는 부르르 떨
었다. "예전에 아르칸즈가 나를 구해줬던 적이 있잖아. 그때 아르칸
즈는 크라에토비르의 반지에 있는 영혼들을 빼낸 다음 반지를 파괴

했어. 악마의 영혼들을 아주 간단하게 가져갔어. 이번에도 아르칸즈가 벨트의 정체를 알아차리면 당장 빼앗아서……."

그들은 서로를 쳐다봤다. 이 방법은 변수가 생길 수 있었다. 타라는 방어하는 태도를 보여야 하는데 파프니르의 말이 맞는 것 같았다.

"그럼 우리 싸울까?" 파프니르가 물었다.

"당연하지." 타라는 한숨을 쉬었다.

친구들을 체포한 악마 호위대가 불그스름한 갈색의 낮은 건물들 뒤로 사라졌을 때 타라는 걸음을 멈추고 한 오너러블에게 방금 그들이 내린 결정을 설명했다.

그리고 여왕개미에게 메시지를 전했다.

"우리는 저들을 따라잡아서 우리 친구들을 구출해야 됩니다. 우리는 이 일에 개미족이 연루되는 걸 원치 않으니까 여기서 헤어집시다. 우리를 환대해준 것에 감사하며 곧 다시 만나기를 바란다고 여왕께 전해주세요."

메시지에는 '이 모험에서 모두 살아남는다면'이라는 뜻이 함축되어 있었다.

보코데르들이 감정이나 억양을 전달하지 않아도 개미들은 새 친구들이 목숨을 걸고 모험하려는 것임을 대번에 알아차렸다.

"친구들을 어떻게 따라잡을 겁니까?" 오너러블 중 하나가 보코데르를 통해 물었다.

"걸어서 갈 건데 왜요?." 타라는 뜻밖의 질문에 되물었다.

"저들은 포로들을 체포했다는 걸 과시하기 위해 도시를 통과하면서 여러분이 공격하도록 자극할 속셈입니다. 그리고 여러분이 뒤에서 공격할 거라고 생각할 게 틀림없어요. 하지만 우리가 들판을 가로질러서 우회하면 저들을 함정에 빠뜨릴 수 있습니다."

타라는 헛기침을 했다.

"정말 고맙지만 좀 전에 말한 대로 우리는 여러분이 연루되는 걸 원치 않습니다."

악마들이 앞서가고 있는데 타라는 개미족이 어떻게 도와줄 수 있다는 건지 정말 알 수가 없었다.

그때였다. 노란 개미들이 갑자기 타라와 친구들의 팔뚝을 잡아서 등 위로 올렸다. 타라는 소스라치게 놀랐다. 자이언트 개미들은 여러 개의 다리 중 두 다리로 짐짝 올리듯 그들을 아주 가볍게 등에 올려놨다.

파프니르는 미친 듯이 저항했지만 노란 개미들이 움직이기 시작하자 더는 찍소리도 내지 않았다. 자이언트 개미들은 진짜 빨랐다. 몇 분 만에 도시가 저 멀리 보이고 눈앞에 우주정거장의 윤곽이 나타났다. 도로의 일부가 작은 숲에 둘러싸여 있었다. 개미들이 달리는 속도에 몸이 사정없이 흔들리던 타라는 여기서 내려달라고 부탁했다.

로빈과 칼은 몹시 투덜거리면서 내리는 파프니르를 보고 웃음이 터졌다.

타라는 자신들을 도운 사실을 악마들이 모르게 얼른 떠나라고 했지만 개미들은 여왕개미의 명을 받은 상태였다. 새 친구들이 행성을 떠날 때까지 지켜주라는 명을 어기지 않겠다며 고집을 꺾지 않았다.

타라는 개미들을 잠들게 하거나 축소시키는 등으로 어떤 묘수를 찾지 않는 한 키가 훨씬 크고, 파프니르 못지않게 고집 센 이들을 압

박할 방법이 없었다. 멀찍이 떨어져서 칼과 공격 작전을 논의하던 파프니르가 손목을 쳐다보다 갑자기 돌아왔다.

"오너러블들." 파프니르는 손목에 찬 기구를 가리키면서 말했다. "우리가 위험에 빠지지 않으면서도 우리 친구들을 구출할 수 있는 좋은 방법이 생각났어요."

파프니르는 작전을 설명했다. 개미들은 용감하면서 멋진 작전이라고 생각했다. 그들은 이동할 곳을 지정하고 도로의 흙먼지에 십자 표시를 한 다음 각자 매복할 위치에 자리를 잡았다.

파프니르가 나무 꼭대기에서 유형화되었다가 쿵 떨어졌기 때문에 그들은 이동할 장소가 잘못되지 않게 여러 번 연습했다. 살아있는 돌이 다친 데를 치료해주면서 엄청 비웃음을 흘리는 바람에 난쟁이의 기분이 엉망이었다.

얼마 되지 않아서 산헥시아가 나불거리는 소리가 들렸다. 자기 역할에 충실한 엘레아노라는 최선을 다해 악마 호위대 대장의 혼을 쏙 빼놨다.

"그래서 내가 말했지요. '너도 여자고 발이 있는데 루부탱이 뭔지 모르냐고?'"

"나도 루부탱이 뭔지 모르는데요." 악마 대장은 쩔쩔매면서 대답했는데 산헥시아의 날카로운 목소리에서 인내심이 무너지는 것이 느껴졌다.

산헥시아는 귀가 믿기지 않는다는 표정을 지었다.

그러다 산헥시아는 십자 표시 위에 멈춰 서서 두 손을 허리에 올렸다. 타라는 미소를 지었다. 엘레아노라는 생각보다 훨씬 영리했다.

"뭐라고요?" 엘레아노라는 훨씬 크게 소리를 질렀다.

잠시 후, 타라는 신호를 보내면서 이동 기구의 버튼을 눌렀다. 그들은 악마들 속에 기습적으로 나타나 기구를 이용해 친구들을 움켜잡고 휙 사라졌다.

그들은 모두 여왕개미가 말했던 우주정거장 부근의 빈터에서 유형화되었다.

타라는 친구들이 모두 무사한지 살폈다. 무아노는 금방이라도 기절할 것처럼 얼굴이 창백했다. 타라는 무아노와 파브리스의 수갑을 풀어주었다. 파브리스는 어두운 얼굴로 손목을 문질렀다.

"괜찮아?" 타라가 걱정스러운 얼굴로 물었다.

그사이 파프니르도 애지중지하는 빨간 머리가 이동 중에 잘려나가지 않았는지 조심스럽게 확인했다. 난쟁이는 마법보다 과학기술을 더 믿지 않았다. 자기가 원리를 모르는 기계일 경우는 특히 더 불신했다.

파브리스가 어리둥절해서 물었다.

"근데 이게 뭐야?"

"아, 이 행성의 여왕개미 중 하나와 협정을 맺었는데 우리가 두세 가지를 보내주기로 하고 대신 순간 이동 기구를 받았어. 그리고 이건 마법을 사용하는 게 아냐. 근데 너희들은 어쩌다 체포됐어?"

"빌어먹을, 악마들이 수배령을 내렸잖아." 아직도 진정이 안 되는 얼굴로 파브리스가 말했다. "우리의 홀로그램 영상이 나타나자마자 여행사 직원들이 경보를 울렸어. 무장한 악마들이 우르르 들이닥치더니 우리를 체포했어."

무아노가 타라 앞에 섰는데 분통을 터뜨릴 것 같은 얼굴이었다.

"동부영화 총잡이들의 기습 공격은 하지 말았어야 했는데!"

"동부가 아니라 서부야!"

"그건 됐고! 산헥시아가 우리에게 늑대와 야수로 변신하지 말라고 부탁했어. 자기가 적당히 설명해서 주요 행성으로 우리를 데려가도록 문제를 해결할 거라면서. 그래서 자발적으로 산헥시아의 포로가 되었단 말이야. 우리가 개입하지 말라고 눈으로 신호를 보냈는데 네가 못 봤어. 처음에 공격을 안 하기에 알아차렸다고 생각했는데."

"아아, 너희들이 보낸 그 이상한 신호가 그거였구나." 이제야 알아차린 타라는 어쩔 줄 몰라했다. "미안해. 너희들이 포로로 붙잡혀 있어서 우리는 빨리 구출하고 싶었어."

"이해해." 타라의 반응에 무아노는 표정을 풀면서 말했다. "하지만 너는 방금 우리의 일을 아주 복잡하게 만들었어. 조용히 우주왕복선을 탔으면 납치하는 데 문제가 없었을 텐데."

하지만 파프니르가 타라를 무력화시키려는 악마들의 술책에 대비해서 어쩔 수 없는 선택이었다고 설명하자 거기까지는 생각하지 못한 무아노는 사례가 들릴 뻔했다.

"아, 그럴 만한 이유가 있었구나." 이번에는 무아노가 어쩔 줄 몰라하면서 말했다. "미안해, 타라. 하지만 우리 작전도 훌륭하다고 생각했거든. 그래도 우리에겐 플랜 B가 남아 있잖아? 우주왕복선을 납치하고 악마들로 행세하면서 아르칸즈의 행성으로 침투하는 거. 그건 유효한 거지?"

갑자기 사이렌이 울리기 시작했다. 빈터에서 그리 멀지 않은 곳에서 나는 소리였다. 기습 공격을 당했던 악마들이 정신을 차리고 경보를 울린 것이었다.

"서둘러!" 타라가 외쳤다. "시간이 없어. 악마들은 우리가 우주왕복선을 공격하리라고는 예상하지 못할 거야."

그때였다. 공중에서 뭔가가 번쩍거리더니 국지적으로 몰아치는 돌풍에 흙먼지가 일면서 앞이 보이지 않았다.

잠시 후, 낯익은 금빛 우주선이 나타났다. 금속 문이 열리고 기장이 아주 험상궂은 얼굴로 걸어왔다.

"너!" 기장이 칼을 손가락질하면서 외쳤다. "내 꿀 내놔!"

29
우주왕복선

상황이 너무 쉽게 풀릴 때
그걸 당연하다고 생각할 수 있나

*

타라 일행이 전투태세로 몸을 움츠리는 사이 우주선의 대포들이
그들을 조준하고 있었다.

20문은 족히 되어 보이는 대포들이 소형 우주선 표면에 비죽비죽
나와 있어서 흡사 털이 곤두선 고슴도치 같았다.

막강한 공격력이었다.

물론 타라와 친구들은 기장에게 없는 마법을 지니고 있지만 악마
들이 추적하고 있는 상황에서 싸운다는 것은 아주 나쁜 생각이었다.

소리가 너무 요란할 텐데.

타라는 칼 앞을 가로막고 섰다. 칼이 타라와 여왕개미 사이에 끼어
들었을 때와 비슷한 양상이 됐다.

"타라, 빌어먹을! 저리 비켜!" 칼이 소리쳤다.

타라는 아랑곳하지 않았다.

"기장님." 타라는 약간 이죽거리는 어조로 말했다. "터무니없이 헛된 꿈과는 비교도 안 될 정도로 엄청난 돈을 벌 수 있는 기회를 준다면 어떡할래요?"

칼을 노려보던 기장이 이번에는 타라를 뚫어져라 쳐다봤다.

"터무니없이 헛되다고 하는 내 꿈이 어느 정도인지 알기나 하고 말하는 거예요?" 자존심이 상한 기장이 성질을 냈다.

"이 행성으로 크셀 꿀을 운송하고 배달하는 대가로, 붉은 개미의 이동 기구로 얻는 이익금의 10퍼센트를 받는다면 아주 빨리 엄청난 돈을 벌 수 있지요. 그걸 받아들이겠다면 내가 손을 좀 써줄 수 있는데요(타라는 사람들이 지나친 욕심 때문에 타락하는 영화를 많이 봐서 신중했다). 오무아 제국이 방금 이 행성에서 가장 중요한 콤버스 중 하나와 맺은 교역에서 기장이 가장 유리하도록 추천해줄 수 있으니까요."

기장은 탐나는 카나리아를 발견하고 덥석 잡아먹기 전에 장난을 좀 쳐볼까 궁리하는 고양이처럼 머리를 숙였다.

"이제는 머리색이 브라운이 아니지만, 아무튼 브라운, 우주선에 올라요. 성급하게 굴지 말고 얌전히. 만약 마법의 빛이 조금이라도 보이면 모두 하선시킬 테니까, 알았어요?"

"그랬다간 당신의 머리가 날아갈 줄 알아요!" 흥분한 파프니르가 도끼를 꼭 움켜잡으면서 소리쳤다.

타라는 자신의 '표정 레퍼토리'에서 가장 조신하고 가장 청순한 미소를 지어 보이면서 여왕개미와 맺은 협약서 복사본을 꺼냈다.

협약서를 훑어보던 기장의 눈이 휘둥그레졌다.

"오, 트라둑의 똥이여!" 마침내 기장이 말했다. "이것 때문에 내 꿀을 훔친 거예요? 개미족이 귀한 기술을 양보할 정도로 꿀을 좋아할 줄 알았던 거예요? 달콤한 꿀을 조금 받는 대가로 기술을 내주다니!"

기장은 껄껄대고 웃었다.

"나는 왜 이렇게 멍청할까! 열 번이나 왔는데 한 번도 개미족에게 크셀 꿀을 제안할 생각은 전혀 못 했는데."

기장이 타라를 빤히 쳐다봤다.

"왕의 몸값에 버금가는 꿀을 훔쳐간 것을 없던 일로 해주는 대가로 나한테 운송 전권을 주겠습니까?"

"그건 안 되죠." 타라는 딱 잘라 말했다. "기장이 우리를 태우고 가다가 악마들의 왕복선을 납치하고 주요 행성에 조용히 내려준 다음, 우리가 해야 할…… 일을 하고 난 뒤에 도망칠 수 있게 데리러 와주면, 기장에게 개미족의 기술로 얻는 이익금의 10퍼센트 이상을 주겠다는 겁니다. 그리고 운송 전권을 주는 건 아니니까 경쟁자들과 경합해서 가장 신속하고 안전하게 배달하는 것은 기장이 알아서 할 일이죠."

기장은 쇼크로 땅바닥에 쓰러질 뻔했다.

"뭐라고요?"

타라는 친절하게 다시 말해주었다.

기장은 고개를 설레설레 저었다.

하지만 타라는 기장이 협약서에서 눈을 떼지 않는 것으로 보아 미끼를 물었다는 걸 알았다.

"왕복선을 납치해요? 공중에서? 미친 짓이에요!"

"아마도. 하지만 이건 딜, 그러니까 거래를 하겠냐는 겁니다. 어쩌시겠어요?"

"너무 빡빡하게 구네요, 브라운."

"타라 덩컨!" 타라는 퉁명스럽게 내뱉었다. "오무아 제국의 후계자입니다! 그래서 밀수꾼의 대답은? 신분 상승할 각오가 되어 있나요? 존경받는 갑부가 될 생각이 있는 건가요?"

기장이 눈살을 찌푸렸다. 타라가 싸워야 할지도 모르겠다고 생각하는 순간 기장이 또다시 웃음을 터뜨려서 모두 깜짝 놀랐다.

"딜!" 기장이 외쳤다. "우선 계약서를 작성하고 조인합시다. 그다음 공중에서 왕복선과 도킹하는 일 등을 상세히 논의합시다. 이중에서는 아무도 공중에서 도킹해본 경험이 없을 테니까, 그렇죠?"

그들 모두 고개를 끄덕였다. 로빈은 안개 대양에서 해적 소탕 작전에 투입되었을 때 배들과 도킹한 적이 있지만 잠자코 있었다.

"배우는 것도 다 때가 있는 법이니까. 두고 보면 알아요, 피가 끓어오르죠!"

기장이 한 팔로 타라를 두르면서 우주선으로 향했다.

그때였다. 자동차 비행기들을 착륙시킨 악마들이 다가오는 발소리가 들렸다. 타라 일행이 후다닥 소형 우주선에 오르자 즉시 보이지 않게 하는 장치를 작동하고 황급히 이륙했다.

타라는 금빛 휴게실에 자리를 잡고 앉았을 때 물었다.

"우리를 어떻게 찾았죠? 기장에게 우리의 위치를 알리려고 보코데르의 버튼을 누르지 않았는데요."

"내가 보코데르 안에 위치 추적기를 장착해놨죠. 만일을 대비해서." 기장은 조금도 당황하지 않고 대답했다. "그래서 요 도둑이 내꿀을 훔쳐갔다는 걸 알아차리고 찾아다녔지요. 그래도 운 좋은 줄 알아요. 때마침 경보 사이렌이 울리는 바람에 이 따뜻한 사람의 우주선에 올라와 있는 거니까."

기장 말이 맞았다. 그들은 운이 좋았다. 타라는 여러 번 느꼈다. 그리고 나비효과30라는 걸 조금 실감하게 되었다.

물론 이 경우는 나비가 날갯짓을 하자 적들이 곤경에 처한 것이지만. 어쨌거나 타라에게는 잘된 일이었다.

기장과 계약하는 일은 로빈이 맡았다. 아더월드에서 조약이나 협정 전문가인 어머니 덕분에 계약에 익숙한 하프엘프는 교묘하게 타라를 속이려던 기장의 계획을 보기 좋게 좌절시켰다. 그 결과 기장은 칼보다 로빈을 훨씬 더 싫어하게 되었다. 어떻게든 기장이 제발 잊어주길 바라는 도둑에게는 잘된 일이지만.

타라 일행은 기장의 승무원 중에서 엔진을 담당하는 근육질의 체격 좋은 사샤 한 사람만 만났다. 왕복선에 도킹해서 납치한 다음 화물을 갖고 도주하는 방법에 대한 브리핑이 있을 때 비로소 그들은 처음으로 다른 승무원들을 만날 수 있었다. 타라는 왕복선이 필요하지 화물을 갖고 도주할 생각이 없다고 지적했다. 기장은 우선 서로 죽이는 일 없이 우주선에 도킹하는 방법을 배우는 것이 중요

....
30. 나비의 날갯짓처럼 작은 변화가 폭풍우와 같은 커다란 변화를 유발시키는 현상을 말하는데 아주 흥미로운 이론이다. PS: 그래서 성난 농부들이 밭을 쑥대밭으로 만든 폭풍우를 유발한 나비를 잡으러 다니는 일이 가끔 일어나기도 한다.

하다면서 일단 일이 성사되면 다음 일은 나중에 얘기하자고 즉답을 피했다.

사실, 타라 일행은 왕복선을 납치하는 방법을 알고 싶지 않았다. 그건 기장과 승무원들이 알아서 할 일이었다. 타라와 친구들은 이동한 다음 혹시라도 상황이 잘못될 경우 도움을 요청할 것이었다.

기장이 작전을 설명하자 칼은 인상을 썼다. 해적이자 밀수꾼인 기장은 타라의 마법이 얼마나 강력한지, 그리고 타라가 마법을 제어하는 데 많이 서툴다는 것을 전혀 모르고 있었다. 행성 안에서는 그리 심각하지 않을 수 있지만 우주 공간에서는 약간의 실수라도 있으면 치명적이 될 수 있었다.

승무원들은 생각보다 평범해 보였다. 사람은 겉보기와는 다르다더니, 타라는 정말 그렇다고 생각했다. 그중 누구도 신뢰감을 주지 못할 정도로 근육이 울퉁불퉁하거나 인상이 험상궂지 않았다.

하지만 모두 건장한 체구였다. 우주선을 강탈하는 데 필요한 방탄 갑옷 차림인데 아주 튼튼해 보였다. 갑옷 무게가 만만치 않아서 움직이는 것이 아주 힘들어 보였다. 방탄 갑옷을 입은 승무원들은 엄청난 힘을 가진 슈퍼맨으로 변했지만 행동은 둔하고 어설퍼 보였다. 무아노와 파브리스는 갑옷 대신 야수와 늑대로 변신하기로 했다. 파프니르는 갑옷을 입고서 친구들 중 가장 빨리 사용법을 이해하고는 아주 만족스러워했다.

난쟁이는 마법과 과학기술을 싫어하지만 이 기술은 아주 쓸모가 있다고 생각했다. 기장에게 나중에 갑옷이 필요하지 않을 때 몇 벌을 팔라고 제안할 정도였다. 광산에서 갑옷을 착용하고 있으면 붕괴 사고가 일어날 때 난쟁이들을 보호해줄 수 있기 때문이었다.

타라와 칼, 로빈은 갑옷 무게 때문에 세 번이나 주저앉았고 제대로 이동하지 못했다. 지쳐버린 타라는 살아있는 돌의 마법을 이용하여 두 친구를 인끄뱀파로 변신시켰고, 자신노 변신했다. 움직이는 것이 훨씬 수월했다. 그러자 타라는 마법을 한 번 더 사용해서 친구들을 거인으로 변형시켰다.

로빈이 뱀파이어로 변신하기는 처음이었다. 칼은 몹시 싫어하는 반면 하프엘프는 마음에 들어 했다.

"와, 기가 막히네!" 핏빛이 된 크리스털 눈과 머리가 하얘진 로빈이 감탄했다. "모든 걸 다 깨물 수 있을 것 같아."

타라와 친구들을 연약한 손님으로 대하던 승무원 해적들은 거인 뱀파이어의 시선이 목에 머물자 긴장했다. 해적들이 한 손으로 권총을 쥐고서야 안심하는 걸 보면서 로빈은 웃음이 터졌다.

그때 로빈이 느닷없이 타라를 붙잡고 기습적으로 키스했다.

"정말 참을 수가 없었어!" 로빈은 타라가 무슨 일인지 알아차리기도 전에 놓아주었다.

격분한 칼이 눈 깜짝할 사이에 로빈을 벽으로 밀어붙였다.

"내 말 잘 들어, 로빈! 타라와 나는 커플이야, 알았어? 타라에게 접근해서 또 한번 치근거리면 내가 죽여버릴 거야. 재미있자고 하는 농담이 아냐. 주저 없이 죽여버릴 거니까 명심해. 설사 타라가 몹시 슬퍼할지라도. 알아들었어?"

로빈은 타라를 쳐다봤다. 타라는 화가 나서 빨간 눈으로 차갑게 째려보고 있었다. 때를 잘못 잡은 것이었다. 뱀파이어가 되어 있을 때는 감정도 달라졌다. 타라는 칼이 로빈을 죽인다면 기분이 좋지는 않겠지만 그렇다고 나서서 막지는 못할 것 같았다.

로빈은 엘프의 몸일 때 칼보다 힘이 셌고, 뱀파이어 모습에서도 그건 마찬가지였다. 때문에 칼은 로빈을 꼼짝 못하게 완전히 제압하거나 마비시키지 못했다. 로빈은 둘을 번갈아 쳐다보다 아무 말 없이 팔짱을 꼈다.

파브리스는 늑대의 아가리로 말하는 것(이 점은 아주 불편했다)이 싫기 때문에 다시 인간으로 변신하고 말했다.

"로빈, 지금 우리가 이럴 때라고 생각하는 건 아니지?"

"난 마지막으로 키스를 하고 싶었어. 이번에는 정말로 빌우모죽(빌어먹을, 우리 모두 죽는구나)이라고 생각했기 때문에." 로빈은 씁쓸한 미소를 지으면서 대답했다. "그리고 내가 하프엘프의 몸이었다면 타라를 잃을까 봐 두려워서 감히 용기도 내지 못했을 거야."

"바보 같은 소리." 무아노는 부드럽게 말했다. "너는 이미 타라를 잃었어."

"너도 파브리스에 대한 생각을 바꿨잖아." 로빈은 성난 눈빛으로 반박했다. "너희 둘은 다시 시작했잖아! 그리고 여자들은 생각이 자주 바뀐다면서! 비마들의 세계에서는 남녀의 감정 표현이 상당히 까다롭다는 거 알아. 남자들은 여자가 노우라고 할 때 그게 정말로 노우인지, 예스인지 모른다며!"

로빈이 몹시 흥분해 있는 것이 느껴졌다.

"하지만 나는 다른 남자와 사랑에 빠지지 않았어!" 무아노는 솔직하게 대답했다. "그랬다면 파브리스와 내가 다시 커플이 되는 일은 절대 없었을 거야."

파브리스는 고개를 끄덕였다. 파브리스는 자신이 저지른 바보 같은 행동에도 무아노를 잃지 않은 건 정말 행운임을 뼈저리게 느끼고 있었다. 강력한 미법을 깃겠다고 마지스터를 따라갔다가 악마의 마법에 감염되는 짓까지 저질렀으니…….

로빈은 절망적인 얼굴로 타라를 쳐다봤다.

"하지만 나는 지금도 너를 사랑해! 너를 죽도록 사랑해! 이런 정신 나간 모험에 너를 따라나설 정도로!"

타라는 뻣뻣해졌다. 그리고 로빈의 고백에 대답하지 않고 질문을 던지기로 했다.

"우리가 성공하지 못할 거라고 생각해?"

이번에는 로빈이 평소와는 달리 타라의 자존심에 아랑곳없이 솔직하게 대답했다.

"응. 영화에서는 가능할 수도 있겠지. 하지만 현실에서는 궁전에 가짜 보초들을 세워놓고 스파이들을 못 본 척 통과시키고 체포하지도 죽이지도 말라는 지시 같은 건 받지 않아. 그런 것들은 순전히 악당과 대결하면서 벌어지는 최후의 멋진 장면을 카메라에 담기 위한 작업일 뿐이니까. 생각해봐, 타라. 악마들이 리스베스 여제와 네가 하려는 것을 그냥 가만히 구경만 하고 있을까? 크산디아르 친위대장이라면 침입자가 있을 때 궁전의 첫 관문을 넘기도 전에 붙잡아서 고문하지 않을까? 솔직히 말해서 네가 마왕에게 쉽게 접근할 수 있다고 생각해? 우리를 상대로 대규모 공격을 한 게 누군데? 악마들이 영혼들을 추출하다가 너의 철천지원수 마지스터에게 막혀서 지구가 위기

를 모면했잖아! 우주왕복선을 공격하겠다고? 그래서 궁전으로 아르
칸즈를 만나러 간다고? 너는 궁전에 가지도 못할 거야. 나는 네가 죽
을까 봐 따라온 거야. 너를 가질 수 없기 때문에 나는 너와 함께 죽을
거야. 최악의 경우에는 너를 위해 내가 죽을 거야."

아연실색한 친구들은 거만하게 그들을 응시하는 하프엘프 뱀파이
어를 쳐다봤다. 로빈은 깊이 생각하고 진지하게 말하고 있었다.

"와우!" 파프니르가 마침내 한숨을 내쉬었다. "정말 아름다운 고
백이었어. 이 정도로 곤경에 빠지는 날이 오면 나도 실버에게 이래
야겠다."

화를 참지 못한 칼은 로빈을 떠밀면서 송곳니를 드러내고 목을 공
격했다. 그러고는 손가락을 쳐다보다 갑자기 단검을 꺼내 들었다.

"로빈, 나 정말 화났어. 타라가 혼자가 아니라는 걸 계속 잊어버리
는데 타라 옆에는 가장 뛰어난 도둑이 있어. 이래 봬도 내가 경비가
삼엄하기로 유명한 궁전들을 수없이 드나든 도둑이야. 그래, 왕복선
을 공격하는 일은 내 능력 밖이라는 거 인정해. 반면에 아르칸즈의
궁전에 침투하는 것은 일단 방어 시스템을 살펴본 뒤에 나는 할 수
있어. 그리고 이 이동 기구가 있기 때문에 마법을 사용하지 않고도
우리는 탈출해서 대기권 밖에서 대기하고 있을 이 우주선에 오를 수
있어. 만약 현장에서 누구든 죽일 필요 없이 무력화시키고 아르칸즈
를 만나 얘기를 한 뒤에 떠난다면 성공할 확률이 높다고 봐."

칼은 파브리스의 눈빛을 보고 흠칫했다.

"나도 확신을 가질 수 없어. 너무 위험해!"

"마법을 사용하지 않는 기구라고?" 기장이 갑자기 호기심을 보이

면서 물었다.

타라 일행은 이동 기구에 대해 설명했다. 기장은 그들이 우주 공간에서 개미족의 기구를 갖고 모험한다고 말할 때만 해도 몹시 회의적이었다. 기장은 이 기구가 어디든 뚫고 들어가는 파장으로 원소를 분해하고, 이동하는 순간 무형화되었다가 도착 지점에서 유형화되는 것임을 알고 굉장히 흡족해했다. 아주 놀라운 고도의 기술이었다.

기장은 눈을 반짝이면서 타라에게 미션이 끝나면 하나를 달라고 부탁했다.

타라는 그건 불가능하다고 대답했다. 타라도 쓸모가 아주 많은 기구라고 생각하기 때문이었다. 그리고 화물을 운송할 때 기장에게서 이따금 석연치 않은 점을 느꼈기 때문에 제국의 관리인들에게 화물을 꼼꼼하게 확인하라는 지시를 내려야겠다고 머릿속에 새겨두었다.

기장이 이번에는 막무가내로 고집을 부렸다. 기장은 행성 부근에 숨어서 타라 일행을 기다리겠다고 했다. 떼돈을 벌게 해줄 계약 때문만은 아니라고 하지만 기장은 이동 기구를 원하는 것이 분명했다.

타라는 결국 양보했다. 어쨌든 상황이 원하는 대로 될 경우 이 기구들은 이내 시장에서 자유 판매로 거래될 것이고, 개미족의 신기한 발명품들은 일대 혁신을 일으킬 것이었다.

여왕개미는 신기한 이동 기구를 주면서 보스, 힉스, 쿼크(양성자, 중성자와 같은 소립자를 구성하고 있다고 여겨지는 기본적인 입자—옮긴이) 같은 처음 들어보는 입자에 대해 설명하고, 직선으로 가지 않고 달을 한 바퀴 돌아서 원하는 곳으로 갔다가 왕복할 수 있다고 말했다. 타라는 무슨 말인지 이해하려고 머리를 쥐어짜면서 이런 물리학 원리를 해독해줄 스티븐 호킹[31]이 옆에 없는 것이 무척이나 아쉬웠다.

아무튼 이동 기구는 여왕개미의 말대로 작동했었다.

타라 일행은 정확하게 원하는 곳에서 유형화되는 걸 확인했다.

그들은 보울리미-레미 행성을 방어하는 장막에 관련된 것들을 연구했다. 왕복선들이 집합하는 우주정거장은 고도 300킬로미터 위치에 자리해 있었다. 따라서 일종의 엘리베이터를 타고 도시로 내려가야 했다. 칼은 몸서리쳤다. 금속 상자 안에 갇히는 것도 끔찍이 싫은데 엘리베이터를 타고 버터덩어리 같은 대기권을 통과해야 한다니 생각만 해도 떨렸다. 기장은 혹시라도 상황이 나빠지든, 순조롭든 그들을 데려가기 위해 우주정거장 부근에 숨어서 대기하기로 했다.

모두들 신경이 예민해져서 가뜩이나 불안한 상황에 하프엘프의 부정적인 주장으로 분위기가 더 무거워졌기 때문에 칼은 로빈에게 욕설을 날리고 싶은 걸 간신히 참았다.

그들은 여러 번의 연습 끝에 갑옷의 작동 원리를 이해했고 이때부터는 움직이는 것이 그리 어렵지 않았다.

기장의 우주선은 매복하는 늑대처럼 황량한 작은 행성 뒤에 자리를 잡고 먹잇감이 가까이 지나가길 기다렸다.

여섯 개의 행성들은 서로 멀리 떨어져 있지 않았다. 따라서 이 행성에서 저 행성으로 가는 데 몇 시간밖에 걸리지 않았고, 우주선들은 다양했다. 인간들과 드래곤들, 악마들 사이의 정치적 상황이 좋지 않

....

31. 나는 아이큐가 200에 가까운 우주물리학자 스티븐 호킹의 저서 중 두 권을 읽었지만 여섯 페이지 중 두 페이지 정도나 이해했을까 의문이 들 정도로 어려웠다. 그나마 숫자와 도표가 있는 페이지들은 읽어볼 엄두도 내지 못했다.

기 때문에 행성 간의 교통이 그리 원활하지 않았다. 하지만 타라 일행은 전사 개미를 공격한 잘못으로 추방된 젊은 악마들이 탑승한 왕복선 하나가 곧 이륙하리라는 걸 알고 있었다.

실제로 두 시간 후 왕복선이 이륙했다.

그들은 주의 깊게 왕복선을 관찰했다. 뚱뚱한 메두사처럼 생긴 시커먼 금속 왕복선, 타라가 지구의 영화에서 본 날렵한 우주선들과는 거리가 멀었다. 왕복선은 무장된 것 같지 않지만 광선으로 영혼들을 빨아들이는 끔찍한 장면을 봤기 때문에 타라 일행은 아주 신중했다. 그들은 기습적일 뿐만 아니라 아무도 위에서 공격하는 것이라고 생각할 겨를도 없이 빠르고 강력하게 공격할 것이었다.

"그러니까 경고도 없이 바로 기습 공격을 한다는 거예요?" 파브리스가 잔뜩 긴장한 얼굴로 불쑥 물었다.

"당연하지!" 기장이 퉁명스럽게 대답했다. "우리는 이동 기구를 이용하여 왕복선으로 내려가서 조종실로 침투한 다음 조종사들을 제압하고 보울리미-레미 행성으로 돌진하는 거야. 우리가 가진 전파 방해기를 사용하면 놈들은 통신이 두절되기 때문에 공격받았다는 걸 알릴 수가 없어. 그리고 너희들에게는 산혁시아가 있잖아."

기장은 타라 일행을 잠시 살펴보다가 걱정스러운 표정을 지었다.

"홀로그램 영상 때문에 너희들의 얼굴이 도처에 배포되어 있단 말이야. 따라서 최대한 다시 변장해야겠다."

타라와 친구들은 고개를 끄덕였다. 그들도 이미 변신할 생각을 하고 있었다.

"내 승무원 중 일부가 왕복선을 조종해서 우주정거장에 착륙하면 그때 너희들은 빠져나가. 그러면 우리는 포로들을 태운 채 왕복선을 다시 이륙시킬 거야. 왕복해야 되는 우주선이라 이륙하지 않으면 의심을 살 테니까. 그리고 일단 미션이 끝나서 도망칠 때 포로들을 놓아줄 거야."

모두 만반의 준비가 되었다. 그들은 왕복선을 납치할 해적들에게 이동 기구를 내주었다. 시간은 오래 걸리지 않을 것이었다. 아무도 공중에서 공격을 받으리라고는 상상도 하지 않을 것이기 때문에.

그리고 기다림이 시작되었다.

갑옷 안에서 꼼짝 못하는 타라는 손톱을 물어뜯을 수도, 흰 머리 타래를 질겅질겅 씹을 수도 없다는 것이 못내 아쉬웠다.

악마들의 왕복선이 보울리미-레미 행성을 향해 돌진하고 있었다.

두 조종사는 인간 모습의 젊은이들이었다. 늙은 악마들은 품위를 떨어뜨린다고 생각하는 일상적인 직무를 거부했다. 그런 일들은 젊은 악마들이 도맡아 하고 있었다. 우주왕복선 조종은 대형 버스를 운전하는 일과 같아서 그저 사람들을 수송하는 것일 뿐 전격적인 승진이라는 건 기대할 수 없었다.

그래서 조종사들은 하품을 하면서 건성으로 눈앞의 허공을 바라보다 난데없이 나타나 대포 공격을 하는 금빛 우주선을 발견하고 아연실색했다.

조종사 중 금빛 눈의 갈색 머리가 위급 사태 시의 자동조종간으로 전환하고 왕복선을 멈추는 사이 다른 조종사는 공격받았다는 걸 알리기 위해 통신 장비에 대고 소리를 질러댔다. 하지만 지지직거리는 소리만 반복될 뿐 아무 일도 일어나지 않았다.

"전파 방해!" 머리가 긴 금발이 기겁했다. "놈들이 전파 방해기를 갖고 있다!"

조종사들은 우주선에서 수십 개의 대포가 그들 쪽으로 조준된 걸 보면서 정체불명의 공격자들이 눈 깜짝할 사이에 왕복선을 공중분해시킬 수 있다는 걸 의심하지 않았다.

왕복선은 위협적인 유성을 공중분해하기 위한 특수 마이크로 대포로만 무장되어 있었다. 하지만 애석하게도 공격자들은 바보가 아니었다. 대포 공격을 한 뒤에 우주선은 왕복선 위쪽의 사정거리 밖에 위치하고 있었다.

모니터 화면이 흐려지면서 줄무늬가 나타났다. 공격자들이 왕복선과 접촉을 시도하는 것이 분명했다. 흥분한 갈색 머리 조종사는 다른 왕복선들이 보내는 주파수를 포착할 때까지 버튼을 돌렸다.

갈색 머리는 모니터에 나타나는 것을 보면서 침을 삼켰다.

인간들! 인간들이 공격하고 있었다. 그래도 어느 모로 보나 드래곤들의 공격보다는 나았다.

"감히 인간들이……." 갈색 머리가 중얼거렸다.

"닥쳐!" 해적이 말을 끊었다. "우리가 이 왕복선을 접수한다. 도킹 준비 시작, 셋, 둘, 하나…… 지금!"

우주선에서 발사되는 광파를 보고 질겁해 있던 조종사들은 갑자기 등 뒤에서 나는 냉랭한 목소리에 소스라치게 놀랐다.

"오케이, 얘들아! 손 하나 까딱하지 마라! 어리석은 짓 했다가는 금방 후회할 테니!"

조종사들이 고개를 돌리고 방금 조종실에 들이닥친 전투 우주복에 불투명한 헬멧을 쓴 인간들을 멍한 얼굴로 쳐다봤다.

"매…… 매…… 매……(프랑스어 '매, mais'는 '하지만'이란 뜻이다―옮긴이)." 금발이 더듬더듬 말을 잇지 못했다.

"메에에에…… 메에에에…… 메에에에……." 여자 목소리가 신랄하게 놀렸다. "듣기 싫으니까 그 입 다물어! 너희들이 베에에냐? 허접하기는! (여자는 통신기를 작동하고 말을 계속했다) 오케이, 기장님, 상황 종료. 시민들을 접수할 준비됐습니다."

이어서 여자는 얼이 빠진 듯 앉아 있는 조종사들을 내려다보면서 말했다.

"얘들아, 우리 우주선이 내려오는 즉시 갑실을 열어! 내가 너희들이라면 승객들에게 움직이지 말라고 기내 방송을 하겠다. 아니면 아주 곤란해질 것이다, 알았나? 허튼수작 부리지 마!"

여자는 갈색 머리 악마에게 말했다.

"너! 네가 알려라. 엔진 중 하나에 문제가 생겨서 전갈을 보냈는데 방금 구조대가 도착했고, 이제 수리공들을 태운 우주선이 도킹할 거라고 말해. 하지만 수리는 몇 분이면 끝날 테니 그리 지체하지 않을 것이며, 지체된 시간을 만회하기 위해 속도를 좀 더 올릴 거니까 가족이나 친지들에게 늦을 거라는 연락을 하지 말라고 알려. 그래야 승객들이 우리가 전파를 방해하고 있다는 걸 알아채지 못하니까."

인간들이 악마들의 반응을 포함해서 모든 걸 예상하고 하는 말에 적잖이 놀란 갈색 머리 조종사는 덜덜 떨면서 복종했다. 조종사의 안내 방송으로 아무런 동요도 일어나지 않았다. 악마 탑승객들은 전혀 의심하지 않았다.

"좋아. 오늘 수송하는 승객은 몇 명인가?"

"열네 명." 금발 조종사가 대답했다.

여자가 강철 같은 손등으로 금발을 후려쳤다. 조종실 반대쪽 끝으로 나가동그라진 금발 악마는 피를 흘리면서 의식을 잃었다.

"나는 너희들이 필요 없다." 죽음 같은 정적 속에서 여자는 아주 차분하게 말했다. "너희 둘을 당장 죽일 수도 있지만 지금은 넘어가 준다. 하지만 거짓말은 못 참아. 누구든 거짓말하면 나는 알아. 내가 아주 민감하거든. 따라서 또다시 거짓말했다가는 둘 중 한 놈을 죽인다, 알았나?"

갈색 머리가 침을 꼴깍 삼키면서 작은 플라크를 내밀었고, 여자는 즉시 작동시켰다. 눈앞에 탑승자 명단이 나타났다. 스무 명이었다.

"슬루르크!" 여자가 말했다. "내 생각보다 더 많군. 나는 이 악마들의 힘을 경계한다. 오케이. 이건 네가 해라."

그녀가 시커먼 실린더 하나를 내밀고 지시를 내리자 갈색 머리 악마는 순순히 복종했다. 이 인간들은 조종사들이 죽든 말든 전혀 개의치 않고 왕복선을 조종하는 데 아무 문제가 없다는 걸 알아차렸던 것이다.

왕복선의 분위기는 둘로 완전히 나뉘었다. 조종실과는 달리, 공격을 받으리라고는 상상도 할 수 없기 때문에 탑승객들은 엔진에 이상이 있어서 수리를 하는 거라고 생각하고 불안해하지 않았다.

친구들과 함께 우주선을 나와 왕복선으로 들어간 타라는 공포의
딸꾹질을 했다.

우주왕복선에 시신들이 널브러져 있었다.

보울리미-레미

어떻게 하는지 전혀 모르면서
우주선을 점령할 수 있을까

*

시신들을 보고 경악한 타라가 비명을 지르려는 순간이었다. 시체 중 하나가 드렁드렁 코를 골기 시작하여 타라는 비로소 해적들이 악마들을 잠들게 했다는 걸 알았다.

"오, 흉측한 벤드룩의 내장이여." 칼이 통신장비가 있는 곳에서 중얼거렸다. "다 죽었는지 알았잖아!"

허스키한 목소리가 웃음을 터뜨렸다. 통신장비가 있는 데서 말하면 갑옷 입은 이들 모두에게 전달되는 모양이었다. 웃음의 주인공 기장이 말했다.

"우리도 망설였는데 증인이 없을수록 나으니까. 만일의 경우를 대비해서 지난번 여행 때 크세프로디의 한 병원에서 최면 효과가 있는 소포르 가스를 구해놓았지. 독가스였다면 영락없이 죽었을 텐데 운

544

좋은 거지…….”

타라는 속으로 해적들의 선견지명에 감사했다. 배신자만 없다면 모든 게 훨씬 순조로울 것 같았다.

갈색 머리 조종사는 완전히 공포에 질려 있었다. 사샤가 금발 조종사를 내동댕이쳐서 벽에 머리를 부딪치게 한 것이 결정적으로 허튼 짓을 하면 안 된다는 확신을 주었던 것이다. 머리를 다친 조종사는 소포르 가스를 뿌려놓은 칸으로 옮겨졌고, 반혼수상태에서 깊은 잠에 빠져 있었다. 해적들과 타라 일행은 갑옷에 불투명한 헬멧을 쓰고 있어서 아무도 알아볼 수 없었다.

갈색 머리 조종사는 자동조종장치를 작동했고, 왕복선은 보울리미-레미 행성을 향해 날아갔다.

해적들은 갈색 머리 조종사에게 왕복선을 정박하는 방법을 알려달라고 말했다. 조종사는 거짓으로 알려줄 생각이었다. 동료 조종사를 죽일 뻔했던 여자 해적은 정말 거짓말을 탐지하는 육감이 있는지 눈물이 나올 정도로 조종사의 뒤통수를 휘갈긴 다음 손을 짓뭉개고 손가락 두 개를 부러뜨렸다.

조종사는 고분고분해졌고 더 이상의 폭행은 없었다. 그는 한낱 왕복선의 조종사일 뿐 다른 교육을 받지 않았다. 그는 영웅이 아니었다. 그가 바라는 건 그저 이 끔찍한 악몽에서 살아남는 것이었다.

조종사는 모든 걸 알려주었다. 편집증이 심한 인간들과는 달리 악마들은 암호나 특수 신호 같은 것이 없었다. 조종사들의 도움 없이 자동조종장치가 왕복선을 움직이고 있었다. 많은 왕복선이 이착륙하고, 조종사들이 자주 바뀌기 때문에 관제사들이 특별한 관심을 갖지 않았다. 하지만 사샤는 신중을 기하려고 교신할 가능성이 있는 관제사들의 이름과 특징을 요구했다.

해적들은 전파 방해기를 작동했다. 악마들이 왕복선에 연락할 가능성은 거의 없지만 아무도 모르는 일이었다. 그렇지만 조종사가 통신장비를 작동할 기회는 전혀 없었다. 그랬다가는 사샤가 즉시 왕복선 밖으로 내던져버릴 것이기에 조종사는 이미 자포자기해 있었다. 게다가 컴콘솔을 이용하여 통신을 할까 봐 조종사의 헤드폰까지 벗겼으니 관세사든 누구든 무슨 일이 일어났는지 결코 알 수 없었다.

그들은 일단 필요한 정보를 모두 알아낸 다음 조종사를 소포르 가스에 취해 승객들이 잠든 칸으로 보냈다. 조종사는 무슨 일이 일어나는지 전혀 모른 채 깊이 잠들게 되는 것에 안도하는 눈치였다.

그렇지만 조종사는 잠들기 전에 부들부들 떨면서, 그들이 연기 탐지기라고 생각한 기구를 가리키면서 기능을 정지시키게 했다.

그건 연기 탐지기가 아니라 영혼을 빨아들이는 기구였다.

모든 왕복선에 영혼 수집 기구가 장착되어 있었다. 사고가 일어날 경우 영혼들을 빨아들여서 악마의 마법으로 사용하기 위한 것이었다.

갈색 머리 조종사는 해적들에게 기구를 떼어내라고 한 다음 구둣발로 짓이겨버림으로써 악마들이 독성이 있는 쇠붙이 속에 갇히는 걸 얼마나 두려워하는지 보여주었다. 타라는 그 반응을 아주 흥미롭게 지켜봤다.

이어서 조종사는 해적들이 빌려준 방독면을 벗고 소포르 가스를 흡입한 뒤 일그러진 미소를 머금고 잠들었다.

해적들은 현재 우주비행복을 입고 있었다. 다른 왕복선에 있는 조

546

종사들의 주의를 끌지 않으려고 영상이 아니라 오디오로 통신했다. 따라서 해적들은 두 명의 악마 조종사 없이도 왕복선을 착륙시키는 데 문제가 없었다.

타라와 친구들은 갑옷을 벗었다. 이제부터는 아더월드에서 출발할 때 변장한 모습으로 마스크를 쓰고 왕복선 출구로 향하다 내리기 직전에 마스크를 벗을 것이었다. 그리고 가급적 모습을 바꿨다. 악마의 마법 덕분에 타라는 갈색 머리, 무아노는 푸른 기가 도는 검은빛으로 머리와 피부를 물들였다. 파브리스는 늑대인간의 능력 덕분에 한숨과 신음소리를 내면서 얼굴 모습을 바꿨고, 칼과 로빈은 까만 눈에 금발로 바꾼 뒤 입안에 가제 뭉치를 넣어서 얼굴과 말투를 수정했다.

그렇게 해서 그들은 수배령에 첨부된 홀로그램 영상과는 전혀 다른 모습이 되었다. 홀로그램에 나타나는 파프니르는 난쟁이였기 때문에 모습을 바꾸지 않았다. 그래서 파프니르는 거인의 키를 그대로 유지했지만, 무아노가 머리를 금발로 물들여주었다. 물론 무아노가 파프니르에게 절대로 머리를 상하지 않게 하겠다고, 금색은 한 오라기도 남지 않게 하겠다고, 미션이 끝나는 즉시 아름다운 빨간 머리로 원상 복귀해놓겠다고 맹세한 뒤였다.

타라와 칼은 웃음이 터졌다. 모험을 시작한 뒤로 웃을 기회가 거의 없어서 배꼽 잡고 웃어본 게 언제였나 싶게 그리웠다. 죽음을 무릅쓰고 떠난 길에서 웃음이 나오지 않는 거야 당연하지만.

여정은 생각보다 너무 짧았다.

이내 보울리미-레미 행성이 보이는 곳에 이르렀다. 아더월드의 두 태양 빛을 받으며 회전하는 보울리미-레미, 타라는 생명체가 가득한 행성을 바라보면서 아름답다고 생각했다.

왕복선 정박은 간단했다. 우주정거장의 컴퓨터들과 자동조종장치가 동시에 왕복선을 원격 조종하고 있었다. 타라 일행에게 말을 거는 사람도, 뭔가를 묻는 사람도 없었다. 타라는 생각보다 교통이 훨씬 복잡한 걸 보면서 이유를 알아차렸다. 왕복선 수백 대가 끊임없이 이착륙을 하는데 대부분 기계가 알아서 처리하므로 관제사들은 조종사들과 교신할 필요가 없었다.

왕복선 문이 열리자 뜨거운 금속과 오존 냄새가 진동했다. 해적들은 타라와 친구들이 중앙 문을 통해 나갈 수 있게 소포르 가스가 차 있는 공기를 내보내고 산소로 채웠다. 악마들은 여전히 곯아떨어져 있었다. 기장은 적어도 한나절은 더 잘 것이라면서 이쪽은 전혀 위험하지 않다고 말했다.

여러 구역을 가리키는, 악마들의 희한한 설형문자들이 곳곳에서 나부끼고 있었다. 행성으로 내려가는 구역은 도처에 명확하게 표시되어 있었다. 타라는 엘리베이터가 한 개밖에 없다고 생각했다. 하지만 몇 분 만에 300킬로미터를 주파하는 엘리베이터 수십 대가 쉼 없이 오르락내리락하고 있었다. 조종사는 객실이 멀리 떨어져 있어서 승객들은 아무것도 알아채지 못할 거라고 말했다.

스튜어디스들이 공손하게 승객들을 엘리베이터까지 안내했다. 스튜어디스들은 인간과 악마가 절반씩 섞여 있었다. 그런데 타라가 아직까지 모르고 있던 종족들도 여기저기 눈에 띄었다.

모두들 불안한 표정이었다. 하나같이 보울리미-레마족을 슬금슬금 피하면서 겁먹은 시선으로 복도 곳곳에서 번쩍거리는 영혼을 빨아들이는 기구들을 쳐다봤다. 눈이 동그란 여우원숭이들, 노란 개미들, 초록색 자이언트 민달팽이, 빨간 에프리트들이 무더기로 정거장에 몰려들면서 타라 일행은 엘리베이터 한쪽 구석으로 밀려났다. 덕분에 아무도 그들에게 관심을 갖지 않았다.

"어쩐 너무 쉽네." 로빈이 인상을 쓰면서 속삭였다. "이 나라에서는 검역 같은 걸 전혀 안 하나?"

"그러니까 다행이지." 타라가 한마디 했다.

엘리베이터는 덜컹거린다거나 어지러움 같은 것 없이 하강했다. 사실 그들은 거의 아무것도 느껴지지 않았다. 놀라운 기술력이었다. 엘리베이터 문이 다시 열리고 대형 홀이 나타났다.

그들은 방금 보울리미-레미에 도착했다.

어느덧 해들이 지고 있었다. 도처에 가로등이 켜 있어서 왕궁 중 하나를 둘러싼 도시는 불빛으로 반짝이고 있었다.

거리에는 수천 명이 오가고 있었다. 길거리에서도 타라 일행에게 말을 거는 사람이 없었다. 시민들은 인간 모습의 악마들이 지나갈 때 조심스럽게 비켜섰다. 누가 왕의 자식인지 모르기 때문이었다. 걸음걸이나 몸짓으로 '위험, 가까이 오지 말 것'이라고 표시하는 산헥시아는 흡사 살아 있는 게시판 같았다. 엘레아노라는 아주 재미있어하고 있었다.

"아, 그리고 산헥시아가 방금 말했는데 재판관과 함께하는 공판이 열린대." 엘레아노라는 흡족한 어조로 말했다. "이제 곧 왕궁이 개방된다니까 우리도 들어갈 수 있어. 나는 조언을 얻기 위해 재판관을 꼭 만나야 한다고 주장할 거야."

파프니르는 눈살을 찌푸렸다.

"재판관을 만나겠다고 하면 우리가 왕궁으로 들어갈 수 있다고?"

"아마도 그런가 봐. 산혝시아의 말로는 오래전에 바쉬를 살해하려고 했던 블루파를 제외하고는 보울리미-레마족에게 감히 반기를 드는 악마가 전혀 없었대. 그래서 근위병 인원을 최소한으로 줄였대. 병사들은 정복이나 다른 행성들을 지배하는 데 투입하기 때문에 왕궁에는 소수의 근위병들만 남아 있대."

타라는 고개를 끄덕였다. 도시는 그들이 다녀간 뒤로 크게 달라진 것이 없었다. 집들이 왕궁을 중심으로 동그랗게 둘러싸고 있고, 초록빛 잔디가 파란 호수까지 이어져 있었다. 아름답고 목가적인 풍경. 하지만 완벽하게 인공적이었다. 그래도 타라가 처음 림보를 방문했을 때 본 끔찍한 장밋빛 궁전과 을씨년스러운 벌판보다는 나았다. 그때는 행성이 두 개의 태양 빛에 잠겨 있었다.

산혝시아의 말이 맞았다. 타라와 친구들은 가슴을 졸이면서 활짝 열린 왕궁의 문을 넘었다. 검은색 정복 차림의 근위병 둘이 따분해서 죽을 것 같은 얼굴을 하고 있었다. 타라 일행은 눈이 휘둥그레져서 왕궁으로 들어갔다. 여기저기서 예쁜 악마들이 깔깔대고 웃으면서 장밋빛 고양이들과 장난을 치고 있었다. 예쁜 악마들 중 여러 명이 산혝시아를 알아보고 인사할 때마다 파브리스는 숨이 멎을 뻔했다. 하지만 여자들은 단지 산혝시아와 다정하게 인사를 나눌 뿐 타라 일행에게는 관심을 보이지 않았다.

재판관의 방은 꽉 차 있었다. 여기서도 타라 일행에게 왜 왔냐고 묻는 사람이 아무도 없었다.

"내가 경비 책임자였다면 당장 잘렸겠다." 로빈이 믿기지 않는 얼굴로 중얼거렸다. "이 궁전 뭐지? 명색이 왕궁인데 어떻게 아무나 자유롭게 출입할 수 있지?"

칼은 한숨을 쉬었다.

"아더월드에 있는 궁전들도 모두 이런 식이면 내가 일하기 아주 수월할 텐데."

"하지만 관용적이라는 점에서 나는 마음에 들어." 무아노가 말했다. "여기서 이러지 말고 남들의 눈에 띄지 않을 만한 데를 찾아보자."

"산헥시아의 거처로 가면 안 될까?" 타라가 제안했다. "좀 전에 여자들이 인사했으니까 산헥시아가 옷 갈아입으러 갔다고 생각할 텐데. 그건 아주 자연스러운 일이잖아?"

엘레아노라는 이목을 끌지 않게 살짝 웃었다.

"아, 산헥시아가 뭐라는지 알아? 네가 자기를 너무 잘 안대. 내가 자기의 거처를 아는 걸 원치 않지만 내가 알거든. 따라와."

그들은 조용히 따라갔고, 이내 왕실 일가의 거처에 이르렀다. 이번에는 근위병 몇 명이 보초를 서고 있었다. 하지만 근위병들은 산헥시아를 보자 잠자코 비켜섰다.

엘레아노라는 의기양양하게 근위병들 앞을 지나갔고, 몇 개의 문을 지나치다 한 곳으로 들어갔다.

타라는 핑크빛 사탕이나 솜사탕 속으로 들어가는 느낌이 들었다. 곳곳에 온갖 장신구며 매듭장식, 핑크빛과 금빛 천 등으로 손이 오그라들 정도였다.

산헥시아가 깔깔대고 웃으면서 커다란 침대로 뛰어올랐다.

"엘레아노라, 아무래도 저 악마가 너한테 물든 것 같다." 파프니르는 '쟤, 잘못된 거 아냐?' 하는 얼굴로 말했다.

엘레아노라가 낄낄대다 고개를 돌리는데 눈이 반짝거렸다.

"내가 실수를 저지른 것 같다."

"뭐?" 깜짝 놀란 파브리스가 물었다. "무슨 실수? 우리가 발각된 것 같아?"

"그건 아니니까 진정해, 파브리스." 엘레아노라가 놀렸다. "나는 살아 있을 때도 인생을 즐기는 것과는 거리가 멀었지만 유령이 되어서도 나를 죽인 이들을 찾을 생각만 했어. 근데 이제 깨달았어. 그런 건 아무래도 상관없다는 걸. 산헥시아와 한 몸으로 있는 게 너무 좋아. 산헥시아도 이렇게 친한 친구를 가져본 적이 없다면서 아주 만족하고 있어."

엘레아노라는 기지개를 켜면서 미소 지었다.

"우리 둘 다 한 번도 경험하지 못했던 이 소속감이 이렇게 좋을 줄은 생각도 못했어. 그리고 산헥시아가 모습은 좀 연약해 보여도 아주 강해. 이렇게 강한 육신을 가져보니까 꽤 괜찮네."

엘레아노라는 짓궂은 표정을 지으면서 덧붙였다.

"아름다운 악마들과 지내는 것이 어떤지 정말 궁금해."

파브리스는 숨이 막힐 뻔했고, 칼은 어이없는 얼굴로 천장을 쳐다봤다.

"먹을 걸 가져오라고 할게. 아마 악마들이 먹는 것들은 우리 입맛에도……."

"안 돼!" 타라는 단호하게 잘랐다. "네가 즐겁고 재미있다니까 기쁘지만 우리는 신중해야 돼. 가능한 한 눈에 띄는 일은 하지 말자. 하인을 불러들이는 건 좋지 않아. 모두 잠들 때까지는 경계해야 돼."

엘레아노라는 얼굴을 찌푸렸지만, 타라의 말이 옳다는 사실을 인정했다.

정말 놀랍게도 아무도 방해하지 않았다. 긴장되는 상황인데도 할 일이 없어서 졸지 않으려고 사투를 벌여야 할 정도였다.

시간이 더디게 흘러갔다. 궁전의 카메라 시스템 덕분에(그래도 최소한 감시 시스템은 있었다) 왕의 자식들은 마음대로 조회할 수 있었다(산헥시아의 말에 따르면 무엇보다 누가 누구와 가까운지 알기 위한 것이다). 타라 일행은 활기가 서서히 사라지고 적막이 감도는 것으로 보아 왕궁에 있는 이들이 거의 잠자리에 들었다는 걸 알 수 있었다.

변장한 타라 일행은 감시 카메라에서 계속 아르칸즈를 주시하며 마왕이 어디로 가서 자는지 살폈다. 벨제부트가 알려준 게 맞았다. 아르칸즈는 왕이 되었지만 아버지 바쉬에게 왕의 거처를 내어주고 자기가 좋아하던 침실을 그대로 사용하고 있었다.

이제 행동할 때였다.

타라 일행은 아르칸즈의 거처까지 조용히 빠져나가는 동안에 아무도 마주치지 않았다.

"아무리 생각해도 너무 쉽게 풀리는 것 같다." 로빈이 속삭였다.

"나도 그래." 칼이 미심쩍은 어조로 대꾸했다. "이건 정상이 아냐."

"쉿!" 타라가 주의를 줬다. "기회는 오는 대로 잡고 보는 거야. 가자."

타라는 아르칸즈가 자기를 알아보지 못하고 죽일까 봐 원래의 모습을 되찾고 문을 밀었는데 잠겨 있지 않았다. 보초를 서는 근위병도 없었다.

타라는 살그머니 들어갔다. 방이 어둠에 잠겨 있을 거라고 생각했는데 아르칸즈가 깜깜한 데서 자는 걸 싫어하는지 일종의 램프 여러 개가 은은한 빛을 내고 있었다. 창문들은 움직이는 궁전을 둘러싸는 도시 쪽으로 나 있었다. 움직이는 궁전의 장점은 원하는 곳으로 이동할 수 있다는 것이었다. 아르칸즈가 아름다운 공원과 파란 호수가 보이는 쪽으로 나 있는 궁전을 돌려놓은 모양이었다. 타라는 친구들에게 검은색 커튼을 치라는 신호를 보냈다. 밖에 있는 근위병들의 주의를 끌 필요는 없었다.

지금까지는 운이 아주 좋았다. 계속 이런 식이면 좋을 텐데.

타라는 조심스럽게 침대에 다가갔다.

아르칸즈는 반듯이 누운 상태로 깊이 잠들어 있었다. 금빛 피부를 두드러져 보이게 하는 자주색 시트 밖으로 멋진 상체가 드러나 있었다. 타라는 고양이 미소를 지으며 침대 위로 조용히 올라갔다. 그러고는 아르칸즈의 상체에 올라앉아 목에 단검을 들이댔다.

타라는 아르칸즈를 깨우기 시작했다.

괴물 혜성

달콤한 꿈에서 깨면 악몽으로 변할 텐데

＊

아르칸즈는 자고 있었다. 누군가가 숨이 막힐 정도로 가슴을 짓누르는 꿈을 꾸고 있었다. 하지만 이상하게 느낌이 좋았다.

이윽고 어떤 목소리가 오무아어로 귀에 대고 속삭이는데 그것도 아주 이상했다.

"일어나요, 아르칸즈. 일어나요!"

그리고 목소리가 덧붙였다.

"소리 지르지 마요. 당신도 우리도 후회하게 될 테니까."

아르칸즈는 잠결에 다채로운 색조의 초록빛 눈을 뜨고 타라 덩컨의 쪽빛 눈을 봤다.

타라 덩컨이 얇은 시트에 가려진 아르칸즈의 상체 양쪽을 허벅지로 누르면서 말 타듯 올라앉아 있었다.

"음, 이 꿈 너무 좋아." 잠이 덜 깬 아르칸즈가 중얼거렸다. "그 옷 벗어. 훨씬 좋을 거야."

잠을 깨야 무슨 일인지 알 텐데 아르칸즈는 이상할 정도로 깨고 싶지 않았다. 목에 닿는 차가운 느낌 때문에 그제야 잠이 확 달아난 아르칸즈는 타라가 올라타고 있는 것에 어리둥절했다. 그러다 타라가 날카로운 단검을 목에 들이대고 있는 사실에 깜짝 놀랐다.

"나는 옷을 벗지 않아요. 그리고 우리는 몇 가지 물어볼 게 있어서 왔어요."

타라는 감정을 완벽하게 절제하고 있는 것처럼 행동했다. 하지만 단검으로 아르칸즈를 확실하게 제압하기 위해 침대 위로 올라가는 충동적인 결정은 그리 좋은 생각이 아니었다.

밑에 깔린 악마의 따뜻한 몸을 의식하지 않을 수가 없었고, 아르칸즈의 옆구리 가격을 피하기 위해 긴 다리로 따뜻한 몸을 조르고 있는데 어이없게도 그 느낌이 좋기 때문이었다. 게다가 아르칸즈를 쳐다보는 칼의 시선이 잡아먹을 듯 매서운 것도 타라는 신경이 쓰였다.

"타라?" 어리둥절한 아르칸즈가 눈을 깜박이면서 중얼거리듯 말했다. "지금 뭐하는 거야? 여기는 어떻게……."

"아르칸즈, 지금 왜, 어떻게, 그런 것이 중요한 게 아니에요. 방금도 말했다시피 우리는 몇 가지 질문을 하러 여기 온 거예요. 당신이 지구를 공격한 것이 아니라는 성명을 발표했는데 그 배후가 누구죠?"

물론, 배후가 누군지 그게 가장 중요한 것은 아니지만 핵심을 찌르기 위해서는 덜 중요한 문제부터 시작하는 것이 나았다. 아르칸즈는 기계적으로 몸을 일으키려고 했지만 타라의 허벅지들이 조르고 있는 데다 금빛 피부를 파고들 것 같은 단검을 보고 포기했다.

"아름다운 여자가 올라타서 잠을 깨워주니까 나쁘지 않네. 솔직히 단검 위협은 처음이지만. 타라, 이렇게 올라타는 거 좋아해?"

타라는 얼굴이 확 달아오르는 자신이 한심스러웠다.

"당신과 장난치려고 온 게 아니에요, 아르칸즈. 우리의 인내심을 시험하지 않는 게 좋아요."

잘생긴 얼굴에 느긋한 미소가 번졌다.

"아, 그래? 나랑 장난치고 싶지 않다고? 이렇게 섭섭할 수가!"

"질문에나 대답해요!" 방탕한 놈의 말을 도저히 듣고 있을 수가 없어서 칼이 소리쳤다.

아르칸즈는 칼을 거들떠보지도 않고 초록빛 눈으로 타라의 눈을 빤히 쳐다봤다.

"대답해주는 거야 어렵지 않지."

일단 안심한 타라가 대답을 기다리다 독촉하려는 순간 아르칸즈는 덧붙였다.

"단 내가 타라와 사랑을 나눈 다음에……."

그 순간 파프니르는 아르칸즈에게 달려들려고 하는 칼을 붙잡고 대신 침대에 다가섰다.

"하하, 진짜 웃기네, 이 악마." 거인으로 변신해 있는 파프니르가 빈정거렸다. "타라?"

"응?"

"비켜."

타라는 악마의 목에서 단검을 거두지 않은 채로 아르칸즈가 알아채기 전에 재빨리 파프니르와 자리를 바꿨다. 파프니르가 올라타는 순간 아르칸즈는 뜻밖의 무게와 강철 같은 허벅지 힘에 옴짝달싹할 수 없었다. 타라라면 자빠뜨려보겠지만 도끼를 쥐고 있는 파프니르를 상대로는 도저히 가능성이 없었다.

"푸우우우." 아르칸즈는 폐에 찬 공기를 격하게 배출했다.

"이봐, 나랑 놀아보는 건 어때?" 파프니르가 짓궂게 말하는 사이 밀도가 큰 체중에 눌린 침대가 휘어졌다.

"노우우." 아르칸즈는 숨을 몰아쉬면서 말했다.

"내 생각도 그래. 그러니까 질문에 빨리 대답이나 하시지."

침묵이 흐르는 사이 악마의 얼굴이 시뻘게졌다.

"파프니르, 아르칸즈가 대답하고 싶은데 할 수가 없는 것 같아."

파프니르는 씨익 웃으면서 몸을 약간 들어주었다. 아르칸즈는 공기를 크게 들이마셨다.

그러고는 타라 쪽으로 고개를 돌리고 느물거렸다.

"대답을 해주겠다는데도 나와 사랑을 나누기 싫다는 뜻인가?"

파프니르가 허벅지로 세게 조르자 아르칸즈의 얼굴이 일그러지면서 갈비뼈가 우지끈거렸다.

"알았어, 알았다고!" 아르칸즈가 느물거렸다. "거절로 받아들이지. 네가 뭘 잃었는지 모른다는 게 진짜 유감스럽지만. 우리 악마들은 진짜 끝내주는……."

"대답해!" 얼굴이 더 빨개진 타라는 더 이상 예의를 지키지 않았다.

아르칸즈는 또다시 느물거리려다 이내 그만두었다.

"지구를 공격한 건 내 아버지야. 늙은 악마들은 우리 세대와 정책이 아주 다르기 때문에(아르칸즈는 씁쓸한 미소를 지었다). 인간들의 역사에서는 부왕을 죽이고 왕으로 즉위하는 아들이 있지. 우리 역사에서는 그런 일이 있을 수 없어. 아버지가 아들을 죽이는 경우는 있어도. 그래서 아버지가 나를 죽일까 봐 두려워……."

타라와 친구들은 놀라는 시선을 주고받았다.

"그렇다고 아버지가 가브리엘을 더 좋아하는 건 아냐." 아르칸즈가 말을 계속했다. "사실 아버지는 우리 둘의 정책을 지켜보다 더 마음에 드는 것을 택한 거니까. 하지만 피에 굶주린 늙은 악마들의 정책은 죽는 날까지 변하지 않아. 늙은 악마들은 평화적 공존이라는 개념 자체를 이해하지 못하니까. 아버지는 우리를 무기로 만들었지. 그래서 너희 인간들은 우리가 괴물 모습일 때보다 훨씬 우리를 물리치기 힘들 거야. 아버지는 우리에게 집어넣은 인간 유전자로 인해 우리가 평화적인 해결책을 모색하리라고는 예상하지 못했지. 아버지는 가브리엘이 나보다 더 옛 종족에 가깝다고 생각해. 하지만 형보다 내가 더 영리하다는 건 아버지도 인정하지. 모든 종족을 합병해서 그들을 노예로 만드는 일은 아버지가 바라던 것이야. 나는 아버지를 변화시킬 생각이었는데 바보 같은 짓이었어. 나는 이름만 왕일 뿐 진정한 권력은 아버지가 쥐고 있어……."

아무도 말하지 않지만 그들은 모두 같은 생각을 하고 있었다.

"아니, 나는 아버지를 죽이지 못해." 아르칸즈는 고단하고 슬픈 목소리로 말을 이었다. "우리는 설사 아버지들이 종족을 파멸시키는 짓을 저지를지라도 아버지를 죽이지 않아. 나는 지구인들이 복수를 위해 총력을 다하리라는 걸 의심하지 않아."

갑자기 아르칸즈가 어둠 속에 서 있는 사람을 발견하고 눈이 휘둥 그레졌다.

"산헥시아? 왜 여기 같이 있어?"

엘레아노라는 폭로하지 않고 금발 머리를 설레설레 흔들면서 내뱉 었다.

"얘기하자면 기니까 묻지 마."

아르칸즈는 그래도 물어보려고 했지만 파프니르가 현실로 돌아오 게 했다. 거인의 무게로 짓누르고 허벅지로 옆구리를 더 세게 조르자 아르칸즈는 신음소리를 냈다.

파프니르는 신음소리를 내거나 말거나 아랑곳없이 물었다.

"지구인들이 복수하기 위해 총력전을 펼치리라는 걸 당신 아버지 도 모르지는 않을 텐데 왜 그런 짓을 했지? 뭐 때문에 우주선 몇 대로 영혼들을 수집했냐고?"

아르칸즈가 갑자기 머리를 드는 바람에 파프니르가 잽싸게 악마의 목에서 도끼를 치웠기에 망정이지 정말 아슬아슬했다.

"너희들이 정말 이유를 몰라서 묻는 거야?"

타라와 친구들은 서로를 쳐다봤다.

"우리가 뭘 안다는 거죠?" 무아노가 물었다.

"악마의 영혼들에 대해서 몰라?"

아르칸즈와 친구들이 서로 말이 안 통하자 타라가 나섰다.

"아르칸즈, 나도 무슨 소리인지 모르겠으니까 좀 더 구체적으로 말하시지!"

"나도. 뭔 소리를 하는 건지." 파프니르가 맞장구쳤다.

"아, 내 생각이 맞았구나!" 아르칸즈가 돌연 흡족한 어조로 말했다. "드래곤들 말고는 그 누구도 다른 종족을 상대로 그런 괴물 같은 짓을 할 수 없다고 생각했지. 무엇보다도 크세프로디에 일어난 일을 보면 무고한 종족을 상대로 한 짓이니까."

타라는 아르칸즈의 독백으로 더 복잡해졌기 때문에 인내심을 잃어가고 있었다.

"아르칸즈! 무슨 말인지 전혀 모르겠다니까! 설명을 해야 알아듣지, 빌어먹을!"

아르칸즈는 자존심이 상한 얼굴로 타라를 빤히 쳐다보다 기세가 꺾였다. 타라가 내보이는 불굴의 의지를 당해낼 수가 없어서 아르칸즈는 멋진 초록빛 눈을 내리깔고 말했다.

"우리는 공격을 받았어."

물론 타라와 친구들은 아르칸즈가 무슨 말을 하는지 알고 있었다. 하지만 그들은 크세프로디에서 들은 정보를 발설하지 않기로 여왕개미와 약속했기에 아는 척을 할 수 없었다. 그리고 아르칸즈가 하는 말과 그들이 알아낸 정보들이 일치할수록 거짓인지 아닌지 알 수 있기 때문에 잠자코 있었다.

아르칸즈가 점점 더 싫어진 칼은 의도적으로 비아냥거렸다.

"행성이 일곱 개나 되는 림보는 어떻고요? 그 행성들도 다 당신들이 정복한 거잖아요? 당신들을 공격하다 실패한 종족을 파멸시킨 것도 당신들이잖아요?"

아르칸즈는 이맛살을 찌푸렸다. 그리고 함정에 빠졌다.

"아니, 우리의 행성들을 지구처럼 만드는 계획을 위해 아버지가 그 행성을 파괴하고 영혼들을 사용한 건 사실이지만 이번 일과는 아무 관련 없어. 느닷없는 잔혹한 공격 때문에 우리도 림보를 도망쳐야 했으니까."

"그럼 태양들이 폭발하려고 해서 도망쳤다는 말은 거짓이었어요?"

이번에는 무아노가 순진한 표정으로 물었다.

"그것도 사실이야. 실제로 태양들이 불안정해지고 있었으니까. 하지만 우리는 시간만 있으면 태양들을 안정시킬 수 있다고 생각했지. 그런데 태양들을 안정시키지 못할 경우를 대비하여 크세프로디에 그들의 이동 기구를 사용해 림보를 도망쳐야 한다고 미리 알렸어."

악마들에게 핍박을 받은 종족이 정복자들의 목숨을 구해준 것이었다. 타라는 악마들이 다른 종족들을 노예로 삼은 걸 결코 용서할 수 없었다.

아르칸즈도 이런저런 기억을 떠올리고 있는지 잘생긴 얼굴이 공포로 일그러졌다.

"그리고 어디선가 불타는 시커먼 혜성 같은 것이 불쑥 나타나서 크세프로디 행성을 공격했는데 믿기지 않는 일이 일어났지. 행성의 생명체를 빨아들이는 것 같았어. 식물, 동물, 곤충, 모든 것이 순식간에 사라졌지. 크세프로디를 구한 것은 오로지 그 혜성이 그리 빠르지 않았다는 거야. 그래서 우리는 다른 행성들과 함께 아더월드로 이동할 수 있었지."

562

'잡식 산타클로스 할아버지가 나타나서 다 잡아먹었다고 하지, 왜?' 하고 말하는 것처럼 칼은 한마디도 믿을 수 없다는 투로 물었다.

"생명체를 빨아들이는 혜성이요?"

"그래." 아르칸즈는 단정적으로 대꾸했다. "스스로 이동하면서 크세프로디에 있는 수백만의 개미족과 수천 명의 악마들을 죽인 혜성."

"혜성은 혼합된 암석 덩어리인데 폭발시키면 되잖아요?" 파프니르가 내뱉었는데 계속 헛소리 지껄이면 다시 힘으로 제압할 기세였다.

"당연히 시도했지. 우리가 건드릴 수 없는 존재라는 걸 깨달을 때까지는." 아르칸즈가 대답했다. "그런데 그 혜성이 악마의 마법을 양식으로 삼는 것도 이상했고, 미사일이며 광선 등 우리가 발사하는 것을 모조리 흡수해버렸어. 정말 끔찍했지. 그 혜성은 우리가 도저히 물리칠 수 없는 적이었어."

파브리스는 문득 지구의 영화가 생각나서 속으로 비아냥거렸다. '빌어먹을, 혜성이라는 걸 파괴하려면 제5원소**32**가 필요하다는 거야, 뭐야?'

아르칸즈는 고개를 들고 초록빛 눈으로 타라를 쳐다봤다.

"우리는 혜성을 상대하다 우주선을 많이 잃었어. 하지만 크세프로디의 이동 기구 덕분에 도망칠 수 있었지. 그런데 아주 이상한 점이 있었어. 정체불명의 혜성에서 5000년 전 인간 마법사들이 압수한 악

......

32. 브루스 윌리스 주연의 뤽 베송의 영화 〈제5원소〉에는 핵미사일 공격을 받을수록 거대해지는 괴행성이 빠른 속도로 지구를 향해 돌진해오는데 이걸 막으려면 물, 불, 흙, 바람과 함께 제5원소가 있어야 지구를 구할 수 있다.

마의 사물들의 신호가 탐지되었다는 거야."

타라는 순간 가슴이 철렁했다. 끔찍한 예감에 사로잡힌 타라는 악마가 말하지 못하게 손으로 입을 틀어막고 싶었다. 하지만 아르칸즈는 이미 말을 계속하고 있었다.

"두 가지 사물. 그루이그의 검과 크라에토비르의 반지."

타라는 파랗게 질렸다. 문제의 사물 두 개를 모우르무르가 발명한 쓰레기통에 넣어서, 아무도 찾을 수 없는 우주 공간 어딘가로 보내버렸던 걸 똑똑히 기억하고 있었다.

무언가가 그 사물들을 회수했다는 것인데 어떻게 이런 일이 가능하지?

아르칸즈는 부드럽게 말했다.

"그래서 우리는 너희 종족이 복수심에 불타는 악마의 영혼들을 이용하여 엄청난 파괴력을 가진 무기를 만들어 우리를 절멸시키려고 보낸 거라고 생각했어."

"그래서 NA 스피어를 훔쳐가려고 한 거였어요?" 칼이 물었다. "스피어로 우리 세계를 파괴하려는 것이 아니라 그 혜성인가 뭔가를 파괴하려고?"

"나는 그러고 싶었지. 하지만 내 형 가브리엘은 너희 종족이 우리 세계를 생명이 살 수 없게 만들었다는 생각에 스피어를 이용하여 너희 종족을 몰살하려고……."

"종족을 몰살하고 그 영혼들을 쇠붙이 속에 가둔 건 당신들이에요." 무아노가 반박했다. "당신들이 한 짓은 생각하지 않고 영혼들이 복수하는 걸 비난하면 안 되죠! 내가 영혼들의 입장이라면 나도 그렇게 했을 거예요!"

아르칸즈는 몹시 지친 표정을 지었다. 악마는 지구력이 굉장히 강한데 아르칸즈가 상당한 압박감에 시달리고 있는 것 같았다. 그리고 아르칸즈의 평화 정책이 가브리엘 쪽은 물론이고 늙은 악마들로부터도 지지를 받지 못하고 있는 것이 역력해 보였다.

"지금은 그게 중요한 게 아니야. 너희들도 잘 알다시피 그 영혼들이 광적이라는 게 문제지. 혜성 속 영혼들은 오로지 복수와 파멸을 원하고 있어. 우리가 영혼들을 향해 스파리담을 시도했지만 작동하지 않았지. 마치 우리의 호출로부터 지켜주기 위해 그 혜성 속의 돌과 철이 결합되어 깊이 박혀 있는 것 같아. 그래서 우리는 그 영혼들을 강제로 복종시킬 방법이 전혀 없어."

타라는 속이 메스꺼웠다.

모든 게 타라의 잘못이었다.

타라는 악마의 사물들을 우주 공간에 보내버린 것으로 세상의 종말을 야기한 것이었다. 타라는 이 재앙의 책임이 오로지 자신에게 있다는 걸 잘 알았다. 죽은 여왕개미들과 개미들을 생각하는 것만으로도 죄책감을 느꼈다. 하지만 사물들을 쓰레기통으로 버리던 그 순간에는 아주 좋은 생각이라고 여겼건만!

아르칸즈는 타라의 어두워진 얼굴을 살폈다. 그리고 눈살을 찌푸리면서 갑자기 의문이 들었다. 이 악몽 같은 일과 타라가 무슨 상관이 있는 건가?

타라는 침을 삼켰고, 차분하게 말문을 열기 시작했다.

"크라에토비르의 반지 시제품에게 장악된 내 고모의 공격을 받고 오무아의 감옥에서 죽어갈 때 내가 당신의 도움을 받았던 거 기억하죠? 그때 당신은 그 반지를 순식간에 파괴하고 영혼들을 회수했어요. 그걸 보면서 나는 당신들이 영혼들을 회수하기 위해 우리에게 악마의 사물들을 파괴하게 만든다는 것을 알아차렸지요."

아르칸즈는 입술을 꾹 다물고 침묵을 지켰다. 그래, 악마들이 사물 속의 영혼들을 회수하고 있다는 걸 인간들이 알아차렸을지도 모른다는 의심이 들더니.

"영혼들은 마치 예속된 것처럼 당신들에게 돌아갔어요. 마지스터가 지구를 파괴하려고 했을 때 실루르의 옥좌가 있는 바닷속 신전에 세 개의 사물이 있었어요. 드레쿠스의 왕관, 그루이그의 검, 크라에토비르의 반지. 그중 왕관은 검은 여왕이 파괴하고 영혼들을 낚아챘어요. 하지만 한 과학자와 나는(타라는 굳이 친척의 이름을 말하고 싶지 않았다) 사물을 파괴하지 않고 무력화시키는 방법을 찾아냈지요."

타라는 쪽빛 눈으로 아르칸즈의 초록빛을 응시했다.

"우리는 두 개의 사물을 열기나 압력을 받지 않는 우주 공간 깊은 곳으로 보냈어요. 아무도 찾을 수 없다고 생각하는 곳으로."

아르칸즈는 고개를 끄덕였다. 인간들이 고의적으로 괴물 같은 혜성을 만든 게 아니라면 뭔가 크게 잘못된 거라고 생각했는데 이제 확인이 된 것이었다.

"그러니까 우리의 탈출, 전쟁, 이 모든 일을 야기한 게 너란 말이야?"

몹시 괴로워하는 타라가 쓰러질 것 같아서 칼이 나섰다.

"타라는 당신들이 만든 끔찍하게 위험하고 사악한 것들을 우주 공간으로 보낸 것뿐이에요. 당신들을 몹시 싫어하는 누군가가 그것들을 발견하고 당신들을 상대로 사용한 게 틀림없어요. 따라서 그 사물들이 부메랑이 되어 당신들을 공격한 것은 타라의 잘못이 아니죠! 적어도 애송이 왕 당신은 타라를 비난할 자격이 없다고!"

모욕적인 말에 아르칸즈는 칼을 노려봤다.

하지만 젊은 왕의 얼굴은 창백했다. 그들은 인간들이나 드래곤들, 이 세계의 누군가가 범인이라고 확신하고 있었다. 그런데 인간들이 벌인 일이 아닌 것 같았다.

그럼 악마의 영혼들을 혜성으로 만든 게 누구지? 새로운 적이 등장했단 말인가?

그들의 지배를 받고 있는 국민들 중의 한 종족이었을까? 개미족은 첫 번째로 공격을 당했으니 아니고……. 다른 종족이라면? 그들이 정복하거나 변형시킨 종족들은 자유를 잃는 비싼 대가를 치렀다.

불안해진 아르칸즈가 새로운 관점으로 사건을 재구성하는 사이, 칼의 개입으로 타라는 정신을 차릴 수 있었다.

악마의 영혼들이 타라의 머릿속에서 뭐라고 속삭였다. 타라는 망설였다. 타라가 이뤄낸 것은 전대미문의 일이었다. 그런데 중요한 에이스카드 중 하나를 숙적에게 발설하는 것이 맞을까?

하지만 악마의 영혼들은 단호했다. 혜성 속의 독성이 있는 철과 불타는 돌 속에 갇힌 영혼들을 도와주고 싶어했다. 악마들을 공격해서 양식으로 삼기 때문이 아니라 그 영혼들을 자유롭게 해주고 싶은 것이었다.

'하지만 그 영혼들은 악마들만 공격한 게 아냐.' 타라가 속으로 지

적했다. '아무 관련이 없는 개미족을 공격하고 희생시켰어!'

악마의 영혼들은 고집을 꺾으려고 하지 않았다. 영혼들은 달에서 타라가 약속한 것에 대해 말하기를 바라고 있었다.

"너희들이 무슨 생각을 하는지 알아. 하지만 내 아버지를 제외하고, 너희들과 나는 적이 아냐." 아르칸즈는 그들과 동맹을 맺어야 한다는 걸 깨닫고 주장했다. "나는 근위병들을 불러서 너희들을 체포하지 않을 거야. (아르칸즈는 파프니르의 초록빛 눈을 뚫어져라 쳐다봤다) 파프니르, 내가 일어나도 될까? 이제 다 알았잖아. 그 무시무시한 혜성을 물리치려면 우리는 힘을 합쳐야 해. 우리도 너희들도 상관이 없다는 걸 이제는 알았으니까."

파프니르는 머뭇거리다 눈짓으로 칼에게 물었다. 칼은 고개를 끄덕였다. 칼은 거짓말인지, 아닌지 꿰뚫어보는 능력이 있기 때문이었다. 칼은 악마가 천성적으로 파렴치하다는 것이 마음에 걸렸지만 아르칸즈에게서 진심이 느껴졌다.

파프니르는 아르칸즈를 풀어주었지만 도끼를 손에 쥐고 있었다. 악마가 농락할 경우 머리를 날려버릴 것이었다. 난쟁이는 도끼 던지기의 명수였다.

아르칸즈는 안도하면서 일어났다. 팬티만 달랑 입은 아르칸즈의 우월한 몸을 보면서 세 여자는 숨이 멎을 뻔했다. 아니 두 여자였다. 타라는 악마의 영혼들과 대화하느라 바빠서 젊은 마왕의 몸에 관심을 가질 수 없었다. 칼은 아르칸즈에게 눈길도 주지 않는 타라를 보고 안도의 숨을 내쉬었다.

칼이 못생긴 건 아니지만 그렇다고 로빈이나 실버의 외모와 비교

할 정도는 아니었다. 그래도 칼은 미남 친구들에게 주눅 들지 않고 자신 있게 밀어붙였기에 타라를 사랑하는 용기를 낼 수 있었다.

아르칸즈는 무의식적으로 하인들과 연결되는 초인종을 향해 손을 내밀다가 눈을 부릅뜬 파프니르가 도끼를 휘두르는 걸 보고 동작을 멈췄다.

"어허, 미남 악마, 이렇게 나오면 안 되지!" 파프니르가 말했다. "그리고 나는 당신이 벌거벗고 있어도 전혀 민망하지 않아. 당신이 그러고 있는 게 마음에 들거든."

"파프니르, 넌 실버를 사랑하잖아?" 파브리스는 남자들끼리의 연대의식이랄까, 실버를 생각한답시고 순진하게 한마디 했다.

파프니르가 재미있어하면서 웃었다.

"하나, 다이어트 중이라서 맛있는 음식이 내 눈에 들어오지 않아. 둘, 벌거벗고 있으면 아르칸즈가 무기를 감출 수 없어."

반박할 수 없을 정도로 명쾌한 답변이었다. 무아노가 웃음을 참는 사이 파브리스는 난쟁이의 똑 부러진 논리에 머쓱해졌다.

아르칸즈는 거북한 상황인데도 미소 띤 얼굴로 복근을 과시하며 안락의자에 가서 앉았다.

"요컨대 내가 모르는 어떤 기적 같은 일로 인해 악마의 영혼들이 악마의 혜성이 되었고, 그것이 당신들을 파멸시키려고 공격하고 있다는 말이에요?" 타라가 물었다.

"그렇지." 아르칸즈는 짧게 대답했다.

"그런데 당신들은 그 혜성을 파괴할 방법이 없고요."

"응."

"얘기할 생각은 안 해봤어요?"

이 질문에 아르칸즈는 타라의 정신 건강을 의심하는 것처럼 멍하니 쳐다봤다.

"뭐라고? 누구와 얘기를 해?" 아르칸즈는 잘못 알아들은 거라고 생각하면서 물었다.

"혜성…… 그러니까 악마의 영혼들과."

아르칸즈의 얼빠진 표정을 보면서 칼은 웃음이 터질 뻔했지만 신중해야 된다는 걸 상기하고 얼른 입을 꾹 다물었다.

"영, 영혼들과 얘기를 해?" 아르칸즈는 말을 더듬었다. "어떻게 영혼들과 대화를 해?"

"이렇게요." 타라는 대답하면서 금빛 벨트를 풀어서 앞에 내려놨다. 아르칸즈의 경계하는 시선을 받으면서 벨트는 순간적으로 브롱스의 갑옷 가슴 부분으로 변했다.

아르칸즈는 갑옷을 본 적이 없지만 표시된 문양을 잘 알고 있었다. 아르칸즈는 얼굴이 창백해져서 벌떡 일어났다.

"브롱스의 갑옷! 브롱스의 갑옷을 몸에 지니고 있다니. 하지만…… 어떻게 이럴 수가!"

아르칸즈는 타라가 미친 게 아닌지 유심히 살폈다.

"당장 치워, 타라! 너를 파괴할 거야!"

"마이 프레셔어어어스." 파브리스가 〈반지의 제왕〉에 나오는 골룸 흉내를 냈다.

타라는 친구를 향해 눈살을 찌푸렸다. 이런 상황에 무슨 유머!

"아뇨." 타라는 단호하게 말했다. "영혼들과 얘기를 했으니까 그런 일은 없어요."

"너…… 네가 뭘 해?"

"영혼들과 얘기했다고요. 나는 영혼들을 찾아가서 몇 시간씩 머물면서 내 말을 이해할 때까지 얘기했어요. 당신들은 영혼들에게 의견을 물어본 적이 없고, 노예처럼 이용하다 파괴할 생각만 했어요. 부당한 일이죠. 그래서 나는 영혼들을 이해하려고 노력했어요. 영혼들중에서 아직 이성적인 몇몇 영혼들의 도움을 받아 여기까지 온 거예요. 우리 모두 갑옷의 일부를 착용하고 있어요. 나는 일곱 개의 사물을 착용하고 있었는데 지금은 친구들과 나눴기 때문에 두 개만 지니고 있죠."

아르칸즈는 자이언트 거미라도 보듯 타라와 친구들을 쳐다봤다.

"너희들…… 너희들이…… 뭘 나눠 가져? 어떻게?"

타라는 인내심을 잃었다. 아르칸즈가 너무 놀라서 머리에 이상이 생긴 것 같았다.

"파브리스, 창을 보여줘." 타라가 말했다.

파브리스는 조심스럽게 호주머니에서 만년필을 꺼냈다. 아르칸즈의 동그래진 눈길을 받으며 만년필이 커다란 창으로 변했다. 시커먼 쇠붙이에 또렷이 윤곽이 드러난 영혼들은 광기와 복수심으로 울부짖는 것이 아니라 평온하고 침착했다.

"이건…… 말도 안 돼! 라…… 라오르의 창! 불가능한 일이야!" 아르칸즈는 너무 크게 소리를 질렀다.

아르칸즈는 다리가 후들거려서 다시 앉아야 했다.

"타라 앞에서 불가능이라는 단어는 입에 올리지 말아야 해요. 이건 충고예요." 칼이 이죽거렸다. "그리고 소리 좀 낮추죠? 당신이 왜 혼자서 떠드는지 이상해서 근위병들이 들어오는 걸 원치 않으니까."

젊은 악마의 표정이 경악에서 경탄으로 바뀌었다.

"영혼들과 의사소통을 할 수 있다고? 영혼들과 협력할 수 있다고?"

아르칸즈는 사물 두 개를 유심히 관찰했는데 실제로 영혼들은 광적으로 발버둥 치지 않고 있었다.

"그래요. 우리는 의사소통할 수 있어요." 타라는 말을 돌리지 않고 단도직입적으로 말했다. "당신들은 영혼들을 쇠붙이 속에 가둬놓고 수천 년 동안 고통을 주었기 때문에 영혼들이 원하는 것은 당신들을 파멸시키는 거예요. 아마 혜성 속에 있는 영혼들도 비슷하겠죠."

아르칸즈의 얼굴이 어두워졌다.

"내 조상들이 극악무도한 짓을 저질렀지만 그렇다고 내가 종족을 부인할 수는 없어. 그게 우리니까. 조상들의 마법은……."

"5000년 전부터 우리를 공격하고 잡아먹으려고 했죠. 그건 모두 알고 있는 사실이니까." 파브리스가 말을 잘랐다. "드래곤들이 없었다면 우리가 지금 여기 있지도 않았겠죠. 당신들도 우리를 현혹하기 위해 인간 모습의 악마들을 만들 필요도 없었을 것이고(파브리스는 아르칸즈의 복근을 보면서 너무 티 나게 침 흘리지 않으려고 애쓰는 무아노를 째려봤다). 맞아요. 우리는 영혼들과 협력할 수 있고, 영혼들은 우리를 도와줄 수 있어요. 혜성 속에 있는 영혼들과 대화할 수 있다면 어쩌면 우리를 도와달라고 설득해서 우리, 아니 당신들을 공격하지 말아달라고 부탁할 수 있을지도 모르죠. 우리 학자들이 당신들이 가둬놓은 독성 있는 쇠붙이에서 영혼들을 해방시킬 방법을 계속 연구하고 있으니까요. 쇠붙이가 파괴되었을 때 자동으로 당신들의 지배를 받지 않도록.”

아르칸즈는 눈을 깜박이면서 파브리스를 쳐다봤다.

“하지만 우리는 영혼들을 해방시키는 방법을 알아!” 아르칸즈가 외쳤다.

타라와 친구들은 믿기지 않는 얼굴로 아르칸즈를 쳐다봤다.

“나와 소통하는 영혼들은 쇠붙이 속에 가두는 과정을 정확하게 알지만 해방되는 방법은 없다고 했어요.” 타라가 말했다. “영혼들은 당신들이 그걸 불가능하게 만들었다면서 당신들도 어떻게 하는지 모른다고 했어요.”

아르칸즈는 약간 거만한 표정으로 갑옷을 쳐다봤다.

“영혼들이 쇠붙이 속에 갇힌 것은 5000년 전의 일이야, 타라! 몇 천 년이 흘렀는데 당연히 우리 기술도 발전했지! 처음에는 몰랐던 거 맞아. 마법을 만드는 데 영혼들을 이용해서 인간들을 공격하는 것이 목적이었으니까 방법을 알려고도 하지 않았어. 평화를 지지하는 블루파는 우리가 원할 경우 쇠붙이 속에 갇힌 영혼들을 해방시키기 위해 연구를 해왔어.”

“글쎄요, 악마들에게 갑자기 이타주의가 생겼다는 건 좀 의문이네요.” 칼이 빈정거렸다. “현재 일어나고 있는 일처럼 영혼들이 당신들을 상대로 공격하는 방법을 찾을까 봐 두려웠던 거라면 몰라도!”

아르칸즈는 아픈 데를 콕콕 찌르는 칼이 정말 싫었다. 하지만 비아냥거리는 칼을 그저 쏘아보는 것으로 그쳤다.

"요컨대 우리는 사물을 파괴하지 않고 영혼들을 해방시킬 수 있어. 물론 영혼들은 우리에게 예속되지도 않고. 그러면 상황이 달라질 수 있을까? 우리가 혜성과 대화할 수 있다면⋯⋯."

타라는 젊은 악마를 뚫어져라 살폈는데 아르칸즈가 방금 그렇게 말한 걸 후회하는 것 같지 않았다. 타라는 머릿속에서 영혼들이 환호성을 지르고 있어서 집중하기가 쉽지 않았다. 타라는 아르칸즈가 방금 한 말을 확인해봐야 되니까 영혼들에게 잠시 침착해달라고 부탁했다.

"그 영혼들과 타협할 수 있다는 뜻이에요? 공격을 멈추면 그 영혼들을 해방시킬 거예요?"

아르칸즈가 웃음을 터뜨려서 칼의 표정이 굳었고, 로빈은 불안한 시선으로 문을 쳐다봤다. 마왕이 좀 크게 소리를 내는 것이 신경 쓰였던 것이다. 아르칸즈는 타라를 향해 환한 미소를 지어 보이는데 그 눈빛이 기쁨으로 반짝였다.

"타라! 정말 대단해! 우리는 혜성 속 영혼들을 상대할 대책이 전혀 없었는데 너희들이 방금 가능성을 열어주었어! 이제 내 아버지의 계획이 실행되는 일은 없을 것이고, 우리는 인간들을 공격할 필요가 없어!"

이것도 그들이 아르칸즈에게 제기할 문제 중 하나였다.

"하지만 나는 이해가 안 되는 게 있어요." 파프니르가 말했다. "당신 아버지는 왜 지구를 공격했죠? 우리를 공격하기 위해 영혼들을 수집하기 시작했잖아요?"

"아니, 혜성을 파괴하기 위해서였어." 아르칸즈가 대답했다. "아버지는 혜성을 파괴하지 못한 건 우리의 힘이 강력하지 않기 때문이라고 생각했어. 그래서 영혼들을 수집하려고 우주선들을 보낸 거야. 물론 우리가 인간들에게 격분한 이유도 있었고. 지구를 공격해서 황폐하게 만드는 것 역시 우리가 싸우지도 않고 가만히 당하고만 있지 않는다는 걸, 인간들에게 비싼 대가를 치르게 하겠다는 걸 보여주는 한 방법이었으니까."

타라 일행이 잠자코 있자 아르칸즈가 다시 말을 이었다.

"많은 우주선을 잃었다고 해서 아버지 쪽이 내 쪽보다 약하다고 볼 수는 없어. 그리고 인간들이 당장 우리를 상대로 전쟁을 일으키지 않도록 내가 너희들에게 고백하는데 우리에게는 다른 것들이 없어."

타라와 친구들이 아르칸즈를 쳐다봤다. 이번에는 그들이 입을 멍하니 벌리고 있었다.

"다른 것들이 없다는 게 무슨 말이죠?" 무아노가 물었다.

아르칸즈가 한동안 침묵하고 있어서 그들은 대답하지 않을 거라고 생각했다. 이윽고 아르칸즈가 결심한 듯 말했다.

"아, 물론 다른 우주선들은 있지만 영혼을 수집하는 우주선이 없다는 말이야. 영혼 수집기들이 우리의 영혼까지 동시에 빨아들이지 않으려면 아주 특수한 기술로 영혼 수집 우주선들을 완전히 격리시켜야 해. 그게 거액을 쏟아부어야 하는 데다 아주 까다로운 기술이지. 조금만 잘못돼도 우주선과 조종사들을 잃게 되니까. 하지만 가장 중요한 것은 한 행성 전체의 영혼들을 수집하는 데 우주선이 50대 이상은 필요하지 않다는 거야."

무아노는 악마들이 수집한 영혼은 몇 백만 명이며, 꽤 오랜 시간이 걸렸다고 지적하려고 했지만 아르칸즈가 계속했다.

"우리는 예고 없이 지구를 공격하면 모든 영혼을 수집하는 데 일주일이면 충분할 거라고 생각했어."

그들은 부르르 떨었다.

"일주일?" 파브리스는 깜짝 놀랐다.

그 정도로 빨리 지구가 파멸될 뻔했다니.

정말 상상도 못한 일이었다.

"처음에는 속도가 느렸지." 아르칸즈가 설명했다. "먼저 죽음의 광선 직경을 정해야 했으니까. 하지만 이틀 후부터 몇 타트롤의 거리를 주파할 수 있도록 광선을 확장하고 팽창시킬 수 있었지. 계획대로 지구의 수십억 영혼들을 확보했다면 혜성이든 드래곤들이든, 그 어떤 우주선 함대도 우리를 당해낼 수 없었을 거야. 우리는 드래곤 함대가 지구 부근에 도착하려면 시간이 걸린다는 걸 알고 있었어. 그사이 우리 우주선들은 검은색 철 대포 안에 영혼들을 집어넣고 결합시켰을 테고, 드래곤 함대가 도착하길 기다리고 있었겠지. 그리고 드래곤 함대는 괴멸되었을 거야. 그다음 우리는 혜성을 공격하고 그 영혼들을 빨아들였겠지. 작전대로 됐으면 지금쯤 내 종족은 승리의 기쁨에 취해 있었을 텐데."

악마들의 함정은 교활했다. 마지스터가 개입하지 않았다면 일주일 만에 악마들이 전 세계, 전 우주를 지배할 뻔했다는 말이었다. 타라는 마지스터가 이런 자세한 사실을 전혀 모르기를, 악마들이 영혼들을 수집하는 데 시간이 훨씬 더 필요했다고 생각하기를 빌었다. 자기가 지구뿐만 아니라 전 우주를 구했다는 걸 알면 자기중심적인 마지스터가 그냥 넘어갈 리 없었다.

아르칸즈는 '우리'라고 말하고 있었다. 이건 아버지의 정책과 그 자신을 분리하지 않는다는 의미였다. 타라는 아르칸즈를 이해할 수 있었다. 무찌를 수 없는 적과 맞서 싸운다는 것이 절망에 빠지게 했다는 것을. 수십억 영혼들을 수집하는 가장 흉악한 범죄를 저질렀는데도 악마들은 양심의 가책을 느끼지 않는다는 걸 타라는 알고 있었다. 악마들은 이미 여러 번 보여주지 않았던가.

"와우, 이게 바로 독재자들의 문제라니까." 칼은 비웃음을 흘리면서 도발했다. "독재자들은 발등에 불이 떨어질 때까지는 목숨과 자유를 억눌러야 된다고 생각하죠. 역사 공부 좀 해야겠어요."

"그 반대로 우리 역사에는 가장 강한 자의 법이 최고라고 기록되지." 아르칸즈는 냉랭하게 대꾸했다.

갑자기 아르칸즈가 궁금해진 얼굴로 그들에게 물었다.

"근데 너희들 여기까지 어떻게 들어왔어? 근위병들을 죽였나?"

"근위병이 거의 없어서……." 화제를 바꾸는 것에 놀란 칼이 대답했다. "누구든 죽일 필요가 없었는데요."

아르칸즈가 일그러진 얼굴로 벌떡 일어났다.

"있을 수 없는 일이다. 너희 세계에 도착한 뒤로 저격수들을 피하기 위해 경비를 강화했는데……. 너희들이 여기 들어왔다는 것은 누군가가 너희들이 여기 있기를 바랐다는 거야. 그리고 너희들은 내 아버지가 얼마나 무서운 분인지 몰라. 너희들이 통과하게 내버려두려고 경비 순번까지 바꿔놓을 수 있는 유일한 분이지."

"나도 그런 생각이 들었는데……." 칼이 말했다. "모든 게 너무 쉬웠거든요. 우주정거장에서도 우리를 검사하지 않았고, 이 왕궁에 들어올 때도 근위병들이 건성으로 우리를 대했는데…… 슬루르크!"

불안해진 타라가 뭐라고 말하려는 순간 칼이 봉쇄해놓은 문을 쾅쾅 치는 소리에 모두 소스라치게 놀랐다.

아르칸즈가 대답하기도 전에 문이 박살 나면서 늙은 악마 지휘관을 따라 성난 근위병들이 우르르 들이닥쳤다.

32
아르칸즈의 패배

팬티만 달랑 걸치고서
무장한 사람들을 포로라고 주장하면
누가 그 말을 믿을까

＊

아르칸즈는 돌이킬 수 없는 싸움이 되기 전에 외쳤다.

"멈춰라! 이들은 내 포로다!"

너무 어이없는 말에 근위병들이 멈칫했다.

거의 벌거벗은 왕과 완전 무장한 '불청객'들을 보면서 늙은 악마가 촉수들을 어지럽게 흔들자 핏자국 하나 없이 말끔한 검은색 정복 차림의 근위병들이 타라 일행을 향해 무기를 겨누었다.

타라와 친구들은 저항하지 않았다. 아주 천천히, 그들은 머리 위로 손을 들었다. 물론 산혝시아는 착한 누나인 양 슬그머니 아르칸즈 옆으로 가서 섰다.

하지만 타라는 아르칸즈가 배신할 경우 등을 찌를 기세로 산혝시아가 단도를 쥐고 있는 것이 보였다.

사실은 매직갱보다 더 믿지 못할 사람이 엘레아노라인데…….

악마들이 왕의 누나에게 신경을 쓰지 않았기 때문에 엘레아노라의 의도가 먹히고 있는 것이었다.

매직갱은 얌전히 있었다. 현재로서는 아르칸즈가 타협적으로 나오는 것 같아 일을 망치고 싶지 않았다. 게다가 모두들 타라를 쳐다보고 있었고, 타라는 마법을 작동하지 않았다. 그것은 타라가 그들을 태워 죽일 의사가 없다는 걸 의미했다.

적어도 지금 당장은.

브롱스의 갑옷과 라오르의 창은 근위병들이 문을 때려 부수는 순간 이미 변형되어 제자리로 돌아가 있었다. 타라는 재빨리 행동해준 영혼들에게 속으로 고마움을 표시했다.

"브라보, 전하!" 시커먼 자이언트 게와 문어의 잡종처럼 보이는 늙은 악마 근위대장이 말했다. "전하가 아니었다면 우리는 이 침입자들을 체포하지 못했을 텐데요!"

늙은 악마가 아첨하는 말에 침묵이 흘렀다. 사실 누가 봐도 침입자들이 왕을 포위하고 있는 모습인데…….

"사실을 말하자면 이들이 포로는 아니오." 마왕 아르칸즈가 느릿느릿 말했다. "여기 있는 타라 덩컨은 친구이자 아더월드를 대표해서 온 것이오. 우리에게 아주 중요한 정보를 받았는데 한시도 지체할 수 없으니 당장 국무회의를 소집해야겠소."

한밤중에 이건 또 뭔 소리야, 하는 듯 무거운 침묵이 흘렀다.

"지금 말입니까?" 근위대장이 물었다. "하지만 한밤중입니다!"

아르칸즈가 차가운 초록빛 눈으로 근위대장을 뚫어져라 쳐다보자 늙은 악마의 낯빛이 어두워졌다.

"네, 네, 알겠습니다, 전하. 국무회의 소집 지시를 내리겠습니다, 당장. 전하의 아버님도?"

아르칸즈는 신랄하게 말했다.

"내 생각에 아버지는 이미 알고 있어요. 아마 내가 죽었는지 살았는지 궁금해서 기다리고 계실 것이오."

이상한 말에 근위대장은 왕의 정신 상태가 의심스러운 듯 불안한 낯짝이 되었다.

"아, 그래, 아버지도 참석해야겠죠." 아르칸즈가 말했다. "그리고 내 형 가브리엘도 호출해요. 가브리엘은 이제 권력을 위한 도박을 멈출 때가 되었으니까. 내가 지휘하든 형이 지휘하든 둘 중 하나를 결정할 때가 되었단 말이오. 형이 내가 하는 모든 일을 사사건건 방해하는데 이제 아주 진저리가 납니다! 타라 덩컨 덕분에 내가 방금 알게 된 정보를 생각하면 더더군다나!"

아르칸즈는 타라에게 다정한 미소를 지어 보였다.

근위대장은 믿기지 않는 표정 — 게-문어가 이런 표정을 지을 수 있다고 가정하고 — 을 지었지만 왕에게 복종했다.

근위대장은 서둘러서 지시를 내렸고, 잠시 후 왕궁에 요란한 사이렌이 울렸다. 근위대장은 단호하게 행동했다. 경보 사이렌을 작동한 것이었다.

마왕 아르칸즈가 놀라는 시선을 보내자 근위대장은 이유를 밝혔다.

"우리의 나이 든 장관들 중 한번 잠들면 누가 업어가도 모르는 분들이 있습니다. 그분들을 확실하게 깨우기 위해 생각해낸 방법입니다."

"화재 경보를?" 아르칸즈가 떨떠름하게 말했다. "근위대장은 장관들을 화재 경보로 깨운단 말이오?"

"관례적인 것은 아닙니다, 전하. 하지만 표결에 부쳐야 하는 일일 경우 의결정족수를 확보해야 되니까요."

마왕은 근위대장을 뚫어져라 쳐다봤다. 늙은 악마 근위대장은 영악했다. 아버지나 몇몇 장관들만큼 많이 늙은 건 아니었다. 아르칸즈는 이 악마를 근위대장으로 임명할 때 가능한 한 빨리 인간들과 드래곤들을 괴멸하자고 주장하는 호전적인 파에 속해 있지 않음을 확인했었다.

"그 정도로 못 듣는단 말이오?"

"사실은 습관 때문입니다." 근위대장이 조심스럽게 설명했다. "특히 밤이나 낮잠 잘 때, 또는 아침 식사 후 휴식을 취할 때 보청기를 빼놓는 습관이 있어서입니다. 요컨대 잠깐 졸 때도 보청기를 빼놓는다고 봐야 합니다. 화재 경보에는 시각적 경보가 이중으로 설정되어 있어 귀머거리는 물론 죽은 자도 깨울 정도로 강력하기 때문에 무슨 일이 일어났다는 걸 인지하게 됩니다."

늙은 악마들에게는 수많은 촉수며 갈퀴발톱, 송곳니, 먹잇감이나 적들을 감지할 수 있게 사방으로 돌아가는 눈들이 있지만 청각은 아주 약했다. 괴물 모습의 악마들 대부분이 아주 많이 늙었기 때문이다.

"옷 갈아입어야, 아니 옷을 입어야겠다." 아르칸즈가 혼잣말처럼 중얼거렸다.

아르칸즈는 의뭉스러운 미소를 지었다.

"타라, 같이 샤워하는 거 어때? 내가 등을 문질러줄 수도 있는데."

마왕의 말을 듣고 근위대장이 몇 걸음 뒤로 물러섰다. 근위대장은 왕의 사생활에 대해 전혀 알고 싶지 않지만 무장한 이들 속에 왕을 혼자 두고 나갈 수는 없었다. 그리고 금발 인간의 표정으로 보아서는 샤워를 같이 하자는 이상한 초대를 받아들일 가능성이 없어 보였다. 이따금 근위대장은 여러 면에서 옛날 악마들과 많이 다른 인간 모습의 신세대 악마들을 이해하기 힘들었다.

물론 처음보다는 적응하기가 훨씬 나아졌지만.

"네, 알겠습니다." 근위대장이 말했다. "손님들, 그러니까 친구분들, 나는 이만 나가보겠습니다. 근위병들이 지킬 것이니 안심하십시오, 전하."

하지만 아르칸즈는 근위대장에게 눈길도 주지 않고 타라에게 집중하고 있었다. 갑자기 숨이 탁 막힌 타라는 얼굴이 빨개져 있었다.

"아르칸즈, 유치한 장난 그만해요!" 타라는 칼이 개입하기 전에 단호하게 말했다. "나는 행성 간의 평화 협상이 아직 유효한지 확인하러 온 거지 당신과 자러 온 게 아니에요. 그리고 내 남친은 칼리반 달살란이에요. 당신이 무시하려고 드는데 내가 사랑하고 마음을 준 남자예요(이번에는 타라의 솔직한 말에 충격을 받은 로빈의 얼굴이 어두워졌다). 우리 문화에서는 다른 남자의 여자에게 추파를 던지는 걸 아주 몰상식한 행위로 간주하죠."

"아, 그래?" 아르칸즈는 정말 놀란 얼굴로 말했다. "하지만 인간들의 영화나 다큐멘터리를 보면 일상적인 일이던데."

"몇몇 그런 사람들이 있는 건 맞아요." 타라는 혈압이 떨어지면서 편두통이 일어나는 것 같았다. "하지만 나는 아니에요. 알았어요? 내 성격상 맞지도 않고! 내가 사랑하는 사람은 칼리반이에요.”

타라는 마지막 말에 힘주면서 칼을 향해 미소를 지었다. 애정과 사랑, 열정이 가득한 아름다운 미소였다. 타라의 애정 표시에 로빈과 마찬가지로 아르칸즈의 얼굴이 일그러졌다.

“아, 나의 실버가 보고 싶다.” 감동을 받은 파프니르가 말했다.

아르칸즈는 어깨를 으쓱하면서 적나라하게 말했다.

“우리는 악마야. 순종 인간이 아니라서 네가 방금 지적한 것에 전혀 개의치 않아. 그리고 나는, 네가 사랑하는 사람이 이 아이라고 말했다고 해서 너를 내 침대에 눕히는 걸 포기하지 않을 거야. 그건 네 문제지 내 문제가 아니니까(아르칸즈는 윙크를 보냈다). 나는 삼각관계도 상관없는데!”

삼각관계도 괜찮다는 이 남자들 다 뭐지? 타라는 꿈을 꾸는 것 같았다. 아주 웃기게 돌아가고 있었다. 타라는 애정 표시가 인간들에게나 통하지 엘프나 악마들에게는 통하지 않는다는 걸 뒤늦게 깨달았다.

아르칸즈는 성난 표정의 타라를 보고 더는 치근덕거리지 않았다.

“나는 샤워하고 올 테니 잠깐 기다려.”

로빈은 타라와 눈이 마주치자 재미있어하는 미소를 보냈다. 몸에 구멍깨나 날 거라고 예상했는데 어려움 없이 왕궁에 쉽게 들어온 것보다도 이 상황이 재미있었다.

하지만 로빈은 여러 가지 의문이 들기 시작했다. 칼처럼 전문적인 도둑이 될 수는 없지만 그래도 형편없는 전사가 아니었다. 왕궁에 도착한 뒤로 아무도 그들에게 관심을 갖지 않는다는 것이 계속 마음에 걸렸다.

이건 분명히 정상이 아니었다.

타라 일행은 얌전히 기다리는데 인간 모습의 근위병들이, 그들이 지닌 무기를 보지 않으려고 시선을 회피하는 반면 파프니르에게는 관심을 보였다. 근위병들이 파프니르에게 홀려 있는 것 같았다. 도끼 두 개와 많은 단도로 무장한 근육질의 거인 난쟁이를 본 적이 없어서 일까?

아무튼 예상보다는 상황이 훨씬 순조로웠다. 타라는 아르칸즈가 진짜로 숙적이었다면 어떻게 했을지 곰곰이 생각했다. 친구들을 보호하면서 궁전을 폭파하고 예정대로 우주왕복선을 타고 도망칠 수 있었을까? 총을 못 쏘는 것도 아닌 근위병들이 시간을 질질 끌어주면서 주인공들이 아슬아슬하게 달아나게 하는 것은 영화 속에서나 일어나는 일이었다.

경보 사이렌에도 불구하고 각료들이 전부 모이는 것은 그리 빠르지 않았다. 마침내 왕궁은 환하게 불이 밝혀졌고, 늙은 악마들과 젊은 악마들, 그 밖의 존재들이 왕의 말을 듣기 위해 모여들었다.

타라와 친구들은 회의실에 들어설 때 아주 왜소하게 느껴졌다. 반원형의 회의실이 어마어마하게 크고, 연설자가 서는 단상이 앞으로 불쑥 나와 있었다.

그리고 영상을 10배로 확대해주는 대형 홀로그램이 연설자 뒤로 투사되고 있어서 거대한 회의실에 모인 이들이 모두 볼 수 있었다.

우글우글하게 모인 늙은 악마들이 장관을 이루고 있는데 송곳니와 갈퀴발톱이 무시무시한 괴물들에게서 야수성과 잔혹성이 여과 없이 노출되고 있었다. 이들이 과연 협상이라는 것에 관심이나 있을까? 이들이 원하는 것은 힘과 파괴였다. 5000년 전 드래곤들과 인간들은 바로 이런 모습의 악마들과 싸웠던 것이다.

잠시 후, 타라는 위험한 침략자들과 화해를 하겠다는 것이 크게 잘못된 생각이 아닌지 덜컥 겁이 났다.

각각의 정파들은 안락의자의 색깔로 구분되어 있었다. 새빨간 안락의자에 앉은 전 마왕 쪽의 수가 가장 많았다. 파란색 안락의자에 앉은 블루파 중 몇몇은 피부와 털까지 짙은 파란색이었다. 검은색 안락의자에 앉은, 타라가 모르는 또 하나의 정파는 검은 재판관의 파일까? 살아 있는 조각상이 정파를 갖고 있을까? 마지막으로 오렌지빛 노란색 안락의자.

회의실 한쪽에 특별한 색깔이 없는 안락의자에 앉은 이들은 정복당한 행성들의 대표자들이었다. 자보르 행성을 대표하는 흉측한 벤드룩, 시드리 행성을 대표하는 빨간 피부의 에프리트, 크세프로디 행성을 대표하는 노란색 오너러블, 바골 행성을 대표하는 왕방울만 한 눈을 반짝거리는 자이언트 여우원숭이, 즐트33 행성을 대표하는 초록색 민달팽이는 옆구리에서 액체가 새나오고 있었다. 이들 중 4분의 1이 인간 모습의 악마들이었다. 바쉬의 자식들이 틀림없는 젊은 악마들이 분산되어 앉아 있는데 특히 가브리엘이 눈에 띄었다. 가브리엘은 따분한 표정으로 거만하게 하품을 했지만 타라에게서 보랏빛 눈을 떼지 않고 있었다.

"이 인간들이 무슨 일로 여기 있는 거요?" 늙은 악마 중 하나가 외

. . . .
33. 발음하기 힘들다는 건 알지만 이 종족이 음절을 만들어놓지 않았으니…….

586

치면서 타라 일행을 가리켰다. "바쉬, 이제 아들의 말을 듣지 않고 우리에게 아페리티프를 주기로 한 것이오?"

웃음이 번지면서 회의실이 술렁거렸다. 매직갱은 얼어붙었다.

바쉬가 일어섰다. 털북숭이 전 마왕이 촉수들을 마구 흔들면서 웃음을 터뜨렸다.

"아니, 아니오. 이 인간들은…… 손님이오. 내가 왕궁으로 들어올 수 있게 한 것이오. 인간들이 무엇을 하러 온 건지 궁금해서. 내 아들과 협상하려는 건지, 죽이려는 건지 보기 위해서. 그러니까 인간들을 잡아먹기 전에 무슨 말을 하는지 들어봅시다. 그다음 어떻게 할지 결정합시다."

아르칸즈는 표정 변화가 전혀 없지만 경직되어 있었다. 칼은 자신의 예상이 맞았다는 걸 확인하고 인상을 찌푸렸다. 바쉬는 의도적으로 타라 일행이 행성에 내려서 왕궁으로 들어오게 내버려둔 것이었다.

슬루르크.

하지만 구릿빛 피부와 초록빛 눈빛에 잘 어울리는 검은색 옷차림의 아르칸즈는 이미 단상에 올라서서 모두를 내려다보고 있었다. 늙은 악마들은 입을 다물고 왕이 무슨 말을 하는지 듣고 있었다.

아르칸즈는 타라로 인해 치명적인 혜성이 만들어진 것 같다고 설명했다. 그러자 으르렁거리는 소리가 울려 퍼졌고 타라는 몸을 움츠렸다. 그래, 타라는 악마들의 반응을 이해할 수 있었다. 칼은 슬그머니 타라의 손을 잡고 손가락에 힘을 주었다. 타라는 긴장이 약간 풀렸다. 칼이 말한 대로 이런 끔찍한 일이 생긴 것은 전적으로 타라 책임이 아니었다.

갑자기 무거운 침묵이 흘렀다.

아르칸즈가 방금 타라가 한 일에 대해 설명한 것이었다. 타라는 악마의 사물들에게 말을 걸고 협상하고 진정시키면서 동맹을 맺었다고 전했다.

하지만 아르칸즈는 타라가 악마의 사물들을 지니고 있다는 것은 말하지 않았다. 타라는 사물들과 의사소통하는 데 성공했고, 사물들로부터 도와줄 준비가 되어 있다는 대답을 들었다고 덧붙였다.

아르칸즈가 한 말을 악마들이 이해하는 데는 시간이 좀 걸렸다. 이윽고 소란이 일었다. 격분해서 타라를 죽이려고 하는 악마들이 있는가 하면, 타라가 악마의 사물들과 어떻게 의사소통을 할 수 있었는지 알고 싶다면서 거짓말이 아닌지 증명해 보이기를 원하는 이들도 있었다.

그리고 고래고래 소리를 지르면서 더 자세한 설명을 요구하는 이들도 있었다.

아르칸즈는 요란한 경보를 울리는 것으로 소란을 멈추게 했다.

"조용히 하시오!" 마왕 아르칸즈가 엄하게 말했다. "우리는 이제 목소리 큰 것이 이기는 거라고 생각하는 야만인들이 아닙니다. 나는 여러분이 신명 나게 싸워보겠다거나 복수를 원한다는 이유로 우리의 유일한 희망이 사라지게 할 수 없습니다. 지금 가장 중요한 것은 타라 덩컨이 혜성의 영혼들과 대화하는 것이고, 그래서 다시는 끔찍한 위협을 받지 않도록 영혼들을 해방시킬 필요가 있다는 겁니다. 여기서 한 가지 의문은 타라가 그 사물들을 무력화시키기 위해 우주 공간으로 보냈는데, 누가 그 사물들을 회수해서 위험하게 만들었느냐는 것입니다. 대체 누가 왜 그랬을까요?"

아르칸즈의 질문에 또다시 침묵이 흘렀다. 아연실색한 악마들은 몇 시간 전에 아르칸즈가 생각했던 것과 같은 반응을 보였다.

악마들을 상대로 무자비한 복수를 하기로 작정한 적이 생긴 것이었다.

"그게 인간들이 아니면 누구란 말이오?"

늙은 악마 중 하나가 외쳤다.

"우리는 아닙니다." 타라는 단호하게 대답했다. "학자와 나 말고는 아무도 그 사물들이 어디 있는지 모릅니다. 누군가가 그 사물들의 위치를 추적했고, 찾아서 이용하고 있는 겁니다. 나는 인식능력이 반쯤 있는 광적인 사물들이 스스로 닥치는 대로 생명체를 빨아들이는 괴물 혜성으로 변형될 수 있다고 생각하지 않기 때문입니다."

"드래곤들!" 또 다른 악마가 외쳤다. "그럴 수 있는 것은 드래곤들 밖에 없다!"

이번에는 파프니르가 침착하게 대답했다.

"나는 개인적으로 비늘 덮인 동물들을 싫어해요. 하지만 드래곤들은 잘난 척이 아주 심한 종족입니다. 만약 드래곤들이 그렇게 무시무시한 혜성을 만들어서 뭔가를 했다면 온 세상이 알았을 겁니다. 그리고 그것으로 여러분을 파멸시킬 수 있다고 역겨울 정도로 떠들어댔을 겁니다. 따라서 나는 드래곤들도 아니라고 생각합니다. 나는 타라가 그 사물들을 정확하게 어디로 보냈는지 모릅니다. 어쨌든 여러분의 세계로 보내지 않은 것은 확실합니다. 그랬다면 그때 여러분은 공격을 받았겠지요. 여러분의 적은 여러분 중의 누군가일 수도 있습니다. 아니면 여러분이 모르는 어떤 종족이 전쟁을 선포한 것일지도 모르고요."

"우리 세계에서 우리가 찾아낸 종족들 이외의 다른 종족은 없다."

바쉬가 반박했다.

"맙소사, 농담이시죠?" 무아노는 어이가 없다는 얼굴로 말했다. "우리 세계에는 수십억 개의 별이 있습니다. 그리고 우리의 페가수스 은하계에 존재하는 수많은 행성 중 10분의 1밖에 탐사하지 못했어요. 여러분이 전혀 모르는 행성들이 있는데 그중 한 종족이 지금까지 여러분이 저지른 악행을 지켜봤다면요? 그래서 정복과 학살을 피하기 위해 여러분보다 먼저 공격한 거라면……?"

또다시 회의실이 조용해졌다.

"작전대로 그 위협적인 혜성을 파괴해야 한다." 바쉬가 심각하게 말했다. "아르칸즈, 나는 선택의 여지가 없다고 생각하는데 안 그러냐?"

"어떤 작전을 말씀하시는 겁니까?" 아르칸즈는 단호하게 응수했다. "독살하고, 동맹국들을 억압하는 형의 미친 작전인가요? 아니면 우리의 적들을 제거하기 위해 도움을 받자는 내 작전인가요?"

바쉬는 가브리엘을 쳐다봤다. 가브리엘이 일어나서 거드름을 피우면서 동생을 노려보고 있었다.

"그럼 우리 각료들에게 결정을 맡기겠다." 전 마왕이 말했다.

"독살이라니?" 칼이 타라의 귀에 대고 속삭였다. "누구를? 무슨 뜻이지?"

아르칸즈가 왕으로서 먼저 발언했다.

아르칸즈의 말은 명확하고 분명했다. 인간들과 화해하고 동맹을 맺어야 한다. 무엇보다 악마의 영혼들과 의사소통할 방법을 찾고 해방시켜야 한다. 마법을 얻기 위해 영혼을 이용하는 것이 악마 세계 경제의 중심을 이루고 있으니 모든 악마의 영혼들을 해방시키는 것이 아니라 일단 그들을 공격하는 혜성의 영혼들만이라도 해방시키자고 제안했다.

하지만 이 제안에 대해 악마들은 일단 혜성을 파괴하고 나면 다시는 공격받는 일이 일어나지 않게 다른 사물들 속에 갇힌 영혼들까지 전부 해방시키게 될 것이라면서 회의적인 반응을 보였다.

이제 가브리엘이 발언할 차례였다.

그래서 타라는 많은 걸 알아차렸다.

가브리엘은 자기가 한 일을 설명했다. 인간들을 염탐하기 위해 여제의 집무실에 스파이를 심어놓았다. 혜성을 파괴하기 위해 인간들의 영혼을 추출하는 우주선들을 보냈지만 마지스터 때문에 실패했다. 그래서 플랜 B를 가동해서 타라 덩컨에게 독을 먹였다.

타라는 믿기지 않는 얼굴로 가브리엘을 뚫어져라 쳐다봤다.

"당신이…… 당신이 나에게 독을 먹였다고?"

"원래는 NA 스피어를 훔쳐가지 못하게 막은 그 맹랑한 계집애, 마라에게 독을 먹이려고 했지. 하지만 강력한 마법의 힘을 지닌 것은 너니까. 그리고 어차피 너 때문에 그 혜성이 만들어진 거라니까 그걸 파괴하면서 네가 죽는 것이 마땅하지. 너희 인간들의 표현으로 결자해지! 따라서 우리는 NA 스피어와 함께 너를 림보로 보낼 것이다. 혜성이 네 마법을 감지하는 즉시 너에게 달려들어 맛있게 집어삼키겠지. 그 혜성은 우리가 어디로 도망쳤는지 몰라서 몇 주일 전부터 우리를 찾아다니고 있으니까. 혜성이 달려드는 순간 너는 NA 스피어를 작동하는 거야. NA 스피어가 비물질화된 영혼들까지 파괴할 수 있는지는 모르겠지만 너희 인간들이 발명한 기계가 있잖아. 유령퇴치 기계도 가져가면 비물질화된 영혼들을 없애버릴 거라고 거의 확신해. 기계를 시험해봤는데 영혼들을 완전히 파괴했거든."

가브리엘이 거만하게 웃음을 터뜨리는 사이, 질겁한 칼이 타라를 쳐다봤다. 죽은 사람처럼 뻣뻣해진 타라가 금방이라도 쓰러질 것 같았다.

"그래서 당신들이 원하는 게 뭡니까?" 칼이 악마들을 향해 소리쳤다. "우리 인간들을 발밑에 꿇리고, 모조리 집어삼키고, 혜성을 물리치고, 인간의 영혼들을 추출해서 전 우주를 지배하겠다는 겁니까?"

블루파를 제외한 모든 악마가 벌떡 일어나서 포효했다.

타라는 마법을 작동했다. 하지만 가브리엘은 타라를 지켜보고 있었다. 타라가 마법을 날리는 순간 가브리엘이 시커먼 원격조종기를 꺼내 들었다.

그 순간 타라는 끔찍한 통증 때문에 허리를 구부렸다.

"타라!" 칼이 외쳤다.

타라는 경련을 일으키며 피를 토했다. 칼이 즉시 레파루스를 날리려고 했지만, 벨트와 팔찌의 영혼들은 미처 예상하지 못한 데다, 칼의 마법이 여기서는 작동하지 않았다. 타라는 구역질이 약간 가라앉은 것 같지만 몸이 덜덜 떨리고 다리에 힘이 없었다.

"쯧쯧쯧." 가브리엘이 미소를 흘리면서 혀를 찼다. "내가 한 말 안 들은 거냐? 내가 독을 먹였다니까! 내가 들고 있는 원격조종기는 세 단계로 설정되어 있지. 1단계, 강렬한 통증을 느끼지만 위에 작은 구멍을 내는 정도라서 큰 타격은 없지만 굉장히 아플 거다. (가브리엘은 마치 비밀을 말해주는 것 같은 어조로 말을 이었다) 2단계, 여러 개의 장기 파괴, 신속하게 치료하지 않으면 너는 죽어. 내가 제일 마음에 드는 3단계, 내가 이 버튼을 누르면 너는 폭발한다. 네 마법이 나를 향해 날아오는 것보다 훨씬 빨리. 무슨 일이 있어도 타라, 너는 죽게 되어 있어!"

친구들은 가브리엘의 공격을 몸으로 막으려는 듯 타라를 에워쌌다.

"지시만 해, 타라." 파프니르는 완전히 흥분해 있었다. "우리가 무차별 공격을 할 테니까."

하지만 무력해진 타라는 움직이지 못했다. 어떻게 이런 일이? 내가 중독이 되어 있다고? 타라는 가능한 한 들키지 않게 악마의 영혼들과 살아있는 돌을 작동하고 몸속을 들여다보면서 세포들을 살폈다. 하지만 독성 같은 것은 보이지 않았다. 마법이었다면 틀림없이 찾을 수 있을 텐데 뭐지? 타라가 날마다 먹는 음식을 통해 세포에 침투된 물질들이 화학 결합을 하는 건가?

타라는 독을 찾을 수 없었다.

제거할 수가 없었다.

타라는 패했다.

가브리엘은 의기양양했다. 처음으로 아무것도 하지 못한 채 아연
실색해 있는 매직갱 앞에서 아르칸즈는 파면되었다. 가브리엘은 아
버지의 뿌듯해하는 시선을 받으면서 새로운 마왕으로 추대되었다.

의식은 복잡하지 않았다. 악마들은 아르칸즈의 머리에서 벗긴 왕
관을 가브리엘의 머리에 씌웠다. 이어서 으스대며 단상으로 오르는
새 왕에게 환호성을 지르며 갈채를 보냈다. 단상 뒤로 10배로 확대된
가브리엘의 거대한 홀로그램이 거만하게 그들을 훑어봤다.

전 마왕 바쉬는 촉수를 길게 뻗어서 레드파의 옆에 자리를 잡고 앉
은 아르칸즈의 어깨를 토닥이면서 말했다.

"네 작전도 그리 나쁘지는 않았다. 하지만 너는 인간적인 면이 너
무 강해서 우리 보울리미-레마족이 누구라는 걸 잊었어. 우리는 동
맹국이 필요 없는 정복자들이고, 승리자들이다. 우리는 지휘를 하지
부탁하지 않는다. 우리는 명령을 하지 간청하지 않는다. 네가 네 형
보다 뛰어난 행정가라고 생각하지만 네 형은 뛰어난 전사야. 너는 어
떻게 해도 형을 이길 수 없다."

"타라는 어떡하실 겁니까?" 아르칸즈가 무표정한 얼굴로 물어보는
사이, 난생처음으로 아무것도 할 수 없는 타라는 정신 나간 표정으로
주위를 쳐다보고 있었다.

"네 형이 말한 대로 해야지." 바쉬는 보라색의 긴 혀로 털을 가다
듬으면서 우스꽝스럽게 대답했다. "예정된 작전대로. 혜성이 우리
를 공격하기 위해 이곳으로 오는 방법을 알아채기 전에 타라를 림보

로 보내서 파괴해야지. 그다음 우리는 인간들과 전쟁해서 이길 것이다. 50대의 우주선이 이틀 후에 준비가 될 거야. 드래곤 함대가 곧 지구에 도착할 텐데 그때는 우리 우주선을 발견하지 못할 거다. 그러면 우리를 공격하러 오겠지. 하지만 금방 오지는 못할 거야. 회의니 토론이니 하면서 결정을 내리는 데 일주일은 걸릴 테니까. 그 시간이면 우리 우주선들이 지구에 도착할 수 있다. 드래곤 함대는 아마 지구에 소수의 우주선을 남겨두고 이쪽으로 출동했을 테니 우리가 놈들을 쳐부수는 데 어려움이 없을 거고 그때 영혼들을 수집하면 된다. 드래곤들이 이곳에 도착했을 때 우리는 다른 행성으로 피신해 있다가 악마의 영혼들로 가득 찬 우주선 수집기들이 돌아가서 드래곤들을 완전히 괴멸시키는 거지."

학살할 생각에 흥분한 바쉬는 행복한 미소를 지으면서 보라색 긴 혀를 날름거렸다.

"그러면 우리는 전 우주를 지배하는 것이다." 바쉬는 결론을 지었다. "그리고 지구의 맛있는 바닷물은 우리 것이 될 것이고, 인간의 영혼들은 우리를 섬길 것이다. 영원히."

바로 그 순간 경보 사이렌이 요란하게 울리기 시작했다.

소스라치게 놀란 바쉬가 호통을 쳤다.

"근위대장! 그 빌어먹을 화재 경보를 그만 울리라니까! 우리가 다 모였잖아!"

잔뜩 겁에 질린 근위대장이 문어의 촉수들을 마구 흔들면서 말을 더듬었다.

"드래…… 드래…… 드래…… 드래……!"

바쉬가 수많은 눈살을 찌푸렸다.

"드래가 뭐야? 똑똑히 말하지 못할까!"

"드래곤들!" 근위대장이 고함을 질렀다. **"드래곤 함대가 방금 쳐들 어와서 우리 우주선들을 공격하고 있습니다!"**

스타워즈

모든 걸 예상했다면서
어떻게 기습 공격을 받나

*

보울리미-레미 행성 주위에서 치열한 전투가 벌어지고 있었다. 드래곤 우주선들이 가차 없이 해치우고 있었다. 기습 공격을 받은 악마 우주선들이 하나둘 폭발했다. 이윽고 서서히 악마 우주선들이 저항하기 시작했다. 악마 우주선 20대가 드래곤 우주선 분대에 쫓겨 도주하는 사이, 엄청난 수의 악마 함대가 행성을 향해 돌진해오고 있었다.

마치 크세프로디 개미족의 이동 기구를 사용해서 갑자기 유형화된 것처럼 우주선 수천 대가 불쑥 나타난 것이었다.

타라와 칼, 친구들은 깜짝 놀라서 비명을 질렀다. 그들 모두 드래곤들과 첩자들이 보울리미-레마족의 병력에 대해 작성한 평가서를 읽고 왔었다.

하지만 재앙이었다. 악마들이 엄청난 함대를 감쪽같이 숨기고 있었던 것이다. 비관적인 의견을 내놓은 첩자들이 내린 평가보다도 우주선의 수가 훨씬 많았다.

단상 뒤의 대형 홀로그램은 이제 연설자를 보여주는 것이 아니라 위성을 통해 전투 장면을 전하고 있었다.

불행히도, 처음에 기습 공격을 받았던 일부 악마 우주선들을 제외하고, 함대의 대다수 우주선들은 이제 출격 준비가 되어 있었다.

이 우주선들 중 1000대를 자보르족이 지휘하고 있었다. 자보르족이 게으르고 전쟁을 싫어하는 것은 그들이 뛰어난 전략가들이기 때문이었다. 자보르족은 살상 무기나 다름없는 몸뚱이 외에도 뇌가 카드 도박과 전술 게임에 단련되어 있어서 승리의 달인들이었다. 자보르족은 이내 전세를 간파하고 반격에 나섰다.

가브리엘은 경계를 늦추지 않고 타라가 움직일 경우 죽이려고 원격조종기 버튼에 손가락을 대고 있었다. 하지만 타라는 눈앞에서 벌어지는 상황을 주시하느라 아무것도 할 생각이 없었다.

악마 우주선들은 빨간 무늬가 표시되어 있고, 드래곤 우주선들은 하얀 무늬가 표시되어 있었다.

드래곤들이 크세프로디 행성의 과학과 적군 우주선 수를 과소평가한 것이 역력했다.

1대 3의 싸움.

기습 공격의 효과가 사라지자 악마 우주선들이 반격을 시작했고, 드래곤들이 몰살될 위기에 처해 있었다.

가슴을 졸이며 지켜보는 타라는 속이 뒤집어지는 것 같았다. 이번에는 가브리엘의 원격조종기 때문이 아니었다. 드래곤들이 여기서 패하면 전 우주가 패배하는 것이었다.

악마들의 환호성 속에 차츰 빨간 표시의 우주선들이 하얀 표시의 우주선들을 격추하고 있었다. 우주선이 떨어질 때마다 많은 드래곤들이 피투성이가 된 채 산소 부족으로 숨이 막혀 죽어가는 끔찍한 광경이 타라의 머릿속을 스쳐 지나갔다.

그런데 타라는 아무것도 할 수 없었다.

가브리엘은 타라가 마법을 작동하는 즉시 알아챌 것이다. 그리고 회의실에 모인 각료들을 모조리 죽인다고 해서 전투가 멈추지는 않을 것이다. 악마 우주선들에 탑승한 장군들은 행성의 지휘를 받고 있지 않았다. 그 장군들에게 전권이 있었다. 악마 장군들은 끝까지 갈 것이다. 드래곤들을 완전히 몰살할 때까지.

완패였다. 가브리엘, 아니 가브리엘과 바쉬는 타라에게 독을 먹였을 뿐만 아니라 그들의 함대가 얼마나 엄청난지 드래곤들과 인간들을 완전히 속인 것이었다.

그때였다. 몇 가닥 안 되는 백발이 헝클어진 인간의 영상이 악마 우주선들의 전광판에 나타났다.

그런데 인간이 보내는 메시지는 이상하지만 아주 명확했다.

"우주선들을 타고 싸우는 모든 자보르들에게 알립니다. 여러분의 문제를 해결할 방법을 찾았습니다!"

그러고는 인간이 꿈틀거리는 촉수 조각을 흔들자 자보르들은 그것이 흉측한 벤드룩의 촉수라는 걸 대번에 알아봤다. 보울리미-레마들은 뭔지 전혀 이해하지 못했다. 타라 옆에서 칼은 모우르무르를 보면서 잔뜩 긴장해 있었다.

"아주 힘들었지요." 모우르무르가 말했다. "처음에는 자꾸 폭발해서 이해를 못하다가 마침내 압축할 생각을 하게 되었습니다. 타라가 페가수스를 축소하는 것과 비슷하다고 보면 됩니다. 마침 여제께서 갈랑을 데리고 내 연구실을 찾아왔을 때 생각이 났거든요. 가만, 내가 무슨 말을 하다가……. (뒤에서 약간 짜증스러워하는 목소리가 뭐라고 속삭였다) 아아, 그랬지, 참."

인간은 잠시 말을 중단하고 갑자기 환한 미소를 지었다. 세상에서 가장 멋진 장난감을 받은 어린아이처럼 해맑은 미소였다.

"결론적으로 말해 자보르족이 우리 세계에서 은하계 최고의 음식을 맛보면서 살 수 있게 변형시키는 방법을 찾았습니다. 자보르들은 산 채로 잡아먹지 않아도 됩니다. 가능한 한 익혀서 맛있는 소스를 곁들인 최고급 음식을 먹을 수가 있어요. 단 한 가지 문제는 내가 여러분의 몸을 축소해야 된다는 겁니다. 그렇게 되면 소 한 마리를 한 명이 먹어치우는 대신 100명이 나눠 먹을 수 있게 되는 거죠."

그러면서 모우르무르는 끈끈한 액체가 담긴 유리 수반에 꿈틀거리는 촉수 조각을 집어넣었다. 아더월드의 두 태양처럼 일련의 광선들이 번쩍거리더니 검정에서 노랑으로, 파랑에서 빨강으로 변했다.

마침내 촉수는 현저하게 작아졌지만 여전히 꿈틀거리면서 거무스름한 갈색에서 붉은빛이 도는 아름다운 금빛으로 변했다.

"자, 보세요." 모우르무르가 자랑스럽게 말했다. "여전히 살아 있잖아요. 이렇게 해서 우리 세계의 좋은 것들을 마음껏 이용할 준비가 된 겁니다."

모우르무르는 일장 연설을 끝내면서 기함 우주선으로 맛있는 음식들의 영상을 보냈다(이건 히글 5가 귀띔한 것이 틀림없었다).

1000명에 이르는 거대한 자보르들의 위가 포효하듯 일제히 꾸르륵 거렸다.

멜루덴리파쉬랄리반디르가 조종하는 기함 우주선에서는 흉측한 벤드룩이 엄청난 호기심을 보이며 전광판을 주시하고 있었다.

"계속 공격하라!" 격분한 에프리트들의 왕이 소리쳤다. "드래곤들이 몰살되고 있다!"

하지만 에프리트는 더 이상 말할 수 없었다. 커다란 촉수 하나가 에프리트의 목을 휘감고 조르는 사이 다른 촉수들은 붉은 악마가 시커먼 갈퀴발톱을 사용하지 못하게 몸뚱이를 칭칭 감았다.

"나는 보울리미-레마족을 좋아하지 않는다." 벤드룩이 온화한 목소리로 말했다. "우리를 이용할 생각만 하면서 우리를 위협하고 학살하는 족속들이다. 그리고 나는 저 맛있는 것들을 모조리 먹고 싶어서 미칠 지경이다. 나는 인간들이 좋아. 인간들은 대체로 아주 재미있어."

벤드룩은 멜루덴리파쉬랄리반디르가 뭐라고 지껄이기 전에 머리를 뽑아버렸다.**34**

이어서 벤드룩은 지시를 내렸다.

자보르족의 우주선들은 전투를 중단했다.

악마들의 지시를 받은 우주선들이 공격하면서 자보르족의 우주선

----

34. 너무 잔혹하지만, 에프리트는 목이 졸리거나 부러져도 살아남을 수 있다. 머리 없는 에프리트로 살아가는 것이 힘들기는 해도…….

들을 추격하기 시작했다.

하지만 자보르족의 지시를 받는 것은 에프리트 전투원들이었다. 에프리트족이 누구인가? 5000년 전 유일하게 용기를 내어 보울리미-레마족을 배신하고 인간 마법사들과 드래곤들 쪽에서 싸웠을 정도로 보울리미-레마들을 증오하는 종족이었다. 주도면밀한 보울리미-레마족은 에프리트들에게 지휘하는 자리를 내주지 않았었다. 하지만 자보르족이 뒤통수를 치리라고는 생각지 못한 것이었다.

멜루덴리파쉬랄리반디르 왕의 목이 잘렸다는 걸 알았을 때 아주 현실적인 에프리트들은 자보르들의 명을 따르기 시작했다.

그리고 에프리트들은 공격하는 악마 우주선들을 상대로 반격에 나섰다.

어리둥절해 있던 드래곤들은 방금 적군 우주선들의 3분의 1가량이 자기들 쪽에 합류했다는 걸 알아차렸다.

그것으로 전세는 뒤집어졌다. 자보르들은 뛰어난 전략가들인 데다 보울리미-레마들의 작전을 훤히 알고 있기 때문에 당연한 결과였다.

드래곤들과 자보르들은 인정사정없이 공격했다. 보울리미-레마들은 선택의 여지가 없다는 걸 이내 깨달았다.

악마 우주선들이 항복하기 시작했다.

"안 돼!" 격분한 가브리엘이 고함쳤다. **"안 돼!"**

가브리엘은 전투 상황에 정신이 팔려 있었다. 칼은 이 기회를 놓치지 않았다.

칼은 가브리엘이 고개를 돌리는 순간 달려들어서 정확한 발차기로 원격조종기를 날렸지만 몇 발짝도 안 되는 거리에 떨어졌다. 가브리엘이 후려치려고 하자 칼은 잽싸게 공격을 피했다. 악마의 강력한 주먹에 맞으면 죽는다는 걸 알고 있었다. 칼이 공중제비를 돌면서 원격조종기를 박살 내려는 순간 불행히도 가브리엘이 조종기를 잡으려고 먼저 몸을 날렸다. 가브리엘과 칼이 싸우는 걸 알아차린 근위병들이 달려오고 있지만, 다른 악마들의 시선은 온통 우주선 전투에 쏠려 있었다. 가브리엘이 갑자기, 원격조종기를 빼앗기지 않으려고 애를 쓰는 칼의 머리 위로 날아왔다. 위험에 처한 칼을 보고 그제야 정신을 차린 타라가 마침내 마법을 작동했다.

가브리엘은 원격조종기가 있는 자리에 정확하게 착지했다. 그리고 원격조종기를 들고 타라를 위협하고 있었다.

"그만해, 칼리반." 가브리엘이 말했다. "그만두지 않으면 혜성이고 뭐고 당장 타라를 죽일 거야."

"타라." 칼이 낭랑한 목소리로 말했다. "준비됐지?"

"응." 타라는 냉랭하고 결연한 목소리로 대답했다.

"그럼 시작해."

타라는 살아있는 돌과 악마의 영혼들에게서 마법을 빌렸고, 몸에서 검푸른 빛이 번쩍였다.

타라는 공중으로 떠올랐다.

이번에는 전광판에 쏠려 있던 악마들의 시선이 돌아왔다. 바퀴처럼 눈이 많은 악마들은 눈이 부셔서 쳐다볼 수 없을 정도로 타라의 몸이 빛나고 있었다. 괴물 근위병들이 촉수들과 무기를 휘두르면서 죽일 기세로 칼에게 달려들고 있었다.

무아노와 파브리스는 변신했지만 너무 순식간에 일어났고, 칼이 어떻게 할 건지 미리 알려주지 않았기 때문에 한 발 늦었다.

"타라, 어쩔 수 없다." 잘생긴 얼굴의 탈을 벗고 복수심을 드러낸 가브리엘이 타라를 향해 원격조종기를 휘두르면서 말했다. "네가 원하는 게 이거라면. 죽어라!"

그리고 가브리엘은 버튼을 눌렀다.

타라는 주저하지 않았다. 칼을 죽이려던 근위병들은 검푸른 마법을 맞고 회의실 구석구석35으로 나가동그라졌다.

이어서 타라의 검푸른 마법이 늙은 악마들을 공격하자 즉시 악마의 마법으로 대응했다.

타라는 아더월드에 있는 게 아니기 때문에 몰려오는 악마의 마법을 버텨내기에는 힘이 충분하지 않았다.

그래서 타라는 하고 싶지 않은 것을 했다.

타라는 스파리담에 도움을 청했다.

그리고 악마의 영혼들의 도움을 받아 늙은 악마들의 힘을 빨아들였다.

그런데 불행히도 예상하지 못한 일이 일어났다.

친구들은 가장 두려워하는 존재가 나타나는 순간 공포에 질려서 뒷걸음쳤다.

• • • • • • • • • • • • •

35. 회의실이 원형이라는 걸 생각하면 '사방으로' 나가동그라졌다는 표현이 맞다.

검은 여왕의 등장! 칼날과 가시가 삐죽삐죽한 금속과 털로 이뤄진 검정 갑옷 차림의 냉랭한 검은 여왕. 타라 특유의 하얀 머리 타래를 제외하고 머리와 눈도 새까맸다. 악과 욕망, 힘과 죽음의 화신.

"슬루르크!" 파브리스가 말했다. "어쩐지 영원히 사라졌을 거란 생각이 안 들더라니!"

이번에는 악마들이 물러섰다. 악마들은 검은 여왕의 힘을 알고 있었다. 타라가 그들의 행성을 방문했을 때 검은 여왕 혼자서 악마들을 모조리 죽이려고 했었다. 검은 여왕이 이토록 격분해서 나타난 이유는 악마들이 타라를 독살하려고 했기 때문이었다.

가브리엘은 원격조종기가 작동하지 않는 것에 아연실색해 있다가 조종기를 떨어뜨렸다.

사실 가브리엘은 원격조종기의 무게보다 훨씬 묵직하다는 걸 느끼고 조종기를 놓아버린 것이었다. 그런데 바닥에 떨어진 원격조종기가 갑자기 시커먼 단도로 변한 것이 아닌가.

가브리엘에게서 시선을 떼지 않고 있었기 때문에 타라가 검은 여왕으로 변한 걸 모르는 칼은 미소를 지으면서 길쭉한 조종기를 흔들었다.

"이거 찾는 건가?"

칼은 원격조종기를 양손으로 잡아 박살을 내버리고 손을 닦았다.

"내가 세상에서 가장 뛰어난 도둑이라는 걸 아무도 말해주지 않았나 보지?" 칼이 빈정거렸다. "내가 원격조종기와 내 단도를 바꿔치기했지. 악마의 사물들이 도와준 덕분에 단도를 약간 위장했거든. 이쯤이야 어린애 장난이지."

격분한 가브리엘이 몸을 숙이고 단도를 집어 들더니 칼을 향해 던졌다. 칼은 날렵하게 피했다.

이번에는 칼의 단도 두 개가 날아갔다.

단도 두 개는 표적을 빗나가지 않았다.

가브리엘은 믿기지 않는 얼굴로 가슴에 꽂힌 단도를 쳐다보다 침을 삼키기가 힘들다는 걸 느꼈다. 또 하나의 단도가 목구멍에 꽂혀 있었기 때문이다. 칼은 분명히 단도를 두 개만 던졌는데 이상하게도 세 번째 단도가 가슴 오른쪽 위에 꽂혀 있었다. 가브리엘은 방금 단도를 날린 여자를 보고 깜짝 놀라면서…… 쓰러졌다.

놀라운 솜씨로 단도를 날린 산헥시아가 가브리엘 옆으로 왔다. 칼도 약간 놀란 얼굴로 조심스럽게 다가갔다.

"우리는 심장 위치를 오른쪽 위로 옮기고 늑골의 보호를 받게 보강해놨지." 산헥시아가 잘난 체하면서 설명했다. "따라서 네가 단도를 꽂은 데는 치명적이지 않아. 목에 꽂은 건 괜찮았지만 그것으로는 부족해."

"사사사…… 사사산헤에에엑시아아." 가브리엘이 중얼거렸다.

"그래, 나 맞아." 예쁜 악마가 경쾌하게 설명했다. "함께 있는 친구 덕분에 내가 좀 진보했거든. 그 친구가 너를 나한테 맡겼어. 나보다 더 잘 보기 때문에 도움을 약간 받았지. 미안해, 동생. 하지만 너는 우리 국민을 파멸로 몰아넣고 있었어. 수천 년 전에 우리 아버지가 그랬던 것과 똑같이. 반면 인간들은 모조리 다 죽이지 않고도 함께 살아갈 수 있다는 걸 보여줬어. 나는 그게 마음에 들어."

그렇게 말하고 나서 산헥시아는 심장에 꽂힌 단도를 더 깊이 찔렀다. 도저히 믿기지 않는 표정으로 가브리엘은 죽었다.

가브리엘에게는 안됐지만 왕궁 안 곳곳에 설치된 영혼을 집어삼키는 기계가 이 회의실에도 있었다. 반구형 천장에서 내려온 시커먼 광선이 가브리엘의 영혼을 낚아채서 시커먼 쇠붙이에 혼합했다.

수십억 영혼들을 에너지가 고갈될 때까지 이용하다 완전히 소멸시키겠다고 호언장담하던 가브리엘은 결국 자신의 계획에 당한 것이었다. 아무 소리도 나지 않았지만 매직갱에게는 가브리엘의 영혼이 마지막 순간까지 크게, 더 크게 질러대는 고함소리가 들리는 것 같았다.

칼은 얼른 쭈그리고 앉으면서 자기 자신에게 만족하는 것 같은 산헥시아와 시선을 주고받았다. 산헥시아가 비켜서자 칼은 가브리엘이 정말 죽었는지 확인했다. 이어서 산헥시아의 단도를 놔두고 자신의 단도 두 개를 회수하여 피를 닦은 다음 일어섰다.

그리고 돌아서다 2미터 20센티미터의 큰 키로 내려다보는 검은 여왕과 맞닥뜨렸다.

파랗게 질린 칼은 간신히 뒷걸음치지 않고 버텼다.

검은 여왕이 칼에게 몸을 숙이고 완벽한 얼굴에 잔혹한 미소를 흘리면서 속삭였다.

"이건 위장이니까 괜찮아. 나는 여전히 타라야. 하지만 검은 여왕을 보고 악마들이 두려워하는 걸 알기 때문에 변신하기로 했어. 너는 괜찮은 거지?"

"근데…… 악마들만 두려워하는 게 아니야." 칼은 침을 삼키면서 말했다. "네가…… 너무 무섭다."

"그래, 알지." 타라는 만족스러운 얼굴로 말했다. "하지만 어쩔 수 없어. 얼마 동안은 계속 검은 여왕으로 있을 거니까 그렇게 알고 있어."

검은 여왕은 기지개를 켜면서 몸을 쭉 폈다. 늙은 악마들은 아랑곳하지 않았지만, 인간 모습의 젊은 악마들은 검은 여왕이 얼마나 무시무시한 존재인지 잘 알고 있었다.

"너희들을 어떻게 해야 할지 잘 모르겠다." 검은 여왕은 느릿느릿한 목소리로 말했다. "무슨 일이 생길 때마다 나를 이 행성으로 오게 하다니. 그 정도로 나를 좋아하나?"

악마들은 감히 움직이지 못했다. 드래곤들은 악마 우주선 함대를 일망타진했고, 가브리엘 왕은 죽었고, 검은 여왕은 그들을 산 채로 잡아먹을 기세였다.

이윽고 블루파를 대표하는 악마가 일어나서 촉수를 흔들면서 슬그머니 옆문으로 빠져나가는 바쉬를 가리켰다.

"저자의 잘못입니다!" 블루파 대표자가 고함쳤다. **"모든 게 저자의 잘못이에요! 우리는 인간들과 화해하고 싶다고 누누이 말했습니다! 하지만 저자는 우리의 말을 전혀 듣지 않았습니다. 저자가 원하는 것은 인간을 몰살하고 지구의 바닷물을 물리도록 마시고 취하는 겁니다!"**

검은 여왕이 화가 난 것 같았다.

"그래, 다 알아들으니까 그렇게 소리 지를 필요 없다."

검은 여왕은 마법을 날려서 낚아챈 바쉬를 단상 한가운데에 올려놨다. 홀로그램 장치가 즉시 바쉬의 영상을 확대하자 검은 여왕은 가차 없이 기계를 파괴해버렸다. 이 방에서 자기보다 키가 큰 것은 그게 무엇이든 용납할 수 없다는 듯.

"너희들에게 흥미로운 판결을 내리는 멋진 조각상 재판관이 있는 걸 기억한다. 이 노망난 늙은 악마를 어떻게 할지 결정하기 위해 그 재판관을 부르는 게 어떨까?"

바쉬는 일어났다. 더 정확하게 말하면 털북숭이 몸을 들썩거리면서 많은 눈으로 검은 여왕을 노려봤다. 그러고는 뭔가를 휘둘렀다.

"싫다고?" 검은 여왕이 비아냥거렸다. "또 원격조종기냐? 너희들은 그걸 진짜 좋아하는구나! 이번에는 또 뭘 조종하려고? 궁전 파괴? 아니면 행성 파괴? 나는 그까짓 것에 관심 없다. 나를 지킬 힘은 있으니까!"

하지만 바쉬는 많은 입으로 미소를 지었다.

"천만에. 나는 어리석지도, 박해 취미가 있는 것도 아니다. 다만 복수를 아주 좋아하지. 자, 봐라."

바쉬는 버튼을 눌렀다.

아무 일도 일어나지 않았다.

하지만 바쉬의 흡족한 표정으로 보아 뭔가를 한 것이 틀림없었다.

"좋아, 궁금하다는 건 인정하지." 검은 여왕은 거만하게 말했다. "그래서 무슨 일이 일어나는데?"

"우리는 동맹국 덕분에 아더월드의 주요 수도들 도처에 폭탄을 설치해놨다." 전 마왕 바쉬가 순순히 대답했다. "수많은 수도가 지도에서 사라지기에 충분할 정도로 파괴될 것이다. 너희들은 이겼다고 생각하지만 사실은 진 것이다. 너희들의 세상은 쑥대밭이 되고, 이제 지도자들은 없을 것이다. 따라서 협상하는 것이 우리 모두에게 이익이라고 생각한다. 너희들이 내 말을 믿지 않는 것 같으니까 보여주지. 여기까지 중계해주는 우리의 우주선들 덕분에 우리는 너희들의 행성과 하위 우주 연락망을 설치해놨거든. 이건 오랜 세월 우리를 박해한 것에 대한 복수다. 불쌍한 인간들!"

바쉬가 촉수들로 과장된 몸짓을 하면서 원격조종기의 또 다른 버튼을 누르자 희한한 존재가 눈앞에 나타났다.

여성의 얼굴만 빼고 온통 보드라운 빨간 털에 덮여 있고, 작은 뿔 두 개가 달린 존재가 가죽과 털이 반반씩인 날개를 흔들었다. 여성과 털북숭이 동물과 새를 혼합해놓은 것 같은 여자의 한쪽 눈은 하늘보다 더 파랗고, 다른 눈은 아주 새까매서 허망함 같은 것이 느껴졌다.

정상적으로는 전혀 양립되지 않는 두 종의 결합으로 태어난, 이파니라는 잡종 종족. 유전자 결합보다는 아더월드 마법이 만든 피조물이었다.

"아하, 나타났구나!" 바쉬는 반가워하면서 우렁차게 말했다. "먹는 것과 교미하는 것의 차이를 잘 이해하지 못하는 우리 악마들 중의 몇몇이 만든 아이들이다. (바쉬는 거북한 몸짓을 하는 악마들을 노려봤다) 뭐, 나야 그들 부류와 좀 다르지만."

바쉬는 미소를 지어 보였지만 피조물은 무표정했다.

"내 죽은 아들 가브리엘이 인간들 때문에 저지른 잘못 — 학살과 박해에 시달리다 이파니들은 붉은 산에 숨어서 살아야 했다 — 을 사죄하기 위해 접촉했을 때 이파니들은 목숨을 살려준다는 보장을 해주면 우리를 돕겠다고 했다. 얘야, 너희들이 뭘 했는지 이자들에게 설명해줘. 아니면 이자들이 내 말을 믿지 않을 거다."

예쁜 피조물이 검은 여왕을 쳐다봤다.

그러고는 아주 이상한 말을 했다.

"안녕, 타라. 나는 금발의 네가 더 좋은데."

검은 여왕도 미소를 지었다.

"안녕, 셀리팔, 잘 지내지?"

셀리팔은 깔깔대고 웃었다.

"잘 물어봤어. 아주 잘 지내지."

"나는 이 멍청한 작자가 부탁한 것을 네가 하지 않았다고 확신해. 나는 팅가푸르의 황궁을 아주 좋아하거든."

바쉬는 어리둥절해서 두 여자를 쳐다봤다.

"너희…… 너희 둘이 서로 아는 사이야?"

"그럼 알고말고." 검은 여왕이 태연하게 대답했다. "타라가 붉은 산을 탐험할 때 셀리팔이 내 목숨을 구해줬는데. 그 대가로 나는 이 파니들을 세상 사람들에게 존재를 감추고 평온하게 살 수 있게 해주었지. 하지만 이따금 타라는 붉은 산에 가서 함께 지내는데 갈 때마다 그곳에 없는 것들을 가져다주지. 붉은 산에서는 이파니들이 마법을 사용할 수 없기 때문에."

검은 여왕이 셀리팔을 향해 고개를 돌렸다.

"최근에 보낸 초콜릿 마음에 들었어?"

셀리팔의 빨간 얼굴이 환해졌다.

"얼마나 좋았는지 알면 깜짝 놀랄 거야. 덕분에 노인들 절반의 마음을 돌릴 수 있었어. 노인들은 네가 우리의 존재를 폭로할까 봐 내가 너와 연락하는 걸 싫어했는데 그 뒤로는 네가 또 언제 초콜릿을 보내주느냐고 물어볼 정도라니까."

두 여자는 서로에게 미소를 지었다. 바쉬는 분노로 숨이 막힐 지경이었다.

"자, 이제 폭탄 얘기로 돌아갈까?" 검은 여왕이 물었다.

"우리는 폭탄을 모조리 사막의 깊은 땅속에 묻어놨어. 폭탄들이 우리 거주지에 있다는 걸 악마들이 알지 못하게 하려고 여러 나라의 수도에서 위치추적기들을 켰다가 다시 끊어버린 다음에. 다행히 위치추적기들과 자동타임스위치들은 연결되어 있지 않았어. 그런데 불행히도 악마들이 우리를 믿지 않아서 폭탄을 작동하는 것까지 막을 방법은 없었어."

셀리팔이 만면에 미소를 지었다.

"그래서 그냥 폭발하게 내버려뒀지. 폭발력이 대단했어. 악마 덕분에 우리가 우글거리는 트실에게서 해방됐거든. 그래서 경작지를 넓힐 수 있게 됐어. 우리는 가능한 한 땅속으로 영향이 가게 폭탄 위에 돌들을 쌓아놓은 것으로 폭발 범위를 제한했는데 그게 엄청난 결과를 가져왔지. 우리가 접근하지도 못했던 지하수를 올릴 수 있었으니까. 이제 우리는 사막에 물을 댈 수 있어. 보여줄게."

셀리팔을 촬영하고 있던 스쿠프가 줌 렌즈를 조절했다. 실제로 초록빛 사막이 몰라보게 달라져 있었다. 초록빛 모래언덕의 자리에 거대한 파란 호수가 서서히 형성되는 중이었다.

"와우, 멋지다." 검은 여왕이 감탄했다. "너희가 세상을 구했으니까 이제는 당당하게 우리 사회로 돌아올 수 있어. 잘했어, 셀리팔. 아더월드에서 보자."

셸리팔은 검은 여왕에게 인사하고 통신을 끊었다.

바쉬는 원격조종기를 떨어뜨렸다. 촉수들이 축 늘어졌다.

"너희 인간들." 바쉬가 이빨을 가는지 귀에 거슬리는 소리를 냈다.

"너희들은…… 너희들은……."

바쉬는 적당한 말을 찾지 못했다.

"영악해." 검은 여왕이 대신 말해주었다. "교활하고 음흉하지만 정당하지. 배신도 하고 자만도 하지만 친절하기도 하지. 인간들은 단점도 있지만 장점도 있어. 사랑과 우정도 있고. 바로 그래서 너희들은 인간들을 절대 이길 수 없는 거야. 드래곤들과 악마들, 너희들은 아주 비슷해. 너희들은 오직 권력만 생각하지만 인간들은 그렇게 단순하지 않아. 인간들은 세상에 대해 기대가 크지. 아, 드래곤들 얘기가 나왔으니까 말인데 솔직히 나는 드래곤들을 여기서 보게 될 거라고 예상하지 않았다."

마치 그 의문에 대답하는 것처럼 때마침 전광판이 다시 켜지고 샤름의 거대한 영상이 나타났다.

샤름 옆에 실버가 있었다.

실버는 검은 여왕을 보면서 표정이 굳었다.

하지만 샤름은 바쉬에게 시선을 집중했다.

"당신은 졌다." 샤름은 전 마왕에게 차갑게 말했다. "우리는 당신의 우주선들을 파괴했고, 용케 달아났던 우주선들은 항복했다. 우리는 당신의 추악한 속박에서 국민들을 해방시킬 것이고, 당신을 이 행성에 감금할 것이다. 그리고 수백만의 무고한 생명을 죽여서 만든 끔찍한 마법을 파괴할 것이다. 우리는 당신의 국민을 몰살하고 싶지 않다. 하지만 당신이 은하계 간의 규율을 따르지 않을 경우 당신을 가차 없이 으스러뜨릴 것이다. 알았나?"

"절대로." 바쉬는 으르렁거렸다. "절대로 그런 일은 없다. 패했으니까 나는 내 국민과 내 자식들이 너희들에게 복종하느니 차라리 죽는 쪽을 택하겠다."

"천만에요." 냉정한 목소리가 대답했다. "협상은 전 마왕이 아니라 나와 해야 됩니다."

아르칸즈는 위에서 내려다보는 거대한 드래곤 영상 앞으로 나갔다.

"내가 사실상의 왕입니다. 가브리엘이 죽었기 때문에 나는 왕의 자리를 되찾았습니다. 그리고 나는 그 제안을 받아들이겠습니다. 세계는 넓고, 우리 인구는 그리 많지 않습니다. 우리는 여기서 잘살 수 있고, 블루파가 원하는 것처럼 여러분과 평화롭게 교역할 수 있습니다. 우리는 전쟁을 원하지 않습니다!"

"배신자!" 격분한 바쉬가 아르칸즈를 향해 촉수들을 세웠다. **"배신자! 너희들 모두 죽을 것이다! 갈라바·······."**

도끼 두 개가 날아갔다. 도끼들이 완벽한 대칭을 이루면서 거대한 악마를 강타했고, 두 동강으로 쪼개졌다.

파프니르의 키가 작았다면 해내지 못했을 것이다. 하지만 거인이 된 파프니르 못지않게 도끼들이 커져 있었고, 악마의 영혼들의 도움으로 도끼 날이 어찌나 날카로워졌는지 아무도 막을 수 없었다. 게다가 도끼들은 버터 덩어리를 뚫고 나가듯 전 마왕을 통과해서 벽을 지나고, 또 다른 몇 개의 벽들을 지나 꽤 많은 나무들을 찍은 다음······ 얌전히 파프니르의 손으로 돌아왔다.

검은 여왕은 두 동강이 난 늙은 악마를 무표정하게 처다봤다. 검은 여왕의 안에서 타라는 진저리를 쳤다. 떨어져 나온 바쉬의 영혼은 아들의 영혼처럼 악마들의 영혼을 빨아들이는 기계 속으로 들어갔다.

　"고마워." 검은 여왕이 파프니르에게 말했다. "부메랑처럼 돌아오는 네 도끼들 정말 마음에 든다. 아주 멋져. (검은 여왕은 새까만 눈으로 아르칸즈를 처다봤다) 네 아버지가 우리 모두 죽을 거라고 말했다. **갈라바**가 무슨 뜻이지?"

　아르칸즈는 창백해져 있었다. 아르칸즈는 아버지의 시신을 조심스럽게 외면했다. 이 세계에서 살려면 아버지와 아버지의 레드파를 제거해야 된다는 걸 오래전부터 알고 있었지만 고통스러웠다.

　레드파의 악마 하나가 앞으로 나와서 말했다.

　"파괴를 뜻하는 단어의 첫 부분입니다. 우리는 인간 모습의 악마들 모두에게 폭탄을 심어놓았거든요. 신세대 악마들이 전 마왕에게 불복하는지 확인하기 위해서. 바쉬만 알고 우리는 그 단어를 정확하게 모릅니다. 바쉬가 그 단어를 끝까지 말하지 못하고 죽었기에 망정이지 신세대 악마들은 순식간에 모조리 죽었을 겁니다."

　아르칸즈는 파랗게 질려서 몸을 꼿꼿이 세웠다.

　"뭐라고요?"

　늙은 악마는 왕의 성난 시선을 피했다.

　"나는 명에 복종할 뿐입니다, 전하. 그때는 왕의 명에 복종해야 했습니다."

　아르칸즈는 마음을 가라앉혔다. 늙은 악마는 잘못이 없었다. 하지만 아버지의 시신에 눈길이 머물렀을 때 그의 초록빛 눈에는 연민도 동정심도 없었다.

아르칸즈는 차가운 목소리로 근위대에 명했다. "시신을 왕족 납골당으로 모셔라. 비록 왕으로 대접해줄 자격은 없지만."

아르칸즈는 샤름과 실버를 향해 돌아섰다.

"어떻게 된 겁니까?" 아르칸즈가 물었다. "우리는 드래곤 함대가 지구로 가고 있다고 알았는데요?"

샤름은 실버를 가리켰다.

"지구가 공격받고 있다는 걸 알았을 때 우리는 즉시 지구를 지키기 위해 움직였다. 하지만 이 젊은 하프드래곤 실버는 타라 덩컨을 잘 알고 있었다. 실버는 우리에게 타라가 크세프로디 행성으로 떠났다고 알려주었다. 그리고 지구로 가서 도와주는 것보다는 악마들의 주요 행성을 공격하는 것이 훨씬 낫다고 생각했다. 그라보우테리쉬부가 지휘하는 우리의 호전적 급진파는 실버의 의견에 찬성했다. 우리 정부에 막강한 영향력을 행사하는 실버의 외고모할머니도 적극적으로 지지했다."

타라는 아무 말도 하지 않았지만 실버의 외고모할머니가 무슨 생각을 했을지 상상이 가고도 남았다. '아마바의 아들을 보내서 전쟁에서 죽게 하고 금을 지켜야지.'

"그래서 실버는 이곳으로 가자고 우리를 설득하는 데 어려움이 없었지. 사실 우리는 처음에 교란작전을 펼 생각이었다. 하지만 악마들이 엄청난 함대를 보유해놓고 공격을 퍼부을 줄은 전혀 생각지 못했기 때문에 속수무책으로 당하고 있었다(샤름이 드래곤 얼굴을 찌푸렸다). 모우르무르의 메시지가 제때에 도착해서 얼마나 다행이었는지. 리스베스 여제로부터 자보르족과 협상 중이라는 연락을 미리 받은 상태였지만 그래도 조금만 늦었어도 전세를 뒤집을 수 없었을 것이다. 따라서 원정대의 전술에 의한 승리라기보다는 행운이라고 봐야겠지."

이 말에 악마들이 술렁거렸는데 특히 레드파는 분통을 터뜨렸다.

로빈이 무아노 쪽으로 몸을 숙이고 속삭였다.

"샤름은 전사가 아냐. 전사는 절대로 순전히 운이 좋아서 승리했다는 고백은 하지 않아!"

로빈의 말에 파프니르가 비아냥거렸다.

"드래곤들이 너무 싫지만 샤름은 정직해서 완전 마음에 든다."

검은 여왕이 아르칸즈 쪽으로 고개를 돌렸다. 몇 가지 대답을 들어야 했다.

"독을 먹였다고 했지? 그 독을 우리 몸에서 어떻게 제거하지?"

타라는 검은 여왕의 말투를 사용해서 마치 둘인 것처럼 말했다.

"지금부터 몇 주일 지나면 그 독은 저절로 제거됩니다." 아르칸즈가 대답했다. "가브리엘만 원격조종기를 갖고 있었어요. 내 아버지와 마찬가지로 가브리엘은 모든 걸 비밀리에 했으니까요. 가브리엘이 아버지가 인간 모습의 악마들에게 폭탄을 심어놨다는 걸 모르고 죽은 게 유감입니다. 알았더라면 훨씬 격분했을 텐데."

블루파를 대표하는 악마가 또다시 일어섰다.

"하지만 아직 혜성 문제가 남아 있습니다. 현재 혜성은 다른 세계에서 우리를 찾고 있습니다. 우리가 도망치는 데 성공했지만 혜성이 언제 또 추격해올지 모릅니다. 우리의 파멸을 원하는 정체불명의 종족이 혜성을 조종하고 있다는 것이 우리의 생각입니다. 내 생각에는 며칠, 아니 몇 시간 후에는 이곳으로 올 것 같습니다. 그래서 만약 우리 행성을 폐허로 만들더라도 혜성은 그것으로 멈추지 않을 겁니다. 혜성이 가차 없이 모든 생명체를 빨아들이면서 크세프로디 행성을 어떻게 만들어놨는지 우리는 봤습니다. 혜성의 영혼들이 광기에 사로잡혀 있어서 멈출 수가 없어요. 인간들과 드래곤들이여, 그 혜성은 우리뿐 아니라 여러분에게도 큰 위협입니다."

블루파를 대표하는 악마는 타라…… 아니 검은 여왕을 향해 파란 촉수를 흔들었다.

"혜성은 후계자의 마법을 감지하고 찾아올 게 분명합니다. 아르칸즈 왕이 제안한 대로 후계자가 그 영혼들과 대화할 수 있다고 생각한다면 우리는 정말 시험해보고 싶습니다."

"말도 안 되는 소리!" 칼이 외쳤다. "우리는 아무도 다른 세계로 보내지 않아요. 우리는……."

"혜성은 이미 행성 하나를 공격했다." 샤름이 심각한 목소리로 말했다. "오는 도중에 크세프로디 행성만큼 잿빛으로 변한 행성을 봤다. 혜성이 여기로 오는 중인지, 돌아갔는지, 알 수 없는 이유로 숨어 있는지 그건 모르겠지만 혜성은 이미 한 행성의 생명체를 모조리 비워버렸다."

샤름의 말대로 잿빛으로 죽은 행성의 영상이 전광판에 나타났다. 끔찍한 광경이었다. 모조리 죽은 식물과 동물들이 아직 완전히 부패되지 않은 것으로 보아 그리 오래전에 일어난 일이 아니었다.

"칼리반." 타라는 차가운 목소리로 자기가 여전히 검은 여왕의 연

618

기를 하고 있다는 걸 상기시켰다. "우리는 네 의견을 묻지 않았다. 그리고 우리는 그까짓 혜성 따위가 검은 여왕의 힘에 대항할 수 없다고 생각한다. 우리는 그 혜성이 두렵지 않아!"

칼은 얼굴을 찌푸렸다. 골이 잔뜩 난 표정으로 보아 둘만 있을 때 칼이 섭섭했다면서 되게 뭐라 하겠네, 타라는 속으로 한숨을 쉬었다.

그때 딩동, 하는 소리가 나면서 전광판에 새로운 창이 열리고, 리스베스 여제와 바리우스의 영상이 나타났다. 이 토론장에 오무아 제국의 여제도 참여한 것이었다. 타라는 여제가 바리우스와 크산디아르와 함께 집무실에 있다는 걸 알았다.

그런데 바리우스의 행동이 아주 이상했다.

바리우스가 누군가를 깔아뭉개고 있었다.

금발의 뚱뚱한 남자가 깔려 있는데 눈알이 거의 튀어나올 것 같았다. 남자는 사지가 마비된 것처럼 보이지만 시뻘게진 얼굴을 연신 흔들고 있는 모습이 분노와 두려움이 섞여 있었다.

"오, 흉측한 벤드룩의 내장이여!" 리스베스 여제가 검은 여왕을 발견하고 외쳤다. "갈랑이 블랙 페가수스로 변했을 때 검은 여왕이 돌아온 거란 의심이 들더니!"

"안녕, 리스베스?" 타라가 상당히 모욕적인 말로 인사했다. "당신의 연못은 별일 없는가?"

리스베스는 개구리 취급을 하는 말에 이를 부드득 갈았다. 하지만 검은 여왕은 이미 바리우스에게 관심을 보이고 있었다.

"와, 그 새로운 의자 마음에 쏙 드는데…… 나한테 빌려주면 안 되겠나?" 재미가 들린 타라는 이참에 스트레스를 풀기 위해서 말했다.

"아름다운 부인." 바리우스가 정중하게 대답했다. "기꺼이 그러고 싶지만 이 의자는 폐기처분할 것이라서 실례가 안 될까요?"

사형 선고를 받은 금발 남자가 머리를 마구 흔들었다.

"우리 빌랭 왕국에서 동족을 배신하는 용병은 명이 짧습니다." 바리우스는 정색을 하고 말했다. "이자는 크레디트-무트 몇 푼에 악마들에게 매수당한 용병입니다. 우리 헌장에는 배신행위에 대한 벌이 명시되어 있지요. '우리를 괴멸하려는 자들과는 절대로 일하지 않는다.' 비즈니스에 치명적인 악영향을 미치기 때문에."

그러면서 바리우스는 자초지종을 설명했다. 친위대장 크산디아르는 팅가푸르 곳곳에 분산 배치된 스쿠프들 덕분에 나비 스파이들의 궤적을 따라 용병 보리스 구아날이 정보를 수집하고 있는 집을 추적할 수 있었다. 친위대는 덫을 놓았고, 보리스 구아날이 걸려들었다. 중요한 계약이 체결되면 대체로 다른 용병들에게도 알리는 것이 관례이기 때문에 구아날은 당연히 알고 있다고 생각하고 바리우스에게 미션을 털어놓았다.

악마들이 시키는 대로 타라 덩컨을 독살하려고 했다는 것.

악마들이 유령퇴치 기계를 훔친 것은 리스베스와 타라의 예상처럼 유령들로부터 방어하기 위해서가 아니라 혜성 속에 있는 악마의 영혼들을 죽이는 데 사용하기 위한 것이었다(이 점에 대해 아르칸즈는 인간들에게 기계를 돌려줄 수 있다고 단언했다. 그들의 바람과는 달리 유령퇴치 기계가 낯선 마법의 보호를 받는 악마의 영혼들에게는 전혀 작동하지 않았기 때문이다. 그러니까 가브리엘의 말은 허세였던 것이다).

악마들을 위해 염탐하는 것.

그것은 곧 아더월드를 배신하는 것이었다.

보리스 구아날은 정말 순진하게도 그 모든 일이 악마들을 속이기 위한 작전의 일부였냐고 바리우스에게 물었다. 구아날은 빌랭의 용병들이 아더월드의 숙적인 악마들에게 협력하는 것이 정말 이상하다고 생각했기 때문이다. 바리우스는 구아날의 말을 들으면서 이 용병이 악마들에게 함정을 놓는 것이라고 믿고 상부의 지시에 따른 것이었음을 알아차렸다.

보리스 구아날 덕분에 바리우스와 크산디아르는 드로우그 바그리스라는 책임자를 잡아낼 수 있었다. 바리우스에게 반기를 드는 사악한 드로우그 바그리스는 한 방에 엄청난 갑부가 되어서 세계를 지배하겠다는 과대망상에 빠져 있었다.

바리우스는 여기까지 설명해놓고 타라에게 말했다.

"타라, 네가 조카라서 얼마나 기쁜지 몰라. 네가 적이라면 너무 무시무시하니까. 그리고 드래곤 함대를 이끌고 오는 기지를 발휘한 실버를 비롯해서 네 친구들도 너 못지않아. 나는 이번 일로 우리를 공격하려는 자들에게 따끔한 교훈이 되었길 바란다."

리스베스와 달리 바리우스는 타라를 대하듯 검은 여왕에게 말했다. 타라는 대답 없이 미소만 지어 보였다.

블루파의 악마가 또다시 파란 안락의자에서 일어나 타라를 향해 파란 촉수를 내밀고 말했다.

"후계자께서 미소를 지으시니 우리는 아주 행복합니다. 우리가 패했다는 것을 인정합니다. 후계자가 세상에서 가장 무시무시한 존재라는 걸 이제 확실히 알았습니다. 우리는 앞으로 밥을 먹지 않으려고 투정을 부리는 어린 악마들에게 겁을 주기 위해 후계자를 이용하게 될 겁니다. '밥 먹지 않으면 무서운 타라 덩컨이 와서 내장을 뜯어버릴 거야.' 다시 강조하지만 가장 중요한 문제는 혜성을 해결하는 것입니다. 우리를 도와주시겠습니까? 우리로 하여금 어쩔 수 없이 지구를 공격하게 만든 종족의 정체를 밝히고 혜성을 파괴하게 도와주시겠습니까?"

검은 여왕이 검푸른 마법을 작동했다.

"앉아라!" 검은 여왕이 명했다. "아주 피곤하게 구는구나. 악마, 너희들의 문제를 왜 우리에게 해결해달라고 하는가? 어쨌든 그 괴물을 만든 건 너희들이다. 따라서 너희들이 해결할 일이다. 나는 크세프로디 주민들에게 너희들을 림보로 돌려보내서 혜성을 알아서 처리하게 내버려둘지 의견을 물어볼 생각이다."

죽음 같은 침묵이 흘렀다. 악마들은 우선 타라가 크세프로디 주민들의 기술에 대해 알고 있다는 것에 충격을 받았기 때문이다. 그리고 타라가 악마들에게 이런 굴욕을 주리라고는 한순간도 생각하지 않았기 때문이었다. 악마들은 늘 다른 누군가가 더러운 것을 치워주는 것에 익숙해 있었는데 이번에는 그렇지가 않았던 것이다.

엄밀하게 말해 타라는 검은 여왕이 아닌데도 몇 가지 특성, 특히 매정한 면에서는 공통점이 있었다.

아르칸즈가 헛기침을 하고 나서 말했다.

"타라, 우리는 필사적으로 노력했어. 그건 사실이야. 얽히고설킨 거짓말 중에서도 내가 말한 건 진실이었어. 모든 악마의 사물들에서 영혼들을 동원해봤지만 혜성을 막을 수가 없었지. 그 어떤 무기로도, 크세프로디 주민들이 발명한 최첨단 무기로도 당해낼 수 없었어. 유령퇴치 기계로 시험해봤지만 악마의 영혼들에게는 아무 효과가 없더라고. NA 스피어라면 통할지 모르지. NA는 모든 생명체를 완전히 없애버린다고 하니까. 하지만 솔직히 나는 NA 스피어에 대해 전혀 몰라. 그걸 사용하는 것이 너에게 얼마나 위험한 일인지 모르기 때문에 부탁하는 거야. 우리를 위해서만 아니라(아르칸즈가 블루파의 악마를 노려보자 악마는 안락의자에서 몸을 웅크렸다) 전 세계, 아니 전 우주를 위해 시도해보는 것도 안 될까? 너와 소통하는 영혼들과 네가 하는 말을 혜성이 듣지 않으려고 할 경우는 즉시 우주선을 타고 돌아오기로 하고? 그래서 혜성이 우리 세계로 돌진해오면 우리가 너희 편에서 싸울게."

잘생긴 아르칸즈의 얼굴이 몹시 지쳐 보였다. 아르칸즈는 왕에서 파면되었다가 아버지와 형이 살해되는 걸 봤고, 함대가 전멸하는 걸 지켜보지 않았던가. 하지만 아르칸즈는 단호하게 결론을 맺었다.

"그리고 너희 편에서 싸우다 죽을게."

검은 여왕은 이맛살을 찌푸렸다.

"이건 또 무슨 멜로드라마야! 그렇게 하겠다, 악마. 타라와 내가 그 혜성과 대화를 해보겠다. 그 혜성이 나와의 대화를 받아들일지 의문이기 때문에 그 일은 금발의 타라에게 맡기겠다."

그렇게 말하고 나서 검은 여왕은 위협적인 미소를 지었다.

"하지만 명심해! 나는 계속 여기 있으니까. 조금이라도 허튼수작을 했다가는 내가 돌아와서 피를 보게 해줄 테니까!"

검은 여왕이 한숨을 내쉬었고, 잠시 후 쪽빛 눈의 금발 소녀가 나타났다. 타라는 모두에게 미소를 지었다.

"오케이. 이제 어떻게 할까?"

34

울부짖는 것은……

산소가 없으면 소리 전달이 안 된다는 걸 생각하면
우주 공간에서 소리치는 것은 별로 도움이 안 되는데

*

음모가 아니었다.

악마들을 절멸시키기로 작정한 보이지 않는 어떤 적이 복잡하게
꾸민 음모가 아니었다.

아주 끔찍하고 무시무시한 우연이었다. 엎친 데 덮친 격으로 나쁜
아무개가 나쁜 순간에 나쁜 장소에 나타난 것과 같았다.

……이 존재, 아니 이 유기체를 지칭할 수 있는 것은 여러 가지가
있었다. 별에 사는 일종의 거대한 고래라고 할까? 암소라고 할까?

인식능력은 없지만 태양에너지를 먹으면서 은하계의 헤아릴 수 없
이 많은 초원에서 유유히 풀을 뜯어 먹는 평온한 우주 동물이라고 하
면 좋을 것 같았다.

길이가 수천 킬로미터에 이를 정도로 어마어마하게 컸다. 우주선

하나가 뚫고 지나가도 손상을 입지 않을 것 같았다. 타격을 받기에는 밀도가 거의 없기 때문이었다. 고래-암소 형상의 유기체는 자기를 해칠 수 있을 정도의 큰 혹성이나 큰 혜성들에 주의하고 있었다.

이 고래-암소 형상의 유기체는 이따금 너무 많은 빛을 흡수해서 폭발할 위험이 있으면 아주 빠르게, 중력도 열기도 흡수할 약간의 에너지도 없는 데로 이동해야 했다.

그래서 갑자기 어딘가가 찢어졌을 때 고래-암소 형상의 유기체는 너무 꽉 찬 에너지를 평온하게 토해내는 중이었다. 유기체는 불안하기는커녕 너무 평온했다.

그 순간 시커먼 사물 하나가 몸속에서 유형화되었다. 고통받는 수백만의 영혼들이 갇혀 있는 그루이그의 검이었다.

이 장검이 고래-암소 형상의 유기체에 이상한 느낌을 주고 있었다. 유기체는 이상하게 느껴지는 것을 제거하려고 했지만, 장검은 몸속에 단단히 박혀 있었고, 마치 흩어져 있는 분자들을 먹고사는 것 같았다. 이어서 찢어진 부분이 더 벌어지면서 또 한 개의 사물 반지가 장검에 합류했다. 비록 워낙 어마어마하게 큰 덩치라서 몸속이라고 해도 아주 멀리 떨어져 있지만.

그리고 한동안 아무 일도 일어나지 않았다. 점점 더 불편함이 느껴졌지만. 고래-암소 형상의 유기체는 마치 불편하게 만드는 이상한 사물들을 빼내버리려는 듯 흔들었다. 하지만 사물들은 서로에게 점점 가까워지고 있었다. 거대한 몸속에서 전진하는 벌레처럼.

어딘가에 있는 고래-암소 형상의 유기체의 뇌, 거대한 몸체에 비하면 아주 작은 뇌가 있는 곳에 단단한 핵이 있었다. 지름이 몇십 미터에 이르는 핵은 커다란 스펀지 같았다.

고래-암소 형상의 유기체는 흐르는 시간에 대한 개념이 없지만 며칠에 해당하는 시간이 흐른 끝에 두 사물은 마침내 핵에 이르렀고 아주 깊이 박혔다.

끔찍한 통증을 느낀 유기체는 죽을 것 같은 공포 속에서 몸체를 비틀었다. 난데없이 침입한 사물들이 방금 고래-암소 형상의 유기체와 결합된 것이었다.

아주 단순한 유기체에게는 상상도 할 수 없는 고통이었다.

수많은 성난 영혼들이 순식간에 몸체를 중독시키면서 고래-암소 형상의 유기체를 완전히 장악했다.

그 순간 전대미문의 두 가지 일이 일어났다.

고래-암소 형상의 유기체는 살아남았다.

그리고 인식능력이 생긴 것이었다.

고래-암소 형상의 유기체가 제일 먼저 한 것은 주위를 '쳐다보는' 것이었다. 너무 광막해서 정신을 집중해야 했다. 하지만 빛과 열기에서 너무 멀리 떨어져 있어서 힘들었다. 그러다 몸속에서 영혼들을 발견하고 깜짝 놀랐다.

고래-암소 형상의 유기체는 시공간 속에 길을 열고 평소에 양식이 되어주던 태양을 향해 질주했다. 세포들이 이미 에너지로 가득 차 있어서 더 축적했다가는 폭발할 위험이 있다는 걸 알면서도.

이어서 유기체는 암석을 먹기 시작했다. 몸속으로 들어오자마자 유기체는 그 돌들을 용암층을 이룬 핵으로 바꾸고 혼합시켰다. 차츰 펄펄 끓는 마그마가 형성되기 시작했고, 유기체가 몸체 안에서 핵반응을 강화할수록 점점 커지고, 점점 뜨거워졌다.

훨씬 더 빨리, 훨씬 더 뜨겁게, 폭발을 막으려고 영혼들이 지원해 주는 검은 마법의 도움을 받아 유기체는 일종의 검은 태양처럼 이글 이글 타오르고 있었다. 이렇게 해서 유기체는 이른바 '타오르는 혜 성'이 된 것이었다.

영혼들과 결합한 혜성은 또다시 힘을 합해서 생명체가 느껴지는 행성에 접근했다.

그리고 어린아이가 밀크셰이크를 한 방울도 남기지 않고 쪽쪽 빨 아마시듯 생명체를 조금도 남기지 않고 맛있게 빨아들였다.

일단 포식한 뒤에 성난 영혼들은 아주 오래전부터 고대하던 것을 마침내 할 수 있게 되었다는 걸 알아차렸다.

수천 년 전에 그들을 학살했던 이들을 찾아서 괴멸하고, 독성이 있 는 쇠붙이 속에 그 영혼들을 가두는 것이었다.

하지만 혜성은 영혼들이 살던 세계에 있는 게 아니었고, 영혼들은 그 세계로 어떻게 가야 하는지 전혀 모르고 있었다.

그런데 영혼들 중 몇몇이 우주 공간 속에 있는 지각단층을 기억하고 있었다. 비록 파괴된 행성에는 가지 못할지라도 접근할 수는 있었다.

혜성은 거대한 검둥개처럼 추적하기 시작했다. 찾고 있는 행성과 는 아주 멀리 떨어져 있지만 몇 달 후 목적지에 접근했다. 아주 가까 이 이르렀을 때 혜성은 잡아당겨지는 것을 느끼고 흥분했다. 지각단 층이 여전히 존재하고 있었다. 악마의 영혼들과 암소 형상의 별이 결 합한 덕분에 혜성은 붕괴되지 않고 지각단층을 이용할 수 있었다. 암 소라기보다는 오히려 닥치는 대로 황폐하게 만들려는 성난 황소에 가까웠다.

혜성은 드디어 다른 세계에 도착했다. 몸속의 영혼들이 태어난 낯선 세계였다. 악마의 영혼들이 고향이었던 세계를 찾고 행복해했다. 영혼들이 행복이라는 개념을 아직 이해할 수 있는지 모르겠지만. 그런데 그 세계 림보가 달라져 있었다. 예전의 검은 태양이 이제는 노란빛, 빨간빛, 파란빛을 반짝이고 있었다.

하지만 영혼들과 결합된 혜성은 방심하지 않았다. 물질을 더 빨아들이고 돌과 용암으로 더 무거워진 혜성은 추적을 시작했다. 오직 한 가지 생각만 하면서.

복수!

그리 오래 걸리지 않았다. 악마의 영혼들과 결합된 혜성은 생명체가 있는 행성 하나를 찾았다. 혜성이 천천히 생명체를 빨아들이기 시작했을 때 몸속의 몇몇 영혼들이 신음소리를 냈다. 다른 세계에서 빨아들였던 의식 없는 생명체들보다 훨씬 힘들었기 때문이다. 아주 느렸지만 검은 마법의 촉수들이 행성을 차츰 황폐화시키고 있었다.

갑자기 믿기지 않는 일이 일어났다. 혜성은 좀 전에 빨아들인 악마들과 개미들의 영혼들로 서서히 커지는 몸체를 즐기고 있는 중이었다. 그런데 행성이 감쪽같이 사라지고 없어진 것이었다.

격분한 혜성은 며칠 동안 림보의 행성들을 찾아다녔지만 헛일이었다.

무슨 일인지 알려고 애쓰던 혜성은 아주 멀리 떨어진 데서도 피 냄새를 맡는 상어처럼 춥고 메마른 세계에 생명이 나타난 걸 느꼈다.

의기양양해진 혜성은 눈앞에서 빛나는 작은 점을 향해 돌진했다. 몸속 가장 깊은 곳에서 영혼들은 의문을 제기했다. 다른 행성들은 다 어디로 갔지?

마법의 에너지를 풍기는 동그란 금속, 우주선을 낚아채려고 하던 혜성은 뭔가를 느꼈다.

혜성은 과학기술의 엔진들에 의해 움직이는 우주선이 남긴 자국을 살피면서 어리둥절했다. 영혼들은 마침내 알아차렸다.

우주선이 사라졌다는 것을.

안젤리카의 말이 맞았다. 속이 완전히 뒤집히는 것 같고 아주 불쾌했다.

타라의 소형 우주선은 손상되지 않고, 림보의 주요 행성이 있던 자리 부근에서 유형화되었다.

타라는 우주선에 안전장치를 한 다음 설명 들은 대로 모든 조치를 취했다. 스캔스페이스는 주변의 우주 공간을 관측하기 시작했다. 스캔스페이스는 주위에 있는 천체 물질들을 유형화했고, 혜성이 가까이 있는 즉시 센서들이 위치를 탐지할 것이었다.

타라의 눈앞에서 금빛 NA 스피어가 둥둥 떠 있었다. 고모는 조심해야 한다고 누누이 당부했다. 고모는 모우르무르가 NA 스피어를 작동하는 사람이 먼저 빠져나갈 수 있게 스피어에 구명줄을 설치해놓았다는 걸 모르고 있었다.

타라는 죽을 위험이 있다는 걸 알고 있었다. 타라는 죽으면 부모님이 있는 비욘드월드로 가지만, NA 스피어를 작동하면 모든 걸 절멸시키는 것이었다. 그렇게 되면 타라에게는 천국도 행복한 삶도 끝나는 것이었다.

타라는 살아있는 돌에게서 빌린 마법을 작동했다. 그들은 혜성이 생명체를 어떻게 탐지하는지 잘 모르지만, 모우르무르의 계산이 정확하다면 혜성 속 악마의 영혼들은 수백만 타트롤이 떨어진 데서도 생명체를 느낄 수 있었다. 타라는 무시무시한 혜성을 유인할 수 있었다. 불안정한 태양들 때문에 황폐해진 이 세계에서 타라가 유일한 생명체이기 때문이었다. 그리고 타라의 마법은 어둠 속의 파란 등불처럼 매혹적일 것이었다.

이윽고 타라는 증폭 장치를 작동했다. 모우르무르와 개미족 엔지니어들, 악마들이 합작한 발명품 덕분에 타라와 소통하는 영혼들이 혜성의 영혼들에게 메시지를 보낼 수 있었다. '우리는 너희들처럼 갇혀 있는 영혼들이다. 우리는 해방될 수 있고, 너희들을 도울 수 있다. 인간들은 우리와 동맹을 맺었다. 우리가 해방되는 방법을 찾았다.'

혜성은 듣지 않았고, 치명적인 금빛 금속 NA 스피어는 타라 앞에 있었다. 타라가 혜성의 공격을 느끼고, 우주선 센서들이 혜성의 위치를 탐지하는 즉시 NA 스피어를 작동하면 전대미문의 끔찍한 일이 벌어지는 것이었다. 타라의 우주선도 동시에 사라지는 것이었다. 타라는 NA가 작동하기 전에 아더월드로 돌아갈 시간이 있기를 바라는 수밖에 없을 것이었다.

타라는 혼자가 아니었다. 모우르무르는 노란 오너러블들 중에서 물리, 화학, 수학을 다루는 수준이 그와 대등한 이들을 발견했었다. 모우르무르는 오너러블들과 함께 타라의 목소리를 이 세계에서 저 세계로 전달할 수 있는 '안시블'이라는 특수 이어폰을 발명했다.

타라의 이어폰에서 칼이 속삭이는 소리가 들리고 있었는데 이상하게 조용했다. 타라는 한마디도 하지 않는 칼이 고마웠다. 칼이 말을 하면 타라는 흔들릴 수 있었다. 타라의 희생으로 수십억, 수백억, 무수한 생명을 구해야 되는 절체절명의 위기 상황인데…….

매직갱은 미리 작별 인사를 나누었다. 몹시 힘든 일이었다. 친구들이 함께 가겠다고 했지만 타라는 거절했다. 한 사람의 희생으로 족했다. 그리고 만약 타라가 실패할 경우 지구와 아더월드를 구하려면 모든 마법사가 필요할 텐데.

타라는 자신의 마법이 지켜주길 바랄 뿐이었다. 타라에게 필요한 몇 초만 힘을 주면 되는데……. 그래서 타라는 포기하지 않고 마음을 굳게 다잡았다.

악마의 사물 일곱 개는 차분했다. 친구들은 타라가 힘을 최대한 사용할 수 있게 돌려주었다.

사물들은 타라와 함께 희생할 각오를 하고 있었다. 영혼들은 천국으로 가지 못한다는 걸 알지만, 혜성이 어떤 선택을 하느냐에 따라 독성 있는 쇠붙이 속에 갇혀 있는 고통은 끝나는 것이기 때문이었다.

타라의 어깨 위에서 갈랑이 부르르 떨고 있었다. 두려움 때문이 아니었다. 갈랑은 타라와 함께 있기 때문에 죽는 것이 두렵지 않았다.

하지만 아쉬워서였다. 타라는 갈랑의 생각을 들으면서 페가수스가 많은 것들을 해보지 못한 걸 얼마나 아쉬워하는지 알았다. 타라는 이를 악물었다. 갈랑의 말이 맞았다. 둘 다 죽기에는 너무 젊은데!

경보가 울려서 타라와 갈랑은 소스라치게 놀랐다. 타라는 고감도 센서가 방금 혜성의 존재를 탐지했다고 가리키는 방향으로 우주선을 회전했다.

혜성은 거기 있었다. 비록 타라는 아직 혜성을 보지 못했지만. 혜성은 마치 거미가 나비를 낚아채려고 달려들듯 타라를 향해 돌진하고 있었다.

그 속도와 광폭한 기세로 보아 혜성은 타라 쪽의 영혼들이 한 말을 전혀 듣지 않은 것 같았다.

타라는 혜성이 멈추기를 바라면서 NA 스피어를 작동하려고 손을 내밀었다. 바로 그 순간 갑자기 칼이 속삭이는 소리에 타라는 하마터면 스피어를 떨어뜨릴 뻔했다. 타라는 혜성을 나타내는 점이 스캔스페이스에서 몇 초 전부터 사라졌다는 걸 알아차렸다.

"타라!" 칼이 소리쳤다. "타라, 스피어를 작동하지 마, 타라!"

입이 바짝 마르고 심장이 두근거리는 타라는 컴콘솔을 작동했다. 그사이 경보가 그쳤다.

"뭐라고? 칼? 그게 무슨 말이야?"

칼의 목소리에 안도감이 배어 있었다.

"너 살아 있구나! 살아 있어!"

타라는 유령은 말하지 않는다고 대꾸하려다가 그만두고 말했다.

"아직 스피어를 작동하지 않았어. 하지만 방금 혜성이 다가오고 있음을 알리는 경보가 울렸어."

타라는 칼이 심호흡하는 소리를 들었다.

"설마."

타라는 슬픔 때문에 칼의 머리가 이상해진 거라고 생각했다. 경보가 더 이상 울리지 않는다는 걸 알아차릴 때까지는 그렇게 생각했다. 그런데 깜박거리면서 혜성을 나타내는 빛이 스캔스페이스에서 사라졌다는 것은 스캔스페이스가 고장이 아니라 다른 이유가 있어서였다.

그리고 칼이 던지는 말에 타라는 공포에 사로잡혔다.

"오, 아더월드의 모든 신들이여, 우리를 도와주소서." 칼이 침통한 목소리로 말했다. "혜성은 여기 있어!"

12권에서 계속……

아더월드의 용어 해설

 아더월드 _ 아더월드는 지구 표면적의 1.5배에 이르는 마법 행성으로 태양 주위를 공전하며, 하루 26시간, 1년 454일, 14개월로 이루어져 있다. 위성으로는 두 개의 달 마딕스와 타딕스가 아더월드의 주위를 돌고 있으며, 춘·추분에 조수간만의 차가 몹시 크다.

아더월드의 산들은 지구의 산보다 훨씬 더 높으며, 채굴되는 광물은 대체로 마법의 폭발성이 있어서 추출하는 것이 상당히 위험하다. 지구(육지 29%, 바다 71%)보다 바다가 차지하는 비율은 적으며(아더월드: 육지 45%, 바다 55%), 그중 두 개의 바다는 민물이다.

아더월드를 지배하는 마법은 동물상, 식물상과 마찬가지로 기후에도 영향을 미친다. 그로 인해 계절을 예측하기가 아주 힘들다(아더월드에서는 한여름에도 폭설이 내려 1미터나 되는 눈에 덮일 수 있다!).

아더월드의 7계절 분류: 계절 1 카일로스(지역에 따라 −30~−50℃까지 내려간다), 계절 2 보탄트(지구의 봄 날씨와 유사하다), 계절 3 트레보, 계절 4 파이초, 계절 5 플루초, 계절 6 모인초, 계절 7 살탄(우기).

아더월드에는 인간, 난쟁이, 거인, 트롤, 뱀파이어, 땅신령, 꼬마도깨비, 엘프, 유니콘, 키마이라, 타트리스, 드래곤 등 수많은 종족이 살고 있다.

✺ 그 밖의 다른 행성

🦎 **드란보우글리스펜쉬르_** 드래곤들의 행성. 지능이 높은 거대한 파충류인 드래곤은 마법 능력을 타고나서 어떤 형상으로든 변신할 수 있으며, 대체로 인간으로 변신해 있다.

마법사들 편에 서서 림보의 악마들과 싸우고 있다. 세계의 영토를 점령하기 위해 악마들과 대립하면서 드래곤들은 지구의 마법사들과 충돌하는 순간까지는 알려져 있는 모든 세계를 정복했다. 끊임없이 악마들과 싸워야 하는 드래곤들은 지구인 마법사들과 전쟁을 벌인 뒤에 지구인들과 동맹을 맺는 것이 유리하다는 결론을 내렸다. 지구를 지배하겠다는 계획은 포기했지만, 마법사들이 지구를 지배하는 것도 인정할 수 없는 드래곤들은 지구의 마법사들에게 아더월드에서 더 많은 마법사를 양성하고 훈련시키자고 제안했다.

수년 동안 드래곤들을 경계하면서 고심한 끝에 지구의 마법사들은 결국 그 제안을 받아들이고 아더월드에 정착했다.

드래곤들은 드란보우글리스펜쉬르를 비롯해 지구, 아더월드, 마딕스와 타딕스 등 많은 행성에 살고 있으며, 특히 인간들의 일에 사사건건 참견한다. 드래곤들이 가장 끔찍하게 싫어하는 적은 림보에 사는 악마들이다.

🐉 **림보**_ 악마의 세계로 악마들의 영역. 림보는 서클이라고 불리는 여러 세계로 나뉘어 있으며, 서클에 따라 악마들의 능력과 학식이 차이 난다. 제1, 2, 3서클의 악마들은 거칠고 아주 위험하다. 제4, 5, 6서클의 악마들은 마법사들과 정해진 조건 내에서 서로 도움을 주고받는다(마법사는 필요한 것을 악마에게서 얻을 수 있으며 악마의 경우도 마찬가지다). 제7서클은 마왕이 군림하는 서클이다.

림보에 사는 악마들은 저주받은 태양이 제공하는 악마의 에너지를 먹고 산다. 다른 세계로 가기 위해 림보를 나갈 경우엔 영리한 존재의 살과 정신을 먹어야 한다. 전 세계를 침략하던 중 갑자기 나타난 드래곤들과의 전쟁에서 패배한 뒤로 악마들은 림보에 갇히게 되었고, 마법사나 마법 능력이 있는 존재의 긴급 요청이 있어야만 다른 행성으로 갈 수 있게 됐다. 악마들은 이런 활동범위 제한을 견디기 힘들어서 끊임없이 해방될 방법을 모색하고 있다.

악마들이 지구를 침략하려는 이유는 아쿠알릭, 즉 바닷물에 중독되어 있기 때문이다. 악마들에게 바닷물은 알코올과 같은 작용을 하는데 림보에는 바다가 없다. 게다가 지구의 바닷물 맛을 특히 좋아하기 때문이다. '모든 인간을 죽이고 짠물을 실컷 마시겠다'는 것이 악마들의 신조다.

🌿 **산티보르_** 텔레파시 능력이 있는 식물성 존재 진실의 입들이 사는 얼음 행성.

🌿 **지구_** 인간과 비밀 임무를 맡은 마법사들이 살고 있다.

☀ 아더월드의 나라들과 종족

🌿 **간디스_** 거인들의 나라로 수도는 제오폴. 세력 있는 그로아르 가문이 통치하며 흑장미 섬과 황무지 늪이 있다. 나라의 문장은 '주문방지' 돌로 쌓은 벽에 아더월드의 태양이 올라앉은 형상이다.

🌿 **랑코비트_** 인간이 지배하는 가장 큰 왕국으로 수도는 트라비아. 왕국의 문장은 은빛 초승달 아래 금빛 뿔의 하얀 유니콘이다. 베어 왕과 티타니아 왕비가 통치하고 있으며, 타라와 어머니 셀레나의 조국이다. 약 8천만의 주민이 살고 있고, 뱀파이어들을 받아들이는 드문 나라 중 하나다.

🌿 **멘탈리르_** 보우 대륙 동쪽의 광활한 평원이며 유니콘들과 켄타우로스들의 나라. 유니콘은 생김새와 크기가 말과 같고, 이마에 나선형 뿔이 하나 있으며 발굽은 갈라져 있고 털은 흰빛이다. 지능이 떨어지는 유니콘도 간혹 있지만, 대부분은 영리하며 그 지능은 드래곤들의 지능에 견줄 수 있다. 유니콘의 이 특성을 어떤 종족의 지능이나

동물의 지능으로 분류하기는 힘들다.

켄타우로스는 반은 남자나 여자의 형상, 반은 말의 형상을 하고 있는데 두 종류가 있다. 상반신은 인간, 하반신은 말의 형상을 한 켄타우로스와 상반신은 말, 하반신은 인간의 형상을 한 켄타우로스. 켄타우로스가 어떤 마법에 걸려 있는지는 알 수 없으나 소금이나 향유 같은 생필품을 얻기 위해서가 아니면 다른 종족들과 섞이기를 싫어하는 까다로운 종족이다. 사납고 거칠어서 영역을 침범하는 이방인들을 발견하면 가차 없이 화살을 쏘아댄다. 켄타우로스의 샤먼 부족은 평원에서 하얗고 파란 맹독성 개구리 플로프들을 잡아 그 등을 핥는 것으로 미래를 점친다고 전해진다. '찌르레기 대전'이 벌어지는 동안 켄타우로스들이 엘프들에게 몰살되었다는 것은 이 방법이 100퍼센트 믿을 만한 것이 아님을 말해준다.

🐎 **살테렌스_** 살테렌스들의 나라로 수도는 살라. 나라의 문장은 파란색 투명한 소금을 물고 곧추서 있는 커다란 벌레. 왕은 없고 위대한 카샤라고 불리는 족장과 재상 일파봉이 통치하며 여러 부족으로 나뉘어 있다. 노예제도를 주장하는 종족으로 사자와 표범의 잡종인 두 발 동물이다. 침투할 수 없는 사막에서 숨어 지내면서 마법의 소금 광산을 개발한다.

🐎 **셀렌다_** 엘프들의 나라로 수도는 세보른. 문장은 대각선으로 시위를 메긴 두 개의 활 위로 보이는 은빛 보름달.

엘프들은 마법사들과 마찬가지로 마법에 재능이 있다. 겉모습은 인간이며 뾰족한 귀와 고양이의 눈처럼 동공이 수직으로 움직이는 크리스틸 눈, 은발이 특징이다. 아더월드의 숲과 평원에서 살며 가공할 만한 사냥꾼이다. 엘프들은 전투와 싸움, 상대를 유인하는 온갖 종류의 게임을 좋아하기 때문에 그들의 에너지를 적절히 이용하기 위해 경찰국이나 국가정보국에 고용된다.

하지만 엘프들이 옥수수나 마법의 귀리를 경작하기 시작하면 아더월드의 종족들은 불안해한다. 그건 엘프들이 전쟁을 시작할 거란 뜻이기 때문이다. 실제로 전시에는 사냥할 겨를이 없기 때문에 엘프들은 곡식을 재배하고 가축을 기르며, 일단 전쟁이 끝나면 예전의 생활로 돌아간다.

또 다른 특성으로 아이들이 걸어 다닐 수 있을 때까지 남성 엘프들은 배에 달린 육아낭 같은 작은 주머니에 아기를 넣고 다닌다. 여성 엘프는 남편을 다섯 명 이상은 가질 수 없다. 엘프는 거의 죽지 않기 때문에 아이들이 별로 없다. 하프엘프 로빈은 혼혈이라는 이유로 엘프들에게 따돌림을 받고 있다.

🐾 **스몰컨트리_** 땅신령, 꼬마도깨비 파보, 요정, 고블린의 나라로 수도는 스몰빌. 문장은 원 안에 도안한 꽃, 새, 거미. 땅신령은 파란색, 꼬마도깨비는 초록색, 고블린은 회색, 요정은 여러 가지 색이다.

땅신령은 작달막하고 단단한 체구이며 오렌지색 털이 나 있다. 돌을 먹고 살며, 난쟁이들과 마찬가지로 광부들이다. 땅신령의 오렌지색 털은 고성능 가스 탐지기이다. 털이 곤두서면 별 탈이 없지만, 털이 내려앉는 순간부터 땅신령은 광산에 가스가 있다는 걸 알아채고 도망치기 때문이다. 또한 알 수 없는 이유로 인해 땅신령들만 '진실의 입들'과 교감할 수 있다.

스몰컨트리의 익살꾼인 꼬마도깨비 파보들은 키디코이라는 막대사탕을 만들어낸 이들이다. 착시 현상을 일으키거나 일시적으로 보이지 않게 할 수도 있으며 금을 좋아해 비밀주머니에 숨겨둔다. 그 주머니를 찾아낸 자는 두 가지 소원을 빌 수 있고, 귀한 금을 회수하려면 반드시 그 소원을 들어줘야 한다. 하지만 꼬마도깨비들은 반대로 해석하는 데 선수여서 예측 불허의 결과가 일어날 수 있으므로 소원을 비는 것에는 항상 위험이 따른다.

요정들은 꽃을 가꾸면서 작지만 효과적인 마법을 날리며, 고블린들은 요정과 움직이는 것은 무엇이든 잡아먹으려고 한다.

🐾 **오무아_** 인간이 지배하는 가장 큰 제국으로 수도는 팅가푸르. 제국의 문장은 100개의 금빛 눈을 가진 주홍빛 공작이다. 타라의 고모인 여제 리스베스틸랑넴 탈 바르미 압 산타 압 마루와 삼촌인 황제 산도르 탈 바르미 압 마르치 압 브레비스가 통치하고 있다. 제국을 설립한 최고 마구스 데미데루스의 후손들이다. 오무아에는 약 2억의 주민이 살고 있다. 다른 나라들과 교역하고 있으며, 셀렌다를 제외하고 가장 많은 수의 엘프 군단을 거느리고 있다.

🐾 **크라살비_** 뱀파이어들의 나라로 수도는 우를라. 나라의 문장은 천문관측기 위에 무한을 상징하는 누운 8자와 별이 올라앉은 형상이다.

뱀파이어는 총명하고, 인내심이 많으며, 학식이 깊다. 수명이 아주 길고, 수학과 천문학에 몰두하며, 대부분의 시간을 명상하는 데 보내면서 삶의 의미를 추구한다.

아더월드의 뱀파이어는 동물의 피를 먹고 살기 때문에 가축을 키운다. 브르르르아아아, 모오오오우우우, 지구에서 수입한 말, 염소, 양 등. 하지만 몇몇 피는 금지되어 있다. 유니콘이나 인간의 피를 먹으면 미치게 되며, 수명이 절반으로 줄고, 햇빛을 쐬면 치명적인 알레르기가 일어나기 때문이다. 반면에 뱀파이어에게 물리면 독이 퍼지게 되며, 뱀파이어에게 물린 인간은 그들의 노예가 된다. 게다가 독성 피가 전이되면 뱀파이어가 되는데 이 경우의 뱀파이어는 파괴적이고 악독하기 때문에, 저주에 희생된 뱀파이어는 동족으로 구성된 특별수사대는 물론 아더월드의 모든 종족에게 쫓겨 다닌다.

🐾 크랑카르_ 트롤들의 나라로 수도는 크리아. 나라의 문장은 나무 꼭대기에 몽둥이가 걸려 있는 형상이다. 트롤 외에 식인귀, 오크, 고블린 들이 살고 있다.

트롤은 거대한 몸집에 납작한 이빨이 있는 초록빛 털북숭이로 채식주의 종족이지만, 고기를 흡수할 경우 식인귀가 될 수 있다. 식인귀가 되면 크랑카르에서 쫓겨난다. 먹고살기 위해 나무를 마구 죽이며(이것이 엘프들의 울화를 치밀게 한다), 쉽게 자제력을 잃어버리는 성향이 있어서 한번 성질이 나면 닥치는 대로 짓뭉개버리기 때문에 평판이 나쁘다.

타트란_ 타트리스, 카흠보움, 타츠보움의 나라로 수도는 시티빌. 문장은 양피지 위에 놓인 직각자, 컴퍼스, 크리스털 볼.

타트리스는 머리가 둘인 특성을 가지고 있다. 관리 능력이 뛰어난 데다 신체적 특성 덕분에 행정관이나 정부 고위층에서 일하고 있다. 오로지 일을 중요하게 여기면서 헛된 꿈을 꾸지 않는 현실주의자들이다. 또한 꼬마도깨비 파보들이 즐겨 놀리는 대상 중 하나이며, 이 장난꾸러기들은 유머가 결핍된 종족이라는 소리를 듣지 않기 위해 수세기 동안 끈질기게 타트리스 종족을 웃기려고 애쓰고 있다. 게다가 파보들은 웃기는 데 성공한 자들 중 1등에게는 상까지 수여하고 있다.

카흠보움은 빨간 눈과 촉수들이 있는 노란색 덩어리 모습을 하고 있으며 주로 도서관 사서로 일한다. 타츠보움은 촉수로 놀라운 멜로디를 연주하는 음악가들이다.

.

파트로크_ 에드라킨족이 사는 나라로 수도는 키크로크. 나라의 문장은 바람의 원소에 올라앉은 불새. 에드라킨족은 강력한 마법사들이며, 생김새는 인간과 비슷하지만 귀가 뾰족하고 털로 덮여 있는 육식동물에 가깝다. 머리털은 두상의 절반 정도까지만 자라며, 코는 거의 보이지 않는다. 다른 종족을 싫어하지만 의무적으로 여러 나라와 교역하고 있다. 에드라킨족은 아더월드를 정복하기 위해 네 번이나 침략을 시도했다.

히믈리아_ 난쟁이들의 나라로 수도는 미나트. 대장장이 씨족이 통치하고 있다. 나라의 문장은 광산 지하의 전쟁용 모루와 쇠망치. 키와 몸통 폭의 길이가 똑같은 단단한 체구가 난쟁이들의 신체적 특징이다. 아더월드의 광부, 대장장이로 활동하고 있으며, 뛰어난 금속 가공업자, 보석 세공인도 거의 난쟁이들이다. 성격이 몹시 까다로운 것으로 알려져 있고, 마법을 싫어하며 아주 길고 복잡한 노래를 즐겨 부른다. 또한 돌을 통과하거나 돌을 용해시키는 특별한 재능을 지니고 있는데 마법과는 다른 차원의 힘이다.

🌞 아더월드와 주변 행성의 동·식물상 및 속담

🦌 **가즈즈**_ 사슴뿔이 달린 네 발 짐승으로 털이 빨간색 (트롤들의 나라에서는 초록색)이다.

🦌 **간다리**_ 대황에 가까운 식물이며, 꿀처럼 단맛이 난다.

🦌 **감마글리스**_ 투명하고 아주 튼튼한 유리로, 악마들의 집은 모두 감마글리스를 사용하고 있다. 지구나 아더월드의 영화에서처럼 주인공이 추적자들을 피해 창문으로 도망치는 것은 불가능하다. 악마들의 행성 중 하나에서 그런 시도를 할 경우는 수명이 훨씬 짧아질 것이다. 악마들의 우주선에도 감마글리스를 사용하며, 감마글리스 창문이 별들과 우주 공간을 향해 열려 있는 것은 악마들이 광활한 공간에 익숙해 있어 폐소공포증이 있다는 걸 깨달았기 때문이다.

🐾 **갬볼**_ 마법에 흔히 이용되는 파란 이빨의 설치류 동물. 그 살가죽과 피에 마법이 침투하지 못할 정도로 땅을 깊이 파고 들어간다. 건조시키면 딱딱해졌다가 가루처럼 변하며, '갬볼 가루'는 힘든 마법을 실행할 수 있게 한다. 몇몇 마법사들은 갬볼 가루를 식용하는데, 그 가루가 환각 증세를 일으키기 때문이다. 갬볼 가루 복용은 아더월드에서 엄격하게 금지되어 있으며 위반할 경우 엄중한 처벌을 받는다.

🐾 **그라옥스**_ 아더월드의 신기한 동물. 돼지처럼 생긴 보라색 동물인데 납작한 주둥이는 확성기로 변할 수 있으며 울림통 역할을 하는 커다란 갑상선종 같은 것이 있다. 짝짓기 계절에 그라옥스는 괴성을 질러서 암컷을 유혹하는데 그 소리가 어찌나 큰지 주위에 있는 동물은 모두 귀가 먹을 정도이다. 그 때문에 짝짓기 기간에 아더월드의 동물들이 대이동을 한다. 하지만 짝짓기 기간을 제외하면 보이지도 않게 아주 조용히 지낸다. 학자들은 암컷이 수컷에게 달려가는 것은 괴성에 유혹된 것이 아니라 아가리를 닥치게 하려는 것으로 보고 있다.

🐾 **글로우톤**_ 털북숭이 동물. 길게 늘어나는 특성이 있어서 목을 조르는 밧줄로 사용한다.

🐾 **글루릅스**_ 머리가 아주 갸름한 초록색과 갈색의 도마뱀으로 호수와 늪 근처에서 서식한다. 식욕이 왕성하며, 물속

에서 숨을 쉬지 않고 몇 시간을 견딜 수 있어서 목을
축이러 오는 순진한 동물을 잡아먹는다. 물가의 은신처
에 굴을 파놓고 살며, 호수 바닥의 구멍 속에 먹이를 숨겨놓
는다.

🐾 **글리이르**_ 새지만 날지 못한다. 트라둑처럼 독한 냄
새로 포식동물들로부터 방어한다. 썩은 냄새로 흡혈파리 떼
를 물리칠 수 있는 식물 예륵을 먹고 산다.

🐾 **늑대인간**_ 드래곤들의 왕이 납치해서 금지된 대륙에 정착한 아
나자시족. 마음대로 늑대로 변신하며, 인간 모습일 때도 힘과
민첩성과 유연성이 굉장히 뛰어나다. 늑대인간은 깨무는 것으
로 감염시킬 수 있다. 지구의 늑대인간들과는 달리 아더월드
의 늑대인간들은 보름달에 의존하지 않고 언제든 변신할
수 있다. 타라 덩컨이 해방시켜준 늑대인간들은 아더월드
사람들의 마법 공격을 두려워하고, 금속 중에서는 은에만
약하다. 늑대인간을 죽일 수 있는 방법은 목을 베는 것이
다. 알파 늑대들이 다스리고 있다.

🐾 **데장지르나무**_ 각양각색의 꽃들로 덮여 있다. 마치 나무가 어
느 계절을 선택할지, 어떤 꽃을 선택할지 결정을 내리지 못한 것처럼
날씨가 좋을 때나 나쁠 때나, 덥거나 추울 때나 1년 내내 꽃이 피어 있
다. 어느 궁인이 너무 많은 보석을 주렁주렁 걸거나 온갖 장신구로

치장한 옷을 입고 있으면 데장지르 같다고 한다.

🦎 드래코-티라노사우루스_ 뱀과 공룡의 잡종. 드래
곤의 사촌이지만 지능은 많이 떨어지며, 날개가 작아서 날
지 못한다. 가공할 만한 포식동물로 움직이는 것뿐만 아니
라 움직이지 않는 것조차 닥치는 대로 잡아먹는다. 오무아
제국의 따뜻하고 습한 숲에서 살며, 이 지역은 관광 개발이
불가능하다.

🦎 드로트_ 아더월드의 바퀴벌레를 가리킨다.

🦎 드룸므_ 소처럼 생긴 물고기로 깊은 바닷
속에서 해초를 뜯어 먹고 살며, 가시가 어찌나
두꺼운지 갈비뼈라고 한다. 아주 맛있고, 붉은
참치와 맛이 비슷하다.

🦎 디스쿠타리움/데비자투아르(사용하는 국
민에 따라 다르다)_ 지구와 아더월드, 드란보
우글리스펜쉬르, 악마들의 림보와 관련된 모든
책, 영화, 예술 작품에 관한 정보를 조회할 수
있다. 디스쿠타리움에서 나오는 목소리는 어떤
질문에도 답변을 못 하는 경우가 거의 없다.

레그롱_ 개들한테 미안하지만 개에 비유되는 동물이다. 불그스름한 도마뱀과 하얀 점박이 고양이의 잡종으로 굉장히 크다. 레그롱들은 주둥이 가까이 지나가는 것은 모조리 물어뜯는 경향이 있다. 레그롱에 비하면 아더월드의 샤트릭스는 '귀염둥이 멍멍이'라고 할 수 있다.

로미네트_ 아더월드에서 가장 빠른 동물. 어찌나 빠른지 실제로 존재하는지도 확실치 않다. 사진이나 영화에도 등장한 적이 없다. 털북숭이라는 것만 어렴풋이 알 수 있을 뿐 어찌나 빠른지 제대로 보기가 힘든 동물이다. 그래서 아더월드에서는 '와, 로미네트를 본 줄 알았네' '로미네트보다 더 빠르네'와 같은 표현을 쓴다. 약간 히스테릭한 카나리아만 로미네트를 발견할 수 있다.

로우스_ 향기가 아주 좋은 커다란 장미의 일종으로, 사시사철 꽃을 피운다. 꽃을 따와도 몇 달 또는 몇 년 동안 시들지 않고 싱싱할 수 있다. 랑코비트 왕국 티타니아 왕비 가문의 문장에 로우스 문양이 있는 것은 야수라고 불리는 왕비의 조상이 로우스가 시들기 전에 사랑을 찾지 못하면 영원히 야수의 몸으로 살아야 하는 저주를 받은 데서 유래한다. 이 조상에게 저주를 내린 여자 마법사가 오무아산의 로우스를 선택했는데 다행히 생명력이 아주 강한 품종이었다. 그렇지 않았다면 무아노는 태어나지 못했을 것이다.

로크 새_ 공중에서 사는 자이언트 새로, 커다란 독수리 콘도르와 비슷하다. 인공위성을 궤도에 올려놓거나 아더월드에서 마딕스와 타딕스로 여행할 때 이용한다. 다행히 아더월드의 태양 빛을 먹고 살기 때문에 배설하지 않는다. 로크 새의 똥이 머리 위로 떨어질 일은 없다.

마누릴_ 마누릴의 하얀 싹은 즙이 많아서 아더월드 사람들이 즐겨 음식에 곁들여 먹는다.

마딕스_ 아더월드의 두 달 중 하나로, 절제된 생활을 하는 위성.

모오오오우우우_ 뿔은 없고 머리가 둘 달린 고라니. 머리 하나가 먹을 때 다른 하나는 포식동물들을 감시한다. 이동할 때는 게처럼 옆으로 걷는다.

무슈티크_ 벌처럼 쏘아서 아더월드 사람들의 피를 빨아 먹는 공격적인 곤충. 흡혈파리보다 크기가 더 크며, 트라둑이나 브르르르아아아에 앉아 있다가 살 속을 파고드는데 치명적인 독을 분비하기 때문에 아주 위험하다.

므르르르_ 초록색 귀가 달린 오렌지빛 고양이. 같은 능력을 가진 빨간 생쥐 뿌익을 잡기 위해 공간이동을 할 수 있다.

므르모움_ 나무들이 숲 모양으로 거대한 군락을 이루고 있어서 따기가 아주 힘든 과일이다. 므르모움나무는 접근하는 것이 있으면 괴상한 소리를 내면서 땅속으로 파고들기 때문에 붙여진 이름 이다. 아더월드에서 산책을 하다 보면 므르모움나무 숲이 통째 로 사라지고 벌판만 남는 아주 놀라운 광경을 목격할 수 있다.

미암_ 크기가 복숭아만 한 빨간 체리.

발로르키데_ 꽃이 아주 화려한 기생식물. 이름은 개 화하기 전의 노란빛과 초록빛의 봉오리에서 따온 것이다. 성장 속도가 아주 빨라서 몇 계절 만에 나무 한 그루를 죽 일 수 있으며, 뿌리로 이동해서 그다음 나무를 공격한다. 그래서 아더월드의 나무들은 발로르키데들이 들러붙지 못하게 부식 시키는 물질을 분비하는 것으로 생존 경쟁을 벌이고 있다.

발분_ 거대한 고래로 붉은색이며 지구의 고래보다 두 배로 크 다. 발분은 잊지 못할 멜로디의 노래를 부르며, 젖이 아주 풍부하다. 발분의 젖으로 만든 버터와 크림은 영양가가 높은 인기 식품이어서 물에 사는 트리톤과 사이렌들과 육지에 사는 거주자 들 사이에 무역 교류의 대상이 되고 있다. 노래를 아 주 잘 부를 때 '발분처럼 노래 부른다'는 말로 칭 찬한다.

밴뱅_ 붉은색 나무로 인간이 이 식물에서 추출한 빨간
가루를 먹을 경우 행복을 느끼다가 황홀경에 빠져 죽음에 이
른다. 트롤들은 이빨이 아플 때 복용한다.

버디 드라이어_ 바람의 원소를 이용한 무형물로 욕실
에서 주로 사용한다.

베에에_ 아름다운 흰털 양. 마법 행성의 변화무쌍한 계
절에 적응력이 뛰어나서 몇 시간 만에 털이 빠지거나 털
을 자라게 할 수 있다. 그래서 털 깎는 시기에 사육자들
이 그 특성을 이용해 날씨가 갑자기 몹시 더워졌다고 하
면 베에에들은 즉시 털을 홀랑 벗어버린다. 아더월드에서
'베에에처럼 순진하다'는 표현을 쓰는 것은 여기서 유래한다.

벤드룩_ 림보의 여러 신 중 하나인 벤드룩은 생김새
가 어찌나 흉측한지 다른 신들조차 그 끔찍한 모습에 두려
움을 느낄 정도다. 벤드룩은 내장이 몸 밖으로 나와 있어 먹
을 때 소화되는 과정을 구경할 수 있다.

벨루르 목재_ 내구성이 좋고, 아름다운 금빛 색깔 때문에
아더월드에서 실내 바닥재로 많이 사용한다. 겉보기에는 차가운 느
낌이지만 양탄자처럼 푹신하다.

🐾 **보벨_** 앵무새와 유사한 아더월드의 화려한 새로 마법사들의 마음을 사로잡는 마법 능력이 있다.

🐾 **보우둘 필터_** 파란색 자루처럼 생긴 유기체. 아더월드의 항구에서 온갖 쓰레기를 먹어치우는 것으로 맑고 깨끗한 물을 유지해준다.

🐾 **본데르의 돌_** 마이크를 사용할 필요가 없을 정도로 소리를 증폭하는 특성이 있는 아더월드의 돌.

🐾 **부벨굴_** 심한 부상을 입히지 않기 위해 펀칭볼이나 스파링 파트너를 이용하는 우리 문화와는 달리, 악마들은 훈련용으로 보존해 놓은 죽은 악마들인 부벨굴을 이용한다. 그런데 잠시 후에는 반드시 신체의 일부분을 잃기 때문에 좀비 파트너라고 할 수 있다.

🐾 **부이브르_** 야행성의 날개 돋친 도마뱀으로 길이가 30미터에 이르며, 물고기를 먹는 동물이다. 부이브르의 이마에 박힌 보석에는 독을 중화시키는 성분이 있고, 도마뱀의 부위들은 주로 묘약의 재료로 사용된다. 최초의 부이브르는 알에서 태어난 것으로 전해지고 있지만 생물학적으로 도저히 불가능한 일이다.

🐾 **북극 젤레_** 흰털의 작은 동물로 혈액 속의 동결 방지 성분 덕분

에 영하 80도의 기온에서도 살 수 있다. 젤레는 두 봄을 보내고 나서 정확하게 플루초 1일에 죽는데 그 털이 희귀하기 때문에 사냥꾼들은 기온이 영하 20도로 오르는 북극으로 젤레를 잡으러 간다. 그러나 젤레가 구멍 속에 숨어서 죽는 습성이 있는 데다 털이 새하얗기 때문에 찾기가 힘든 것이 문제다. 빙산 속에 숨어 있다가 구멍 가까이 접근하는 것은 모조리 잡아먹는 '크로크라'라는 일종의 바다표범들 때문에 구멍마다 손을 집어넣는 것은 아주 위험하다.

불비_아더월드에 사는 회색과 보라색의 다람쥐. 옆구리부터 발가락까지 이어지는 비막을 이용하여 이 가지에서 저 가지로 날 수 있다.

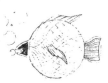

불사르딘_ 공격을 받으면 몸이 팽창하는 특성을 가진 일종의 정어리. 껍질은 칼이 들어가지 않을 정도로 아주 질기다. 아더월드에서 파괴되지 않는 것을 보면 '불사르딘 같다'고 말한다.

불새_ 깃털에 불이 붙어 있지만 신기하게도 털이 재생된다. 아더월드의 불에 타지 않는 나무에만 둥지를 틀며, 물을 떨어뜨리면 불새를 죽일 수 있다.

🐾 **붉은 트르르_** 썩지 않는 목재. 부서지거나 맥주에 부식되지 않기 때문에 집과 술집에서 주로 사용한다.

🐾 **브롤부레_** 난쟁이들이 사용하는 욕설로 세상에서 가장 비겁하고 지저분한 콧물 흘리는 찌질이를 가리킨다. 난쟁이들은 비겁한 것을 경멸하며, 광산에서는 까딱 잘못 재채기를 했다가는 수백 톤에 이르는 바위가 무너져 내릴 위험이 있어서 감기에 걸리는 걸 질색하기 때문에 생긴 욕이다. 따라서 가장 심한 욕이다.

🐾 **브롤크_** 브롤크 드 슬루르크로도 쓰이며, '제기랄' '빌어먹을' 같은 욕설이다.

🐾 **브룩스_** 드래코-티라노사우루스의 똥만 먹고 사는 도마뱀. 이 동물의 내장 냄새가 어떤지 알려고 하지 않는 게 좋다. 생물 병기로 사용될 정도로 위험하다.

🐾 **브룸므_** 일종의 빨간 무로 아더월드 사람들이 즐겨 먹는다.

🐾 **브르르르아아아_** 거인들의 나라 간디스에서 생산하는 엄청나게 큰 소. 털은 숱이 아주 많아서 거인들이 그 털가죽으로 옷을 지어 입는다. 몹시 공격적이어서 움직이는 것이 있으면 뭐든 덤벼든다. 제 그림자를 쫓다가 녹초가 된 브르르르아아아를 보게 되는 것은 그 때문이다. 흔히 고집

불통인 사람을 '브르르르아아아 같다'고 표현한다.

🐾 **브르리르_** 흰빛과 금빛이 어우러진 고양이과 동물로
다리가 여섯 개. 특히 브르리르를 사랑하는 오무아 제국의
여제는 이 동물들이 궁전에 갇혀 있다는 생각을 하지 않도
록 주문을 걸어놨다. 그래서 브르리르들에게는 가구와 침
대의자가 나무와 편안한 바위로 보인다. 브르리르에게는
궁인들이 안 보이며, 궁인들이 쓰다듬어주면 바람에 털이
살랑살랑 흩날리는 것이라고 생각한다.

🐾 **브르맥주_** 첫 모금에 몸이 부르르 떨리기 때문
에 붙여진 이름이다.

🐾 **브리양트_** 요정의 사촌으로 아더월드의 조명 기구.
대륙에 따라 날개 달린 작은 요정 형상, 날개 돋친 뱀 형상
등 여러 가지 모습이 있다. 어둠 속에서 100와트 밝기의 빛
을 발하며, 거리의 가로등이 되기도 하고 투명한 스탠드나
램프의 모습으로 아더월드의 모든 가정을 밝혀준다.

🐾 **브릴_** 브릴의 싹 요리는 아더월드에서 아주 인기
가 높다. 브릴은 히믈리아에 있는 마법의 산골짜기에서
자라며 난쟁이들이 그 싹을 수확해서 아더월드의 상인
들에게 비싼 값으로 판다. 게다가 히믈리아에서는 브릴

을 잡초로 여겨 먹지 않기 때문에 난쟁이들은 이 불로소득에 즐거운
비명을 지른다.

 브볼_ 아더월드의 참새로, 위험이 닥치면 포식동물의
모습으로 위장하는 능력이 있어서 공격자를 달아나게 한
다. 가령 포콩지르들이 공격할 경우 브볼들은 포콩지르의
천적인 에글롱의 모습을 만든다. 정말 에글롱인 줄 알고 포
콩지르들이 줄행랑치면 브볼 떼는 흩어진다.

 블라즈_ 청소하는 푸프푸프와 비슷하지만
블라즈는 날아다니며 아더월드의 자이언트 거미
들을 공포에 떨게 한다.

브루르_ 새빨간 꽃이 피며, 감기에 걸려 막힌 코가 뻥 뚫릴 정도
로 향기가 진하다. 아더월드의 많은 꽃들과 마찬가지로 마법 덕분에
일년 내내 꽃이 피며 특히 겨울에 블루르꽃을 많이 사용한다. 그리고
이 꽃향기에 나비들이 모여들기 때문에 나비를 좋아하는 난쟁이들이
이 꽃으로 유인하여 십여 마리의 나비들이 수염을 뒤덮을 때도 있다.
가장 많은 나비를 유인한 난쟁이에게 상금을 주는 대회가 매년 열린
다. 아더월드에서는 많은 주부들이 막힌 하수구를 뚫는 데 블루르를
사용한다.

블루릅스_ 갈색 가죽배낭 같은 모습으로 흙 속에 숨어 있다가

접근하는 곤충을 잡아먹는 식물. 어린 블루룹스들이 흰개미처럼 어미 블루룹스에게 물과 먹이를 공급하며, 다 크면 둥지를 떠나 다른 데에 뿌리를 내리고 흙 속으로 파고 들어간다. 아더월드에서는 궁지에서 헤어날 방법이 전혀 없을 때를 가리켜 '블루룹스 둥지에서 헤맨다'고 표현한다.

🐾 **블루투르_** 썩은 고기를 먹는 회색과 노란색 새로 무엇이든 소화할 수 있다. 블루투르가 죽어도 몇 달 동안 창자는 살아 있어서 먹은 것을 계속 소화시킨다. 블루투르의 창자는 독을 신선하게 보존하는 데 사용된다.

🐾 **블를_** 대부분 물속에서 생활하다 번식기에 물 밖으로 나오는 날개 돋친 물고기. 색이 아름다워 수영장 장식용으로 쓰인다.

🐾 **블리르_** 아더월드의 금빛 자두. 지구의 자두와 아주 흡사하며 더 달콤하다.

🐾 **비마_** 비마법사를 축약한 것으로 마법 능력이 없는 인간들을 가리킨다.

🐾 **비즈즈즈_** 빨간색과 노란색의 커다란 벌. 지구의 벌들과는 달리 비즈즈즈는 독침이 없다. 독극물을 분비해 잡

아먹으려고 달려드는 포식동물을 독살하는 것이 비즈즈즈의 방어 수단이다. 비즈즈즈들이 아더월드의 마법 꽃에서 생산하는 꿀은 그 어떤 꿀에도 비길 데 없는 맛이다. 아더월드에서는 '비즈즈즈 꿀처럼 달콤하다'는 표현을 자주 사용한다.

빠그락-땅콩_ 벌어질 때 나는 독특한 소리 때문에 붙여진 이름이다. 이 땅콩에서 짜내는 기름은 향이 좋아 아더월드의 유명한 주방장이나 숙련된 가정주부들이 주로 애용한다.

빨간 바나나_ 색깔을 제외하고는 지구의 바나나와 똑같다.

뿌익_ 이 장소에서 저 장소로 순간 이동할 수 있는, 꼬리가 둘 달린 빨간 쥐. 천적은 같은 능력을 지닌 초록색 귀의 오렌지색 뚱보 고양이 므르르르이다.

사카트_ 맹독성의 공격적인 빨갛고 노란 곤충으로 아더월드에서 특히 좋아하는 꿀을 생산한다. 미식가들인 난쟁이들만 사카트의 애벌레를 먹을 수 있다. 다른 종족이 먹었을 경우에는 애벌레의 딱지가 인간이나 엘프의 소화액에 용해되지 않아 배 속에서 벌떼를 분봉할 위험이 있다.

샤먼_ 아더월드에서 의사 역할을 하는 치료사. 마법사는 누구나 다쳤을 때 레파루스 주문으로 상처를 아물게 할 수 있지만, 이 주문만으로는 치료할 수 없는 병도 많기 때문에 꼭 필요한 존재이다.

샤트릭스_ 일종의 하이에나. 검은색이며, 독이 든 이빨을 사용하는 아주 공격적인 동물로 밤에만 사냥한다. 길들일 수 있어 오무아 제국에서 샤트릭스들을 문지기로 이용한다.

샤포트_ 눈이 커다란 암사슴의 일종으로, 불쌍하게 보이는 특성이 있어서 사냥꾼들이 눈물을 흘리다 대체로 사냥을 포기한다. 아더월드 사람들은 매혹적인 사람을 보면 '샤포트 같다'고 말한다.

세르팡 밀리에르_ 황무지 늪 근처에 서식하는 뱀. 납작한 비늘 덕분에 진흙 속에서도 이동할 수 있다. 물속에 집어넣으면 빠져버린다.

소포르_ 향기로운 꽃들이 탐스러운 식물. 최면 작용을 하는 꽃가루로 곤충과 동물을 함정에 빠뜨린다. 곤충이나 동물이 잠들면 꽃가루를 뿌려서 번식을 도와주는 매개체로 삼는다. 얼마 후 깨어난 곤충이나 동물이 다른 소포르 군락지를 지나가면서 꽃가루를 옮기기 때문이다. 소포르는 위험한 식물이 아니지만, 매개체들을 잠들게 하

기 때문에 다른 포식동물에게 쉽게 노출되어 위험에 처하게
된다. 소포르 군락지 주변에서 육식동물이 자주 보이는 것
은 그 때문이다.

🐾 **수필루트_** 아더월드에서 '수필루트 같은 놈들'이라고 하면 '비
열한 놈'과 같은 뜻으로 자주 쓰이는 표현이다. 수필루트는 원래 히
플리아 산의 전사 부족으로 기질이 교활하다는 평판이 나 있다. 수필
루트 부족은 온몸에 털이 덥수룩하게 나 있는데 희한하게도 머리는
완전 대머리이다.

🐾 **스너피_** 생김새는 여우와 비슷하지만 두 발로 걸어 다니며
누더기를 걸치고 옆구리에 배낭을 달고 다닌다. 닭이나 스파슌을
훔치기 때문에 아더월드의 농부들이 아주 싫어한다. 제 몸을 복제
하는 특성이 있어서 감옥에 갇혀도 탈옥할 수 있다.

🐾 **스쿠프_** 아더월드의 기술로 생산되는 날개 달린 작
은 카메라. 스쿠프는 지능을 가지고 있어서 촬영한 영상
을 크리스털리스트에게 전송한다.

🐾 **스크로뉴플루프_** 수달과 토끼를 뒤섞어놓은 듯한 생김
새. 스크로뉴플루프는 아주 어리석은 사람이나 아주 멍청한
경우를 가리킬 때 흔히 사용하는 욕이다.

스트리둘_ 지구의 메뚜기에 해당된다. 몹시 파괴
적이라 구름같이 떼를 지어 이동할 때는 삽시간에 농작
물을 휩쓸어버린다. 스트리둘은 아주 풍부한 점액을 생
산하기 때문에 마법에 널리 사용된다.

스파슈니어_ 닭장처럼 스파슌을 가두어두는 우리.

스파슌_ 금빛의 자이언트 칠면조인데 시종일관 울음
소리를 내면서 거드럭거리고 다니는 통에 사냥하기가 아
주 수월하다. 흔히 '스파슌처럼 어리석다' 또는 '스파슌처
럼 거드름피운다'고 표현한다.

스팔렌디탈_ 일종의 전갈이며 스몰컨트리가 원산지이다.
땅신령들은 스팔렌디탈을 길들여서 말처럼 타고 다니며, 가죽이 아
주 질기기 때문에 유용하게 사용한다. 새를 좋아하는(미각적 의미에
서) 땅신령들은 스몰컨트리의 서식 동물을 절멸시킴으로써 곤충을
포함한 다른 동물에게 생태적 지위를 열어주었다. 천적들에게서 해
방된 스팔렌디탈들은 위험 없이 자라면서 그 개체 수가 점점 더
늘어났다. 땅신령들 때문에 스몰컨트리는 결과적으
로 자이언트 전갈, 자이언트 거미, 자이언트 다족류
에게 점령되었다.

스플루프_ 엘프들의 나라 셀렌다의 숲에 서식하는 빨간 도가

머리의 은빛 새. 스플루프의 알은 아주 맛있지만 건드리기만 해도 잘 깨진다. 길들일 수가 없는 새라서 알을 얻기 힘들고, 값도 아주 비싼 편이다.

🐾 **슬루릅_** 멘탈리르 평원이 원산지인 식물이며, 그 즙은 신기하게도 후추를 친 쇠고기의 깊은 맛이 난다. 고기 맛이 나는 것은 초식동물인 유니콘 떼의 공격을 피하기 위해서다. 하지만 이 독특한 맛을 발견한 아더월드 사람들이 슬루릅 즙으로 요리하는 습관이 생겼다.

🐾 **슬리스_** 양파의 일종으로 초록색이고 냄새가 아주 독하다. 슬리스를 먹고 숨을 내쉬면 코가 완전히 막히지 않는 한 대번에 알아차릴 수 있다.

🐾 **아스토펠_** 장밋빛 작은 꽃으로 냄새를 맡으면 며칠 동안 후각을 마비시킨다. 특히 초식동물을 비롯한 모든 동물의 공격을 막기 위해 꽃향기로 후각을 마비시키는 능력이 발달되어 있다.

🐾 **에글롱_** 날 수 있는 포식동물로 포콩지르를 잡아먹는다.

🐾 **에프리트_** 지각단층을 둘러싼 전쟁이 일어났을 때 인간들 편에서서 악마들과 싸웠던 악마 종족. 감사의 뜻으로 데미데루스는 마법

사의 호출을 받는 에프리트에게 아더월드로 오는 것을 허
락했다. 아더월드에 온 에프리트들은 자기들의 능력을 인
간을 돕는 데 사용하기로 결정했고, 대부분 하인, 전령,
경찰로 일하고 있다.

🐾 **엠엠로움_** 아더월드에서 재배하는 과일로 즙이 아주 많고,
달콤한 살구와 바나나를 섞은 맛이다. 엠엠로움나무는 침입자가 다
가오는 즉시 땅속으로 사라지는 능력이 있다.

🐾 **예륵_** 초식동물들이 도저히 먹을 엄두를 내지 못하게
썩은 냄새를 풍기는 식물. 후각이 없는 새, 글리이르만 먹
을 수 있다.

🐾 **원소_** 불, 물, 흙, 공기 등 여러 종류의 원소가 존재한
다. 성질이 포악한 불의 원소를 제외하고 원소들은 대체
로 다정하며 일상생활에서 아더월드 사람들을 도와준다.

🐾 **위베른족_** 드래곤들의 시중을 드는 자이언트 도마뱀
으로 금빛 비늘이 덮여 있고, 회전하는 엉덩이 덕분에 두 발로 걸어
다닐 수 있다. 드래곤보다는 덜 영리하며, 유
머 감각은 전혀 없다. 드래곤의 세포 실험
과정에서 태어났으며, 드래곤의 먼 사촌으
로 볼 수 있다.

유니콘_ 갈라진 쌍발굽과 이마에 뿔이 하나 달린 말. 멘탈리르 평원에서 자라는 지혜의 풀 덕분에 아주 영리한 동물이다.

자이언트 강철나무_ 마법을 사용하지 않고서는 파괴할 수 없다. 키가 무려 300미터까지 자랄 수 있으며 야생 페가수스들이 둥지를 짓는다.

자이언트 거미_ 스팔렌디탈과 마찬가지로 스몰컨트리가 원산지이다. 땅신령들이 말처럼 타고 다니며, 그 거미줄은 아주 질긴 것으로 유명하다. 여덟 개의 다리와 여덟 개의 눈, 전갈처럼 독침이 있는 꼬리가 달려 있는 것이 특징이다. 아주 영리하며, 잡아먹기 전에 먹이에게 수수께끼를 내는 것이 취미이다.

젤리소르_ 림보에서 숭배하는 신. 입김이 어찌나 센지 향기가 나는 천으로 주둥이와 얼굴을 가려야만 신전으로 들어갈 수 있다. 악취 때문에 젤리소르의 신전에서는 파리도 살 수 없다. 다른 신들과 회의가 있을 때는 실내 공기를 고려해 송곳니를 깨끗이 닦고 들어가야 하며, 젤리소르 옆에서는 담배를 피울 수 없다.

주르스탈_ 텔레크리스털이 방송하는 아더월드의 뉴스이며, 마법사와 비마는 크리스털 볼과 크리스털 전광판으로 받아 본다.

👾 **진비지블**_ 보이지 않게 모습을 감출 수 있는 카멜레온. 오무아 황실과 여제를 위해 일하는 살아 있는 녹음기이자 스파이이다.

👾 **진실의 입**_ 아더월드에서 가까운 얼음 행성 산티보르 원산의 식물성 존재. 텔레파시 능력이 있어서 어떤 거짓말 도 탐지할 수 있다. 말을 못 하기 때문에 진실의 입들의 생 각을 읽어낼 수 있는 파란 땅신령을 통해 의사소통한다.

👾 **진흙먹보**_ 간디스의 황무지 늪에 사는 털북 숭이 동물이며 진흙에 들어 있는 영양소와 곤충, 수련을 먹고 산다. 진흙먹보들의 원시족은 아더월 드의 다른 거주자들과 거의 접촉이 없다.

👾 **차우프**_ 아더월드에서 가장 어설픈 동물. 머리에 나 있는 노란색 깃털과 트럼펫 모양의 빨간색 코, 코끼리와 하마를 섞어놓은 모습의 잿빛 털북숭이로, 여섯 개 의 다리가 서로 걸리는 바람에 3미터도 못 가서 넘 어지기 일쑤이다. 그래서 차우프를 노리던 포식 동물들이 깔려 죽는 일이 자주 일어난다.

👾 **첼프**_ 림보의 동물로 액체가 가득 찬 풍선 형태를 하고 있다. 포 식동물을 피하기 위해 날아가거나 겁이 날 때 액체를 투하하는데 냄

새가 몹시 고약하다. 림보에서 '오늘 아침에는 첼프 향기가 나네요?' 하고 말하면 칭찬이다. 악마들이 첼프 향기를 좋아하기 때문이다.

친파프_ 콜라, 사과, 오렌지 맛이 나고, 콜라처럼 거품이 생긴다. 상쾌하게 해주고 활력을 주는 청량음료.

카멜레_ 하트 모양의 식물로 잎은 식용한다. 계절과 장소에 따라 색이 변한다. 카멜레 잎만 섭취하고도 생존한 여행자가 많아서 '여행자의 식물'이라고 불린다. 치즈 샌드위치 맛과 비슷하다.

카멜린_ 환경에 따라 색이 변하는 특성에서 이름이 유래한 희귀종 식물. 멘탈리르 평원에서는 파란색이고, 살테렌스 사막에서는 금빛이나 흰색이다. 꺾거나 옷감으로 짜도 그 특성은 유지되기 때문에 활용 가치가 높다.

카트칵_ 몹시 끈적거리고 달콤한 캐러멜 같은 사탕 종류로, 의치가 있는 사람은 샤먼이나 치과를 찾지 않으려면 절대적으로 피해야 한다. 누군가가 지나치게 달콤하거나 다정하면 너무 '카트칵'하다고 말한다.

칵스_ 근육을 풀어주는 효능이 있는 약초로, 달여 마시며 잠자기 직전에만 복용하라고 되어 있다. 근육에 영향을 준다고
하여 아더월드에서는 '몰몰'이라고도 부른다. '이런 칵스
같은 놈!'이라고 말하면 아주 흐늘흐늘한 사람을 가리킨다.

🐾 **칸타루프**_ 공격적인 식충식물이며, 주로 곤충
과 설치류 동물을 잡아먹는다. 꽃잎의 색은 다양하
지만 항상 눈에 거슬리는 빛깔이며, 날카로운 가시
를 사용하여 마치 작살로 찍듯이 먹이를 잡는다. 크
기는 큰 개만 해서 꺾기가 힘들고, 아더월드의 특선
요리에 들어가는 재료로 사용한다.

🐾 **칼로르나**_ 숲에 피는 매혹적인 꽃. 달콤한 장밋빛과 흰빛 꽃잎
으로 아더월드의 초식동물과 모든 동물에게 특선 요리를 제공해준
다. 멸종을 피하기 위해서 칼로르나는 세 개의 꽃잎을 포식동물의 접
근을 감지할 수 있는 탐지기로 만들었다. 커다란 눈 모양의 이 꽃잎
들 덕분에 칼로르나는 재빨리 모습을 감출 수 있다. 그런데 불
행히도 호기심이 많은 칼로르나는 그 꽃잎들을 세우
고 있다가 포식동물을 제때에 피하지 못하는 경우가
종종 있다. 호기심이 많은 사람을 보고 '칼로르나 같
다'고 말하는 것은 바로 그 때문이다.

🐾 **케빌리아**_ 광채가 나는 투명한 보석. 다이아몬드와 비슷하지만
훨씬 반짝거리며, 파란빛, 초록빛, 장밋빛, 노란빛, 빨간빛 등 빛깔도

훨씬 짙다. 케빌리아는 아더월드에서 가장 귀한 보석이다. 엄청난 가치를 지니고 있다는 표현을 할 때 아더월드에서는 '케빌리아 같은 영향력이야'라고 말한다.

🐾 **켈트릴_** 가볍고 아주 단단해서 갑옷과 보호대를 만드는 데 사용하는 은빛 금속. 난쟁이들이 만들어서 엘프와 인간에게 아주 비싼 값으로 판다.

🐾 **크라켄_** 시커먼 다리들이 위협적인 자이언트 문어. 엄청난 크기 때문에 아더월드의 바다에서 발견되지만, 민물에서도 살 수 있다. 뱃사람들에게는 위험한 존재로 널리 알려져 있다.

🐾 **크라크덴트_** 트롤의 나라 크랑카르 원산의 장밋빛 털북숭이 동물. 앞뒤가 분간되지 않지만, 세 배 크기로 늘어나는 입을 갖고 있어 무엇이든 거의 한입에 덥석 집어삼키므로 상당히 위험하다. 아더월드를 방문한 많은 관광객들이 "어머 어쩌면 이렇게 귀여울까!" 하고 감탄하다가 목숨을 잃었다.

🐾 **크레크레크레_** 레몬빛 털의 설치류 동물로 생김새는 토끼와 비슷하다. 빛깔이 화려한 아더월드의 환경을 이용해서 포식동물들을 아주 쉽게 피한다. 고기는 맛이 없는데도 굶주린 여행가나 사냥꾼이

먹기도 한다. 아더월드에서는 크레크레크레를 사로잡아
서 사육한다.

🐾 **크렐_** 아더월드의 금빛 미모사나무. 놀랍게도 지나가다
가 건드리는 동물이나 사람들의 감정을 색깔로 반영한다.

🐾 **크로그로세이유_** 갈증을 풀어주는 청량음료. 아더월드
사람들이 즐기는 탄산음료 중 하나다.

🐾 **크로쉬엥_** 살테렌스 사막의 재칼. 크로쉬엥은 무리를
지어 사냥한다.

🐾 **크로아_** 두 가지 색의 개구리. 크로아는 글루룹스들의
주식이며, 신경을 거스르는 독특한 울음소리 때문에 쉽게 찾
을 수 있다.

🐾 **크로우_** 보랏빛 이를 말하는 것으로 번식할 때 경쾌한 음악 소
리를 내는 희한한 특성이 있다. 이는 눈에 띄지 않아야 생존할 수 있
는데 소리를 낸다는 것은 의문이 남는다.

🐾 **크로우즈_** 향기가 짙은 야생 장미의 일종으로 꽃의 색깔
이 다채롭다.

🐾 **크로크-르캥_** 아더월드의 바다 포식동물인 일종의
상어. 날카로운 이빨을 무기로 주저치 않고 크라켄을
공격한다. 크로크-르캥은 아더월드의 바다에서 크라
켄과 함께 뱃사람들에게 위협적인 존재이다.

🐾 **크루이크크크_** 빨간 상아가 돋친 파란색 잡식성 포유류 동물.
성질이 포악한 것으로 알려져 있으며, 고기가 맛있어서 사육한다. 야
생 크루이크크크 떼는 삽시간에 밭을 황폐하게 만들
어놓는다. 그래서 아더월드의 농부들은 곡
물을 지키기 위해 크루이크크크 퇴치 주문을
사용한다.

🐾 **크르룩_** 바닷가재와 게의 잡종으로 집게발 열 개가 달
려 있다. 아더월드 사람들이 즐겨 먹는다.

🐾 **크리크리_** 보랏빛과 노란색의 메뚜기. 이 곤충들이
수풀 속에서 울기 시작하면 어찌나 요란한지 잠을 잘 수가
없다.

🐾 **크셀_** 아더월드의 극지방 빙원에서만 100년에 딱 한 번 피는 꽃
이다. 꽃이 피기 얼마 전 아주 특별한 종의 새하얀 비즈즈즈가 얼음
속에서 태어난다. 마치 꽃이 곧 피어날 걸 아는 것처럼. 꽃들이 두 달
동안 밤낮으로 꽃가루를 흩뿌리는 사이 비즈즈즈들이 꽃부리에서 꽃

부리로 이동시키는 매개 역할을 한 다음 꽃가루를 수확해서 아주 귀한 꿀을 만든다. 아더월드에서 최고로 좋은 특상품의 꿀이다. 그래서 크셀의 꿀을 먹는다는 것은 '천국으로 곧장 올라가는 것과 같다'고 말할 정도이다.

키디코이_ 장난꾸러기 꼬마도깨비 파보들이 만들어낸 막대사탕. 겉을 빨아 먹으면 속에서 예언 글귀가 나타난다. 이 예언은 항상 실현되지만 그 순간에는 당사자가 이해하지 못하는 경우가 대부분이다. 모든 국가의 최고 마법사들은 그 기능을 이해하기 위해 신비한 키디코이를 연구하고 있지만 성과를 얻지 못했다. 파보들이 그 비밀을 잘 지키고 있기 때문이다.

키마이라_ 아더월드 군주들의 고문관 역할을 하며, 사자 머리에 염소의 몸, 드래곤의 꼬리로 이뤄져 있다.

타딕스_ 아더월드의 두 달 중 하나로, 카지노 행성.

타로데르_ 자는 동물의 살 속에 유충을 넣어서 번식하는 벌레. 타로데르에게 물리면 통증이 심하므로, 유충이 몸속으로 퍼지기 전에 즉시 소독해야 한다. '타로데르 같다'고 하면 들러붙는 사람을 가리키는 모욕적인 말이다.

 **타오르미**_ 얼굴이 개미처럼 생긴 쥐인데 깨물면 굉장히 아프다. 개미집처럼 생긴 타오르미 굴 하나가 이동할 때 숲 전체가 쑥대밭이 될 수 있다. 타오르미는 아더월드의 동물이 좋아하는 꿀을 생산하지만, 그 꿀을 얻으려면 목숨을 걸어야 한다.

 타춤_ 노란색 꽃이며, 꽃가루는 아더월드의 후추로 사용된다. 자극성이 아주 강해서 타춤의 냄새를 맡으면 어떤 상태의 코든 뻥 뚫린다.

 **타크**_ 초록색 또는 회색 쥐로 항구 주변에서 많이 발견된다. 타크들이 며칠 만에 배를 갉아먹기 때문에 선원들이 아주 싫어한다.

타트롤_ 지구와 아더월드는 측량 단위가 서로 다르다. 타트롤은 킬로미터, 바트롤은 미터에 해당한다. 1트롤은 3미터, 1바트롤은 1미터 50센티미터, 1타트롤은 1킬로미터 500미터.

 탈루디_ 눈이 셋 달린 모자 모양의 작은 동물이며 무엇이든 녹화하는 능력이 있다. 촬영한 것을 보려면 머리에 쓰면 된다.

테오디르_ 드래곤들이 즐겨 마시는 일종의 샴페인. 인간들은 부동액 맛을 느낀다.

🎗️ **토예**_ 마늘과 양파의 맛이 섞인 식물로 아더월드 사람들이 향신료로 사용한다.

🎗️ **토쿨린**_ 보석으로 이뤄진 꽃이며 수시로 색이 변한다. 보석-꽃은 아더월드에서 가장 아름다운 꽃이며, 위험한 파트로크 섬에서만 재배되기 때문에 구하기가 몹시 힘들다.

🎗️ **톨리스**_ 아더월드의 아몬드.

🎗️ **트라둑**_ 살코기와 털가죽을 얻기 위해 켄타우로스들이 키우는 동물. 악취를 풍기는 특성이 있어서 포식동물들로부터 자신을 보호한다. 그러나 트라둑의 냄새를 맡지 않기 위해 콧구멍을 막을 수 있는 늑대 크르르렉은 예외다. 아더월드에서 '병든 트라둑 같은 악취가 난다'라는 표현은 모욕으로 받아들여진다.

🎗️ **트란를쿠르의 드루프**_ 트란를쿠르는 여신들이 유난히 좋아하는 신이며, 드루프는 남성의 생식기관을 말한다.

🎗️ **트리**_ 작은 새로 아더월드의 숲에서는 루비 빛깔이고, 트롤들의

숲에서는 초록 빛깔이다. '트리이이이이' 하면서 우는
독특한 울음소리를 따서 붙인 이름이다.

🪶 **트리크로크**_ 표적을 정확하게 찾는 마법의 무기로 세
개의 치명적인 침이 달려 있다. 공격자가 표적을 죽이고 싶
은가, 잠들게 하고 싶은가에 따라 세 개의 침에 독이나 마취
제가 생성된다.

🪶 **트실**_ 살테렌스 사막의 벌레. 모래 속에 숨어서 동물이 지나가
기를 기다리다 동물에 들러붙어서 살갗이든 딱딱한 껍질이든 뚫어버
린다. 그 알들은 혈관을 침투해서 숙주의 몸속에 퍼진다. 100시간이
지나면 알들이 부화하며, 새로 태어난 트실들이 숙주의 몸을 먹는다.
아더월드에서는 트실로 인한 죽음이 가장 끔찍한 죽음 중 하
나다. 이런 이유로 살테렌스 사막을 여행하는 사람은 거의
없다. 일반적인 트실에 대한 해독제는 존재하는 반면에 금
빛 트실에 대한 해독제는 없어서 공격을 받으면 죽음을
면할 길이 없다.

🪶 **페가수스**_ 날개 돋친 말. 지능은 개의 지능
에 가깝다. 발굽은 없지만 갈퀴발톱이 있어서 어
디든 쉽게 올라앉을 수 있다. 야생 페가수스는 키
가 무려 300미터까지 자라는 자이언트 강철나무
에 거대한 둥지를 짓고 산다.

포콩지르 _ 아더월드의 포식동물로 날개를 회전시
키는 놀라운 능력이 있다. 이름은 자이로스코프에 올라
앉은 것 같은 모습에서 유래한다.

푸프푸프 _ 발이 여섯 개 달리고 커다란 뚜껑이 있는 작은 상자
로 아더월드의 청소기이다. 바닥에 떨어지는 모든 쓰레기를 집
어삼킨다. 마법과 과학기술로 만들어진 푸프푸프는 안드로메
다은하의 블랙홀과 연결되는 작은 공간이동의 문을 통해 쓸모
없는 쓰레기를 자동으로 배출한다.

프뤼르 _ 온갖 색으로 털갈이를 하면서 시간을 보내는 커다란
두더지이다. 솜털은 벨벳처럼 부드럽지만 가죽 표면의 털은 아주 단
단해서 깎기가 몹시 힘들다. 게다가 털을 깎으려고 마법을 사용할 경
우 털에 밴 마법과 충돌해서 폭발할 위험이 있다. 따라서 프뤼르 가
죽은 간단하게 얻을 수 있는 것이 아니라서 값이 굉장히 비싸다.

프르루트 _ 아더월드의 식충식물로 하이에나
와 포식동물을 유인하기 위해 짐승의 썩은 고기 냄
새를 피운다. 동물이 다가와서 촉수에 닿는 순간 꿀꺽
삼킨다. '트라둑처럼 악취가 난다'는 표현과 함께 '프르루트처
럼 악취가 난다'는 표현도 많이 쓰인다.

플로프 _ 맹독성의 하얗고 파란 개구리로 멘탈리르

의 평원에서 볼 수 있다.

🪶 **피크크크**_ 이름이 가리키는 대로 피크크크는 흡혈
파리처럼 피를 빨아 먹고 사는 아더월드의 곤충이
다. 피크크크의 독침에 쏘이면 트라둑이나 모오오
오우우우, 베에에는 몸속의 피를 다 토해낸다. 다행
히 피크크크는 늪 주위에 서식하면서 알을 낳는다.

🪶 **하르퓌아**_ 욕설로만 의사를 전달하는 여자 모습의
새. 매우 더러우며 산에서 생활한다. 갈퀴발톱에 있는
독은 해독제가 존재하지 않기 때문에 마법사들이 독을
사용하기 위해 많이 찾는다.

🪶 **호프호프**_ 아더월드의 신기한 동물. 지구의
캥거루처럼 펄쩍펄쩍 뛰는데 어디서나 시종일관
그렇게 뛰어서 전진한다. 그래서 언제, 어디로 뛸지
종잡을 수가 없다. 아더월드에서는 몹시 흥분해서
펄펄 뛰는 사람을 보면 '호프호프처럼 돌았다'고
한다. 지구의 춤과 혼동하면 안 된다.

🪶 **흡혈파리**_ 물리면 통증이 몹시 심하다. 많은
동물이 긴 꼬리를 발달시켜서 흡혈파리를 죽이는
데 사용한다.

히드라_ 아더월드에는 머리가 세 개, 다섯 개, 일 곱 개 달린 히드라가 있으며, 강이나 호수에서 산다.

랑코비트의 덩컨 가문 가계도

-5015년 파이초 25일(아더월드력)을 기준으로 작성-

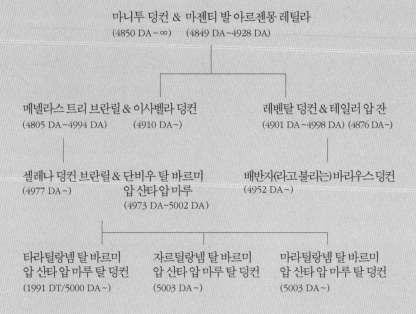

마니투 덩컨 & 마젠티 발 아르젠몽 레틸라
(4850 DA~∞)   (4849 DA~4928 DA)

메넬라스 트리 브란릴 & 이사벨라 덩컨
(4805 DA~4994 DA)   (4910 DA~)

레벤탈 덩컨 & 테일러 압 잔
(4901 DA~4998 DA) (4876 DA~)

셀레나 덩컨 브란릴 & 단비우 탈 바르미
(4977 DA~)   압 산타 압 마루
(4973 DA~5002 DA)

배반자(라고 불리는)바라우스 덩컨
(4952 DA~)

타라틸랑넴 탈 바르미
압 산타 압 마루 탈 덩컨
(1991 DT/5000 DA~)

자르틸랑넴 탈 바르미
압 산타 압 마루 탈 덩컨
(5003 DA~)

마라틸랑넴 탈 바르미
압 산타 압 마루 탈 덩컨
(5003 DA~)

DA= 아더월드력
DT= 지구력

오무아 제국의 탈 바르미 압 산타 압 마루 가문 가계도
-5015년 파이초 25일(아더월드력)을 기준으로 작성-

'불의 주먹' 데미데루스, 오무아 제국의 시조
(-2984 DT~)

5000년 이후의 후손

오무아 여제
리스베스틸랑넴 & 다릴 크라투스
탈 바르미 압　　　(4950 DA~5005 DA)
산타 압 마루
(4970 DA~)

전 오무아 황제
단비우 탈 & 셸레나 덩컨
바르미 압　　(4977 DA~)
산타 압 마루
(4973 DA~5002 DA)

**오무아 여제의 이복오빠,
이복형제 단비우를 계승한
현 오무아 황제**
산도르 탈 바르미 압 마르치
압 브레비스 (4958 DA~)

**타라틸랑넴 탈 바르미
압 산타 압 마루 탈 덩컨**
(1991 DT/5000 DA~)

**자르틸랑넴 탈 바르미
압 산타 압 마루 탈 덩컨**
(5003 DA~)

**마라틸랑넴 탈 바르미
압 산타 압 마루 탈 덩컨**
(5003 DA~)

DA= 아더월드력
DT = 지구력

Photo, Didier Pruvot ⓒEditions Flammarion

☀ 소피 오두인 마미코니안
Sophie Audouin-Mamikonian

아르메니아 왕위 계승자인 소피 오두인 마미코니안은 파리의 아사스 대학에서 법학을 전공했으며, 두 딸을 둔 어머니이다. 할머니와 어머니에게 러시아의 독특한 이야기를 들으며 자란 소피 오두인 마미코니안은 열두 살 때 복막염을 앓으면서 꼼짝할 수 없게 되자 시간 죽이기 요량으로 첫 작품 「샹들리에, 황금 불사조」를 썼으며, 12,000여 권의 공상과학 소설을 읽은 독서광이기도 했다. 15년이라는 오랜 작업 끝에 1권이 출간된 『타라 덩컨』의 주인공 소녀는 두 딸의 성격을 합해서 만들어낸 캐릭터라고 한다. 캐나다, 일본 등 26개국에서 번역된 『타라 덩컨』 시리즈는 2015년 12권으로 완결되었다. 그 외 작가의 주요 작품으로 『뚱보들의 저녁식사』, 『인디아나 텔러』 시리즈 등이 있다.

☾ 옮긴이 이원희

프랑스 아미앵 대학에서 「장 지오노의 작품 세계에 나타난 감각적 공간에 관한 문체 연구」로 석사학위를 받았다. 현재 전문 번역가로 활동 중이며 역서로는 아민 말루프의 『사마르칸트』와 『마니』, 앙리 지델의 『코코 샤넬』, 생텍쥐페리의 『야간비행』, 칼릴 지브란의 『예언자』, 다이 시지에의 『발자크와 바느질하는 중국소녀』, 장 크리스토프 뤼팽의 『붉은 브라질』, 안니 뒤페레의 『파티』, 기욤 프레보의 『시간의 책』(전 3권), 피에르 보테로의 『에월란의 모험』(전 3권), 『인디아나 텔러』 등 다수가 있다.

Illust 스튜디오 가게 studiogage.com